R & L

Eliot Pattison

DAS TIBETISCHE ORAKEL

Roman

Aus dem Amerikanischen
von Thomas Haufschild

Rütten & Loening
Berlin

Die Originalausgabe unter dem Titel
Bone Mountain
erschien 2002 bei St. Martin's Press, New York.

ISBN 3-352-00594-X

1. Auflage 2003

Dieses Werk wurde im Auftrag von St. Martin's Press, L. L. C.,
durch die Literarische Agentur Thomas Schlück GmbH, 30827 Garbsen,
vermittelt.
Einbandgestaltung Gundula Hißmann, Hamburg
Druck und Binden Clausen & Bosse, Leck
Printed in Germany

www.ruetten-und-loening.de

Für meine Mutter

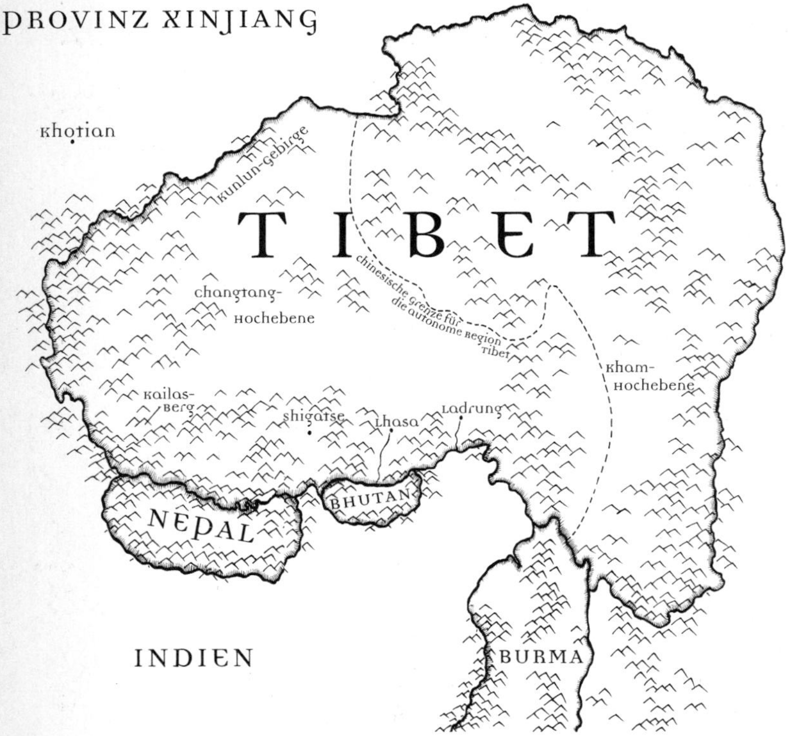

PROVINZ XINJIANG
Khotian
Kunlun-Gebirge
TIBET
Changtang-
Hochebene
chinesische Grenze für
die autonome Region
Tibet
Kham-
Hochebene
Kailas-
Berg
Shigatse
Lhasa
Ladrung
NEPAL
BHUTAN
INDIEN
BURMA

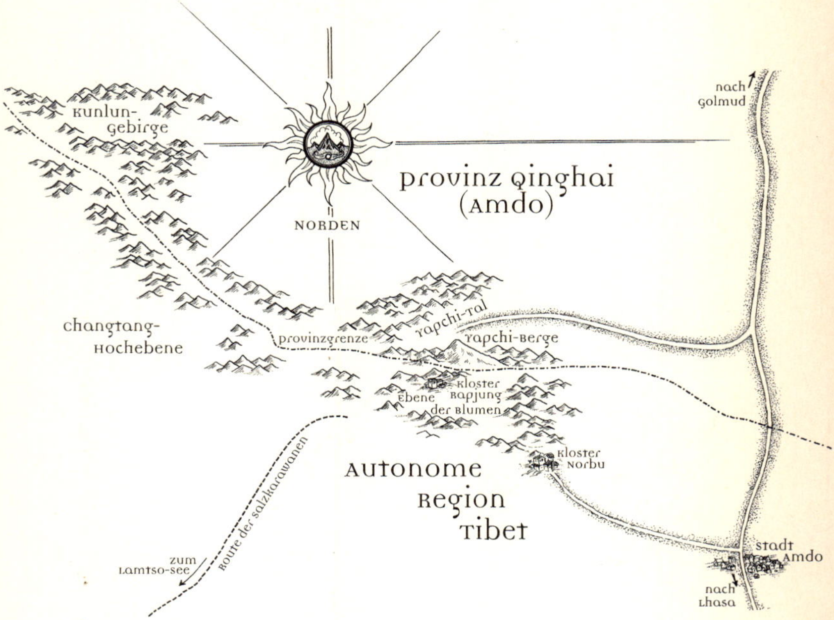

Kunlun-
Gebirge
NORDEN
Provinz Qinghai
(Amdo)
nach
Golmud
Changtang-
Hochebene
Provinzgrenze
Rapchi-Tal
Rapchi-Berge
Kloster
Bapjung
Ebene
der Blumen
Kloster
Norbu
Autonome
Region
Tibet
Route der Salzkarawanen
zum
Lamtso-See
Stadt
Amdo
nach
Lhasa

Danksagung

Viele der Informationen und Anregungen, die diesem Buch zugrunde liegen, verdanke ich den stillen, vertraulichen Gesprächen, die ich im Laufe der letzten zwanzig Jahre mit zahlreichen Tibetern und Chinesen führen durfte. Manche dieser Leute sind dafür ein beträchtliches Risiko eingegangen, und ich werde ihnen immer zu Dank verpflichtet sein. Für ihren weisen Rat und unerschütterlichen Rückhalt bedanke ich mich von ganzem Herzen bei Natasha Kern, Michael Denneny und Kate Parkin. Ein besonderer Dank gebührt außerdem Ed Stackler und Lesley Kellas Payne.

ERSTER TEIL

Salz

Kapitel Eins

»Siebe den Sand, um die Saat des Universums zu finden.«

Die Stimme, die durch die Nacht an Shan Tao Yuns Ohren drang, glich dem Wind, der über das Gras strich. »Laß sie den Ursprungsort erreichen, und pflanze sie ein«, sagte der Lama, während Shans Blick sich von dem weißen Sand in seiner hohlen Hand zu dem leuchtenden Halbmond hob. Er wußte, daß Gendun, sein Lehrer, Shans eigenen Ursprungsort meinte, das Brachfeld seiner Seele, das der Lama auch als Shans Ausgangspunkt bezeichnete. Doch in einer solchen Nacht konnte Shan sich einfach nicht des Eindrucks erwehren, daß Tibet selbst der wahre Ursprungsort war, daß das weite, entlegene Land den Anfang der Welt darstellte, wo der Planet – und die Menschen – niemals aufhörten, Gestalt anzunehmen, und wo die höchsten Berge, die stärksten Winde und die zerklüftetsten aller Seelen sich stets gemeinsam entwickelt hatten.

Drei Meter von ihnen entfernt saß Shans alter Freund und früherer Mithäftling Lokesh am Flußufer, ließ die Perlen der Gebetskette durch die Finger gleiten und sagte leise ein Mantra auf, das sich kaum vom Rauschen des Wassers abhob. Shan atmete den duftenden Rauch der Wacholderzweige ein, die sie mitgebracht und entzündet hatten, und sah eine Sternschnuppe über den fernen niedrigen Schimmer am Himmel fliegen, der als einziges Anzeichen darauf hindeutete, daß der Horizont von schneebedeckten Berggipfeln gesäumt wurde. Es schien, als könnte man mit ausgestreckter Hand den Mond berühren. Falls es auf der Erde einen Ort und eine Zeit gab, um Seelen wachsen zu lassen, dann gewiß das Hier und Jetzt: eine eiskalte mondhelle Frühlingsnacht im wilden tibetischen Hochland.

Wie aus einigem Abstand verfolgte Shan, daß Gendun sanft

Shans Finger öffnete und seine Hand zum Mond emporhob, dann wieder senkte und schließlich umdrehte, so daß der Sand in das kleine Tongefäß fiel, das sie aus ihrer Klause mitgenommen hatten, die fünfzehn Kilometer entfernt lag.

»*Lha gyal lo*«, flüsterte eine Stimme auf Shans anderer Seite. Sie gehörte Shopo, dem Herrn der Einsiedelei, und zitterte vor Inbrunst. »Den Göttern der Sieg.« Sie waren bei Einbruch der Dunkelheit am Fluß eingetroffen, und erst jetzt, nachdem die Lamas und Lokesh zwei Stunden lang mit den *nagas*, den Wassergottheiten, gesprochen hatten, war Gendun zu dem Schluß gelangt, Shan solle anfangen, den besonderen weißen Sand einzusammeln.

»Lha gyal lo!« antwortete eine aufgeregte Stimme auf halber Höhe des Abhangs in ihrem Rücken. Es war einer der vier *dropkas*, der tibetischen Nomaden, die sie zum Fluß begleitet hatten und nun Wache standen und nervös die dunkle Landschaft beobachteten. Gendun und Shopo waren rechtlose Mönche bei einem verbotenen Ritual, und die Zahl der Patrouillen hatte in letzter Zeit deutlich zugenommen.

Ohne die Bewegung auch nur vorausgeahnt zu haben, tauchte Shan die Hand erneut ins Wasser, und als er sie herauszog, war sie abermals mit dem weißen Sand gefüllt. Im Halbdunkel sah er, daß Lokeshs Augen sich weiteten und erwartungsvoll funkelten, während Shan langsam die Bewegungen wiederholte, die Gendun ihm gezeigt hatte. Er wusch den Sand im Mondlicht und leerte dann seine Hand in das Gefäß.

Genduns Gesicht legte sich lächelnd in kleine Falten. »Jedes der Körner ist die Essenz eines Berges«, sagte der Lama, als er Shans Hand ein weiteres Mal ins Wasser tauchte. »Mehr bleibt nicht übrig, wenn der Berg seine Hülle abgelegt hat.« Shan hatte diese Worte im Verlauf der letzten beiden Monate bestimmt ein dutzendmal gehört. Immer wieder waren er und seine Gefährten in die Nacht aufgebrochen, um an Orten, die nur Shopo und die Hirten kannten, Sand einzusammeln. Jeder der hohen Gipfel am Horizont würde zu solch einem Korn reduziert werden, wenn der Zeitpunkt dafür komme, erläuterte Gendun, und genauso würde es allen Bergen, allen Kontinenten und allen Planeten ergehen. Alles würde enden, wie es einst begonnen hatte: als winziger Same, und das Menschengeschlecht in all seiner Herrlichkeit könne sich niemals mit der Macht vergleichen, die sich in einem einzigen Sandkorn spiegele. Die Worte sollten ihn das Wesen der Vergänglichkeit lehren, wußte Shan, und den *nagas* Respekt bezeugen, von denen sie den Sand entliehen.

Er vernahm ein fernes Trommeln, und der Mond schien sogar noch näher zu rücken, während Shan die nächste Handvoll Sand aus dem Fluß holte. Er streckte den Arm nach dem Gefäß aus, erstarrte aber mitten in der Bewegung, weil ein hektischer Aufschrei die Stille durchbrach.

»*Mik iada!* Vorsicht! Lauft!« Es war einer der *dropka*-Wächter auf dem Grat über ihnen. »Das Feuer! Löscht das Feuer!«

Shan hörte hastige Schritte auf dem Geröllhang und sah dort im Mondschein die Silhouetten zweier Männer, während er im selben Moment begriff, daß das Trommeln nicht nur in seinem Kopf existierte. Es war das Geräusch eines schnellen Helikopters im Tiefflug, wie es meistens dann erklang, wenn die Öffentliche Sicherheit tibetische Lagerplätze stürmte.

Einer der Posten, der eine schwarze Wollmütze trug, rannte zum Ufer, rüttelte vergeblich an Lokeshs Schulter, lief weiter zu Shan und zerrte ihn am Kragen. »Ihr müßt diesen Gott erneuern!« rief der Mann. »Laßt uns fliehen!«

Shan ließ sich auf die Beine ziehen, warf einen Blick in Richtung des Hubschrauberlärms und erschrak, denn die Lamas lächelten nur und bezeugten dem Fluß weiterhin ihre Ehrerbietung. Gendun und Shopo waren daran gewöhnt, für die Ausübung ihres Glaubens eine Verhaftung zu riskieren. Und obwohl Shan und der *dropka* wegen der immer häufigeren Spähtrupps beunruhigt sein mochten, war für Gendun nur ein einziges Mysterium von Belang: das Rätsel um die Formung und Stärkung der Seele.

»Falls das die Öffentliche Sicherheit ist, wird man Soldaten auf der Kammlinie absetzen und uns umzingeln!« stöhnte der Wächter und trat das kleine Feuer aus. »Sie werden Maschinengewehre haben und außerdem Geräte, mit denen sie in der Nacht sehen können.«

Shan nahm den Posten mit der schwarzen Mütze argwöhnisch in Augenschein, denn diese Bemerkungen über chinesische Waffen und Taktiken klangen nicht nach einem gewöhnlichen Hirten. Dann erkannte Shan auf einmal, daß er den Mann noch nie gesehen hatte und der Fremde gar nicht zu ihrer Eskorte gehörte.

Gendun hob einen Finger an die Lippen und deutete auf das Wasser. »Da sind *nagas*«, stellte er ruhig fest.

»Der Sand wird nichts nutzen, falls man euch verhaftet«, flüsterte Shan und legte Gendun die Hand auf die Schulter.

»Da sind *nagas*«, wiederholte der Lama.

»Es ist doch nur Sand«, widersprach der Fremde und schaute gequält in Richtung des Helikopters, der sich näherte. Die Öffentliche Sicherheit verfügte über ganz eigene Methoden, jemanden das Wesen der Vergänglichkeit zu lehren.

Während Gendun sich wieder dem Wasser zuwandte, stand Lokesh plötzlich an der Seite des Fremden und zog ihn von dem Lama weg. »Wir erschaffen mit diesem Sand etwas Wunderbares«, flüsterte der Alte, dessen weiße Bartstoppeln im Mondlicht glitzerten. Er legte dem Mann beide Hände auf die Schultern, um sicherzugehen, daß der junge Tibeter ihm zuhörte und ihn ansah. »Wenn wir fertig sind, wird es die Welt verändern.«

Der Mann mit der schwarzen Mütze schaltete eine Taschenlampe ein und richtete den Strahl auf Lokeshs Gesicht, als bezweifle er, den alten Tibeter richtig verstanden zu haben. Dann wurde der Rotorenlärm übermächtig laut. Der Fremde schaltete das Licht aus und warf sich zu Boden. Kurz darauf war die Maschine vorbeigeflogen. Sie hatte den Berggrat überquert, war aber zu schnell gewesen, um Soldaten absetzen zu können.

Der Mann mit der Mütze schaltete die Lampe wieder ein, murmelte etwas vor sich hin und warf einen anklagenden Blick auf die anderen Wachen, die sich mit einfältigen, beinahe peinlich berührten Mienen hinter Lokesh versammelt hatten. Nacheinander leuchtete er alle Gesichter ab und hielt schließlich bei Shan inne, um ihn stirnrunzelnd zu mustern. »Ihr sollt ein Artefakt abliefern«, sagte er zu Lokesh und klang dabei sehr ungeduldig. Die Lampe blieb auf Shan gerichtet.

»Das stimmt«, bestätigte Lokesh. »Wir treffen Vorbereitungen für die Reise.« Er wies auf die beiden Lamas, die immer noch zu dem dunklen Fluß sprachen.

»Vorbereitungen?« spottete der Mann. »Was habt ihr denn während der letzten beiden Monate getrieben? Ihr trefft keine Vorbereitungen, ihr schlagt Wurzeln! Ihr werdet noch alles zunichte machen!«

Shan trat neben Lokesh und drückte die Lampe des Mannes nach unten. »Die Überbringer des Artefakts waren einverstanden, daß die Lamas über die angemessene Art der Rückführung entscheiden würden.« Er wußte nun, daß der Fremde, genau wie diejenigen, die das heilige Artefakt in Shopos Einsiedelei gebracht hatten, ein *purba* war, ein Angehöriger der geheimen tibetischen Widerstandsbewegung.

»Du willst sagen, Drakte war einverstanden.«

»Drakte ist einer von euch«, stellte Shan fest. Er und Lokesh kannten Drakte seit fast einem Jahr. Damals hatte der Tibeter den Gefangenen des Arbeitslagers geholfen, in dem zu jener Zeit auch Shan und sein Freund ihre Strafe verbüßten. Vor zwei Monaten hatte Drakte sie unterwegs abgefangen und zu Shopos versteckter Klause geführt. »Wir werden aufbrechen, wenn die Lamas und Drakte dazu bereit sind. Er kommt, um uns den Weg zu zeigen. Höchstens noch ein paar Tage.«

»Wir haben keine paar Tage mehr«, klagte der *purba*. »Und rechnet nicht mit Drakte. Er hält seine Verabredungen nicht ein.«

»Wird er vermißt?« Shan registrierte auf Höhe der Taille eine Ausbuchtung unter der Jacke des Mannes und drehte sich zu Gendun um. Falls die Lamas glaubten, der Fremde trage eine Waffe, würden sie darauf bestehen, daß er seiner Wege ging.

Der *purba* zuckte die Achseln. »Er war nicht da, wo er sein sollte.«

»Und statt seiner bist du gekommen?«

»Nein. Aber ich habe gehofft, ihn in dieser Einsiedelei zu finden. Es gibt Neuigkeiten. Und ich habe etwas mitgebracht, worum er gebeten hatte. Er sagte, die Lamas würden es benötigen. Er sagte, falls wir nicht einwilligen würden, es zu holen, würde er eben selbst gehen, notfalls den ganzen Weg bis nach Indien.« Der *purba* ließ einen langen schmalen Sack von seiner Schulter gleiten und holte daraus eine knapp fünfzig Zentimeter lange Bambusröhre hervor, die Lokesh begierig in Empfang nahm.

»Was für Neuigkeiten?« fragte Shan.

Bevor der Mann antwortete, deutete er auf einen der Hirten und dann auf die Hügelkuppe, von wo aus die Wächter die jenseits gelegene Straße beobachtet hatten. Der *dropka* lief den Hang hinauf. »Ein Mann wurde getötet. Ein Beamter, in Amdo«, sagte er und bezog sich damit auf die einzige Ansiedlung dieser Region. Bis nach Amdo waren es ungefähr hundertfünfzig Kilometer. »Die Öffentliche Sicherheit wird das gesamte Umland absuchen und Leute in Gewahrsam nehmen. Im Zuge der Verhöre wird man von der Einsiedelei erfahren.« Er schaute, wiederum stirnrunzelnd, zu den Lamas. »Ihr nennt das, was ihr da tut, vielleicht heilig, aber die werden es ein Verbrechen gegen den Staat nennen.« Er machte einen Schritt auf Gendun zu, als wolle er noch einmal versuchen, ihn wegzuziehen, doch ein Nomade mit Schaffellweste trat vor und hob warnend eine Hand.

»Habt ihr auch nur die geringste Vorstellung davon, wie gefährlich das ist?« Der *purba* ballte und öffnete fortwährend die Fäuste. Er schien es mit ihnen allen gleichzeitig aufnehmen zu wollen. »Niemand hat uns davor gewarnt, daß ihr so leichtsinnig durch die Berge laufen würdet. Ihr könntet alle im Gefängnis landen. Und wofür? Man kann die Chinesen nicht mit Sand und Gebeten bekämpfen.«

Lokesh stieß ein heiseres Lachen aus. »Ich kenne die chinesischen Gefängnisse«, sagte der alte Tibeter. »Manchmal sind Sand und Gebete der einzige Weg.«

Der *purba* musterte Shan mit wütendem Blick. »Du bist der berühmte Chinese, der Tibetern aus der Klemme hilft. Du weißt es besser und läßt es dennoch zu.«

Shan sah zu Gendun und Shopo hinüber. »Falls diese Lamas darum bitten würden, daß ich mir Steine in die Taschen stopfe und mich in den Fluß stürze«, sagte er dann leise, »würde ich mich bei ihnen bedanken und hineinspringen.«

»*Lha gyal lo*«, flüsterte der *dropka* mit der Weste, als wolle er Shan anspornen.

Lokesh berührte den Krieger am Arm. »Wenn man noch so jung ist, fällt es schwer, diese Dinge zu verstehen. Du solltest mit uns zu der Einsiedelei zurückkehren und es mit eigenen Augen sehen.«

»Im Gegensatz zu Drakte befolge ich meine Befehle«, herrschte der Mann ihn an. »Ich werde anderswo gebraucht.«

Lokesh hielt die Bambusröhre hoch. »Dann sieh es dir jetzt an«, sagte er und zog eine aufgewickelte Stoffbahn aus dem Behälter. Als Lokesh sie entrollte, erkannte Shan, daß es sich um ein altes *thangka* handelte, eines der Stoffgemälde mit Motiven des tibetischen Buddhismus.

Der *purba* richtete die Lampe auf das Gemälde, verzog das Gesicht und wich einen Schritt zurück. Einer der *dropka*-Wächter stöhnte laut auf. Es war das von Schwertern, Speeren und Pfeilen umrankte Abbild eines grimmigen Dämons, um dessen Stierkopf eine Kette aus menschlichen Schädeln hing und der einen Kelch voller Blut hielt. Die abgezogenen Häute der Opfer lagen zu seinen Füßen. Lokesh betrachtete die Darstellung mit zufriedenem Lächeln und winkte den *purba* näher heran.

»Sieh genau hin«, sagte der alte Tibeter und wies auf den Kopf der furchteinflößenden Gestalt. »Das ist es, was wir tun. Auf diese Weise gewinnen wir, ohne Gewalt anzuwenden. So wird das Artefakt zurückgebracht, und so wird diese Gottheit erneuert. Denn dies ist es, was aus ihm wird.«

»Aus wem?« fragte der *purba*, dessen zornige Stimme inzwischen auch leicht verwirrt klang.

Shan glaubte im trüben Licht so etwas wie Überraschung auf Lokeshs Antlitz wahrzunehmen, als wäre die Erklärung ganz offensichtlich. Dann deutete der alte Tibeter von dem schädelbekränzten Dämon auf Shan. »Aus unserem Freund. Unserem Shan.«

Der Bann dieser Worte ließ den *purba* und die *dropkas* verstummen, und sie alle starrten Shan verunsichert an. Shan hingegen suchte in Lokeshs Miene nach einer Antwort, aber sein

Freund lächelte lediglich erwartungsvoll zurück, als habe er Shan ein großes Geschenk gemacht.

Plötzlich zerriß ein weiterer verzweifelter Schrei die Stille. Der Posten kam hektisch den Abhang heruntergerannt. »Eine Patrouille! Kriecher!« rief er. Damit waren die Soldaten des Büros für Öffentliche Sicherheit gemeint. Der *purba* und Shan liefen zur Kammlinie hinauf und erspähten von dort aus einen Mannschaftswagen, der sich noch einen knappen Kilometer entfernt befand und langsam in ihre Richtung kam.

»Dieser Hubschrauber hat uns entdeckt«, sagte der *purba*. »Letzten Monat haben sie Infrarotgeräte benutzt, um einen alten Eremiten aufzuspüren, der nur nachts seinen Unterschlupf verließ, um zu beten.«

Unten am Fluß hatten drei der *dropkas* sich im Halbkreis vor den Lamas aufgestellt, als wollten sie den Kriechern mit ihren Knüppeln entgegentreten. Der vierte, der Mann mit der Schaffellweste, stand ein Stück abseits und starrte in das schwarze Wasser. Als der *purba* zielstrebig auf die Lamas zuging, fuhr der Hirte herum, stürzte sich auf ihn und stieß ihn zu Boden. Dann sprang er genauso abrupt wieder zurück. In seiner Hand lag eine große Automatikpistole.

»Du Narr!« zischte der *purba*. »Wir müssen sie wegbringen! Wir können uns nicht auf einen Kampf mit den Kriechern einlassen!«

Beschämt blickte der Nomade auf die Pistole. Er hielt sie sehr unbeholfen und hatte die Finger nur um den Griff gelegt, ohne den Abzug zu berühren. »Siehst du den Mann da drüben?« fragte er und nickte in Richtung Gendun, der immer noch mit dem Fluß sprach. »Meine Mutter lebt in dem Zelt bei der Einsiedelei. Sie nennt ihn den Lama des Reinen Wassers. Weißt du, warum? Nicht nur, weil die Mistkerle vom Büro für Religiöse Angelegenheiten ihm niemals etwas anhaben konnten, sondern weil er seine Gelübde schon vor mehr als fünfzig Jahren abgelegt hat, noch vor der Invasion. Bevor die Chinesen unser Land überfallen und für immer verändert haben. Er ist nie ins Exil gegangen, wurde nie gefangen. Seine Worte sind nicht vergiftet, sagt meine Mutter, denn sie entspringen einer Quelle, die die

Chinesen nie entdeckt haben.« Der Mann sprach langsam und in ehrfürchtigem Ton, als habe er die Patrouille der Kriecher wieder vergessen. Hinter ihm knieten zwei der Hirten sich ans Flußufer und fingen an, Kieselsteine einzusammeln.

»Ich brauche meine Waffe«, knurrte der *purba*, der immer noch ausgestreckt am Boden lag. Shan sah, daß er Angst hatte. Traditionell denkende Tibeter haßten die *purbas* bisweilen ebensosehr wie die Chinesen. »Wir müssen die Lamas von hier wegschaffen.«

Der *dropka* schüttelte den Kopf. »Ich konnte nie etwas aus meinem Leben machen«, sagte er mit dumpfer Stimme. »Die Chinesen haben mich nicht zu Schule gehen lassen. Ich durfte nicht reisen. Ich konnte nie einen Beruf erlernen oder mir eine Anstellung suchen. Ich bin wie ein kleiner verkümmerter Baum, der nie wachsen wird, und er dort, der Lama des Reinen Wassers, er ist wie der hoch aufragende Überlebende eines Waldes, in dem alles andere dem Erdboden gleichgemacht wurde.«

Er schaute lächelnd zu Gendun und wandte sich dann wieder dem *purba* zu. Seine Miene verhärtete sich. »Ich will dir verraten, wie wir Männer wie ihn beschützen«, sagte er und warf die Pistole ins schwarze Wasser. Die beiden Hirten am Ufer standen auf, traten an seine Seite und zogen Schleudern aus ihren Taschen. »Wir haben von anderen gehört, wie man das macht. Wir werden ihre Suchscheinwerfer zerschießen und einen Steinhagel auf sie niedergehen lassen. Mit etwas Glück werden sie uns gar nicht sehen. Chinesische Soldaten sind nachts ziemlich schreckhaft. Sie haben Geschichten über Dämonen gehört.« Er warf einen Blick auf das *thangka*, das Lokesh immer noch in der Hand hielt, und dann auf Shan. »Die Lamas müssen das Gefäß füllen«, sagte er zu dem *purba*, »und danach begleitest du sie zurück. Mein jüngerer Bruder kennt den Weg.« Er deutete auf den vierten Nomaden. »Falls wir die Patrouille nicht aufhalten können, weißt du bestimmt am besten, wie man den Soldaten entkommt.«

Als der Mann die Schleuder hob, zitterte seine Hand. »Erneuert den Gott«, flüsterte er Shan zu. Dann verschmolzen er und seine Begleiter mit den Schatten.

Während Shan dem *purba* auf die Beine half, blickte dieser den Nomaden in die Dunkelheit hinterher, und auf seinem Gesicht spiegelte sich eine Mischung aus Wut und Respekt. »Dieses Artefakt«, sagte er tonlos. »Ich habe gehört, es handelt sich bloß um ein kleines Stück Stein.«

Die Ereignisse dieser Nacht gingen Shan während des langen Rückwegs zur Einsiedelei nicht mehr aus dem Kopf und beschäftigten ihn auch noch, als er sich ruhelos auf seinem Strohlager umherwälzte und vergeblich auf Schlaf hoffte. Kurz vor Tagesanbruch suchte er die *lhakang* auf, die heilige Stätte der Klause, und ließ sich mit übergeschlagenen Beinen vor dem Altar nieder. Darauf stand, flankiert von Butterlampen, ein rissiger hölzerner Buddha, vor dem ein gezacktes Stück Stein lag. Es war fünfzehn Zentimeter lang und besaß eine gekrümmte Oberfläche, in deren Mitte man einen verblaßten roten Kreis erkennen konnte, letztes Überbleibsel des dort einst aufgemalten Auges. Nur ein Stück Stein. Doch genau dafür hatten die *dropkas* letzte Nacht ihr Leben riskiert. Genau deswegen wurde laut Lokesh aus Shan ein Dämon, genau deswegen waren die *purbas* so verärgert, daß Shan und seine Freunde noch in der Einsiedelei verweilten, und genau deswegen hatten sie überhaupt erst solche Anstrengungen auf sich genommen, um Shan dorthin zu bringen.

Er und Lokesh hatten sich auf dem Rückweg von einer Pilgerreise zum südwestlich gelegenen Berg Kailas befunden, waren dabei abgeschiedenen Pfaden gefolgt und hatten manchmal sogar gewagt, sich für ein oder zwei Stunden von einem Lastwagen in Richtung Zentraltibet mitnehmen zu lassen. Eines Abends wurde der Laster, in dem sie saßen, plötzlich durch einen Pferdewagen gestoppt, den man quer auf die Straße gestellt hatte. Mehrere junge Männer sprangen zwischen den umliegenden Felsen hervor und rannten nicht etwa auf den Fahrer, sondern auf die Ladefläche zu und umringten Shan und Lokesh, bevor die beiden auch nur an eine Flucht denken konnten. Shan erkannte Drakte sofort wieder, einen hochgewachsenen schlanken Tibeter mit einer doppelt geschwungenen Narbe auf der Stirn. Die Verletzung stammte von einem Überfallkommando der Kriecher, das sich die Schlagstöcke mit Stacheldraht umwickelt hatte.

»Wir haben nach euch gesucht.« Drakte bedachte die beiden Männer mit einem verdrießlichen Blick, als wären sie ihm absichtlich aus dem Weg gegangen.

»Wir waren auf einer Pilgerfahrt«, erklärte Lokesh fröhlich. »Und nun kehren wir nach Hause zurück, nach Lhadrung.«

»Nein, das werdet ihr nicht«, widersprach der *purba*. Dann redete er kurz mit dem Fahrer und gab ihm eine *khata*, einen Gebetsschal. Der Mann fuhr weiter, und Drakte bedeutete ihnen, in einen kleineren Lastwagen einzusteigen, der hinter einem großen Felsen zum Vorschein kam.

Drei Tage lang rollten sie durch die zerklüfteten Berge und Täler nordwestlich von Lhasa, umgingen auf Straßen, die kaum mehr als ausgetretene Wildwechsel waren, die Stadt Shigatse, fuhren dann nordwärts durch kleine öde Dörfer und weiter auf die Changtang-Hochebene, bevor sie sich bei der Bergbaustadt Doba nach Osten wandten. Abends am Lagerfeuer sprach Drakte über seine geliebte Changtang und viele andere Dinge, aber niemals über den Anlaß oder das Ziel dieser Reise. Am vierten Tag wurden sie in einer Schlucht bereits von einem berittenen *dropka* mit zwei weiteren Pferden erwartet. Drakte sah Shan mit seltsam sehnsüchtigem Blick hinterher.

»Ihr tut dies für uns alle«, sagte der junge *purba* zum Abschied. »Wenn es soweit ist, werde ich kommen, um euch den Weg zu zeigen«, versprach er, und Shan glaubte, in seinen Augen so etwas wie Freundschaft aufflackern zu sehen.

Der Ritt dauerte zwei Tage. Auch der *dropka* verlor kein einziges Wort über ihren Bestimmungsort, bis sie schließlich einen hohen windumtosten Bergrücken erklommen und in einer kleinen Senke einige halbzerfallene Gebäude aus festgestampfter Erde und Steinen sahen. Drei der größten Bauten hatte man mit Sperrholz, Blechen und Pappe provisorisch wieder instand gesetzt. Im Innern des gedrungenen Steinhauses, das die *lhakang* beherbergte, stießen sie auf Gendun. Zusammen mit einem Lama mittleren Alters und einer Frau saß er am Altar vor dem gezackten Auge und las in langen schmalen Textblättern, den losen Seiten eines traditionellen Lehrbuchs. Gendun, den Shan zuletzt vor mehr als vier Monaten gesehen hatte, Hunderte von Kilometern entfernt im westlichen Kunlun-Gebirge, begrüßte ihn mit einem heiteren Lächeln und bedeutete den beiden Neuankömmlingen, sich auf die freien Plätze neben ihm zu setzen, als hätte man ihre Ankunft erwartet. Erst mehr als zwei Stunden später, während man ein Mahl aus gerösteter Gerste und Buttertee zubereitete, stellte Gendun ihnen Shopo und Nyma vor, eine stämmige Frau von etwa dreißig Jahren.

Nyma platzte sogleich mit einer aufgeregten Begrüßung heraus. »Wir haben so lange gewartet«, rief sie, »und nun seid ihr endlich gekommen. All diese Jahre.« Sie seufzte laut auf.

»Jahre?« fragte Shan verwirrt und musterte das ledrige Gesicht und die breiten Schultern der jungen Frau. In anderer Kleidung hätte er sie für eine *dropka* gehalten. »Die *purbas* haben uns erst letzte Woche gefunden.«

Die Nonne lachte und deutete auf die *lhakang*. »Es ist vor vielen Jahrzehnten verlorengegangen – es wurde gestohlen und als Trophäe außer Landes geschafft.«

»Das Auge?« fragte Shan, dem einfiel, was er auf dem Altar gesehen hatte. »Dieses abgebrochene Stück Stein?«

Nyma nickte begeistert und schaffte es kaum, ihre Gefühle zu bändigen. »Es stammt von der Gottheit, die unser Tal beschützt. Erst vor fünf Jahren ist es nach Tibet zurückgekehrt, und erst vor ein paar Wochen wurde es aus Lhasa befreit«, sagte sie, als habe der Stein sich im Gefängnis befunden. »Wir haben gewußt, daß er sein Auge zurückbekommen muß, und wir waren ganz sicher, daß es irgendwann heimkehren würde. Bislang konnte niemand ihm den Weg weisen. Jetzt haben wir euch. Was er alles sehen wird«, fügte sie unheilvoll hinzu. »Und was er dann tun wird!«

Nach dem Essen an jenem ersten Abend erklärte Shopo, daß drei Monate zuvor ein Orakel im Tal von Yapchi, wohin das Artefakt gehörte und wo bis zu diesem Zeitpunkt noch niemand von seiner Entdeckung wußte, verkündet hatte, das Auge könne nur von einem tugendhaften Chinesen zurückgebracht werden, einem ganz bestimmten Chinesen mit reinem Herzen. Als Gendun davon erfuhr, befand er sich auf dem Weg nach Lhadrung. Er änderte sofort die Richtung und machte sich auf die Suche nach den Deutern des Orakelspruchs, denn ihm war klar, welcher Chinese damit gemeint sein mußte.

Shan bedrängte die Lamas nicht mit Fragen. Die Geschichte von dem Stein mußte auf eigene Weise zum Vorschein kommen. Er hatte schon vor langer Zeit gelernt, daß es für die Dinge, die Tibetern am wichtigsten waren, meistens keine Worte gab, und selbst wenn sie Worte fanden, scheuten sie sich davor, diese auszusprechen. Für Leute wie Gendun und Lokesh stellten Worte tückische, unzulängliche Dinge dar, mit deren Hilfe die Menschen nur sehr dürftige Verbindungen knüpfen konnten. Falls das Auge tatsächlich eine große Bedeutung besaß, würde man Shan nicht über das eigentliche Artefakt belehren, sondern darüber, wie man es gedanklich erfassen sollte, wie sich das Auge in sein ganz persönliches Bewußtsein eingliedern ließ.

Seitdem waren viele Wochen vergangen, und Shan wünschte sich immer noch, er könnte es besser verstehen. Das Steinauge schien ihn zu verspotten und sprach auch weiterhin den Teil des alten Shan an, der einfach nicht sterben wollte, den Ermittler, der andauernd Fragen stellen mußte. Wieso waren die Tibeter gewillt, für diesen Stein zu sterben?

Draußen erklang eine aufgeregte Stimme, gefolgt von einer weiteren. Shan eilte sofort zur Tür. Die Frau, die sich mit ihrem Bruder um die Einsiedelei kümmerte, eine *dropka* mittleren Alters, stand oben auf dem Kamm und wies über die Gebäude hinweg zum gegenüberliegenden Hang. Einige der Nomaden, die in zweihundert Metern Entfernung ein Zelt aufgeschlagen hatten, waren in ihre Rufe eingefallen. Shan lief zur Rückseite des Hauses und entdeckte zu seiner Erleichterung eine vertraute Gestalt in einem langen braunen Gewand.

Es war Nyma. Sie hatte die Klause letzte Woche verlassen, um den besonderen zinnoberroten Sand zu holen, den man nur an einer bestimmten Quelle unweit der hohen Gletscher finden konnte. Auf ihrem Weg den Pfad hinunter drehte und wiegte Nyma sich die ganze Zeit. Sie glaubte sich unbeobachtet und tanzte. Sie tanzte vor lauter Freude, spürte Shan, weil sie den letzten Sand brachte.

Als die Bewohner der Einsiedelei sich wenig später im Kreis mit ihr niedersetzten und den Beutel Sand betrachteten, den sie vom Gletscher geholt hatte, konnte Nyma gar nicht mehr aufhören zu lächeln. »Der Bach war gefroren«, sagte sie, um zu erklären, weshalb die Reise einige Tage länger als erhofft gedauert hatte. »Also habe ich mich hingesetzt und gewartet.« Langsam und feierlich nahm sie mit beiden Händen den Hut ab, unter dem sie ihre Zöpfe auf dem Scheitel festgesteckt hatte, legte ihn zu Boden und verschränkte die Hände im Schoß. »Am zweiten Tag kam ein warmer Wind auf, und das Eis fing an zu schmelzen. Am dritten Tag öffnete sich genau vor mir ein Loch, gerade groß genug, daß meine Hand hindurchpaßte.«

Shan ließ den Blick über die drei Männer schweifen, die mit ihm hier saßen. Auf Lokeshs Gesicht lag das für ihn typische schiefe Grinsen, das nur deswegen schief war, weil der Stiefel eines Kriechers ihm vor vielen Jahren den Kiefer gebrochen hatte. Gendun lächelte und nickte erst Nyma, dann Shan würdig zu, als wolle er bestätigen, daß nun endlich die entscheidende Nacht bevorstand und daß ungeachtet aller Qualen im restlichen Tibet ihr kleiner entlegener Außenposten sich im Einklang mit dem Universum befand.

Neben ihnen saß Shopo in einer verschlissenen kastanienbraunen Robe, der hier in dieser illegalen Einsiedelei lebte, seit man ihn vor zwanzig Jahren aus seinem Kloster vertrieben hatte. »Alles hat sich gut gefügt«, stellte er heiter und gelassen fest. Nymas Sand war der perfekte Beitrag zur Vervollständigung der Arbeit und fiel dank der Achtung, die sie dem Berg erwiesen hatte, nur um so machtvoller aus. Sie hatte sich den roten Sand nicht einfach genommen, sondern abgewartet, bis das Eis geschmolzen war und der Berg ihr von sich aus den Zugang ermöglicht hatte.

Shopo nahm den Beutel und schüttete dessen Inhalt respektvoll in ein Tongefäß. Als er dieses emporhob, kam ein hochgewachsener Mann mit schmalem traurigem Gesicht um die Ecke des nächstgelegenen Gebäudes. Er trug einen großen Ledersack über der Schulter, in dem sich Yakdung befand, den er heute gesammelt hatte und der ihnen als Brennstoff diente. Sein Name lautete Tenzin; er war schon bei Shans und Lokeshs Ankunft in der Einsiedelei gewesen. Ausdruckslos starrte Tenzin das Tongefäß an, legte eine Hand an sein *gau*, das silberne Gebetsamulett, das um seinen Hals hing, nickte dann und ging weiter auf die Hütte zu, in der er das Brennmaterial lagerte.

»*Lha gyal lo*!« rief Shopo freudig gen Himmel. »Den Göttern der Sieg!« Er stand von der Decke auf, hielt das Gefäß sorgsam mit beiden Händen und brachte es in das niedrige Steinhaus, das ein halbes Dutzend Meditationszellen und die *lhakang* der Klause beherbergte. Shan und die anderen folgten ihm. Mit einer stummen Verneigung vor dem Buddha auf dem Altar an der Rückwand stellte Shopo das Gefäß auf ein Brett aus Zedernholz neben zehn gleichartige Tiegel und mehrere lange schmale Bronzetrichter. Dann wandte er sich mit ehrfürchtiger Miene dem vielfarbigen, mehr als zwei Meter durchmessenden Kreis in der Mitte des Steinbodens zu.

Man nannte es den Vajrabhairava, den Diamantenen Schrekken; es stellte eines der seltensten aller Mandalas dar, jener komplizierten Sandbilder, die seit Jahrhunderten Bestandteil tibetischer Rituale waren. Es hatte Shan zunächst eingeschüchtert, als Gendun erklärte, daß sie ein Wesen anrufen würden, das zu den wildesten aller tibetischen Gottheiten zählte. Nun beobachtete er, wie die *dropka* innehielt und das Gesicht verzog, als sie das alte *thangka* des Diamantenen Schreckens sah, das Lokesh in der *lhakang* aufgehängt hatte. Manch einer wäre wohl auf den Gedanken gekommen, Shan und seine Freunde hätten einen Pfad der Dämonen und der Zerstörung eingeschlagen, aber Shan hatte gelernt, daß grausige Bilder wie dieses von den Lamas als Symbole höherer Wahrheiten genutzt wurden, und verstand es inzwischen, in der Darstellung nicht etwa Gewalt, sondern Hoffnung zu erkennen. Der Diamantene Schrecken war eine Inkarnation der Weisheit, die letztere annahm, um den Herrn des Todes herauszufordern, wenn dieser einen Menschen zu sich holen wollte, der noch keine Erleuchtung gefunden hatte.

Anfangs hatten Shan und Nyma jeden Tag stundenlang zugehört, wie Gendun das komplexe Mandala Zentimeter für Zentimeter aus dem Gedächtnis beschrieb und gleichsam mit dem Mund nachmalte. Vor einem Monat hatten Shopo und Gendun dann schließlich mit Kreide ein verflochtenes Muster auf den Steinboden gezeichnet und damit die Grundlage für die weitere Arbeit geschaffen. Es war drei Jahrzehnte her, daß Gendun unter Anleitung eines neunzigjährigen Lama geholfen hatte, dieses besondere Bild anzufertigen, doch er konnte sich noch ganz genau an alle Einzelheiten erinnern. Das Mandala umfaßte Dutzende von Symbolen, die jeweils entstanden, indem man Sandkorn um Sandkorn langsam durch den *chakpa* rieseln ließ, den dünnen, knapp dreizehn Zentimeter langen Trichter. Jedes Bild, ja sogar jede Farbe war ein eigenes Symbol, und mit jedem Symbol war eine Lehre verknüpft. Shan betrachtete den sinnbildlichen Palast im Zentrum, der in vier kunstvolle Quadranten aufgeteilt war. Der weiße Osten enthielt das Rad des Dharma, der gelbe Süden wunscherfüllende Edelsteine, der rote Westen den Lotus der Reinheit und der grüne Norden ein brennendes Schwert.

Die Freude der Tibeter verlieh Shan neuen Auftrieb. Nach einer Viertelstunde ging er zu dem Kreis aus Erde auf einem Felsvorsprung oberhalb der Gebäude, in dem er während der vergangenen Wochen viele Stunden in Meditation zugebracht hatte. Gendun würde wollen, daß er an diesem letzten Tag über die Lehre des Sandes nachsann, aber Shan fühlte sich auf einmal viel zu lebendig, viel zu froh über die Gewißheit, daß er nach einem Leben voller Zerreißproben endlich seinen Platz auf dieser Welt gefunden hatte.

Er schaute den Wolken hinterher und ließ seine Zufriedenheit die Furcht zurückdrängen, die er im Angesicht des Steins verspürt hatte. Dann stellte er an sich eine ungewohnte Nervosität fest, weil heute abend nicht etwa er Genduns *chakpa* füllen würde, während der Lama das Mandala malte, sondern Gendun vielmehr den *chakpa* für ihn, damit Shan die Abbilder der Wolken und Berge am Rand des Kreises erschaffen konnte.

Stundenlang hatten die Lamas ihn gelehrt, wie er beim Auftragen des Sandes die Hände halten und seinen Geist konzentrieren mußte, bis Shan spürte, daß es weniger darum ging, ein Werkzeug zu benutzen, als vielmehr ein Gebet darzubringen. Danach hatten sie gemeinsam das Muster geübt, das Shan mit weißem Sand entlang des äußeren Kreisrands erschaffen würde.

»Folge dem Bogen, den eine Lerche im Flug beschreibt«, hatte Gendun erklärt und dabei den langen anmutigen Gleitflug zwischen zwei Flügelschlägen des Vogels gemeint. Als Shan daraufhin auf seltsame Weise aufgeregt und traurig zugleich wirkte, hatte der Lama seine Verwunderung zum Ausdruck gebracht.

»Es ist nichts«, hatte Shan geflüstert und die plötzlichen Erinnerungen wieder verdrängt. Sein Vater hatte einst fast die gleichen Worte benutzt, in nahezu identischem Tonfall von Vögeln, Weiden und dem Wind gesprochen und dabei mit seinem Pinsel Muster in die Luft gemalt, um Shan die ersten chinesischen Ideogramme beizubringen.

Unvermittelt begriff Shan, daß jemand neben ihm saß. Er wandte den Blick von den Wolken ab und schaute in Genduns gütiges Gesicht.

»Wir werden auf Berge steigen müssen«, stellte der Lama lakonisch fest. Er saß mit übergeschlagenen Beinen im Lotussitz, als wäre er aus einer Meditationszelle herbeigezaubert worden. Seine Worte stellten eigentlich eine Frage dar: ob Shan bereit sei, nicht etwa für das Mandala, sondern für die Reise, zu der sie im Anschluß aufbrechen würden und die überhaupt erst der Anlaß für das Mandala gewesen war. So wie andere Leute zur Vorbereitung einer beschwerlichen Fahrt Vorräte zusammenstellen und Landkarten studieren würden, hatten die Lamas Shan, Lokesh und Nyma systematisch mit Bildern des Diamantenen Schreckens gestärkt. Oder sogar, wenn man Lokeshs beklemmender Andeutung glauben durfte, Shan darauf vorbereitet, das Werk des Diamantenen Schreckens zu verrichten.

»Ich bin bereit für die Berge, Rinpoche«, sagte Shan und sprach ihn damit als ehrwürdigen Lehrer an.

Gendun musterte ihn mit funkelndem Blick. Meistens

benötigten die beiden keine Worte, um sich zu verständigen. »Und du wirst nicht nur auf Dungfladen achtgeben müssen«, fügte der alte Lama hinzu.

Shan sah seinen Lehrer verwirrt an. »Ich dachte, Tenzin würde hierbleiben, Rinpoche«, sagte er. Tenzin hatte während der letzten zwei Monate kein einziges Wort gesprochen, doch sein bekümmertes, seelisch gebrochenes Gemüt kam Shan bekannt vor; ihm war nicht entgangen, daß die *dropkas* dem Mann geraten hatten, sich von den Straßen fernzuhalten. Er war aus dem Gulag geflohen, hatte Shan erkannt. Noch ein Flüchtling, der versuchte, wieder zum Leben zu erwachen und den Funken im Innern zu finden, den so viele so lange hatten auslöschen wollen.

»Er geht nach Norden. Jemand ist gestorben.«

Shans Lächeln verschwand vollends.

»Nein«, fügte Gendun schnell hinzu. »Nicht auf diese Weise«, sagte er und meinte damit, daß es sich nicht um eines jener geheimnisvollen Gewaltverbrechen handelte, von deren Aufklärung der alte Shan, der Ermittler aus Peking, regelrecht besessen gewesen war. »Es hat nichts mit dem Stein oder einem von uns zu tun. Er geht einfach nur nach Norden, und ich mache mir Sorgen um ihn.«

Wenngleich Tenzin für gewöhnlich mit ihnen aß und einen Anteil der Hausarbeit übernahm, hatte er sich von Shan ferngehalten und ihm keine Gelegenheit gegeben, ihn näher kennenzulernen. Zunächst war Shan sein Verhalten wie Reserviertheit vorgekommen, denn Tenzin besaß eine merkwürdig aristokratische Ausstrahlung, sogar wenn er seinen Dungsack trug. Mehr als einmal hatte Shan sich zudem gefragt, ob dem Mann durch Gendun oder Shopo als Bestrafung für irgendein Vergehen eine Buße auferlegt worden war. Männer wie er begingen auf der Flucht manchmal Gewalttaten, um nicht gefaßt zu werden. Gendun mochte ihn für den Mord an einem Wärter nicht verdammen, aber er würde sich sorgen, welchen Schaden eine solche Tat seinem inneren Gott zufügen könnte. Der hochgewachsene schweigsame Tibeter machte sich mit seinem Ledersack jeden Morgen bei Tagesanbruch auf den Weg und kehrte erst in der Abenddämmerung mit einer Ladung Yakdung wieder zurück, was für einen ganzen Tag Arbeit einen kargen Erlös bedeutete. Doch auch mit nur einem einzigen Sack pro Tag hatte er eine der kleineren Hütten bis zur Decke mit Brennstoff für die Einsiedelei gefüllt.

»Ich möchte ihm ja helfen, Rinpoche, aber ich weiß noch nicht, wie.«

Gendun nickte. »Mitunter fürchte ich, daß er den Weg aus den Augen verliert.« Der Lama meinte damit nicht, daß Tenzin sich verirren könnte, sondern bezog sich auf die Gefahr, während einer Wanderung durch die gefährliche Landschaft in tiefe Meditation zu versinken und sich der unmittelbaren Umgebung nicht mehr bewußt zu sein. Mönche, die allein in den Bergen unterwegs waren, brachen sich auf diese Weise bisweilen ein Bein oder gar den Hals.

Shan sah seinen Lehrer nachdenklich an. Gendun wußte etwas über den melancholischen Mann, das ihm verborgen geblieben war, oder spürte zumindest etwas, das Shan nicht registriert hatte. Tenzin war ihnen bei dem Mandala nie zur Hand gegangen, hatte dessen Erschaffung aber voll kindlicher Faszination verfolgt, Gendun und Shopo unentwegt mit Tee versorgt und alle Lampen nachgefüllt, sobald die *dropkas* Häute voller Butter brachten. Obwohl Shan nie gesehen hatte, daß er meditierte oder sich für das interessierte, was die Tibeter den Buddha in ihm nennen würden, mußte er nun an den täglichen Sack Dung denken. Den Sack zu füllen nahm zwei oder drei Stunden in Anspruch. Verbrachte Tenzin den Rest des Tages auf einem hohen Grat und meditierte? Einmal, erinnerte Shan sich, nachdem Shopo genau beschrieben hatte, wie man mit den Fluß-*nagas* sprach, war Tenzin mit schwarzem Sand für das Mandala zurückgekehrt und hatte diesen ehrfürchtig Gendun übergeben. Bei einer anderen Gelegenheit hatte Shan ihn mitten in der Nacht allein am Rand des Mandalas vorgefunden, die hohle Hand über das Abbild eines Einsiedlermönchs ausgestreckt, die Augen voller Tränen.

»Wenn ihm eine Zunge wächst, wird es besser«, sagte der Lama. »Vielleicht noch ein paar Monate.«

So beschrieb Gendun das Schweigen solcher gebrochenen Männer, und so hatte er in den ersten Wochen nach dessen Zeit im Gulag auch Shans dunkle Stille bezeichnet. Wenn der Mann irgendwann den Funken fand, der vor der Gefangenschaft und der Marter des Arbeitslagers einmal Tenzin gewesen war, würde diese Lebenskraft auch seine Zunge erreichen, und er wäre bereit, mit der Welt zu sprechen. Eventuell, dachte Shan, war das der Grund, aus dem Gendun ihn bat, sich um Tenzin zu kümmern: weil einst auch Shan, bevor er die Lamas traf, nur aus stummen, verwirrten Fragmenten bestanden hatte.

Siebe den Sand, um die Saat des Universums zu finden. Die Worte hallten in Shans Gedächtnis wider, als er vier Stunden später neben dem Mandala saß, mit dem Gefäß voll weißem Sand zu seinen Füßen. Die Sonne war untergegangen, und die letzte Nacht der Arbeit an dem Mandala hatte begonnen. Eine Fingerspitze berührte seinen Arm, leicht wie eine Feder.

»Es ist soweit«, sagte Gendun, zog einen *chakpa* aus dem Ärmel seines roten Gewands und streckte ihn Shan entgegen.

Shan zögerte. Aus dem dunklen Korridor, der zu der Kammer führte, drang ein Stöhnen. Es war der Wind, der mit dem bröckelnden Mauerwerk der Einsiedelei spielte und einen schaurigen Gleichklang mit dem Mantra erzeugte, das leise über Lokeshs Lippen drang. Der alte Tibeter saß neben Tenzin hinter ihnen an der Wand. Shan hob langsam die Hand und nahm den schmalen *chakpa*, der bereits mit dem weißen Sand gefüllt war. Dann reichte Gendun ihm noch einen zweiten, leeren Trichter, mit dessen Hilfe der Sand aus dem ersten *chakpa* herausgeklopft wurde. Shans Blick schweifte zu dem kleinen Holzaltar und dem gezackten Auge ab, dann wieder zurück zu dem Lama, verbunden mit einem Anflug von Schuldgefühl. Das Auge war da, allzeit wachsam. Doch Shan hatte von Gendun Disziplin gelernt, und das beinhaltete, daß er nicht an das geheimnisvolle Auge denken, sondern sich statt dessen in das Mandala vertiefen sollte. Seit jenem ersten Tag in der Einsiedelei hatte niemand mehr über das Auge gesprochen, abgesehen von Lokesh, der Shan eines Nachts unauffällig zugeflüstert hatte, er brauche sich keine Sorgen zu machen, denn wohin auch immer Gendun und der Stein sich begeben mochten, es würde sich um eine heilige Stätte handeln. Lokesh schien die bevorstehende Reise als eine Pilgerfahrt zu betrachten, in deren Verlauf heilige Männer einen heiligen Stein zurückbringen würden. Seiner Überzeugung nach würde die Welt sich notfalls teilen, um solchen Pilgern einen friedvollen Pfad zu bereiten.

Shan sah, daß Nyma soeben eine Flammenspur entlang des äußeren Rings abschloß, und beugte sich vor, um mit einer hauchdünnen Linie aus weißem Sand den Umriß einer Wolke zu beginnen. Er ließ zunächst den sandgefüllten *chakpa* und dann den leeren Trichter sinken, zog sie jedoch gleich wieder weg. Seine Hände zitterten. Niemand sagte ein Wort. Shan sammelte sich einen Moment lang, indem er den Palast im Zentrum des Kreises anstarrte, wo Weisheit und Mitleid herrschten. Mit ruhigeren Händen klopfte er behutsam gegen den Sand-*chakpa* und ließ einen weißen Faden auf den äußeren Rand des Mandalas herabrieseln. Das Klopfen seiner Metalltrichter verwandelte sich in eine winzige gedämpfte Glocke, ein Geräusch, das untrennbarer Bestandteil des allnächtlichen Rituals geworden war, und jeder Schlag kündete von einigen weiteren Samenkörnern, die in das von den Lamas geschaffene kleine Universum gepflanzt wurden.

Sobald Shan seine Aufgabe beendet hatte, nickte er Nyma zu, die nun das Muster fortführen und zinnoberroten Sand in Form eines Baumes hinzufügen würde. Dann stand er auf und trat von dem Kreis zurück, immer darauf bedacht, über den zarten Sandbildern nicht zu heftig zu atmen. Als er sich umdrehte, sah er, daß neben Lokesh ein Fremder hockte und leise auf ihn einredete. Der Mann trug eine auffallend fleckige Schaffellmütze und eine *chuba*, den dicken Schaffellmantel, der typisch für die Nomaden dieser kargen Landschaft war, aber er gehörte nicht zu den *dropkas*, die ihr Lager oberhalb der Klause aufgeschlagen hatten.

Plötzlich weiteten sich die Augen des Fremden. Er stand auf und deutete mit ausgestrecktem Zeigefinger anklagend auf Shan. Bei dieser Bewegung öffnete sich die *chuba*, und an seinem Gürtel war ein langes Messer zu sehen. Lokesh packte die

Gebetskette fest zwischen zwei Fingern, um die gegenwärtige Stelle nicht zu verlieren, sprang auf und drückte mit seiner freien Hand den Arm des Mannes herunter, während Shan näher kam.

»Ihr seid verrückt«, murmelte der Fremde. Als er sich von Lokesh losreißen wollte, fiel die Fellmütze herunter. Sein Kopf war vollständig kahlgeschoren. Shan musterte das markante, grobknochige Gesicht des Fremden, die glatte Kopfhaut und den langen dünnen Schnurrbart. Dieser Mann war keiner der Hirten, sondern ein *golok* aus dem fernen Nordosten Tibets und somit Angehöriger des wahrscheinlich wildesten aller tibetischen Völker. »Er ist Chinese!« schimpfte der *golok* laut.

Shan drehte sich besorgt zu dem Mandala um. Nyma und die Lamas ignorierten den Mann.

»Das ist Shan«, widersprach Lokesh und hielt den Arm des Mannes weiterhin fest, als fürchte er, der *golok* würde Shan angreifen. »Er ist der Auserwählte.«

Der Eindringling sah kurz den alten Tibeter an und nahm Shan dann genauer in Augenschein. Sein Zorn wich offener Verachtung. »Der Auserwählte, der den Gott erneuern wird? Er ist ein Krimineller. Ein unbarmherziger Kerl, wie es heißt. All die anderen Chinesen hassen ihn.«

Lokesh warf Shan einen entschuldigenden Blick zu. »Kein Krimineller, sondern ein Häftling. Vier Jahre *lao gai*«, fügte er hinzu und bezog sich dabei auf die Zwangsarbeitslager Pekings. Bis letztes Jahr hatten Shan und Lokesh beide in der 404. Baubrigade des Volkes arbeiten müssen, einer der berüchtigtsten Strafkolonnen Chinas.

»Der Chinese«, sagte der *golok* und ließ seine Augen über Shans vielfach geflickten Mantel wandern, über die ausgetretenen Arbeitsstiefel und das ausgefranste Ende des Vinylgürtels, das an seiner Taille hervorragte, »sieht aus wie ein Krämer. Ein verkrachter Krämer«, fügte er mit einem Hohnlächeln hinzu und betrachtete dann stirnrunzelnd die anderen Anwesenden in der Kammer. »Es sollten *purbas* sein, echte Krieger. So werdet ihr es niemals schaffen. Ihr habt ja keine Ahnung!« sagte er überheblich und wandte sich wieder Shan zu. »Du könntest auf hunderterlei Weise sterben. Bessere als du haben es versucht und ihr Leben verloren.«

Shan hielt dem Blick des *golok* ruhig stand. Falls dieser Mann, der mit Sicherheit kein *purba* war, von ihren geheimen Absichten erfahren hatte, wie vielen anderen mochte dann wohl noch bekannt sein, daß sie das gezackte Auge zurückbringen würden? Wieso schien er mehr zu wissen als Shan? Und warum hatten die *dropkas*, die die Gebäude bewachten, ihn durchgelassen?

Lokesh seufzte. »Ja«, sagte er, als habe er derartige Warnungen zuvor schon gehört. Er nahm den Mann bei der Hand und zog ihn mit sich. »Du solltest den heiligen Kreis studieren«, forderte er ihn mit nachsichtiger Stimme auf. Die Worte klangen wie der Ratschlag eines Heilers, und Shan gelangte zu dem Schluß, daß es sich bei dem Mann um einen jener verbitterten, wütenden Tibeter handeln mußte, die von den älteren Nomaden zu der Klause gebracht wurden, um das Mandala zu erfahren und darüber nachzusinnen, wieviel stärker als Haß und Angst doch das Mitleid sein konnte.

Der *golok* legte den Kopf merkwürdig schräg und beäugte das Mandala, als würden die Lamas und der Kreis aus Sand ihm erst jetzt auffallen. Er runzelte die Stirn, ließ sich auf die Knie nieder und verneigte sich einmal kurz bis zum Boden, um widerwillig seinen Respekt zu bezeugen. Als er wieder aufstand, murmelte er überrascht etwas vor sich hin, denn sein Blick war auf den Altar gefallen. Mit schnellen Schritten ging er an dem Mandala vorbei, kauerte sich vor das gezackte Auge und starrte es an. Der Stein interessierte ihn mehr als alles andere.

Shan hatte während seiner Haftjahre mehrere *goloks* kennengelernt. Nein, kennengelernt hatte er sie genaugenommen nicht, denn sie hatten sich stets geweigert, mit ihm zu reden, und ihn immer nur mit der stummen Abneigung angestarrt, die für ihre Feinde reserviert war. Sogar viele der anderen Tibeter gingen ihnen aus dem Weg, denn die *golok*-Stämme galten seit Jahrhunderten als besonders wilde und brutale Banditenhorden. Hätte Shan nicht unter dem Schutz der Mönche aus seiner *lao-gai*-Baracke gestanden, würden die *goloks* versucht haben, ihn zu ermorden. Er wußte von zwei chinesischen Gefangenen, denen es nicht anders ergangen war: Einer wurde auf seiner Pritsche gefunden; in seinem Hirn steckte ein Schraubenzieher. Den anderen hatte man mit einem angeschliffenen Löffel kastriert. Während der ersten Zeit im Arbeitslager wäre Shan der Tod durch die Hand dieser Männer regelrecht gelegen gekommen. Aber das damals war ein anderer Shan gewesen, eine andere Inkarnation – nach den wochenlangen Verhören durch die Öffentliche Sicherheit wollte der Peking-Shan, der ins Lager kam, nur noch von dem ständigen Schmerz und der Angst erlöst werden.

Gendun drehte sich um und sah Shan erwartungsvoll an. Nyma hatte ihren Baum in dem Sandrad vollendet. Shan kehrte an die Seite des Lama zurück und nahm den *chakpa* voll weißem Sand entgegen. Er schloß kurz die Augen, beugte sich vor und klopfte erneut gegen den Trichter, um diesmal drei geschwungene Berge zu erschaffen. Shan arbeitete schweigend, während Nyma und die Lamas das nahezu vollständige Mandala betrachteten, der Wind heulend über das Dach strich, die Butterlampen flackerten und Lokeshs geflüstertes Mantra im Rhythmus der Brise an- und abschwoll. Shan konzentrierte sich mit Leib und Seele auf die Sandkörner, die aus dem *chakpa* rieselten. Sie schienen zu leuchten; weiß wie frischer Schnee, weiß wie die Gottheiten, die in den Wolken lebten. Als die Berge schließlich fertig waren, wich Shan zurück und nahm neben Lokesh und Tenzin Platz, während Shopo einen *chakpa* mit blauem Sand hob, um einen Mönch zu malen, der inmitten von Shans Bergen saß.

Shan bemühte sich, in Gedanken nicht von dem Mandala abzuschweifen, doch der *golok* schritt mittlerweile rastlos im Hintergrund der Kammer auf und ab, sah im einen Moment das gezackte Auge an und beugte sich gleich darauf vor, um Shan anzustarren. Shan wußte, was der Mann dachte, denn er selbst stellte sich diese Frage schon seit Wochen. Wieso Shan? »Weil du die Schliche der Dämonen kennst, die nicht wollen, daß die Gottheit wieder sieht«, hatte Nyma auf die Frage geantwortet und damit gemeint, daß er die Schliche der chinesischen Regierung kannte. »Es ist deine Belohnung«, hatte sie hinzugefügt. »Die Menschen wissen, wie du das Gleichgewicht wiederhergestellt hast, nachdem es gewaltsam gestört worden war. Du findest, was verloren wurde.«

Aber die Leute hier mußten doch eigentlich selbst wissen, wohin das Auge gehörte, hatte Shan eines Morgens zu der Nonne gesagt, als sie gemeinsam Wasser holen gingen. Nein, hatte Nyma mit runden traurigen Augen erwidert. Nachdem die Gottheit geblendet worden war, hatte sie sich tief ins Gebirge zurückgezogen. Das Tal von Yapchi, das ihr jahrhundertelang als Aufenthaltsort gedient hatte, war mehr als drei Kilometer lang, ungefähr halb so breit und auf drei Seiten von hohen Bergen umgeben, Bergen voller Spalten und Höhlen. Die Gottheit konnte überall stecken.

Noch vier weitere Male nahm Shan den *chakpa* mit weißem Sand, um Bilder von Wolken und Bergen zu erschaffen und dann den anderen bei der Arbeit an dem Rad zuzusehen. Jegliches Zeitgefühl löste sich auf. Tenzin entzündete schweigend neue Weihrauchstäbchen. Einen Moment lang prasselte Hagel auf das Blechdach. Lokesh sagte unentwegt das Mantra auf, bis es nicht mehr zu sein schien als lediglich eine weitere Klangfarbe des Windes. Der *golok* ließ sich mit übergeschlagenen Beinen vor dem Altar nieder und neigte und drehte fortwährend den Kopf, als wolle er einen besseren Blick auf das Auge erhaschen.

Shan ließ sich durch das seltsame Verhalten des *golok* nicht aus der Ruhe bringen. Er verspürte eine unvermutete Wärme und versuchte sich zu entsinnen, wann er zum letztenmal eine solche Zufriedenheit empfunden hatte. Das mußte Jahre vor seiner *lao-gai*-Haft gewesen sein, vor seiner Beförderung zum Generalinspekteur des Wirtschaftsministeriums, vor seiner Heirat mit einer leitenden Parteifunktionärin und der Arbeit für die Regierenden in Peking. Dies war eine wichtige Nacht, begriff er, eine Art Initiation, eine Nacht der Erkenntnis. Eine Nacht, so würde Lokesh es ausdrücken, in der sie alle sich ihren inneren Göttern nahe fühlten. Eine Nacht, in der er voller Überzeugung zu sich selbst sagen konnte, daß von allen

Orten des Universums genau dieser hier für ihn bestimmt war, hier zwischen den Lamas, die vergessen konnten, daß seine chinesischen Landsleute eine Million Tibeter ermordet hatten, daß sie nach fünfzig Jahren noch immer in einem besetzten Land lebten; die all das Leid vergessen konnten, weil hier in dieser abgeschiedenen, vergessenen, windgepeitschten Einsiedelei ein paar ehrerbietige Seelen geduldig an der Vollendung eines Mandalas arbeiteten, das dem Mitleid und der Weisheit gewidmet war. Und nun, als sie mit dem letzten Durchgang der *chakpa*-Malerei begannen, brach für sie die perfekte Stunde dieser perfekten Nacht an.

Als Shan aufblickte und in Genduns Augen sah, stahl sich ein Lächeln auf sein Gesicht. Vielleicht hatte er zuviel in diese merkwürdige Rückgabe des Auges hineingedeutet, vielleicht ging es nur darum, Momente wie diesen zu bewahren, die Lamas und ihre Traditionen zu schützen, die Saat zu erhalten. Auf einmal konnte er sich nichts Wichtigeres auf der Welt vorstellen, als der Gottheit das Auge zurückzubringen.

Gendun neigte den Kopf in Richtung der Außenwand und lauschte. Der Wind wehte nun heftiger und rief einen langgezogenen dumpfen Ton von eigenartig metallischer Beschaffenheit hervor. Shan spürte eine hastige Bewegung, wandte den Blick von dem Mandala ab und sah, daß der *golok* sich aufrichtete und wachsam zur Tür schaute. Dann ertönte wieder der lange dumpfe Ton, diesmal etwas tiefer. Aus dem Korridor hörte Shan eilige Schritte. Der alte Nomade, der die *lhakang* bewachte, lief nach draußen.

Der Hirte und seine Schwester wechselten sich ab: Einer von ihnen befand sich stets in der Einsiedelei, der andere auf dem Berggrat im Westen, oberhalb des Tals, bewaffnet nicht etwa mit einem Gewehr, sondern einem alten verbeulten *dungchen*, einem der langen, spitz zulaufenden Hörner, wie sie in Tempeln gebräuchlich waren. Der *golok* stand auf und rannte zur Tür hinaus. Seine Hand lag auf dem Griff des langen Messers. Shan erhob sich und machte einen zögernden Schritt in die gleiche Richtung. Lokesh hielt mit dem Mantra inne und neigte lauschend den Kopf. Dann warf er Shan einen matten Blick zu und fuhr mit dem Gebet fort, allerdings ein wenig schneller als zuvor. Das Horn ertönte aufs neue, diesmal noch drängender, aber die Lamas ließen durch nichts erkennen, ob sie es gehört hatten. Womöglich waren die Kriecher hierher unterwegs. Sie könnten Maschinengewehre mitbringen. Sie würden ihre Schlagstöcke und Handschellen dabeihaben, um Verdächtige in ein *lao-gai*-Lager zu verfrachten, wo Gendun und Shopo als Mönchen ohne staatliche Lizenz eine Mindeststrafe von fünf Jahren gewiß war. Nichts davon konnte die Lamas ihres freudigen Moments berauben. Ihr Mandala war beinahe vollendet.

Der *golok* kehrte zurück. Er atmete schwer, packte Shopo an der Schulter und wollte ihn wegziehen, doch der Lama schien sich keinen Millimeter von der Stelle zu rühren, so als hätte er in den steinernen Bodenplatten der *lhakang* Wurzeln geschlagen. Der *golok* murmelte wütend etwas vor sich hin und versuchte es bei Gendun, wiederum ohne Erfolg. Shan ging bis zur Tür und horchte auf das metallische Rattern eines Helikopters oder das Hämmern von Kriecherstiefeln. Ihn würde man nicht als illegalen Mönch verhaften, sondern als *lao-gai*-Flüchtling, denn seine Freilassung aus dem Lager von Lhadrung war inoffiziell erfolgt, als dankbare Geste des Ortskommandanten. Die Kriecher müßten nur die eintätowierte Nummer auf seinem Arm überprüfen und würden herausfinden, daß Peking ihn zwar ins *lao gai* gesteckt, aber niemals seine Haftentlassung verfügt hatte.

Als das Hornsignal erstarb, wandte Shan sich zu dem beunruhigten *golok* um, der inzwischen laut fluchte. In seinem Blick lag Verwirrung und Angst, und seine Hand ruhte nach wie vor auf dem Messer. Shan fragte sich für einen Moment, warum der *golok* nicht einfach die Flucht ergriff. Dann trat er neben Lokesh und ließ sich langsam mit übergeschlagenen Beinen nieder, die Augen starr auf das Gemälde gerichtet. Die Lamas arbeiteten unbeirrt an dem Mandala weiter. Bald würde es wieder an der Zeit für Shans weißen Sand sein.

Plötzlich tauchte auch der Hirte wieder auf, der im Korridor gewacht hatte. Er rang nach Luft, aber seine Miene wirkte zufrieden. Der *golok* verstummte und wich in den Schatten der

Wand zurück, die Hand weiterhin am Messer. Die stämmige Frau hatte den Posten auf dem Kamm verlassen und trat hinter ihrem Bruder ein, gefolgt von einem hochgewachsenen schlanken Mann, der sich am Türrahmen festhielt.

Mit verzerrtem Gesicht sah der Neuankömmling sich in der Kammer um. Shan erkannte die entstellte Stirn wieder, das geschwungene Narbengewebe über den Augen. Es war Drakte, der *purba*, der Lokesh und Shan bei dem *dropka* abgeliefert und versprochen hatte, er würde zurückkehren. Der vermißte Drakte. Doch es war ein bleicher, erschöpfter Drakte, ohne das harte stolze Funkeln in den Augen, das Shan sonst immer an ihm bemerkt hatte.

»Er kommt«, stieß Drakte heiser und gequält hervor. »Es bleibt keine Zeit.« Der junge Tibeter schien völlig ausgelaugt. Er hielt sich die rechte Hand an den Bauch und ging auf den Kreis am Boden zu, wobei sein Kopf unaufhörlich hin- und herschwang, als suche er etwas ganz Bestimmtes. Als er Tenzin im Schatten sitzen sah, hielt er kurz inne; dann richtete sein Blick sich auf Shan. »Nimm das Auge«, keuchte er. »Nimm das Auge und lauf.«

Nyma seufzte und fuhr mit der Arbeit fort, umriß mit ihrem *chakpa* einen Berg aus blauem Sand. Shan hingegen registrierte, daß Gendun den *purba* mit leicht geneigtem Kopf und verkniffenem Blick in Augenschein nahm, als habe Drakte etwas an sich, das der Lama nicht verstehen konnte.

Lokesh erhob sich und ging einen Schritt auf Drakte zu, der ihn mit ausgestrecktem Arm auf Abstand hielt.

»Es kümmert ihn nicht, wer sterben muß«, stöhnte der *purba*. »Er will den Stein finden. Er tötet, wofür er steht. Er tötet Gebete. Ich habe ihn töten gesehen. Man kann ihn nicht aufhalten. Lauft weg«, wiederholte er, und es klang wie ein Schluchzen. »Ihr könnt nur noch weglaufen. Rettet das Auge. Rettet euch selbst.« Bei diesen Worten sah er traurig Shan an. »Es tut mir leid«, klagte er, als sei er Shan etwas schuldig geblieben.

Shan wußte nicht, was er tun sollte, und trat an den Rand des heiligen Kreises. Er wollte die Hand ausstrecken und den *purba* stützen, wollte anbieten, im Nebengebäude gemeinsam eine Schale Tee zu trinken und in Ruhe Draktes Befürchtungen zu erörtern, als die *dropka* aufkeuchte, auf die Knie fiel und sich tief in Richtung der Tür verneigte. Der *golok* ächzte und rannte hinter den Kreis, auf den Altar zu. Nyma blickte auf, stieß einen gedämpften Schrei aus und vergaß ihren *chakpa*, so daß der blaue Sand sich auf dem Mandala zu einem kleinen Haufen türmte.

In der Türöffnung stand eine groteske zweibeinige Gestalt, deren enorme Statur den gesamten Rahmen ausfüllte. Ihr wilder, zorniger Blick hatte sich auf den *purba* gerichtet. Das ist ein Mann, dachte Shan, oder zumindest ist es mal einer gewesen. Er hatte sich so sehr an die tibetischen Geschichten über Dämonen gewöhnt, war so vertraut mit den Bemühungen der Lamas, sich ein Bild von den Gottheiten zu machen, daß er einen Moment lang bezweifelte, ob dieser Anblick real war. Der zweite *dropka* rief den Namen der heiligen Tara, der Beschützerin der Gläubigen, und warf sich zu Boden.

Der Kopf des Eindringlings besaß menschliche Form, wirkte mit den geschwärzten Wangen und dem schmierigen festen Haarknoten auf dem Scheitel aber irgendwie tierisch. Sein Kreuz war breiter als die Türöffnung, und so mußte er sich drehen und vorbeugen, um den Raum zu betreten. Ein Arm, der aus dem ärmellosen braunen Gewand ragte, war oberhalb des Ellbogens mit einer roten Schnur umwickelt und hielt einen mehr als schulterhohen Stab, der fast so dick wie Shans Bizeps war und in einem knorrigen Holzknoten endete.

Shopo stand auf und hielt dem Fremden wie zur Begrüßung die offene Handfläche entgegen, doch noch bevor der Lama das Wort ergreifen konnte, schlug der Mann Drakte mit seinem Stab in den Bauch und brüllte den *purba* an. Er sprach schnell und dermaßen laut, daß seine Stimme den Wind übertönte. Die *dropkas* hielten sich die Ohren zu. Die alten Schulen des tibetischen Buddhismus lehrten, daß es böse Mystiker gab, deren Machtworte einen zufälligen Lauscher versklaven konnten.

Der riesige schwarzgesichtige Eindringling schien jedoch weder die *dropkas* noch die Lamas zur Kenntnis zu nehmen. Er schrie mit seiner tiefen dämonischen Stimme weiterhin auf Drakte ein, stach mit dem Stab nach ihm und traf den jungen Tibeter an Bauch, Armen und Oberschenkeln. Shan bemühte sich vergeblich, die Worte zu verstehen. Sie waren tibetisch, aber ihre Bedeutung blieb ihm verborgen. Es konnte sich um Alttibetisch handeln wie in den uralten Lehren oder um einen der vielen Dialekte aus Tibets entlegenen Regionen. Lediglich einen Namen vermochte er herauszuhören: den von Yamantaka, dem Herrn der Toten.

Draktes Gesicht verlor das letzte bißchen Farbe. Die Wut, die kurz in seinen Augen aufgeblitzt war, wich gleich darauf der Angst. Er hob die Hand vor die Brust und trat zurück, um aus der Reichweite des Stabs zu gelangen, bis er plötzlich im Zentrum des zerbrechlichen Mandalas stand. Hektisch hielt Shan nach irgendeiner Waffe Ausschau, um den *purba* damit zu verteidigen. Drakte konnte unterdessen den Blick nicht von dem Dämon abwenden und fing an, mit bebenden Lippen das *mani*-Mantra zu rezitieren, die Anrufung des Mitfühlenden Buddhas.

Der Eindringling verstummte unversehens, starrte feindselig Drakte an und schüttelte mit kurzen abgehackten Bewegungen den Stab. Das einzige Geräusch im Raum war das Mantra des *purba*, das allmählich in leises Wimmern überging. Drakte begann wie in einer starken Brise zu schwanken. Shopo wandte sich ihm zu, und der junge Tibeter hob eine Hand, als wolle er um Hilfe bitten. Doch seine Hand zitterte und sank langsam wieder herab, und Shopo stöhnte auf. Shan folgte dem Blick des Lama zu dem Mandala und erschauderte. Es änderte sich vor ihren Augen: Die Farben vermischten sich, und eine dunkle Wolke breitete sich über das komplizierte Muster aus, als habe etwas Böses die Macht übernommen.

Shan war völlig entgeistert und konnte sich die Vorgänge der letzten paar Augenblicke nicht erklären. Fassungslos wurde er Zeuge, wie erst Nyma und dann die *dropkas* verzweifelt aufschrien und auf das wirbelnde Mandala zeigten. Die plötzliche Erkenntnis durchzuckte ihn wie ein Schmerz. Das war Blut. Aus Draktes rechtem Hosenbein lief dunkelrotes Blut, sammelte sich zu seinen Füßen und bedeckte das kostbare Mandala.

Shan machte einen zögernden Schritt nach vorn, dann noch einen. Er wollte die Hand ausstrecken und Drakte helfen. Der *purba* schien seine Absicht zu ahnen und drehte sich mit mattem, verwirrtem Blick zu ihm um. Im nächsten Moment jedoch verließ den schwankenden Mann die Kraft. Er sank auf die Knie und stürzte dann schwer aufs Gesicht.

Shan schaute kurz zur Tür. Der Dämon war verschwunden.

»Wie furchtbar!« rief die *dropka* mit lautem Schluchzen. »Es ist alles dahin.« Mit Tränen in den Augen starrte sie das Mandala an. Zwei Monate hatten sie daran gearbeitet. Das heilige Gemälde war verunreinigt und zerstört. Die Götter würden es verlassen – und mit ihm vielleicht auch die Menschen.

Lokesh lief an Shan vorbei, kniete sich neben Drakte und barg dessen Kopf in seinem Schoß. Das Gesicht des alten Tibeters verfinsterte sich, und mit leisem schnellem Murmeln stimmte er eine andere Art von Gebet an. Auch Lokesh war nun klar, was Shan bereits dem glasigen leeren Blick des jungen *purba* entnommen hatte. Drakte war tot.

Kapitel Zwei

»Dein Geist ist im Grunde Leuchten und Leere«, sprach Gendun leise und ließ sich neben der Leiche des jungen Tibeters nieder. »Er bildet eine große Ansammlung des Lichts jenseits von Geburt oder Tod.« Er hatte beim Anblick von Draktes Gesicht sofort den Bardo-Ritus angestimmt und rezitierte nun die uralten Worte, während die beiden *dropkas* den Toten ehrerbietig am Boden zurechtlegten. Es galt, keine Zeit zu verlieren. Die Tibeter glaubten, daß Drakte gegenwärtig einen Sturz in große Tiefen wahrnahm, einen brausenden Wind und das Aufblitzen leuchtender Farben. Er war auf den Verlust seines Körpers nicht vorbereitet gewesen und würde verwirrt sein.

»Rinpoche«, wandte Nyma sich wie betäubt an Gendun. »Das Mandala für …«

Der Lama hielt kurz inne und ließ den Blick über das zerstörte Mandala, das gezackte Auge und schließlich Tenzin schweifen, der ebenfalls an Draktes Seite geeilt war. Dann sah Gendun wieder den Toten an. »Hierhin hat der Mitfühlende Buddha uns gebracht«, fuhr er mit der Zeremonie fort. »Du wirst diesen Körper aus Fleisch und Blut verlassen und wissen, daß du in Frieden ruhst«, intonierte der Lama aus dem Gedächtnis und mit fast geschlossenen Augen.

Die *dropkas* brachten eine Decke und hoben den Leichnam darauf. Dann trugen Lokesh und Tenzin ihn langsam in die Nachbarhütte, während Gendun neben ihnen ging und weiterhin den Todesritus abhielt. Dort setzten sie Drakte in der traditionellen Haltung aufrecht an die Wand, und Nyma entzündete einige Butterlampen. Shan nahm für einen Moment neben dem Lama Platz. Das Herz schlug ihm immer noch bis zum Hals. Er versuchte verzweifelt zu begreifen, was sich da vor seinen Augen abgespielt hatte. Er stand auf, ging zur Tür und blickte hinaus. Der *golok* und die beiden Nomaden liefen nervös am Rand des kleinen Lagers auf und ab, und die *dropka* rief etwas in Richtung des fernen Zeltes, um die Hirten zu alarmieren. Shan schaute zurück in die Hütte. In dem trüben Licht sah es so aus, als würden Gendun und Drakte ein Gespräch führen.

In der *lhakang* fing Shopo inzwischen mit einer zweiten Zeremonie bei dem Mandala an. Nyma und Lokesh ließen sich zu seinen Seiten nieder, und der Lama wandte sich nacheinander an jedes der einzelnen Bilder des Sandgemäldes und bedachte es mit einem leisen Gebet, das wie eine Entschuldigung klang. Shan gesellte sich für eine knappe halbe Stunde zu ihnen. Als dann seine Verwirrung erneut einer großen Furcht wich, kehrte er zur Tür der zweiten Hütte zurück, wo Gendun beständig zu Drakte sprach. Shan starrte den Toten an und erinnerte sich an ihr erstes Zusammentreffen im Tal von Lhadrung, wo der Tibeter Speisen für die Familien der Häftlinge gesammelt hatte. Drakte war einst ein Mönch gewesen, bis man ihn aus seinem *gompa*, seinem Kloster, vertrieb, weil Pekings Büro für Religiöse Angelegenheiten die Zahl der aktiven Mönche streng limitierte. In einem anderen Zeitalter hätte Drakte sein ganzes Leben in der kastanienbraunen Robe verbracht und die Wege des Mitleids erforscht und gelehrt. Doch die Beherrscher der Welt, in der Shan und Drakte lebten, hatten dem jungen Tibeter verboten, in einem *gompa* zu sitzen und an der Weisheit der Lamas teilzuhaben.

Shan hatte irrtümlich geglaubt, sie könnten in ihrer verborgenen Einsiedelei sicher sein, hatte sich fälschlich tief in das Ritual verstricken lassen, obwohl doch in unmittelbarer Nähe große Gefahr drohte. Vielleicht hätte er nicht einmal in Gedanken zulassen dürfen, daß das Mandala und die damit verbundene Hoffnung ihn so sehr beschäftigten, daß kaum Platz für etwas anderes blieb. Schon oft hatte Shan die Lamas zu Männern wie Drakte sagen gehört, daß vordringlich Mitgefühl die Waffe ihres Kampfes sein müsse. Die Antwort fiel fast immer gleich aus: Falls sie versuchten, allein mit Mitgefühl für ihre Sache einzutreten, würden letztendlich alle Mitfühlenden tot sein.

Er ertappte sich dabei, daß er benommen durch die Landschaft wanderte, bis er schließlich seinen Meditationsort bei den Felsen erreichte. Der Mond verschwand hinter einer Wolke, und vor Shans innerem Auge spielte sich immer wieder die gleiche schreckliche Szene ab: Draktes Blut durchtränkte das Mandala, während der *purba* ihn hilflos anstarrte. Ruhelos musterte Shan den schwach erhellten Horizont, kehrte dann zu der Totenhütte zurück und wollte eintreten, aber die Tür war geschlossen. Als er näher kam, hörte er wieder den Bardo-Ritus, allerdings aus zwei Mündern, nicht nur aus einem. Die zweite Stimme gehörte weder Nyma noch Lokesh oder Shopo, die allesamt in der *lhakang* saßen. Jemand anders, ein Fremder, hatte sich dem Lama angeschlossen. Die zweite Stimme klang beinahe wie ein Echo von Genduns sanfter, erfahren vorgetragener Litanei, aber tiefer – es war die Stimme eines Mannes, der sich auf die alten Überlieferungen verstand, die Stimme eines Lehrers wie Gendun. Shopo hatte erzählt, daß bisweilen andere Lamas in die Einsiedelei kamen, um hier im geheimen zu meditieren. Möglicherweise kannte auch einer der *dropkas* aus dem Lager die Zeremonie. Shan zog sich zurück, um nicht zu stören. Aus irgendeinem Grund spürte er, daß er Draktes Leben erschwert hatte. Nun wollte er den Mann nicht auch noch im Tode behelligen.

Bei Tagesanbruch bat Shan die *dropka*, ihn zu dem Berggrat zu bringen und ihm zu zeigen, wo sie Drakte letzte Nacht zum erstenmal gesehen hatte. Schweigend folgte er ihr im grauen Licht des Morgens den steilen Serpentinenpfad hinauf, der die Einsiedelei mit der Außenwelt verband. Auf dem Kamm ließ die Frau sich bäuchlings nieder und schob sich behutsam voran, um das Tal zu überblicken, als rechne sie mit einem Hinterhalt. Nach einer Weile richtete sie sich wieder auf und winkte Shan heran, ohne jedoch auf ihn zu warten. Statt dessen folgte sie der Kammlinie im Laufschritt zweihundert Meter bis zum höchstgelegenen Punkt, wo man einen Steinhaufen aufgeschichtet hatte. Als Shan sie einholte, war sie eifrig damit beschäftigt, weitere Steine hinzuzufügen. Der untere Teil des Haufens war sehr alt und dick mit graugrüner Flechte bewachsen, doch während der letzten Wochen hatten die Hirten ihn täglich um mehrere Steine erweitert und auf knapp zwei Meter Höhe gebracht, um die Aufmerksamkeit der hiesigen Gottheiten zu erregen. Nun sammelte die Frau hastig und mit sorgenschwerer Miene zusätzliches Material ein. Wenn die *dropkas* in der Einsiedelei schon keine Waffen tragen durften, konnten sie auf diese Weise wenigstens den Beistand der Götter erflehen.

Im Gehen hob Shan einen großen Stein auf und legte ihn dicht unter der Spitze des Haufens ab. Das ledrige Gesicht der Frau verzog sich zu einem traurigen Lächeln. Schweigend schob sie das rote geflochtene Stirnband zurück, das sie stets trug, und holte den nächsten Stein.

»Ich muß immerzu daran denken, daß ich schuld bin«, sagte sie schließlich und schaute gehetzt ins Tal. »Vielleicht habe ich dieses Wesen, das ihn getötet hat, herbeigerufen. Als ich Drakte sah, habe ich sofort das Signal gegeben, noch bevor ich ihn erkannt hatte.« Sie starrte das Horn an, das auf einem Stück Stoff in der Nähe des Steinhaufens lag. »Womöglich hat mein *dungchen* es irgendwie angelockt.«

»Nein«, widersprach Shan und bemühte sich, überzeugter zu klingen, als er eigentlich war. »Dieses Wesen befand sich bereits auf der Spur von Drakte und dem Stein. Drakte ist hergekommen, um uns zu warnen.« Doch der *purba* hatte auch vorgehabt, ihnen bei der Reise mit dem Steinauge behilflich zu sein. Die letzten Worte des Mannes verfolgten Shan ebensosehr wie der Anblick des Bluts auf dem Mandala. Hatte Drakte sich bei Shan für irgendeinen Fehler entschuldigen wollen? Oder dafür, daß die Reise nun unmöglich sein würde? Vielleicht für beides, weil er den Dämon auf sie losgelassen hatte.

»Und er ist dafür gestorben«, sagte die Hirtin. Sie verzog gequält das Gesicht und hob eine Hand an die Brust, als sei etwas in ihrem Innern zerrissen. »Ich habe Drakte gekannt. Er wurde in dieser Gegend als Sohn eines Herdenbesitzers geboren. Seine Mutter war so stolz, als er Mönch wurde. Damals hat er beim Wiederaufbau der Einsiedelei geholfen. Er wußte immer genau, aus welchen Familien jemand in Haft saß, und sorgte dafür, daß den Angehörigen geholfen wurde. Drakte hat mir sogar Nachrichten von meinem Sohn überbracht, der in der Nähe von Lhasa eingesperrt ist, weil er vor Jahren mal einem Mönch Zuflucht gewährt hat.« Sie berührte ihr Stirnband. »Das hat er mir auch von meinem Sohn gebracht. Es wurde aus dem Gewand eines Mönchs geflochten, der im Gefängnis gestorben ist.«

Die Frau blickte in das Tal hinaus, über dem die ersten Strahlen der Morgensonne leuchteten. »Aber das Wesen, vor dem er uns warnen wollte, hat uns nichts getan«, stellte sie verwirrt fest. »Es hat ihn einfach nur ermordet und ist verschwunden. Es hätte den Stein nehmen können, doch das hat es nicht. Ich habe Drakte sagen gehört, es würde für den Stein töten. Wir haben gesehen, wie es statt dessen *ihn* getötet hat.« Sie sah Shan ins Gesicht. »Es wartet bestimmt irgendwo in den Bergen, um zurückzukehren. Jetzt, da es Bescheid weiß. Tötet es bloß nachts?«

Shan schüttelte bekümmert den Kopf. Dann wies er auf den Ausgang des Tals. »Wie konntest du Drakte im Dunkeln sehen? Du hast doch Signal gegeben, weil du ihn gesehen hast. War er allein?«

»Wir haben fast Halbmond. Ich habe in solchen Nächten schon oft bei unseren Herden gesessen und mit meiner Schleuder nach Wölfen und Schneeleoparden Ausschau gehalten. Wenn es nicht bewölkt ist, kann ich bei diesem Licht sehr weit sehen. Ich wußte, daß jemand sich näherte. Als er den Grund des Tals erreichte, konnte ich ihn deutlich erkennen, weil er einige kleinere Schneeflächen durchqueren mußte. Er war allein. Aber zuerst habe ich die Hunde gehört.«

»Die Hunde?«

»Unten aus dem Tal. Da an der Biegung bellten Hunde, obwohl ich dort in all diesen Wochen noch keinen Hund entdeckt hatte.« Sie wies auf mehrere große Felsvorsprünge in etwa anderthalb Kilometern Entfernung. »Also sah ich genauer hin. Im ersten Moment dachte ich, es könnte Tenzin sein.«

»Tenzin?« fragte Shan überrascht.

»Er geht nachts manchmal weg. Vor zwei Tagen zum Beispiel und einmal auch letzte Woche. Ich glaube, er sucht sich Orte, an denen er im Mondschein beten kann. Es gibt Gebete, die nur nachts gesprochen werden sollten, und Dinge, die man am besten nur dem Mond erzählt.« Die Frau sah Shan durchdringend an, schüttelte dann den Kopf und schaute wieder zurück ins Tal. »Ich habe überhaupt nicht mit Drakte gerechnet, sonst hätte ich keinen Alarm gegeben. Wenn er auf Hunde traf, blieb er immer stehen und sprach mit ihnen, also hätten sie nicht so laut gebellt. Und ich kannte seinen Schritt. Er ging immer gerade und stolz wie ein Krieger. Letzte Nacht aber hat er sich so seltsam verhalten, lief erst offen sichtbar durch das Mondlicht und blieb dann mehrere Male an Felsvorsprüngen stehen, als wolle er sich verstecken und jemandem auflauern.«

»Oder sich vergewissern, ob er verfolgt wurde.« Vor seinem inneren Auge ließ Shan Revue passieren, wie Drakte die Kammer betreten hatte, nur wenige Sekunden vor dem Eindringling. Nein, der *purba* war beim Anblick des riesigen Mannes mit dem Stab sichtlich erschrocken. Er hatte nicht mit ihm gerechnet, hatte keinen Verfolger erwartet. Es mußte einen anderen Grund für seine Pausen bei den Felsen gegeben haben, eine andere Erklärung für sein merkwürdiges Verhalten.

»Als er am Ende den Hang hinaufkam und dich sah, was hat er da gesagt?«

»Als er den Grat erreichte, habe ich ihn erkannt und gewinkt. Er hat nichts gesagt, sondern nur auf die Einsiedelei gedeutet. Ich bin dann mit ihm nach unten gestiegen, weil ich doch das Hornsignal gegeben hatte und nicht wollte, daß die anderen sich Sorgen machen und mit Schwierigkeiten rechnen würden ...« Die Worte blieben ihr im Hals stecken. Sie hatte ihren Posten verlassen, um Bescheid zu geben, daß keine Gefahr drohte, und dadurch der eigentlichen Gefahr den ungehinderten Zutritt ermöglicht.

»Dieses Wesen war ein mächtiger Dämon, sonst hätten wir den Speer erkannt.« Ihre Stimme war kaum lauter als ein Flüstern.

»Speer? Da war kein Speer?«

»Du konntest ihn natürlich nicht sehen, keiner von uns konnte das. Aber wir alle haben gesehen, wie Drakte erstochen wurde. Der Dämon hat uns vorgegaukelt, es sei ein einfacher Stab.«

Shan starrte die Frau an und überdachte ihre Worte, bis ihm auffiel, daß die *dropka* an ihm vorbeiblickte. Er drehte sich um und sah Shopo den Kamm überqueren und den Abstieg in das Tal beginnen. Über seiner Schulter lag ein Stoffbündel.

»Heiliger Buddha«, sagte die Frau in düsterem Tonfall. »Der Sand.« Sie berührte bei diesen Worten das *gau*, das um ihren Hals hing. »Er muß den Sand zu den *nagas* zurückbringen, den Wassergottheiten.«

»Aber bei Tageslicht können die Patrouillen ihn leicht entdecken«, sagte Shan beunruhigt und trat einen Schritt vor, als wolle er dem Lama nachlaufen und ihn aufhalten. »Man wird ihn noch verhaften. Kann er denn nicht warten?«

Die *dropka* sah Shan an und schaute dann flehentlich zu den Bergen jenseits des Tals, als würde sie die Götter fragen, warum man ihr einen solchen Chinesen aufgebürdet hatte. Sie schüttelte den Kopf. »Das ganze Blut. Und genau in dem Moment, als sie fast fertig waren, nach all diesen Wochen voller Gebete. Wenigstens hatte man es noch nicht abschließend geweiht«, sagte sie mit schwerer Stimme. Sie blickte zu der einsamen Gestalt, die in das leere Tal hinabstieg. »Normalerweise wäre Shopo nachher zu den *nagas* gegangen, um ihnen zu danken und zu berichten, welch einem wunderschönen Zweck ihre Gabe gedient hat, nämlich dem Beginn der Erneuerung eines Gottes. Stell dir nur vor, was er ihnen jetzt mitteilen muß«, flüsterte die Frau, und eine Träne rann über ihre Wange.

Einen Moment lang sah Shan dem Lama hinterher. »Falls da Hunde waren, hielten sich letzte Nacht vielleicht Hirten am Ausgang des Tals auf«, sagte er. »Jemand könnte sich auf die Suche nach ihnen machen und sie befragen. Ich muß bei Gendun bleiben, aber wir müssen wissen, was gestern da draußen passiert ist.«

Als die Frau nicht erkennen ließ, ob sie ihn gehört hatte, machte Shan sich auf den Rückweg zum Serpentinenpfad, während die verzweifelte *dropka* wieder anfing, Steine aufzuschichten. Vor dem Abstieg zur Einsiedelei blieb er stehen und ließ den Blick über die weite zerklüftete Landschaft schweifen. Hinter den niedrigen Felsgraten auf der anderen Seite des Tals sah er eine weitere, höhere Bergkette vor dem leuchtenden Blau des Himmels, deren schneebedeckte Gipfel in der Morgensonne blendend weiß erstrahlten. Genau so fühlte er sich. Ganz gleich, wie sehr er sich bemühte und wie hoch er auch kletterte: Immer wenn er einen neuen Gipfel erklomm, eine neue Erkenntnis gewann oder die Beziehung zu seinen Lehrern vertiefen konnte, ragte ein weiterer Berg vor ihm auf und verstellte ein neues Hindernis oder Geheimnis seinen Weg. Lokesh hatte dies einmal als den Kern von Shans Dasein beschrieben. »Dinge, die wir als unausweichliche Wendungen unseres Lebenswegs betrachten, sind für dich Rätsel, die ergründet und verstanden werden müssen. Das ist deine Art, dir selbst etwas beizubringen«, hatte sein Freund mit einem Anflug von Verwunderung hinzugefügt. Doch das beinhaltete, daß Shan dabei etwas lernte und sein Wissen erweiterte. Er hingegen hatte den Eindruck, immer wieder schonungslos erfahren zu müssen, wie wenig er doch wußte.

Als er sich nun in Richtung der Einsiedelei wandte, registrierte er eine Bewegung im Tal. Eine schwarze Gestalt rannte unglaublich schnell den Pfad entlang, so schnell, daß Shan abermals erschrak. War das etwa dieselbe unnatürliche Kreatur, die Drakte in der *lhakang* überfallen hatte? Er kauerte sich in das niedrige Gras und beobachtete ängstlich, wie tief unter ihm Shopo stehenblieb und der Gestalt entgegenblickte. Die *dropka* bei dem Steinhaufen stöhnte laut auf und nahm ihr Horn. Im nächsten Moment starrte sie verwirrt nach unten. Die alten Tibeter erzählten sich Geschichten von geheimnisvollen Läufern, genannt *lunggompas*, die pro Tag Hunderte von Kilometern zurücklegen konnten, indem sie ihren Körper darauf trainierten, jegliche Erschöpfung zu ignorieren.

Auf Höhe von Shopo verringerte die Gestalt kurz ihr Tempo und erklomm dann den Hang, auf dessen Kamm Shan stand und hinter dem die Einsiedelei lag. Die *dropka* ließ das Horn sinken. Der Fremde hatte den Lama mit dem Bündel Sand weder angegriffen noch anderweitig behelligt. Shan setzte sich auf einen Felsen am Wegesrand und wartete. Der Läufer, der einen schwarzen Trainingsanzug mit Kapuzenjacke trug, entdeckte Shan aus fünfzehn Metern Entfernung, wurde langsamer, näherte sich ihm schweigend und ließ sich im Lotussitz vor ihm nieder. Dann holte der Fremde eine Wasserflasche hervor, die an einem Gürtel unter dem Anzug hing, trank einen Schluck und schlug die Kapuze zurück.

Es war eine junge Tibeterin mit schmalem Gesicht und eindringlichen schwarzen Augen. »Sie müssen der Chinese sein.« Sie sprach mit ernster Stimme und atmete tief durch, wenngleich sie nicht nach Luft rang, womit nach einem so steilen Aufstieg eigentlich zu rechnen gewesen wäre. Nachdem sie ihn eine Weile betrachtet hatte, löste sie ihre beiden hochgesteckten Zöpfe, als sei ihr auf einmal ihr Aussehen wichtig. »Ich suche nach Drakte.«

»Sie sind eine *purba*«, stellte Shan fest.

»Ich bin Lehrerin«, gab die junge Frau scharf zurück.

»Hier sind aber keine Kinder«, merkte Shan ruhig an.

Die Frau musterte ihn mit kaltem, herausforderndem Blick. »Die Chinesen haben zu mir gesagt, geh zur Universität und werde Lehrerin, werde ein Vorbild für die tibetische Jugend.« Sie hielt seinem Blick gelassen stand. »Also bin ich auf die Universität gegangen. Sie sagten, trainier bei den Leichtathleten, damit wir eine tibetische Langstreckenläuferin bekommen, die an den chinesischen Meisterschaften teilnehmen kann. Ich habe in Peking Medaillen gewonnen und bin in meinen Heimatbezirk zurückgekehrt, um die gewünschte Musterbürgerin zu sein. Aber nach einem Jahr als Lehrerin sagte man mir, es dürfe keinen Unterricht auf tibetisch mehr geben, sondern nur noch die chinesische Sprache und chinesische Bücher. Und ich sagte, nein, ich werde die tibetischen Kinder in ihrer Muttersprache unterrichten, denn das ist es, was eine tibetische Musterbürgerin tun sollte.« Sie hob die Flasche und trank einen großen Schluck. »Eines Tages kam ich zu meiner Schule, und eine chinesische Lehrerin hatte meine Klasse übernommen. Mein Büro war leergeräumt, und sogar all meine Medaillen waren weg.« Sie schaute zu der Einsiedelei hinunter, dann wieder zu Shan. »Doch meine Beine habe ich behalten.«

»Und nun laufen Sie für die *purbas*.«

»Ich gelange an Orte, die weder per Pferd noch per Auto zu erreichen sind.«

»Eine *purba lunggompa*.«

Die Frau zuckte ungehalten die Achseln, als wolle sie nachdrücklich betonen, wie wenig seine geistreiche Bemerkung sie beeindruckte. Kurz darauf wandte sie sich in die Richtung um, aus der sie gekommen war.

»Werden Sie verfolgt?« fragte Shan.

»Ich muß mit Drakte sprechen«, sagte sie.

»Er ist ...« Shans Zunge schien plötzlich wie gelähmt zu sein.

Die Frau wartete sein nächstes Wort gar nicht mehr ab, sondern stand auf und eilte mit langen Sprüngen den Hang hinunter, die Flasche noch immer in der Hand.

In der Totenhütte holte Shan sie wieder ein. Sie lehnte bleich an der Wand, hielt sich den Bauch und starrte den Leichnam an. Die Wasserflasche lag zu ihren Füßen, und der letzte Rest des Inhalts tröpfelte heraus. Lokesh und Tenzin saßen mit einer Schüssel Wasser und einem Lappen bei dem Toten und wuschen ehrfürchtig Draktes Glieder. Der Bruder der Frau auf dem Kamm entzündete Weihrauchstäbchen. Gendun saß im Schatten und setzte mit geschlossenen Augen leise die Bardo-Riten fort.

Shan hob die Wasserflasche auf. »Sollten Sie ihm eine Nachricht überbringen?« fragte er flüsternd.

Die Frau reagierte nicht. Sie ging zu dem Toten, kniete nieder und streckte langsam die Hand nach Draktes Gesicht aus, als wolle sie dessen Wange berühren. Im letzten Moment zog sie die Finger wieder zurück. »Wer?« fragte sie mit zittriger Stimme. »Wer hat gesehen, was passiert ist? Wer hat das getan?« Ihr Blick richtete sich auf Shan. Jeder wußte, wer *purbas* tötete.

»Wir alle haben mit angesehen, wie er getötet wurde«, sagte der *dropka* schaudernd. »Man hat ihn mit einem Fluch belegt, und sein Blut strömte aus dem Körper.«

»Nein«, widersprach Shan. »Niemand hat gesehen, wie er getötet wurde. Wir haben ihn lediglich sterben gesehen. Ein

Fremder ist gekommen und hat ihn mit einem Stab in den Bauch geschlagen – allerdings nicht hart genug, um eine solche Blutung zu verursachen.« Er erwiderte den eisigen Blick der Frau, bis sie die Hand hob, um eine Träne wegzuwischen. »Unsere Wächterin vom Berggrat sagt, Drakte habe sich merkwürdig benommen und im Tal immer wieder angehalten«, fügte er sanfter hinzu. »Ich glaube, der Grund dafür war, daß man ihn bereits verletzt hatte.« Shan ging näher heran, kniete sich neben Lokesh und griff nach dem blutbefleckten Hemdschoß. Letzte Nacht war er zu schockiert gewesen, um die Leiche zu untersuchen. Nun brauchte er Gewißheit. Er hob das Hemd an und schlug es zurück, um den rechten Teil des Unterbauchs freizulegen. Dort klaffte eine zehn Zentimeter lange Wunde, von der aus eine Spur aus geronnenem Blut über die Hüfte nach unten verlief. Shan fiel wieder ein, wie unnatürlich hart ihm der Bauch des *purba* vorgekommen war, als er geholfen hatte, Drakte auf die Decke zu heben.

»Man hat ihn erstochen!« stöhnte die Frau.

»Aber nicht gestern abend«, sagte Shan und wies auf einige Fäden an den Wundrändern. Jemand hatte versucht, die Verletzung provisorisch zu vernähen. »Die Wunde ist schon älter und reicht bis tief in die Organe.« Die primitive Naht war aufgeplatzt, vermutlich durch die Schläge mit dem Stab.

Die Frau stieß ein wehklagendes Geräusch aus und brach dann unvermittelt ab. »Letztes Jahr«, sagte sie nach einem Moment mit bebender Stimme. »Als wir oberhalb eines Armeestützpunkts in den Felsen geklettert sind, hat Drakte sich an einer scharfen Kante den Arm aufgeschlitzt.« Sie schob Draktes linken Ärmel hoch, so daß man an seinem Unterarm eine grobe, etwa fünfzehn Zentimeter lange Narbe sehen konnte. »Als ich sagte, er soll zum Arzt gehen, hat er nur gelacht und behauptet, gute tibetische Ärzte seien schwer zu finden und in chinesischen Krankenhäusern würden einem Tibeter üble Dinge zustoßen. Also hat er die Wunde einfach selbst genäht. Bloß mit einer großen Nadel und ein paar Yakhaaren, die er sich von einem *dropka* geliehen hat, der gerade sein Zelt flicken wollte.«

Shan erinnerte sich daran, wie schwach Drakte bei seiner Ankunft gewirkt und wie er sich an die Wand gelehnt hatte, bevor er auf die Mitte des Raums zugewankt war. Die *dropka*-Wächterin sagte, er sei an Felsvorsprüngen stehengeblieben, als würde er nach jemandem Ausschau halten. Doch das war nicht der Grund für die Pausen gewesen, davon war Shan mittlerweile überzeugt. Drakte hatte innegehalten, um sich auszuruhen und Kraft zu sammeln, damit er die Einsiedelei erreichen würde. Den Angreifer glaubte der junge Tibeter längst abgeschüttelt zu haben, denn er hatte sich einige Stunden zuvor sogar Zeit genommen, die Wunde zu nähen.

Die *purba*-Läuferin beugte sich dicht zu Draktes Kopf vor und schien dem Toten etwas ins Ohr zu flüstern. Als sie sich wieder aufrichtete, liefen ihr noch mehr Tränen die Wangen hinunter. Shan mußte daran denken, wie sie oben auf dem Kamm ihre Frisur gerichtet hatte.

Schweigend saßen sie da und sahen Lokesh dabei zu, wie er behutsam das Blut von der Wunde wusch und den Hemdschoß darüber legte. Tenzin ging ihm weiterhin zur Hand und hielt die Wasserschüssel, aber dann erstarrte er plötzlich, keuchte vernehmlich auf, stellte mit zitternden Fingern die Schale ab und musterte erneut den Toten. Er wich zurück und lehnte sich an die Wand. Sein Gesicht war auf einmal vom Kummer gezeichnet. Der Blick der Läuferin verklärte sich, und sie schien die anderen zu vergessen. Ihr Arm hob sich von neuem, und dann fuhr sie mit einem Finger die lange geschwungene Narbe auf Draktes Stirn nach, legte ihm die hohle Hand auf die Wange und strich beiläufig ein weiteres Mal über die Narbe. Die Geste wirkte intim, wie ein Ausdruck der Zuneigung, den der Tote noch immer wiedererkennen würde.

»Du wärst so ein Lama gewesen«, hörte Shan sie flüstern. »Du wärst hundert Jahre alt geworden und hättest die wahre Lehre weitergegeben.« Sie legte ihm die Hand auf die Wange. »Wer werden die Alten sein, wenn eigentlich deine Zeit käme?« fragte sie den Leichnam. Langsam sank die Hand herab, und als die Frau sich umdrehte, klang ihre Stimme kühl und ruhig, obwohl ihr Tränen in den Augen standen. »Was meinst du damit, er wurde mit einem Fluch belegt?« fragte sie den *dropka*.

»Ein Dämon ist gekommen und hat Worte der Macht gesprochen«, warf jemand hinter Shan ein. Der *golok* stand im Eingang. »Wir kennen den Grund«, sagte er höhnisch zu Lokesh und Gendun. »Der Dämon will nicht, daß schon wieder ein Chinese das Auge nimmt.«

Shans Blick wanderte überrascht von dem *golok* zu Lokesh, den die Worte genauso zu verwirren schienen. Der alte Tibeter zuckte entschuldigend die Achseln, sah den Mann an und runzelte die Stirn. »Kein Dämon«, sagte er. »Ein *dobdob*. Falls es ein Dämon gewesen wäre, würde er zurückkommen und dich holen, weil du dich in der Nähe eines Toten so respektlos aufführst.«

Verblüfft starrte Shan seinen alten Freund an. Es sah Lokesh gar nicht ähnlich, jemanden zurechtzuweisen. Der *golok* tat mit theatralischer Geste, als würde er zusammenzucken, drehte sich um und verließ die Hütte.

Sie säuberten den Leichnam so gut sie konnten, entzündeten weitere Butterlampen und gingen hinaus. An der Tür zögerte Shan, weil er unbedingt mit Gendun sprechen und sicherstellen wollte, daß der Lama bereit sein würde, mit ihnen zu fliehen. Doch Gendun setzte unbeirrt den Bardo-Ritus fort und blickte inzwischen in eine der Flammen neben Drakte. Der Tibeter hatte fast sein gesamtes Leben in einem verborgenen Kloster zugebracht, das in eine Bergwand gemeißelt worden war, und vor Shan noch nie einen Chinesen kennengelernt. Das lag nun ein Dreivierteljahr zurück. Und erst vor vier Monaten hatte der Lama die Abgeschiedenheit seiner Klause zum erstenmal seit vielen Jahrzehnten verlassen. Vor allem an eines könne er sich in der Außenwelt nicht gewöhnen, hatte er Shan bekümmert anvertraut, nämlich daran, daß viele gute Menschen starben, ohne ihre Seelen darauf vorbereitet zu haben, so als hätten sie die Gabe der menschlichen Inkarnation nicht ernst genommen.

Als er nach draußen trat, stellte Shan erleichtert fest, daß der *golok* bei einem gedrungenen grauen Pferd stand und offenbar Reisevorbereitungen traf. Der *dropka*-Wächter hockte windgeschützt zwischen zwei der Gebäude an einem kleinen Feuer, bereitete Buttertee zu und warf besorgte Blicke zu dem Bergkamm, auf dem seine Schwester immer noch Steine aufschichtete. Lokesh, Shan und die *purba*-Läuferin nahmen neben dem Mann Platz, und er reichte jedem eine Schale Tee.

»Eines verstehe ich nicht«, sagte Shan zu Lokesh. »Du weißt, wer das letzte Nacht war? Ein *dobdob*, hast du gesagt. Diesen Begriff habe ich noch nie zuvor gehört.«

»Nicht wer, sondern was er war«, erwiderte Lokesh mit großen Augen. »Ein Mönchspolizist. Ein *dobdob* wacht über die Tugenden und fordert Respekt für die Lamas ein. Als ich noch ein Junge war, hatten alle großen *gompas* diese Männer, und als ich zum erstenmal einen davon zu Gesicht bekam, habe ich ihn ebenfalls für ein Ungeheuer gehalten. Die Wangen mit Asche geschwärzt. Das breite Kreuz. Sie legen sich unter ihren Gewändern manchmal besondere Bretter auf die Schultern, um übermenschlich groß zu wirken. Ich habe mich damals bei dieser ersten Begegnung hinter meinem Vater versteckt, bis der *dobdob* verschwunden war. Und seit mindestens vierzig Jahren habe ich keinen mehr gesehen«, fügte der alte Tibeter mit entrücktem Blick hinzu. Als früherer Bediensteter der Regierung des Dalai Lama hatte Lokesh nahezu sein halbes Leben im Arbeitslager verbracht. »Bei großen Zusammenkünften sorgten sie für Ordnung unter den niederen Rängen. Mit ihren Stäben und den Peitschen aus Yakleder verschafften sie den Vorschriften des Abtes Geltung und halfen den Mönchen, ihre Gelübde einzuhalten. Falls ein Novize vorlaut das Wort ergriff, brachte eine Kopfnuß mit dem Stab ihn schnell wieder zum Schweigen.«

»Aber hier?« fragte die *purba*. »Letzte Nacht? Das ist unmöglich. Es gibt sie nicht mehr.«

»Der Geist eines *dobdob*«, sagte der *dropka*, nicht ängstlich, sondern mit einer gewissen Ehrfurcht. »Er ist einfach aufgetaucht, hat Drakte bestraft und sich dann wieder verflüchtigt, so wie Geister es nachts eben tun. Er will uns nicht hier haben. Das nächste Mal«, sagte er trübsinnig zu der Läuferin, »wenn die *purbas* hier Wachposten brauchen, sollen sie gefälligst jemand anders fragen.«

»Sein Bauch wurde ihm nicht von einem Geist aufgeschlitzt«,

sagte Shan. »Es war kein Geist, der ihn angegriffen und durch die Berge gehetzt hat.«

»Drakte hat uns gewarnt, er habe ihn töten gesehen«, flüsterte der Nomade. »Wir sahen den, von dem er gesprochen hatte, und kurz darauf war auch Drakte tot.«

Die *purba* sah in ihre Teeschale. »Die Läufer waren Draktes Idee«, sagte sie gedankenverloren, als schulde sie dem Toten einen Nachruf. »Er hat dafür gesorgt, daß ich andere trainieren konnte. Man sperrte ihn ein, weil er am Geburtstag des Dalai Lama eine Demonstration in Lhasa angeführt hat. An jenem Tag habe ich ihn kennengelernt, habe Lieder mit ihm gesungen und gesehen, wie die Soldaten ihn fortzerrten. Später habe ich ihn im Gefängnis besucht und ihn abgeholt, als er freigelassen wurde. Einen Monat lang hat er nichts anderes gemacht, als Nahrungsmittel zu sammeln und sie den Familien seiner Zellengenossen zu bringen.« Sie hob den Kopf. »Was wird mit ihm geschehen?« Ihr standen erneut Tränen in den Augen.

»Wir treffen die nötigen Vorkehrungen.« Der *dropka* legte ihr tröstend eine Hand auf die Schulter. »Auf einem Berggipfel oberhalb des heiligen Sees befindet sich ein *durtro*. Wenn es soweit ist, bringen wir ihn dorthin.«

Ein *durtro*. Der Hirte meinte einen Ort für Himmelsbegräbnisse, einen Totenplatz, an dem die *ragyapas*, die Leichenzerleger, die sterblichen Überreste zerteilen und an die Geier verfüttern würden. Drei Tage nach seinem Tod, wenn der Körper angemessen gesegnet war, würde man Drakte zum *durtro* tragen und in Stücke hacken, um ihn wieder in den Lebenskreislauf einzugliedern. Sogar seine Knochen würde man zerstampfen, damit die Vögel sie verzehren konnten.

»Laßt nicht zu, daß die Chinesen ihn holen«, bat die *purba* flehentlich. »Sie dürfen es nicht erfahren.«

Der *dropka* nickte ernst.

Die Frau sah zu Shan, wich seinem Blick aber sogleich wieder aus. »Ich heiße Somo«, sagte sie leise. Das war ihre Art, sich zu entschuldigen. Ungeachtet dessen, was sie von anderen Chinesen hielt, brachte sie ihm durch ihren Namen Vertrauen entgegen, weil auch Drakte dies getan hatte.

»Ich heiße Shan.«

Sie nickte. »Ich habe sogar schon von Ihnen gehört, als Sie noch im Gefängnis saßen.«

»Waren Sie mit Drakte in Lhadrung?« fragte Shan.

Somo schüttelte den Kopf. »Ich bin meistens in Lhasa geblieben. Er hat viel Zeit dort verbracht. Und in der Gegend nördlich von hier, wo er geboren wurde.«

»Wann waren Sie zuletzt mit ihm in Lhasa?«

»Zum letztenmal vor fast drei Monaten«, sagte die Frau vorsichtig. Vor etwas mehr als zwei Monaten hatte man das Auge in die Einsiedelei gebracht, und der eigentliche Diebstahl in Lhasa lag noch einige Wochen länger zurück. »Drakte hat erzählt, daß Sie den alten Lamas im Lager beigestanden sind. Da gab es einen alten Beamten aus der Regierung des Vierzehnten, dem Sie zur Freiheit verhelfen konnten.«

Lokesh stieß sein heiseres Lachen aus und sah Shan amüsiert an.

Somo musterte die beiden Männer einen Moment lang. »Sie?« fragte sie Lokesh ungläubig.

Der alte Mann nickte. »Ich wäre in diesem Gefängnis gestorben, aber Xiao Shan hat einen anderen Weg für mich aufgetan.« Xiao Shan. Kleiner Shan. Das war chinesisch; dennoch benutzte Lokesh manchmal diesen Ausdruck der Zuneigung aus Shans Kindheit, mit dem sich traditionell eine ältere Person an eine jüngere wandte.

Shan starrte in seine Schale. »Ich war schon tot, und sie haben mich ins Leben zurückgeholt«, sagte er und schaute zu der Hütte, wo Gendun immer noch bei Drakte saß. Die Bardo-Riten mußten vierundzwanzig Stunden rezitiert werden. In ihrem *lao-gai*-Lager hatten die ältesten Lamas sich nach dem Tod eines Häftlings in Vierstundenschichten abgewechselt und die Gebete aus dem Gedächtnis aufgesagt, sogar während der Strafarbeit im Straßenbau. Es mußten stets die Ältesten sein, weil den jüngeren Mönchen dank der Chinesen eine vollständige Ausbildung versagt geblieben war und sie daher nicht alle Worte kannten.

»Es gibt sonst niemanden«, sagte Lokesh, als habe er Shans

Gedanken verfolgt. »Ich kenne bloß die erste Stunde der Zeremonie, und wir haben keinen Text, den wir ablesen könnten.«

»Letzte Nacht habe ich noch jemand anders gehört«, sagte Shan. »Wir können keinen ganzen Tag mehr abwarten.«

»Es gibt sonst niemanden«, wiederholte Lokesh.

Shan sah verwirrt zu der Totenhütte. Es stimmte. Er hatte niemanden gesehen. War es ein seltsames Echo gewesen? Oder hatte gar Drakte versucht, eine Verbindung zu Gendun herzustellen?

»Aber ihr dürft nicht bleiben«, protestierte Somo. »Wovor auch immer Drakte uns warnen wollte ...« Sie warf Shan einen kurzen Blick zu. »Es ist zu gefährlich. Das hat er letzte Nacht doch selbst zu euch gesagt.«

Wie zur Antwort erhob Lokesh sich und ging in die kleine *lhakang*. Shan folgte ihm. Nyma saß dort vor dem Altar und betete mit leiser, nervöser Stimme. Es klang beinahe, als würde sie mit dem Auge streiten, das mittlerweile an der Vorderkante des Altars lag. Auf dem Boden darunter stand ein geöffnetes Holzkästchen, das mit einem Stück Filz ausgeschlagen war.

Als die Nonne Shan sah, leuchteten ihre Augen auf. Sie stellte sich neben den Altar und blickte ihm erwartungsvoll entgegen. Da Shan nichts tat, deutete sie auf das Kästchen.

»Hast du Angst, es zu berühren?« fragte Shan.

»Ja«, sagte die Nonne sogleich. »Ich habe es mit einem *chakpa* bis zum Rand geschoben«, erklärte sie, als könne man nicht mehr von ihr verlangen.

Lokesh seufzte und hob die Schachtel auf. Shan trat vor, warf der Nonne einen verunsicherten Blick zu und legte das gezackte Stück Stein hinein. Lokesh faltete den Filz darüber zusammen und schloß den Deckel.

»Aber wir haben noch Zeit«, sagte Shan. »Rinpoche wird erst spät in der Nacht fertig sein.«

Lokesh ging mit dem Kästchen wortlos nach draußen. Der *golok* befand sich ganz in der Nähe und zog soeben den Sattelgurt seines stämmigen Pferdes fest. Er wollte aufbrechen, und Shan hatte nie ganz begriffen, wieso der Mann überhaupt gekommen war. Dann jedoch wurde Shan entsetzt Zeuge, wie der *golok* zu einem braunen Pferd trat, das neben seinem eigenen stand, die Satteltasche öffnete und Lokesh die Hand entgegenstreckte, während im selben Moment Tenzin und einer der Hirten mit jeweils zwei weiteren Pferden am Zügel um die Ecke der hintersten Hütte bogen.

»Wir hätten im Morgengrauen aufbrechen müssen«, sagte der *golok* und bedeutete Lokesh mit ungeduldiger Geste, ihm das Kästchen auszuhändigen. »Habt ihr nicht zugehört? Der Mörder ist da draußen und will sich den Stein holen. Und ihr sitzt hier wartend herum wie alte Weiber.«

Shan warf Lokesh einen gequälten Blick zu, während der *golok* den Kasten in der offenen Satteltasche verstaute.

»Ich verstehe nicht allzuviel hiervon«, sagte sein alter Freund. »Aber ich weiß, daß wir uns auf den Weg machen müssen.«

»Was ist mit Gendun?« wandte Shan ein. »Er muß mit uns kommen.«

Lokesh schüttelte betrübt den Kopf. »Er muß vorerst bei Drakte bleiben. Er wird ihn zum *durtro* begleiten und danach zu uns stoßen, falls die Götter es erlauben.« Er drehte sich um, nahm etwas vom Sattel eines der Pferde und gab es Shan. Es war ein Filzhut mit breiter Krempe, Shans Reisehut.

»Ich bleibe auch bei Drakte«, verkündete Somo sonderbar trotzig. »Und ich werde dafür sorgen, daß eurem Lama nichts zustößt. Die Hirten aus dem Lager da oben schichten rund um die Einsiedelei kleine Haufen Yakdung auf. Heute nacht werden wir von Feuern umgeben sein.«

Als der *dropka* Shan die Zügel des braunen Pferdes reichte, trat der *golok* von seinem eigenen Reittier zurück, verschränkte die Arme vor der Brust und starrte sie alle nachdrücklich an, als hätten sie etwas vergessen. »Man hat mir eine Bezahlung versprochen«, sagte er mürrisch. »Ein Führer muß entlohnt werden. Dieser tote Junge sagte, man würde mich bezahlen. Bislang habe ich noch keinen einzigen Fen erhalten.«

Shan sah den Mann beklommen an. Der *golok* hatte endlich erklärt, weshalb er hergekommen war.

»Ich habe nichts«, sagte Nyma beunruhigt. »Drakte hatte

auch nichts bei sich, abgesehen von einem alten Geschäftsbuch und der Schleuder eines Schäfers.« Sie hatten das zerfledderte Buch in einem Beutel an seinem Gürtel gefunden, mit Einträgen, die wie Kontobewegungen aussahen. »Er muß wohl gemeint haben, daß jemand an eurem Zielort ...«

»Drakte wußte genau Bescheid«, fiel der *golok* ihr ins Wort. »Ich lege mich doch nicht mit den Patrouillen an, wenn dabei kein Gewinn für mich herausspringt.«

Somo griff in ihre kleine Gürteltasche, holte einen in Filz gewickelten Gegenstand daraus hervor und streckte ihn dem *golok* entgegen. »Hier«, sagte sie zögernd und schlug das Filztuch auf. Darin lag ein zierlicher Silberarmreif mit eingearbeitetem Lapislazuli. »Drakte hat ihn mir letzten Monat gegeben. Er würde wollen, daß eure Reise weitergeht. Deshalb hat er ja ...« Sie wandte sich zu der Totenhütte um und beendete den Satz nicht.

Der *golok* griff nach dem Schmuckstück und betrachtete es stirnrunzelnd. »So etwas läßt sich nur schwer zu Geld machen, ohne eine verdammte Stadt aufzusuchen«, klagte er, obwohl er den Armreif bei diesen Worten einsteckte. »Und ich werde mich ziemlich lange nicht mehr in einer Stadt blicken lassen.«

Die *purba*-Läuferin griff noch einmal in ihren Beutel und brachte ein Taschenmesser mit vielen Klingen zum Vorschein, an dessen einer Seite sogar ein Löffel eingeklappt war. »Das habe ich für Drakte gekauft«, sagte sie mit mühsam beherrschter Stimme und gab es dem Mann.

Der *golok* nahm das Messer und die Zügel seines Pferdes mit beinahe einer einzigen Bewegung.

»Wir kennen nicht mal deinen Namen«, wagte Shan vorsichtig zu äußern. Er sah, daß Somo noch etwas in der Hand hielt: einen kleinen türkisfarbenen Stein. Ein weiteres Geschenk von Drakte, das sie allerdings anscheinend nicht hergeben wollte.

Der *golok* nahm Shan wiederum stirnrunzelnd in Augenschein. »Meine Mutter hat mich Dremu genannt«, sagte er, als hätte er in seinem Leben schon viele Namen besessen. Shan und Lokesh sahen sich besorgt an. Dremu war der Name des großen Braunbären, der einst ungehindert das tibetische Hochland durchstreifen konnte. Inzwischen hatten die Chinesen ihn fast ausgerottet. In der tibetischen Überlieferung galt er als Symbol übermäßiger und selbstzerstörerischer Gier, denn der Bär wühlte sich tief in die Bauten seiner Hauptbeute, der Murmeltiere, zog die betäubten Opfer heraus und häufte sie hinter sich auf, bis die gesamte Höhle zerstört war. Meistens kamen die Murmeltiere wieder zu sich und konnten fliehen, während der Bär noch grub, so daß er hungrig und noch viel wütender zurückblieb. Bisweilen bezeichneten die Tibeter auch die Chinesen mit diesem Begriff.

Als Tenzin und Nyma ihre Pferde zum Pfad führten, goß Shan eine Schale Tee ein und betrat die Hütte, in der Gendun bei dem Toten saß. Schweigend verharrte er einen Moment, bis der Lama den Kopf hob und ihn mit einem kleinen Nicken begrüßte. Nach einer weiteren Minute der Rezitation stand Gendun auf und entfernte sich von dem Leichnam.

Der Lama nahm die Schale und trank einige Schlucke, bevor er das Wort ergriff. »Er ist ohne Schmerz oder Angst gestorben«, verkündete Gendun mit Blick auf den Toten. Eine Stimme wie die des Lama hatte Shan nie zuvor gekannt. Genduns Worte kamen ihm oft nur flüsternd über die Lippen, aber dieses Flüstern war so klar und kraftvoll wie eine große Glocke. »Da war nur noch Traurigkeit, weil er wichtige Dinge unvollendet zurücklassen mußte. Er kann nur sehr schwer loslassen.« Die Tibeter glaubten, daß nach dem Tod eine Zeitspanne von bis zu mehreren Tagen folgte, während der ein Geist verwirrt war und das Ende seiner Inkarnation nicht akzeptieren konnte, so daß er versuchte, den verlorenen Körper neu zu beleben und unerledigte Aufgaben abzuschließen.

»Rinpoche«, sagte Shan, »das Steinauge liegt in der Satteltasche eines Pferdes.« Sein Blick ruhte auf dem Leichnam. »Aber ich kann das nicht ohne dich tun.«

»Drakte wird lernen, seinen Körper zurückzulassen, mein Freund. Du mußt das ebenfalls.«

»Drakte hat sein Leben verloren. Dieser *dobdob* könnte zurückkehren.« Shan wandte den Kopf, sah in eine der kleinen Flammen und empfand plötzlich nur noch Trostlosigkeit. Erst wenige Stunden vorher war er zu dem Schluß gelangt, es gäbe nichts Wichtigeres, als den Stein zurückzubringen, der ihm genau wie den Tibetern als eines der Samenkörner erschien, die eingepflanzt werden mußten, um Weisheit und Mitleid am Leben zu erhalten. Draktes Ankunft in der *lhakang* hatte alles verändert. Wenngleich Gendun und Lokesh ihm widersprechen und behaupten würden, Shan verleugne seine eigene Gottheit, mußte er das Rätsel um Draktes Tod lösen. Mochte die Rückkehr des Auges auch noch so wichtig sein, so gab es doch etwas, wofür er sogar seinen inneren Gott opfern würde, und das war die Sicherheit der alten Tibeter.

»Ein Tal voller Menschen hat seinen Gott verloren«, entgegnete Gendun. Er ließ die Worte einen Moment im Raum stehen, bis Shan ihm wieder in die Augen sah. »Dies wird deine größte Prüfung sein. Sieh nach vorn. Sieh in dich hinein, aber sieh nicht zurück. Du mußt aufhören, der Sucher zu sein, der du früher warst, und statt dessen der Sucher werden, der du sein möchtest.«

Sie hatten schon oft darüber gesprochen. Shans größte spirituelle Schwäche war seine Fixiertheit auf die Abläufe dessen, was Gendun als vergängliche, unwichtige Geheimnisse der Außenwelt bezeichnete, wo er doch eigentlich die Tiefen der eigenen Seele ergründen sollte.

»Du mußt aufhören, nach Fakten zu suchen, und ein Erforscher der Wahrhaftigkeit werden«, sagte Gendun. »Auf diese Weise werden Gottheiten erneuert.«

»Rinpoche, versuch nach dem *durtro* nicht, uns zu finden«, sagte Shan auf einmal. Gendun sah ihn an, und er errötete. Seine Worte klangen, als wolle Shan feilschen und Gendun ersuchen, wenigstens diesmal an die Gefahren zu denken, die er sonst immer ignorierte. »Du mußt nach Yerpa zurückkehren«, sagte Shan. Yerpa war das versteckte Kloster im Innern eines Berges oberhalb von Lhadrung, in dem Gendun einer Handvoll Mönche als oberster Lehrer vorstand. »Bitte.«

»Meine Stiefel.« Gendun nickte in Richtung seiner alten Arbeitsstiefel, deren Sohlen sich an den Zehen bereits ablösten. »Meine Stiefel sind müde«, sagte er, als würde er einwilligen.

»Aber zuerst muß ich den irdischen Teil von Drakte der Erde wieder zurückgeben«, schloß er leise und schaute kurz zu dem Toten, bevor er sich wieder an Shan wandte. »Möge der Mitfühlende Buddha dich beschützen.«

Ein einzelnes, vertrocknetes braunes Blatt wehte zur Tür herein. Schweigend verfolgten sie, wie der Wind es wieder hinauszog, vorbei an den Gebäuden trug und dann hoch in die Luft wirbeln ließ, bis es außer Sicht verschwand. Beide starrten sie den leeren Fleck an, auf dem es eben noch gelegen hatte; dann – als wäre das Blatt ein Signal gewesen – drehte Gendun sich zu Drakte um und bedachte Shan mit einem letzten kurzen Blick, der auf seltsame Weise zugleich besorgt und hoffnungsvoll wirkte. »Nimm dich vor Staub und Luft in acht«, sagte er abschließend. Dann setzte er sich und stimmte erneut den Bardo-Ritus an.

Nimm dich vor Staub und Luft in acht. Es war einer von Genduns üblichen Abschiedsgrüßen, mit denen er ausdrücken wollte, man solle sich nur auf das tatsächliche Wesen dessen konzentrieren, was einem begegnete.

Aus irgendeinem Grund machte Shan an der Tür noch einmal kehrt. Gendun hielt inne und hob langsam den Kopf. Einen Augenblick herrschte absolute Stille, und Shan mußte gegen den Drang ankämpfen, sich neben Gendun zu setzen und nicht mehr von der Stelle zu rühren, bis die Zeremonie abgeschlossen sein würde.

»Der Gott, den du findest, Shan, wird der Gott sein, den du mit dir nimmst«, sagte Gendun ruhig, bevor er sich wieder Drakte widmete.

Als Shan nach draußen trat, bemerkte er, daß die Haare auf seinen Armen sich aufgerichtet hatten. Einen Moment lang verharrte er völlig reglos und sah seine Hände an. Sie zitterten. Langsam und mit unsicheren Schritten ging er zu seinem Pferd und ignorierte die aufgeregten Gesten des *golok*, der ihn zur Eile mahnte. Als er die Zügel nahm, drehte er sich zu Somo um, die in der Tür der *lhakang* stand. »Sie haben uns noch gar nicht verraten, welche Nachricht Sie Drakte überbringen wollten«, sagte er.

Die Läuferin runzelte die Stirn. »Es war eine *purba*-Botschaft.«

»Es ging um das Auge«, stellte Shan fest. »Ansonsten wären Sie nicht hergekommen.«

»Die Regierung durchkämmt die Berge nach nicht registrierten Lamas.«

»Nein. Das wußten wir bereits.«

Somo warf einen Blick auf die Totenhütte und kam dann widerstrebend an Shans Seite. »Also gut. Wir waren der Meinung, Drakte hatte keine Ahnung. Er mußte gewarnt werden, bevor er mit Ihnen in dieses Tal aufbrechen würde. Sie ziehen nach Norden, eine Stabseinheit aus Lhasa. Das war meine Nachricht. Eine kleine Einheit.« Sie biß sich auf die Lippe. »Ein Zug Soldaten, das wollte ich Drakte ausrichten.«

»Tut mir leid«, sagte Shan, »aber das verstehe ich nicht.«

»Ich schätze, es bedeutet, daß Sie sich nun beeilen müssen. Dieser *golok* kennt hoffentlich ein paar geheime Schleichwege.« Sie sah die Verwirrung in Shans Augen und blickte zu Nyma. »Niemand hat Ihnen von der Auseinandersetzung um dieses alte Steinauge erzählt? Es gibt noch andere Leute, die sich für die rechtmäßigen Eigentümer halten. Es wurde ihnen in Lhasa entwendet, und sie wollen es zurückhaben.«

»Wer?« fragte Shan mit einem flauen Gefühl im Magen.

Somo biß sich abermals auf die Lippe. Dann antwortete sie ganz langsam und in eisigem Tonfall. »Die 54. Gebirgsjägerbrigade der Volksbefreiungsarmee.«

Kapitel Drei

Sie ritten nicht wie erwartet nach Norden, sondern nach Westen und erklommen den hohen Grat am anderen Ende des langen Tals, um den Abstieg in Richtung der zweiten schneebedeckten Bergkette zu beginnen, die dahinter lag. Als sie sich oben auf dem Kamm befanden und das Tal, das zu der Einsiedelei führte, hinter ihnen zurückfiel, ließ Shan sein Pferd anhalten und sah, daß Dremu im Trab vorausritt, um den Weg zu erkunden. Er drehte sich nach der *dropka* um, die immer noch Steine aufhäufte, um die Lamas zu beschützen. Bis zu Shans Eintreffen hatte Gendun sich in seinem geheimen Kloster bei Lhadrung in Sicherheit befunden. Wäre Shan nicht gewesen, hätte der Lama sich vielleicht niemals schutzlos in die Außenwelt begeben müssen.

»Als wir hier angekommen sind, noch vor der Arbeit an dem Mandala, habe ich mit Shopo gesprochen«, sagte Lokesh neben ihm. Der alte Mann verfügte über die unheimliche Fähigkeit, in Shans Gefühlen wie in einem Buch lesen zu können. »Sie haben Gendun gar nicht gekannt. Er tauchte einfach hier auf, setzte sich in die *lhakang* und betrachtete stundenlang das Steinauge. Dann trank er mit Shopo einen Tee und sagte, er würde dieses Auge nun kennen und wissen, wer es zurückbringen mußte, so sicher, als hätte er es einem Verzeichnis zukünftiger Ereignisse entnommen. Shopo sagte, er selbst sei keineswegs davon überzeugt gewesen, aber Gendun habe sich nicht beirren lassen. Er wußte, daß du es sein würdest. Er sagte, du hättest nicht nur ein reines, sondern auch ein großes Herz, so groß, daß es dir eine Last sei.«

So groß, daß der Schmerz Shan beinahe überwältigte. Falls der Mörder es auf das Auge abgesehen hatte, blieb ihm keine andere Wahl, als es von den Lamas wegzubringen. Und nur so würde er den Mörder finden können. Er konnte die Lamas nur beschützen, indem er sie verließ.

Shan warf Lokesh einen unbehaglichen Blick zu. Der alte Tibeter lächelte, beugte sich wie ein schelmischer Onkel vor und zog Shan die Hutkrempe über die Augen. Dann ritt er auf ein paar Blumen zu. So reiste Lokesh immer: nicht in gerader Linie, sondern von Blume zu Blume oder von Felsen zu Felsen, um stehenzubleiben und die Formen der Natur zu untersuchen, die aus irgendeinem Grund seine Neugier erregt hatten. Shan sah dem *golok* hinterher, der dermaßen schnell davonritt, daß es fast wie eine Flucht wirkte. Er traute dem Mann nicht. Aber Drakte hatte ihm vertraut; zumindest wollte Dremu das Shan und die anderen glauben machen. Dremu wußte von dem Auge, doch keiner der Überlebenden kannte ihn. Offenbar hatte Drakte ihn gekannt, aber woher? Aus dem Gefängnis, schien die einzig logische Antwort zu lauten. Shan überprüfte den Sitz seiner Satteltasche und ließ zögernd das Pferd antraben.

Drei Stunden später erwartete Dremu sie auf dem ersten Kamm der zweiten Bergkette an einem gewundenen Ziegenpfad, der mitten durch einige Schneeflächen verlief. Die Luft dahinter schimmerte immer noch, wie schon aus einiger Entfernung, und als sie den Grat erreichten, erkannte Shan auch den Grund dafür.

»Lha gyal lo!« rief Lokesh, der hinter Shan folgte, mit kindlicher Ausgelassenheit, und deutete auf die riesige, flache türkisfarbene Ausdehnung, die unterhalb die Landschaft dominierte. »Lamtso!«

Shan starrte auf das ferne Gewässer. Es sah wie ein langes Juwel aus, dessen Einfassung aus Bergen bestand. Der Lamtso war einer von Tibets heiligen Seen, in dessen Tiefen bekanntlich wichtige *nagas* wohnten und an dessen Ufer die *dropkas* bevorzugt ihre Herden weiden ließen.

Aus einer Tasche, die an seinem Sattel hing, zog der *golok* eine große Plastikflasche hervor, die allerdings nicht mit Wasser, sondern mit bernsteinfarbenem *chang* gefüllt war, tibetischem Gerstenbier. Er öffnete sie nicht, sondern musterte kurz die Gesichter seiner Begleiter. »Wir übernachten dort«, verkündete er und wies auf den See. »Falls wir nicht noch lange herumtrödeln«, fügte er stirnrunzelnd und mit Blick auf Lokesh hinzu. Der *golok* hielt inne und suchte mit zusammengekniffenen Augen den Horizont hinter ihnen ab. Shan folgte seinem Blick zu dem Tal, das sie soeben durchquert hatten. Ein kleine Gruppe Reiter war dicht hinter ihnen und hatte ebenfalls angehalten und sich verteilt, anscheinend um sie nach hinten abzusichern.

»Diese *dropkas* sind wegen dir beunruhigt, Chinese«, sagte Dremu. »Sie wollen dir den Rücken freihalten, aber sie wissen nicht, womit sie rechnen müssen. Wie viele Tibeter bist du wert, Genosse?« fragte er mit bitterem Blick. Dann trieb er sein Pferd zum Galopp an und verschwand hinter einer Wegbiegung.

Nach einer Viertelstunde holten sie ihn ein. Er wartete an einem großen Felsvorsprung, hatte ein Bein über den Hals seines Pferdes gelegt und fast die halbe Flasche ausgetrunken. Als Nyma und Tenzin an ihm vorbeireiten wollten, hob er warnend die Hand. »Das würde ich lieber nicht tun.«

»Ich glaube, wir finden von hier aus allein zum See«, gab Nyma ungehalten zurück.

Dremu deutete nach unten. Über dem einfachen Weg, der durch die sanft wogenden Hügel zum See führte, hing eine Staubwolke. Shan griff in den Schnürbeutel an seinem Sattel, nahm sein abgewetztes Fernglas, richtete es auf die Wolke und seufzte. Dann reichte er den Feldstecher an die Nonne weiter.

»Die Armee!« keuchte Nyma.

»Ein Laster«, knurrte der *golok*. »Nicht mehr als fünf oder zehn Soldaten.«

Mit einem Gefühl der Beklemmung verfolgte Shan das sich nähernde Fahrzeug. Es war noch mehr als drei Kilometer entfernt und fuhr nicht auf sie, sondern auf den See zu. Dann jedoch hielt der Lastwagen an. Die Nonne schrie auf und duckte sich, als wolle sie sich hinter dem Pferdehals verstecken. »Ich habe etwas aufblitzen gesehen. Ich glaube, sie suchen die Berge mit Ferngläsern ab.«

Der *golok* sah sie finster an. »So machen die Soldaten das für gewöhnlich. Es könnte alles mögliche bedeuten. Vielleicht begleiten sie einen Geburtenkontrolleur«, sagte er und bezog sich damit auf die verhaßten Bürokraten, die die Einhaltung von Chinas Geburtenregelung überwachten. »Vielleicht jagen sie auch wilde Ziegen. Oder sie suchen etwas, das ihnen gestohlen wurde«, fügte er mit bedeutungsvollem Blick auf Shan hinzu und griff nach dem Fernglas. »Der Wagen ist in Grautönen lackiert. Das könnten Gebirgstruppen sein.« Es klang wie ein Fluch. »Da wären mir die verdammten Kriecher ja noch lieber.«

Shan wandte sich um. Lokesh hatte sich abermals ein Stück zurückfallen lassen und sein Pferd angehalten, um den Flechtenbewuchs eines Felsens anzustarren. Seit ihrer Pilgerfahrt suchte sein Freund immer häufiger nach eigenständigen Symbolen Buddhas – nach Naturelementen, welche die Form eines heiligen Gegenstands angenommen hatten. Mehr als einmal hatte er ein Kleidungsstück oder etwas Nahrung aus seinem Schnürbeutel zurückgelassen, um Platz für einen Stein zu schaffen, dessen Moosschicht wie ein heiliges Emblem geformt war, oder einen verwitterten Knochen mitzunehmen, der ihn an eine rituelle Gabe erinnerte.

Der *golok* deutete mit seiner Flasche auf den Schatten eines Felsüberhangs in dreißig Metern Entfernung. Nyma seufzte erleichtert auf und lenkte ihr Pferd zu der Öffnung.

Shan bezweifelte, daß auf dieser Welt noch irgendein anderes Land existierte, in dem es mehr Höhlen gab als in Tibet. Und mit Sicherheit hingen diese Höhlen nirgendwo dermaßen eng mit der Geschichte der Bevölkerung zusammen. Es gab Höhleneinsiedeleien, Höhlenschreine und sogar vollständige Klöster, die nur aus Höhlen bestanden. Guru Rinpoche, der berühmteste der alten Lehrer, hatte vor vielen Jahrhunderten angeblich überall im Land heilige Objekte und Schriften hinterlegt. Auch heute noch hielten die Tibeter nach vergessenen Höhlen Ausschau, in denen sich einige dieser Schätze befinden könnten. Es hieß, daß viele der regionalen Schutzgötter, die über die Täler und Berge wachten, sich jeweils eine Höhle als Heimstatt auserkoren hatten.

Obwohl der niedrige Eingang ziemlich breit ausfiel, verengte die Höhle sich schnell zu einem kleinen Tunnel. Die Pferde schienen zu begreifen, was von ihnen erwartet wurde, und liefen in den hinteren Teil der Kammer, sobald ihre Reiter abgestiegen waren. Lokesh traf ein und half Tenzin beim Lösen der Sattelgurte, während der *golok* und Nyma sich auf Felsen beidseits des Zugangs niederließen. Dremu hob seine Flasche und trank geräuschvoll, ohne einem der anderen einen Schluck anzubieten.

»Ihr habt gewußt, daß die Armee hinter dem Auge her ist«, sagte Shan zu Dremu und Nyma.

»Ich hab's dir doch gesagt«, entgegnete der *golok* mit einem breiten Grinsen. Er hatte Shan lediglich gewarnt, er könne auf hunderterlei Weise sterben.

»Was will die Armee mit einem alten Steinauge?« fragte er Nyma.

»Auf der nördlichen Changtang wissen fast alle über die Armee und das Auge Bescheid.«

»Ich nicht. Und was Gendun anbelangt, bin ich mir auch nicht sicher.«

»Es ist vor langer Zeit geschehen. Im Zuge einer Invasion«, sagte Nyma mit zögernder Stimme.

»Soll das heißen, der Stein wurde vor fünfzig Jahren als eine Art Trophäe erbeutet?« fragte Shan und bezog sich dabei auf die Besetzung durch die Volksbefreiungsarmee.

»Nein, nicht während dieser Invasion«, seufzte Nyma.

Shan registrierte hinter sich eine Bewegung und sah, daß Lokesh an seiner Schulter stand.

»Es geschah im Jahr der Sumpfhäsin, als die chinesische Armee kam, um den Dreizehnten aus Tibet zu vertreiben«, erklärte Nyma. Sie meinte einen Überfall zu Beginn des zwanzigsten Jahrhunderts. Shan erinnerte sich, daß 1903 Truppen nach Lhasa marschiert waren, um den dreizehnten Dalai Lama abzusetzen, und dabei eine blutige Spur durch Ost- und Nordtibet gezogen hatten.

»Es sind furchtbare Dinge passiert«, fuhr die Nonne mit zitternder Stimme fort. »Chinesische Soldaten unter dem Befehl eines Generals namens Feng haben *gompas* niedergerissen und die Mönche lebendig begraben, Hunderte von Mönchen. Feng den Schlachter hat man ihn damals genannt. Nach einigen Jahren konnte die tibetische Armee endlich eine wirksame Verteidigungsstrategie entwickeln und den General zurückdrängen. An der Türkisbrücke in Lhasa kam es zu einem grausamen Gefecht, als die tibetischen Soldaten den Kampfverband Lujun vertrieben. Die Lujuns waren die Eliteeinheiten der chinesischen Armee und wollten sich für die Demütigung rächen, wurden von den Generälen aber in die Heimat beordert, weil die Kaiserwitwe gestorben war und man in Peking mehr Soldaten benötigte, um die Ordnung aufrechtzuerhalten. Die Truppen marschierten entlang der alten Nordroute – der Changlam. Unterwegs zerstörten sie *gompas* und töteten alle Mönche und Nonnen, die sie zu fassen bekamen.« Nyma hielt kurz inne und betrachtete eine dunkle Wolke, die am Horizont aufgezogen war. »Sie befanden sich auf der Changlam, mehr als dreihundert Kilometer nördlich von Lhasa, als sie erfuhren, daß das Heimatdorf des tibetischen Befehlshabers, dem sie ihre Niederlage zu verdanken hatten, nur dreißig Kilometer westlich lag. Sie marschierten dorthin, und als sie herausfanden, daß die Dorfbewohner sich um verwundete Soldaten kümmerten, legten sie alles mit ihren Geschützen in Schutt und Asche. Nur ein einziges Haus blieb stehen.«

Die Nonne erhob sich und nahm die schwarze Wolke, die schnell immer näher kam, noch genauer in Augenschein. Auf einmal duckte sie sich und lief zum Rand des Felsüberhangs. Der *golok* rülpste in ihre Richtung und prostete ihr mit der Flasche zu.

Kurz darauf kehrte Nyma in die Höhle zurück. »Sie haben sich nicht vom Fleck gerührt«, verkündete sie. »Das ist gut, oder?«

Als niemand etwas erwiderte, setzte sie ihre Geschichte fort. »Dieses Dorf – oder vielmehr das Tal, in dem das Dorf lag – war die Heimat der Yapchi-Gottheit. Jahrhundertelang hatte sie dort in einer natürlichen Statue gelebt, einem Felsen, der wie ein sitzender Buddha geformt war. Irgendwann in grauer

Vorzeit hatte man zwei Augen darauf gemalt, damit sie die Welt besser sehen konnte und damit die Bewohner des Tals nicht vergaßen, daß ihr nichts entging.«

»Und die Soldaten haben die Statue mitgenommen?« fragte Shan.

»Nicht direkt«, antwortete Nyma bekümmert. »Die tibetischen Soldaten sind alle durch das Sperrfeuer umgekommen, denn sie waren zu schwach, um zu fliehen. Die überlebenden Dorfbewohner rannten zu der Gottheit in der Mitte des Tals. Es waren ungefähr fünfzig, hauptsächlich Frauen, Kinder und alte Männer. Der chinesische Offizier der Lujuns lachte und rief, sie sollten sich ergeben. Falls sie bereit seien, als Gepäckträger zu dienen und die Ausrüstung seiner Leute bis zur chinesischen Grenze zu schleppen, würde er sie am Leben lassen. Als sie sich weigerten, schickte er zehn Soldaten mit Schwertern in die Menge. Sie schlachteten die Menschen wie Ziegen ab, hackten sie in Stücke und lachten dabei, als wäre es ein großer Spaß. Aus der Familie des tibetischen Befehlshabers blieb kein einziger am Leben.«

Plötzlich drehte sie sich um und starrte in die Dunkelheit im hinteren Teil der Kammer, als fühle sie sich aus dem Innern des Berges beobachtet. »Nur die wenigen, die sich zufällig nicht im Dorf aufhielten, entgingen dem Tod. Eine Karawane aus dem Ort war zu dem heiligen See gezogen. Und oben auf den Hängen befand sich ein Mädchen mit Schafen und sah alles mit an. Als sie versuchte, die Toten zu erreichen, wurde sie von den Soldaten bemerkt. Der Offizier ließ sie dabei zusehen, wie er die Gottheit mit einem Hammer in winzige Stücke zerschlug. Dann nahm er das einzige größere Fragment, das einzelne Auge, das *chenyi*«, sagte sie und meinte damit das rechte Auge. »Es sei Zeuge der heldenhaften Taten der Lujuns geworden, behauptete er, und er wolle es seinem General als Trophäe überreichen.«

Nymas Stimme erstarb, und ihr Blick wanderte erneut zu der drohenden Wolke. »Man befahl dem Mädchen, unter all den Toten ihre Mutter herauszusuchen, fesselte sie dann von Angesicht zu Angesicht an die Leiche und ließ sie liegen. Drei Tage später wurde sie dort von den Mönchen gefunden, die auf der anderen Seite des Bergs Yapchi in einem *gompa* lebten.«

Lange Zeit herrschte Schweigen, während Shan erst Nyma und dann die dunkle Wolke musterte.

»Und deine Leute haben die Ereignisse festgehalten«, sagte Lokesh über Shans Schulter hinweg.

»Das kleine Mädchen war meine Großmutter. Sie half, die anderen zu begraben. Bei uns werden die Toten nicht den Vögeln übergeben, sondern zurück in die Erde gelegt. Sie half, alle in einem großen Gemeinschaftsgrab zu bestatten. Als ich ein Kind war, ist sie häufig mit mir dorthin gegangen und hat mir auswendig die Namen der Toten aufgesagt.«

Der *golok* hatte eigentlich einen weiteren Schluck trinken wollen, als Nyma ihnen dieses Geheimnis verriet. Nun ließ er das Bier sinken und starrte es kurz an. »Diese Schweine«, sagte er, als wolle er die Nonne trösten, und packte die Flasche weg.

»Später haben die Leute sich auf die Suche nach dem *chenyi*-Stein gemacht«, fügte Nyma hinzu. »Viele Jahrzehnte lang wurde er in einem Armeemuseum bei Peking aufbewahrt. Ein Mann aus Yapchi ließ sich von den Lamas besondere Zauber geben und hat sich auf die Reise gemacht, um das Auge zurückzuholen, doch die Chinesen haben ihn als Spion erschossen. Als die Kommunisten kamen, verschwand der Stein, aber wir konnten herausfinden, daß Teile der Lujuns in die Volksbefreiungsarmee integriert wurden.«

»Als 54. Gebirgsjägerbrigade«, sagte Shan.

Nyma nickte. »Als man diese Brigade nach Tibet verlegte, behielten die Leute sie genau im Auge. Ein weiterer Mann aus dem Dorf ging los, um mit der Armee zu sprechen. Er wurde jedoch verhaftet und ins *lao gai* geschickt, wo er starb. Eine Sekretärin sah den Stein auf dem Schreibtisch des zuständigen Obersts in Lhasa liegen und gab Nachricht. Einige Monate später wurde ein Brief nach Lhasa geschickt, unterschrieben von allen Dorfbewohnern: eine Bitte um Rückgabe. Es passierte jedoch nur eines; das Bezirksamt schickte den Brief zurück und belegte uns mit zusätzlichen Steuern. Als die Chinesen letztes Jahr in Lhasa den ersten August feierten, ließ der

Oberst den Stein mit Klebeband am Turm eines Panzers in der Parade befestigen.« Der erste August war ein Feiertag zu Ehren der Volksbefreiungsarmee. »Die Soldaten lachten und zeigten mit ausgestreckten Fingern darauf, um die Tibeter zu verhöhnen. Jemand hat ein Foto davon gemacht und es uns gebracht.«

»*Purbas*«, sagte Shan, ohne mit einer Antwort zu rechnen. »Drakte hat das Auge zurückgestohlen.«

»Nein, ich glaube, er war es nicht, aber ich bin mir nicht sicher. Die *purbas* wissen, wie gefährlich es sein kann, Geheimnisse preiszugeben. Wir wollen es gar nicht erfahren. Immer wieder werden Leute verhaftet und von den Chinesen unter Drogen gesetzt, um ihre Zungen zu lockern.«

»Aber du warst in Lhasa und hast den *chenyi*-Stein zu der Einsiedelei gebracht«, sagte Shan.

Nyma schüttelte den Kopf. »Ich habe in unserem Tal gearbeitet«, sagte sie rätselhaft. »Eines Tages sprach unser Orakel darüber, daß ein Chinese das Auge wiederbringen würde. Ich dachte, sie meinte, die Armee würde es irgendwann zurückgeben. Erst später, als ich mit einigen *purbas* geredet habe, wurde mir gesagt, man habe das Auge den Dieben bereits entreißen können.«

Unser Orakel. Die Nonne klang, als besäße jede Gemeinschaft noch immer einen eigenen Weissager, doch vor seiner Ankunft in der Einsiedelei war Shan kein einziger Tibeter begegnet, der je von einem aktiven Orakel berichtet hatte. Sogar für Lokesh, der so unerschütterlich an den Traditionen festhielt, waren die Orakel Teil einer fernen Vergangenheit.

Die Nonne schaute fragend zu der schwarzen Wolke, die mittlerweile fast über ihnen schwebte. Auch Dremu hatte den Blick mißtrauisch und besorgt gen Himmel gerichtet und zog sich tiefer in die Höhle zurück.

»Ich habe den *purbas* von dem Orakelspruch erzählt, und dann kam Drakte zu mir und stellte mir viele Fragen über das Auge und das Dorf. Später holten mich einige Leute ab und brachten mich zu der Einsiedelei.«

Shan sah zu Tenzin, der nach vorn gekommen war, um die

merkwürdige Wolke zu betrachten. Dann wandte er sich wieder an Nyma. »Warum sind die *purbas* dermaßen an der Rückkehr des Auges interessiert?«

Die Nonne zuckte die Achseln. Sie berichtete hier von Dingen, die nur selten laut ausgesprochen wurden. »Die *purbas* wollen Gerechtigkeit. Es ist richtig, dies zu tun.«

Draußen wurde ein Grollen laut – kein Donner, sondern ein plötzlicher starker Wind, der mit einer abrupten Dunkelheit einherging, als wäre es schlagartig Nacht geworden. Hagel fiel, erst winzige Krümel, gleich darauf hingegen große, schwere Körner. Die Nonne nickte in Richtung Himmel, als sei ihr etwas bewußt, das für alle anderen ein Geheimnis blieb. Lokesh drehte sich zu dem Tunnel um, der zum Herz des Berges führte, wo der hiesige Erdgott wohnen mochte.

In Tibet gingen bisweilen so heftige Hagelschauer nieder, daß innerhalb weniger Sekunden ganze Ernten vernichtet wurden und sogar Menschen ums Leben kamen. Die Tibeter behandelten solche Toten mit besonderer Ehrfurcht, als sei das Opfer aus einem bestimmten Grund von einem Himmelsgott abberufen worden. Shan streckte den Arm hinaus in den Sturm. Der Hagel prickelte auf seiner Handfläche, doch er ließ sich nicht beirren und sammelte die Körner ein.

Er spürte, daß neben ihm Nyma sich bewegte. Als er zur Seite blickte, sah er, daß sie versuchte, Tenzin von draußen zurück in die Höhle zu ziehen. Der hochgewachsene Tibeter hatte sich den Mantel ausgezogen und den Rücken in den Sturm gedreht, nur geschützt durch ein dünnes Hemd, so daß die Graupeln ihn peitschten. Eine jähe Bö trieb ein paar Körner schmerzhaft gegen Shans Wangen. Er ließ den Hagel aus der Hand fallen und zog sich in die Höhle zurück. Manchmal war es schwierig, nicht an Erdgötter zu glauben.

Tenzin jedoch benahm sich sehr seltsam. Er wich vor der Nonne zurück, trat weiter hinaus in den Sturm, kniete nieder und krümmte sich nach vorn, die Hände im Nacken verschränkt. Es war, als würde er sich absichtlich auspeitschen lassen, als würde er die Götter darum bitten, ihn zu bestrafen. Auch er schien in dem Sturm etwas Bestimmtes zu sehen, allerdings nicht das gleiche wie Nyma. Vielleicht hatte es auch nur mit Tenzin selbst zu tun, dachte Shan.

Nyma zog an Tenzins Schulter. Shan lief herbei, packte die andere Schulter, und gemeinsam zerrten sie ihn in die Höhle. Zunächst schien er ihren Griff gar nicht zu bemerken, doch dann sah er sie mit wildem, überraschtem Blick an. Sein Hemd war zerrissen und sein Rücken voller kleiner roter Punkte, wo die Hagelkörner ihn getroffen hatten.

Während Nyma ihm die *chuba* um die Schultern legte, keuchte Dremu erschrocken auf und wies in den Sturm. Ein schauriges Wehklagen hallte über den Hang, und ein gespenstischer Schemen schälte sich aus dem düsteren Grau, eine Gestalt auf einem kleinen schwarzen Pferd. Der Reiter saß vorgebeugt im Sattel, und das Tier galoppierte verzweifelt voran, um dem Hagel zu entrinnen. Das Geräusch waren die Schreie des Pferdes, weil die Körner in sein Fleisch stachen. Shan sah Nyma erschaudern und tiefer in die Höhle zurückweichen, sogleich gefolgt von den anderen Tibetern. Shan aber trat einen Schritt vor und ließ den kraftlosen Reiter ängstlich nicht aus den Augen. Das Tier konnte in seiner Raserei leicht in die Tiefe stürzen, wenn man es nicht fest am Zügel führte. Shan zog sich den Hut tief in die Stirn und lief ins Freie. Als das Pferd ihn sah, wieherte es laut und wurde langsamer, sobald Shan die Hand ausstreckte. Unmittelbar darauf führte er es im Laufschritt in die Höhle.

Der Reiter war eine Frau, wenngleich die Schnitte und Striemen in ihrem Gesicht es schwierig machten, Genaueres zu erkennen. Blut und Regentropfen liefen ihr über Stirn und Wangen. Ihr panischer starrer Blick unterschied sich kaum von dem ihres gehetzten Tiers, das mit bebenden Flanken zwischen den anderen Pferden hin und her lief und sich nicht berühren lassen wollte.

Dann sah die Frau Shan und packte ihn am Arm. »Ich habe sie gefunden, diese Hirten, nach denen du gefragt hast.« Shan erkannte die matte Stimme und das geflochtene rote Stirnband. Es war die *dropka* vom Bergkamm, die Wächterin, die sich Vorwürfe gemacht hatte, weil der *dobdob* zu Drakte vorgedrungen war. Lokesh wischte ihr sanft das Blut vom Gesicht. »Sie hatten furchtbare Angst«, stieß die Frau keuchend hervor. »Es war bloß ein altes Ehepaar mit einer kleinen Herde und ein paar Hunden. Sie haben Drakte nicht zu Gesicht bekommen, aber ein alter Lama war über Nacht bei ihnen und wurde angegriffen.« In das Blut, das weiterhin über ihre Wangen lief, mischten sich Tränen. Die Frau rang sich ein Lächeln für Lokesh ab, der erneut ihr Gesicht säuberte. »Die Kriecher sind hinter dem Lama her. Sie verfolgen ihn schon länger, sagen die Hirten.«

»Hinter welchem Lama?« fragte Shan beunruhigt und beugte sich vor. Sie konnte nicht Gendun oder Shopo meinen, denn die hatten sich letzte Nacht in der Einsiedelei aufgehalten.

Die *dropka* schüttelte den Kopf. »Ich weiß es nicht. Diese alten Leute haben vor lauter Angst kaum einen vernünftigen Satz über die Lippen bekommen. Und sie hatten Hemmungen, von ihm zu erzählen. Einen Geisterlama haben sie ihn genannt. Manchmal sind Geister Wirklichkeit, sagten sie. Sie waren völlig außer sich. Der Lama ist noch vor Tagesanbruch verschwunden. Der alte Mann sagte, die Kriecher müßten ihn wohl erwischt haben, aber seine Frau war anderer Meinung. Sie sagte, Geister würden sich stets verflüchtigen, wenn die Sonne aufgeht.«

Der Wind wehte heftiger und strich heulend über den Felsvorsprung. Die Frau starrte auf ihre Handfläche, auf die ein Tropfen Blut gefallen war. Shan blickte überrascht auf und suchte nach dem Ursprung. Dann hob sie zitternd eine Hand und berührte seine Wange. Danach klebte Blut an ihren Fingern.

»Du hast dich verletzt«, sagte sie leise.

»Es ist bloß Hagel«, erwiderte Shan.

Der Blick der Frau klärte sich, und sie nahm Lokesh den Lappen aus der Hand, um Shans Gesicht abzuwischen. »Ich habe es nicht verstanden«, sagte sie. »Aber du wolltest es doch unbedingt wissen. Ich mußte dich finden, weil es womöglich eine Gefahr für das Auge bedeutet.« Sie hielt inne und packte abermals Shans Arm. »Die Kriecher haben Drakte verwundet, so muß es gewesen sein. Um einen Lama zu beschützen, hätte unser Drakte sich gewiß auf einen Kampf mit ihnen eingelassen.« Sie drehte sich nach ihrem Pferd um. »Und das«, sagte sie und zeigte auf den einfachen Holzsattel. »Ich wollte, daß du es bekommst. Wir können es nicht behalten, denn die Kriecher kommen, und vielleicht würde eines Nachts dieses Wesen …« Sie wandte den Blick ab, als sei sie außerstande, von dem *dob-dob* zu sprechen.

Shan stand auf und nahm einen Beutel vom Sattel, denselben Beutel, den Drakte letzte Nacht zu der Einsiedelei mitgebracht hatte und der eine Schleuder und ein Geschäftsbuch enthielt.

Von einer Minute zur anderen war der Sturm vorbei. Es klarte auf, und die karge Landschaft erstrahlte im Sonnenschein. Doch wie der Vorbote eines anderen, weitaus schlimmeren Unwetters hing die Bedrohung durch die Kriecher über ihnen.

Nyma schaute zu Dremu, als erwarte sie, daß er wieder die Führung übernehmen würde, aber der *golok* hatte vorerst nur Augen für die *dropka*, ihr Pferd und Tenzin, die er abwechselnd musterte. Als er den Blick der Nonne bemerkte, lächelte er matt, nahm das Fernglas und wagte sich vorsichtig nach draußen. »Zwei Soldaten knien auf der Motorhaube des Lastwagens«, berichtete er kurz darauf. »Vielleicht ist die Windschutzscheibe zu Bruch gegangen. Heute werden sie nicht mehr viel unternehmen.«

»Geht«, flehte die *dropka*. Noch immer lief ein schmales Blutrinnsal über ihre Wange. »Ich werde auf Shopo und den Lama des Reinen Wassers aufpassen.«

Tenzin schichtete ein wenig Yakdung neben ihr auf und entzündete daraus ein Feuer. Die Frau mahnte sie mit hastigen Bewegungen zur Eile, und so stiegen sie schweren Herzens auf ihre Pferde.

Während die anderen losritten, verharrte Shan noch für einen Moment. »Sag diesen Reitern hinter uns, sie sollen umkehren und dabei helfen, die Lamas zu beschützen«, bat er.

Als Shan unter dem Felsüberhang hervorkam, fuhr der Laster bereits wieder nach Süden, zurück in die Richtung, aus der er gekommen war. »Ob die wohl zur 54. Gebirgsjägerbrigade gehören?« grübelte Shan laut.

Dremu grunzte lediglich und gab keine Antwort. Nyma starrte zu Boden und biß sich auf die Lippe. Der *golok* ritt einmal um die Gruppe herum und hielt dabei nach hinten Ausschau, bevor er den westlichen Hang hinuntertrabte. Shan reihte sich am Ende der Kolonne hinter Lokesh ein und ließ sein Pferd in langsamem Schritt gehen. Vor ihnen war die Armee, doch es gab kein Zurück mehr, denn hinter ihnen befanden sich die Kriecher und der wütende *dobdob*.

Nach einer Stunde erreichten sie den Kamm des letzten der niedrigen Hügel, die den See umgaben, und konnten die große türkisfarbene Fläche überblicken. Das vierzig Kilometer lange Gewässer, das in der Sonne funkelte und im Wind erzitterte, wirkte regelrecht lebendig. Nyma deutete auf mehrere dunkle Umrisse entlang der gegenüberliegenden Küstenlinie, kleine Punkte am Horizont: die schweren Filzjurten der *dropka*-Clans, die ihre Schafe auf die üppigen Frühlingsweiden getrieben hatten.

Sie ritten über blühende Wiesen, durchquerten zahllose Schmelzwasserbäche, trafen schließlich am Ufer des Sees ein und stiegen ab. Ganz in der Nähe schwamm ein riesiger Schwarm schwarzweißer Gänse, deren weiße Häupter in der Sonne glänzten. Die Tibeter nannten sie Kahlkopfgänse. Der Wind ließ nach, und das Geschnatter der Vögel erfüllte die Luft.

Auf einmal sprang Lokesh mit ausgebreiteten Armen an Shan vorbei und lief lachend wie ein Kind ins kalte Wasser, bis es ihm zu den Knien reichte. »Oah!« rief er in Richtung der Vögel und drehte sich dann mit breitem Lächeln zu Shan um. »So hat meine Mutter oft den Gänsen zugerufen. Es bringt Glück, wenn man einen so großen Schwarm auf dem Wasser entdeckt, hat sie immer gesagt. Es bedeutet, daß die Luft- und Wassergeister sich hier gut verstehen.«

Seine Mutter. Lokesh erzählte fast nie von ihr. Sie nahm in seinem Herzen einen ganz besonderen, heiligen Platz ein, ähnlich wie bei Shan der Vater. Lokeshs Mutter war 1940 gestorben, in dem Jahr, in dem der junge vierzehnte Dalai Lama in Lhasa eingetroffen war, einem Jahr großer Feiern und Bekräftigungen der alten Werte. Sie habe ein perfektes Leben geführt, hatte Lokesh einst gesagt, und sei zur perfekten Zeit gestorben, denn danach kamen die Jahrzehnte der Finsternis und Zerstörung.

Der alte Tibeter bückte sich, spritzte sich Wasser ins Gesicht und winkte Shan, er solle ihm folgen. Shan zögerte nur kurz und gesellte sich dann zu seinem Freund. »Oah!« rief auch er den Gänsen mit erhobenen Armen zu.

Lokesh lachte aus vollem Herzen. *»Lha gyal lo!«* rief er den Vögeln fröhlich entgegen.

Shan wusch sich in dem eisigen Wasser das Gesicht und hob eine Hand an den Mund, um zu trinken.

»Nein!« Lokesh berührte ihn am Arm. »Zu salzig. Trink aus den Bächen.«

Shan kostete einen Tropfen, der an seinem Finger hing, und fand Lokeshs Worte bestätigt. Dann ließ er den Blick ein weiteres Mal über die Landschaft schweifen. Der Lamtso war einer von mehreren großen Seen der östlichen Changtang, die keinen Abfluß besaßen, so daß sich in ihnen die ausgewaschenen Salze und anderen Mineralien der umliegenden Berge anreicherten.

Der *golok* setzte sich auf einen Felsblock, trank sein *chang* und sah Nyma und Tenzin dabei zu, wie sie Steine aufschichteten, um vor ihrer Weiterreise den *nagas* Respekt zu erweisen. »Ein verheißungsvoller Anfang«, stellte Nyma bei der Arbeit fest und hielt dann inne, um Tenzin zu betrachten. Der stumme Tibeter, in dessen Nähe sie seit dem Hagelschauer geblieben war, ging wie rasend zu Werke. Mit besorgter Miene trat Nyma an ihre Satteltasche, holte eine *mala*, eine Gebetskette, daraus hervor und streckte sie Tenzin entgegen.

Der stumme Tibeter sah die Perlen an, schien sie aber nicht richtig erfassen zu können. Sein Mund öffnete und schloß sich, als würde etwas in seinem Innern sich zu Wort melden und womöglich ein lange vergessenes Mantra aufsagen wollen. Seit Draktes Tod wirkte er entrückter als je zuvor und schien immer tiefer in seiner merkwürdigen Seelenqual zu versinken. Shan wußte, daß Überlebende des Gulags häufig so reagierten.

Irgendein Ereignis stieß eine Tür im Gedächtnis auf, und ein Alptraum aus der Zeit der Gefangenschaft erwachte zu neuem Leben. Nyma drückte Tenzin die *mala* in die Hand und führte ihn zu seinem Pferd, während Dremu bereits wieder losritt.

Sie waren erst zwanzig Minuten dem Ufer gefolgt, als der *golok* auf einer Hügelkuppe anhielt und abstieg, um beunruhigt den jenseitigen Hang zu mustern.

Shan schwang sich ebenfalls vom Pferd und folgte Dremus Blick zu einem weißen Fahrzeug, einem Minibus, wie sie manchmal zum Passagiertransport zwischen Tibets Städten genutzt wurden. Der Wagen war offenbar auf einer schmalen unbefestigten Straße aus Südosten gekommen und dann auf den Trampelpfad eingebogen, der parallel zu den Seeufern verlief. Auf einem großen flachen Felsen vor dem Gefährt saßen zwei Männer, einer davon in der kastanienbraunen Robe eines Mönchs, der andere wie ein Geschäftsmann mit weißem Hemd und Krawatte, während drei weitere Männer in Mönchsgewändern sich krampfhaft bemühten, das im Schlamm festgefahrene linke Hinterrad freizubekommen.

»Denen gehen wir lieber aus dem Weg«, warnte Dremu, doch Shan lief bei diesen Worten längst den Hügel hinunter.

Die Männer auf dem Felsen blickten ihm teilnahmslos entgegen. Mit seinem breitkrempigen Hut und dem verschlissenen Mantel sah er wie ein gewöhnlicher *dropka* aus. Der Krawattenträger war ein Han-Chinese mittleren Alters mit beginnender Glatze, der sich das schüttere, aber an den Seiten lange Resthaar nach hinten gekämmt hatte. Die kleinen schwarzen Augen in dem breiten fleischigen Gesicht funkelten genauso wie die blankpolierten Schuhe. In seinem Mundwinkel hing eine Zigarette. Der Tibeter neben ihm besaß volles, ordentlich gestutztes Haar und trug eine Robe, wie Shan sie noch nie gesehen hatte, denn ihre Säume waren goldfarben, und auf der linken Seite der Brust schien sich so etwas wie ein eingesticktes Monogramm zu befinden. Zwischen ihnen auf dem Felsen stand eine Flasche mit einem orangefarbenen Getränk und daneben anscheinend eine Plastiktüte mit Sonnenblumenkernen.

Der Han blies Shan eine lange Rauchfahne entgegen, als wolle er ihn verscheuchen. Shan nickte verhalten, wich den beiden Männern aus und verlangsamte den Schritt, um zu entziffern, was in hohen tibetischen und chinesischen Buchstaben auf der Seite des Fahrzeugs geschrieben stand. *Neue Überzeugungen für das neue Jahrhundert*, las er und darunter in kleineren Schriftzeichen die Abwandlung eines vertrauten Wahlspruchs: *Erwerbt Wohlstand, indem ihr die Ketten des Feudalismus zerreißt.*

Er schaute sich nach seinen Gefährten um. Lokesh und Nyma folgten ihm, während Dremu und Tenzin sich zurückgezogen hatten, so daß nur noch ihre Köpfe über den Hügelkamm ragten. Nyma näherte sich dem Felsen mit den beiden Männern, erstarrte plötzlich und warf einen nervösen Blick den Hang hinauf, als denke sie an Flucht. Shan entdeckte einen kleinen Schriftzug auf der Fahrertür: *Büro für Religiöse Angelegenheiten*.

»Schreihälse!« flüsterte Nyma erschrocken, als sie Shan erreichte. So wurden die Angehörigen dieser Behörde von vielen der *purbas* genannt, weil sie den Tibetern häufig schrille Strafpredigten hielten. Anfangs hatten die Schreihälse *tamzings* veranstaltet, Agitationssitzungen, die lange Zeit als beliebteste Maßnahme der politischen Umerziehung galten. Nachdem die *tamzings* in Parteikreisen an Beliebtheit eingebüßt hatten, blieben diese Leute ihrem Spitznamen weiterhin treu, allerdings auf subtilere Weise: Mittlerweile bedachten sie die Tibeter mit feurigen Ansprachen, in denen der traditionelle Buddhismus als Sünde gegen den Sozialismus angeprangert wurde.

Mit trockener Kehle wandte Shan sich zu dem Han mit der Krawatte um. Dies waren die Männer, die Nonnen und Mönchen Lizenzen erteilten oder verweigerten, die je nach politischer Gesinnung der Bewohner über die Finanzmittel der *gompas* entschieden und die mit einem Federstrich Klöster öffneten oder schlossen und das Recht auf Religionsausübung bewilligten.

Nyma zog sich den Hut tiefer ins Gesicht und trat dicht neben Shan. Ihr Gewand blieb unter der *chuba* verborgen.

Die drei Mönche mühten sich an dem Rad ab und hatten dazu lediglich eine kleine Kelle und den langen Stiel eines Wagenhebers zur Verfügung. Zwei der schlammbespritzten Männer knieten neben dem Reifen, während der dritte, ein untersetzter Mönch mit den dicken Armen und breiten Händen eines Arbeiters, Steine vom Hang herbeischleppte.

»Auf der Straße war eine Schafherde«, erklärte der breitschultrige Mönch und ließ die Steine neben den Bus fallen. Seine beiden jüngeren Kameraden warfen ihm warnende Blicke zu, als wollten sie ihn am Reden hindern. »Sie konnten nicht warten, also sind sie abgebogen, um darum herum zu fahren. Ich weiß nicht, was sie wütender gemacht hat: daß wir hängengeblieben sind oder die Art, wie all diese Schafe sie angestarrt haben, nachdem wir im Schlamm steckten.« Nyma kicherte leise und sah sich hektisch nach den Männern auf dem Felsen um.

»Hier im Matsch herumzuwühlen bringt gar nichts«, sagte Lokesh zu den verdreckten Mönchen. »Ihr müßt dafür sorgen, daß der Reifen irgendwie Halt bekommt.« Beifällig deutete er auf die Steine, die der dritte Mönch gesammelt hatte, und folgte dem stämmigen Mann dann zum Hügel, um noch mehr davon zu holen.

Sie seien eine mobile Bildungseinheit und würden der Bevölkerung die neuen Regierungsprogramme erläutern, sagte der Mann, als Shan sich zu ihm und Lokesh gesellte. »Und wir zählen die Gerstenfelder.«

Shan hob verdutzt den Kopf. Das hier war Nomadenland. Er bezweifelte, daß es im Umkreis von hundert Kilometern auch nur ein einziges Gerstenfeld gab. »Aber ihr stammt aus einem *gompa*«, stellte er fest.

»Khang-nyi.« Das hieß Zweites Haus. »Das einzige *gompa* weit und breit.« Er hielt inne und schaute zu den Männern auf dem flachen Felsen. Der Wind war vollständig abgeflaut, und über ihren Köpfen hing eine Wolke aus Zigarettenrauch. Der Mönch sah verwirrt aus, als gäben die beiden Männer ihm ein Rätsel auf. Er bückte sich, um den nächsten Stein aufzuheben.

»Was denn für Regierungsprogramme?« fragte Shan.

Der Mönch sah ihn verunsichert an. »Erwerbt Wohlstand, indem ihr die Ketten des Feudalismus zerreißt«, rezitierte er im gleichförmigen Tonfall eines Mantras, als wolle er einen eventuellen falschen Eindruck korrigieren, und trug seine Steine weg.

Zehn Minuten später war der Minibus frei. Die beiden Männer standen von dem Felsen auf, streckten sich träge und gingen zu den Vordertüren des Wagens. Während Nyma und Lokesh bereits wieder den Hügel hinaufeilten, beugte der Mönch in der eleganten Robe sich ins Fahrzeug, nahm einige Broschüren und gab eine davon Shan.

»Haben Sie es begriffen, Genosse?« fragte er plötzlich und mit funkelndem Blick. Seine Hakennase verlieh ihm das Aussehen eine Falken. Sein Begleiter kam näher und deutete streng auf den Titel der Druckschrift: *Klarheit und Wohlstand*.

Shan sah die Männer unschlüssig an. Aus irgendeinem Grund mußte er daran denken, wie ihn vor vielen Jahren in Peking eine ernste junge Frau mit leuchtendweißer Bluse angehalten, ihm ein Flugblatt überreicht und gefragt hatte: »Bist du ein gläubiger Mensch?« Diese Leute hier waren in gewisser Weise ebenfalls Missionare und im Auftrag der gottlosen Behörde unterwegs, die über die Götter Tibets zu befinden hatte.

Klarheit und Wohlstand. Er musterte die Worte. Sie klangen wie ein grausamer Scherz auf Kosten der Tibeter. Auf einmal bemerkte Shan, daß der Mann mit dem weißen Hemd, der Schreihals, ihn anstarrte. »Hier leben eigentlich nur Herdenbesitzer«, stellte der Mann fest. »Sie werden *dropkas* genannt.« Er schien unversehens erkannt zu haben, daß auch Shan ein Han-Chinese war. Die kleinen schwarzen Augen bewegten sich rastlos umher und suchten den Hügel ab, wenngleich sein Kopf sich nicht regte.

Shan spürte, wie die Muskeln in seinen Beinen sich anspannten, als rechne ein Teil von ihm damit, daß der Schreihals ausholen und zuschlagen würde.

»Ihre Begleiter verstecken sich vor uns«, warf der elegante Mönch ganz beiläufig ein. »Sie sind so scheu wie Welpen und rennen gleich weg, wenn sie ein Auto sehen.« Seine Stimme klang sanft und kultiviert; es war die Stimme eines Redners. »Diese Menschen müssen es endlich verstehen«, fügte er hinzu, als bitte er Shan um Unterstützung. »Sie brauchen unsere Hilfe.« Dann reichte er Shan die restlichen Broschüren in seiner Hand. »Ich bin ihr Abt. Khodrak Rinpoche.«

Shan warf ihm einen ungläubigen Blick zu. Er hatte noch nie gehört, daß ein Mönch sich selbst als ehrwürdigen Lehrer vorstellte.

»Die Leute benötigen unseren Schutz«, sagte Khodrak. »Sind Sie Lehrer?« Die Regierung schickte bisweilen Lehrer in die ausgedehnten Weidegebiete der Nomaden. »Man begreift hier nicht, was auf dem Spiel steht«, fuhr er fort, ohne auf eine Antwort zu warten. »Das Büro für Religiöse Angelegenheiten ist der Schlüssel für ihren Wohlstand. Eine Fehlinterpretation der Ereignisse kann gefährlich werden.«

Shan verstand kein Wort von dem, was die Männer da redeten. Der Chinese in dem weißen Hemd wirkte angespannt, beinahe wütend, der Abt hingegen, als würde er mit Shan eine Art politisches Zwiegespräch führen. Beide gingen davon aus, sich Shan anvertrauen zu können. In ihrer Welt reiste kein Han freiwillig mit Tibetern durch die entlegene Changtang, also mußte er in offiziellem Auftrag unterwegs sein.

»In dieser abgeschiedenen Gegend verbreiten Neuigkeiten sich nur sehr langsam«, tastete Shan sich vor.

Die beiden Männer sahen sich fragend und zögernd an. »Direktor Tuan hat einen schrecklichen Verlust erlitten«, sagte Khodrak und nickte in Richtung seines Begleiters. »Sein Stellvertreter, ein Mann namens Chao, wurde in Amdo ermordet. Wir alle müssen uns nun bemühen, eine falsche Reaktion darauf zu verhindern.«

»Ein stellvertretender Direktor des Büros für Religiöse Angelegenheiten wurde ermordet?« fragte Shan langsam und mußte gegen ein plötzliches Frösteln ankämpfen. Der *purba* am Fluß hatte erzählt, ein Beamter sei getötet worden, ohne dabei zu wissen, daß es sich um einen Schreihals handelte. Eine schlimmere Neuigkeit war kaum denkbar, denn sie konnte für den betroffenen Bezirk das Kriegsrecht bedeuten. Das Büro für Religiöse Angelegenheiten war eines von Pekings Lieblingskindern und in Tibet das wichtigste Instrument zur politischen Einflußnahme.

Khodrak nickte ernst. »In einem Stall in der Nähe seines Büros. Der stellvertretende Direktor Chao ist ein Märtyrer unserer edlen Sache. Sie müssen auf der Hut sein. Es kündigen sich wichtige Entwicklungen an.«

Ein leitender Schreihals war umgebracht worden, und als Reaktion darauf wollten sein Vorgesetzter und der Abt Propagandamaterial unter den Hirten verteilen. Shan hob die Broschüren, die Khodrak ihm gegeben hatte. »Ich werde tun, was ich kann«, sagte er und ging los.

Während die anderen einstiegen, verharrte der stämmige Mönch einen Moment lang hinter dem Wagen und wischte sich mit einem Grasbüschel den Schlamm von den Händen. Shan bot ihm den Lappen an, den er als Taschentuch in seiner Gesäßtasche bei sich trug. Der Mann lehnte mit dankbarem Nicken ab und beugte sich vor. »Gib nicht viel auf ihre Worte«, raunte er vertrauensvoll. »In Wirklichkeit sucht der Abt nach einem Mann mit einem Fisch.«

Shan sah ihn verwirrt an. »Meinen Sie den Mörder? Hier vom See? Ein Fischer?« Es ergab keinen Sinn. Die Tibeter in dieser Gegend aßen so gut wie nie Fisch und erst recht nicht Fisch aus einem heiligen See.

»Warne die *dropkas*, warne meine Leute«, drängte der Mönch und schloß sich hastig den anderen an. Er hatte seine Tür noch nicht ganz geschlossen, als Direktor Tuan bereits Gas gab und der Minibus lautstark davonraste.

Shan verfolgte, wie der Wagen auf dem Uferpfad entschwand. Hatte der Mönch andeuten wollen, ein Mann mit einem Fisch sei in den Mord verwickelt? Aber für Ermittlungen in Mordfällen war nicht das Büro für Religiöse Angelegenheiten zuständig, sondern die Öffentliche Sicherheit. Und die Kriecher verfolgten einen alten Lama. Hielten sie den Lama für den Mörder?

Als Shan den Hügelkamm erreichte, gab er Lokesh eine der

Broschüren. Im Innern fand sich ein Foto des Vorsitzenden der Kommunistischen Partei, das man primitiv über ein Bild des Potala Palasts in Lhasa gelegt hatte, gefolgt von mehreren Absätzen in kleiner Schrift. Dremu streckte den Arm aus, nahm dem alten Tibeter das Pamphlet ab und steckte es ein, ohne einen Blick darauf zu werfen. »Guter Zunder. Die Schreihälse haben immer genug Papier, um ein schönes Feuer damit zu entfachen.«

Shan überflog seine Broschüre schweigend, bevor er sie in der Manteltasche verstaute. Es war eine Schmähschrift über die wirtschaftlichen Nachteile der Sanierung religiöser Bauten, einschließlich einiger winziger Diagramme. Er warf einen zweiten Blick auf die Überschrift: *Klarheit und Wohlstand*. Darunter der vollständige offizielle Name der Kampagne: *Religiöse Klarheit muß auf ökonomischer Klarheit aufbauen*. Den Politoffizieren war es schon immer ein Dorn im Auge gewesen, daß viele Tibeter das Wirtschaftssystem untergruben, indem sie einen unverhältnismäßig großen Anteil ihrer kargen Einkünfte für den Wiederaufbau von *gompas* spendeten. Beschränkte man diese Spenden auf höchstens zwei Prozent des Einkommens, folgte alsbald allgemeiner Wohlstand – das zumindest ergab sich aus einem der Diagramme.

Shan starrte erneut in die Richtung, die der Minibus eingeschlagen hatte. Haben Sie es begriffen? hatte der seltsame Mönch mit der goldgesäumten Robe ihn gefragt. Shan begriff überhaupt nichts. Der stämmige Mönch schien ihn warnen zu wollen, indem er andeutete, Tuan und Khodrak hätten irgendein Täuschungsmanöver vor und suchten in Wahrheit nach einem Mann mit einem Fisch. Während all der Jahre in Tibet hatte Shan keinen einzigen Fisch auch nur zu Gesicht bekommen.

Am späten Nachmittag überquerten die fünf Reiter eine flache Kuppe und sahen eine langgestreckte Ebene, deren Boden vor lauter Salzverkrustungen hell schimmerte und in deren Mitte sich ein Lager aus vier weißen und drei schwarzen Zelten erhob. Dremu wies sie an zu warten und ritt allein voraus. Sie sahen, wie aus einem der weißen Zelte ein Mann mit einem runden Hut trat, dem *golok* etwas entgegenrief und dann Steine aufhob und nach ihm warf. Dremu wendete sein Pferd und trabte zurück.

»Hier sind wir richtig«, verkündete er zufrieden und bedeutete Shan, auf dem Weg zu den Jurten voranzureiten.

Dies sei ein Salzlager, erklärte Lokesh aufgeregt, als sie inmitten einer Schar kleiner Kinder abstiegen, die zwischen den Pferden umherliefen, sich die Nasen rieben und Tenzin halfen, die Sattelgurte zu lösen. Shan nahm die Satteltasche ab und überließ sein Pferd einem lachenden Mädchen, dessen Wangen mit roter *doja*-Creme bestrichen waren, einem der Schutzmittel der *dropkas* gegen die Strahlen der Hochgebirgssonne. Als er sich ins Lager vorwagte, stieg ihm ein süßlich-scharfer Duft in die Nase, der Geruch von Yakmilch, die gebuttert wurde.

Am Ufer waren mehrere Männer und Frauen damit beschäftigt, die harte Salzkruste mit kurzen Holzstößeln in grobe Stücke zu zerkleinern und diese dann mit einfachen Harken zusammenzuschieben. Andere packten das Salz in kleine bunte Webbeutel, die mit robusten Kordeln paarweise verschnürt wurden. Wie Satteltaschen, dachte Shan, als er eine Frau beim Zunähen der Beutel sah, allerdings zu klein für Pferde.

Der Mann mit dem runden Hut, der Dremu angeschrien hatte, stand am Eingang eines weißen Zeltes in der Nähe der Lagermitte und winkte sie zu dem Feuer, das in einem Steinkreis zu seinen Füßen schwelte. Daneben lag ein braunweißer Mastiff. Shan und Lokesh kamen an einem finster wirkenden grauhaarigen Mann in einer zerlumpten *chuba* vorbei, der vor einem der anderen Zelte saß und einen schweren Stab über den Knien liegen hatte. Neben einem einzelnen angepflockten Yak hockte eine *dropka* mit einer Schürze in den Farben des Regenbogens und hob und senkte immer wieder einen Griff, der aus einem langen, oben offenen Holzzylinder ragte, einer *dongma*, einem jener Butterfässer, in denen Teeblätter, Butter und Salz für das traditionelle tibetische Getränk vermischt wurden. Ihr Haar war zu Dutzenden von Zöpfen geflochten, an deren Ende je eine Holzperle hing. Diese Frisur war unter gläubigen Frauen seit Jahrhunderten üblich, und es waren stets genau einhundertacht Zöpfe, einer für jede Perle der buddhistischen Gebetskette. Sie nickte ihnen beiläufig und eher desinteressiert zu. Shan ließ den Blick über die kleine Ansiedlung schweifen und erkannte, daß es sich eigentlich um mehrere Lager mit jeweils eigenen Feuern und Zelten handelte, die das Salz hier zusammengeführt hatte.

Während die Neuankömmlinge sich ihm näherten, musterte der Mann bei dem weißen Zelt überaus erwartungsvoll ihre Gesichter. Als er den Hut abnahm, kam darunter ein struppiger schwarzer Schopf mit grauen Strähnen zum Vorschein. Auf seinem Hals konnte man ein auffälliges Muttermal in Form eines umgedrehten, schrägen U erkennen, gleich über der Kette aus kleinen türkisfarbenen Steinen, an der ein großes silbernes *gau* hing. Dann erhellte ein Lächeln sein Gesicht. »Nyma!« rief er, während die Nonne abstieg und zu ihm lief. »Heiliger Buddha, es ist wahr!« Sie umarmten sich herzlich, und dann deutete Nyma auf Shan. Der Mann richtete sich auf, wurde schlagartig ernst und betrachtete Shan schweigend.

Shan nahm ebenfalls den Hut ab und erwiderte den ruhigen Blick.

»Du bist also dieser rechtschaffene Chinese«, stellte der Mann skeptisch fest. Er hob unversehens eine schwielige Hand, packte Shans Kinn zwischen Daumen und Zeigefinger und drehte seinen Kopf von links nach rechts, als suche er nach etwas Bestimmtem.

»Bloß ein Chinese, der um Hilfe gebeten wurde«, erwiderte Shan gelassen. Er war es gewohnt, daß Tibeter ihm anfangs mit Spott begegneten.

Der Mann runzelte die Stirn. »Ich habe ihn mir irgendwie größer vorgestellt.« Er klang enttäuscht.

»Sein Rücken war früher nicht ganz so krumm«, merkte Lokesh im gleichen trockenen Tonfall wie der Fremde an, »aber dann hat man ihn gezwungen, *lao-gai*-Straßen zu bauen.«

Der Mann bedachte Lokesh mit einem gewichtigen Nicken, legte dann die gewölbten Hände an den Mund und rief einem der Salztrupps zu, ihr Besuch sei eingetroffen. »Ich bin Lhandro«, sagte er lächelnd und wies auf die kleine Gruppe Männer, die sich dem weißen Zelt näherte. »Wir aus dem Tal von Yapchi heißen euch willkommen.«

»Yapchi?« fragte Shan überrascht und schaute unwillkürlich auf die Satteltasche, in der sie den *chenyi*-Stein verstaut hatten. »Aber das liegt doch mehr als hundertfünfzig Kilometer nördlich von hier.«

Lhandro lächelte wieder und ließ Nyma ihre Begleiter vorstellen, während ein zweiter Mann aus dem Zelt trat und eine *dongma* mit frischem Tee brachte. Die Tibeter begrüßten einander, und Shan nahm die Zelte genauer in Augenschein. Sie entsprachen alle der traditionellen Jurtenform, aber nur die aus dem schweren schwarzen Filz gehörten *dropkas*, die das ganze Jahr auf der Changtang verbrachten. Die weißen Zelte waren aus Leinwand und lediglich für einen vorübergehenden Aufenthalt im Gebirge geeignet. Lhandro und seine Begleiter waren keine Nomaden. Sie mußten *rongpas* sein, erkannte Shan, Bauern aus dem Tal von Yapchi.

Während Schalen mit schaumigem Tee gereicht wurden, deutete Lhandro auf die weiße salzverkrustete Ebene. »Unsere Leute machen das schon seit Jahrhunderten so. Die Regierung hat uns kleine Schachteln mit chinesischem Salz gegeben, auf denen Pandabären abgebildet sind, und uns Sklaven des Feudalismus genannt, weil wir herkommen.« Er zuckte die Achseln. »Aber das chinesische Salz macht dich schwach. Wir haben gesagt, das Lamtso-Salz schmeckt uns besser.« Er hockte sich neben Nyma und fing ein leises vertrauliches Gespräch mit ihr an. Shan sah, daß es sich um keine guten Neuigkeiten handeln konnte, denn Nyma starrte den Bauern bestürzt an, murmelte etwas, das nach einem Gebet klang, und schlug die Hände vor das Gesicht. Dann schien ihr etwas einzufallen, und sie gab eine zornige Erwiderung. Lhandro riß die Augen auf und drehte sich beunruhigt zu Shan um. Sie mußte Draktes Tod und die merkwürdige letzte Warnung des *purba* geschildert haben. Als Nyma sich den anderen aus ihrem Dorf zuwandte, trat der *rongpa* mit sorgenvoller Miene wieder zurück ans Feuer. Die Nonne sprach nun laut genug, daß Shan einige Gesprächsfetzen aufschnappen konnte. Sie erzählte von der Begegnung mit dem weißen Minibus. Einer der Männer lief los, offenbar um die anderen Leute zu warnen. Es waren Schreihälse in der Gegend. Mehrere der Salzbrecher stellten die Arbeit ein und rannten in ihre Zelte. Die *dropkas* stellten bisweilen Dinge auf ihre Altäre, die den Schreihälsen gar nicht gefallen würden. Eine Frau eilte zu dem Mann, der wie ein Wächter mit seinem Stab dasaß, woraufhin er kurz in seinem Zelt verschwand, dann wieder zum Vorschein kam und diesmal stehend Posten bezog, den Stab wie einen Speer an seiner Seite.

Ein halbwüchsiges Mädchen, das Haar zu zwei Zöpfen geflochten, die Augen fast so leuchtend wie ihre roten, *doja*-bestrichenen Wangen, kam mit einem kleinen Schnürbeutel auf sie zu. Sie humpelte unübersehbar, und ihr linkes Bein schien unterhalb des Knies verdreht zu sein. Einen Moment lang strahlten sie und Nyma sich an; dann schlossen sie einander schweigend in die Arme. Danach ließ das Mädchen seinen Beutel neben dem Steinkreis fallen und öffnete ihn. Tenzin kam hinzu und musterte den Inhalt mit beifälligem Nicken; es war Dung für das Feuer. Mit Kennermiene nahm der stumme Tibeter ein Stück in die Hand, als wolle er sich vergewissern, daß es auch wirklich Yakdung war, der beste aller Brennstoffe, die hier auf der Hochebene verwendet wurden, denn im Gegensatz zu Schaf- oder Ziegendung mußte man das Feuer nicht ständig mit einem Blasebalg neu anfachen. Tenzin leerte den Beutel des Mädchens, hob schweigend seinen eigenen Ledersack, den er wie einen wertvollen Besitz vom Sattel mitgenommen hatte, und machte sich auf den Weg zu den Weiden. Shan blickte dem rätselhaften Mann hinterher. Es war, als wäre das Sammeln von Dung dem ehemaligen Strafgefangenen zur Berufung geworden, als hätte der Tibeter mit der aristokratischen Ausstrahlung beschlossen, daß sein Beitrag zur Gesellschaft darin bestehen würde, die Feuer anderer Leute am Brennen zu erhalten.

Shan bemerkte, daß auch das rotwangige Mädchen mit den Zöpfen Tenzin beobachtete. Schließlich drehte sie sich um, warf Shan einen schüchternen Seitenblick zu und humpelte zu einem Mann mit einer alten Fuchsfellmütze, der in etwa fünfzig Metern Entfernung mit einer Schaufel grub. Um ihn ragten bereits mehrere kleine Erdhaufen auf.

»Ich dachte, das Salz wird an der Oberfläche gewonnen«, sagte Shan verblüfft. Sobald das Mädchen an seiner Seite auftauchte, gab der Mann ihr etwas. Sie machte aufgeregt kehrt und eilte mit schiefen, watschelnden Schritten zu dem Zelt, wo der alte Hirte Wache stand.

Lhandro folgte Shans Blick und wies in die entgegengesetzte Richtung. Dort entdeckte Shan eine alte Frau, die oberhalb des Lagers auf einem Hügel saß.

»*Tonde*«, sagte Lhandro und bezog sich damit auf die heiligen Objekte, die Tibeter manchmal aus dem Boden holten. Dabei konnte es sich um Pfeilspitzen, Tonscherben oder Schnitzereien in Form von Ritualgegenständen handeln. Ein Häftling in Shans Straflager hatte einst eine korrodierte Bronzespange gefunden, die seiner festen Überzeugung nach aus dem Besitz von Guru Rinpoche, dem alten Lehrer, stammte, und einen Altar aus Pappe dafür errichtet.

»Seit tausend Jahren kommen heilige Männer an diesen Ort«, erklärte Lhandro. »Die alte *dropka* da oben hat eine aus Türkis geschnitzte Lotusblume gefunden, der sie große Macht zuschreibt. Gestern hat sich angeblich ein chinesisches Flugzeug genähert, und sie konnte es mit dem *tonde* verscheuchen. Aber sie leidet an grauem Star und ist fast blind.«

Er schwieg für einen Moment. »Unsere Anya«, sagte er dann und nickte in Richtung des hinkenden Mädchens. »Anya hat gesehen, wie sie die Faust drohend gen Himmel schwang, und gesagt, es sei bloß eine Gans gewesen, die den Anschluß an ihren Schwarm verloren hatte. Jetzt behauptet die alte Frau, falls die Soldaten näher kämen, würde sie einen weiteren Hagelschauer auf sie herabbeschwören.«

Shan und Lokesh sahen sich an. Die Armeepatrouille, die ihnen aufgefallen war, hatte sich viele Kilometer vom Lager entfernt befunden. Die Menschen der Changtang schienen auf geheimnisvolle Weise stets Bescheid zu wissen.

»Unterschätzt die *tonde* nicht«, warf eine Stimme hinter ihnen ein. Es war die Frau mit der bunten Schürze, die soeben einen Ledereimer vorbeitrug. »Manche davon mögen einfach nur hübsche Steine sein. Andere hingegen ...« Sie betrachtete Shan für einen Augenblick und kam dann näher. »Es heißt, ein Mönch habe mit Hilfe eines *tonde* diesen chinesischen Berg zerstört.«

»Einen Berg zerstört?« fragte Shan.

»Weit im Süden, an der Grenze zu Bhutan«, bestätigte die Frau nickend. »Einen der Armeeberge. Ihre Sklaven hatten ihn ausgehöhlt, und dann waren die Soldaten mit ihren Maschinen gekommen.« Die Frau meinte eine der großen Militäranlagen, zu deren Errichtung die chinesische Volksbefreiungsarmee vorwiegend Gulag-Sträflinge verpflichtete, die ganze Berge mit gewaltigen Tunnelnetzen durchziehen mußten. Die meisten dieser Einrichtungen lagen entlang der Südgrenze; einige dienten kompletten Divisionen als Truppenunterkünfte, andere wurden als Materiallager genutzt oder beherbergten hochmoderne Horchposten oder Befehlsstände.

»Die haben diesen Berg mit Computer-Maschinen und Funkgeräten gefüllt, aber sie wußten nicht, daß einer der Gefangenen ein alter Mönch war und ein *tonde* besaß, das früher der Gottheit des Berges gehört hatte. Er konnte mit dem Gott sprechen und erklären, was geschehen war. Als der Gott es verstand, schlug der Berg zurück«, verkündete die Frau zufrieden.

Shan sah sie erwartungsvoll an, sie redete jedoch nicht weiter.

»Es gab einen Einsturz«, sagte Lhandro und bedachte die Frau mit einem peinlich berührten Blick. »In den Zeitungen stand nichts davon, aber es ist überall Gesprächsthema. Die Tunnel sind eingesackt und haben die Maschinen zerstört. Einige Soldaten wurden eingeschlossen und getötet. Auch viele tibetische Arbeiter verloren ihr Leben. Die Armee war zunächst in Alarmbereitschaft und hat die Anwohner der Gegend zum Verhör zusammengetrieben, aber dann kamen Experten aus Peking und sagten, es sei lediglich der falsche Berg für diese Art der Nutzung gewesen. Der Himalaja sei instabil, hieß es, und etwas im Innern habe sich verschoben.«

»Der falsche Berg«, wiederholte die Frau mit wissendem Nicken.

Lokesh stieß ein verächtliches Grunzen aus. »Was erwarten sie, wenn sie Soldaten haben, um Berge zu jagen?«

Shan sah seinen alten Freund an. Lokesh hatte auf seltsame Weise mißverstanden, was mit einer Gebirgsjägerbrigade gemeint war; er hatte den Begriff zu wörtlich genommen. Shan öffnete den Mund, um den Irrtum aufzuklären, aber dann wurde ihm klar, daß Lokesh vielleicht gar nicht so falsch lag. Nach Ansicht vieler verstieß dieses Verhalten Pekings gegen die Natur, denn es höhlte die Berge aus, entwaldete die Hänge und verwüstete die Täler mit offenen Schächten.

Shan fragte Lhandro und die Frau mit der Schürze nach weiteren Neuigkeiten, vor allem nach auffallend scharfen Maßnahmen der Öffentlichen Sicherheit oder der Armee zwischen Lamtso und Lhasa. Beide schüttelten die Köpfe. »Bloß das Übliche«, sagte Lhandro. »Diese Klarheitskampagne. Überall tauchen Schreihälse auf, häufiger als sonst und im gesamten Bezirk. Es geht immer um das gleiche, so wie früher schon, nur diesmal mit anderen Worten.« Das sollte heißen, die Kampagne sei eine weitere politische Initiative, um den Einfluß der Buddhisten zu untergraben.

Die Frau jedoch brachte mitunter Wolle nach Amdo, der nächstgelegenen und einzigen Ansiedlung der Region, und las dort die Zeitungen. Ein berühmter Abt floh derzeit nach Süden in Richtung Indien, mit der Öffentlichen Sicherheit und den Schreihälsen dicht auf seinen Fersen. Ferner war eine Großfahndung nach zwei Terroristen im Gang, einer ein Infiltrant des Dalai-Kults von jenseits der Grenze, der andere ein berüchtigter Widerstandsführer, genannt Tiger, ein General der *purbas*, den man in der Gegend gesichtet hatte. Die Truppen drohten, wer ihm helfe, würde im Gefängnis landen, erklärte die Frau, um im nächsten Atemzug ein schnelles Gebet für den Mann zu sprechen. In Lhasa bereitete man unterdessen die größte Maiparade seit vielen Jahren vor und schaffte zu diesem Zweck Helden der Armee und der Arbeit in die Stadt. Shan hörte aufmerksam zu, denn die Frau schien vor Neuigkeiten und Gerüchten regelrecht überzusprudeln, doch sie erwähnte weder ein gestohlenes Steinauge noch die Ermordung eines oder mehrerer *purbas*.

»Weiß jemand etwas über den Mord an einem Beamten des Büros für Religiöse Angelegenheiten?« fragte Shan und brachte damit alle in Hörweite zum Verstummen. Besorgte Gesichter wandten sich ihm zu. »Er hieß Chao und stammte aus Amdo.«

Nyma kam aus Lhandros Zelt nach draußen. »Ich wußte von Chao«, sagte sie mit ängstlicher Miene. »Die Schreihälse aus Amdo kommen manchmal über unseren Berg ins Tal von Yapchi. Er war der einzige, der bei seinen Hausbesuchen keine privaten Altäre inspizieren wollte, und er hat nie jemandem befohlen, sein *gau* zu öffnen. Er war Tibeter, hatte aber einen chinesischen Namen angenommen.« Die Chinesen ermutigten junge tibetische Studenten zu solchen Namensänderungen.

»Hat dieser Mönch mit dir über den Mord gesprochen?« fragte Shan. Er mußte an den Ritt nach dem Zusammentreffen mit dem Minibus denken. Nyma war ungewöhnlich ruhig geblieben und hatte beim Anblick weiterer Gänseschwärme im Gegensatz zu Lokesh keinerlei Begeisterung mehr erkennen lassen.

»Nur kurz.« Nyma blickte zu Boden. »Es war eine sehr gewaltsame und blutige Tat. Chao wurde hinterrücks erstochen. Es ist in einem ehemaligen Stall passiert, der heute als Garage genutzt wird. Am Stadtrand, vorgestern abend.«

Shan starrte sie an.

»Ist das wichtig?«

»Ungefähr zur gleichen Zeit wurde vermutlich Drakte verletzt«, erklärte er. »Die Wunde, an der er gestorben ist, wurde ihm viele Stunden vorher zugefügt, womöglich sogar schon am Abend zuvor.«

Nyma stiegen Tränen in die Augen, und sie wandte sich kurz ab und sah auf den See hinaus. »Das weißt du nicht mit Bestimmtheit«, sagte sie.

»Nein«, räumte Shan ein. Aber er war sich fast sicher. Während seiner Pekinger Inkarnation hatte er viele Stichwunden gesehen.

»Drakte? Drakte!« stieß jemand hinter Shan keuchend hervor. Er drehte sich um und sah, daß die Frau mit der bunten Schürze eine Hand vor den Mund geschlagen hatte. »Unser Drakte!« rief sie, und die anderen *dropkas* in Hörweite rückten näher, um die Neuigkeit zu erfahren, die sie ihnen nun mit leiser, verzweifelter Stimme mitteilte.

Geduldig beantwortete Shan die Fragen über den Tod des *purba* und stellte dann selbst einige Nachforschungen an.

»Erst letzte Woche war er noch hier, hat mit uns geredet, uns Fragen gestellt und mit den Kindern gespielt«, sagte die Frau. »Eines Nachmittags hat er alle Kinder zusammengerufen und auf einem Hügel einen neuen Steinhaufen errichtet.« Shan folgte ihrem Blick zu einer hohen grasbewachsenen Kuppe in mehreren hundert Metern Entfernung, die von einem kleinen Steinturm gekrönt wurde. Langsam ließ die Frau sich auf einen Felsblock am Feuer sinken.

»Was für Fragen? Was wollte Drakte wissen?« Shan hockte sich neben die Frau.

»Wie viele Schafe und Ziegen wir haben«, sagte sie tonlos. »Wer Yaks besitzt und wer Ziegen. Wo das nächste Gerstenfeld liegen könnte. Wieviel Futter wir für den Winter schneiden.«

Gerste. Shan starrte erst die Frau, dann Lhandro und Nyma an. Der Abt und der Direktor des Büros für Religiöse Angelegenheiten hatten Gerstenfelder gezählt. Und das auf den Weiden der Changtang, wo überhaupt keine Gerste wuchs. Er lief zu seiner Decke, entrollte sie und nahm daraus den Beutel, den die *dropka* durch den Sturm gebracht hatte. Gemeinsam blätterten sie in Draktes Buch, bis sie kurz vor dem Ende auf eine Seite mit dem Datum von letzter Woche stießen, welche die Überschrift Lamtso Gar – Lager Lamtso – trug. Es gab eine Spalte für Gerste, versehen mit der Zahl Null, und andere für Schafe, Yaks und Ziegen.

»Wir leben fast das ganze Jahr hier«, erklärte die Frau. »Alle anderen kommen bloß, um sich Salz zu holen.« Sie deutete mit sichtlichem Stolz auf die Ziffern. Ein Yak, achtzehn Schafe, fünf Ziegen lautete der Eintrag für Lamtso Gar. Und zwei Hunde.

Wenn die Sammlung solcher Daten schon bei dem Abt und einem leitenden Schreihals keinen Sinn ergab, dann erst recht nicht bei Drakte. Doch Drakte hatte die Daten nicht nur festgehalten, sondern sich zudem beglaubigen lassen. Am Fuß der

Seite standen Unterschriften und darunter eine kurze Notiz, die nach Shans Ansicht erst später hinzugefügt worden war. Letztes Jahr, hatte Drakte geschrieben, sei hier ein zweijähriges Mädchen verhungert.

Shan überflog die folgenden Seiten und deutete auf mehrere Einträge, die keine Unterschriften, sondern nur Kreise oder Kreuze trugen.

»Sogar wer nicht schreiben konnte, mußte unterzeichnen«, erläuterte die Frau. »Er bestand darauf, daß es für jede Familie und jedes Heim einen eigenen Eintrag geben würde. Und er hat schlimme Dinge gesagt, bis die Leute endlich ihr Zeichen gemacht hatten«, fügte sie mit leiser, verwunderter Stimme hinzu.

»Schlimme Dinge?«

Sie senkte den Kopf, als sei es ihr peinlich. »Er war müde und besorgt. Er war ein guter Junge.«

»Was für Dinge?« fragte Shan erneut.

Die Frau starrte zu Boden und flüsterte dermaßen leise, daß Shan sich vorbeugen mußte, um sie zu verstehen. »Er hat gesagt: Unterzeichnet oder all eure Kinder werden euch später hassen.« Sie erschauderte und verschränkte die Arme vor der Brust.

Shan starrte erst sie und dann das Buch an.

Auf einmal hallte ein lauter Fluch durch das Lager. Dremu schrie eine Frau mittleren Alters an, die kleine Steine nach ihm warf und die Kinder ermutigte, es ihr gleichzutun. Der *golok* hob drohend die Faust, machte dann aber kehrt und hielt im Laufschritt auf das Feuer zu. Als er den Steinkreis erreichte, blieb er stehen, sah Lhandro an und stellte sich hinter Shan. Auch Lhandro, der freundliche *rongpa*, hatte mit Steinen nach ihm geworfen.

»Dieser *golok* ist hier nicht erwünscht«, sagte Lhandro steif.

»Ihr habt mich willkommen geheißen und ...«, setzte Shan verwirrt an und brauchte die offensichtliche Frage gar nicht erst zu stellen: Warum nahm Lhandro einen Chinesen bei sich auf, aber keinen tibetischen Landsmann?

»Ich meine nicht alle *goloks*«, erklärte Lhandro mit schwerer Stimme. »Die Clanleute dieses Mannes waren Räuber. In dem

Gebiet zwischen Lamtso und den Bergen von Amdo, wo die *goloks* beheimatet sind, haben sie früher viele Lager und Dörfer überfallen. Sie haben zahlreiche unschuldige Clans angegriffen und ihnen die Tiere und Gerstensäcke gestohlen.«

»Diese Banditen sind schon seit langer Zeit tot«, murmelte Dremu. »Die Öffentliche Sicherheit hat sie erwischt und hingerichtet.«

»Ist dieser Mann noch immer ein Räuber?« wollte Lhandro von Shan wissen.

Dremu lachte stöhnend auf, als würde er sich nichts sehnlicher wünschen.

»Du brauchst diesen Mann nicht«, sagte Lhandro, als Shan nicht antwortete. »Du gehst mit uns nach Yapchi.«

»Aber die *purbas* haben es so arrangiert«, warf Nyma ein. »Ich glaube, sie wollten jemanden, der die Berge und Verstecke kennt und weiß, wo die Patrouillen suchen. Wir kennen uns mit den Kriechern nicht aus. Drakte hat das alles in die Wege geleitet«, flüsterte sie ernst, als sei die Sache damit erledigt.

»Ich verstehe nicht ganz«, sagte Shan. »Wer reist denn nun alles ins Tal von Yapchi?« Ihr Unternehmen hätte eigentlich ein Geheimnis sein sollen.

»Wir haben euch erwartet«, sagte Lhandro und wies mit ausholender Geste auf das weiße Zelt, wo die Männer angefangen hatten, die zu einem Stapel aufgetürmten Salzbeutel zuzunähen. »Alle aus meinem Dorf, die hier in das Salzlager gekommen sind. Fünf aus Yapchi und vierzig Schafe. Bei Tagesanbruch geht es los.« Wie um Shans Zweifel zu zerstreuen, zog der *rongpa* eine zerfledderte Landkarte aus der Tasche, entfaltete sie und zeigte Shan den See, ein großes blaues Oval am Rand der Changtang. Dann fuhr er mit dem Finger östlich am Ufer entlang und weiter nach Norden in die Region Amdo, jenen Teil von Tibet, den Peking als Provinz Qinghai bezeichnete. Shan studierte die Karte. Sie war überraschend detailliert, einschließlich eines rot schraffierten, ungefähr achtzig Kilometer breiten Sektors auf der anderen Seite des Lamtso. Am oberen Rand der Karte befand sich ein großer Aufdruck. *Nei Lou.* Das bedeutete, es war eine Verschlußsache, ein Staatsgeheimnis. Shan sah

Lhandro an, der den Blick herausfordernd erwiderte, und wies auf die rote Schraffur. Daneben stand »Toxisches Sperrgebiet«.

»Ein Armeestützpunkt?«

»Nein«, seufzte Lhandro. »Schlimmer. In dieser Region gibt es Stellen, an denen spezielle Waffen getestet wurden. Krankheitserreger oder irgendwelche mörderischen Chemikalien. Manche behaupten, man habe sie an Wildtieren ausprobiert. Andere sagen, an Nomadengruppen, die sich nicht registrieren lassen wollten. Aber niemand betritt diese Orte mit der roten Markierung, nicht mal die Armee. Manchmal finden die Leute etwas: Kanister am Boden oder eine Schafherde, die aus unerfindlichen Gründen verendet ist, und dann kommt das Militär, erklärt die Gegend zum neuen Sperrgebiet, stellt Schilder und manchmal sogar Zäune auf.«

Shan sah erst Nyma und dann den stämmigen Bauern an. »Habt ihr das zusammen mit den *purbas* geplant? Diese Salzkarawane?«

Lhandro lächelte. »Mein Dorf hat schon immer eine Karawane zum Lamtso geschickt, jeden Frühling. Die *purbas* haben davon erfahren«, sagte er mit Blick zu Nyma. »Sie sagten, auf diese Weise würden du und der Stein kein Aufsehen erregen.« Er gesellte sich zu den anderen, um bei der Arbeit an den Salzsäcken zu helfen.

Nyma ging zwischen den Zelten umher, murmelte sanft und ehrfürchtig vor sich hin und richtete die Gebetsfahnen, die an den Zeltschnüren hingen. Dann nahm sie neben der vom grauen Star geplagten *dropka* Platz und fing an, ihre Gebete aufzusagen. Dremu musterte argwöhnisch die Leute im Lager, die ihn entweder völlig ignorierten oder mit offener Feindseligkeit anstarrten. Er stieß einen Fluch aus und ging zu seinem Pferd. Shan vermutete, der *golok* wolle das Tier striegeln, doch plötzlich saß er im Sattel, galoppierte davon und verschwand zwischen den Hügeln. Der Mann hatte seine Bezahlung bereits erhalten. Shan bezweifelte, daß sie ihn wiedersehen würden.

Zusammen mit Lokesh schlenderte er durch das Lager und hielt dabei nach Anzeichen eines Mannes mit einem Fisch Ausschau – oder nach einer anderen Erklärung für die rätselhafte Warnung des Mönchs. Sie verweilten an einem Feuer, wo eine Frau süßen Teig für die Kinder backte, bis Lokesh beschloß, er wolle nun bei der Grabung nach den *tonde* helfen. Shans alter Freund war immer auf der Suche nach diesen kleinen Schätzen und bemühte sich, stets neun davon in seinem Besitz zu haben, weil das als eine mächtige Glückszahl galt.

Shan sah, wie Lokesh zu dem Hang ging, an dem der Mann mit der Fellmütze grub, schlug dann einen Bogen um die Zelte und wollte sich von hinten jener Behausung nähern, vor der der alte Mann mit dem Stab Wache hielt.

Doch am Ufer stand Tenzin, schaute unglücklich auf den Lamtso hinaus und hielt seine neue Gebetskette reglos zwischen den Fingern. Shan blieb stehen, trat an seine Seite und setzte sich auf einen Felsen. Der Kummer, den der stumme Tibeter bei Draktes Tod empfunden hatte, schien auf sein Antlitz zurückgekehrt zu sein.

»Als ich im Straflager saß«, sagte Shan nach langem Schweigen, »da gab es in meiner Baracke einen Mann, der einen Offizier der Öffentlichen Sicherheit geschlagen hatte und dafür verurteilt worden war. Sein Geist war dermaßen von Sorgen geplagt, daß er kaum ein Wort über die Lippen bekam, und alle fürchteten, er würde sich das Leben nehmen. Am Ende gelang es den Lamas, ihn zum Reden zu bringen, und er offenbarte ihnen die Last, die auf seiner Seele lag. Er gestand, er habe einen Chinesen getötet, den er beim Diebstahl eines Schafes überrascht hatte. Der Chinese hatte die Frau des Mannes bewußtlos geschlagen und ihn selbst mit einer Pistole bedroht. Niemand, nicht einmal seine Frau, wußte von dem Kampf zwischen den beiden und dem Tod des Chinesen. Er hatte die Leiche versteckt, und der Vorfall mit dem Kriecher geschah erst später, als der Offizier sich weigerte, die verletzte Frau im Wagen mitzunehmen.«

Tenzin senkte den Blick auf den Boden zu Shans Füßen und ließ nur dadurch erkennen, daß er ihn gehört hatte.

»Ein Lama gab dem Mann einen Kiesel und ließ ihn sich darauf konzentrieren.« Shan nahm einen großen Stein in die

Hand. »Er sagte dem Mann, er solle all seine Schuld in den Kiesel schieben und ihn dann in einen Fluß werfen. Der Mann wurde dadurch geheilt.«

Tenzin musterte den Stein, fixierte Shan mit unsicherem Blick und entfernte sich ein Stück, um einen schweren Felsbrocken aufzuheben. Er hielt inne, sah Shan durchdringend an, warf den Felsen ins Wasser und drehte sich erneut zu Shan um.

Shan erwiderte den Blick einen Moment lang und wandte sich dann ab. Was hatte dem Mann eine solche Qual verursacht? Eine Erinnerung regte sich. Die *dropka* hatte erzählt, Tenzin sei am Abend vor Draktes Tod weggegangen. In jener Nacht war Chao ermordet worden. Shan sah die letzten kleinen Wellen, die der schwere Fels ausgelöst hatte. Für einen einzelnen Toten hatte ein Kiesel gereicht.

Shan zog sich zurück und hielt auf die Jurte zu. Der alte Hirte sah ihm mißtrauisch entgegen und hob drohend den Stab.

»Das Mädchen hat dir ein *tonde* gebracht«, sagte Shan zögernd.

»Nicht mir. Geh weg. Dies ist das Zelt meiner Familie. Die Leute schlafen.«

»Und du bewachst ihren Schlaf?«

Aus dem Augenwinkel sah Shan mehrere Gestalten herbeieilen.

»Es gibt frischen Tee!« rief die Frau mit der bunten Schürze aus einiger Entfernung und winkte Shan zum Feuer. Er jedoch schob schnell den Stab des Mannes beiseite und betrat das Zelt.

Eine alte zahnlose Frau, die einzige Person im Innern, stöhnte laut auf, als sie ihn kommen sah. »Nein!« rief sie, erhob sich und ließ die Gebetsmühle sinken, die sie gedreht hatte. »Ein Chinese!«

Shan hörte hinter sich hastige Bewegungen und rechnete damit, fortgezerrt zu werden, doch dann meldete sich eine sanfte Stimme aus der Dunkelheit im hinteren Bereich des Zeltes. »Er ist ein Freund der Lamas«, sagte eine Frau, und der Mann hinter Shan hielt inne und ließ den erhobenen Stab sinken.

»Nyma?« fragte Shan und tastete sich in den Schatten vor,

wo man mit zwei Filzdecken eine kleine Ecke abgeteilt hatte. Eine Hand erschien zwischen den Decken und zog eine davon zur Seite, so daß Shan sich vorbeugen und den dunklen, engen Raum betreten konnte.

Nyma saß im trüben Licht einer einzelnen Butterlampe neben einem Strohlager und hielt die Hand einer etwa dreißigjährigen Frau. Der Liegenden standen Schweißperlen auf der Stirn, und ihr Atem klang gequält. Sie schien sich trotz ihres schmerzverzerrten Gesichts zu bemühen, ein Lächeln aufzusetzen.

»Lokesh«, sagte Shan. »Er ist bei einem Lama-Heiler in die Lehre gegangen.«

»Sie ist vor drei Tagen von einem Sims gestürzt, als sie nachts vor einer Patrouille fliehen wollte. Ich glaube, sie hat sich einige Rippen gebrochen.«

»Dann braucht sie einen Arzt«, drängte Shan. Neben der Schlafstelle lagen eine erdverkrustete Glocke und mehrere schmutzige Gebetsketten.

»Kein Arzt!« rief die alte Frau, die mittlerweile hinter ihnen stand und die Decken zur Seite gehoben hatte.

»Ein paar Nomaden aus dem Osten sind letzte Woche hier vorbeigeritten, haben alle vor den neuen Ärzten gewarnt und geraten, die Kranken zu verstecken und keinem Chinesen gegenüber von tibetischen Ärzten zu sprechen.« Nyma sah Shan an und hob die Augenbrauen, als wolle sie ihren Unmut zum Ausdruck bringen. »Ich weiß nicht, wieso. Eigentlich weiß es niemand.«

»Aber man kann jemanden, der so schwer verletzt ist, doch nicht einfach verstecken«, sagte Shan. »Was ist, wenn sie innere Blutungen hat? Ein Krankenhaus …«

»Wir brauchen diese Ärzte nicht. Sie sind nicht wirklich«, unterbrach ihn die Alte, bückte sich und legte die Hand der Kranken um die kleine Glocke.

Die Frau auf dem Lager starrte Shan an. In ihrem Blick lag Schmerz und Verwirrung. »Lokesh kennt Medizintees«, stellte Shan fest. Er drehte sich um und ging an der alten Frau und vier grimmigen Hirten vorbei nach draußen.

Er fand Lokesh neben einem frisch aufgetürmten Erdhaufen, erzählte ihm von der Verletzten und schaute ihm nach, als der alte Tibeter aufstand und zu dem Zelt ging. Dann wandte Shan sich um und musterte einen grasbewachsenen Hügel in fast einem Kilometer Entfernung. Zehn Minuten später stand er vor dem anderthalb Meter hohen Steinhaufen, den Drakte mit den Kindern errichtet hatte. Shan umkreiste ihn mehrere Male und ließ sich dann davor nieder. Drakte hatte es eilig gehabt und die letzten Vorkehrungen für den *chenyi*-Stein treffen müssen, doch es war ihm genug Zeit geblieben, um einen Steinhaufen für die hiesigen Götter aufzuschichten. Und er hatte geplant, mit Shan und dem Auge zu dem Salzlager zurückzukehren. Shan stand auf und betrachtete den großen flachen Stein, der ganz oben lag. Er nahm ihn und legte ihn zu Boden. Die schmale Öffnung darunter war so dunkel, daß er die braune Schnur beinahe übersehen hätte. Er zog daran und holte dadurch einen kleinen Beutel ans Tageslicht. Im Innern fand sich eine *mala*, eine Gebetskette aus edlen Elfenbeinperlen, die man zu kleinen Tierköpfen geschnitzt hatte. Es handelte sich um eine wertvolle Antiquität, ein regelrechtes Museumsstück. Warum wollte Drakte diese Kette verstecken? grübelte Shan und ließ sie zurück in den Beutel gleiten. Weil es zu gefährlich gewesen wäre, sie in der Woche zwischen seinen Besuchen bei sich zu tragen? Oder wollte er sie hier für eine andere Person deponieren? Shan steckte den Beutel ein.

»So helfen die Chinesen also den Göttern?« fragte eine matte Stimme hinter ihm.

Shan drehte sich langsam zu der dem Lager abgewandten Hügelflanke um und sah Dremu, der zehn Meter weiter unterhalb auf seinem grauen Pferd saß. Der *golok* wirkte nicht überrascht, nur auf höhnische Weise amüsiert. Er hob ein Bein und legte es quer über den Hals des Pferdes.

Schweigend hob Shan den obersten Stein zurück an seinen Platz. »Ich möchte dich etwas fragen. Wo hast du Drakte kennengelernt? Wo hat er dich angeheuert?«

»In einer Stadt.«

»Lhasa?«

Dremu musterte Shan aus halbgeschlossenen Augen. »Lhasa«, bestätigte er leise. »Ich habe dort Dinge erfahren, die nicht einmal die *purbas* wußten.«

»Was für Dinge?«

»In diesem Land kann man sterben, wenn man zu viele Geheimnisse ausplaudert.«

»Oder sich zu geheimnistuerisch gibt«, hielt Shan dagegen. Hatte der *golok* die kostbare Gebetskette gesehen? »Warum hat Drakte gerade dich um Hilfe gebeten? Du bist kein *purba*. Und die Leute aus Yapchi mögen dich nicht.«

Dremu lächelte, als würden Shans Worte ihn mit Genugtuung erfüllen.

Shan sah den *golok* an, der diesen Blick herausfordernd erwiderte, sich mit einem Finger über den Schnurrbart strich und die andere Hand auf den Messergriff legte. Unvermittelt wandte Shan sich ab, ging neben einem großen Felsbrocken in die Knie und hob eine Ecke davon an. Er deutete auf Dremu und dann auf den Steinhaufen. Der *golok* runzelte die Stirn, stieg jedoch wortlos ab und half Shan, den Brocken oben auf den Stapel zu legen. Dann richtete Shan ein Mantra an den Mitfühlenden Buddha, und der *golok* senkte mit ernüchterter Miene den Kopf, als habe Shan sich unerwarteten Schutz besorgt. Er ging zu seinem Pferd und ritt weg. Shan befühlte die *mala* in seiner Tasche und mußte plötzlich daran denken, daß Drakte keine Bezahlung für den *golok* mitgebracht hatte. War die Gebetskette für Dremu bestimmt gewesen?

Als Shan sich dem Lager näherte, fand er Lokesh wieder an der Grabungsstelle vor. »Sie schläft jetzt. Ich habe ihnen gesagt, wie man einen Tee gegen die Schmerzen zubereitet. Nachher schaue ich noch mal nach ihr«, erklärte der alte Tibeter.

»Haben diese Leute dir verraten, wieso sie auf einmal keine Ärzte mehr wollen?«

Lokesh und Shan sahen sich wissend an. Jeder hier kannte die Geschichten über chinesische Ärzte, die an Tibetern ungewollte Eingriffe vornahmen, zumeist Sterilisationen. Bisweilen kamen Tibeter in der Obhut chinesischer Mediziner sogar unter mysteriösen Umständen zu Tode. Doch die Furcht der Frau war dringlicher, zielgerichteter. Reiter waren ins Lager gekommen und hatten vor Ärzten gewarnt.

Lokesh schüttelte den Kopf. »Sie haben Angst. Die Schreihälse in diesem Bezirk sind skrupellos.« Schweigend arbeiteten sie einige Minuten. Shan behalf sich beim Graben mit einem flachen Stein.

»Ich habe gehört, wie du mit Lhandro und dieser Frau über Draktes Tod gesprochen hast«, sagte der Alte plötzlich. »Und über diesen Chao.«

Shan sah seinem Freund in die Augen. Lokeshs Blick war nicht fragend, sondern enttäuscht.

»Wir wissen, wie man im Sturm besteht«, sagte Lokesh leise. Es war eine Redensart aus ihrer Zeit im Gulag, wo die Lamas die Häftlinge ermahnt hatten, das Leid und andere Ablenkungen zu ignorieren und nur an ihren inneren Göttern zu arbeiten.

»Du und ich haben Mönche im Gefängnis sterben gesehen, weil sie beschlossen hatten, sich nur noch um ihre inneren Götter zu kümmern«, sagte Shan nach einem Moment.

Lokesh reagierte mit einem unzufriedenen Stirnrunzeln.

»Was ist, wenn Draktes Mörder uns verfolgt?« fragte Shan. »Wie sollen wir dem Täter entgehen? Wie können wir sicher mit dem *chenyi*-Stein dieses Tal erreichen, wenn wir den Mörder nicht verstehen?«

Der alte Tibeter schüttelte den Kopf. »Indem wir uns an unsere Götter wenden. Wenn es eine Gottheit zu erneuern gilt, gibt es nichts Wichtigeres. All die Arbeit, die wir in der Einsiedelei geleistet haben, war wie ein Gelübde. Ich bin daran gebunden. Und falls dieser Stein ein Stück meines eigenen Gottes verlangt, um bei der Heilung zu helfen, werde ich es mit Freuden hergeben.«

Shan erkannte, daß sein Freund ihn mit diesen Worten herausforderte. Obwohl der Alte Shans Streben nach Wahrheit in all ihren Erscheinungsformen für gewöhnlich unterstützte, war diesmal alles anders. Es gab keine Regeln für die Heilung von Göttern, aber Lokesh wußte, daß der Versuch, einen Mörder zu verstehen, vermutlich genau das Gegenteil von dem Versuch bedeutete, eine Gottheit zu verstehen. Shan gab sich geschlagen und senkte den Kopf. »Ich bin daran gebunden«, flüsterte er ernst. »Ich kann im Sturm bestehen.«

Sie gruben weiter, bis Lokesh einen triumphierenden Laut von sich gab und einen kleinen grauen Stein aus dem Boden holte. »Das ist sehr gut«, sagte er zufrieden und reichte den Fund an Shan weiter.

Shan hatte so etwas zuvor schon gesehen. Es war tatsächlich ein seltener Glücksfall. »Ein Fossil, ein Trilobit, der vor vielen Millionen Jahren gelebt hat, als dieses Land auf dem Grund eines Meeres lag.«

Lokesh stieß ein nachsichtiges Seufzen aus, als habe Shan das Wesentliche nicht begriffen. »Ein machtvolles *tonde*«, sagte er. »Um es zu erschaffen, mußten Wasser- und Erdgötter zusammenarbeiten.«

Eine halbe Stunde später waren sie unterwegs zum Seeufer, als Lokesh stehenblieb und eine Hand an sein Ohr hob. »Ein Lied«, sagte er. »Aus der Erde erklingt ein Lied.« Er glaubte fest daran, daß unbeseelte Gegenstände zum Leben erwachen konnten, wenn ein Gott von ihnen Besitz ergriff. Lokesh ließ den Blick über die Landschaft schweifen und wies schließlich auf einen Hügel. Sie gingen darauf zu und hielten an, um erneut zu lauschen, als Lhandro ihnen zurief, sie sollten umkehren.

»Laßt sie in Ruhe«, warnte der Bauer und eilte an ihre Seite. »Sie braucht diese Zeit.«

Als er die fragenden Mienen bemerkte, hob Lhandro einen Finger an die Lippen und bedeutete ihnen, ihm zu folgen. Dann hielt er inne, denn sie sahen nun auf der anderen Seite des Hügels ein Mädchen in einer flachen Mulde sitzen. Es war Anya, das verkrüppelte Kind mit den Zöpfen und den roten Wangen. Sie hielt ein Lamm auf dem Schoß. Dem Tier hing die Zunge aus dem Maul, und es atmete schwer.

»Anya ist eine Waise, genau wie das Lamm«, sagte Lhandro. »Die Mutter des Lamms wurde vor ein paar Tagen von wilden Hunden getötet, und zur Zeit gibt kein anderes Schaf Milch. Anya hat versucht, es mit Ziegenmilch zu füttern, aber es wollte nicht trinken. Spätestens heute abend ist es tot.« Er schaute hinaus auf den See. »Manchmal spricht sie die Worte der Götter.«

Sie lauschten in die Stille. Das Mädchen sang dem Lamm etwas vor, seine hohe Stimme war wie ein Flüstern im Wind. Shan konnte die Worte nicht verstehen, aber sie waren überwältigend schön, irgendwie unheimlich und doch besänftigend, so natürlich, daß es Shan vorkam, als hätte die Mutter des Lamms genau diesen Ton gewählt, wäre sie dort gewesen, um ihren Kummer zum Ausdruck zu bringen.

Lokesh neigte den Kopf und schloß die Augen. Auch andere hörten zu. Tenzin saß im Frühlingsgras auf dem gegenüberliegenden Hügel und sah das Kind traurig an. Neben ihm lag einer der großen Mastiffs und wirkte ebenso einsam wie der Tibeter. Shan betrachtete Anya, dann den Himmel über ihren Köpfen. Als er wieder Lokesh ansah, rann eine Träne über seine Wange, und sein alter Freund nickte ihm wissend zu, als wolle er sagen, ja, es war tatsächlich eine Gottheit, die sie hier singen hörten.

»Als ich noch klein war, hat meine Mutter auch immer so gesungen«, sagte jemand hinter Shan. »Sie hat sich einfach draußen hingesetzt und gesungen.« Es war Nyma, die ebenfalls das Mädchen anstarrte. »Als ich sie zum erstenmal hörte, dachte ich, sie würde weinen. Aber sie sagte, nein, sie wolle versuchen, den Yapchi-Gott zurückzurufen, um ihm zu erzählen, daß er nicht ewig blind sein würde. Als sie starb, hat sie mir anvertraut, sie würde den Gott in ihren Gebeten nun für die Lüge um Verzeihung bitten, denn er müsse sich an die Blindheit wohl doch gewöhnen.«

»Aber jetzt wird alles anders«, sagte Lhandro mit Blick auf Shan. »Jetzt werden diese Leute begreifen, was es mit dem Land auf sich hat.«

Shan sah ihn verwirrt an. »Diese Leute?«

»All jene, denen das Verständnis für die Erdgottheiten abhanden gekommen ist.«

»Ich verstehe nicht, was ...«

»Unser Tal«, unterbrach Lhandro und schaute sehnsüchtig auf die nördlichen Berge. »Es ist voller Chinesen und Ausländer, die unserer Erde das Blut abzapfen wollen.«

»Blut?« wandte Shan sich hilfesuchend an Nyma.

»Das Blut der Erde«, sagte Lhandro.

»Öl«, räumte die Nonne verschüchtert ein und senkte dabei den Blick, als versetze das Wort sie in Angst – oder als sei es ihr peinlich, Shan noch nichts davon erzählt zu haben. »Erst haben sie die Heimstatt der Gottheit zerstört, und nun bohren sie in unserem Tal. Sie sagen, sie werden bald auf Öl stoßen, und dann wird unser ganzes Tal vernichtet.« Sie sah ihm flehentlich in die Augen. »Doch jetzt, Shan, jetzt kommst du.« Hoffnung erhellte ihre Miene. »Du und die Yapchi-Gottheit werden das Land für uns wieder erneuern. Du wirst dafür sorgen, daß diese Leute weggehen.«

Kapitel Vier

Die Erdkruste unter Tibet ist doppelt so dick wie sonstwo auf diesem Planeten. Shan hatte diese Tatsache zweimal in seinem Leben zu hören bekommen. Zunächst von einem Professor in Peking, der dargelegt hatte, in Tibet würden die tektonischen Platten sich immer weiter aufeinanderschieben, das Land dadurch stetig anheben und so für viele gefährliche und unvorhersehbare seismische Ereignisse sorgen. Doch auch ein alter Lama im Gefängnis hatte mit Shan darüber gesprochen und erklärt, in Tibet würde die Macht der Landgötter sich stärker konzentrieren als an jedem anderen Ort dieser Erde, so daß die Verwurzelung zwischen Land und Volk viel tiefer reiche und das Land sich weitaus stärker selbst zum Ausdruck bringe.

Als sie am folgenden Morgen aufbrachen, mußte Shan an die Worte des Lama denken. Über den nördlichen Gipfeln tobte ein kleiner, aber kräftiger Sturm und hüllte sie im einen Moment in einen weißen Vorhang aus wirbelndem Schnee, nur um im nächsten Augenblick aufzureißen und einen Teil der Hänge in gleißendes Sonnenlicht zu tauchen. Im Süden jagten Wolken über eine andere Bergkette hinweg und überzogen die Gipfel mit einem dermaßen schnellen Schattenspiel, daß die Berge selbst sich in Bewegung zu setzen schienen. Genau dazwischen war die Luft über dem großen See klar und frisch unter einem kobaltblauen Himmel. Im Laufe der letzten Stunden hatten die Gänse sich ganz in der Nähe des Salzlagers gesammelt. Lokesh stand am Ufer und sprach mit ihnen – oder vielleicht auch mit seiner Mutter –, um sich zu verabschieden. Hinter Shans altem Freund lag eine Nacht ohne Schlaf. Als der Mond über dem heiligen Gewässer aufgegangen war, hatte Lokesh plötzlich verkündet, er fühle sich seiner Mutter so nahe wie schon seit Jahren nicht mehr und wolle dieses Gefühl so lange wie möglich auskosten. Es müsse wohl an den Gänsen liegen, hatte Lokesh beschlossen, und er wolle die Nacht in ihrer Nähe verbringen.

Als Shan sah, wie sein Freund auf einem Felsen am dunklen Wasser Platz nahm, wollte auch er selbst eine Art Nachtwache einlegen, allerdings auf dem Kamm eines Hügels. Er hoffte auf einen jener seltenen Momente, in denen es ihm gelang, eine Verbindung zu seinem Vater herzustellen, in denen er plötzlich Ingwer roch und weit hinten in einem langen leeren Korridor seiner Erinnerung ein heiseres, kehliges Lachen hörte. Doch nach einer Stunde gab er es auf, denn er erkannte, daß sein Vater sich niemals nähern würde, solange das Bild von Draktes Tod Shan noch derart deutlich vor Augen stand.

Der Mondschein auf dem See ließ auch Nyma nicht unbeeindruckt. Shan sah sie auf einem weißen Felsen sitzen, gegen den leise das Wasser plätscherte. Er wollte sie nicht stören und schickte sich schon an zu gehen, als sie zu sprechen begann.

»Früher«, sagte sie, »sind mehrmals pro Jahr Besucher aus den *gompas* ins Dorf gekommen. Heute kommt niemand mehr. Keine Mönche. Keine Nonnen. Vielleicht ist es ganz einfach, vielleicht haben wir uns so weit von allem entfernt, daß kein Gott mehr daran interessiert ist, uns zu helfen.«

Shan war sich nicht einmal sicher, daß sie mit ihm sprach, bis sie den Kopf wandte und ihn ansah. »Sie haben dich«, brachte er unbeholfen vor und kam näher. Zum erstenmal seit er sie kannte, sah er sie mit offenem Haar. Es war lang und reichte ihr fast bis zur Taille.

»Eine richtige Nonne, meine ich. Ich bin keine richtige Nonne«, stellte Nyma in nüchternem Tonfall fest.

Auf seltsame Weise schienen diese Worte ihn mehr zu schmerzen als sie. »Für mich bist du eine richtige Nonne«, sagte Shan.

Im Mondlicht konnte er den Anflug eines traurigen Lächelns auf ihrem Gesicht sehen. »Nein«, seufzte Nyma. »Sie haben das Kloster geschlossen, in dem ich ausgebildet wurde, und alle echten Nonnen weggeschickt. Ich konnte nur noch in mein Dorf zurückkehren.« Sie hob den Kopf gen Himmel. »Wenn ich in eine Stadt gehe, trage ich die Kleidung einer armen Bäuerin. Mir fehlt der Mut, auch dort mein Gewand anzulegen«, gestand sie dem Mond. »Ich trage ja nicht einmal mein Haar kurz wie eine Nonne. Lhandro sagt, es könnte zu gefährlich sein, falls die Schreihälse kämen.«

»Und was würdest du Yapchi im Gefängnis noch nützen können?« fragte Shan, denn genau dorthin würde man sie schicken, falls sie sich auf offener Straße in einem illegalen Nonnengewand erwischen ließ.

Nyma antwortete nicht oder hatte ihn gar nicht gehört. Eine einzelne Gans stieß einen Schrei aus.

»Ich kenne jemanden, der hat tagelang dagesessen und gewartet, daß das Eis schmelzen würde, nur um ein wenig Sand zu holen«, sagte Shan nach einem langen Blick auf das vom Mond beschienene Wasser. »Diese Frau war eine Nonne.«

»Ich habe bloß so getan. Ich kann auch tun, als wäre ich eine Schäferin oder Bäuerin.«

Shan setzte sich auf einen Felsen neben ihr. »Warum gehst du so hart mit dir ins Gericht?« flüsterte er und fühlte sich unvermutet hilflos. Überall in Tibet gab es Menschen wie Nyma, Tausende von Männern und Frauen, die danach gestrebt hatten, Mönche und Nonnen zu werden, und denen dieser Wunsch versagt worden war. Manche gaben einfach auf und fanden sich damit ab, daß ein solches Leben bis zu einer zukünftigen Inkarnation würde warten müssen. Andere bemühten sich weiter und versuchten zu lernen, wie man Nonne oder Mönch sein konnte, ohne je richtige Lehrer oder Vorbilder gehabt zu haben. Du mußt dein *gompa* auf dem Rücken tragen, hatte Gendun einmal zu einem verzweifelten ehemaligen Mönch gesagt.

»Was wir mit dir gemacht haben, kommt mir wie eine Lüge vor«, platzte es aus Nyma heraus. »Eine Nonne, die dem Weg des Mitgefühls folgt, hätte sich anders verhalten, da bin ich mir sicher. Du wußtest nichts von den Soldaten und dem *chenyi*-Stein. Wir haben dir nicht verraten, daß Chinesen und Amerikaner im Tal von Yapchi nach Öl bohren. In der Einsiedelei hätte ich dir von dem Öl erzählen können, aber ich hatte

Angst, dich dadurch zu vertreiben. Jetzt ist ein Mörder hinter uns her, dieser verrückte *golok* paßt auf das Auge auf, und ich fühle mich schuldig, weil wir dich getäuscht haben. Außerdem habe ich Angst. Als Drakte sagte, der Dämon würde Gebete töten, hatte er recht. Seit dieses Wesen in die heilige Stätte gekommen ist, habe ich nicht mehr beten können, nicht aufrichtig und aus vollem Herzen. Ich habe den ganzen Tag furchtbare Angst gehabt. Es werden schreckliche Dinge geschehen, das kann ich spüren. Du mußt glauben, wir haben dich betrogen. Du mußt uns für töricht und rücksichtslos halten, daß wir uns durch die Worte des Orakels zu solchen Handlungen haben hinreißen lassen.«

»Ich wäre mitgekommen«, sagte Shan. »Auch wenn du mir alles erzählt hättest, hätte ich es vielleicht nicht verstanden, aber ich wäre trotzdem mitgekommen. Falls die Lamas mich bitten würden, zum Mond zu fliegen, würde ich hundert Gänse zusammenbinden und es versuchen.«

Nymas trauriges Lächeln im Mondlicht erinnerte ihn an eine alte Buddhastatue aus Elfenbein.

»Hast du noch Familie in Yapchi?« fragte Shan nach langem Schweigen.

»Ich nenne Lhandro manchmal Onkel, aber er ist bloß ein Cousin. Ich habe keine engen Angehörigen mehr, und ihm sind nur noch seine Eltern geblieben. Vor vielen Jahren wollte er heiraten, aber seine künftige Frau wurde zur Umerziehung weggeschickt und ist nie zurückgekommen. Das Haus meiner Mutter steht dort. Ich bin dort zu Hause.«

Zu Hause. Shan schämte sich, denn er empfand plötzlich Neid auf die Dorfbewohner, trotz all der Schwierigkeiten in ihrem Tal. Sie hatten ein Heim, fühlten sich einander verbunden und waren mit dem Land verwurzelt. Er hatte niemanden, abgesehen von Lokesh und Gendun – und einem Sohn, der nichts mit ihm zu tun haben wollte und ihn bestimmt längst für tot hielt.

Als Shan aufgewacht war, hatte er gesehen, daß Lhandro, Nyma, Anya und zwei der stämmigen Männer aus Yapchi die kleinen Zwillingssäcke Salz auf einer Decke anordneten.

Lhandro zählte sie ab und kam auf insgesamt vierzig Paare. Anya führte ein Schaf nach vorn, und Nyma, die ihre Wangen inzwischen ebenfalls mit roter *doja*-Creme bestrichen hatte, legte dem Tier flink die Beutel über den Rücken und band ihm die losen Schnüre unter dem Bauch zusammen, so daß es so aussah, als würde es einen gewebten Sattel tragen. Die Männer aus Yapchi taten es ihnen gleich und arbeiteten schnell; einige holten nacheinander die Schafe, während die anderen schon mit den prallen Salzbeuteln bereitstanden. Nachdem alle Tiere bis auf einen kräftigen braunen Widder beladen waren, rief die Nonne Shan herbei und öffnete einen der Säcke, den einzigen, der noch leer zu sein schien. Lhandro brachte einen Ledereimer Salz, und Nyma deutete auf die Satteltasche, die Shan in der Hand hielt, die Tasche, die er aus der Einsiedelei mitgenommen hatte. Shan zögerte. Dann öffnete er die Tasche und streckte sie der Nonne entgegen. Doch Nyma schüttelte den Kopf, als fürchte sie sich immer noch vor dem Inhalt, und wies auf den Beutel, in den Lhandro unterdessen eine Handvoll Salz füllte. Shan holte das Zedernkästchen hervor, legte es in den Beutel und sah mit unerwartet schlimmem Vorgefühl dabei zu, wie Lhandro es mit Salz bedeckte, eine lange Nadel nahm und den Sack zunähte. Der Webbeutel besaß ein mehrfarbiges Muster mit einem roten, weiß umrandeten Kreis in der Mitte. Wie ein zorniges, wachsames Auge.

Während der rotäugige Beutel auf den Rücken des braunen Widders gebunden wurde, schaute Lhandro den Uferpfad in südlicher Richtung entlang, genau jenen Pfad, auf dem Shan und seine Freunde am Vortag eingetroffen waren. Eine einzelne Gestalt erschien im Laufschritt auf der Kuppe des nächstgelegenen Hügels und winkte Lhandro zu. Shan sah, daß es einer der Männer aus Yapchi war. Er wirkte erschöpft und trug einen alten Vorderlader bei sich. Der Mann hatte nachts Wache gehalten und den Weg nicht aus den Augen gelassen.

Die anderen Bewohner des Salzlagers versammelten sich an dem Pfad, der nach Norden führte, und verfolgten mit merkwürdig feierlichen Mienen, wie Lhandro die Reihe beladener Schafe und seine Begleiter inspizierte und dann Anya zunickte, die ganz vorn stand. Das Mädchen rückte sich die *chuba* zurecht, pfiff den Hunden zu und machte sich mit schiefen Schritten auf den Weg. Dabei stimmte sie eines ihrer unheimlichen Lieder an, und die Schafe und Hunde folgten ihr wie gebannt.

»*Lha gyal lo!*« rief eine Frau neben einem der *dropka*-Zelte, und die anderen griffen den Ruf auf, sehr zu Lokeshs unverkennbarem Vergnügen. Als die Salzsammler hinter ihnen zurückblieben, drehte der alte Tibeter sich noch einmal um und rief zum Abschied die gleichen Worte. Tenzin und die Männer aus Yapchi führten die Packpferde mit der Ausrüstung.

Das Dorf schickte schon seit Menschengedenken Salzkarawanen zum See, erklärte Lhandro, der neben Shan ging – und meinte damit eine Spanne, die bis in die Zeit reichte, als Buddha und der Weg des Dharma noch nicht nach Tibet gekommen waren. Mehr als zwölf Jahrhunderte. Den größten Teil des Vormittags erzählte Lhandro dann von diesen früheren Karawanen und schilderte Personen und Ereignisse, die fünfzig, hundert und sogar fünfhundert Jahre zurücklagen, als entstammten sie der jüngsten Vergangenheit. Ein Bauer namens Saga hatte in der Nähe des Sees einst einen sterbenden westlichen Priester gefunden, einen Jesuiten, und eine Pause von einer Woche eingelegt, um für sein Grab eines der Kreuze seines Gottes aus dem Felsen zu meißeln, da es hier nirgendwo Holz gab. Als in einem Winter eine schreckliche Krankheit über das Dorf hereinbrach, zogen alle gemeinsam zum See, um in dessen heilendem Wasser zu baden. Ein anderes Mal folgte ein wilder schneeweißer Yak einer Karawane den ganzen Weg nach Hause und ließ sich auf dem Berg oberhalb von Yapchi nieder, um während der folgenden beiden Jahrzehnte jedes Jahr an Buddhas Geburtstag dort aufzutauchen.

Die Geschichten gingen Shan beharrlich durch den Kopf, während Kilometer um Kilometer des leeren Weidelands hinter ihnen zurückfiel und dadurch gleichsam alle Gefahren in weite Ferne zu rücken schienen. Sie führten die Schafe am östlichen Ufer entlang und dann in ein langes grasbewachsenes Tal, das zu einem Paß in der ersten Bergkette anstieg. Shan überkam ein

Gefühl der Zeitlosigkeit. Was hatte sich geändert? Die Tibeter hatten ihn viele Wege gelehrt, die Welt zu betrachten. Einer davon war die Erkenntnis, was für seltsame Dinge die meisten Menschen unter dem Begriff Fortschritt oder gar Zivilisation verstanden. Shan hatte seine Persönlichkeit im Verlauf der vier Jahre Haft und Sklavenarbeit weiter entwickelt als während der vorhergehenden drei Jahrzehnte in Peking, als es ihm noch um die Ansammlung jener kargen Habseligkeiten gegangen war, anhand derer viele Leute persönliche Erfolge beurteilten. Und nun brachte er Salz nach Yapchi, ging neben den Schafen einher und befand sich in der Gesellschaft von ruhigen, fröhlichen Tibetern unter einem kobaltblauen Himmel, während ein schlichter Schnürbeutel all seine irdischen Besitztümer enthielt. Shan fühlte sich, als habe er womöglich den Höhepunkt der Zivilisation erreicht.

Hatte sich seit jenen ersten Karawanen etwas Wesentliches geändert? überlegte er. Die Hirten wagten sich immer noch zu Fuß durch die rauhe felsige Landschaft, brachen die Salzkruste weiterhin mit ihren Holzstößeln, schliefen in Zelten aus Yakfell und packten das Salz auf die Rücken ihrer Schafe, verstaut in Beuteln, die aus der Wolle derselben Tiere gewebt waren. Auch heute noch erfreuten sie sich an dem süßen Geschmack der Milch ihrer Herden, die auf den Frühlingsweiden grasten. Nichts hatte sich verändert. Oder alles, dachte Shan bekümmert und sah zu dem kräftigen Widder, der den Sack mit dem roten Kreis trug. Denn diesmal brachte eines der Schafe das Auge einer Gottheit mit, gestohlen von Leuten, die ein ganzes Dorf niedergemetzelt hatten. Verfolgt wurde das Auge von einem Mörder. Von einem Mörder und einem Zug Gebirgsjäger. Und vielleicht sogar noch von jemand anderem. Je häufiger er Draktes letzte Momente Revue passieren ließ, desto mehr fragte er sich, ob die Warnung des *purba* sich auf eine andere Person und nicht auf den *dobdob* bezogen hatte. Falls der Tibeter gewußt hätte, daß der *dobdob* ihnen ein Leid zufügen wollte, oder falls dort ein Kriecher oder Soldat gestanden hätte, wäre der Drakte, den Shan kannte, dem Eindringling entgegengetreten, um die Lamas zu verteidigen. Doch Drakte hatte bei der Ankunft des *dobdob* einfach dagestanden und war vor lauter Verblüffung erstarrt, genau wie Shan und die anderen.

Er blieb stehen und wartete auf Lokesh, der am Ende der Karawane ging. »Wenn du noch einmal an den *dobdob* zurückdenkst, siehst du dann einen echten *dobdob* vor dir oder jemanden, der sich nur so verkleidet hatte?« fragte er seinen alten Freund. Shan wußte aus eigener Erfahrung, daß ein Mörder durchaus mit Erfolg die alten Kostüme benutzen konnte, um seine Opfer einzuschüchtern und zu verwirren.

Lokesh blickte zu einem Wacholderbaum, der auf der Kuppe eines nahen Hügels wuchs. Es war der einzige Baum weit und breit. »Ich sehe ihn, wenn ich abends einschlafen will. Ich sehe ihn, wenn ich morgens aufwache«, sagte er mit schwerer Stimme und wandte sich wieder Shan zu. »Es war keine Täuschung. Das war ein echter Mönchspolizist.«

»Aber du hast gesagt, man habe sie seit Jahrzehnten nicht mehr zu Gesicht bekommen.«

»Ich zumindest habe keinen mehr gesehen. Und auch sonst niemand. Fast niemand.«

»Ein *dobdob* würde einen Beamten des Büros für Religiöse Angelegenheiten als Feind betrachten«, sagte Shan. Dieses zeitliche Zusammentreffen ließ ihm keine Ruhe. Drakte und Chao waren vermutlich am selben Abend angegriffen worden.

»Ein Schreihals würde einen *dobdob* als Feind betrachten«, korrigierte Lokesh. Dann beschleunigte er seinen Schritt, als wolle er weiteren Fragen ausweichen. Ein Mönch, sagte Lokesh damit, würde in den Leuten des Büros keine Feinde sehen, sondern lediglich Menschen mit verkümmertem Bewußtsein.

Doch ein echter *dobdob* würde nur die Befehle eines Lama oder leitenden Mönchs befolgen. Hatte Drakte den Zorn eines Lama erregt?

Shan bemerkte eine Gestalt in einem Gewand, die sich weit abseits der Karawane hielt und mit gesenktem Blick ging, als gehöre sie gar nicht zu den anderen. Als er sah, daß Lhandro die Gestalt besorgt musterte, gesellte er sich zu dem *rongpa*.

»Als Nyma bei euch war, hat sie da immer ...«, setzte Lhandro an und rang nach den richtigen Worten. Dann sah er

Shan fragend an. »Letztes Jahr wollte sie nach Indien fliehen und sich dort ein Kloster suchen. Ich habe sie davon überzeugt, es nicht zu tun. Jetzt glaube ich, das war falsch von mir.«

»Sie war uns immer eine große Hilfe«, sagte Shan, dem nicht ganz klar war, was Lhandro eigentlich fragen wollte.

Der *rongpa* wirkte erleichtert. »Sie war erst fünfzehn, als die Regierung ihr Kloster schloß. Zwei Jahre zuvor war sie fortgegangen. Wenig später starb ihre Mutter. Es erschien ihr aussichtslos, ein anderes Kloster zu finden, also legte sie das Gewand ab und hütete die Schafe des Dorfes. Dann jedoch, drei Jahre später, fand sie Anya, die zitternd auf einem Felsen lag und alte Schriften rezitierte, die keiner von uns je gehört hatte. Es verstörte Nyma noch mehr als Anya selbst. Sie sagte, die Beschaffenheit unseres Gottes würde enthüllt, und zog wieder ihre Robe an. In einer schmalen Schlucht hinter dem Dorf haben sie und Anya dann eine kleine Kapelle errichtet und dort stundenlang meditiert. Und sie hat mir andauernd Fragen gestellt: Wie würde eine Nonne dies tun, was würde eine Nonne davon halten, wie war es damals, als regelmäßig Mönche ins Tal kamen?«

Er seufzte und wollte weitergehen, als Anya nach Nyma rief und die Nonne sich zur Spitze der Kolonne auf den Weg machte. Lhandro drehte sich wieder zu Shan um. »Aber der letzte Besuch der Mönche liegt viele Jahre zurück. Mein Vater hat einmal zu ihr gesagt, sie solle sich nicht um das Studium des Mitfühlenden Buddhas bemühen, sondern einfach nur um das Studium der Mitfühlenden Nyma.« Er lächelte gequält und stieg dann auf einen Felsbrocken, um mit erneut sorgenvoller Miene nach hinten Ausschau zu halten.

Wenigstens die anderen Dörfler schienen sich keine Gedanken über einen Mörder oder die Gefahren des *chenyi*-Steins zu machen. Je mehr Zeit verstrich, desto fröhlicher wurden sie und stimmten Lieder an, die schon ihre Vorfahren während der Salzkarawanen gesungen hatten. Als sie am Mittag eine Pause einlegten und kalten *tsampa* aßen, beschrieben Lhandro und Nyma das wunderschöne Tal, in dem sie lebten. Auch während des langen Marsches am Nachmittag ließ Shan sich von der einfachen und sorglosen Freude der anderen anstecken. Bei Einbruch der Dunkelheit schlugen sie im Schutz eines großen Felsens ihr Lager auf, viele Kilometer nach dem ersten Paß, an dem die Dörfler auf der Hinreise zum See einen Vorrat an Yakdung hinterlassen hatten. Lokesh setzte sich mit dem Gesicht nach Süden, ließ betend die *mala* durch die Finger gleiten und kniff die Augen zusammen, als würde er jenseits der Berge nach etwas suchen. Der nächste Sonnenaufgang bedeutete den dritten Tag nach Draktes Tod und den Morgen seines Himmelsbegräbnisses. Vielleicht waren sie bereits aus der Einsiedelei aufgebrochen: Gendun, Shopo und Somo, die mit Unterstützung der *dropkas* den toten *purba* quer durch das Gebirge trugen.

Shan ließ sich neben Lokesh nieder, schaute in die gleiche Richtung und bildete mit seinen Fingern ein *mudra*, eine der traditionellen Arten, ein Ritualsymbol oder eine bestimmte Lehre zum Ausdruck zu bringen. Er streckte beide Hände, so daß die Finger kein Zwischenraum mehr trennte und die Daumen nach oben wiesen. Dann legte er die rechte Hand auf die Spitze des linken Daumens. Man nannte dieses Zeichen Siegesbanner; es stellte den Triumph des Mitgefühls über Ignoranz und Tod dar. Während er dort saß und zunächst das *mudra* und danach die fernen Berge verinnerlichte, in denen Gendun mit Draktes Leichnam reiste, überkam ihn abermals der Schmerz über den Tod des jungen Tibeters. Nicht nur, weil der *purba* standhaft, tapfer und selbstlos gewesen war, sondern auch, weil Shans Verwirrung immer stärker zu werden schien. Und je weniger er verstand, desto mehr sorgte er sich um seine Reisegefährten. Gendun würde angemerkt haben, daß Shans Bewußtsein durch seine Gefühle getrübt wurde, denn ein Tod habe niemals einen Grund, nur einen festgesetzten Zeitpunkt, weshalb es Drakte schon immer vorherbestimmt gewesen sei, die gegenwärtige Inkarnation zu der besagten Stunde zu beenden. Indem Shan versuche, in solch einem Tod eine Veranlassung oder einen Sinn zu erkennen, unterstelle er der Welt eine innere Methodik, die in diesem Ausmaß nicht existiere.

Doch sogar die Tibeter akzeptierten, daß alle Dinge des Universums in einer Wechselbeziehung standen, so daß ein Stein, den man in einen entlegenen See warf, kleine Wellen verursachte und die Konturen der Welt veränderte, wie minimal auch immer. In Lhasa war etwas geschehen, und zwar mehr als ein einfacher Diebstahl, und die Auswirkungen dieses Vorfalls holten nun diejenigen ein, die den *chenyi*-Stein in ihrem Besitz hatten.

Shan drehte sich zu den Schafen um, die sich zur Nachtruhe hinlegten. Trotz der Gefahr, trotz der anscheinenden Dringlichkeit, die das Auge umgab, hatten die Verantwortlichen, die Shan und Lokesh in das ferne Tal brachten, sich für die langsamste aller Routen entschieden.

»Du könntest einfach nein sagen.« Die Worte drangen so plötzlich an sein Ohr, daß Shan nachsah, ob jemand sich angeschlichen hatte, bis ihm aufging, daß sie von Lokesh stammten. »Sag ihnen, daß du nicht der Gesuchte bist«, seufzte sein alter Freund, »und mach dich auf den Weg zu dem *durtro*. Von dort aus kannst du mit Gendun nach Lhadrung zurückkehren. Geh nicht weiter, wenn du Zweifel hast oder wenn du immer nur über die Mörder nachdenkst. Es wäre keine Schande, sich anders zu entscheiden. Ich werde mit dem Salz weiterziehen. Ich gehe ohnehin nach Norden.«

Shan schwieg lange. Er merkte, daß seine Finger sich zu einem neuen *mudra* verschränkt hatten, bei dem die beiden Mittelfinger nach oben wiesen und gemeinsam eine Spitze bildeten. Das Zeichen hieß Diamant des Verstands und diente der Klarheit der Entschlußkraft. Zuerst glaubte er, sein Freund wolle ihm erneut helfen, sich auf die Verantwortung für die zerbrochene Gottheit zu konzentrieren, aber dann sah er Lokeshs erwartungsvolles Gesicht. »Du gehst ohnehin nach Norden?« fragte Shan.

Lokesh nickte feierlich. »Die Gänse letzte Nacht haben mir geholfen, meine Mutter zu finden. Ich habe ihr von der Traurigkeit im Land erzählt und davon, daß die Menschen den Pfad des Mitgefühls verloren haben – und daß wir den *chenyi*-Stein heimbringen. Sie hat gesagt, was wir hier tun, sei wichtig für all die zerbrochenen Götter. Und sie hat gesagt, danach müsse ich das wahre Herz unserer Unterdrücker finden und es durch ein Licht des Mitgefühls erhellen.«

Shan suchte in der Miene seines Freundes nach einer Erklärung.

»Darauf hätte ich schon längst kommen müssen«, sagte Lokesh mit erstauntem Unterton. »Aber erst meine Mutter hat mir die Augen geöffnet. Er ist aus Fleisch und Blut, und er hat ein Herz wie jeder andere Mensch. Auch er hat einen Gott, der zerbrochen ist.«

»Das verstehe ich nicht.«

»Ich gehe nach Peking«, verkündete Lokesh mit funkelndem Blick. »Ich werde wie ein Pilger nach Norden wandern, um mir Verdienste zu erwerben. Mein Ziel wird das Haus dessen sein, den sie den Vorsitzenden nennen, dort in ihrer Hauptstadt.«

Im ersten Moment wollte Shan laut auflachen, aber dann sah er die Entschlossenheit in den Augen des alten Tibeters und erschauderte. »Das kannst du nicht.«

Lokesh zuckte die Achseln. »Meine Beine sind stark. Ich gehe einfach ungefähr zwei Monate lang nach Norden und dann weitere drei oder vier Monate nach Osten.«

»Ich meine, man wird es dir nie gestatten. Du könntest es gar nicht schaffen«, sagte Shan, begleitet von einem Laut, der wie ein Stöhnen klang.

»Ich muß allein gehen, mein Freund«, erwiderte Lokesh, als habe Shan angeboten, ihn zu begleiten. »Dies ist eine Aufgabe für meine Gottheit, nicht für deine. Außerdem ist es in China zu gefährlich für dich.«

»Man wird dich nicht mal auf einen Kilometer an ihn heranlassen.« Shan bekam auf einmal kaum noch Luft. Sein tibetischer Onkel wollte sich denselben Leuten opfern, die Shans Vater und seine leiblichen Onkel getötet hatten.

Lokesh legte ihm eine Hand auf den Rücken und ließ sie dort, als wolle er Shans Herzschlag fühlen. »Ich erzähle dir das nicht, um dich zu ängstigen. Ich habe meiner Mutter versprochen, ich würde losgehen und mit dem Vorsitzenden reden, damit er die Wahrheit über alles hier begreift. Und ich wollte, daß du Bescheid weißt, wenn der Zeitpunkt kommt, an dem wir uns trennen müssen.« Er zeigte auf eine einzelne Gans, die in den Sonnenuntergang flog. Shan sah erst ihn und dann den Vogel an, bis Nyma sie beide zum Essen rief.

Im Lager brachte Lhandro eine Blase voll frischem Joghurt zum Vorschein, ein Geschenk der *dropkas* vom See, und dann eine Tierhaut voller Rahm, der den ganzen Tag auf einem der Packsättel durchgewalkt und zu dicker süßer Butter geworden war. Die *rongpas* rollten die Butter mit dem *tsampa* zu kleinen Kugeln und aßen sie begeistert zu ihren Schalen mit Tee. Während die anderen die schweren Filzdecken auf dem Zeltboden ausbreiteten, nahm Shan seine Decke mit nach draußen, legte sich hin und betrachtete den Nachthimmel. Er mußte gegen ein Gefühl der Trostlosigkeit ankämpfen. Manche Tibeter glaubten, daß gepeinigte Seelen viele Stufen der Hölle durchquerten, bis sie sich befreien konnten. In Shans persönlicher Hölle vermochte nur er die Martern und Qualen zu sehen, die jenen drohten, die seinem Herzen am nächsten standen – und er konnte nichts tun, um es zu verhindern.

Er wachte plötzlich auf und merkte erst dadurch, daß er zuvor geschlafen hatte. Mit angehaltenem Atem begriff er, daß dicht über ihnen eine Sternschnuppe aufgeleuchtet war, wenngleich er sich nicht erinnern konnte, sie gesehen zu haben. Dergleichen passierte nicht zum erstenmal. Im Verlauf ihrer Pilgerreise hatte er Lokesh von einem ähnlichen Vorfall erzählt, was für seinen alten Freund offenbar ein Anlaß zur Freude gewesen war. »Es ist ein Anzeichen für ein neues Bewußtsein«, hatte Lokesh gesagt. »Wenn du es in deinem Innern spüren kannst, ist es da nicht genauso real, als hättest du es mit deinen Augen gesehen?« Doch damals wie heute empfand Shan diese Erfahrung als zermürbend. In seiner Welt war es schwierig genug, sich einen Blick für die Realität zu bewahren, auch ohne daß seine tibetischen Freunde ihn zu lehren versuchten, wie vielgestaltig die Wirklichkeit daherzukommen pflegte.

Hellwach lag Shan nun da und beobachtete den Mond, der über den Bergen aufging. Allmählich gelang es ihm, den Schmerz zu verdrängen, der seinen Blick auf Draktes Tod bisher beeinträchtigt hatte, so daß er die Geschehnisse immer wieder langsam vor dem inneren Auge ablaufen lassen und nach einem Anhaltspunkt suchen konnte. Er sah, wie Drakte beim Anblick des *dobdob* das Kinn hob und die Stirn runzelte. Obwohl der *purba* ein Messer am Gürtel trug, griff er nicht etwa danach, sondern nach seinem Gebetsamulett. Das war nicht die Reaktion eines Kriegers, der jene verteidigte, die zu schützen er gelobt hatte. Doch auch die andere Hand des *purba* machte etwas. Shan spielte die Szene wieder und wieder ab. Draktes linke Hand schob den Beutel nach hinten, versteckte den Beutel mit der Schleuder und dem Buch, das die harmlosen Einträge über die *dropkas* enthielt.

Shan registrierte ein seltsames An- und Abschwellen der sanften Brise. Dann erkannte er, daß es sich um ein leises, moduliertes Geräusch handelte, ein Stöhnen. Er setzte sich auf. Nein, kein Stöhnen. Ein Singsang, ja sogar ein Lied.

Langsam und verstohlen folgte er dem Geräusch über einen kleinen Hügel. Ein dunkler Schemen blockierte den Weg. Shan wußte, daß Lhandro eine Wache aufgestellt hatte, aber dann erstarrte er, als er sah, daß es einer der Mastiffs war. Der Hund hob einfach nur den Kopf und blickte zu einem Felsen unterhalb des Hanges, als wolle er Shans Aufmerksamkeit dorthin lenken.

Anya saß auf den Steinen und betrachtete einen hell funkelnden Stern am Horizont. Das Geräusch, das Shan hörte, wurde nun lauter. Es stammte von ihren Lippen, obgleich er nicht sagen konnte, worum es sich handelte. Es war kein wirkliches Lied, sondern ein Geräusch, wie es manche der alten Lamas von sich gaben, wenn sie in tiefer Meditation ihre Stimmen benutzten. Ein Geräusch, das aus einem Mantra entstand, aber zumindest für das ungeübte Ohr zu einem Widerhall wurde, der sich nicht akustisch, sondern durch irgendeine andere Sinneswahrnehmung mitteilte, ein Klanggebilde, das unmöglich nur durch Zunge und Stimmbänder hervorgerufen wurde.

Shan hatte dergleichen zuvor schon gehört und einmal auch Lokesh danach gefragt, als sie auf einem hohen Grat einen Einsiedler sitzen sahen, der genau diese leise verzerrte Tonfolge von sich gab. Lokesh hatte die Achseln gezuckt, als sei die Antwort ganz offensichtlich. »Das bleibt übrig, wenn man den

Worten das Fleisch wegnimmt«, hatte er in vollem Ernst erklärt. »So klingt ein Geist, wenn er nicht mit Menschen spricht.«

Shan setzte sich neben das Mädchen und beobachtete die Sterne. Falls sie gerade nicht mit Menschen sprach, wen wollte sie dann erreichen?

Schließlich erstarb Anyas Stimme.

»Wir haben einen langen Weg vor uns«, sagte das Mädchen.

Obwohl er sich ihr merkwürdig nahe fühlte, hatte sie ihn soeben zum erstenmal direkt angesprochen, begriff Shan. »Bis Yapchi sind es noch fast hundertfünfzig Kilometer«, stellte er ruhig fest.

»Nein, das meine ich nicht«, sagte das Mädchen langsam und im geduldigen Ton einer Lehrerin. »Bevor du und ich das alte Auge seiner Bestimmung zuführen können, gilt es noch viele Schatten zu erkunden und viele Knoten zu entwirren.«

Shan dachte kurz darüber nach. »Du und ich?«

»Als es dies in mir sagte, habe ich es zuerst nicht verstanden«, entgegnete das Mädchen rätselhaft. »Jetzt jedoch glaube ich es.«

»Bitte verzeih«, sagte Shan. »Wer hat etwas zu dir gesagt?«

»Ich war in einem Gerstenfeld und habe mit einer Hacke die Erde umgegraben, als es mich zum erstenmal fand. Nyma hat mich zitternd am Boden entdeckt. Es ist erst viermal geschehen. Sie sagen, wenn ich älter bin, wird man mich vielleicht in ein Nonnenkloster bringen müssen, falls man eines finden kann. Sie sagen, früher hätte man mich schon nach dem ersten Mal ins Kloster geschickt.«

Shan starrte das Mädchen durchdringend an und versuchte, die Puzzlestücke ihrer Äußerung zu einem Bild zusammenzusetzen. Dann fielen ihm Lhandros Worte wieder ein: daß Anya zitternd auf einem Felsen gelegen und sonderbare Schriften rezitiert habe. Und zuvor am See hatte Lhandro gesagt, sie spreche die Worte der Götter. »Das Orakel«, flüsterte er. »Du bist das Orakel.«

Das Mädchen lachte matt auf. »Manche nennen mich so, aber ein Orakel tritt nicht in menschlicher Gestalt auf. Orakelgötter benutzen gewisse Menschen bloß bisweilen als Mittler.«

Die Worte machten Shan irgendwie traurig. Vielleicht lag es an der Hilflosigkeit, die in Anyas Stimme mitschwang, oder auch daran, daß er an die Geschichten denken mußte, die Mönche ihm über Medien erzählt hatten, welche einst in den großen *gompas* bei Lhasa zu leben pflegten. Es waren nervöse, häufig schwache Geschöpfe gewesen, die meistens früh starben, denn wenn das Orakel von ihnen Besitz ergriff, erlitten sie schreckliche Anfälle und Krämpfe, die mehrere Tage andauern konnten.

Anya musterte die Sterne und wandte sich dann unvermittelt wieder Shan zu. »Was ist, wenn das Tal aus irgendeinem Grund verriegelt wurde und das Auge den Schlüssel darstellt? Was ist, wenn wir es öffnen, ohne begriffen zu haben, weshalb es verschlossen wurde?«

»Ich weiß nur eines«, sagte Shan. »Wenn ich eine lange Reise beginne, wird mein Geist oft von Zweifeln geplagt, wohin mein Weg mich führen und was nach dem tausendsten oder zehntausendsten Schritt folgen mag. Also versuche ich, mich immer nur auf den nächsten Schritt zu konzentrieren, und dann wieder auf den nächsten, so daß schließlich der zehntausendste Schritt auch nur ein weiterer von vielen ist. Bis dahin werden wir alle das Auge besser verstehen.« Seine Worte überraschten ihn selbst. Er sprach wie die Tibeter, als wäre der *chenyi*-Stein lebendig.

Das Mädchen nickte lebhaft, als wäre dies genau die Antwort, die sie gebraucht hatte. Der Hund hinter ihr stand auf, und dann erhob auch sie sich und verschwand mit dem Tier in der Dunkelheit.

Shan sah ihr nach und war sich nicht sicher, ob er überhaupt etwas von dem Gespräch verstanden hatte. Es kam ihm so vor, als würde er immer weniger wissen, je mehr er über die Leute aus Yapchi erfuhr. Sie schienen so lange vom Rest der Welt abgeschnitten gewesen zu sein, daß eine argwöhnische, wilde Spiritualität sie befallen hatte. Doch im Herzen spürte er, daß sie sich gar nicht so sehr von den vielen anderen Tibetern unterschieden, die er kannte und die jeweils aus einer Vielzahl von Geheimnissen und Wahrnehmungen bestanden. Das Land selbst war ein dermaßen reichhaltiger, unermeßlich großer

Schmelztiegel aus Menschen und Anschauungen, daß der Begriff des Buddhismus für die komplexen Weltsichten der Tibeter oftmals eher unzureichend wirkte.

Ein leises Grollen hallte durch die Nacht. Shan hielt nach Gewitterwolken Ausschau und entdeckte statt dessen vier kleine rote Lichter am klaren Nachthimmel, die mit hoher Geschwindigkeit vorüberrasten. Chinesische Kampfjets auf einem Patrouillenflug. Während er die Flugzeuge beobachtete, wallte ein tiefer Kummer in ihm auf, der sich erst wieder legte, nachdem die Maschinen längst am Horizont verschwunden waren.

Zwei Stunden nach dem Aufbruch der Karawane am nächsten Morgen bemerkte Shan, der ein Packpferd führte, aus dem Augenwinkel eine Bewegung am Hang. Er blieb stehen und starrte angestrengt hinauf, bis er letztlich einen Mann erkannte, der ungefähr hundert Meter über ihnen mit einem Pferd im Schatten eines großen Felsblocks stand.

Lhandro, der hinter Shan ging, stieß einen schrillen Pfiff aus und ließ die Karawane anhalten. »Verdammter *golok*«, murmelte er.

Als die Gestalt auf dem Hang hinaus ins Sonnenlicht trat, sah Shan, daß es sich tatsächlich um Dremu handelte, der die Kolonne mit den Augen abzusuchen schien und dann Shan zu sich heranwinkte.

»Nicht«, warnte Lhandro. »Womöglich verstecken sich Freunde von ihm zwischen den Felsen. Ein Kerl wie der wird eben immer ein Bandit bleiben.«

Shan ignorierte die Warnung, behielt jedoch die umliegenden Felsen wachsam im Auge, während er auf den *golok* zulief. »Ich habe nicht damit gerechnet, dich wiederzusehen«, rief er, sobald er in Hörweite war.

»Ich wurde bezahlt, oder etwa nicht?« gab Dremu mürrisch zurück. »Bezahlt, um euch bis nach Yapchi zu bringen. Nicht, um mit denen da Tee zu trinken«, sagte er und nickte in Richtung der Karawane. »Ich gehe, wohin das Auge geht.«

»Das sind gute Leute«, sagte Shan.

Dremu runzelte die Stirn. »Da ist etwas. Na ja, eigentlich jemand …« Er warf einen Blick über die Schulter. »Ich weiß nicht, was ich mit ihr anfangen soll«, sagte er leise, als wolle er nicht, daß die *rongpas* ihn hörten. Er wandte sich um und führte sein Pferd hinter dem Block auf einen Wildpfad, der zum Kamm des niedrigen Hügels anstieg. Shan sah, daß Lokesh soeben den Hang erklomm, und folgte Dremu dann langsam den Pfad entlang. Er holte ihn kurz hinter der Kuppe ein. Der *golok* kniete neben einem kleinen verkrüppelten Wacholderbaum im Windschatten eines Felsens.

An den Felsen gelehnt saß eine kleine, zerbrechlich wirkende Frau von etwa fünfzig Jahren. Um die Schultern trug sie einen zerlumpten grauen Wollschal, über dem mehrere Halsketten aus Korallen und Türkisen hingen. Aus ihrer häufig geflickten *chuba* ragten zwei kleine kräftige Hände; eine hielt eine *mala* umklammert, die andere einen Gebetsschal. Neben ihr auf dem Boden stand auf einem Stück Stoff eine kleine kupferne Gebetsmühle.

Shan beugte sich über die Frau. *»Kn su depo yinbay?«* fragte er auf tibetisch. Wie geht es dir?

»La yin, la yin«, antwortete sie mit schwachem Lächeln. Es geht mir gut.

Aber es ging ihr gar nicht gut. Ihre Augen waren kränklich gelb verfärbt, und Shan sah, daß sie die Hand mit der *khata*, dem Gebetsschal, gegen die Seite gepreßt hielt, als verspüre sie Schmerzen im Leib.

»Sie hat hier gesessen, als ich vorbeigeritten kam«, sagte Dremu, »und schien mich nicht mal zu bemerken. Sie hat einfach nur ständig den Pfad hinuntergestarrt.« Er deutete auf einen Weg, der aus Süden über die jenseitige Flanke des Hügels nach oben führte.

Shan sah nun in die gleiche Richtung. »Als würde sie jemanden erwarten.« Es war eine einsame, unwirtliche Landschaft. Es konnten Wochen vergehen, ohne daß jemand das kleine Hochgebirgstal betrat, in das die Frau blickte. Hinter sich spürte Shan eine Bewegung. Lokesh tauchte mit besorgter Miene auf und berührte mit ausgestrecktem Arm den Kopf der Frau. Dann nahm er ihre Hand, welche die Gebetskette hielt, und legte ihr drei gespreizte Finger auf die Innenseite des Handgelenks. Shan hatte ihn einmal klagen gehört, wie wenig er – abgesehen von den Jahren bei den Lama-Heilern – über die Behandlung von Kranken wisse, aber Gendun hatte daraufhin erwidert, daß der wichtigste Aspekt der Heilung die moralische Integrität des Heilers sei, und in dieser Hinsicht könne Lokesh durchaus als Experte gelten.

Nachdem er den Puls der Frau an beiden Handgelenken gefühlt hatte, richtete Lokesh sich auf und hielt ihr seine Fingerspitzen an die Wange. »Wir müssen dich wiederherstellen«, sagte er leise.

Die Frau sah ihn lange Zeit nachdenklich an, als überlege sie, ob sie ihn kennen müßte, und setzte dann wieder das schwache Lächeln auf. Ihre Hand mit der *mala* berührte die Gebetsmühle.

»Komm mit uns«, sagte Lokesh. »Wir können es dir bequem machen.«

»Bist du wirklich einer der Alten?« fragte sie und musterte ihn dabei immer noch durchdringend.

Lokesh rieb sich das Kinn mit den weißen Bartstoppeln und sah Shan an, als wisse er nicht, was er antworten sollte. »Wir haben Pferde«, sagte er. »Du könntest auf einem Pferd reiten.«

Die Frau schirmte mit einer Hand ihre Augen ab und starrte auf Lokeshs Gesicht. Dann lächelte sie abermals gequält und konzentrierte sich wieder auf den Pfad. Es war, als würde sie zwar einen Heiler erwarten, sei aber zu dem Schluß gekommen, daß nicht Lokesh der Gesuchte war.

»Wie lange bist du schon hier?« fragte Shan.

Die Frau zuckte die Achseln, ohne den Blick von dem Hang abzuwenden. »Zwei Tage, glaube ich.« Sie wandte langsam den Kopf.

»Kannst du gehen?«

»Natürlich«, entgegnete sie leicht gereizt und erlitt einen Hustenanfall. »Wie bin ich wohl hergekommen?« fügte sie heiser hinzu, nachdem die Attacke sich gelegt hatte.

Shan seufzte und warf Lokesh einen enttäuschten Blick zu. »Du müßtest eigentlich einen Schutz gegen die Sonne haben«, sagte er zu der Frau. »Was ist aus deinem Hut geworden?«

»Der Wind hat ihn sich geholt«, verkündete sie lakonisch und widmete ihre Aufmerksamkeit erneut dem Pfad. Manche Tibeter hielten unerschütterlich an der alten Überzeugung fest, daß es Pech brachte, eine vom Wind fortgewehte Mütze aufzuheben.

Shan nahm den braunen, breitkrempigen Hut ab, den er während der letzten drei Monate getragen hatte, setzte ihn der Frau auf und zog ihn ihr tief in die Stirn, damit er fest saß. Die Frau hob langsam die Hand und berührte die Krempe, als wolle sie ihn sich wieder vom Kopf reißen.

»Ein Mönch hat mir diesen Hut gegeben«, sagte Shan. »In der Nähe des heiligen Bergs Kailas. Er hat gesagt, ich sähe aus, als würde ich frieren. Jetzt ist mir nicht mehr kalt.«

Die gelben Augen der Frau blinzelten ihm wie zum Dank zu, und die Hand sank in ihren Schoß.

Shan ließ sie mit Lokesh dort, ging an Dremu vorbei, der ihnen weiterhin nervös zusah, und holte von der Karawane einen Beutel *tsampa* und eine Flasche Wasser. Als er zurückkehrte, schien niemand sich vom Fleck gerührt zu haben, nur daß Lokesh mittlerweile seine Gebetskette hervorgeholt hatte und ein Mantra aufsagte.

»Wer kommt her?« fragte Shan und legte Nahrung und Wasser zwischen der Frau und dem Felsen ab. »Auf wen wartest du?«

»Auf den, der alles versteht«, sagte sie in neuem, gelassenem Tonfall. Ihr Blick blieb dabei auf den Pfad gerichtet.

Shan berührte Lokesh an der Schulter. Der alte Mann stand zögernd auf, suchte in seiner Tasche und legte der Frau dann das Fossil in den Schoß. »Es ist ein machtvolles *tonde*«, sagte er. »Vom Lamtso.«

Doch sie schien ihn nicht zu hören oder seine Geste auch nur zur Kenntnis zu nehmen. Ihre Augen wichen nicht mehr von dem Pfad ab, während Shan, Lokesh und Dremu die Hügelkuppe überquerten.

»Na sicher«, sagte der *golok*. »Der, der alles versteht. Sie wartet auf Onkel Yama, er ist derjenige, der alles begreift.« Dremu meinte Yamantaka, den Herrn der Toten. »Was für eine Verschwendung von Wasser und Proviant. Sie will es eben auf diese

Weise zu Ende bringen. Verflucht, bei all den Leoparden und Wölfen in dieser Gegend wird man sie nicht einmal zu den Leichenzerlegern tragen müssen.« Er stieg auf sein Pferd und trabte in Richtung Norden davon, immer noch darauf bedacht, einigen Abstand zu der Karawane zu wahren.

Das Bild der schwachen Frau, die allein auf der Flanke des Hügels saß, verfolgte Shan noch fast den ganzen Tag, während sie sich auf verschlungenen Wegen zu dem Paß in der zweiten der vier Bergketten emporarbeiteten, die sie von Yapchi trennten. Die Frau hatte auf jemanden gewartet, der aus Süden kommen würde, und zwar auf dem schwierigen Pfad entlang der Kammlinie. Wenn überhaupt jemand aus dieser Richtung kam, dann höchstwahrscheinlich kein Heiler.

Als sie mittags rasteten, breitete Lhandro seine zerfledderte Karte auf einem flachen Stein aus und fuhr mit dem Finger die Strecke entlang, der sie für die noch verbleibenden hundertzehn Kilometer zum Tal von Yapchi folgen würden. Es war nicht die kürzeste Verbindung, sondern ein entlegener Pfad, der fernab der Nord-Süd-Straße und sogar abseits der wenigen flachen Täler verlief, in denen am Rand der Changtang einige Bauerndörfer lagen. Auf diese Weise dürften sie zwei oder drei Tage länger benötigen als die traditionellen Salzkarawanen auf der sonst üblichen Route, erklärte Lhandro, aber dafür sei auch nahezu garantiert, daß niemand sie bemerken würde. Shan war nicht entgangen, daß Nyma mehrere Male mit dem *rongpa* gesprochen, dabei nach Süden gedeutet und den Horizont abgesucht hatte. Als Lhandro die Karte zusammenfaltete, entdeckte Shan auf einem Sims eine einsame Gestalt, die ebenfalls nach Süden schaute. Lokesh scherzte bisweilen, daß Tenzin anscheinend all den Dungfladen nachtrauerte, die sie auf ihrer Reise am Wegesrand liegenließen, doch Shan sah die Sorge, von der das Gesicht des stummen Tibeters gezeichnet war, und mußte an die Qualen denken, die der Mann bei Draktes Tod empfunden hatte.

Als Shan sich ihm näherte, versuchte Tenzin, von dem Sims nach unten zu steigen, doch Shan legte ihm eine Hand auf den Arm und hielt ihn zurück. »Hat Drakte dir geholfen, aus dem

Gefängnis zu fliehen?« fragte er. Tenzin wollte ihm mit gereiztem Blick ausweichen, doch Shan ließ es nicht zu und sah ihn ruhig an, bis der Zorn des Tibeters sich legte. Tenzin nickte ernst und machte sich von Shan los.

Nach einer weiteren Stunde kamen sie um eine Biegung und sahen mitten auf dem Pfad Dremu warten, der lässig im Sattel saß und mit dem Messer, das die *purba*-Läuferin Somo ihm gegeben hatte, gemächlich einen Apfel zerteilte.

Shan eilte an die Spitze der Kolonne.

»Der Paß ist blockiert!« rief der *golok* laut, als zöge er es vor, daß niemand ihm zu nahe kam. »Eine Lawine.«

»Wohl kaum«, rief Lhandro genauso laut zurück. »Auf dem Hinweg war noch alles frei. Wir haben dort Vorräte und Futter für die Tiere versteckt. So hoch in den Bergen wächst kein Gras.«

»Durch die Frühlingsschmelze sind ein paar Hänge abgerutscht. Da oben liegen jetzt sechs Meter Schnee«, verkündete Dremu und wies auf den Paß, der noch einige Kilometer entfernt lag. Die Umrisse konnte man erkennen, aber die Einzelheiten blieben im Schatten niedriger Wolken verborgen. Als Shan dem *rongpa* das Fernglas gab, musterte Lhandro jedoch nicht etwa den Paß, sondern einen anderen, nach Osten abzweigenden Pfad, der um den höchsten der Gipfel herumführte. Er mißtraute den Motiven des *golok* und hielt nach unwillkommenen Fremden Ausschau, begriff Shan. Nach einem langen Moment sah der *rongpa* den *golok* mit mürrischem Stirnrunzeln an und bedeutete der Karawane dann, weiter nach Norden zu ziehen.

Dremu wich an den Rand des Wegs aus und sah mit verdrossener Miene dabei zu, wie die Kolonne an ihm vorbeizog. Dann riß er sein Pferd herum und galoppierte auf dem Kamm eines niedrigen Hügels oberhalb der Gabelung nach Osten, wo er abstieg, seine Decke im Gras ausbreitete und sich gelangweilt darauf ausstreckte.

Eine Stunde später klarte der Himmel auf, und Lhandro nahm die Berge ein weiteres Mal durch Shans Fernglas in Augenschein. Er stellte mehrmals die Schärfe nach, reichte das

Glas dann an Shan zurück und deutete auf eine Stelle zwischen zwei Gipfeln. Der Paß war verschwunden. Statt dessen ragte eine leuchtendweiße Wand auf, deren oberste Schicht aus großen gezackten Schneebrocken bestand, was tatsächlich auf eine Lawine schließen ließ.

»Dieser Mistkerl«, knurrte Lhandro, als wäre Dremu dafür verantwortlich. Dann rief er den anderen zu, sie müßten umkehren.

Shan betrachtete den Paß und die steilen, bedrohlich wirkenden Berge zu beiden Seiten. »Auf dem Weg zum See seid ihr hier durchgekommen?«

»Da oben waren Vorräte versteckt.«

Shan sah Lhandro forschend ins Gesicht. »Soll das heißen, jemand anders hat sie dort zuvor bereitgelegt?«

Der *rongpa* erwiderte nichts.

»*Purbas*«, sagte Shan.

»Es hat ihm hier oben gefallen«, sagte Lhandro nach einem Moment. »Er sagte, er habe einen Freund, den er zurückbringen wolle, und dann würden sie gemeinsam den Berg hinaufrennen.«

»Drakte war dort?«

»Er hat gesagt, alles sei geheim und niemand dürfe über ihn oder seine Vorhaben sprechen.« Lhandro sah Shan wieder in die Augen. »Aber ich schätze, für ihn besteht nun keine Gefahr mehr. Er war vor mehr als zwei Monaten in Yapchi und hat erzählt, einige Lamas würden die Rückkehr des Auges vorbereiten, während er zu diesem Zweck einen sicheren Weg nach Norden finden müsse, auf dem niemand Verdacht schöpfen würde. Nachdem wir uns auf die Salzkarawane geeinigt hatten, ist Nyma mit ihm fortgegangen.«

Drakte war hier oder ganz in der Nähe gewesen. Shan ließ den Blick über die Landschaft schweifen. Es war, als würde er in umgekehrter Richtung die letzten Tage von Draktes Leben nachvollziehen. »Ist er mit euch und den Schafen gereist?«

»Nein, aber er kam dreimal in unser Dorf. Das erste Mal kurz nach der Entdeckung des Auges in Lhasa, nachdem Nyma von den Worten des Orakels erzählt hatte. Dann vor zwei Monaten und zum drittenmal letzten Monat. Er hat nach Einzelheiten über die Salzkarawane gefragt und mir diese Karte gegeben, damit wir wissen würden, wo er Vorräte versteckt hatte, und uns nicht in die Nähe einer Ansiedlung begeben müßten. Er sagte, ihr würdet auf Pferden kommen, und wir könnten die Tiere dann behalten.« Pferde waren wertvolle Besitztümer und für viele Hirten und Bauern unerschwinglich.

»Die Frau am See hat von einem General der *purbas* erzählt, der von den Kriechern gejagt wird. Der Tiger. Hat er geholfen? Ist er in die Sache mit dem Stein verwickelt?« Es könnte vieles erklären. Vielleicht waren die Armee und die Kriecher gar nicht hinter ihnen her. Die Fährte eines so bedeutenden Widerstandsführers würde die Soldaten unerhört beflügeln.

»Ich weiß es nicht. Eines Abends wollte Drakte sich in den Felsen oberhalb unseres Dorfes mit jemandem treffen. Ich bin mitgegangen, um Wache zu halten, aber Drakte sagte, ich solle in einiger Entfernung warten. Immerhin habe ich die Stimme des Fremden gehört, und die war wirklich einzigartig. Tief wie ein Brummen, aber irgendwie anders. Als würde jemand flüsternd schreien. Drakte wollte mir nicht verraten, wer der Mann war, aber später habe ich herausgefunden, daß dieser Tiger seinerzeit durch den Schlagstock eines Kriechers am Kehlkopf verletzt wurde.«

Als sie den Pfad nach Osten erreichten, saß Dremu auf seiner Decke. Er sagte nichts und überschüttete sie auch nicht mit Schadenfreude, sondern zurrte lediglich die Decke an seinem Sattel fest und trabte voraus.

Am späten Nachmittag kamen einige Häuser, Ställe und verwilderte Felder in Sicht, ein kleines *rongpa*-Dorf am Anfang der schmalen Schotterstraße, der die Karawane nun mehrere Kilometer folgen mußte, um den nächsten Paß nach Norden zu erreichen. Sowohl die Tibeter als auch die Tiere schienen ihre Schritte zu beschleunigen, als hofften sie auf eine warme Mahlzeit und womöglich einen Unterschlupf vor dem stetigen eiskalten Wind, der inzwischen wehte.

Doch das Dorf war verlassen. Auf Tischen vor zwei der Häuser standen Schalen mit kaltem Tee und *tsampa*. Auf dem Pfad lagen zwei Decken, übersät mit zerbrochenen Walnußschalen. Vor der Tür eines der anderen altersschwachen Gebäude schwelte ein kleines Feuer aus Schafdung, das jemand ursprünglich mit dem primitiven ledernen Blasebalg angefacht hatte, der daneben lag. An einem Pfahl war ein großer Mastiff angebunden und bellte laut – nicht in Richtung der Fremden, die ins Dorf kamen, sondern mit Blick auf die ostwärts führende Straße.

Beunruhigt ließ Lhandro die Karawane halten und befahl gleich darauf, sie sollten auf dem Pfad zurückweichen und hinter dem soeben erst überquerten Hügel Deckung suchen, bis er und Shan das leere Dorf erkundet haben würden. Beim ersten Haus blieb Lhandro stehen und rief einen Gruß. Als niemand antwortete, trat er zur offenen Tür hinein. Er verschwand im dunklen Innern, kehrte wenig später mit grimmiger Miene zurück und starrte einen kleinen quadratischen Rahmen aus Zweigen an, der am Türsturz hing. Das ungefähr fünfundzwanzig Zentimeter hohe Gebilde war mit vielfarbigen Schnüren bespannt und drehte sich im Wind. Es handelte sich um eine Geisterfalle und sollte vor den bösen Teufeln schützen, die sich zu nahe an das Haus heranwagten.

»Niemand«, sagte Lhandro und musterte erst die anderen Gebäude, dann die umliegenden Hügel. »Nicht einmal dieser verdammte Dremu«, fügte er hinzu, als würde er dem *golok* nun vorwerfen, das Dorf entvölkert zu haben. »Das könnten Banditen gewesen sein. Sie entführen die Leute und erpressen Lösegeld.«

Die Schritte, die sich auf einmal von hinten näherten, ließen Lhandro geduckt herumfahren, als rechne er mit einem Angriff. Zwischen zwei Häusern kam Lokesh zum Vorschein, dicht gefolgt von Nyma. Der alte Tibeter ging wortlos und mit neugierig geneigtem Kopf an ihnen vorbei.

»Das waren keine Banditen! Begreift ihr es denn nicht?« rief die junge Nonne. »Die Kriecher machen so etwas manchmal. Falls sie jemanden der Subversion verdächtigen, nehmen sie einfach all seine Nachbarn zum Verhör fest und behalten die Leute in Gewahrsam. Ihre Tiere verhungern unterdessen, und die Ernten verderben. Irgendwann fällt dann jemandem etwas Belastendes zu dem Verdächtigen ein, ob nun wahr oder nicht.«

Vorsichtig folgten sie zu viert dem Pfad, der aus dem Dorf hinausführte, und hielten sich dabei möglichst im Schatten. Hinter einem großen Felsen stießen sie auf einen verlassenen roten Geländewagen, der am Rand der Schotterstraße geparkt stand. Ein solches Fahrzeug konnten sich nur wenige Tibeter leisten; es war ein verbreiteter Dienstwagentyp der Regierungsbehörden. Während sie noch nervös das Auto anstarrten, hallte ein Schrei durch die Luft. Shan zögerte, weil er nicht sicher war, woher das Geräusch stammte, doch dann sah er Lokesh auf einen Spalt in der hohen Felswand zulaufen, welche die Straße säumte. Shan folgte ihm hastig, als ein weiterer lauter Schrei die Stille durchdrang. Nyma und Lhandro schlossen sich ihnen an.

Der kurze Durchgang öffnete sich zu einer grasbedeckten Senke. Sie hatten die Dörfler gefunden, und Shan erkannte, daß es sich nicht um Angst- oder Schmerzensschreie handelte, sondern um aufgeregten Jubel. Fast fünfzig Leute saßen auf dem Hang oder standen am Rand des flachen Bodens der Mulde. Jemand kreischte überrascht, ein anderer lachte. Das galt weder Shan noch seinen Begleitern, denn niemand schien ihre Ankunft bemerkt zu haben. Die Bewohner des Dorfes sahen einem Mann zu, der rittlings auf einem großen wütenden Yak saß, dabei eine Hand in die Luft streckte und sich mit der anderen an einem Lederriemen festhielt, den man dem Tier um den Leib gebunden hatte. Der Yak sträubte und wand sich und hob in diesem Moment mit lautem Brüllen seinen breiten Kopf, so daß einige Kinder hinter den Erwachsenen Schutz suchten. Es war ein prachtvolles Tier und stammte vermutlich von den *drongs* ab, den mächtigen wilden Yaks, die noch immer die tibetische Landschaft durchstreiften.

Noch viel mehr als der tobende Yak verblüffte Shan der Anblick des Reiters. Der Mann war hochgewachsen und schlank; sein strohblondes Haar hing ihm bis über die Ohren. Er schien mit dem Yak zu sprechen, denn nach jedem Brüllen des Tiers stieß er merkwürdige Silben aus. »Ya! Ya!« rief er aus keinem ersichtlichen Grund, dann »Yi ha!« und »Yo!«

»Hör doch nur«, sagte Lhandro zu Shan. »Er muß furchtbare Schmerzen leiden. Wer hat den *goserpa* bloß dazu gezwungen?« fragte er besorgt, als handle es sich um eine Art Folter. *»Goserpa.«* Nyma wiederholte das Wort zweimal und starrte den Fremden an. Das bedeutete »Gelbkopf« und war einer der Begriffe, den die Tibeter für Westler verwendeten. Shan wußte, daß ein Westler für die meisten Menschen dieser Region ein ebenso seltenes Ereignis darstellen mußte wie die Begegnung mit einem der fast ausgestorbenen wilden Yaks.

Plötzlich wurde der Mann von dem wütenden Tier emporgeschleudert, so daß seine Beine horizontal in der Luft hingen. Doch irgendwie hielt er auch weiterhin den Riemen umklammert und fand wieder Halt auf dem Rücken des Yaks. In der ersten Zuschauerreihe standen drei kräftige Männer mit Seilen und verfolgten aufmerksam den Ritt, als würden sie versuchen wollen, das Tier einzufangen. Auf der anderen Seite der Freifläche sah Shan neben einem großen Felsen einen kleinen blassen Tibeter mit dunklem Anzug, weißem Hemd und Krawatte, der alle paar Sekunden in Deckung flüchtete, dann langsam wieder zum Vorschein kam und den Reiter entsetzt beobachtete. Hin und wieder hob er zaghaft eine Hand, um die Aufmerksamkeit des Fremden zu erregen.

Plötzlich krümmte der Yak den Rücken, stieg hoch empor und warf den Reiter ab. Der Westler flog in hohem Bogen durch die Luft und ruderte hektisch mit Armen und Beinen. Im Publikum herrschte schlagartig Stille, und alle sahen mit an, wie der Fremde durch die Luft segelte und mit lautem Ächzen auf dem Boden aufschlug. Dort lag er dann flach auf dem Rücken und regte sich nicht, während die drei Männer mit den Seilen sofort den Yak umringten. Der kleine Anzugträger zog eine Brille aus der Tasche und trat langsam vor, um eine schwarze Mütze aufzuheben. Shan wollte sich zögernd dem leblosen Westler nähern, als Lokesh bereits an ihm vorbeirannte.

Der Fremde begann zu zucken, preßte die Hände an den Bauch und rang nach Luft. Währenddessen schrie der Tibeter in dem Anzug wütend die drei Männer mit den Seilen an und fuchtelte mit der schwarzen Mütze in ihre Richtung. »Die Öffentliche Sicherheit wird hiervon erfahren!« kreischte er auf chinesisch. »Ihr Narren! Es werden Leute aus Lhasa kommen! Ihr werdet sehen, was passiert, wenn ein Ausländer ...« Er hielt mitten im Satz inne und starrte den blonden Mann an. Auch Lokesh blieb stehen, und die Sorge auf seinem Gesicht verflog. Der Westler lachte.

»Yeah! O Mama!« rief der Mann auf englisch und reckte wie jubelnd die Fäuste in die Luft. Dann setzte er sich auf und mußte immer noch so sehr lachen, daß er sich erneut mit einer Hand den Bauch hielt.

Der größte der Tibeter mit den Seilen, ein stämmiger Mann, dem drei Schneidezähne fehlten, kam unschlüssig näher und half dem Westler auf die Beine. Der Fremde umarmte ihn sogleich und musterte dann die anderen beiden Helfer, die den Yak mittlerweile mit zwei Seilen um den dicken Hals gesichert hatten. Danach strich der Westler sich das lange Haar zurück und grinste die Zuschauer an.

Die Dörfler lachten inzwischen, und einige von ihnen wiesen spöttisch auf den Mann in dem Anzug, der mürrisch dastand, die Arme in die Seiten gestemmt hatte und den Westler anstarrte, als sei er zutiefst enttäuscht, daß dieser nicht gestorben war. Der Blonde sah kurz Shan an, neigte neugierig den Kopf, schob sich noch eine Strähne aus der Stirn und schaute zu dem Anzugträger, dem Tibeter, der seine Landsleute auf chinesisch angeschrien hatte. Der Westler hielt kurz inne und runzelte die Stirn, als wolle er den nervösen kleinen Mann ansprechen. Dann jedoch wanderte sein Blick zu dem Yak, und die Freude kehrte auf sein Antlitz zurück. Seltsamerweise erwiderte das Tier diesen Blick; in seinen großen braunen Augen schien nicht nur urwüchsige Kraft zu liegen, sondern auch eine Frage. Der Westler stellte sich vor den Yak hin, und noch bevor das Tier reagieren konnte, streckte er die Hände aus, packte dessen Kopf und drückte ihm einen Kuß auf die feuchte Schnauze. Die Dorfbewohner brachen in lauten Jubel aus. Der Tibeter in dem Anzug senkte den Kopf und schlug eine Hand vor das Gesicht.

»Wieviel würde dieser König der Rinder kosten?« fragte der Westler die drei Männer in akzentfreiem Tibetisch.

Die Männer sahen ihn verwirrt an, nur um sich im nächsten Moment tuschelnd zu beraten. »Tausend Renminbi«, verkündete der Große ernst. Das Tier stellte eindeutig einen wertvollen Besitz dar, und der Preis war vermutlich mehr, als die meisten der Dörfler in einem Jahr verdienten, wenngleich er umgerechnet nur rund hundert amerikanische Dollar betrug.

Zur Verwunderung der drei Männer zog der Fremde eine Brieftasche hervor und zählte die geforderte Summe ab. Danach ließ er den Blick über die anderen Dorfbewohner schweifen, ging zu einer jungen Frau und bat sie mit lauter Stimme, ihm eines der beiden roten Bänder zu verkaufen, mit denen sie ihre Zöpfe zusammengebunden hatte. Sie errötete und nickte dann aufgeregt. Er reichte ihr eine Handvoll Münzen, nahm das Band mit leichter Verbeugung entgegen und knotete es fest an ein Büschel in der Mähne des Yaks. Mit der Leichtigkeit eines Mannes, der die Arbeit mit Tieren gewohnt war, befreite er den Yak von den Seilen um seinen Hals und verpaßte ihm mit einem Seilende einen kräftigen Klaps auf die Flanke. Das Tier schoß davon, lief quer durch die überraschte Menge und galoppierte wie ein junger Hengst den Hang hinauf. Erst oben auf dem Kamm blieb es stehen, drehte sich um und schaute trotzig zu den stummen Dorfbewohnern hinunter, die auf einmal erneut in frenetischen Jubel ausbrachen. Der Westler hatte dem herrlichen Tier nicht nur die Freiheit geschenkt, sondern es mit dem Band außerdem als losgekauft gekennzeichnet, wodurch es geschützt war und die Götter geehrt wurden. Normalerweise rettete man ein Tier so vor dem Schlachter und verschaffte ihm ein langes Leben. Das Band an dem Yak bedeutete, daß er keine Arbeit mehr verrichten und den Menschen nicht mehr dienen mußte. Wer dagegen verstieß, beleidigte die Götter.

Die Hälfte der Dörfler versammelte sich aufgeregt um die drei Männer, die auf den unerwarteten Reichtum in ihren Händen starrten. Viele der anderen liefen zu dem Ausländer, einige nur, um ihn zu berühren, manche, um ihm für seinen Akt der Anerkennung zu danken, und andere, die seinen Ritt auf dem

Yak rühmten. Wiederum andere hielten sich zurück und ließen betend ihre *malas* durch die Finger gleiten, während sie den Fremden aus großen, ehrfürchtigen Augen betrachteten.

Nach einer Weile machte der Westler einen vorsichtigen Schritt auf Shan zu.

»Falls Sie sich weh getan haben, können wir uns um Ihre Verletzungen kümmern«, bot Shan an.

Der Mann lächelte belustigt, nahm Shan und Lokesh erneut mit geneigtem Kopf und neugierigem Blick in Augenschein und schaute abermals zu dem Yak, der sie immer noch von oben beäugte. »Zu Hause in Oklahoma könnte ich mit einem solchen Tier reich werden.« Sein Tibetisch war makellos, und seine blauen Augen funkelten.

»Ich verstehe nicht, was Sie da eben gemacht haben«, sagte Shan.

Der Mann lächelte erneut, sah nacheinander Nyma, Lokesh und Lhandro an und nickte jedem von ihnen zu, während sie seinen Blick verwirrt erwiderten. »Es ist dieses Vergänglichkeitsding«, erklärte der Fremde und gab ihnen die Hand. »Shane Winslow«, sagte er jedesmal, nahm ihre Hände jeweils in die Rechte, bedeckte sie mit der Linken und schüttelte sie nicht, sondern drückte sie wie bei einer angedeuteten Umarmung, während die Neuankömmlinge ihm ihre Namen nannten, die er jeweils wiederholte.

»Warum sind Sie auf diesem Tier geritten?« versuchte Shan es noch mal.

Winslow fuhr sich mit der Hand durch das Haar. »Das habe ich doch schon gesagt. Es ist genau wie bei Ihrem *chod*-Ritual, außer daß Cowboys es tun, indem sie Bullen reiten.«

Shan starrte den Mann erstaunt an. Gendun hatte oft mit ihm über dieses Ritual gesprochen. Es wurde für gewöhnlich nur gegen Ende der Mönchsausbildung durchgeführt; der Prüfling saß stundenlang und oft über Nacht allein am Ort eines Himmelsbegräbnisses, um die Zerbrechlichkeit der menschlichen Existenz zu erfahren und zu verinnerlichen. Für die meisten war es eine überaus harte Probe, von der einige wirr stammelnd zurückkehrten.

»Cowboys?« fragte Nyma langsam. Winslow hatte den amerikanischen Begriff benutzt, für den es keine tibetische Entsprechung gab. »Was sind Cowboys?«

»Sie reiten meistens auf Pferden durch die Berge, halten nach Kühen Ausschau und singen dabei«, sagte Winslow und grinste schon wieder.

Nyma nickte, erst zögernd, dann ziemlich energisch, als sei ihr nun zweifelsfrei klargeworden, was es mit den Cowboys auf sich hatte. Shan erkannte, daß die Beschreibung des Amerikaners irgendwie nach einer Pilgerfahrt klang.

Zwischen Lokesh und Lhandro tauchte ein kleines Mädchen auf und streckte dem Amerikaner ein blaues Band entgegen. Winslow hockte sich neben sie und legte ihr eine Hand auf die Schulter. »Der Yak hat nur das eine Band gebraucht«, sagte er sanft. Dann öffnete er den Knopf seiner Hemdtasche und zog ein Foto daraus hervor, das auf dickem Papier gedruckt und etwa halb so groß wie eine Postkarte war. Er nahm das Bild mit beiden Händen und reichte es dem Mädchen wie ein Geschenk. Die Kleine nahm es mit großen Augen an, schrie vor lauter Freude auf und tanzte auf der Stelle. Alle in der Nähe drängten sich um sie und brachen ebenfalls in Jubel aus. Sie wirkten genauso aufgeregt wie bei der Freilassung des Yaks.

Es handelte sich um ein Foto des Dalai Lama, erkannte Shan. Früher hatte schon allein der Besitz eines solchen Bildes eine Haftstrafe nach sich gezogen, und auch heute noch waren diese Aufnahmen offiziell verboten und wurden von den Behörden routinemäßig beschlagnahmt. Während der Unterdrückungskampagnen, die regelmäßig über das Land hereinbrachen, wurden die Fotos stets als Beweis der politischen Unzuverlässigkeit angeführt. Für die Tibeter hingegen waren die Bilder sehr wertvoll. Shan hatte sie häufig auf den Altären gesehen, die in den meisten *dropka*-Zelten standen.

Er beobachtete, wie der seltsame Amerikaner das Mädchen hochhob, das mittlerweile nach seiner Mutter rief. Shan hatte solche Ausländer zuvor schon getroffen, Männer und Frauen, die Tibet auf der Suche nach Abenteuern oder Erleuchtung durchstreiften. Lokesh nannte sie Vagabunden, als würden sie ziellos umherirren. Shan hielt sich immer fern von ihnen, denn sie hatten nur selten gültige Reisepapiere und erregten ausnahmslos das Interesse der Öffentlichen Sicherheit oder der Armeepatrouillen. Die eigentliche Gefahr bestand nicht für den Fremden, der bei seiner Ergreifung einfach nur abgeschoben wurde, sondern für die Einheimischen in seiner Begleitung, die man in Gewahrsam nahm und verhörte, weil der Kontakt zu Ausländern auf riskante Neigungen schließen ließ.

Das Mädchen deutete auf den Durchgang zur Straße, als habe sie beschlossen, daß ihre Mutter dorthin gegangen sei, und entwand sich Winslows Griff. Der Amerikaner schaute ihr lächelnd hinterher. »Sie stammen nicht aus dem Ort«, sagte er im Plauderton zu Lhandro und sah weiterhin grinsend zu dem fernen Yak, der oben auf dem Kamm stand. Im selben Moment registrierte Shan eine Bewegung hoch auf dem gegenüberliegenden Hang. Ein Mann auf einem grauen Pferd.

»Wir sind mit einer Karawane gekommen«, erwiderte Lhandro.

Bei dem Reiter schien es sich um Dremu zu handeln, erkannte Shan, und der *golok* winkte ihnen offenbar zu.

Der Kopf des Amerikaners ruckte zu dem *rongpa* herum. »Aus dem Norden? Oder Westen? Nicht auf der Straße?« Er sah Shan an. »Sie alle?« Als Lhandro nickte, zog Winslow eilig eine Landkarte aus der Gesäßtasche. »Zeigen Sie es mir«, drängte er. »Sagen Sie mir, wen Sie gesehen haben und wo genau Sie gewesen sind. Ich muß wissen, ob ...«

Ein Angstschrei gellte auf. Das kleine Mädchen kam zurück durch den Felsspalt gerannt und rief panisch nach seiner Mutter. In der Hand hielt sie ein gezacktes Stück Papier, auf dem Mund und Kinn eines lächelnden Mannes zu sehen waren. Jemand hatte die obere Hälfte ihres kostbaren Fotos abgerissen. Shan sah wieder den Hang hinauf zu Dremu, der stehengeblieben und abgestiegen war. Der *golok* winkte ihnen nicht etwa zu, begriff Shan mit jähem Entsetzen, sondern versuchte hektisch, sie zu warnen.

Doch im nächsten Moment lief Nyma auf die Lücke zwischen den Felsen zu, unmittelbar gefolgt von Lhandro. Lokesh zog an Shans Ärmel, als wolle er ihn zurückhalten. »Geh«, drängte der alte Tibeter und schob Shan in Dremus Richtung. »Geh zu dem *golok*.«

Die Leute stoben auseinander und hasteten die Hänge empor. Als Shan sich umdrehte, war Lokesh verschwunden. Ohne auch nur darüber nachzudenken, eilte er in den Durchgang und weiter zur Straße.

Er trat ins helle Sonnenlicht hinaus und sah jemanden auf dem Kies liegen. Es war Lhandro, der sich stöhnend den Kopf hielt. Zwischen seinen Fingern quoll Blut hervor. Nyma kniete neben ihm, und Lokesh stand ganz in der Nähe, dahinter zwei große Chinesen in den grünen Uniformen der Volksbefreiungsarmee, die ihm die Arme auf den Rücken gedreht hatten. Ein Dutzend weiterer Soldaten wartete im Halbkreis vor dem Durchgang im Fels, um jeden zu ergreifen, der sich dort blikken ließ. Im Hintergrund standen zwei graue Truppentransporter auf der Straße geparkt, die auf der Fahrertür jeweils das Abbild eines grimmigen Schneeleoparden trugen. Zwischen den schweren Fahrzeugen saß auf einem metallenen Klappstuhl ein Offizier und verfolgte zufrieden, wie die Falle sich füllte. In seinem Mundwinkel hing eine Zigarette. Shan sah, daß der Mann auf einem Knie ein Klemmbrett liegen hatte und nun begann, etwas zu notieren, ganz beiläufig und guter Stimmung, wie ein Punktrichter bei einem Sportwettbewerb.

Jemand packte grob Shans Arm, und er bemerkte auf einmal, daß man sein linkes Handgelenk an Lokeshs rechte Hand gefesselt hatte, und zwar nicht mit Handschellen, sondern mit einem dünnen Draht, dessen Enden fest verdreht wurden, so daß jede Bewegung schmerzte.

Sie waren erneut Gefangene.

ZWEITER TEIL

Asche

Kapitel Fünf

Mehr als zwanzig Dorfbewohner standen mit trübseligen Mienen an der Felswand aufgereiht, hielten die Hände an die Nähte ihrer Hosenbeine gepreßt und warteten ab, während zwei Soldaten ihre Ausweise überprüften. Die Gesichter verrieten Shan, daß die Dörfler derartige Kontrollen gewohnt waren. Einige mußten ihre Wut unterdrücken, andere ihre Angst. Alle jedoch kämpften gegen die Empörung an, in ihrem eigenen Land wie Außenseiter behandelt zu werden. »Wo sind denn *deine* Papiere?« hatte Shan erst vor drei Monaten einen tibetischen Jugendlichen rufen gehört, als man ihn an einem Kontrollpunkt der Öffentlichen Sicherheit überprüfen wollte. Die Kriecher hatten ihm sofort Fesseln angelegt, und eine Stunde später war der Junge abtransportiert worden.

Die Dorfbewohner bewegten sich sehr langsam, wenn man sie aufforderte, die Ausweise hervorzuholen, und behielten dabei nicht den Sergeanten im Blick, der ihnen barsche Befehle erteilte, sondern den Soldaten schräg hinter ihm, der mit gesenktem Lauf und dem Finger am Abzug ein halbautomatisches Sturmgewehr, ein AK-47, hielt. Es ließ sich unmöglich voraussagen, was geschehen würde, wenn die Öffentliche Sicherheit oder die Armee an einem solchen Ort auftauchten. Tibeter mit gültigen Papieren wurden meistens wieder freigelassen, aber wenn die Patrouille mit einem bestimmten Auftrag unterwegs war und nicht nur routinemäßig nach Illegalen suchte, konnte jeder in Gewahrsam genommen werden. Manche Offiziere waren berüchtigt dafür, in politisch ruhigen Zeiten einfach unschuldige Tibeter zu verhaften und so lange einzusperren, bis sie irgendein Vergehen gestanden. »Jeder ist an irgendwas schuld«, hatte ein Vernehmungsbeamter einst zu Shan gesagt, »wir haben bloß nicht die Zeit, gegen alle zu ermitteln.«

Nyma richtete Lhandro in eine sitzende Position auf. Das Blut lief an seiner linken Schläfe hinunter. Offensichtlich hatte man ihm dort einen Hieb versetzt, vermutlich mit einem Gewehrkolben. Die Nonne legte ihm wie eine schützende Mutter die Arme um die Schultern und sah mit feuchten Augen zu Shan. Auch ihr war klar, was eine solche Patrouille bedeuten konnte. Die Dorfbewohner würden vielleicht glimpflich davonkommen, doch Nyma, die versichert hatte, sie sei keine richtige Nonne, konnte gleichwohl im Gefängnis landen: Sie trug das entsprechende Gewand, ohne eine Lizenz des Büros für Religiöse Angelegenheiten zu besitzen.

»Dieser Yak ist flink wie eine Antilope gelaufen«, sagte Lokesh leise gen Himmel gewandt. Ein Soldat in ihrer Nähe stieß ein Knurren aus und hob drohend den Kolben seiner Waffe, um Lokesh zum Verstummen zu bringen.

Shan sah seinen alten Freund an. Wenigstens sei es ihnen vergönnt gewesen, den Amerikaner mit dem Yak zu sehen, meinte Lokesh. Es war ein Trick der Häftlinge, den sie beide während ihrer Jahre im Gulag häufig angewandt hatten. Man stellte sich ein Bild vor und ließ es das Bewußtsein ausfüllen, so daß Schmerz, Hunger und Angst davon verdrängt wurden. Shan wußte noch, wie er einmal auf der Ladefläche eines Gefangenentransporters von der Straßenbaustelle zurück ins Lager geschafft worden war. Da Frühstück und Mittagessen lediglich aus einer dünnen Wassersuppe mit Maismehl bestanden, hatten an jenem Tag mehrere alte Mönche Schwächeanfälle erlitten und waren daraufhin von den Wachen fortgezerrt und verprügelt worden. »Ich habe heute gesehen, wie eine Schneeflocke auf einem Schmetterling gelandet ist«, hatte einer der geschundenen Lamas während der Rückfahrt plötzlich gesagt und dafür von einem der Posten einen Stockhieb auf den Kopf kassiert. Als sie das Lager erreichten, hatten alle Insassen des Lasters heiter gelächelt und vor ihren inneren Augen nur noch das Bild des Schmetterlings gesehen.

Zunächst würde man sie in ein Armeegefängnis verfrachten, und dann würde man ihn von Lokesh trennen. Das einzige Vergehen des alten Tibeters bestand darin, daß er keine Papiere für

Reisen außerhalb Lhadrungs besaß, wo er ordnungsgemäß aus der Haft entlassen worden war. Sobald man sich Shan vornahm, würde man auch auf seinem Arm die verräterische Tätowierung entdecken und mit den Computern der Öffentlichen Sicherheit abgleichen. Danach galt Shan als entflohener Strafgefangener und war damit für solche Männer wie Frischfleisch, das man ausgehungerten Hunden vorwarf. Er kämpfte gegen die Versuchung an, sich zu den Hügeln jenseits des Dorfes umzuwenden, wo sich ein weiterer Flüchtling, einer ohne Zunge, versteckte.

Der Mann auf dem Stuhl warf die Zigarette beiseite, stand auf, ging zu den beiden Soldaten, die die Papiere überprüften, und befahl ihnen ungehalten, damit aufzuhören. Dann ließ er den Blick über die wartenden Dorfbewohner schweifen und hielt kurz inne, um sich mit einem eleganten goldenen Feuerzeug die nächste Zigarette anzuzünden. Herrisch schritt er die Reihe ab, berührte einige der Wartenden an der Schulter und schickte sie mit nachlässiger Geste weg. Auf einmal trat eine Frau mittleren Alters einen Schritt vor und deutete auf Shan und seine drei Begleiter.

»Die sind nicht aus unserem Dorf«, rief sie. »Bitte vergeßt nicht, wir haben die noch nie gesehen. Und geholfen haben wir ihnen auch nicht!«

Shan seufzte. Er konnte es der Frau nicht verübeln. Bestimmt hatte sie solche Kontrollen schon häufiger erlebt und dabei von den Chinesen gelernt, daß es für sie und ihre Familie am besten war, die Aufmerksamkeit der Soldaten auf andere zu lenken. Ihm tat nur leid, wie sie sich später fühlen und wie die Nachbarn sie ansehen würden.

Der Offizier blieb stehen und starrte Shan an, als würde er ihn erst jetzt bemerken. Dann nahm er die Zigarette aus dem Mund und blies eine Rauchwolke in Shans Richtung, bevor er sich wieder der Reihe widmete. Nach einer Minute war er fertig. Er hatte alle Frauen, Kinder und jüngeren Männer weggeschickt, so daß jeder der verbliebenen Männer nach Shans Schätzung mindestens dreißig Jahre alt war. Der Offizier schritt die Reihe ein weiteres Mal ab und ließ noch zwei Männer gehen.

Sie waren zwar schon älter, aber mit rund einem Meter sechzig die beiden kleinsten aller Anwesenden.

Auf ein Fingerschnippen des Offiziers hin machten sich nun wieder die zwei Soldaten an die Arbeit und überprüften die Papiere der sechs restlichen Männer, allerdings lauter und gröber als zuvor. Der Offizier lief unterdessen ungeduldig hin und her, rauchte mit drei tiefen Zügen seine Zigarette auf und zündete sich an ihrem Stummel die nächste an. Seine Leute standen vor dem fünften Mann in der Reihe, als er das Interesse verlor und in den Doppelkreis der Soldaten trat, die noch immer vor den Felsen Wache hielten. Das war keine Patrouille, erkannte Shan, sondern das, was die *purbas* einen Zugriffstrupp nannten. Sie suchten nach jemandem.

»Die Frau hat gesagt, ihr seid nicht von hier«, stellte der Offizier gemächlich mit leiser Stimme fest und blies Shan Rauch ins Gesicht.

Shan und Lokesh sahen zu Boden. Er fühlte sich seltsam entrückt, als würde er sich selbst aus der Ferne beobachten. Ein Teil von ihm hatte nie daran gezweifelt, daß er eines Tages ins Straflager zurückkehren würde. Der Yak war flink wie eine Antilope gelaufen. Shan dachte an den fröhlichen amerikanischen Vagabunden und hoffte, ihm sei die Flucht gelungen. Es war von vornherein aussichtslos gewesen, auch nur daran zu denken, Shan könnte helfen, das Tal zu retten. Nach weiteren hundert Jahren würde es den Tibetern vielleicht gelingen, einen wirklich tugendhaften Chinesen zu finden.

Der Sergeant hielt etwas hoch, um die Aufmerksamkeit des Offiziers zu erregen, die abgerissene Hälfte des Dalai-Lama-Fotos. Dann drehte er das Bild um und zeigte seinem Vorgesetzten die Rückseite. Es war Teil dessen, was Soldaten immer taten, wenn sie solche Fotos sahen, eine der tausend Erscheinungsformen der Unterdrückung, die sie und die Kriecher verinnerlicht hatten. Bisweilen war auf die Rückseite solcher Bilder eine tibetische Flagge aufgedruckt, was dem Besitzer eine Verhaftung und Schlimmeres garantierte. Diese Rückseite war weiß.

»Ich bin Oberst Lin von der 54. Gebirgsjägerbrigade«, verkündete der Offizier unversehens. Er sprach langsam und klang dabei merkwürdig erwartungsvoll. Sein Blick richtete sich auf die Dorfbewohner und kehrte dann wieder zu Shan und seinen Begleitern zurück. »Ich werde Fragen stellen. Ihr werdet antworten.«

Shan sah dem Oberst ins Gesicht. Es war hart und knorrig wie eine Faust. Die 54. Gebirgsjägerbrigade hatte sie eingeholt. Erneut mußte er gegen den Drang ankämpfen, in Richtung Dorf zu schauen. Gewiß hatte jemand aus der Karawane alles mit angesehen und floh mit den anderen längst in die Berge. Shan warf einen Blick auf seine Gefährten. Nyma war erbleicht und sah zu Boden. Lokesh blickte gen Himmel. Lhandro saß noch immer auf der Erde und fixierte mit blutigem Gesicht den Oberst, halb verängstigt, halb haßerfüllt. Er sah hier den Kampfverband Lujun vor sich, der seine Vorfahren massakriert hatte.

Oberst Lin streckte plötzlich die Hand aus und nahm einen Schlagstock vom Gürtel des nächstbesten Soldaten. Dann ging er zu Shan, der mittlerweile auf die kleine Blutlache bei Lhandro starrte, und hob mit dem Ende des Stocks schweigend Shans Kinn an. Ihre Blicke trafen sich, und Lin musterte ihn für einen Moment.

»Han«, flüsterte Lin, und es klang wie ein Fluch. Er war im gleichen Alter wie Shan, ein paar Zentimeter kleiner und mit metallischem Glanz in den Augen. Der Offizier zögerte kurz, als würde er sich fragen, ob Shans Miene womöglich herausfordernd schien, runzelte die Stirn, ließ den Schlagstock sinken, winkte den Sergeanten heran und wandte sich Lokesh zu. Den alten Tibeter nahm der Oberst sehr viel genauer in Augenschein als Shan, der kaum registrierte, wie der Sergeant seine Taschen abklopfte. Sein Blick war auf das Ende des Stocks gerichtet, und seine Beine spannten sich an, um vorspringen und den Treffer abfangen zu können, falls Lin ausholte, um Lokesh zu schlagen. Aber der Oberst nahm Lokeshs freien Arm am Handgelenk und drehte ihn um, um die Handfläche zu betrachten.

»Nichts«, meldete der Sergeant.

Lins Augen funkelten eisig, als er wieder Shan ansah. »Du hast keine Papiere?« fragte er ruhig.

»Nur eine Broschüre, die mich Klarheit lehren soll«, sagte Shan.

Lin schien sich über den Widerstand zu freuen. Ein mattes Lächeln legte sich auf seine Züge, und er bedeutete dem Sergeanten, das Klemmbrett zu holen, das auf dem Stuhl lag. »Du wirst mir deinen Namen nennen.«

Shan blickte erneut zu der Blutlache.

Lin ließ Lokeshs Arm los und hielt dem alten Tibeter die ausgestreckte Hand entgegen.

»Hast du Papiere, Genosse?« fragte Lin auf chinesisch.

Was hatte er in Lokeshs Handteller gesucht? Lin wollte keinen Stein finden, sondern eine bestimmte Person, deren Hand eine Besonderheit aufwies: Vielleicht die Schwielen eines entflohenen Zwangsarbeiters? Oder doch keine Schwielen? Narben? Wußte Lin etwa, wer seinen Stein gestohlen hatte?

Anstatt die Papiere aus Lhadrung vorzuweisen, setzte Lokesh sein schiefes Grinsen auf, was Lin zu amüsieren schien. Der Oberst musterte noch einmal Shan und neigte interessiert den Kopf, um Lokeshs graubärtigen und einst eindeutig gebrochenen Kiefer zu betrachten, als sei er ein Fachmann für gebrochene Kiefer. Er sah Lokesh in die Augen, nahm wieder den Arm des alten Mannes und schob ihm den Ärmel hoch. Fünfzehn Zentimeter oberhalb der Hand war auf der Innenseite eine Nummer eintätowiert.

»*Lao gai*«, stellte Lin zufrieden fest und rief die Nummer dem Sergeanten zu, der mit dem Klemmbrett hinter ihm stand. »Wir haben nach seinem Namen gefragt«, sagte der Oberst mit Blick auf Shan, seufzte, nahm Lokesh die Mütze vom Kopf und reichte sie vorsichtig einem der Soldaten. Dann beäugte er Lokeshs Scheitel und klopfte dabei mit dem Schlagstock sachte auf seine Handfläche.

»Ich heiße Shan«, sagte Shan und beobachtete die Spitze des Schlagstocks.

»Ein Han reist mit einem tibetischen Kriminellen«, verkündete Lin vorwurfsvoll.

Lokesh hob den Kopf. Shan folgte seinem Blick zu einigen Vögeln, die in allenfalls dreißig Metern Höhe auf das Dorf zuflogen. Ein Dutzend Kahlkopfgänse, wahrscheinlich unterwegs zum Lamtso, dachte Shan.

Als der Oberst sich umwandte und die Vögel sah, leuchteten seine Augen gierig auf, und er stieß einen kurzen Befehl aus. Ein Soldat rannte zu dem ersten Transporter und holte ein langes halbautomatisches Gewehr. Lin nahm die Waffe und wartete einen Moment. Als die Gänse noch etwa fünfzig Meter entfernt waren, hob er das Gewehr an die Schulter und gab ein halbes Dutzend Schüsse ab. Nyma schrie auf. Lokesh stieß ein leises ungläubiges Stöhnen aus. Zwei der großen Gänse stürzten zu Boden; eine dritte überschlug sich in der Luft und verlor deutlich an Höhe, konnte jedoch weiterfliegen. Einige der Soldaten jubelten, und einer lief los, um die Beute einzusammeln. Lin gab das Gewehr wieder zurück und wandte sich mit unverändert eisiger Miene abermals den Gefangenen zu.

Lhandro hatte sich inzwischen auf den Knien aufgerichtet. Ihm tröpfelte immer noch Blut über die Wange. Als Nyma ihm beim Aufstehen helfen wollte, zerrte einer der Soldaten sie zurück. Sie sträubte sich, und er verpaßte ihr eine schallende Ohrfeige. Entsetzt verfolgte Shan, wie die Nonne zurückprallte und sich wehren wollte. Der Soldat packte sie an ihrer Halskette und schnürte ihr die Luft ab, bis die Kette riß und das große *gau* dem Mann in die Hand fiel. Er starrte das Amulett an und schleuderte es gegen die Felswand. Nyma ächzte und schien hinterherspringen zu wollen, doch dann erstarrte sie, als sei ihr plötzlich klargeworden, daß es besser war, keine unnötige Aufmerksamkeit auf das Medaillon zu lenken. Bei einer früheren Gelegenheit hatte sie Shan den darin verborgenen Schatz gezeigt, der über ihr Gebet wachte. Ein Foto des Dalai Lama mit der tibetischen Flagge auf der Rückseite.

Lhandro kämpfte sich auf die Beine, griff in seine Hemdtasche und brachte mit zitternder Hand seine Papiere zum Vorschein.

Lin war schneller als der Sergeant und nahm sie ihm ab. »Yapchi«, las er mit jähem Interesse und wiederholte den Ortsnamen bedeutungsvoll. Seine Augen blitzten auf, erst vor Wut, dann vor Zufriedenheit. Die Soldaten fingen an zu tuscheln, und einige richteten ihre Waffen auf Lhandro. »Es sind mehr als achtzig Kilometer bis zu deinen Feldern, Bauer«, stellte der Oberst fest und sah dann Nyma, Shan und Lokesh an. »Seid ihr alle aus Yapchi? Was wollt ihr hier? Warum seid ihr so weit weg?« Er schürzte die Lippen und enthüllte eine Reihe tabakgelber Zähne. Dann schien er innezuhalten, als wolle er den Moment auskosten. Seine Lider senkten sich. Diesen Gesichtsausdruck hatte Shan schon bei vielen solcher Männer gesehen, eine beiläufige, beharrliche Grausamkeit, verborgen hinter gelangweilter Miene.

»Es ist noch zu früh, um die Gerste zu ernten«, brachte Lhandro matt hervor.

Lin gab dem Sergeanten einen Wink, woraufhin dieser zum Führerhaus des ersten Lasters lief und eifrig mit einem ungefähr dreißig Zentimeter langen Metallgegenstand zurückkehrte. »Wo sind eure Taschen? Euer Gepäck? Ich muß es sehen!« Er packte Lokesh fest am Arm. »Seid ihr in Lhasa gewesen?«

Der Sergeant schlug die Absätze zusammen und hielt den Gegenstand Lin entgegen. Shan spürte einen Eisklumpen im Magen. Es war der amerikanische Lieblingsimport der Öffentlichen Sicherheit, ein elektrischer Viehtreiber.

Auch Nyma erkannte das Folterwerkzeug. Sie stieß ein schrilles Jammern aus und stellte sich vor Lhandro. Shan starrte den Oberst verwirrt an. Der Viehtreiber wurde von den Kriechern benutzt, selten von der Armee. Er gehörte in eine Verhörzelle, nicht auf eine entlegene Straße am Rand der Changtang. Der Oberst war zu allem entschlossen, um seinen Gefangenen die verlangten Informationen zu entreißen.

Lin warf Nyma einen belustigten Blick zu und nahm den Viehtreiber. Da meldete sich zwischen den Felsen eine laute freche Stimme.

»Yo, General, Euer Majestät! Meine Freunde und ich haben ein friedliches Picknick veranstaltet. Die Pfadfinder waren nicht eingeladen.« Shan wandte den Kopf und sah den Amerikaner im Durchgang stehen. Er sprach Mandarin. Sein Mund war zu einem Grinsen verzogen, aber sein Blick blieb kühl und auf den Oberst gerichtet.

Lin schürzte verächtlich die Lippen und ging auf den Amerikaner zu. Über einer Schulter trug Winslow einen grünen Nylonrucksack, und in der anderen Hand hielt er eine Wasserflasche, aus der er nun lässig und unbekümmert trank, während mehrere Soldaten ihn umringten.

»Sie haben einen ernsten Fehler begangen«, knurrte Oberst Lin und steckte dabei Lhandros Papiere ein.

»Kann schon sein«, stimmte Winslow ihm auf englisch zu und schob seine freie Hand in eine Tasche seines Rucksacks. Einer der Soldaten hob den Gewehrlauf. Der Amerikaner holte eine dicke Karotte hervor, richtete sie kurz wie eine Waffe auf den Soldaten, steckte sie in den Mund und biß geräuschvoll das Ende ab. Einige der freigelassenen Dorfbewohner, die von jenseits der Lastwagen das Geschehen verfolgten, lachten auf.

»Sie haben ja keine Ahnung«, sagte Lin frostig. Auf ein Zeichen von ihm sprangen zwei seiner Männer vor und packten die Arme des Amerikaners. Der Rucksack und die Wasserflasche fielen zu Boden. Die Karotte flog durch die Luft und landete vor Shans Füßen.

Winslow schien die grobe Behandlung gar nicht zur Kenntnis zu nehmen. »Nicht viel«, pflichtete er bei, diesmal auf Mandarin, und grinste Lin an, als die Soldaten ihn an die Wand drückten.

Der Sergeant griff dem Amerikaner in die Hemdtasche und zog einige Papiere heraus, darunter auch ein halbes Dutzend Fotos des Dalai Lama. Letztere ließ er angewidert fallen und trat sie mit dem Stiefel in den Staub. Der Amerikaner blickte wehmütig auf die zerstörten Bilder. »Wissen Sie«, seufzte er, »manche behaupten, dieser Mann sei die Reinkarnation des Mitfühlenden Buddhas.« Er sah wieder Oberst Lin an, und Shan erschauderte. Der Amerikaner forderte den Offizier absichtlich heraus. Lin erwiderte den Blick und schaute vielsagend auf den Viehtreiber. Auf sein Nicken hin zerrten die Soldaten Winslow zu dem ersten Transporter.

Mit leisem Fluchen wandte Lin sich erneut Lhandro zu. Der Amerikaner war bloß eine vorübergehende Ablenkung. Von der Ladefläche des zweiten Lastwagens ertönte ein Klirren, und dann warf ein Soldat Fußfesseln heraus.

Lin ging zu Lhandro und schlug ihm ansatzlos mit dem Handrücken ins Gesicht. »Beantworte meine Fragen!« knurrte er und schlug ihn noch einmal. Der Bauer gab ein leises überraschtes Wimmern von sich und geriet ins Wanken. Lin sah auf seine Hand und runzelte wiederum die Stirn. Es klebte frisches Blut daran. Ein metallisches Klicken hallte durch die momentane Stille. Der Sergeant hatte Lhandro die Fesseln um die Knöchel gelegt.

Während Shan den Oberst beobachtete, zog sein Magen sich schmerzhaft zusammen. Alles – Lhandros anfänglich ausweichendes Verhalten, das Auftauchen und respektlose Gebaren des Amerikaners und letztlich das Blut an Lins Fingern – hatte nur dazu beigetragen, den Zorn des Obersts anzustacheln. Lins Hand glitt mit einer kaum merklichen Bewegung zum Gürtel und öffnete das Holster, in dem eine kleine Automatikpistole steckte.

»Ihr werdet detaillierte schriftliche Aussagen verfassen«, herrschte der Oberst sie an. »Wie ihr hergekommen seid, was ihr so fern von zu Hause verloren habt, wer sonst noch zu euch gehört, wen ihr unterwegs getroffen habt und wo ihr in den letzten drei Monaten gewesen seid.« Bei diesen Worten hielt der Soldat, der die Fußfesseln gebracht hatte, eine Rolle dickes, breites graues Klebeband hoch. Shan wußte, daß man ihnen damit den Mund zukleben würde, während sie schrieben.

»Ihr werdet getrennt voneinander sitzen, und falls eure Aussagen nicht hundertprozentig übereinstimmen, wird man euch der Verschwörung zur Behinderung der Volksjustiz anklagen.«

»Mann, General, Sie sind doch nicht die Öffentliche Sicherheit«, sagte Winslow laut und spöttisch. Noch nie im Leben hatte Shan jemanden getroffen, der dumm genug gewesen wäre, einen hohen Offizier der Armee vorsätzlich zu verhöhnen. »Bloß die verdammte Armee.« Einer der Soldaten drehte ihm einen Arm auf den Rücken, und Winslow zuckte vor

Schmerz zusammen. Doch noch während der Soldat den Druck verstärkte, zwang der Amerikaner sich wieder zu einem Grinsen.

Auf einmal tauchte zwischen den Felsen der kleine Tibeter in dem Anzug auf, starrte Winslow entsetzt an und schien etwas rufen zu wollen. Dann drehte er sich zu dem Oberst und öffnete den Mund, doch noch immer kam kein Wort über seine Lippen. Schließlich ließ er die Schultern hängen, sah die schwarze Mütze in seiner Hand an, ging zu Winslow und setzte sie ihm auf. Alle waren völlig verblüfft, nur der Amerikaner nicht. Er lachte.

Unmittelbar darauf stieß der Sergeant einen überraschten Schrei aus, rannte zu Lin und gab ihm Winslows Papiere. Erstaunt verfolgte Shan, wie der Oberst große Augen bekam, die Papiere wütend zu Boden schleuderte und dermaßen schnell eine Reihe von Befehlen erteilte, daß Shan kein Wort verstand. Die Männer hinter Winslow ließen ihn los. Der Soldat, der Lokeshs Mütze hielt, warf sie dem alten Tibeter zu und folgte seinen Kameraden in den zweiten Lastwagen. Der Sergeant nahm Lhandro die Fußfesseln ab und warf die Ketten sowie den Stuhl des Obersts auf die Ladefläche des Transporters.

Oberst Lin bewegte sich rückwärts zu dem ersten Fahrzeug und musterte schweigend und voller Wut Lhandro und Lokesh. Dreißig Sekunden später saß er in dem vorderen Wagen, und beide Transporter rasten auf der Straße davon. Während die Tibeter noch ungläubig dreinblickten, machte Shan sich von der Drahtfessel los, bückte sich und hob die Karotte und die Papiere auf. Er nahm den Paß des Amerikaners kurz in Augenschein und war danach verwirrter als je zuvor. Laut diesem Dokument handelte es sich bei Shane Winslow um einen amerikanischen Diplomaten.

»Es war nur ein Stück Papier«, sagte Lokesh verwundert und sah, wie der Amerikaner und der kleine Tibeter zu ihrem Geländewagen liefen. Winslow hatte seit der Abfahrt der Soldaten nichts mehr gesagt, sondern Shan und seinen Gefährten lediglich einen zufriedenen Blick zugeworfen und dann seinem nervösen Begleiter bedeutet, in den roten Wagen einzusteigen.

Sie schienen es genauso eilig zu haben wie Lhandro, der Nyma sofort im Laufschritt losgeschickt hatte, um die Karawane zur Straße zu holen.

»Doch auf ihm standen mächtige Worte«, wagte Lokesh eine vorsichtige Vermutung.

Shan sah seinen Freund an, dem man beigebracht hatte, daß es Meister gab, die besondere, geheime Worte schreiben konnten, bei deren Lektüre eine ungeahnte Kraft entfesselt wurde. In gewisser Weise hatte Lokesh in diesem Fall sogar recht. Shan vermochte sich kein Papier vorzustellen, mit dem ein Ausländer einen Mann wie Oberst Lin zu einer Umkehrung seines Verhaltens bewegen konnte, außer genau jenem Papier, das Winslow vorgelegt hatte. Einen gewöhnlichen Ausländer hätte Lin kaltlächelnd abgeschoben, und auch die Verhaftung und Folterung von verdächtigen Staatsbürgern im Angesicht eines Fremden bereitete ihm keine Probleme. Doch was auch immer er für Shan und dessen Begleiter vorgesehen hatte, er würde es nicht vor den Augen einer ausländischen Regierung durchführen. Und Winslows Paß besagte, daß er die amerikanische Regierung war oder zumindest ihr einziger Vertreter im Umkreis von wahrscheinlich mehreren hundert Kilometern.

Das erklärte allerdings nicht die Eile des Amerikaners. Er hatte dem skrupellosen Oberst mutig die Stirn geboten, und nun schien es, als würde er befürchten, Lin könnte seine Anwesenheit einer anderen Behörde melden. Vielleicht sogar Winslows amerikanischen Vorgesetzten. Shan konnte sich nicht erklären, weshalb ein amerikanischer Diplomat einen so unwirtlichen Ort aufsuchen sollte: ein vergessenes Dorf in einer abgelegenen Ecke der kargen Changtang.

Winslow warf seinen Rucksack hinten in den Wagen, umringt von einigen Dorfbewohnern, die sich leise bedanken oder ihn wie einen Glücksbringer berühren wollten. Er öffnete die Beifahrertür, und der nervöse Tibeter, der nicht einmal das Jackett ausgezogen hatte, ließ den Motor an. Dann griff Winslow in den Rucksack und holte einen ganzen Stapel Dalai-Lama-Fotos hervor, deren erstes Exemplar er dem kleinen Mädchen gab, dessen Bild die Soldaten zerrissen hatten. Ein

Dutzend weiterer Fotos verteilte der Amerikaner an die begierigen Dörfler. Was auch immer seine offiziellen Pflichten sein mochten, Shan war sicher, daß die Verteilung gesetzwidriger Bilder des verbannten tibetischen Oberhaupts nicht dazu gehörte.

Als Winslow einen Fuß in den Wagen setzte, tauchten auf dem Pfad, der mitten durch das Dorf verlief, Anya und Tenzin mit den ersten Schafen der Karawane auf. Der Amerikaner zögerte, als würden die Tiere ihn an etwas erinnern. Dann nahm er eine Landkarte vom Armaturenbrett und lief zu Shan. Plötzlich fiel ihm wieder ein, wonach der Amerikaner unmittelbar vor der Ankunft der Soldaten gefragt hatte. Er hatte Einzelheiten über ihre Reise durch die Berge wissen wollen.

Winslow hielt die gefaltete Karte so, daß man die Region nördlich von Lhasa und einen Teil der Provinz Qinghai sehen konnte. »Sie sind aus Westen gekommen?« fragte er. »Können Sie es mir zeigen? Wie nahe am Kunlun?« Damit meinte er die ausgedehnte Bergkette, die Tibet von den Moslemgebieten im Norden trennte. Er fuhr mit dem Finger die Provinzgrenze entlang. »Wo genau? Auf welcher Route?«

»Wir sind von Süden gekommen«, meldete Nyma sich hinter Shan zu Wort. Winslow nickte energisch, und sein Blick wanderte von der Karte zu den Schafen.

»Diese Taschen«, sagte er überrascht. »Salz? Ich habe gehört, daß früher Karawanen ... Mein Gott, dies ist eine, nicht wahr?« rief er Shan zu und klang dabei fast neidisch. Sein Finger streifte auf der Karte umher. »An einem der großen Seen, richtig?«

»Am Lamtso«, antwortete Nyma begeistert.

Der Amerikaner nickte langsam und zeichnete mit dem Finger die Strecke zwischen dem See und dem Dorf nach.

»Suchen Sie jemanden?« fragte Shan.

Winslow nickte. »Eine Amerikanerin. Sie wird seit einigen Wochen vermißt.«

»Wir haben keine Amerikaner gesehen«, warf Lhandro ein, der neben Shan stand und ihn warnend ansah. »Vielen Dank für die Hilfe. Wir werden nach der Frau Ausschau halten.« Er drückte Shans Arm, als wolle er ihn zur Eile mahnen.

Der Amerikaner hielt inne und musterte die beiden Männer. »Ihr Ziel liegt im Norden«, sagte er mit einem nachdenklichen Blick in die entsprechende Richtung. »Aber Sie sind auf die Straße nach Osten eingebogen.«

Lhandro ging los und winkte Shan, ihm zu folgen. »Vielen Dank«, sagte er noch einmal.

Winslow grinste, hob kapitulierend beide Hände, drehte um und stieg in den Wagen. Der nervöse kleine Mann legte den Gang ein und fuhr mit hoher Geschwindigkeit davon, weg von dem Dorf und in Richtung der nördlichen Fernstraße nach Lhasa.

Als Shan dem Fahrzeug hinterhersah, strich ein Tier an seinen Knien vorbei, und er senkte den Kopf. Der Widder mit dem rotäugigen Beutel stand neben ihm und blickte verängstigt zu ihm auf.

Jeder Beteiligte der Karawane, ob der stumme Tenzin, Anya, die Schafe oder die Hunde, schien es an jenem Nachmittag besonders eilig zu haben. Sie gingen schnell, liefen beinahe und hielten nicht an, um zu essen oder zu trinken. Nach einer Stunde blieb Lhandro stehen, lud eines der Pferde ab und verteilte das Gepäck auf die anderen vier Tiere, während er nervös die Straße im Auge behielt. Mit besorgter Miene ließ er einen der Männer aus Yapchi aufsitzen und als Kundschafter in die umliegenden Hügel vorausreiten. Dremu hatte sich seit der Begegnung mit der Armee noch nicht wieder blicken lassen.

Nach ungefähr fünfzehn Kilometern blieben ihnen noch zwei Stunden Tageslicht. Lhandro gab keine Ruhe, bis sie auf den Pfad nach Norden eingebogen und hinter einer Kehre aus dem Sichtbereich der Straße verschwunden waren. Während die anderen rasteten, nahmen er und Shan den steilen holprigen Weg in Augenschein und suchten nach Anzeichen für Soldaten. Der Reiter wurde in die vorausliegenden Hügel geschickt. Seit dem Dorf schien alles anders zu sein. Oberst Lin, dem man das Auge gestohlen hatte, wußte nun von ihrer kleinen Reisegruppe aus Yapchi. Er wußte, daß Lokesh in einem *lao-gai*-Lager gesessen hatte. Nur dank des Amerikaners befanden seine Gefangenen sich wieder auf freiem Fuß. Doch Lin würde nicht aufgeben, und seine Soldaten waren dafür ausgebildet, in der zerklüfteten Gebirgslandschaft Hinterhalte zu legen. Solche Männer konnten dem Kundschafter der Karawane mit Leichtigkeit ausweichen oder ihn zu der Annahme verleiten, die Gegend sei sicher.

»Der Oberst kennt unsere Route nicht«, sagte Shan zu Lhandro. »Und er weiß nichts von den Schafen.« Während der letzten Stunden schien Lhandro sich von einem lebhaften *rongpa* in einen Mann verwandelt zu haben, auf dessen Schultern große Furcht lastete. Der Oberst hatte seine Papiere mitgenommen und herausgefunden, daß er aus Yapchi stammte. Lhandro hatte die Fußfesseln gespürt und ein paar schreckliche Minuten lang zweifellos geglaubt, er würde den Rest seiner Tage in einem chinesischen Gefängnis verbringen und alles verlieren, auch den *chenyi*-Stein.

»Ich hätte Anya nicht mitnehmen dürfen«, sagte Lhandro. »Wären es doch nur ich und die älteren Männer gewesen! Und wir hätten Nyma nicht mit hineinziehen sollen. Sie möchte so gern eine Nonne sein ... Sie muß eine Nonne sein ... Das hier ist keine Arbeit für eine Nonne. Einige von uns würden mit Freuden ...«

»Ich glaube nicht, daß Anya oder Nyma freiwillig auf diese Reise verzichtet hätten«, unterbrach Shan ihn.

Lhandro lächelte matt, stieß dann einen schrillen Pfiff aus und lief mit langen entschlossenen Schritten den Pfad hinauf. Zunächst folgten ihm nur die Hunde, doch er rief nicht, er drehte sich nicht um, und er winkte die anderen nicht zu sich. Der größere der beiden Mastiffs blieb nach dreißig Metern stehen, wandte sich um und bellte einmal. Die Schafe hoben die müden Köpfe und machten sich auf den Weg. Anya stand auf und half Lokesh auf die Beine. Dann gingen sie Hand in Hand neben den Schafen einher, und Anya stimmte eines ihrer Lieder an. Langsam und ächzend streckten auch die restlichen Reisenden ihre müden Glieder, erhoben sich und folgten den anderen.

Nach anderthalb Kilometern wartete Lhandro, bis Shan zu ihm aufgeschlossen hatte, und deutete nach vorn. Shan schirmte mit einer Hand seine Augen ab und sah in zweihundert Metern Entfernung ihren Kundschafter, der abgestiegen war, in ihre Richtung blickte und wie mit einer Geste des Bedauerns beide Hände hob. Lhandro und Shan liefen los.

Als sie näher kamen, verschwand der Mann hinter einem Felsvorsprung. Lhandro blieb stehen und führte Shan seitlich um die Rückseite des Vorsprungs herum. Sie spähten vorsichtig um die Ecke und sahen den Rücken eines großen Mannes mit einer leuchtendroten Nylonjacke und einer schwarzen Mütze, der vor einem kleinen Metallgestell saß, aus dem zischend eine blaue Flamme züngelte. Ihr Kundschafter hockte neben dem Mann und trank aus einem dampfenden Metallbecher. Als Shan sich weiter vorwagte, drehte der Mann mit der roten Jacke sich um.

»Ich hab nur zwei Tassen«, erklärte Winslow und streckte Shan einen weiteren Metallbecher entgegen. »Sie sind herzlich eingeladen. Keine Butter, kein Salz. Bloß guter chinesischer Tee.« Shan nahm den Becher und sog einen Moment lang den Duft der grünen Blätter ein. Er sah, daß die anderen ihn anstarrten, und reichte das Getränk verlegen an Lhandro weiter. Dann blinzelte er, denn vor seinem inneren Auge erhob sich ein verschwommenes Bild: seine Mutter, die neben ihm saß und geduldig eine dampfende Porzellankanne mit frisch aufgebrühtem grünem Tee beobachtete. Auf der Kanne war ein Boot auf einem Fluß abgebildet, an dessen Ufer Weidenbäume standen. So meldete sich heutzutage bisweilen sein Gedächtnis, nachdem die Kriecher ihn elektrischem Strom und chemischen Präparaten ausgesetzt hatten. Seine Jugend lag am Ende eines langen dunklen Korridors, in dem sich durch zufällige und unvermutete Sinneseindrücke manchmal eine der Türen öffnete.

»Ich konnte es mir leicht ausrechnen«, hörte er Winslow sagen. »Sie sind vom See aus erst nach Norden und dann plötzlich nach Osten zur Straße gezogen. Falls Sie schon die ganze Zeit nach Osten gewollt hätten, wären Sie bereits am See auf den entsprechenden Pfad eingebogen. Demnach war ihr Weg nach Norden unerwartet versperrt. Ich schätze, der Paß, den Sie überqueren wollten, wird durch eine Lawine oder einen

Erdrutsch blockiert. Wenn Sie also auf die Straße ausgewichen sind, dann nur, um den nächsten Paß zu erreichen.« Er deutete auf die hohen Gipfel im Norden. »Da oben. Das ist das Tanggula-Gebirge, ein Ausläufer des Kunlun.«

»Ich verstehe nicht ganz«, sagte Shan.

»Meine Regierung wird eine Transportgebühr entrichten, falls Sie das wünschen«, sagte Winslow und grinste, als er Shans verwirrte Miene sah. »Ich komme mit Ihnen.«

Lhandro starrte den Amerikaner ausdruckslos an und bat dann den Kundschafter, dafür zu sorgen, daß die Karawane in Bewegung blieb.

»Sie wissen doch gar nicht, wohin wir wollen«, wandte Shan ein.

»Doch, ich weiß es. Nach Norden. Genau in meine Richtung.«

»Um nach der vermißten Frau zu suchen«, sagte Shan.

»Es heißt, sie sei tot«, sagte Winslow und ließ die Worte wie einen unvollendeten Satz in der Luft hängen.

Die anderen verstummten, und Shan wich einen Schritt zurück, um den Amerikaner genauer zu betrachten. Lhandro zuckte die Achseln, als wolle er damit sagen, er wisse nichts von toten Westlern.

»Er hat uns vor diesem Oberst gerettet«, sagte Lhandro nach langem Schweigen zu Shan.

»Mit einem Stück Papier«, erinnerte Shan sich. »Dürfte ich es noch mal sehen?«

Der Amerikaner musterte ihn kühl, zog dann den Reißverschluß der Brusttasche seiner Nylonjacke auf und nahm den Paß heraus. Shan blätterte das Dokument durch und wußte nicht, wonach er eigentlich suchte. Benjamin Shane Winslow, stand dort geschrieben, mit einer Adresse im Bundesstaat Oklahoma. Der Paß enthielt mehr als zwanzig Einreisestempel der Volksrepublik China sowie zahlreiche andere für Länder in Südamerika und Afrika.

Winslow nahm von Lhandro den leeren Becher entgegen und füllte ihn aus der Kanne auf seinem kleinen Kocher nach. »Wie würden Sie einen gefälschten Diplomatenpaß denn überhaupt erkennen wollen, *tangzhou*?«

Tangzhou. Das hieß Genosse. Der Amerikaner wollte sich über ihn lustig machen, vermutete Shan. Womöglich erging es so jedem Chinesen, den er traf.

Shan gab ihm dem Paß zurück. »Ich habe in meinem Leben schon einige Diplomaten kennengelernt, Mr. Winslow. Keiner von denen war auch nur annähernd so wie Sie. Und ich heiße Shan, nicht Genosse.«

Winslow wühlte übertrieben in seinem Rucksack herum und blickte dann auf. »Verdammt. Da habe ich doch glatt meine schwarze Krawatte und die Lackschuhe vergessen«, verkündete er mit gespieltem Bedauern.

»Vielleicht könnten Sie uns ja mitteilen, was sich in dieser Tasche befindet«, sagte Shan.

»Sie wollen meine dreckige Unterwäsche? Klar, bedienen Sie sich.« Dann sah er Shans ernste Miene, und auch Winslows Züge verhärteten sich. »Ich habe für heute genug von diesem chinesischen Scheiß ertragen. Sie stecken ja nicht mal in einer Uniform.«

»Sie sind hier der einzige, der behauptet, für eine Regierung zu arbeiten.«

In diesem Moment kamen die Schafe um den Vorsprung herum, und die Karawane zog an den Felsen vorbei. Gleich darauf erschien Lokesh, dann Nyma und Anya. Verunsichert traten sie näher. Sie spürten die Spannung, die in der Luft lag.

»Sie hatten einen Fahrer und einen Wagen. Wo sind die?« fragte Shan.

»Ich hab sie zurück nach Lhasa geschickt. Der Kerl hat mir nicht gefallen. Wenn unsere Botschaft von der chinesischen Regierung einen Fahrer erbittet, arbeitet der zweifellos für die Öffentliche Sicherheit.«

Shan dachte darüber nach und erkannte, daß der Amerikaner recht hatte. Die Kriecher würden schon bald von dem Zwischenfall im Dorf und der Karawane erfahren.

»Dieser Mann hat uns gerettet«, sagte Nyma leise zu Shan. »Vor allem du müßtest wissen, was uns in der Gewalt dieses Obersts gedroht hätte.«

Die Worte der Nonne veranlaßten Winslow, Shan überaus neugierig zu betrachten.

»Ich habe ihn nur gebeten, uns zu zeigen, was er in seiner Tasche bei sich trägt«, sagte Shan.

»Er ist Amerikaner«, bemerkte Lokesh.

»Er arbeitet für die amerikanische Regierung. Die Regierung in Washington möchte sich gut mit Peking stellen, nicht mit den Tibetern.«

Diese Anmerkung schien Winslow zu schmerzen, aber er widersprach nicht. Statt dessen hob er resignierend beide Hände, nahm eine teuer aussehende Kamera und ein kleines Fernglas aus dem Rucksack und schüttete den restlichen Inhalt auf dem Boden aus. Shan ging in die Hocke und untersuchte die Gegenstände. Eine große Plastiktüte Rosinen. Ein graues, zusammengerolltes Sweatshirt. Eine Schachtel Kekse. Ein kleiner blauer Metallzylinder, der genau wie die Gaspatrone des Kochers aussah. Zweimal Unterwäsche und zwei Paar Socken. Ein halbes Dutzend Schokoriegel. Eine Literflasche Wasser. Ein zerfledderter englischsprachiger Reiseführer über Tibet. Ein winziges Erste-Hilfe-Set. Und ein kleines schwarzes Funksprechgerät.

»Könnten Sie damit Ihren Fahrer erreichen?« fragte Shan und wies auf das Funkgerät.

»Den Fahrer oder die Dienststelle, für die er arbeitet. Auf diese Weise gelange ich wieder zurück.«

»Sie haben gesagt, der Fahrer arbeitet für die Kriecher.«

Winslow verzog das Gesicht.

Shan bemerkte, daß Nyma und Lhandro hinter ihm Schutz gesucht hatten. Sie fürchteten den kleinen schwarzen Kasten.

»Herrje, es ist mein Rettungsanker«, protestierte der Amerikaner. »Glauben Sie etwa, ich wolle irgendwie Ihre Karawane behindern oder Ihnen vielleicht die Tiere stehlen?« fragte er ungehalten und sah Shan und die anderen an. Seine Augen weiteten sich. »Mein Gott, Sie sind Illegale. Deshalb hatten Sie solche Angst vor Oberst Lin. Sie haben keine Papiere oder ...« Der Amerikaner wandte sich zu den Tieren um, die den Hang hinaufzogen. »Oder Sie transportieren etwas Verbotenes.«

Niemand erwiderte etwas, und das war Antwort genug. Der Wind strich heulend um die Felsen. Der kleine Kocher gab immer noch ein leises Zischen von sich. In der Ferne blökten einige Schafe.

Der Amerikaner senkte mit gequälter Miene den Blick. »Die vermißte Frau heißt Melissa Larkin«, erklärte er. »Alle anderen haben sie anscheinend aufgegeben. Sie ist verschollen. Es würde Sie überraschen, wie viele Amerikaner in Tibet ums Leben kommen. Das Land ist für Ausländer ein teures Reiseziel, das viele sich erst spät leisten können, was bedeutet, daß die meisten Touristen schon älter sind. Dann gibt es die Aussteiger, die noch nie etwas von den Banditen in der Einöde gehört haben und auch nichts von den Erkrankungen, die in den Vereinigten Staaten gar nicht vorkommen. Man kann hier über Nacht an der Höhenkrankheit sterben oder an etwas anderem, das sonst kein Problem wäre, denn der Weg zur nächstgelegenen medizinischen Versorgung ist mitunter sehr weit.« Er blickte stirnrunzelnd auf. »Es ist Aufgabe der Botschaft, die Toten zum Begräbnis nach Hause zu schicken.«

»Aber die chinesischen Behörden müssen doch sicherlich Hilfe leisten, wenn es um die Bergung ausländischer Toter geht«, stellte Shan mit einem durchdringenden Blick auf den Amerikaner fest.

Winslow beugte sich vor und drehte einen Knopf an dem Kocher. Das Zischen hörte auf. »Diese Larkin ist ein Sonderfall. Fünfunddreißig Jahre alt. Eine Wissenschaftlerin. Geologin, Seismologin. Hat in der Nordsee, Alaska und Patagonien gearbeitet. Sie kann auf sich aufpassen.«

»Sie war aus beruflichen Gründen in Tibet?«

»Während des letzten Jahres, in der alten Region Amdo«, bestätigte Winslow. »Heutzutage der südliche Teil der Provinz Qinghai, gleich jenseits der Grenze zur ART«, sagte er und meinte damit die Autonome Region Tibet, Pekings irreführende Bezeichnung für die einstigen tibetischen Zentralprovinzen.

»Eine Lawine, ein Erdrutsch, Banditen«, sagte Shan. »Auch wenn sie eine selbständige Person war, kann sie doch trotzdem Pech gehabt haben.«

»Ja, das sagen alle. Ich mußte meinen Chef lange überreden,

um überhaupt erst nach ihr suchen zu dürfen.« Winslow klang seltsam trotzig. »Ich habe zwei Wochen, dann geht's für mich zu einer Konferenz nach Shanghai.«

Niemand sagte etwas. Shan und Lhandro sahen sich bekümmert an, und Shan wußte, daß der Tibeter und er in diesem Moment das gleiche dachten. Sie waren in einer Welt aufgewachsen, in der andauernd Menschen verschwanden und fast keiner Familie ein solch schmerzlicher Verlust erspart blieb. Leute gingen in die Berge und kehrten nie zurück. Andere wurden ohne Vorwarnung oder Erklärung ins Gefängnis gezerrt, und wenn man sie irgendwann aus der Haft entließ, war keiner ihrer früheren Bekannten oder Angehörigen mehr da. Auch Shan gehörte zu den spurlos Verschwundenen, wenngleich er bezweifelte, daß seine frühere Frau oder sogar sein Sohn sich deswegen Gedanken machten; die beiden würden lieber davon ausgehen, daß er tot war. Shans Gefährten starrten alle den Amerikaner an. Winslow kam wirklich aus einer völlig anderen Welt.

Über ihnen war mittlerweile die komplette Karawane aufgetaucht, die auf einem gewundenen Pfad den Hang erklomm.

»Ich kenne mich in diesen Bergen nicht aus«, sagte Winslow leiser und mit einem bittenden Unterton. »Ich brauche jemanden, der mir den Weg hinein zeigt, damit ich keine Zeit mit der Suche danach verschwenden muß.«

Noch immer sprach keiner der anderen ein Wort. Da seufzte der Amerikaner auf und gab Shan das Funkgerät. Shan hielt es einen Moment lang und legte es dann auf einen flachen Felsen, während Winslow ihn verunsichert beobachtete. Die Tibeter wichen langsam zurück. Shan nahm einen großen Stein, hob ihn hoch über den Kopf und ließ ihn auf das Gerät hinabsausen. Nyma schrie überrascht auf. Er schlug dreimal zu, bis das Gehäuse zerbarst und die Bruchstücke der Leiterplatte und der Verdrahtung in den Staub fielen.

»Verdammt«, knurrte der Amerikaner. »Sie hätten einfach nur die Batterie herausnehmen können.«

Shan ignorierte ihn, sammelte schweigend die Überreste des Funkgeräts auf und warf sie in eine schmale Felsspalte. »Etwas verstehe ich immer noch nicht«, sagte er und drehte sich zu dem Amerikaner um. »Wieso gerade dieser Paß? Die Frau könnte überall im Gebirge stecken.«

Winslow starrte das Loch an, in dem soeben sein Funkgerät verschwunden war, und schüttelte den Kopf. Dann wandte er sich an Shan. »Ich habe sie vier Tage lang rund um ihr Basislager im Norden gesucht und nichts gefunden. Außerdem hatte ihre Firma dort schon mehrere Suchtrupps losgeschickt. Also wollte ich mich aus Süden an die Gegend heranarbeiten, aber ich wußte nicht, wo ich anfangen sollte. Nachdem ich heute diesen Yak getroffen hatte, habe ich meinen Fahrer unten auf der Straße anhalten lassen, um mir die Karte noch einmal anzusehen.«

Der Amerikaner zögerte kurz und strich sich mit verlegener Geste das Haar aus der Stirn. »Während ich noch damit beschäftigt war, ist auf einem nahen Felsen ein großer Vogel gelandet. Er sah aus wie ein Birkhuhn mit viel weißem Gefieder und hat mich angestarrt. Ich bin auf ihn zugegangen. Er hat mich nicht aus den Augen gelassen und ist zu einem anderen Felsen geflogen, ein kleines Stück den Pfad hinauf.« Winslow zuckte die Achseln und blickte verschämt auf. »Als würde dort etwas auf mich warten.«

Lokesh nickte feierlich. Shan sah den Mann nachdenklich an. Der Amerikaner hatte nur den Yak erwähnt, nicht das Zusammentreffen mit Oberst Lin.

»Ein Vogel«, flüsterte Nyma ernst und an niemand Bestimmten gewandt.

»Wo genau liegt dieses Basislager?« fragte Shan. »Wie weit im Norden?«

»In einem der Täler, in denen sie Bohrungen durchführen. Es gibt einen Berg namens Geladaintong, aus dem der Oberlauf des Jangtse entspringt. Der Ort, den ich meine, liegt rund dreißig Kilometer westlich von dort, in den Ausläufern eines anderen großen Berges. Er heißt Tal von Yapchi.«

Lhandro keuchte verblüfft auf, und Lokesh nickte, als ergäbe das alles einen perfekten Sinn.

Winslow war sichtlich verwirrt, und Shan ließ die Vorfälle im

Dorf noch einmal Revue passieren. Der Amerikaner war zwischen den Felsen aufgetaucht, nachdem der Oberst und Lhandro von Yapchi gesprochen hatten. Er konnte nichts von der Unterredung mitbekommen haben.

»Das Ölprojekt«, sagte Shan.

»Richtig. Sie arbeitet dort.«

Shan seufzte und sah in die erwartungsvollen Mienen seiner Begleiter. Die Sache war entschieden. Die Tibeter würden sich nun nicht mehr davon abbringen lassen, daß es ihnen allen vorherbestimmt war, gemeinsam weiterzureisen. Shan kniete sich hin und half Winslow, die Sachen wieder einzupacken.

In jener Nacht schlugen sie ihr Lager unterhalb des Passes zwischen einigen Felsen auf. Es wehte ein ständiger Wind, und sie mußten erst eine niedrige Schutzwand aus Steinen errichten, bevor sie ein Feuer entzünden konnten. Der Amerikaner bot an, das Essen auf seinem kleinen Kocher zuzubereiten, doch Nyma wies wortlos auf eine Gestalt, die den Hang über ihnen absuchte. Tenzin konnte noch immer keinen Tag beenden, ohne Dung gesammelt zu haben.

»Er muß etwas sehr Schlimmes getan haben«, hatte Lhandro gesagt, als er Tenzin und dessen Sack zum erstenmal sah, und einen wissenden Blick mit Shan ausgetauscht. Auch der *rongpa* war sogleich zu der Vermutung gelangt, daß Tenzin Buße tat. Shan mußte an Tenzins merkwürdiges Benehmen während des Hagelschauers und später am See denken. Drakte hatte ihn aus dem Gefängnis befreit, und er ging nach Norden, weil jemand gestorben war.

Winslow betrachtete die stille gebeugte Gestalt mit staunender Miene. »Ich glaube«, murmelte er leise auf englisch vor sich hin, »ein Cowboy könnte kein Cowboy sein, wenn er jeden Abend Kuhscheiße auflesen müßte.«

»Man bleibt sehr erdnah«, sagte Shan in derselben Sprache.

Der Amerikaner sah ihn überrascht an. »Ihr Englisch ist gut.«

»Mein Vater hat es mir vor seinem Tod beigebracht.«

Winslow musterte ihn, als ahne er eine Geschichte hinter Shans Worten. »Ich sehe meinen Vogel gar nicht«, sagte er mit

Blick auf den Hang und wechselte zurück in die tibetische Sprache. »Bevor ich nach Tibet gekommen bin, habe ich nie an Zeichen geglaubt. Die ersten paar Male war nichts weiter los. Ich habe am Flughafen den Sarg eines ehemaligen Gouverneurs abgeholt, der auf den Stufen des Potala einen Herzinfarkt erlitten hatte. Beim zweitenmal bin ich nur kurz in Lhasa gewesen, weil ein Bergsteiger an der Höhenkrankheit gestorben war. Die dritte Fahrt jedoch hat mich nach Shigatse geführt, und ich ließ den Fahrer unterwegs einen Mönch mitnehmen, der am Straßenrand stand.« Winslow hielt inne und merkte, daß die anderen sich um das Feuer versammelt hatten und ihm zuhörten. »Eine Stunde später ließ ich ihn noch mal anhalten. Ich bin ausgestiegen, ohne so recht den Grund dafür zu begreifen, und habe diesen hohen Hügel angestarrt. Es war kein richtiger Berg, aber trotzdem ziemlich hoch und steil, nur Felsen und Heidekraut. Ich mußte nach oben klettern. Ich weiß bis heute nicht, wieso – es war wie in einem Traum. Hinterher dachte ich, es hätte vielleicht an den Medikamenten gelegen, die ich einnahm. Jedenfalls ging ich einfach los. Es hat fast eine Stunde gedauert, bis ich oben war.«

»Was war dort?« fragte Nyma.

»Nichts. Rein gar nichts. Bloß ein altes Stück Stoff, das unter einem Felsen klemmte. Ein altes quadratisches Seidentuch mit einer tibetischen Aufschrift. Damals wußte ich noch nicht mal, daß es eines dieser Windpferde war, eine Gebetsfahne. Aber ich habe sie aus dem Spalt gezogen, so daß sie im Wind flattern konnte. Dann habe ich einen Stein genommen, einen kleinen roten Stein, und ihn aus irgendeinem Grund weit hinaus auf den Hang geschleudert. Ich hatte nur plötzlich den Eindruck, daß der Stein nicht dorthin gehörte und geworfen werden mußte. Als ich später wieder beim Wagen ankam, habe ich den beiden Tibetern davon erzählt. Der Mönch hat genickt und gesagt, es habe getan werden müssen. Und dann hat er sich bei mir bedankt, daß ich nach Tibet gekommen sei, um dies zu erledigen.«

Die Tibeter am Feuer nickten wissend.

Nyma füllte ihre Schale mit Buttertee, rollte dann drei kleine Butterkugeln und legte sie auf den Rand des Gefäßes. Shan hatte dergleichen schon häufig bei den *dropkas* beobachtet: Sie legten einige Bissen für die Götter beiseite.

»Tut mir leid«, sagte der Amerikaner. »Ich weiß, es ergibt keinen Sinn.«

Doch Nyma und Lhandro schienen ihm gar nicht mehr zuzuhören. Der *rongpa* wies mit ausgestrecktem Finger auf etwas. Dreißig Meter aufwärts saß auf einem der Felsen ein grauer Schatten. Ein großer Vogel, der den Lagerplatz beobachtete.

»Das kann doch nicht wahr sein«, murmelte der Amerikaner, doch er starrte den Vogel lange an und wandte sich schließlich verunsichert ab, als könne er nicht entscheiden, ob das Tier ihn anleiten oder heimsuchen wollte.

Shan registrierte eine Bewegung und sah Tenzin mit dem geschulterten Sack unweit des Vogels zwischen den Felsen auftauchen. Über ihm kam eine zweite Gestalt in Sicht, die ein Pferd am Zügel führte und dem stummen Tibeter einen Yakfladen entgegenstreckte. Sie hatten den *golok* seit dem Dorf nicht mehr zu Gesicht bekommen.

»Er gehört zu Ihnen?« fragte der Amerikaner. »Ich habe ihn oberhalb dieser Ansiedlung gesehen.«

Lhandro sah Shan hilfesuchend an. »Er reist mit derselben Karawane«, sagte Shan und rang noch nach einer passenden Erklärung, als Anya plötzlich dicht ans Feuer trat und sich zwischen Winslow und ihm niederließ. Der Amerikaner reichte ihr seinen Becher, und sie trank gierig, während Shan und Winslow noch einmal den Vogel in Augenschein nahmen.

»Wenn ich recht verstanden habe, sind die Schafe mit Salz beladen«, sagte Winslow nach einigen Minuten zu Shan. »Und ich weiß, daß einige von Ihnen keine Papiere haben. Aber ich habe immer noch keine Ahnung, weshalb Sie hier sind.«

»Die Chinesen haben ihn aus China vertrieben«, erklärte Anya hastig. »Und nun …« Sie deutete auf die Berge. »Nun muß er hier sein.«

»Er wurde vertrieben?«

Nyma beugte sich vor. »Er ist tätowiert«, flüsterte sie.

»Mein Gott«, murmelte Winslow. »*Lao gai.*« Der Amerikaner schien viel über Tibet zu wissen, zumindest über die Rolle der

Chinesen im Land. Als er Shan ansah, lag Schmerz in seinem Blick. »Wie lange?«

»Vier Jahre. Nicht so schlimm.«

»Nicht so schlimm? Herrje! Sie haben vier Jahre Zwangsarbeit hinter sich?«

Shan schaute zu Lokesh, der staunend die Sterne betrachtete, die über den Bergen aufstiegen. »Nicht so schlimm wie fünfunddreißig.«

Winslow folgte Shans Blick zu dem grauhaarigen alten Tibeter und öffnete den Mund, doch er brachte lediglich ein leises Stöhnen über die Lippen.

Als Shan den seltsamen Amerikaner erneut musterte, erkannte er an ihm die gleiche Ehrfurcht und Verwirrung, die auch er selbst vor einigen Jahren nach seiner Ankunft in Tibet empfunden hatte. Winslow war kein einfacher Besucher und begegnete dem Land nicht wie ein Ausländer. Tibet zog ihn in sich hinein und veränderte ihn auf die gleiche tiefgreifende und geheimnisvolle Weise, wie es auch Shan verändert hatte. Und niemand – nicht Anya, nicht die Lamas und ganz sicher nicht Shan – vermochte zu sagen, was Winslow sein würde, wenn Tibet mit ihm fertig war.

Am nächsten Morgen boten die Bauern aus Yapchi dem Amerikaner für den steilen Aufstieg ein Pferd an, doch Winslow lehnte ab, reihte sich statt dessen hinter Shan am Ende der Kolonne ein und führte eines der Packpferde am Zügel. Dreißig Minuten lang kämpften sie sich durch dichtes Schneegestöber voran und standen dann plötzlich im strahlenden Sonnenschein, als sie den Paß erreichten.

Während der gefährlichen Passage sprach niemand ein Wort. Links neben ihnen ragte drohend eine sieben Meter hohe Wand aus Eis und Schnee über dem Pfad auf, die im Frühlingswind schon sichtlich an Festigkeit eingebüßt hatte. Rechts befand sich eine nahezu senkrechte Schieferklippe, und in der Mitte des gewundenen Durchgangs rann eisiges Schmelzwasser hinab und verwandelte den Boden in eine lange schmale Rinne aus kaltem Schlamm.

Nachdem sie den Paß bewältigt hatten, wandte Shan sich um und sah, daß der Amerikaner stehengeblieben war und zu der trügerischen Schneewand starrte, die jeden Moment einzustürzen drohte. »Geologen nehmen gelegentlich Sprengungen vor«, merkte Shan an. »Dadurch können Lawinen ausgelöst werden.«

Winslow nickte ernst. »Vor allem die Geologen der Ölfirmen. Es gibt vermutlich tausend Orte wie diesen, an denen sie bei einem Unfall ums Leben gekommen sein könnte.«

»Warum war sie allein unterwegs?« fragte Shan und ließ den Blick über die unwirtliche Landschaft schweifen, die hinter ihnen lag. Es gab hier tatsächlich zahllose lebensgefährliche Stellen. Und unzählige Verstecke für einen *dobdob* oder die Soldaten des Obersts. »Geologen benötigen ein Team zur Unterstützung. Leute, die Proben sammeln und die Ausrüstung tragen. Leute, die Messungen vornehmen. Leute, die andere Leute beobachten«, schloß er und spielte damit auf die Öffentliche Sicherheit an, die sich zweifellos für einen ausländischen Wissenschaftler in diesen Bergen interessieren würde.

Winslow nickte abermals. »Es waren vier oder fünf. Aber sie hat zwei tibetische Assistenten zu einem acht Kilometer vom Lager entfernten Hang mitgenommen und sie zu einem Berggrat geschickt, den sie durch ihr Fernglas gesehen hatte. Sie sollten dort Gesteinsproben nehmen und sich mit ihr drei Stunden später an einer anderen Stelle treffen. Dort ist sie nicht aufgetaucht. Die beiden sind ins Lager zurückgekehrt, und am nächsten Tag wurde mit einem Hubschrauber nach ihr gesucht, später sogar mit Hunden. Ohne Erfolg.« Winslow blickte auf die weite Hochebene, die vor ihnen lag. Auf einmal wies er nach vorn. In der Ferne bewegte sich etwas und kam auf sie zu: ein Reiter im Galopp, der eine Staubfahne hinter sich herzog.

An der Spitze der Kolonne hob Lhandro die Hand und ließ alle anhalten. Dann sprang er auf einen Felsen, um besser sehen zu können, während die anderen sich besorgt zu seinen Füßen versammelten und auf seinen Bericht warteten. Shan hingegen wußte bereits, wer sich dort näherte: Es war Dremu, und der *golok* hatte Angst.

Vor Shan brachte Dremu sein Pferd zum Stehen. »Er ist da draußen«, rief der *golok* keuchend und schüttelte ungläubig den Kopf. »Es muß wieder dieser Dämon sein.« Er streckte die Hand aus und zog Shan hinter sich auf das Pferd, während Lhandro bereits die Ladung des vordersten Packtiers abnahm.

Sie ritten auf das Plateau hinaus. Shan wußte nicht, wonach er Ausschau halten sollte, und ein Teil von ihm fürchtete, der *golok* könnte sie in eine Falle gelockt haben. Doch schon nach etwa anderthalb Kilometern blieb das Pferd so abrupt stehen, daß Shan fast den Halt verlor. Da lag jemand auf dem Pfad, ein Mann in einem roten Gewand.

Shan und Dremu sprangen ab. Dann zog der *golok* sein langes Messer, umkreiste die Stelle und hielt Wache, und Shan kniete neben dem Mann nieder. Der Mönch lag bäuchlings da und hatte einen Arm nach Süden ausgestreckt. Ein Bein war unter seinem Leib angewinkelt, als sei er gekrochen. Das kurzgeschorene Haar auf seinem Kopf war blutverklebt. Sein offener Mund zeigte zu Boden, und frisches Blut rann in den Staub.

Kapitel Sechs

Shan drehte den Mönch um. Er atmete, wenngleich nur sehr schwach. Ein langer Riß in der Robe gab den Blick auf einen grünschwarzen Striemen entlang der Rippen frei. Ein weiterer großer Bluterguß verlief über beinahe den gesamten Unterarm. Seine Hände und Arme wiesen mehrere lange Schnitte und Kratzer mit jeweils einem schmalen Rinnsal aus getrocknetem Blut auf. Andere Verletzungen konnte Shan nicht feststellen. Der Mann war brutal verprügelt, vielleicht sogar ausgepeitscht worden.

Als Shan seinen Mantel auszog und über den Mönch breitete, trafen Lhandro und Lokesh auf dem Rücken eines zweiten Pferdes ein.

»Ein heiliger Mann!« rief Lhandro überrascht.

Lokesh hockte sich neben den Verwundeten, nahm mit drei Fingern an dessen linkem Handgelenk den Puls und berührte dann den Hals des Mannes. »Sein Körper hat einen sehr heftigen Schock erlitten«, erklärte er kurz darauf. »Viele brutale Schläge. Aber er ist jung, und sein Blut ist stark.«

»Wer ist er?« fragte Lhandro beunruhigt, ging dann um den Mann herum und suchte die Landschaft ab. »Was hat ein Mönch hier oben verloren?«

Shan hob die rechte Hand des Mannes. An seinen Fingern klebte schwarzer Schmutz, ebenso am unteren Teil seines Gewands. Shan strich über eine der Stellen und rieb Finger und Daumen aneinander. Es war Ruß. Aber es gab hier kein Feuer. Und es waren keine anderen Mönche hier, kein Minibus des Büros für Religiöse Angelegenheiten, überhaupt kein Fahrzeug, nicht einmal ein Pferd. Der Mönch mußte sich in die Einsamkeit zurückgezogen oder sich womöglich auf einer Pilgerreise befunden haben.

Lokesh brachte eine Flasche Wasser zum Vorschein und säuberte vorsichtig das Gesicht des Mannes. Dabei redete er sanft auf ihn ein, versicherte ihm zunächst, er sei nun unter Freunden, und richtete dann ein Mantra an den Mitfühlenden Buddha. Lhandro suchte sich eine freie Stelle am Boden und errichtete dort einen Kreis aus Steinen. Er würde tun, was Shan bei Hirten und *rongpas* stets beobachtet hatte, wenn jemand verletzt war: Er würde ein Feuer entfachen und Buttertee zubereiten.

Als Shan sich auf die andere Seite des reglosen Mönchs kniete, schlug der Mann plötzlich die Augen auf und riß seine Hand von Lokesh los. »Ihr werdet Waffen brauchen! Ihr könnt dieses Ding nur mit Waffen aufhalten!« stöhnte er. Argwöhnisch betrachtete er Lokesh, als versuche der Mönch zu erkennen, wer oder was der alte Tibeter war. Dann verlor er wieder das Bewußtsein.

Wenig später traf die Karawane ein. Die Leute aus Yapchi liefen sofort zu dem Fremden, tuschelten aufgeregt und waren verwirrt und ängstlich zugleich. Schon seit vielen Jahren sei kein Mönch mehr in ihr Tal gekommen, hatte Lhandro erzählt. Tenzin nahm den Sack mit Brennstoff vom Rücken eines der Pferde und half Lhandro, in dem Steinkreis ein Feuer zu entzünden. Der Amerikaner zog das Sweatshirt aus seinem Rucksack, faltete daraus ein Kissen für den Verletzten und stellte danach sein Erste-Hilfe-Set zur Verfügung, aus dem Lokesh kleine Stücke steriler Gaze entnahm, um damit die schlimmsten Wunden abzutupfen.

Shan kletterte auf einen flachen Felsblock und suchte mit dem Fernglas die Hochebene ab. Das Land schien überraschend fruchtbar zu sein, denn er sah ausgedehnte Frühlingswiesen, deren Pflanzen ihm zum Teil völlig unbekannt waren. Auch nach sorgfältiger Inspektion konnte er keine Menschenseele entdecken. Dann widmete er sich dem nordwestlichen Teil des Plateaus und damit der Richtung, aus welcher der Mönch gekommen zu sein schien. Einen Moment lang glaubte er in der Ferne einen Rauchfetzen wahrzunehmen, doch gleich darauf war nichts mehr zu sehen.

»Was für ein Mistkerl ist zu so etwas fähig?« fragte eine tiefe Stimme neben ihm. »Ein harmloser Mönch.« Winslow schaute durch sein kleines Fernglas in dieselbe Richtung wie zuvor Shan.

»Mir war so, als hätte ich Rauch gesehen«, sagte Shan.

»Rauch?«

»Der Mönch hat Ruß an Händen und Kleidung.«

Shan drehte sich wieder zu der Karawane um. Man packte soeben Pfanne, Kessel und Butterfaß aus. Lhandro hatte beschlossen, die Mittagsrast ein wenig vorzuziehen, damit sie *tsampa* kochen und die Verschnürung der Salzbeutel überprüfen konnten. Shan sah Winslow an und deutete auf die beiden Packpferde, die von ihrer Last befreit worden waren und nun friedlich grasten.

»Falls der Mönch nicht zu Kräften kommt, werden wir hier übernachten«, sagte Lhandro, als er Shan und den Amerikaner mit den Pferden aufbrechen sah. »Sollten wir bei eurer Rückkehr nicht mehr hier sein, reitet zu dem Wacholderhain am anderen Ende.« Er wies zu dem Berggrat, der in ungefähr fünfzehn Kilometern Entfernung die Nordostflanke der Ebene begrenzte. »Auf der anderen Seite liegt die Ruine eines *gompa* und bietet besseren Schutz.«

Shan und Winslow trabten nebeneinander durch das rauhe Gelände und hielten an, als sie abseits des am Morgen überquerten Passes eine Bewegung bemerkten. Gleich darauf erkannten sie durch ihre Ferngläser, daß es sich nur um eine Schar Ziegen handelte. Als sie weiterreiten wollten, hob Winslow die Hand. Hinter ihnen näherte sich lautes Hufgetrappel. Dremu steuerte genau auf sie zu.

»Du mußt dabei vorsichtig sein«, knurrte der *golok* tadelnd, als er sein Pferd vor Shan zum Stehen brachte.

»Dabei?« fragte Winslow.

Dremu runzelte die Stirn. »Sucht ihr nach dem Feuer?«

»Hast du denn ein Feuer gesehen?« fragte Shan.

»Nein, aber ich hab's gerochen. Weder Yakdung noch Holz.« Er ließ sein Pferd in Richtung Nordwesten antraben.

Eine Viertelstunde später stiegen Shan und Winslow hinter ihm ab. Dremu stand am Rand einer flachen Mulde von etwa fünfzig Metern Durchmesser, in der ein niedriger, von Flechte überwucherter Steinhaufen aufragte. Die Senke unterschied sich vom umliegenden Gelände, weil sie gleichmäßig von graugrünen, etwa fünfundzwanzig Zentimeter hohen Pflanzen bewachsen war, die Shan noch nirgendwo sonst auf der Ebene gesehen hatte. Die Hälfte der Vertiefung war geschwärzt und der Bewuchs dort verbrannt. Ein durchdringender Geruch, süßlich und beißend zugleich, hing in der Luft.

»Wieso hat es hier gebrannt?« fragte Winslow. »Ein Blitzschlag?«

»Ein Lagerfeuer«, sagte Dremu und deutete auf ein flaches, dunkles Gebilde auf der anderen Seite der Mulde. Es war knapp zwei Meter lang, lag am Rand der verbrannten Fläche und nur drei Meter von dem Steinhaufen entfernt.

Sie führten ihre Pferde langsam um die Senke herum und wurden immer zögerlicher, je näher sie kamen. Ihre wachsamen Blicke waren auf den oberhalb gelegenen Hang gerichtet. Shan konnte sich nicht des Gefühls erwehren, daß jemand sie beobachtete, aber er sah lediglich einige Pfeifhasen über die Geröllhalde laufen.

Ein halbes Dutzend Schritte vor dem Gebilde blieben die drei Männer stehen. Es war von schwarzem Nylonstoff bedeckt, und neben ihm lag eine gelbe Nylonweste. Eine rote Wollmütze war von den Flammen versengt worden. Shan und Winslow sahen sich betreten an. Das schwarze Ding hatte die Form eines menschlichen Körpers.

Dremu warf einen Kiesel auf den dunklen Stoff, aber nichts regte sich. Dann fuhr der *golok* auf einmal herum und nahm gründlich den Hang in Augenschein. Seine Hand legte sich um den Griff seines Messers.

Shan trat widerwillig vor und hob ein Ende des schwarzen Nylons an. Es war eine Art Sack, ein langer, sperriger Sack, aber überaus leicht. Mit erleichtertem Seufzen nahm Shan das Ding in die Hand. Da war keine Leiche, nur dieser Sack, aufgeplustert wie eine Daunendecke.

»Ein Schlafsack«, stellte Winslow verwirrt fest und bückte sich, um die gelbe Weste aufzuheben. Sie hatte ungefähr Shans

Kleidergröße und sah neu aus. Unter dem Kopfende des Schlafsacks lag eine zusammengelegte blaue Jeans mit dem Etikett einer amerikanischen Marke. In einem kleinen Nylonbeutel fanden sich ein schwarzer Metallkompaß mit einem roten Kreuz auf dem Gehäuse sowie ein Dutzend Riegel, die laut englischer und chinesischer Aufschrift aus etwas namens Proteinkonzentrat bestanden.

»Hier gab es kein Lagerfeuer«, sagte Shan mit Blick auf die Mulde. Es war kein Steinkreis zu sehen, kein freigeräumter Fleck, keine aufgeschichtete Wand zum Schutz einer Kochstelle. Hier war nichts zufällig außer Kontrolle geraten. »Und falls ein Blitz eingeschlagen wäre, gäbe es hier ein Loch im Boden und Anzeichen für eine heftige und sehr starke Hitzeentwicklung.

Winslow nickte langsam. Man hatte das Feuer absichtlich gelegt. »Was meinen Sie, wollte man die ganze Ebene abfackeln? Um jemanden fernzuhalten oder vielleicht Verfolger loszuwerden? Aber in dieser Vertiefung herrscht eine schlechte Luftzirkulation. Der Flammen sind erloschen, und es gab bloß einen Schwelbrand.«

Shan bückte sich, brach eine der graugrünen Pflanzen ab und hielt sie sich unter die Nase. Es war der gleiche Geruch, der über der ganzen Senke hing. Während er den Zweig einsteckte, beugte Winslow sich über den Schlafsack und die Weste. »Teures Zeug«, stellte der Amerikaner fest. »Alle Etiketten sind amerikanisch.«

»Ihre Geologin?«

»Das habe ich auch gerade gedacht.« Winslow durchsuchte die Taschen von Hose und Weste. In letzterer steckte eine von der Regierung herausgegebene Karte der Region. Die Jeans enthielt ein Plastikfeuerzeug, einen Bleistiftstummel und eine metallene Trillerpfeife an einer Schnur – ein Hilfsmittel, mit dem ein Team sich im Gelände verständigen konnte, wenn keine Funkgeräte zur Hand waren. Der Amerikaner steckte die Weste, die Jeans und die versengte Mütze in den Schlafsack, rollte alles zu einem kleinen Bündel zusammen und band es an seinem Pferd fest.

Sie ritten halb den Hang hinauf und folgten dabei einem geschwungenen Pfad, der zwischen riesigen Felsen verschwand und zu schmal für die Pferde wurde. Dremu nahm einige kurze Seilstücke, legte den Tieren damit lockere Fesseln an, so daß sie sich immer noch einen Fleck zum Grasen suchen konnten, und wies auf einen Ziegenpfad, der den Berg hinaufführte und den er erkunden wollte, während Shan und Winslow sich zwischen die Felsen wagten.

Sie suchten eine halbe Stunde lang vergeblich, stiegen dann auf einen der Felsen und nahmen sich die weite Ebene erneut mit den Ferngläsern vor. Mitten in der wogenden grünen Landschaft machten sie eine verschwommene bunte Linie aus. Die Karawane zog nach Nordosten zu dem Gehölz am anderen Ende der Ebene, wie Lhandro angekündigt hatte.

»Wenn es in Tibet an einem Ort wie diesem ganz still wird, höre ich manchmal etwas«, sagte Winslow. »Eine Art großes Stöhnen. Mein Großvater hätte gesagt, das seien Riesen, die sich in den Bergen miteinander unterhalten.«

Shan erwiderte nichts, sondern betrachtete die Gegend; zunächst noch einmal die Ebene, dann die nähere Umgebung. Er fühlte sich weiterhin beobachtet.

Nach langem Schweigen seufzte der Amerikaner. »Sie trauen mir nicht, Shan, oder?«

»Ich glaube nicht, daß Sie sind, was Sie zu sein vorgeben.«

»Rufen Sie in der Botschaft an. Oder in Washington. Lassen Sie sich von denen meinen Paß bestätigen.«

»Ich weiß, wie es ist, für eine Regierung zu arbeiten. Im diplomatischen Dienst wird man turnusgemäß befördert. Sie müßten sich ungefähr auf halber Strecke Ihrer Laufbahn befinden.«

»Richtig.«

»Und dann schickt man Sie, um tote Amerikaner einzusammeln? Einen solche Auftrag würde man allenfalls einem absoluten Neuling aufbürden.«

Winslow entgegnete nichts.

»Und die Suche nach einer Vermißten ist Aufgabe der Polizei. Ihre Regierung würde die Pekinger Behörden um Hilfe bitten.

Sie behaupten, Sie seien wegen der Leiche dieser Frau hier, aber es gibt keine Leiche.«

Winslow starrte schweigend auf die Ebene. »Ich schätze, man könnte sagen, nach den Maßstäben des diplomatischen Diensts wurde ich als niedere Lebensform wiedergeboren.« Er nahm einen Kiesel, warf ihn von einer Hand in die andere und sah stirnrunzelnd wieder Shan an. »Vor zwei Jahren war ich stellvertretender Handelsattaché in Peking und mit einer Kollegin verlobt, die für unser Kulturreferat gearbeitet hat. Ich war schon immer recht sprachbegabt und habe schnell Karriere gemacht, weil bei uns niemand außer mir alle maßgeblichen Dialekte Chinas beherrschte. Meine Wohnung lag außerhalb des Botschaftsgeländes.

Eine Chinesin hat bei mir saubergemacht. Sie war über sechzig und ein wahrer Schatz. Wie die liebe alte Großmutter, die ich nie hatte. Nachdem wir sie ein Jahr kannten, sind meine Verlobte und ich manchmal bei ihr zu Besuch gewesen oder haben mit ihrer Familie Ausflüge zu den Ming-Gräbern oder dem Sommerpalast unternommen. Nach einer Weile fiel uns auf, daß sie kaum etwas von den mitgebrachten Speisen aß und uns stets fragte, ob wir etwas dagegen hätten, wenn sie ihren Teil mitnehmen würde. Schließlich bekamen wir heraus, daß sie es den Waisenkindern einer Schule brachte. Geleitet wurde die Schule von einer dieser religiösen Gruppen, die der Regierung ein solcher Dorn im Auge sind. Ihnen waren alle Gelder gestrichen worden, weil die Gruppe öffentlich für Religionsfreiheit demonstriert hatte, und so mußten die Kinder von zwei Schalen Reis am Tag leben. Eines Tages kam die alte Frau nicht zur Arbeit, und ich fand heraus, daß man sie und alle Lehrer der Schule verhaftet hatte. Ich brauchte eine Woche, bis ich sie endlich in einem der Gefängnisse ausfindig machen konnte. Um sie dazu zu bringen, sich von ihrem Glauben loszusagen, hatte man sie zusammengeschlagen und ihr dabei einen Milzriß zugefügt.« Als der Amerikaner Shan ansah, lag Schmerz in seinem Blick. »Ich war nie ein besonders gläubiger Mensch, aber die Leute haben ein Recht darauf, ihren Gott finden und auf eigene Weise verehren zu dürfen. So hat meine

Verlobte das ausgedrückt«, sagte er leise und starrte seine Hände an.

Shan nickte. Letztlich wollten auch die Tibeter nichts anderes.

»Ich habe meinen Diplomatenstatus genutzt, um das Justizministerium aufzusuchen. Dort habe ich Nachforschungen über die Frau angestellt und um ihre Freilassung gebeten. Das Ministerium hat daraufhin den Botschafter verständigt, und der Botschafter hat mir die Streifen abgerissen und den Säbel zerbrochen.«

»Wie bitte?«

»Er hat mich fast gefeuert. Ich sei nicht befugt gewesen, derartige Erkundigungen einzuziehen, denn die Vereinigten Staaten würden sich nicht in die inneren Angelegenheiten Chinas einmischen. Er hat gesagt, für den Rest meiner Karriere dürfe ich höchstens noch die Klos der Botschaft putzen. Also haben meine Verlobte und ich beschlossen, unsere Kündigungen einzureichen. Sie flog voraus und fand eine Anstellung als Dozentin in Colorado. Ich nahm Urlaub, heiratete sie und kaufte dort ein Haus mit ihr. Zwei Monate später hatte ich ein Vorstellungsgespräch an derselben Universität.«

»Aber Sie haben nicht gekündigt«, stellte Shan fest.

»Nein«, sagte Winslow und schaute wieder auf das Plateau hinaus. »Es war Winter, und es gab einen heftigen Schneesturm. Unser Haus lag oben in den Bergen. Sie wollte mich vom Flughafen abholen. Unterwegs ist sie mit dem Wagen von der Straße abgekommen und in einen Fluß gestürzt. Erst nach zwei Tagen konnte man ihre Leiche bergen. Der Gerichtsmediziner rief an und fragte mich, ob ich gewußt hätte, daß sie im zweiten Monat schwanger war.« Winslow sah einem Falken hinterher. »Ich wußte es zunächst nicht, aber mittlerweile war ich im Haus gewesen. Sie hatte Möbel für ein Kinderzimmer gekauft und zahllose Ballons daran festgebunden, um mich damit zu überraschen.«

Shan musterte das Gesicht des Amerikaners. Winslow wirkte ganz anders als der überschwengliche Reiter, den er am Vortag auf dem Yak gesehen hatte.

»Ich konnte nirgendwohin, hatte keine Wurzeln, keine lebenden Angehörigen. Also bin ich hierher zurückgekehrt und habe freiwillig jeden Drecksauftrag übernommen, den sonst keiner wollte. Bloß um wegzukommen. Ich hab all die Leichen für den Rücktransport eingesammelt. Und hinter den Pudeln des Botschafters saubergemacht.«

Shan verspürte ein Gefühl der Leere. Aus irgendeinem Grund erinnerten die Worte des Amerikaners ihn an seinen Vater, der von den Roten Garden ermordet worden war. Zuvor jedoch hatten sie ihm die geliebte Tätigkeit als Professor genommen, weil er westliche Geschichte lehrte und Freunde in Europa und Amerika besaß.

»Man hätte die alte Frau nicht dafür einsperren dürfen, daß sie den Waisenkindern half«, sagte Winslow mit heiserer Stimme.

»Was ist aus ihr geworden?«

»Sie ist in diesem Gefängnis gestorben, und man hat ihrer Familie sogar eine Rechnung für ihre Einäscherung geschickt.«

Shan starrte in das eingefallene Gesicht des Amerikaners. Winslows Leid hatte mit einer Regierungsanstellung in Peking begonnen. Alles im Leben hing miteinander zusammen, sagte Lokesh gern.

»Dennoch«, wandte Shan ein. »Sie sind hergekommen, ohne daß es eine Leiche abzuholen gäbe.«

Winslow lächelte wehmütig. »Ich habe meinen Boß angelogen. Nach Larkins Verschwinden hatte die Ölfirma uns ihre Personalakte geschickt. Wir sind davon ausgegangen, daß es früher oder später eine Leiche geben würde, nur eben anfangs noch nicht. Ich habe die Akte gelesen. Larkin ist genauso alt wie meine Frau. Sie war mit einem anderen Geologen verlobt, der vor vier Jahren in den Anden durch eine Lawine getötet wurde. Danach hat sie um die Versetzung in eine möglichst entlegene Gegend gebeten.«

»Demnach haben Sie ...« Shan suchte nach den passenden Worten. »Lokesh würde vielleicht sagen, daß Sie beide auf ähnlichen Bewußtseinspfaden gewandelt sind.«

Winslows trauriges Lächeln kehrte zurück. »Ich habe behauptet, ihre Leiche sei in den Bergen gesichtet worden. Genaugenommen ist es nur eine kleine Lüge, denn am Ende hätte man sowieso mich geschickt.«

Sie saßen da und beobachteten, wie der Wind über das Frühlingsgras auf dem Plateau strich. Schließlich seufzte Shan und stand auf. »Ich habe dieses Geräusch auch schon gehört: Das Land spricht, und es klingt wie ein Stöhnen. Ein Lama hat mir erzählt, dies geschehe manchmal, wenn die Erde die eigene Vergänglichkeit begreife. Sie stöhnt einfach.« In diesem Moment mußte Shan seltsamerweise an weiße Sandkörner denken, die ihm durch die Finger rieselten. Er sehnte sich nach Genduns Gesellschaft oder zumindest nach dem Wissen um seine Sicherheit.

Wie aufs Stichwort fing das Land an zu grollen. Der Donner hallte in drei sich überschneidenden Schlägen aus der Ferne heran. Das Geräusch schien von dem riesigen schneebedeckten Berg auf der anderen Seite der Ebene zu stammen, hinter dem das Tal von Yapchi lag. Doch der Himmel war wolkenlos.

Kaum war der Laut verklungen, trat ein schriller tibetischer Wortschwall an seine Stelle. Winslow deutete auf einen Felsausläufer sechzig Meter unter ihnen. Dort stand Dremu mit erhobenem Messer und drohte in Richtung des Plateaus, als würde er auf das merkwürdige Donnern reagieren.

Shan konnte nicht verstehen, was der *golok* sagte, doch der Klang seiner Stimme war unverkennbar. Zuerst Wut, dann ein Anflug von Angst und am Ende so etwas wie Verzweiflung. Shan verließ den Vorsprung, auf dem sie standen, und begann mit dem Abstieg.

Als sie Dremu erreichten, hatte der *golok* sich niedergelassen und warf Steine in Richtung der nördlichen Berge. Beim ersten Geräusch fuhr er herum und sah dann verlegen zu den Pferden. »In Ordnung, wir können aufbrechen. Lhandro bringt den Mönch zum Wasser dort bei den Bäumen«, sagte er und zielte mit einem Stein auf einige Blechdosen im Schatten des Felsens. »Die habe ich weiter oben an einem Lagerplatz gefunden«, berichtete der *golok*. »Außerdem jede Menge Fußspuren von neuen und teuren Stiefeln. Sonst nichts. Sie waren ungefähr eine Woche alt.«

Es handelte sich um drei Konserven: Pfirsiche, Schweinefleisch und Mais. Keinesfalls typisch tibetische Kost. Die Etiketten von Schweinefleisch und Mais waren englisch beschriftet, das der Pfirsiche chinesisch. In einer der Dosen lag die leere Folie eines jener Proteinriegel, die sie in der Senke entdeckt hatten.

»Wie weit ist es noch bis zum Tal von Yapchi?« fragte Shan.

»Knapp fünfundzwanzig Kilometer«, erwiderte Dremu.

»Aber wieso sollten die Amerikaner sich dermaßen weit von ihrem Ölprojekt entfernen?« überlegte Shan laut und schaute zu dem Berggrat über ihnen, der die Ebene im Norden begrenzte. »Was liegt auf der anderen Seite?«

»Nichts. Ein Fluß. Steile Schluchten, in denen nur Ziegen noch Tritt finden.«

Shan musterte den *golok*. »Auf wen bist du so wütend gewesen? War es wegen dieses Lärms?« Abgesehen von der Tatsache, daß die *purbas* Dremu um Hilfe gebeten hatten, wußte Shan nach wie vor sehr wenig über den aufbrausenden, mürrischen Mann.

»Das würdest du nicht verstehen«, antwortete der *golok* nach langem Schweigen.

»Ich glaube, daß dieses Geräusch dich geärgert hat. Dieser Donner.«

»Donner?« rief Dremu. »Du glaubst, das war Donner? Ohne eine Wolke am Himmel? Es war dieser verfluchte Berg Yapchi.« Er stand auf und schwang sein Messer erneut in Richtung des schneebedeckten Gipfels. »Es ist der übelste Berg der Welt. So etwas wie den gibt es nicht noch mal. Manche behaupten, es läge ein Schatz in ihm verborgen, doch ich sage, er steckt voller Dämonen.« Er wirkte wie ein Krieger im Angesicht der Schlacht.

Shan betrachtete den fernen Horizont. Dieser Berg und das dahinter gelegene Tal waren ihr Ziel, die Heimat der *chenyi*-Gottheit.

»Sie reden, als wäre der Berg ein lebendiges Wesen«, sagte Winslow verunsichert.

Dremu zuckte zusammen und verdrehte Shan gegenüber die

Augen, als bitte er darum, von Ausländern verschont zu bleiben, die nichts über die Berggötter wußten. Dann drehte er sich um und ging den Pfad hinunter.

»Der Mann, mit dem du eine Vereinbarung getroffen hast, ist tot«, sagte Shan zu seinem Rücken. »Du wurdest bezahlt. Es ist jetzt nicht mehr weit. Den Rest des Wegs können Lhandro und Nyma mich führen.«

Der *golok* wandte sich langsam um. Er sah wieder zornig aus. Dann jedoch legte sich ein seltsam melancholischer Ausdruck auf sein Gesicht.

»Ich besitze kaum etwas von Wert«, sagte Shan und mußte gegen die Versuchung ankämpfen, die elfenbeinerne Gebetskette in seiner Tasche zu berühren. »Dieses alte Fernglas ist mein kostbarstes Eigentum. Aber du kannst es haben und dann weiterreiten. Verrat mir nur eines. Warum bist du wütend auf diesen Berg?«

Dremu ging zum Rand des Vorsprungs, auf dem sie standen, und sah den Berg an, der den nördlichen Horizont dominierte. »Ich habe dort mal einen Monat mit meinem Vater verbracht.«

Shan trat an seine Seite.

»Diese Lujun-Truppen«, sagte Dremu nun sehr viel leiser. »Nach dem Massaker im Tal von Yapchi sind sie durch das Land meiner Familie gezogen. Zu jener Zeit wurden die *goloks* gefürchtet. Die Chinesen wußten, daß sie sich respektvoll verhalten mußten, sonst würden sie Männer verlieren. Also brachten sie wie alle anderen ihre Achtung zum Ausdruck und zogen weiter. Ihr Befehl lautete, so schnell wie möglich heimzukehren.«

»Das heißt, sie haben einen Tribut entrichtet?« fragte Shan.

Dremu nickte. »Jeder mußte diese Gebühr bezahlen, um sicherzugehen, daß die *goloks* in den Schluchten nicht auf ihn schießen und auch andere davon abhalten würden. Es war eine rein geschäftliche Angelegenheit. Doch meine Leute wußten nicht, was die Chinesen in Yapchi angerichtet hatten. Eine Woche später erfuhren sie von dem Gemetzel und waren beschämt. Wir hätten das Gold nicht genommen«, erzählte er, als wäre es gerade erst geschehen. »Also ist mein Großvater losgeritten, um die Chinesen zu finden und entweder das Auge zu holen oder wenigstens die Goldmünze zurückzugeben, die er erhalten hatte.« Er sah Shan mürrisch an. »Um seine Ehre wiederherzustellen«, fügte er trotzig hinzu und nestelte an einem kleinen Lederbeutel herum, der neben seinem *gau* hing.

»Das war sehr mutig«, entgegnete Shan ernst.

»Sie haben ihn erschossen. Der General hat es getan, eigenhändig. Ein paar tibetische Pferdeknechte haben es mit angesehen. Er hat ihn in den Kopf geschossen und gelacht. Dann bezahlte man einen *dropka* dafür, uns den Toten zurückzubringen. Das Gold ließ man in seine Tasche einnähen. Später kamen Mönche zu uns und schickten meine Familie nach Yapchi, damit sie sich dort bei den Überlebenden entschuldigen und ihnen beim Bau neuer Häuser helfen würde, aber sogar die anderen *goloks* verachteten uns mittlerweile. Es gab Geschichten, daß im Sommer alte Mönche nach Yapchi kamen und kranke *goloks* dort um Heilung nachsuchen konnten, aber das alles hörte schlagartig auf, weil die Leute dort uns so sehr haßten.« Er blickte wieder zum Horizont. »Danach haben wir uns natürlich den Banditen angeschlossen.« Er stieß mit dem Fuß einen Stein über die Kante.

»Diese Lujun-Soldaten haben meine Familie zerstört«, erklärte er. »Meine Onkel sind mit Straßenräubern weggeritten oder in den Städten verschwunden. Eines Sommers hat mein Vater mich zu diesem Berg mitgenommen, um einen Mönch zu finden, irgendeinen Mönch, der meiner Familie aus der Finsternis helfen konnte, die über sie gekommen war. Doch inzwischen gab es dort keine Mönche mehr, also hat er tagelang meditiert und versucht, die Yapchi-Gottheit zu erreichen. Aber statt dessen wurde er immer trauriger. Er wußte, daß der Berg ihn bestrafte. Bald darauf ist er gestorben, und meine Mutter ging zur Arbeit in die Stadt und schrubbte chinesische Fußböden. Ich war vierzehn und hatte mein eigenes Pferd«, schloß Dremu, als würde dies erklären, weshalb er nicht mitgekommen war.

Die drei Männer standen im kühlen Wind. Ein kaum merklicher Blumenduft drang an ihre Nasen, als würde ein Hauch

Weihrauch über die Ebene wehen. Die Tibeter benutzten Weihrauch, um die Götter anzulocken. Vielleicht lag einfach irgend etwas in der Luft, dachte Shan, das erst Winslow und dann Dremu veranlaßt hatte, von ihren persönlichen Tragödien zu erzählen. Shan war sicher, daß die *rongpas* aus Yapchi nichts von Dremus Geschichte wußten – und er hatte keine Ahnung, wie sie womöglich darauf reagieren würden. Er vermutete, daß auch Winslow nur selten mit jemandem über seine Erlebnisse sprach, auch nicht mit anderen Amerikanern.

»Was meinen Sie mit dem Auge?« fragte Winslow den *golok*. »Sie haben im Zusammenhang mit den Lujuns ein Auge erwähnt.«

Dremu deutete auf Shan, der das Gesicht verzog und dann von dem Auge und dem Tal berichtete. Doch er hatte den Eindruck, daß er immer weniger verstand, je näher er Yapchi kam.

Die Geschichte brachte die Traurigkeit zurück auf Winslows Antlitz. Er sah seine Gefährten nacheinander an und schien etwas sagen oder fragen zu wollen, doch am Ende drehte er sich um und ging langsam den Hang hinunter auf die Pferde zu.

»Wie haben die *purbas* dich gefunden?« fragte Shan, während er mit Dremu dem Amerikaner folgte. »Sie haben dich nicht bloß als Führer ausgewählt, sondern auch wegen deiner Kenntnisse über das Auge.«

»Mich gefunden? Ich habe *sie* gefunden«, sagte der *golok* leise und beugte sich dicht zu Shan herüber, als fürchte er, die Felsen könnten ihn belauschen. »Die anderen wußten bloß, daß die 54ste es im Besitz hatte, aber ich habe herausgefunden, wo genau es steckte. Ich habe den Tibeter ausfindig gemacht, der von den Chinesen dafür bezahlt wird, ihre verdammten Latrinen zu putzen, und mir ein paarmal seine Kennkarte ausgeliehen. Auf dem Tisch des Obersts habe ich das Auge schließlich entdeckt. Auf dem Tisch von diesem Scheißkerl Lin. Dann habe ich einen Plan ausgearbeitet, einen sorgfältigen Plan, doch eines Nachts wurde ich außerhalb des Armeehauptquartiers von einigen *purbas* erwischt, die wissen wollten, was ich dort machte. Als ich ihnen erzählte, ich wolle das Auge stehlen, lachten sie nur, hielten mich aber zwei Tage in einem Haus gefangen. Dieser Drakte kam und sagte: Nein, stehle das Auge nicht, wenn du den Chinesen richtig weh tun willst, sondern verrat uns einfach nur, wie man in Lins Büro gelangt. Dann geh zu dieser Einsiedelei, und hilf dabei, das Auge nach Yapchi zu bringen. Drakte sagte, sie würden mich für das bezahlen, was die *goloks* schon immer am besten konnten, nämlich sichere Wege durch die Berge zu finden und den Truppen auszuweichen. In Lhasa wollten sie mich nicht haben. Weil es schon jemand anderen gab, der das Auge stehlen mußte.«

Und als hätte er zugehört, reagierte der Berg Yapchi wiederum mit einem bedrohlichen Grollen.

Kapitel Sieben

Sie ritten im schnellen Trab über die Hochebene, und die Pferde schienen begierig darauf zu sein, die Karawane einzuholen. Vielleicht ging es den Tieren ebenso wie ihm, dachte Shan, und das Plateau beunruhigte sie, weil sie eine vage Präsenz, eine unsichtbare Anspannung verspürten. Er fand keine Worte, um das Gefühl zu beschreiben. Es war keine Angst, wenngleich Dremu sich häufig in den Steigbügeln aufstellte und sich umsah, als würde er Verfolger befürchten. Während des Ritts über die wilde, entlegene Ebene gab es sogar Momente, in denen Shan eine unerwartete Heiterkeit empfand. Die hohen Grate, die sie auf drei Seiten umgaben, verliehen dem Ort eine Aura der heimlichen Abgeschiedenheit, so daß man sich wie in einer unberührten fernen Welt vorkam.

Als sie die Karawane fast erreicht hatten, zügelte er sein Pferd und stieg ab, so daß Dremu und Winslow vor ihm am Ziel eintrafen und er das letzte Stück zu Fuß ging. Er betrachtete die Kolonne aus Tieren und Menschen auf der windgepeitschten Ebene und erkannte, daß er ihre Reise im Verlauf der ruhigeren Momente der letzten paar Tage immer häufiger als eine Pilgerfahrt begriffen hatte. Was für eine sonderbare Gruppe sie doch waren: das Mädchen, das für die Götter sprach. Nyma, die verunsicherte illegale Nonne. Die *rongpas*, die glaubten, ein gezacktes Stück Stein würde sie vor den Chinesen beschützen. Dremu, der verbitterte Krieger, der nach einer Möglichkeit suchte, seiner Familie die Würde zurückzugeben. Vielleicht waren sie eher Flüchtlinge als Pilger. Tenzin, der entwichene Strafgefangene. Der Amerikaner, der einem Leben und einer Karriere voll tiefer Enttäuschungen entkommen wollte. Womöglich auch die Dorfbewohner aus Yapchi, nachdem Oberst Lin Lhandro und Nyma gesehen sowie Lhandros Papiere beschlagnahmt hatte.

Die Karawane zog in ein kleines Gehölz. Nyma und Anya, die am Ende der Kolonne gingen, blieben stehen und musterten ein paar steinerne Umrisse auf dem Hang jenseits der Bäume. Dann liefen sie in die Schatten, als seien sie neugierig geworden. Lhandro wartete, bis alle Schafe und Pferde sich an dem kleinen Bach versammelten, der durch den Hain verlief, und bedeutete Shan und Winslow, ihm auf einem Pfad zur anderen Seite zu folgen. Shan hielt nach Lokesh Ausschau und sah, daß der alte Tibeter den Dörflern half, das Salz von den Schafen abzuladen. Dann folgte er den beiden Männern durch die Bäume.

Shan hatte in Tibet schon viele Klosterruinen gesehen; zumeist handelte es sich um das Werk der Armee und später der Roten Garden, die nur eine Handvoll der sechstausend *gompas* übriggelassen hatten. Doch als er unter den Bäumen hervortrat, wurde ihm klar, daß er ein solches Bild der totalen Zerstörung dennoch nicht gewohnt war. Einst hatten sich hier Dutzende großer Gebäude über den Hang und den Boden der Ebene bis zum Ufer des Baches erstreckt. Nun war außer den Resten der Fundamente und ein paar Haufen aus Mauertrümmern nichts mehr da. Rund um das ganze Gelände verlief eine Steinreihe, Überbleibsel einer dicken Außenwand, die nur noch an einer einzigen Ecke Bestand hatte, wo sich ein fast drei Meter hoher Abschnitt über die Ruinen erhob.

»Will hier jemand etwas bauen?« fragte Winslow.

Shan sah ihn verwirrt an. Es dauerte einen Moment, bis er begriff. Überall zwischen den alten Fundamenten sah man Rechtecke aus kleinen, präzise aneinandergelegten Steinen. Auf einen flüchtigen Betrachter mochte dieser Ort weniger wie eine Ruine als vielmehr wie der Grundriß eines neuen *gompa* wirken.

»Ich habe ganz vergessen, wie es hier einmal ausgesehen hat. Bei meinem letzten Besuch war ich noch ein kleiner Junge«, sagte Lhandro leise, als er sich zu ihnen gesellte. Der *rongpa* ging langsam an den Resten der Außenwand entlang, als fürchte er sich davor, diese Grenze zu überschreiten. »Die Armee ist mit großen Kanonen gekommen, angeführt von Maos Kindern.«

Maos Kinder. Es war ein Euphemismus für die Roten Garden, die fanatischen Horden chinesischer Jugendlicher, die Mao Tse-tung während der Kulturrevolution entfesselt hatte. Die Roten Garden hatten Bibliotheken, Universitäten, Krankenhäuser sowie jede andere Einrichtung zerstört, die nach ihrer Deutung für die verhaßten vier »Alten« stand – alte Kultur, alte Bräuche, alte Denkmuster und alte Gewohnheiten. Bisweilen waren ihnen für die politischen Säuberungskampagnen komplette Militäreinheiten unterstellt worden.

»Wir alle dachten, es müßten sich in dieser Gegend Widerstandskämpfer versteckt haben. Sogar die Mönche kamen nach draußen und stiegen auf die Mauern, als seien sie neugierig darauf, wie weit in die Berge die Kanonen feuern würden. Aber die Soldaten richteten ihre Geschütze auf das *gompa*. Es gab keine Warnung, sie fingen einfach an zu schießen. Andere stellten Maschinengewehre auf und eröffneten ebenfalls das Feuer. Es war wie in einem Krieg, nur daß niemand Gegenwehr leistete. Manche der alten Gebäude hatten Keller oder Tempelräume, die man unter ihnen aus dem Fels gehöhlt hatte. Es dauerte zwei Tage, bis die Soldaten beschlossen, nun könne auch dort unten niemand mehr am Leben sein. Dann verpflichteten die Chinesen in meilenweitem Umkreis alle zur Zwangsarbeit. Jeden Mann, jede Frau und jedes Kind.«

»Sogar die Mönche?« fragte der Amerikaner.

»Die Mönche?« erwiderte Lhandro und sah ihn schwermütig an. »Nach dem Tag, an dem der Beschuß begann, habe ich jahrelang keinen Mönch mehr gesehen. Bei der Zerstörung der *gompas* in dieser Region erhielt kein Mönch je die Gelegenheit zur Flucht. Viele hier gingen in die *lhakang*, den Haupttempel, und beteten bis zuletzt. Einige gingen in die unterirdischen Schreine. Ich gehörte zu der ersten Gruppe Arbeiter, die hergeschickt wurde. Genaugenommen waren wir Sklaven, Sklaven für die Armee.« Er starrte mit leerem Blick die Ruinen an. »Es gab keine vollständigen Leichen, nur Körperteile, und wir mußten all diese Überreste der Mönche in zwei der großen Löcher werfen, die von den unterirdischen Schreinen übriggeblieben waren. Dann mußten wir sie bedecken. Es gab keine

Maschinen. Wir hatten bloß Schaufeln und Hacken. Wir haben die Mönche begraben, und dann verbrannten wir sechs Monate lang all die Balken und schleppten die Felsen weg.«

»Die Felsen?« fragte Winslow.

»Den Schutt der Gebäude. Praktisch jeder lose Stein wurde auf Lastwagen verladen, damit niemand das *gompa* wieder aufbauen konnte. Das Kloster war mehr als fünfhundert Jahre alt, und laut der alten Schriften hatte seine Errichtung fünf Jahrzehnte gedauert. Aus den Gemälden, Altären und Büchern türmte man Scheiterhaufen auf, die tagelang brannten. Alles, das nicht aus Metall oder Fels bestand, wurde ins Feuer geworfen. Und es gab jede Menge Steine. Ein Teil davon wurde weiter zertrümmert und im Straßenbau verwendet. Einen anderen Teil hat man in einen Armeestützpunkt transportiert, achtzig Kilometer von hier. Dort mußten wir dann daraus Unterkünfte für die chinesischen Eindringlinge bauen. Das dauerte noch einmal sechs Monate. Damals waren alle nur Sklaven der Chinesen.« Er klang distanziert und sachlich, so wie Tibeter meistens klangen, wenn sie von den Tragödien der chinesischen Besatzungszeit erzählten. Lhandro mußte sich von den Ereignissen abgrenzen, sonst hätte er kein Wort über die Lippen bekommen. »Als wir hier fertig waren, mußten wir den Boden harken.« Seine Stimme war kaum lauter als ein Flüstern. »Und danach mußten wir Salz verstreuen, damit nicht mal mehr eine Blume wachsen würde.«

»Mein Gott«, murmelte Winslow. Sein Gesicht war schmerzverzerrt, und sein Blick ruhte auf einer runden geschwärzten Erdmulde in etwa zehn Metern Entfernung. Es handelte sich, erkannte Shan, um einen kleinen Granattrichter. »Es ist, als wäre es gerade erst geschehen.«

Nein, doch nicht ganz. Man hatte neue Steine hergebracht oder ausgegraben und mit ihnen die Umrisse einiger der alten Fundamente nachgezeichnet. Vier kleine Gebäude inmitten der Ruinen waren sogar wieder aufgebaut worden. Drei davon lagen auf der anderen Seite der alten Anlage in etwa dreihundert Metern Entfernung und wirkten wie gewissenhafte Rekonstruktionen. Das vierte entdeckte Shan erst, als er sich dem

Rest der Außenmauer näherte: ein kleines, robustes und verputztes Steinhaus, das man mittels zweier neuer Wände in dem verbliebenen Winkel der Mauer errichtet hatte. Vor der Tür saß ein kleiner Junge und spielte mit Kieseln. Als er Shan sah, klappte sein Unterkiefer herunter, und er rannte sofort auf die anderen Gebäude in der Ferne zu.

Im selben Moment berührte Lhandro Shan am Arm. Er drehte sich um und sah, daß Lokesh leicht vornübergebeugt dastand, die Ruinen anstarrte und sich den Leib hielt, als habe man ihm einen Schlag versetzt. Dann wandte der alte Tibeter sich wankend ab, musterte mit qualvollem Blick erst die Bäume, dann den oberhalb gelegenen Hang und schließlich wieder die Ruinen. Er stolperte langsam vorwärts, wurde immer schneller und lief am Ende auf das Zentrum der Anlage zu, wobei sich ihm ein Geräusch entrang, das wie ein Schluchzen klang.

Er bewegte sich auf merkwürdige Weise vorwärts, wurde mehrmals langsamer, sah sich um, wandte sich nach links, dann nach rechts, nahm wieder Tempo auf und blieb einmal sogar stehen, um sich hinzuhocken, eine Handvoll der sandigen Erde aufzuheben und verzweifelt zu beobachten, wie die Krümel ihm durch die Finger rannen, bevor er die Hand wieder senkte und den Boden berührte. An einigen Stellen, an denen Lokesh die Richtung wechselte, erkannte Shan eine schmale Steinlinie, die an ehemalige Fundamente erinnerte. Meistens jedoch sah der Boden dort völlig unscheinbar aus, wenngleich Lokesh etwas anderes wahrzunehmen schien. Es war, als würde er die früheren Gebäude sehen und umrunden.

Auf einmal blieb der alte Tibeter stehen und ließ sich mit übergeschlagenen Beinen auf dem Boden nieder. Er befand sich nahe am Hang und jenseits der Mitte des Ruinenfelds. Shan wollte sich ihm anschließen, doch dann kam bei den fernen Gebäuden eine Gestalt zum Vorschein und lief gemeinsam mit dem Jungen hastig auf die Neuankömmlinge zu.

»Der Bewahrer«, verkündete Lhandro mit hörbarer Erleichterung. »Er wird uns helfen. Er wird dem Mönch helfen.« Der *rongpa* ging dem Mann entgegen und traf in etwa dreißig Metern Entfernung mit ihm zusammen. Gemeinsam liefen sie dann zu dem verletzten Mönch, der mittlerweile auf einer Decke am Bachufer lag.

Shan ging zwischen den Ruinen umher und folgte einer Steinreihe, bis er in der Nähe des Zentrums vor zwei flachen länglichen Hügeln stehenblieb. Man hatte auf jedem einen kleinen Steinhaufen errichtet und entlang des Randes Steine mit tibetischen Aufschriften ausgelegt, manche davon eingeritzt, andere aufgemalt. Sie enthielten die Anrufung des Mitfühlenden Buddhas: *Om mani padme hum*. Man nannte sie *mani*-Steine. In Shan stieg tiefe Traurigkeit auf. Zwischen den beiden Hügeln befand sich ein Quadrat von etwa zweieinhalb Metern Seitenlänge und einem Meter Höhe aus Steinen und Mörtel. Jemand baute hier einen *chorten*, einen der siebenstöckigen Schreine mit ballonförmiger Kuppel und Spitze, mit denen häufig heilige Reliquien bezeichnet wurden. Wie viele mochte es hier gegeben haben? fragte sich Shan. Wie viele Mönche waren in einem so großen *gompa* gewesen? Ungefähr dreihundert. Vielleicht sogar bis zu fünfhundert.

Er fühlte sich schwach und setzte sich vor die Hügel. Den rechten Arm legte er unwillkürlich auf das Knie, so daß die Handfläche und die ausgestreckten Finger zu Boden wiesen. Es war ein *mudra*, mit dem die Erde als Zeuge angerufen wurde.

Als er letztlich wieder aufstand, sah er, daß Lokesh sich nicht gerührt hatte. Shan ging zu seinem Freund und ließ sich neben ihm nieder. Lokeshs Hände waren ebenfalls zu einem *mudra* vereint: Beide Daumen und Zeigefinger berührten sich und bildeten einen Kreis; alle anderen Finger zeigten nach oben. Shan war verwirrt. Dies war das *dharmachakra*, das *mudra* des drehenden Rades, mit dem die Lamas die Einheit von Weisheit und Taten beschworen: das Ziel der buddhistischen Lehre.

»Ich wußte es nicht«, sagte Lokesh nach einigen Minuten und mit zittriger Stimme. »Niemand hat unterwegs den Namen dieses Ortes erwähnt. Wir sind in Rapjung gompa, und diese Hochebene ist heilig. Man nennt sie Metoktang.« Das hieß Ebene der Blumen.

»Du warst schon mal hier?«

Lokesh nickte. »Ich habe es nicht wiedererkannt. Wie auch – nach allem, was sie angerichtet haben?« Er schüttelte unglücklich den Kopf. »Ich bin sonst immer aus Süden gekommen, nicht wie diesmal aus Westen. Es gab hier so viele Gebäude, wunderschöne Gebäude. Und die Hänge waren damals voller Bäume. Ich habe gehört, die Chinesen hätten die Wälder abgeholzt. Aber doch nicht so. Außer diesem kleinen Wacholderhain ist kein Zweig mehr übrig.«

»Warst du im Auftrag der Regierung hier?« fragte Shan.

»Nein, noch davor. Rapjung war berühmt für seine Lama-Heiler«, sagte Lokesh und mußte erneut um Fassung ringen. »Nicht bloß Ärzte, sondern Heilgelehrte, die zunächst ihr Bewußtsein in Buddha gefunden und dann ihr Leben der Erforschung dessen gewidmet hatten, was die Gesundheit des Menschen mit der Natur um ihn verbindet. Diese Hochebene besitzt große spirituelle Kraft. Die Schüler kamen aus ganz Tibet hierher, aus Nepal und sogar aus Indien, um Kräuterkunde und das Mischen von Arzneien zu lernen. Es gab einen Lama, der ausschließlich den Zeitpunkt der Zubereitung lehrte.«

Shan mußte an das seltsame und unheimliche Gefühl denken, das er draußen auf dem Plateau verspürt hatte. »Den Zeitpunkt?«

Lokesh nickte ernst. »Gewisse Arzneien sollten nur zu bestimmten Jahreszeiten angemischt werden, andere benötigen zur Entfaltung ihrer vollen Wirkung eine festgesetzte Tageszeit oder einen speziellen Ort der Herstellung.« Er starrte auf die kahle Erde zu seinen Füßen. »Es gab hier im Kloster, draußen auf der Ebene und in den umliegenden Bergen besondere Heilpflanzen, die sonst nirgendwo wuchsen«, sagte er und ließ den gequälten Blick über das nunmehr öde Gelände schweifen. Sein Mund öffnete und schloß sich einige Male, doch es kam kein Wort über seine Lippen, und seine Augen schimmerten feucht. Die Chinesen hatten den Boden mit Salz vergiftet.

»Im Sommer war es immer ein so fröhlicher Ort«, fuhr Lokesh nach einer Weile fort, und eine tiefe Sehnsucht schlich sich in seine Stimme. »Die Lamas sind mit uns auf die Ebene oder in die Berge gegangen, und wir haben Zelte aufgeschlagen, so daß wir wilde Pflanzen sammeln und studieren konnten. Manchmal haben wir den Medizinmachern große Säcke voller Kräuter mitgebracht. Sie sangen spezielle Lieder, um die Heilkraft der Pflanzen und der besonderen Nahrung, die sie aßen, zu erwecken. Damals gab es hier ein Dutzend Lamas, die über hundert Jahre alt waren. Ich habe einen von ihnen gefragt, ob er wegen der besonderen Kräuter so alt geworden sei. Er wurde sehr ernst und sagte, es läge nicht an den Kräutern, sondern an den Liedern, denn dadurch seien sie in ständiger Verbindung mit den Göttern geblieben, die in diesem Land wohnten. Er und die anderen kannten Lehrgesänge, die den ganzen Tag dauerten, ohne daß auch nur eine einzige Strophe sich wiederholte.«

Lehrgesänge. Lokesh meinte die Rezitationen uralter Texte, mitunter begleitet von Hörnern, Zimbeln und Trommeln.

»Sie sind verloren«, sagte Lokesh leise. »Einige von ihnen sind auf ewig verloren.« Seine Stimme zitterte, und er sah Shan an, als wolle er ihn nach dem Grund fragen. »Weg«, sagte er mit hörbarer Qual.

Die Lieder seien in Vergessenheit geraten, meinte er. Denn die Lamas, die sie sich eingeprägt hatten, waren ermordet worden, ohne sie vorher an die nächste Generation weitergeben zu können.

»Warum gerade hier?« fragte Shan nach einem Moment. »Du hast dich an eine ganz bestimmte Stelle gesetzt.«

Lokesh blickte mit traurigem Lächeln auf. »Es gab hier einen Lama namens Chigu. Als ich ihn zuletzt gesehen habe, war er hundertfünf Jahre alt. Er hatte lange als Abt gedient, im Alter von fünfundsiebzig dieses Amt jedoch niedergelegt, um fortan seine gesamte Zeit der Meditation und der Herstellung von Arzneien zu widmen. Da drüben lag ein kleiner Innenhof mit Glyzinienranken ...« Lokesh hielt inne und deutete in Richtung der rekonstruierten Gebäude. »Dort hat er uns das Trocknen und Hacken von Kräutern und Wurzeln beigebracht. Es waren ziemlich große Hackmesser, und gelegentlich hat einer der Schüler einen Finger verloren.« Lokesh hielt erneut inne. Eine Flut von Erinnerungen brach über ihn herein. »Jeden

Sommer sind er und ich hinaus auf die Ebene gezogen, nur wir beide, allein auf den Wildpfaden, eine ganze Woche am Stück. Wir haben Kräuter gesammelt, gebetet und nachts den Himmel betrachtet. Hoch oben gab es Stellen, an denen man sich auf einen flachen Felsen setzen und nichts mehr vom Boden sehen konnte, nur noch den Himmel, und so haben wir das immer als Himmelssitzungen bezeichnet. Er hat mir Sachen erzählt, die sein eigener Lehrer ihm anvertraut hatte. Als der 1903 im Jahr der Sumpfhäsin starb, war er hundertfünfzehn Jahre alt. Chigu Rinpoche berichtete mir Dinge, die sein Lehrer während der Zeit des achten Dalai Lama erlebt hatte«, sagte Lokesh staunend. Der achte Dalai Lama war im achtzehnten Jahrhundert gestorben. »Hier nachts in der Wildnis zu sitzen und mit der Zeit des Achten durch eine Kette von lediglich zwei Zungen verbunden zu sein, hat sich irgendwie in meine Seele eingebrannt. Hier hat er gewohnt, hier lag die Kammer, in der ich ihn bei meiner Ankunft im Sommer immer begrüßt habe.« Die letzten Worte brachte der alte Tibeter nur noch mit erstickter Stimme hervor, weil er vom Schmerz überwältigt wurde.

Sie saßen lange schweigend da und lauschten dem Wind. Shan ließ seinen Geist treiben, nahm den heiligen Ort in sich auf und glaubte mehr als einmal, das tiefe, durchdringende Geräusch eines Mantras aus dem Mund einer ganzen Schar versammelter Mönche zu hören. Er schloß die Augen und stellte sich den Duft des Wacholders vor, der in einer *samkang* verbrannte, einer jener zeremoniellen Kohlenpfannen, wie sie auf dem Gelände eines solchen *gompa* überall gestanden haben würden. Dann merkte er plötzlich, daß er allein war, und kehrte wieder zu vollem Bewußtsein zurück. Lokesh ging langsam auf die drei instand gesetzten Gebäude zu.

Fünf Minuten später holte Shan den alten Freund wieder ein. Lokesh stand mit seinem schiefen Lächeln in dem kleinen Innenhof zwischen den neuen Bauten. Shan hatte sich den Wacholderduft nicht eingebildet. Am offenen Ende der Fläche stand auf vier Beinen eine fast anderthalb Meter hohe eiserne *samkang*, in der einige Zweige schwelten. Unter dem vorragenden Dach des mittleren Hauses hing eine faßgroße Gebetsmühle aus Kupfer und Silber. Ein kleines tibetisches Mädchen von höchstens sechs Jahren, dessen Wangen mit roter *doja*-Creme bestrichen waren, stand mit ernstem Gesicht daneben und drehte die Mühle. Das Gebäude besaß eine schwere, präzise gefertigte Holztür und war mit dunkler Ockerfarbe gestrichen. Shan sah, wie Lokesh die Tür vorsichtig aufstieß und eintrat. Er folgte dem alten Tibeter in einen kleinen Versammlungsraum, eine *dhakang*, die mit glatten Steinplatten ausgelegt war und an deren Wänden drei zerlumpte alte *thangkas* hingen, Stoffgemälde mit Szenen aus dem Leben des ehrwürdigen Lehrers Guru Rinpoche. Eines der Bilder war zerrissen und unbeholfen wieder zusammengenäht worden, ein anderes dermaßen verblaßt, daß man darauf kaum noch etwas erkennen konnte.

Shan dachte an das umliegende Ödland. So klein diese Häuser auch sein mochten, ihre Errichtung hatte eine gewaltige Aufgabe bedeutet. Jedes Brett, jede Steinplatte, jeder Nagel hatte von außerhalb hergebracht werden müssen, von irgendwo unten in der Außenwelt, vermutlich aus einer der Städte an der nördlichen Fernstraße, wenn nicht sogar von noch weiter her.

Sie erkundeten die zwei Nachbargebäude und fanden heraus, daß eines den *gonkang*-Schrein eines Schutzgottes beherbergte, das andere eine kleine *lhakang*, eine Kapelle. Beide waren genauso sorgfältig und detailgetreu rekonstruiert worden wie die *dhakang*. In der Kapelle stand ein Altar aus gespaltenen Holzscheiten mit einer zwanzig Zentimeter hohen Bronzestatue des Mitfühlenden Buddhas und den sieben traditionellen Opferschalen, die alle unterschiedlich aussahen, wenngleich sechs aus Holz geschnitzt waren und nur eine aus angeschlagenem Porzellan bestand. Im hinteren Teil der *gonkang* sahen sie eine halbfertige Statue der Tara, deren eine Hand auf einer Lotusblume ruhte. Auf dem Boden waren Holzspäne verstreut, und auf einer nahen Bank lagen ein Fäustel und mehrere Beitel. Shan dachte an den Mann, den der Junge bei ihrer Ankunft gerufen hatte. Der Bewahrer.

Als sie das Gebäude verließen, entdeckten sie einen neuen Besucher. Tenzin stand mit geschlossenen Augen vor der *samkang*, als wolle er ein Bad in dem reinigenden Rauch nehmen. Dann beobachteten sie, wie er die Augen öffnete und zu dem Kind ging, das inzwischen ziemlich erschöpft wirkte. Mit sanfter Geste bot Tenzin an, die Aufgabe zu übernehmen. Das Mädchen lächelte dankbar, trat beiseite, und der hochgewachsene stumme Tibeter begann mit der sich ewig wiederholenden Bewegung, so daß die Mühle keine einzige Umdrehung lang aussetzte. Im Westen Tibets waren Shan und Lokesh an einem einsamen Haus vorbeigekommen, in dem ein alter Mann und seine Frau in Vierstundenschichten und rund um die Uhr eine ähnliche Gebetsmühle drehten, die aus den Überresten eines zerstörten Klosters stammte. Sie seien nun schon zehn Jahre damit beschäftigt, hatten die beiden feierlich erklärt, denn wenn es ihnen gelänge, die Mühle zwanzig Jahre ohne Unterlaß zu drehen, wären die Götter so erfreut darüber, daß sie den Dalai Lama nach Tibet zurückbringen würden.

Lokesh nahm Shans Arm und zog ihn sachte um eine Ecke des Gebäudes, um Tenzin nicht zu stören. Sie ließen ihn dort an der Gebetsmühle zurück, die er beständig weiterdrehte und dabei dem kleinen Mädchen zulächelte, das vor der Wand der *lhakang* saß.

Die Schafe der Karawane lagen zufrieden am Ufer des kleinen Baches, der durch den Wacholderhain strömte, und wurden dabei von den Mastiffs und Anya im Auge behalten. Neben ihr lag Winslow im dichten Gras und hielt ein Nickerchen. Die Dörfler aus Yapchi standen mit gefüllten Teeschalen vor dem kleinen Haus am Mauerwinkel. Zu Shans großer Erleichterung saß der Mönch aufrecht auf einem Strohlager im Innern des schlichten Gebäudes, hatte ebenfalls eine Teeschale in der Hand und wurde von Nyma und dem Bewahrer umsorgt. Der Mann stand mit dem Rücken zu Shan und sagte etwas mit leiser und sanfter Stimme, während Nyma die Wunden des Mönchs wusch.

Shan drehte sich wortlos um, trat durch die offene Tür wieder hinaus und um die Ecke des Hauses, wo Lhandro auf einer roh behauenen Bank an der Mauer saß und seine Landkarte studierte. Als er auf den *rongpa* zuging, kam Nyma herbeigelaufen. »Er war es!« rief sie. »Dieser *dobdob*! Er sagt, er habe meditiert, als ein riesiger Mann aufgetaucht sei, ein Verrückter in der Aufmachung eines Dämons, mit geschwärzten Wangen. Ohne jeden Anlaß habe der Fremde dann mit dem langen Stab auf ihn eingeprügelt und Feuer nach ihm geschleudert.« Die Nonne starrte Shan verwirrt und verängstigt an.

Lhandro rief einem der Dörfler etwas zu, woraufhin dieser zu den Pferden rannte und wegritt. Sogar hier auf der wilden entlegenen Ebene der Blumen mußten sie den *chenyi*-Stein beschützen.

»Wie konnte er das wissen?« fragte Lhandro. »Dieser Dämon folgt dem Auge, als würde es zu ihm sprechen.«

Nein, er folgt ihm nicht, dachte Shan. Der *dobdob* war vor ihnen von der Einsiedelei zur Ebene der Blumen gekommen, als hätte er gewußt, daß sie diesen Weg einschlagen würden. Hatte er die Lawine ausgelöst und den ursprünglichen Paß blockiert, damit sie einen Umweg über die Hochebene machen mußten? Hatte er den Mönch angegriffen und das Feuer in der Senke gelegt, um sie aufzuhalten oder zu verlangsamen? Oder hatte er abgewartet und den Drang verspürt, seinen Zorn an einem anderen Gläubigen abzureagieren?

»Lokesh hat gesagt, ein *dobdob* wache über die Tugenden«, sagte Nyma leise, als fürchte sie, belauscht zu werden. »Aber dieser hier geht auf die Tugendhaften los. Es ist, als wäre er das Gegenteil eines *dobdob* oder ein *dobdob*, der vom Bösen übermannt wurde.«

Sie sah Lhandro und Shan fragend an und seufzte, als keiner der beiden ihr eine Antwort gab. »Wenigstens wird der Mann wieder ganz gesund«, sagte sie, während Shan sich auf die Bank setzte. »Seine Augen sind klar. Er hat Hunger. Sein Name lautet Padme. Er hat uns erzählt, wo sein *gompa* liegt.« Sie ging zu Lhandros Karte und zeigte auf einen Punkt namens Norbu am Ende eines Wegs, der im Osten bis zur Nord-Süd-Straße verlief. Mit dem Finger fuhr Lhandro von diesem Punkt zu einer Stelle, die wenige Kilometer unter ihnen auf der Ebene lag, und weiter entlang eines Pfades, der zunächst auf dem hohen Berggrat über ihnen nach Osten führte und dann nach Norden in die Provinz Qinghai und zum Tal von Yapchi abbog. »Wir haben von diesem Norbu gehört. Es ist eines der *gompas*, die vor fünf Jahren wieder öffnen durften. Mein Vater möchte, daß ich irgendwann im Winter dorthin gehe und mit dem Segen der Lamas zurückkehre. Es liegt nur fünfzehn Kilometer abseits unserer Route. Wir werden ihn morgen zu fünft hinbringen – vier, um die Decke zu tragen, einer als Ablösung.« Er sah Shan verunsichert an. »Wir können einen Mönch nicht einfach in der Wildnis zurücklassen«, fügte er flehentlich hinzu.

»Nein, das können wir nicht«, pflichtete Shan ihm bei und ließ den Blick über die Ruinen schweifen. Tenzin war noch nicht wieder zwischen den Gebäuden zum Vorschein gekommen und drehte wahrscheinlich weiterhin die Gebetsmühle. Der stumme Tibeter hatte sich zum erstenmal nicht sogleich mit seinem Dungsack auf die Suche begeben, sobald sie ein Lager aufschlugen.

»Ihr bringt ihn und laßt mich allein zum Tal von Yapchi weiterziehen«, sagte Shan. »Mich und Lokesh.«

»Unmöglich«, protestierte Lhandro. »Der *chenyi*-Stein – die Karawane. Es ist unsere Aufgabe, euch zu begleiten.«

»Ich habe Angst vor dem, was dort auf uns warten könnte«, sagte Shan. »Der Oberst. Seine Gebirgsjäger. Sie wissen, woher das Auge ursprünglich stammt. Und bestimmt ist ihnen klar, daß es dorthin zurückgebracht wird.«

»Es ist unsere Heimat«, verkündete Lhandro mit entschlossenem Blick. »Ich wohne in einem Haus, das vor vielen Generationen von meiner Familie errichtet wurde, und ich werde nicht zulassen, daß Soldaten mich von dort fernhalten.«

»Eines solltest du unbedingt begreifen«, stellte Shan sachlich fest. »Wenn das Auge jetzt zurückgebracht wird, dürfte das für deine Leute eher von Nachteil als von Vorteil sein.«

»Nein«, beharrte Lhandro ohne jeden Zweifel. »Es mag mehrere Möglichkeiten geben, aber das ist keine davon. Wir müssen den Stein um jeden Preis zurückbringen, auch wenn es bedeutet, der Armee oder diesem *dobdob* entgegenzutreten. Wir werden morgen ausruhen und dann …«

Er hielt inne, denn eine Tibeterin in einem abgetragenen roten Überkleid kam um die Ecke, mit einem langen Gürtel aus Yakhaar und mehreren schweren Halsketten aus Türkisen und Korallen. Sie warf Shan einen besorgten Blick zu und wandte sich dann kurz zu dem Haus um. »Du solltest dich lieber um die Schafe kümmern«, stieß sie leise und hastig hervor.

Lhandro stand auf und sah beunruhigt zu der Herde. Die Schafe lagen in etwa hundert Metern Entfernung friedlich am Bachufer.

Die Frau schaute zurück zum Feuer, wo zwei Kinder einen kleinen Blasebalg betätigten. Sie lebte hier und war vermutlich die Frau des Bewahrers, erkannte Shan.

»Ich begleite dich zu den Schafen«, sagte die Frau. »Wir sollten jetzt gehen.«

Lhandro trat einen Schritt vor und starrte abermals die Tiere an.

»Nicht du«, sagte die Frau sofort. Sie rang die Hände.

Shan erhob sich. Er verstand nicht, was das alles zu bedeuten hatte und weshalb die Frau so nervös war. »Möchtest du mit mir sprechen?«

»Nein«, erwiderte sie und stöhnte dann auf, weil in diesem Moment der Bewahrer um die Hausecke bog. Er war ein stämmiger Mann, etwas größer als Shan, trug einen breitkrempigen braunen Hut und eine jener Schaffellwesten, wie sie die *dropkas* bevorzugten. Er erstarrte, fixierte Shan mit einem Blick, der irgendwie entsetzt wirkte, und ging dann wortlos und ohne jede Vorwarnung wie ein Stier auf ihn los, stieß ihn dermaßen heftig zurück auf die Bank und gegen die Wand, daß der Aufprall ihm die Luft aus der Lunge trieb.

»Niemand hat dich hergebeten, Chinese«, rief der Mann voll kalter Wut. »Du bist hier nicht erwünscht.«

Shan erhob sich mit wackligen Knien und rang nach Atem. Der Mann stieß ihn erneut gegen die Wand. Ihm wurde schwindlig. Er sah, daß die Frau zum Feuer lief. Er hörte ein Pferd im Galopp und registrierte aus Richtung der Bäume eine Bewegung.

Lhandro legte dem Bewahrer eine Hand auf den Arm, aber der Mann wand sich und traf den *rongpa* mit einem Ellbogen, wobei ihm der eigene Hut vom Kopf fiel. Shan starrte ihn verwirrt an. Der Bewahrer war ein Chinese.

»Verschon uns mit deiner Mordgier und verschwinde!« brüllte der Mann. »Hier ist kein Platz für Gotteslästerer!« Als er mit erhobener Faust auf Shan zuging, kam hinter ihm in einer Staubwolke ein Pferd zum Stehen, dessen Reiter sich sofort aus dem Sattel und auf den Rücken des Bewahrers stürzte. Es war Dremu. Er legte dem Mann einen Arm um den Hals, zog ihn zurück und rang ihn zu Boden.

Die Frau kreischte. Der Bewahrer zog einen Beitel aus dem Gürtel und hieb damit vom Boden aus nach Dremu, der sich durch einen Sprung in Sicherheit brachte und geduckt verharrte, als wolle er gleich wieder angreifen. Während Shan sich auf die Beine mühte, tauchten erst Nyma und dann Anya auf und schrien besorgt. Dremu hatte plötzlich sein Messer in der Hand.

»Das ist nicht der richtige Weg, Vater«, rief eine mahnende junge Stimme. Es war der Junge, der den Bewahrer von ihrer Ankunft unterrichtet hatte. Die Frau stieß ihn an, und er wiederholte die Worte, als könne nur er Shans Angreifer aufhalten.

Die Hand mit dem Beitel senkte sich, und der Bewahrer schien Dremu nicht mehr zu beachten. Er sah gehässig Shan an, dann wieder den Jungen.

»Diese beiden Männer«, meldete sich eine ruhige Stimme hinter Shan, »sie haben mich gefunden, als ich verletzt auf der Hochebene lag.« Shan drehte sich um und sah den Mönch an der Hausecke stehen, gestützt auf Lokesh.

Der Bewahrer schien in sich zusammenzusacken. Er sah den Mönch, die Frau und den Jungen an, schlang die Arme um die Unterschenkel und ließ den Beitel zu Boden fallen. Dann barg er das Gesicht an den Knien. Kurz darauf hob er den Kopf, bedachte Shan mit einem mürrischen Blick und wandte sich an Lhandro. »Du hättest mich warnen müssen, daß ein Chinese kommt«, rief er, klang dabei aber eher bekümmert als wütend.

Der Junge trat behutsam an seine Seite und streckte einen Arm aus, um ihm aufzuhelfen. Während er sich auf die Beine ziehen ließ, wirkte der Bewahrer einen Moment lang alt und unsicher, doch dann flammte sein Blick wieder auf. Er nahm den Beitel, steckte ihn ein und starrte Shan haßerfüllt an.

»Er ist keiner von ...«, setzte Lhandro an und suchte nach den passenden Worten. »Er ist wie du, Gang.«

Der Mann schnaubte verächtlich, als wolle er ausdrücken, niemand könne wie er sein, doch sobald sein Sohn ihn bei der Hand nahm, schien er sich wieder zu beruhigen. Sein Blick schweifte über das Gelände, und er ließ sich von dem Jungen zurück durch die Ruinen führen.

Shan wankte zu der Bank und setzte sich. Dann schaute er dem Mann hinterher, der zu den Schreinen ging. Gang. Das hieß Stahl, ein Name, wie ihn treue Mao-Anhänger ihren Kindern verliehen hatten, vor mehr als vierzig Jahren, während einer der fanatischen Kampagnen zur Steigerung der Stahlproduktion.

»Mein Mann ist kein ...«, setzte eine Stimme neben Shan an. Er wandte sich um und sah die Frau mit dem Kind dort stehen. »Gang ist gar nicht so ...« Sie musterte den seltsamen zornigen Mann und schien gleich in Tränen ausbrechen zu wollen. »Mein Mann hat diese Schreine errichtet«, brachte sie zu seiner Verteidigung vor und bat dann den Jungen, Shan eine Schale Tee zu holen. »Er hat fast zehn Jahre dafür gebraucht.«

Lhandro ging an Shan vorbei, um dem Mönch zurück ins Haus zu helfen. »Gang hat schlimme Erinnerungen«, sagte der Bauer entschuldigend und sah dabei erst Shan und dann den Mönch an. »Es tut mir leid. Ich habe ihn schon viele Jahre nicht mehr gesehen und hatte es ganz vergessen.« Schlimme Erinnerungen. Es war ein Schlagwort, ein weiteres Beispiel für den merkwürdigen Sprachgebrauch all jener, die im Schatten Pekings gelebt hatten, eine Möglichkeit, die Qualen derjenigen auszudrücken, die den blutigen Schrecken erlitten hatten, durch den beinahe ihre gesamte Welt ausgelöscht worden war.

Der Bewahrer Gang hatte schlimme Erinnerungen. Aber woran? Shan hatte noch nie gehört, daß Tibeter einem Chinesen schlimme Erinnerungen bescheinigten.

»Ich habe von einem Gerücht gelesen, in den Bergen gebe es

einen Chinesen, der Tempel baut«, sagte der Mönch mit schwacher, aber gebildeter Stimme. Er sah quer über die Ruinen zu dem Bewahrer, der mittlerweile fast bei den drei Gebäuden angekommen war. »Aber hier oben«, sagte er verblüfft und schüttelte den Kopf. »Wir haben das Gerücht für unwahr gehalten. Niemand kommt hierher. Der Wind ist so kalt. Wir dachten, hier gäbe es bloß Ruinen und die Wildnis.« Er stützte sich an der Wand ab, als sei ihm auf einmal schwindlig geworden, und Nyma half ihm zurück zu seinem Strohlager.

Gangs Frau ließ sich neben Shan auf die Bank sinken. »Er ist 1964 als Jugendlicher mit der Volksbefreiungsarmee hergekommen.« Mit knappen Worten schilderte sie, wie Gang als junger Unteroffizier der Besatzungstruppen nach Tibet gekommen war, im Anschluß an seine Dienstzeit Land von der Armee erhalten und eine zusätzliche Prämie für die Heirat mit einer Tibeterin bekommen hatte. »Er hat meine Schwester geheiratet«, erklärte die Frau in traurigem Tonfall, »und sich mit ihr auf einem Stück Land nahe der nördlichen Straße nach Amdo niedergelassen, einem Teil unseres angestammten Familienbesitzes. Sie hatten einen Sohn, und alle waren glücklich. Gang wurde Buddhist. Einmal, als sein Sohn sehr krank war, kam ein Lama-Heiler aus Rapjung gompa und rettete dem Kind das Leben. Danach besuchte Gang das Kloster so oft er konnte und ging den Lamas bei der Anpflanzung ihrer besonderen Kräuter zur Hand, immer ein oder zwei Wochen im Frühling, um den Boden vorzubereiten, und eine Woche im Herbst, um beim Ernten und Trocknen zu helfen.

Dann jedoch kamen diese Kinder, nachdem sie Rapjung zerstört hatten. Die Roten Garden«, sagte sie unheilvoll. »Gangs Frau hatte sich Sorgen um ihren Vater gemacht und war mit dem Sohn aufgebrochen, um ihm bei der Flucht in die Berge zu helfen. Aber die Garden holten sie ein und hielten ein Standgericht ab. Die Familie wurde für schuldig befunden, der tyrannischen Klasse der Landbesitzer anzugehören.« Sie sah Shan an und senkte den Blick. »Die Richter verkündeten das Urteil, und mein Neffe mußte es vollstrecken«, sagte sie beinahe flüsternd.

Shans Kopf sackte herunter. Er stützte ihn auf beide Hände

und mußte gegen eine plötzliche Atemnot ankämpfen. Die Frau meinte, daß die Roten Garden das Kind gezwungen hatten, Mutter und Großvater hinzurichten.

»Dann hat man den Jungen weggebracht«, fügte sie ausdruckslos hinzu.

Wer damals als Angehöriger eines politisch Unerwünschten nicht sofort getötet wurde, hatte häufig eine unfreiwillige Reise nach Osten antreten und eine spezielle Schule zur politischen Umerziehung besuchen müssen, um sich später in das chinesische Proletariat eingliedern zu können.

»Wir haben ihn nie wieder zu Gesicht bekommen.«

»Es heißt, danach sei Gang durchgedreht«, setzte Lhandro die Geschichte fort. »Angeblich hat er Hinterhalte gelegt und Rotgardisten ermordet. Niemand wußte es mit Sicherheit. Aber die Roten Garden hüteten sich davor, gewisse Orte in den Bergen zu betreten, und zogen langsam aus der Gegend ab. Die Schwester seiner Frau kehrte zurück«, sagte er mit einem bekümmerten Seitenblick auf die Angesprochene, »und wurde dem Kollektiv zugewiesen, das den früheren Familienbesitz verwaltete. Nach ein paar Jahren kam Gang aus den Bergen herunter und arbeitete dort. Am Ende haben die beiden geheiratet. Als das Kollektiv aufgelöst wurde, kamen sie her. Sie wollten allein sein, und außerdem fühlte Gang sich noch immer den Heilern verpflichtet, die einst hier gelebt hatten.« Lhandro sah Shan entschuldigend an. »Ich habe gar nicht mehr an Gangs Problem mit den Chinesen gedacht. Wir hatten ...« Seine Stimme erstarb.

Nyma beendete den Satz für ihn. »Wir hatten in Yapchi noch nie einen chinesischen Freund.«

Am nächsten Morgen war Padme munter und redselig und hungrig genug, um zwei Schalen *tsampa* zu essen.

»Ihr habt mir das Leben gerettet«, sagte der verletzte Mönch mehrmals zu Shan und Lhandro. Er saß am Feuer, hatte sich zum Schutz vor dem eiskalten Morgenwind eine Decke um die Schultern gelegt, musterte bisweilen eindringlich die instand gesetzten Schreine, machte sich Notizen auf einem kleinen Schreibblock aus seiner Gürteltasche und starrte gelegentlich zu den Schafen herüber, die am Bach grasten. »Aber ich begreife nicht, wieso ihr eure Herde hergebracht habt.« Er betrachtete Winslow, der am Ufer entlangging.

»Wir waren unterwegs nach Norden«, sagte Lhandro. »Du konntest nicht allein weiter, also haben wir hier Wasser und Schutz gesucht.«

»Dieses Mädchen, das mit euch reist, hat gesagt, die Schafe würden Beutel mit Salz tragen.« Padme ließ bei diesen Worten den Amerikaner nicht aus den Augen.

Lhandro nickte. »Vom Lamtso.«

Der junge Mönch sah ihm forschend ins Gesicht. »Das ist eine sehr alte Angelegenheit«, lautete sein seltsamer, zögernder Kommentar. Es klang fast, als würde er Lhandro tadeln. »Es könnte verunreinigt sein, wenn man es einfach so aus dem Boden holt.«

Lhandro sah den Mönch verwirrt an und fragte sich, so wußte Shan, ob die Bauern aus Yapchi während all der Jahre ohne Mönche womöglich irgend etwas Wichtiges vergessen hätten. »Es ist gutes Salz«, sagte der *rongpa*. Der Mönch zuckte die Achseln und nahm aus der Hand von Gangs Frau eine weitere Schale Tee entgegen.

»Aber es gibt Vorschriften. Die Regierung hat ein Salzmonopol«, wandte Padme vorsichtig ein. »Ich würde nur ungern sehen, daß man euch anklagt, weil ihr ...« Er hielt inne, zuckte abermals die Achseln und beendete den Satz nicht. »Ohne diese Karawane hätte ich wahrscheinlich noch stundenlang dort gelegen.« Er drehte den Kopf und sah Shan an.

»Warum?« fragte Shan. »Warum warst du auf der Hochebene? Wolltest du dich mit jemandem treffen?«

Padme erklärte, er und eine Gruppe Mönche aus Norbu würden mitunter die Region rund um ihr *gompa* durchstreifen und nach religiösen Artefakten Ausschau halten. Diese entlegene Ebene hätten sie zum erstenmal aufgesucht, und bei ihrer Ankunft sei ihnen klargeworden, daß sie sich aufteilen mußten, um alles zu erforschen. Er selbst habe das andere Ende des Plateaus angesteuert und soeben einen kleinen Steinhaufen entdeckt, als der Riese mit dem Stab über ihn hergefallen sei.

»Wissen Sie, wer das hier zurückgelassen hat?« unterbrach

ihn eine tiefe Stimme auf Mandarin. Winslow stand vor ihnen und hielt die gelbe Weste, die sie in der Senke gefunden hatten. »Haben Sie eine Amerikanerin gesehen?«

»Nein«, erwiderte Padme langsam. »Es lag einfach da. Neben dem kleinen Steinhaufen.«

Der Amerikaner seufzte und reichte die Weste dem Mönch. »Nehmen Sie sie. So hat wenigstens jemand einen Nutzen davon.«

Padme streckte zögernd den Arm aus, streifte die Decke ab und zog sich die Weste über. »Hat dieser Fremde auch Salz gesammelt?« fragte er Lhandro auf tibetisch.

»Ich bin bloß hier, um die frische Luft zu genießen«, spöttelte Winslow in derselben Sprache, und der Mönch starrte ihn mit großen erstaunten Augen an.

»Ein Amerikaner, der Tibetisch spricht?« rief er und musterte neugierig Lhandro und Shan, als würde diese Erkenntnis seine Ansicht über die Gruppe irgendwie verändern.

Sie würden noch bis zum nächsten Tag bei den Ruinen bleiben, verkündete Lhandro. Die Männer aus Yapchi sollten unterdessen die Umgebung per Pferd auskundschaften. Am folgenden Morgen würde die Karawane ihre Reise nach Norden fortsetzen, während einige aus der Gruppe Padme sicher zu seinem *gompa* zurückbegleiteten. Der Mönch bedankte sich und führte die Dorfbewohner zu einer Stelle im Windschatten der Mauer, wo er sich mit ihnen niederließ, um Mantras an den Mitfühlenden Buddha zu richten.

Eine Viertelstunde später trabten die Reiter in alle Himmelsrichtungen davon. Nyma ging zum Eingang des Hauses, sprach mit jemandem im Innern und bückte sich dann, um ihre Schnürsenkel neu zu binden. Gangs Frau tauchte auf und deutete auf einen alten Trampelpfad, der außen um das ehemalige Kloster verlief. Nein, nicht auf den Pfad, sondern auf eine Person: Tenzin, der langsam und nachdenklich auf das andere Ende der Ruinen zuhielt.

»Der *kora*«, sagte Lokesh, der plötzlich begriff. Es war ein Pilgerpfad. Viele alte Schreine und *gompas* hatten solch einen *kora*, auf dem Pilger sie umrunden konnten, um sich auf diese

Weise Verdienste zu erwerben und den gegenwärtigen oder einstigen Bewohnern ihre Achtung zu bezeugen.

»Vorbei an der Wand im Norden bis zu einer alten Einsiedlerhöhle«, erklärte Gangs Frau und deutete in Richtung der drei Gebäude, als würde die Außenmauer noch immer existieren. »Dann nach oben bis hinter den *drup-chu*-Schrein«, sagte sie und meinte damit einen Schrein an einer Quelle, aus der etwas entsprang, das die alten Tibeter wegen seiner segnenden und heilenden Wirkung Erkenntniswasser nannten. Lokesh bückte sich und zog ebenfalls die Schnürsenkel fest, um dann erwartungsvoll zu Shan aufzublicken. Shan lächelte und holte eine Wasserflasche von dem Stapel Decken an der Mauer, wo die Angehörigen der Karawane geschlafen hatten. Nur Dremu hatte wie üblich beschlossen, die Nacht allein zu verbringen, und sich irgendwo in der Nähe versteckt.

Als Shan zurückkehrte, sah Lokesh mit verwirrter Miene Lhandro, Nyma und Anya hinterher. Die drei Dörfler aus Yapchi hatten sich auf den Pfad begeben, dabei aber die östliche und somit gegen den Uhrzeigersinn gewandte Richtung eingeschlagen. Verwundert neigte Lokesh den Kopf. Hinter Shan seufzte jemand enttäuscht auf. Padme stand im Eingang des Hauses, stützte sich am Türrahmen ab und musterte das Trio.

»Warum haben wir das nicht gewußt?« grübelte Shan. Erst als Lokesh sich zu ihm umdrehte, wurde ihm klar, daß er die Frage laut ausgesprochen hatte.

Lokesh lächelte. »Es gibt viele Wege«, sagte er zufrieden. Viele Wege zur Erleuchtung, sollte das heißen. Die traditionellen tibetischen Buddhisten, ganz gleich, welchem der größeren Orden sie sich zugehörig fühlten, folgten einem solchen Pilgerpfad stets im Uhrzeigersinn. Es war Teil der Tradition und stellte in sich schon eine Form der Ehrerbietung dar.

Doch es gab noch eine andere, uralte Glaubensrichtung in Tibet, die auf dem Animismus basierte. Sie hieß Bon und war zwar weitgehend im Buddhismus und den meisten seiner Lehren aufgegangen, besaß jedoch immer noch einige charakteristische Eigenheiten; eine davon lautete, daß Pilger einen *kora* gegen den Uhrzeigersinn beschritten.

»Wir hätten es wissen müssen«, beantwortete Shan sich die Frage selbst. Es erklärte viel, vor allem weshalb die Bauern aus Yapchi dermaßen inbrünstige Hoffnungen an das Steinauge und ihre Landgottheit knüpften und warum sie diesen Verlust vier Generationen lang betrauert hatten.

Als Shan und Lokesh sich im Uhrzeigersinn auf den Weg machten, stimmte der alte Tibeter leise einen seiner Pilgerverse an. Einige Minuten später hörten sie hinter sich hastige Schritte und sahen, daß Winslow sich bemühte, sie einzuholen. Er reckte seine Wasserflasche empor. »Ich brauche dringend Erkenntnisse.« Er grinste.

Zwei Stunden später hatten sie drei Viertel des Pfades hinter sich gebracht und erreichten auf dem Hang oberhalb des Klosters den *drup-chu*-Schrein. Nachdem jeder von ihnen niedergekniet war und aus der heiligen Quelle getrunken hatte, füllte Winslow die Wasserflasche. Shan und Lokesh hatten auf ihren Reisen viele wohltuende Stunden an solchen Quellen verbracht, vornehmlich weil der alte Tibeter das brennende Interesse verspürte, die Besonderheit des jeweiligen Ortes genau zu ergründen. Lokesh wies gern darauf hin, daß allein schon das Verständnis dieser Besonderheiten einen Großteil der Geschichte Tibets erzählte. Wie so viele glaubte auch er, daß das Land nicht deswegen heilig war, weil viele fromme Buddhisten es seit unzähligen Jahrhunderten bewohnten. Das Land locke sie zu diesen Quellen, behauptete Lokesh oft, und mit jedem Ort verbinde sich nicht nur die Geschichte seiner zumeist vor einer Ewigkeit erfolgten Entdeckung durch die Gläubigen, sondern auch die der Alten, die zuvor dort gewesen seien. An einer Quelle in Zentraltibet, die von Schutt und Geröll umgeben war, obwohl die Hänge sonst aus solidem Granit bestanden, hatte Lokesh beschlossen, daß vor vielen tausend Jahren, als die Luftgeister in Gestalt von Riesen zu reisen pflegten, dies ein beliebter Aufenthaltsort gewesen sei. Durch ihre häufigen Landungen hätten die Riesen alle umliegenden Felsen zertrümmert.

Während sie rasteten, suchte Winslow die Ebene der Blumen mit dem Fernglas ab.

»Ist Ihnen eingefallen, aus welchem Grund die Geologen der Ölfirmen sich auf diese Hochebene begeben haben könnten?« fragte Shan.

Winslow setzte das Fernglas nicht ab und schüttelte nur leicht den Kopf. »Die Ölkonzession erstreckt sich bloß bis zur Grenze der Provinz Qinghai, mindestens acht Kilometer nördlich von hier«, sagte er und sah Shan an. Dremu hatte die leeren Konservendosen am anderen Ende der Ebene und somit noch weiter außerhalb des Konzessionsgebiets entdeckt.

»Warum würde die Frau ihre Weste und den Schlafsack zurücklassen?« fragte Shan sich laut.

»Keine Ahnung«, entgegnete der Amerikaner mit ausdrucksloser Stimme. »Vielleicht hat dieses Wesen, das Padme angegriffen hat, auch sie erwischt. Womöglich ist es sich nicht sicher, wer das Steinauge hat, und greift daher jeden an, der ihm auf einer der nördlichen Routen über den Weg läuft.« Er steckte das Fernglas ein, kniete sich kurz an die Quelle und schöpfte eine weitere Handvoll Wasser. Nachdem er es eine Weile betrachtet hatte, hob er den Arm, schüttete sich das Wasser über den Kopf, schloß die Augen und ließ es hinabrinnen. Als er dann die Augen wieder öffnete, sah Shan ein starke Gemütsregung darin aufblitzen. Verzweiflung, dachte er, oder tiefe Trauer.

»Bei den Firmenunterlagen befand sich ein Brief, den sie an ihre Mutter geschrieben hat«, sagte Winslow unvermittelt, als hätte das Wasser die Erinnerung freigesetzt. »Ihr Vorgesetzter hat ihn mir gezeigt. Er hatte den Brief nicht abgeschickt, weil er angesichts von Larkins ungeklärtem Verschwinden befürchtete, die Angelegenheit könne zu schmerzvoll werden. Er sagte, die Firma habe ihn angewiesen, den Umschlag zu öffnen, um nach Hinweisen auf Selbstmord zu suchen. Ihre Mutter ist Professorin in Minnesota. Ich schätze, die beiden haben sich in ihren Briefen oft über tiefgreifende Dinge unterhalten.« Winslow starrte ins Wasser, als spräche er zu etwas in der Tiefe, irgendwo am unterirdischen Ursprung des heiligen Wassers.

»Ich meine wirklich bedeutende Dinge. Sie schrieb, sie wünsche sich, all ihre Arbeit könnte in Tibet stattfinden, und daß die Provinz Qinghai entgegen der chinesischen Behauptungen das wahre Tibet sei; daß die Leute in den Bergen ihr Sachen beibringen würden. Sie sagte, sie liebe Tibet, hasse hingegen, was ihre Firma dem Land antue. Die Tibeter hätten sie gelehrt, daß der wichtigste Antrieb zur Erhaltung der menschlichen Lebenskraft die Verbindung mit dem Land sei und daß die Welt sich in Menschen ohne diese Lebenskraft und dem Land verhaftete Menschen geteilt habe. Letztere hätten die heilige Pflicht, die Lebenskraft zu beschützen.« Winslow blickte vom Wasser auf. »Und sie hat für eine Ölfirma gearbeitet.« Wieder schien so etwas wie Schmerz über sein Gesicht zu huschen, als hätte dieser Widerspruch ihm schon viel Kopfzerbrechen bereitet.

»Am Ende des Briefes schrieb sie, daß einige Tibeter ihr erzählt hätten, ein Geologe sei in Wahrheit ein besonderer Mönch, der das Verhalten der Landgottheiten studiere.« Winslow schaute abermals zu dem schwarzen Fleck, aus dem das Wasser der Erde entsprang, als warte er darauf, daß ein solches Wesen auftauchen und ihm eine Erklärung liefern würde. »Sie schrieb, ihre tibetischen Freunde wollten sie in ein verborgenes Land bringen.« Er sah Lokesh an. »Was hat sie damit gemeint?«

Lokesh benötigte für seine Antwort keinerlei Bedenkzeit. »Ein *bayal*. Sie hat ein *bayal* gemeint. Das bedeutet verborgenes Land. Manche Leute glauben, daß es versteckte Pforten zu besonderen Ländern gibt, beispielsweise zum Himmel, wo die Götter frei umherstreifen.« Er sah Shan an. Manche Leute. Wie die Bon-Anhänger, die in Yapchi lebten. Lokesh seufzte, stand auf und ging langsam zu einem niedrigen Steinhaufen vor ihm. Shan erwartete, daß er einen Stein hinzufügen würde, doch statt dessen trug Lokesh den Haufen ab, bis er ein Quadrat aus festem Granit freigelegt hatte, das etwas mehr als einen halben Meter Seitenlänge besaß. »Es gab hier einen kleinen *chorten*«, sagte er mit eifriger, ehrfürchtiger Stimme, als habe er sich eben erst daran erinnert.

»Ein Schrein mit einem Relikt darunter, dem Fußknochen eines alten Einsiedlers, der vor mehr als fünfhundert Jahren ganz Tibet bereist und Kräuter gesammelt hat.« Er starrte die quadratische Steinplatte und den Flechtenbewuchs am Rand an, der sie fest mit dem Boden verband. »Die Tibeter, die dies getan haben«, sagte er aufgeregt und meinte damit jene, die man gezwungen hatte, das *gompa* zu zerstören, »haben diesen Sockel und das Relikt nicht angerührt.« Seine Augen funkelten hoffnungsvoll. »Wir haben hier manchmal beim Unterricht gesessen, und die Lamas erklärten dann immer, daß diese Quelle mit dem Mittelpunkt der Erde verbunden sei. Sie wuschen ihre Kräuter in dem Wasser und verschickten sie dann in Tontöpfen an Heiler in ganz Tibet. Ich weiß noch, wie ich stundenlang zugehört habe, als Chigu Rinpoche uns erzählte, daß die Kraft der Pflanzen aus der Kraft der Erde entspringt und ihre Heilwirkung darauf beruht, daß sie die Menschen wieder mit der Erde verbinden.«

Winslow kniete sich ehrerbietig und mit staunendem Blick neben Lokesh. »Ich habe irgendwo gelesen, daß manche Ärzte sagen, sie könnten jede Krankheit heilen, wenn sie nur wüßten, wie der Mensch sich entwickelt hat und wo er ursprünglich dem Schlamm entstiegen ist. Denn alles, woraus wir bestehen, stammt aus der Erde.« Als er den Kopf hob und Shan ansah, wirkte sein Blick seltsam inbrünstig. »Das heißt doch eigentlich dasselbe, nur mit anderen Worten, nicht wahr?« Der Amerikaner streckte die Fingerspitzen nach dem Flechtenbewuchs des Felsens aus, berührte ihn aber nicht, als sei dies ein zu heiliger Gegenstand. Dann wirkte er plötzlich verlegen und half Lokesh, die Steine wieder aufzuschichten, diesmal jedoch nicht als Haufen, sondern in Form eines quadratischen Sockels, wie bei einem *chorten*.

Nach der ersten Schicht hielt Lokesh inne, pflückte ein Exemplar der Pflanzenart, die rund um die Steinplatte wuchs, und nahm es verwundert in Augenschein. »Chigu Rinpoche hat gesagt, die einzige Aufgabe eines Heilers bestehe darin, die Kraft der Erde in die Lebenskraft des Menschen zu übersetzen.«

Winslow sah ihn lange an, nahm dann zögernd einen Stein und fuhr fort, den Sockel zu errichten, während Shan anfing, zusätzliche Steine vom Hang herbeizuschaffen.

Lokesh hielt erneut inne. »Hier an dieser Quelle haben wir gelernt, wie man Wurzeln auf respektvolle Art und Weise ausgräbt, indem man immer nur ein wenig Erde beiseite schiebt, ihr dabei geduldig zuredet und stets einen Rest übrigläßt, damit die Pflanze nachwachsen kann. Chigu Rinpoche hat gesagt, wir würden beim Graben im Boden viel über uns selbst erfahren. Er sagte, wir sollten in der Erde graben, um die Erde in uns selbst zu entdecken.« Lokesh hob ein paar Krumen empor und ließ sie von einer Hand in die andere rieseln. »So lautete eines seiner Lehrmantras. ›In die Erde für die Erde im Innern.‹«

Als sie fertig waren, stieß der alte Tibeter Shan an und wies auf den Berggrat über den Ruinen. »Da oben ist jemand.«

Shan betrachtete den Hang und sah nichts außer einem großen schwarzen Vogel, der hoch über ihnen im Aufwind seine Kreise drehte. Winslow hob den Kopf und suchte die Kammlinie dann mit dem Fernglas ab.

»Kannst du sie sehen?« fragte Shan langsam und bedächtig. Die Sinne und Empfindungen seines alten Freundes befanden sich zumeist in einem empfindlichen Gleichgewicht. Er hatte vielleicht nur eine Erinnerung an Leute auf dem Berg wahrgenommen, obwohl das dazugehörige Ereignis schon Jahrzehnte zurücklag, oder den Rücken einer fliehenden Antilope gesehen. Schon häufig war Shan seinem alten Freund an Orte gefolgt, an denen Lokesh zuvor die Anwesenheit eines Geistes verspürt hatte, nur um dann dazusitzen und einen Felsen anzustarren, der dem Geschöpf laut Lokeshs beharrlicher Beteuerung als Unterschlupf diente.

Lokesh rieb sich das bärtige Kinn, sah Shan dann mit verlegenem Grinsen an und ging weiter. Shan folgte ihm schweigend. Er wußte, daß sie nach Vollendung der ersten Runde sogleich ein weiteres Mal den Hang erklimmen würden.

Eine Stunde später, nachdem sie ins Lager zurückgekehrt waren und eine Mahlzeit aus kalten *tsampa*-Klößen zu sich genommen hatten, befanden sie sich dicht unterhalb der Kammlinie und hielten an einem flachen Felsen, von dem aus sich die langgestreckte Ebene überblicken ließ. Winslow, der es abgelehnt hatte, am Bach zurückzubleiben und auszuruhen, deutete auf zwei kleine Staubwolken am südlichen und westlichen Ende. »Unsere Kundschafter«, sagte der Amerikaner.

»Der Tara-Tempel, die Maitreya-Kapelle, der Samvara-Tempel«, erklärte Lokesh plötzlich, und Shan sah, daß er auf leere Stellen des Ruinenfelds wies und von Dingen sprach, die er einst im *gompa* gesehen hatte oder gar immer noch sah. »Die *chora*«, sagte er und meinte damit den Hof für Debatten. »Der innere Kräutergarten, der nördliche Garten, die nördliche *kangtsang* und die *barkhang*«, fügte er versonnen hinzu und meinte ein Besuchergebäude und die Pflanzenpresse.

Lokeshs Hand schwebte mitten in der Luft, als habe er etwas vergessen. »All die Gebetsfahnen in den Bäumen«, sagte er mit entrückter Stimme. »Es ist wie an einem Festtag.«

Shan schaute wieder hinab zu den Ruinen. Dort gab es keine Gebetsfahnen, abgesehen von ein paar bescheidenen Wimpeln an einer Leine bei Gangs Schreinen, und keine Bäume außer dem kleinen Wacholderhain jenseits des Klostergeländes. Lokesh befand sich in einer anderen Zeit und an einem anderen Ort. Shan fühlte sich durch seinen Freund nie in Verlegenheit gebracht und machte sich auch keine Sorgen um dessen geistige Gesundheit, aber plötzlich empfand er so etwas wie Neid.

Er steckte die Hände in die Manteltaschen. Seine Finger berührten etwas. Er zog den Zweig hervor, den er vom Ort des Brandes mitgenommen hatte, und streckte ihn Lokesh hin. Der alte Tibeter nahm ihn und roch daran. Dann sah er Shan überrascht an und bedankte sich lächelnd.

Shan beobachtete, wie sein Freund den Zweig mit beiden Händen umfing und mit geschlossenen Augen dicht vor die Nase hielt. »Ist das eine Arznei?« fragte er.

Lokesh nickte, ohne die Augen zu öffnen. »Noch nicht ganz reif, aber von einer gesunden Pflanze. Chigu und ich haben sie manchmal draußen auf der Ebene gesammelt. Sie heißt ›Vogelfuß‹, weil der Stengel sich auf ähnliche Weise verzweigt.«

Shan dachte an den Ort zurück, an dem er und der Amerikaner diese Pflanzenart entdeckt hatten. Sie war nur im Schutz der flachen Mulde gewachsen. Vielleicht hatte der *dobdob* gar nicht die ganze Ebene anzünden, sondern lediglich diese Heilpflanzen verbrennen wollen. Aber warum? Shan erinnerte sich an das Salzlager, wo die Hirten eine verletzte Frau vor den Heilern versteckt hatten. Und an die Frau auf der Hügelkuppe, die es abgelehnt hatte, sich von Lokesh behandeln zu lassen.

Sie erklommen den Berggrat und sahen eine wogende Wiese vor sich, die mehrere hundert Meter breit war und sich mindestens drei Kilometer nach Osten und Westen erstreckte. Dahinter, nun nur noch wenige Kilometer entfernt, erhob sich drohend der gewaltige Berg Yapchi, der im Süden die Ebene der Blumen und im Norden das gleichnamige Tal überragte.

Shan und Winslow wollten sich von Lokesh durch das Gewirr aus Wildpfaden führen lassen, die kreuz und quer über die Wiese verliefen, doch der alte Tibeter hielt achselzuckend inne und bedeutete Shan, er solle auch weiterhin vorangehen. Dergleichen war während ihrer Reisen schon häufig passiert. Es sei egal, wer die Führung übernehme, behauptete Lokesh, denn sie würden stets finden, was zu finden ihnen vorherbestimmt sei, und am Ende dort ankommen, wo sie ankommen sollten.

Auf dem Weg über die Wiese verspürte Shan eine unverhoffte Heiterkeit. Der Wind wehte gleichbleibend und kühl, war aber nicht unangenehm. Dicht am Boden wuchsen kleine rosafarbene Blumen. Irgendwo vor ihnen sang eine Lerche.

Sie ließen sich Zeit. Shan bog gelegentlich auf eine neue Abzweigung ein, und so gelangten sie schließlich an einen niedrigen langen Felsvorsprung am Rand einer großen Wiese, die im Norden von einer hohen Granitwand geschützt wurde. Die Senke besaß einen Durchmesser von ungefähr zweihundertfünfzig Metern, war mit einer niedrigen Pflanze bewachsen, die an Heidekraut erinnerte, und voller Lerchen, die überall umherflatterten – mehr Lerchen, als er jemals an einem Ort versammelt gesehen hatte. Als Shan seine Freunde durch eine Lücke zwischen den Felsen führte, hörte er hastig wispernde Stimmen, und dann kam auch schon eine Hand aus dem Schatten und packte ihn am Arm.

Schaudernd schreckte er zurück und mußte sofort an den *dobdob* denken.

»Duckt euch«, flüsterte eine Frau.

Shan bückte sich und sah fünf Tibeter – drei Hirten mittleren Alters, eine etwas jüngere Frau und einen Jungen – im Schutz eines Felsüberhangs sitzen. »Falls sie euch entdecken, ergreifen sie die Flucht«, sagte die Frau. Sie schien nicht überrascht zu sein, drei Fremde zu sehen, nur besorgt, man könnte die Objekte ihrer Begierde verscheuchen. Wilde *drongs*, vermutete Shan, oder vielleicht ein paar der seltenen blauen Schafe, die das Gebirge durchstreiften.

Die Tibeter trugen die dicken *chubas* der *dropkas*, mehrfach mit Leder und rotem Stoff geflickt. Zwei der Männer hatten dreckige Fellkappen auf, der andere die wattierte grüne Mütze mit Ohrenklappen, die zur Winterausstattung der Armee gehörte. Die Frau hielt mit einer Hand ein großes *gau* aus Silber und Türkisen umklammert, mit der anderen den Arm des Jungen, der aus großen neugierigen Augen die Wiese betrachtete.

Nicht einmal der Anblick des schlaksigen Amerikaners lenkte die *dropkas* lange ab. Die Männer sahen Winslow für ein paar Sekunden fragend an, und der Junge zog an der Schulter der Frau, um sicherzugehen, daß auch sie den *goserpa* bemerkte. Doch als Lokesh und Winslow sich neben die Leute setzten, als seien auch sie hergekommen, um das Geschöpf zu sehen, auf das die *dropkas* warteten, richtete die Aufmerksamkeit des Jungen sich wieder auf die Wiese.

Shan nahm neben Winslow im Schatten Platz und beugte sich vor, um etwas zu sagen, doch niemand erwiderte seinen Blick oder schien ihn auch nur zu registrieren. Da lag mehr als nur Erwartung in den Augen dieser Menschen, erkannte Shan. Es war eine tiefe, sogar spirituelle Erregung. Und so saßen sie dort, während der Wind um die Felsen rauschte, die Lerchen riefen und strahlendweiße Wolken über den kobaltblauen Himmel jagten. Zwei der Männer stimmten leise Mantras an und ließen ihre Gebetsketten durch die Finger gleiten. Plötzlich deutete der Junge auf die andere Seite der Wiese, dicht vor der Wand.

Shan sah nichts, doch die *dropkas* stießen gedämpfte Freudenschreie aus. Die beiden Männer erhöhten die Geschwindigkeit des Mantras, und Lokesh schloß sich ihnen an. Dann fiel auch Shan eine Bewegung am Rand des Schattens der Felswand auf, eine massige Gestalt auf vier Beinen. Aus dieser Entfernung konnte er nicht sagen, ob es sich um einen Yak, ein großes Schaf oder gar um einen Bären handelte. Dann trat eine zweite Gestalt, diesmal eindeutig ein Mensch, aus dem Schatten, und das erste Wesen richtete sich auf den Hinterbeinen auf. Das Gesicht des Mannes war nicht zu erkennen, aber er machte nur kleine Schritte und stützte sich auf einen langen Stab. Shan spürte, daß dieser Fremde nicht nur betagt, sondern uralt sein mußte.

Lokesh sagte nicht länger das Mantra auf. Sein Gesicht wirkte so aufgeregt wie das des Jungen. Tränen rannen ihm über die Wangen. »Ich erkenne diesen Ort jetzt wieder«, flüsterte er. »Wir sind im Sommer hergekommen. Haben ein weißes Zelt aufgestellt und sind mehrere Tage geblieben, manchmal eine ganze Woche. Chigu Rinpoche hat gesagt, die Lerchen würden hier den Kräutern etwas vorsingen.«

Den Kräutern etwas vorsingen. Für den Bruchteil einer Sekunde sah Shan Vögel vor sich, die Wiegenlieder für junge Pflanzen anstimmten.

»Es ist wahr«, sagte ein Kind. Doch als Shan den Kopf wandte, sah er, daß es die Frau war, die mit der Stimme eines kleinen Mädchens sprach. »Es ist alles wahr, oder?« fragte sie Lokesh. Eine Träne lief über ihr Gesicht. »Vergiß es nicht«, sagte sie in feierlichem Tonfall zu dem Jungen und umarmte ihn. »Denk daran, was wir gehört haben: Dies ist einer der Orte, der früher von ihnen aufgesucht wurde, und heute hast du einen von ihnen kommen gesehen.«

Es kam vor, so hatte Shans Vater einst zu ihm gesagt, daß Leute achtzig oder neunzig Jahre alt wurden und nur ganz kurz, ein- oder höchstens zweimal, einen Blick auf die Wahrheit des Lebens erhaschten, auf jene Dinge, die den wesentlichen Kern dieser Welt und der gesamten Menschheit darstellten. Andere starben, ohne jemals auch nur eine einzige wahrhaftige Erkenntnis gewonnen zu haben. Doch wenn man wußte, wo man suchen mußte, so hatte er Shan versichert, könne man stets etwas Wahres finden.

Es war eine jener raren Wahrheiten, auf die ihnen nun ein Blick vergönnt wurde. Ein zeitloser Lama-Heiler beim Sammeln von Kräutern, ein Lama-Heiler, der eigentlich gar nicht existieren konnte, auf einem seit Jahrzehnten vergessenen Feld; der sich wie ein Geist manifestierte und bestätigte, daß es einst weise, fröhliche alte Männer gegeben hatte, die Pflanzen sammelten, um der Menschheit den Zauber der Erde nahebringen zu können.

Sie sahen zu, und das Geräusch der geflüsterten Mantras ließ sich kaum mehr vom leisen Rauschen des Windes unterscheiden. Die andere Gestalt verharrte geduckt im Schatten, und Shan erkannte, daß es sich wohl um einen Helfer oder Beschützer des Alten handelte, der Wache hielt, falls Gefahren aus der Außenwelt drohten. Der Lama-Heiler schritt zwischen den blühenden Pflanzen einher, bückte sich gelegentlich, kam manchmal mit einem Zweig wieder hoch und schaute gen Himmel, als berate er sich mit den Luftgöttern über seinen Fund.

Dann stieß der Junge plötzlich ein leises Stöhnen aus, als könne er nur schwer an sich halten, warf beide Arme empor und rief voller Freude: »*Lha gyal lo! Lha gyal lo!*« Sofort zog seine Mutter ihn zurück und legte ihm eine Hand auf den Mund.

Doch der Ruf hallte von der Felswand wider. Der Lama und die massige Gestalt eilten sogleich auf die dunklen Schatten zu. Einen winzigen Moment lang hielt der alte Mann inne und sah zu den Felsen, unter denen sie saßen. Dann verschmolz er – wie ein Reh am Waldrand – mit den Schatten und war verschwunden.

Sie warteten eine Viertelstunde darauf, daß der Geisterlama zurückkehren würde, und warfen sich fragende Blicke zu, als sei keiner von ihnen mehr sicher, was sie da gesehen hatten. Dann standen die Hirten auf und machten sich schweigend auf den Weg. Sie folgten einem der Wildpfade, der nach Süden den breiten Bergrücken hinunterführte.

Es war unmöglich, hielt Shan sich immer wieder vor, während sie langsam zurück nach Rapjung gingen. Die Lama-

Heiler waren alle tot. Die Soldaten hatten das umliegende Gebiet damals gründlich gesäubert. Angesichts all der Patrouillen und Befriedungskampagnen schien es kaum glaubhaft, daß auch nur ein einziger der Mönche überlebt hatte. Lokesh äußerte sich nicht zu dem Thema und bot keine Erklärung dafür an, warum nach so vielen Jahrzehnten einer der alten Lamas hier auftauchen konnte. Er ging einfach hinter Shan her und verlor sich in seltsamen Träumen – oder in seinen Erinnerungen an ein Kloster, wie es vor fünfzig Jahren Wirklichkeit gewesen war. Einige Schritte hinter Lokesh kam der Amerikaner, sprach ebenfalls kein Wort und wirkte nach dem Erlebnis wie betäubt.

Wieder und wieder ließ Shan die Szene vor dem inneren Auge ablaufen. Es ging nicht darum, daß ein Lama all diese Jahre in den Bergen überlebt hatte, begriff er; die *dropkas* waren gekommen, weil sie von einem Wunder gehört hatten. Und noch jemand anders hatte einen Geisterlama gesehen, wie ihm unvermittelt einfiel. Die Hirten in der Nähe der Einsiedelei, und zwar in der Nacht von Draktes Tod. Einer der alten Lamas war aufgetaucht, war zurückgekehrt. Aber woher? Warum? Und wieso gerade jetzt, da das Auge sich auf dem Rückweg befand, Drakte gestorben war, die Armee das Land durchkämmte, ein *dobdob*, ein Beschützer des Glaubens, fromme Buddhisten attackierte und eine Amerikanerin sich in Luft aufgelöst hatte?

Shan konnte darauf keine Antworten geben, er hatte lediglich eine böse Vorahnung. Obwohl er nur wenig wußte, wußte er genug, um Angst zu haben.

Als sie im Lager eintrafen, erkundigte niemand sich danach, wo sie gewesen seien. Einige der anderen waren gleichfalls erst kürzlich von der Umrundung des *kora* zurückgekehrt und hatten an der Einsiedlerhöhle oder dem *drup-chu*-Schrein meditiert. Während die Männer aus Yapchi nach den Schafen sahen, ging Nyma zu Shan.

»Es ist wieder passiert«, sagte die Nonne. »Das arme Mädchen.« Shan blickte von dem Schaf auf, dessen Ladung er soeben festzurrte. »Sie ist unterwegs einfach umgekippt, fing an zu zucken und hat mit Händen und Füßen auf den Boden getrommelt.«

»Anya?« fragte Shan, dem nun einfiel, daß er das Mädchen unter eine Decke am Feuer liegen gesehen hatte.

»Sonst war nichts weiter. Manchmal ist es eben so«, murmelte Nyma.

Die Worte ließen Shan erschaudern. Sie sprach von dem Orakel.

»Ich habe es dem Mönch erzählt, weil ich hoffte, er könne helfen«, fuhr Nyma fort. »Aber er schien regelrecht wütend zu werden. Ich glaube, nach diesem Angriff ist er noch nicht wieder ganz richtig im Kopf.«

Shan folgte ihrem Blick zu Padme, der sich abseits der anderen einen Platz an der Mauer gesucht hatte und nun dasaß und sich auf seinem kleinen Block Notizen machte.

Bei Einbruch der Dunkelheit nahmen sie schweigend ihr Abendessen ein und tranken Tee. Nach dem Tag auf dem *kora* hing ein jeder still den eigenen Gedanken nach.

Lokesh ergriff erst wieder das Wort, als er seine Decke neben Shan zum Schlafen ausbreitete.

»Es ist ein gutes Zeichen, ein wunderbares Zeichen, wenn ein Lama-Heiler auf einer Kräuterwiese auftaucht«, sagte der alte Tibeter, und sein Tonfall verriet, daß er noch immer nicht sicher war, ob der Mann auch wirklich existiert hatte. »Dazu noch ein Mönch auf der Ebene der Blumen. Dieser *dobdob* wird uns kein Leid zufügen. Alles wird besser, du wirst schon sehen.«

Doch in den frühen Morgenstunden wurde Shan von einem Schrei geweckt. Er setzte sich auf und hörte Lokesh qualvoll stöhnen. Die wieder aufgebauten Schreine von Rapjung gompa standen in Flammen.

Kapitel Acht

Das spröde trockene Holz der anmutigen kleinen *lhakang* knackte und prasselte. Es brannte so heiß wie ein Schmelzofen und ließ Funken hoch in den Nachthimmel steigen. Niemand konnte sich den Flammen oder auch nur dem angrenzenden Versammlungsraum weit genug nähern, um eine Ausbreitung des Feuers zu verhindern. Gangs Frau hielt mit tränenüberströmtem Gesicht den Bewahrer zurück, während sein kleiner Sohn das linke Handgelenk des Vaters emporhob, als wolle er es den anderen zeigen. Gangs Handfläche war mit Blasen übersät, der Handrücken versengt und von Ruß geschwärzt. Zu seinen Füßen lag eine kleine metallene Statue. Er hatte den Buddha von dem Altar gerettet.

Der Bach lag zweihundert Meter weit weg, und sie hatten nur zwei kleine Ledereimer und die Kochtöpfe aus dem Haus, um Wasser herbeizuschaffen. Eine Viertelstunde lang rannten sie hin und her, dann hob Lhandro die Hand und stellte seinen leeren Eimer ab. Sie konnten nur noch zusehen, wie die Feuersbrunst nach der *lhakang* nun auch den Versammlungsraum und danach die kleine Kapelle verzehrte.

»Wie eine riesige *samkang*«, sagte Nyma wimmernd. Es war kaum zu glauben, doch Gang hatte die Gebäude in jahrelanger harter Arbeit aus Zedern- und Wacholderholz errichtet, aus genau dem Duftholz, das man auch in *samkangs* verbrannte, um die Aufmerksamkeit der Götter zu erregen.

Plötzlich schrie die Nonne auf und lief zur anderen Seite der *lhakang*, dicht gefolgt von Shan. Neben einem großen Stück Holz saß vornübergebeugt Winslow und rang nach Atem, ein Stück weiter Tenzin, dessen Gesicht schwarz vor Ruß war. Als eine Windbö die Flammen noch höher auflodern ließ, konnte Shan das Holz etwas besser erkennen. Die beiden Männer hatten die halbfertige Statue der Schutzgottheit geborgen. Hinter ihnen im Schatten saß noch jemand: Gangs kleine Tochter. Sie starrte mit leerem Blick einen Gegenstand zwischen ihren Beinen an. Die Gebetsmühle. Die Hände des Mädchens lagen ausgestreckt am Boden und waren bis aufs rohe Fleisch verbrannt, weil sie das glühend heiße Metall angefaßt hatte. Nyma keuchte auf, hockte sich neben die Kleine und rief nach dem letzten Eimer Wasser, um die furchtbaren Wunden zu versorgen.

Shan fand Lokesh mit dem Rücken zum Feuer vor. Der alte Tibeter schaute mit tieftraurigem Blick den Funken hinterher, die in die Nacht hinausflogen. Shan brachte zunächst kein Wort über die Lippen, als er an Lokeshs Seite trat. Das konnte kein Unglücksfall gewesen sein. In der näheren Umgebung der drei Gebäude hatte es kein Lagerfeuer gegeben, und Gang hätte die kleine *samkang*, in der er tagsüber Reste seines wertvollen Holzes verbrannte, niemals unbeaufsichtigt über Nacht weiterbrennen lassen.

»Jemand von außen ist gekommen«, sagte Shan leise. »Dieser *dobdob* hat versucht, die Ebene anzuzünden. Es muß ...« Etwas krachte gegen seinen Kopf und warf ihn auf die Knie. Dann traf ihn ein Gegenstand schmerzhaft an der Schulter. Lokesh schrie auf und beugte sich schützend über ihn.

»Unterdrücker!« rief eine wütende Stimme. »Tyrann! Ein Chinese kommt, und alles wird zerstört!«

Hinter ihnen wurde Unruhe laut. Shan drehte sich auf Knien um und sah, wie Lhandro und Nyma den Bewahrer wegzerrten. Seine verletzte Hand war wie eine Klaue auf Shan gerichtet, und als seine Frau den anderen Arm nach unten drückte, fiel ein Stein zu Boden. Sie brachten den Mann weg, und Gangs Frau kam zögernd auf Shan zu. Die Tränen hatten den Ruß auf ihren Wangen verlaufen lassen.

»Bitte hab Verständnis«, stieß sie schluchzend hervor. »All die Jahre. Seit unser erstes Kind geboren wurde, die ganze Zeit.« Sie fing wieder an zu weinen. »Im Winter hat er auf den Schnee gewartet, damit er das Holz aus den Bergen herziehen konnte. Im Sommer war er immer voller Sägemehl. Er hat sogar im Mondschein und an Festtagen gearbeitet und sich nicht mal Zeit genommen, um mit seinen Kindern zu spielen.« Eine Wand stürzte ein, ließ Funken aufstieben und schwelende Splitter umherfliegen. Ein Stück verkohltes qualmendes Holz landete vor ihren Füßen. Sie kniete nieder und musterte es, als müsse sie herausfinden, aus welchem Teil der *lhakang* es stammte.

»Manchmal mußte er sich eigene Werkzeuge anfertigen«, sagte sie und klang inzwischen sehr entrückt. Sie nahm das Holz und schlug es auf den Boden, um die Glut abzuschütteln. Nach einem Moment stand sie auf, trug das Fragment zu einer Steinreihe und legte es dort vorsichtig ab. Sie fand ein weiteres Stück, rund einen halben Meter lang, befreite es ebenfalls von der Glut und legte es schweigend neben den ersten Holzrest. Tenzin tauchte auf und brachte ein drittes Stück Holz, das er neben den anderen deponierte. Ein Stapel Bergungsgut. Der erste Schritt zum Wiederaufbau.

Sie brachten den Rest der Nacht und den Großteil des Morgens damit zu, die Ruinen von Gangs Gebäuden zu durchsuchen, um Holzreste, Nägel und Metallbänder aus der Asche zu holen. Vieles davon hatte sich in der Hitze verformt.

Während sie arbeiteten, lag Gang auf einem Strohlager, das man für ihn errichtet hatte, warf verdrießliche Blicke auf die rauchenden Trümmer und murmelte etwas vor sich hin, das wie ein Gebet klang, nur um dann wieder wütend Shan anzustarren und entweder mit Flüchen zu belegen oder mit Steinen zu bewerfen. Auch diesmal schien nur sein Sohn ihn besänftigen zu können. Der Junge saß neben ihm und hielt seine unverletzte Hand. Immer wenn Gang zornig wurde, drückte er sie nur um so fester.

»Es ist eine so abgeschiedene Gegend«, sagte Winslow, der Nägel in einen der Kochtöpfe sammelte. »So einsam.« Einen Moment später blickte er mit erschrockener Miene auf. »Es kann nur dieser Mann gewesen sein, der Padme angegriffen hat. Immerhin hat er auch diese Wiese in Brand gesetzt.«

»Ein Blitz«, wandte Lhandro ein. »Vielleicht ist ein Blitz ins Dach eingeschlagen. Manche Götter teilen sich auf diese Weise mit.« Er sah zu Gang, als wolle er andeuten, die Götter könnten den Eindruck gewonnen haben, daß der Wiederaufbau nicht nur aus reiner Frömmigkeit, sondern ebensosehr aus Haß erfolgt sei.

Am späten Vormittag brachen sie zu Padmes Kloster Norbu gompa auf, während Gang und seine Tochter zum Bach geführt wurden, um ihre verbrannten Hände zu baden. Der Bewahrer starrte mit glasigem Blick den Schafen hinterher, die man in einer langen Reihe vom Ufer wegtrieb. Er hatte die Karawane weder eingeladen noch willkommen geheißen, und nun zog sie weiter und ließ zehn Jahre seiner Arbeit zerstört hinter sich zurück.

»Wir werden für euch beten«, sagte Nyma zu Gangs Frau und warf dem Bewahrer einen letzten Blick zu. Dann folgte sie Shan auf den Pfad.

Nach sechs Kilometern erreichten sie die Abzweigung nach Norden, die über den Berg Yapchi ins Tal des Dorfes führte. Norbu lag rund fünfzehn Kilometer südöstlich von hier. Man war übereingekommen, daß die Dörfler mit den Schafen dem nördlichen Pfad folgen würden, während Lhandro, Shan, Lokesh, Tenzin und Nyma den Mönch auf der provisorischen Trage zum Kloster brachten. Sie sollten ein wenig dort verweilen, beharrte Padme. Zumindest lange genug, um den Dank und Segen seines *gompa* entgegenzunehmen.

»Ich gehe nach oben«, sagte Winslow, als die beiden Gruppen sich trennten. Shan sah den Amerikaner verwirrt an. Winslow führte eines von Lhandros Pferden am Zügel. Dann entdeckte Shan den *golok* oben auf dem Hang. Der Amerikaner meinte, daß er mit Dremu höher in die Berge ziehen und nach der vermißten Frau suchen würde. Der *golok* ließ sein Pferd hin und her tänzeln und starrte Shan besorgt an. Es schien ihm nicht zu gefallen, daß die Gruppe sich aufteilte. Als das letzte der Schafe auf den nördlichen Pfad einbog, trabte er an Shans Seite. »Er kann laufen«, sagte Dremu laut und in Padmes Hörweite. »Geht nicht. Laßt ihn allein nach Hause wandern.«

Nyma warf ihm einen verärgerten Blick zu. »Wir wissen, wie man sich um einen verletzten heiligen Mann zu kümmern hat«, erklärte sie schroff. Der Mönch stöhnte und hielt sich den Kopf. Er ließ nicht erkennen, ob er Dremu gehört hatte.

Der *golok* erwiderte Nymas Blick. »Fragt ihn doch mal, wie Mönche sich in die Angelegenheiten der Himmelsgötter einmischen«, knurrte er. Dann trieb er sein Pferd an und galoppierte davon.

Shan musterte die Schafe, die von den Hunden den Pfad hinaufgetrieben wurden. Dremus seltsame Beziehung zu dem *chenyi*-Stein schien ihn gegen jeden einzunehmen, der für eine Verzögerung oder einen Umweg sorgte. Aber der *golok* würde schon bald wieder dafür sorgen, daß der rote Beutel bei der Karawane blieb. Shan und die anderen würden nur ein paar Stunden fort sein. Dann waren es bloß noch zwei weitere Tage bis nach Yapchi.

Shans Sorge legte sich rasch und wich einem unerwarteten Gefühl der Vorfreude. Sie überquerten den Grat, der das Plateau im Süden begrenzte, und stiegen dann durch einige niedrige Hügel hinab auf eine breite Ebene. Er hatte erst sehr wenige *gompas* besucht, vor allem nicht solche, die offen und legal praktizieren durften, ausgestattet mit Lamas und ihren Schülern, und er vermißte die heiteren Stimmen der Lehrmeister. An den Gesichtern seiner tibetischen Gefährten konnte er ablesen, daß Padmes Versprechen eines Segens der heiligen Männer von Norbu auch für sie eine gewisse Bedeutung besaß.

Am späten Nachmittag erreichten sie den letzten der langen flachen Kämme und erblickten unter sich einen Gebäudekomplex, der von einem Ring aus blühenden Pappeln umgeben wurde. Die meisten der Häuser schienen aus Stein errichtet worden zu sein, besaßen hübsche graue Ziegeldächer und waren in einer hellen Farbe gestrichen. Um sie herum verlief eine quadratische weiße Außenmauer von etwa zweihundert Metern Seitenlänge. Im Zentrum der gepflegten Anlage standen drei große Gebäude, deren Mauern sich im oberen Bereich leicht nach innen neigten. Bis auf Höhe der Fenster im ersten Stock besaßen sie denselben hellen Pastellton, darüber jedoch waren sie kastanienbraun, entsprechend der Farbe eines Mönchsgewands. Lhandro und Nyma, die das vordere Ende der Trage hielten, stießen wie aus einem Mund Freudenlaute aus und forderten den geschwächten Padme auf, einen Blick auf sein *gompa* zu werfen.

»Ich hätte nie mit einem so großen Kloster gerechnet!« rief Lhandro. Er warf Nyma einen aufmunternden Blick zu. »Die Welt ändert sich doch, wie du siehst.«

Als sie die Trage wieder anheben wollten, zog Nyma eine Kordel aus Yakhaar hervor und band sie sich um die Taille, so daß ihr Gewand wie ein Kleid aussah. Shan war einen Moment lang verwirrt, aber dann schaute Lhandro von Nyma zu dem *gompa*, nickte ernst, zog seine Weste aus und reichte sie ihr, während die Nonne ihre langen Zöpfe löste. Obwohl sich manches veränderte und obwohl dies hier ein *gompa* war, bedeutete es doch, daß Nyma in die Außenwelt hinabstieg, wo sogar ein flüchtiger Beobachter schnell auf den Gedanken kommen könnte, daß sie eine Nonne war, und nach ihrer Lizenz fragen würde.

Als sie nur noch wenige hundert Meter von dem Kloster entfernt waren, drehte Lhandro sich ungehalten zu Lokesh um. Shan bemerkte, daß sein Freund am hinteren Ende der Trage das Tempo verringert hatte und dadurch ihr Fortkommen behinderte.

»Das *gompa*«, rief der Bauer ihm nachdrücklich ins Gedächtnis. Der alte Tibeter lächelte matt und beschleunigte seinen Schritt. Seine Begleiter waren es längst gewohnt, daß Lokesh häufig auf irgendeine Besonderheit in der Landschaft starrte, doch Shan registrierte noch etwas anderes, das die Freunde nicht sahen und das er selbst erst nach vielen Jahren wahrzunehmen gelernt hatte. Lokesh war nicht nur bisweilen anfällig für unvermutet heftige Gefühlsregungen, sondern besaß manchmal auch eine fast unheimlich wirkende Intuition. Er konnte wie ein Pferd sein, das von Natur aus spürte, ob jemand sich auf der anderen Seite eines Hügels näherte, oder wie ein Pfeifhase, der aus seinem Loch sprang und schrille Alarmsignale gab, bevor eine Lawine niederging.

Vor drei Monaten war Lokesh plötzlich stehengeblieben und hatte Shan zurückgehalten, als sie zum viertenmal an jenem Tag einen zugefrorenen Fluß überqueren wollten. Der alte Tibeter war nicht in der Lage gewesen, Shans Fragen zu beantworten, sondern hatte lediglich dagestanden und ein heiseres Krächzen ausgestoßen. Nachdem sie zehn Minuten dort ausgeharrt hatten, war Shan ein Schauder über den Rücken gelaufen, weil der Fluß zu knirschen begann und mit einem tieferen, aber irgendwie ähnlichen Geräusch auf Lokeshs Krächzen zu reagieren schien. Dann war jäh die Oberfläche gebrochen, und in der Mitte des Flusses hatte sich ein langer breiter Spalt aufgetan, in dem schwarzes Eiswasser strömte.

Empfand Lokesh nun eine vergleichbare Vorahnung? War es auch Dremu, dem wilden *golok*, so ergangen, als er Shan und die anderen an der Abzweigung aufgefordert hatte, Padme zurückzulassen? Shan ließ den Freund nicht aus den Augen, während Padme sich auf der Trage zu regen begann. Lokesh schaute nicht zu dem *gompa*, sondern darüber hinweg zu einem schmalen grauen Band, das zum Horizont führte. In Richtung der nördlichen Fernstraße, die ungefähr fünfzig Kilometer von hier verlief. Eine Straße bedeutete Patrouillen.

Knapp vierhundert Meter vor dem Kloster hob Padme mühsam einen Arm und ließ sie anhalten. »Ich will nicht auf diese Weise heimkehren«, sagte er mit matter, aber tapferer Stimme und erhob sich von der Trage. Er schloß den Reißverschluß der gelben Weste und ging los, zunächst auf wackligen Beinen und merklich geschwächt, dann mit größeren, sichereren Schritten. Ein Mönch auf einer Leiter, der die Außenmauer kalkte, hielt bei seiner Arbeit inne und rief etwas mit lauter Stimme. Kurz darauf liefen mehrere Mönche aus dem *gompa*, um Padme zu begrüßen.

»Rinpoche! Wir wollten schon nach dir suchen!« rief der erste, der ihn erreichte, und schrie dann entsetzt auf, als er die Wunden an Gesicht und Armen des Neuankömmlings bemerkte.

Padme war sogleich von zahlreichen Mönchen umgeben, die ihn vorsichtig stützten und vorbei an einigen heruntergekommenen Behausungen durch das Tor des Klosters führten, zu dessen beiden Seiten jeweils eine hohe quadratische Säule stand. Shan und seine Freunde starrten verunsichert das *gompa* an, als plötzlich ein kleiner brauner Hund angerannt kam und Tenzin anbellte. Das Tier war regelrecht außer sich und zerrte an seinem Hosenbein, bis es einriß. Tenzin wollte dem Hund eine Hand auf den Kopf legen, aber das Tier biß sofort zu. Auf einmal flog ein Stein durch die Luft und traf den Hund in die Seite. Er jaulte auf und floh um die Ecke der Außenmauer.

Lhandro ging zu Tenzin und holte eine Wasserflasche hervor, um dessen blutenden Finger zu säubern. Shan nahm unterdessen die kleinen Bauten vor dem Tor in Augenschein. Vor einem der Häuser aus bröckelnder Erde saß unter einem primitiven Vordach ein Mann mit struppigem weißem Haar und ledriger Haut und bediente mit dem Fuß eine alte Nähmaschine. Er schien an einem Mönchsgewand zu arbeiten. Ein weiterer, fast genauso alter Mann, dessen Kopf dick bandagiert war, lehnte schlafend an einem rostigen Metallfaß. Eine alte Frau, die eine vielfach geflickte *chuba* trug und deren Augen der graue Star getrübt hatte, saß im Eingang einer der anderen Unterkünfte, die kaum mehr als Hütten waren, und drehte eine kleine Gebetsmühle. Niemand hob den Kopf. Niemand ließ sich von Padmes Rückkehr oder auch nur der Vertreibung des kleinen Hundes zu einem fröhlichen Lächeln verleiten.

Hier draußen vor dem Tor gab es nur ein einziges neues Bauwerk, und zwar einen langgestreckten, schmalen offenen Unterstand mit Wellblechdach und unbefestigtem Boden. Es war ein vertrauter Anblick aus Shans früherer Inkarnation; in Peking nannte man diese Buden meistens Zeitungshütten, andere bevorzugten den Begriff »Parteischeißhäuser«. An der Rückwand im Innern hing in einem langen Glaskasten eine jüngere Ausgabe der offiziellen Tageszeitung aus Lhasa, die in chinesischer Sprache gedruckt wurde. Shan sah sich noch einmal nach den Tibetern um, die hier vor dem Tor saßen. Er bezweifelte, daß einer von ihnen Chinesisch sprechen, geschweige denn lesen konnte. Zögernd trat er ein und ließ den Blick über die Zeitungsseiten schweifen. Neben dem Glaskasten war ein schwarzes Brett angebracht, an dem einige örtliche Verlautbarungen hingen. Er überflog die Artikel. Eine Rede des Vorsitzenden aus

Peking zum Thema Außenpolitik war in voller Länge nachgedruckt worden und nahm drei Seiten ein. Eine Firma aus Shanghai, deren Namen Shan kannte und die zum Eigentum der Volksbefreiungsarmee zählte, errichtete zu Füßen des Potala ein Touristenhotel. Die Nutzholzgewinnung im östlichen Tibet brach auch weiterhin sämtliche Rekorde. Der geliebte Abt von Sangchi gompa, einem der größten Klöster Tibets, war nicht – wie zuvor berichtet – nach Indien geflohen, sondern laut neuester Erkenntnisse von Anhängern des Dalai-Kults entführt worden, eine von Pekings bevorzugten Bezeichnungen für all jene in Tibet, die sich der Parteilinie widersetzten. Südöstlich von Lhasa hatte man ein neues Wasserkraftwerk eingeweiht. Ein leitendes Mitglied des Dalai-Kults, der berüchtigte Tiger, galt als Hauptverdächtiger für den Mord an Chao Yu, dem heroischen stellvertretenden Direktor des Büros für Religiöse Angelegenheiten der Stadt Amdo. Diesen Bericht las Shan zweimal. Es wurden keine Beweise angeführt, lediglich eine Bekanntmachung der Öffentlichen Sicherheit zu den gewaltsamen und verräterischen Aktivitäten des Tigers. Ein Begleitartikel führte aus, daß der Tiger, diese verhaßte reaktionäre Marionette des Dalai-Kults, von den Kräften der Öffentlichen Sicherheit schon bald gestellt und der raschen Gerichtsbarkeit des Volkes überantwortet werden würde. Eine tibetische Schule in der Provinz Qinghai hatte dem Vorsitzenden eine Landkarte Chinas geschickt, die vollständig aus Reiskörnern zusammengesetzt war. In Shigatse hatte eine chinesische Schülerin ein Lamm vor dem Ertrinken gerettet. Daneben war ein Foto des Tiers abgedruckt.

Shan gelangte zu dem Anschlagbrett, das zur Hälfte unter einem gemeinsamen Aushang des hiesigen Bezirksrats und der Klosterleitung von Norbu gompa verschwand. Anläßlich des Maifeiertags würde im Kloster ein Fest zu Ehren der wirtschaftlichen Fortschritte des Bezirks stattfinden. Die Bürger wurden zur Teilnahme aufgefordert. Unter der Ankündigung hing ein Blatt mit numerierten Linien, in das sich die Familien oder Produktionseinheiten eintragen sollten, um die Früchte ihrer Arbeit zu präsentieren. Das Datum lag zehn Tage zurück, und es gab nur einen einzigen Eintrag: Irgendein Witzbold hatte dort »Lhalung Pelgyi Dorje« hingekritzelt. Das war der Name eines Tibeters, der vor mehr als tausend Jahren einen König getötet hatte, nachdem dieser auf dermaßen brutale Weise gegen die Buddhisten vorgegangen war, wie es sich bis zur Ankunft der Kommunisten nicht mehr wiederholt hatte. Dieser Held würde nach Norbu kommen, stand dort, und zu Ehren des Vorsitzenden einen schimmligen Kloß mitbringen. Ansonsten hatte sich niemand für die Maifeier angemeldet. Shan musterte die müden Tibeter, die draußen vor dem Tor saßen. Es schien, als würde ein Teil der ortsansässigen Bevölkerung sich über das *gompa* lustig machen wollen, während ein anderer Teil es fürchtete.

»Wenn wir jetzt aufbrechen, können wir die Schafe noch vor Einbruch der Dunkelheit einholen«, schlug Nyma leise vor, als läge ihr plötzlich nicht mehr viel daran, den Segen der Lamas zu empfangen. Doch noch bevor jemand etwas darauf erwidern konnte, kam ein lächelnder Mönch mittleren Alters durch das Tor und breitete in seiner eleganten goldgesäumten Robe grüßend die Arme aus. Dicht auf dem Fuß folgten ihm zwei junge Mönche, die fast noch Kinder waren.

Shan erstarrte vor Schreck und warf Nyma einen besorgten Blick zu. Er kannte dieses Gesicht mit der langen Hakennase. Der Mann war Khodrak, nach eigenem Bekunden der Abt des Klosters.

»Vergeben Sie uns«, sagte Khodrak. »Wir waren so froh über die Rückkehr unseres Padme, daß wir Sie vernachlässigt haben.« Shan sah über die Schulter des Mannes und durch das Tor. Über der verzierten Eingangstür des zentralen Gebäudes hing ein kleines Banner in akkurater chinesischer Schrift: *Klarheit und Wohlstand*, lautete die Botschaft. »Die Retter unseres Padme sind in Norbu gompa herzlich willkommen«, rief Khodrak huldvoll und wies mit einladender Geste auf das Tor.

Als er und seine aufgeregten jungen Begleiter die Gäste über den ordentlich geharkten Innenhof führten, wurde deutlich, daß die Restaurierungsbemühungen sich auf gewisse Teile des *gompa* beschränkt hatten. Bei den drei Gebäuden im Zentrum schien es sich um stabile Neubauten zu handeln, aber parallel zu den Außenmauern standen auf beiden Seiten lange eingeschossige Häuser aus Holz und gepreßter Erde, die in keinem gutem Zustand waren. Sie dienten den Mönchen augenscheinlich als Unterkünfte und beinhalteten ferner die vielen Meditationszellen und kleinen Götterschreine, die man in traditionellen Klöstern häufig antraf. Jeder der Fachwerkbauten besaß eine kleine leere Veranda, auf der normalerweise mehrere Gebetsmühlen gehangen hätten. Das jeweils erste dieser Gebäude auf beiden Seiten des Haupthofs war renoviert worden, um den neueren Häusern im Zentrum zu gleichen und dem Eingangsbereich ein gepflegtes Erscheinungsbild zu verleihen. Über der Tür hing jeweils ein langes rotes Holzschild, auf dem man in goldenen Buchstaben das *mani*-Mantra eingeprägt hatte.

Der Abt begleitete sie zu dem niedrigen Haus zur Linken, entschuldigte sich und verkündete, daß einer der jungen Novizen sie auf dem Gelände herumführen würde. Der nervöse Schüler zeigte ihnen Haken, an denen sie ihre Habseligkeiten aufhängen konnten, und erklärte, daß es sich bei Norbu um das Hauptkloster der Region handle, dessen fünfunddreißig Mönche und Novizen sich einer der höchsten Wertungen von ganz Tibet rühmen könnten.

»Was genau meinen Sie damit?« fragte Shan, während der junge Mann sie nach draußen und vorbei an den ersten beiden Zentralgebäuden führte. Das eine, so hatte Shan schnell erkannt, diente Verwaltungszwecken, das andere beherbergte den Speisesaal und mehrere Unterrichtsräume.

Der Novize verzog das Gesicht. »Das Büro für Religiöse Angelegenheiten vergibt Punkte für angemessenes Betragen«, sagte er und starrte dabei reglos nach vorn. »Und für Klarheit«, fügte er seltsam melancholisch hinzu und beschleunigte den Schritt. Im südöstlichen Winkel der hohen Mauer standen ein langes Holzhaus und ein Stall, beide sehr baufällig. Sie waren die letzten Überbleibsel eines alten Klosters und schienen sich dicht aneinanderzukauern, als wollten sie den größeren, moderneren Gebäuden im Zentrum der Anlage die Stirn bieten. Shan nahm die Bauten genau in Augenschein. Man hatte sie aus

Holzbohlen errichtet. An den Wänden lehnten Schaufeln und Harken, und neben dem Stall stand ein Stapel abgewetzter Körbe mit breiten Schulterriemen und gepolsterten Schlaufen. Shan kannte solche Körbe; vier Jahre lang hatte er selbst fast täglich ein solches Ungetüm auf dem Rücken getragen, dabei die lange Schlaufe um die Stirn gelegt und beim Straßenbau der Regierung Felsen und Schotter geschleppt. Hinter den Gebäuden sah er in der Ecke der Außenmauer einen vierrädrigen Holzwagen und einen großen Dunghaufen. Darüber erhob sich im Schatten der Pappeln, die jenseits der Mauer wuchsen, ein hoher schlanker Mast, an dem eine lange Funkantenne und eine Satellitenschüssel befestigt waren.

Nyma lief zu einem Gestell nahe der Mitte der rückwärtigen Mauer, an dem ein riesiger Zylinder hing, eine herrlich gearbeitete Gebetsmühle. Doch als sie die Mühle berühren wollte, hielt der Novize sie durch einen Zuruf davon ab. Dann erhöhte er abermals das Tempo, um die Gruppe vorbei an einer Reihe geparkter Fahrzeuge zu führen, darunter ein großer Transporter, der als Ambulanz gekennzeichnet war. Ein finster blickender Han-Chinese in himmelblauer Uniform kam hinter dem Wagen zum Vorschein und sah die Fremden durchdringend an, während er sich eine Zigarette anzündete.

»Ein Sanitätsteam aus Lhasa«, erklärte der Novize mit nervöser Jungenstimme. »Sie fahren hier durch die Gegend, um der Bevölkerung zu helfen. Ihre Tour dauert nun schon mehrere Wochen. Angefangen haben sie im Süden nahe der indischen Grenze und dann auf ihrem Weg viele Dörfer und Lagerplätze besucht. Die Leute hier bekommen nur sehr selten richtige Ärzte zu Gesicht.«

Richtige Ärzte. Lokesh warf Shan einen Blick zu. Früher hatte es in dieser Gegend eine Ausbildungsstätte für richtige Ärzte gegeben, und zwar auf der Ebene der Blumen.

Tenzin war neben dem Dunghaufen stehengeblieben. Als er die anderen wieder einholte, bemerkte Shan, daß an seinen Wangen etwas von dem trockenen, staubigen Material des Haufens klebte und er sich die Mütze tief ins Gesicht gezogen hatte.

Als sie um die Ecke im Südwesten bogen, kam ein durch Pfosten und Seile abgegrenzter Bereich in Sicht, in dem ungefähr zwanzig Tibeter in einer Reihe nebeneinander standen. An der Tür eines kleinen Gebäudes hatten sich einige Männer und Frauen versammelt, überwiegend Han und alle in diesen hellblauen Uniformen, und musterten die Wartenden. Die *rongpas* und *dropkas* dort wirkten alle genauso nervös wie der junge Mönch. Sie sahen nicht krank aus. Sie sahen aus, als hätten sie Angst.

Ein Mann mit einer Schaffellweste rief Lhandro beim Namen und winkte ihn zu sich, als traue er sich nicht, die Reihe zu verlassen. Doch als Lhandro einen Schritt in seine Richtung machte, hielt der Novize ihn mit sanfter Geste zurück. »Die Ärzte wünschen keine Störung«, sagte er ernst. Shan hörte, daß einer der Männer in Blau die Tibeter anwies, ihre Papiere zur Überprüfung bereitzuhalten.

Das dritte der zentralen Gebäude war länger, etwas niedriger und nicht in so gutem Zustand wie die anderen beiden. An der Rückwand bröckelte der Putz ab. Zwei rote Pfeiler säumten eine dicke Holztür, die mit geschnitzten Szenen aus dem Leben des historischen Buddha verziert war. Sie schien aus einem älteren Bauwerk zu stammen und war in einen Metallrahmen eingefaßt worden. Über die schlichten Dielen eines Korridors gelangten sie in einen großen Saal mit Betonboden. Auf Kissen saß ein halbes Dutzend Mönche vor einem Altar mit gelbem Plastiktischtuch. Darauf stand eine mehr als einen Meter hohe und in grellen Farben bemalte Gipsstatue des historischen Buddha Sakyamuni. Neben dem Buddha hatte man ein Tischchen mit Opferschalen und einem schwelenden Weihrauchkegel aufgestellt.

»Unsere *lhakang*«, erklärte der Führer. Die Halle der Hauptgottheit.

Lokesh warf einen Blick auf die Statue und ließ sich zwischen den Mönchen auf dem kalten harten Boden nieder. Ihr Begleiter hob die Hand, als wolle er etwas einwenden, doch dann setzten auch Nyma und Tenzin sich hin.

»Es gibt ja so wenige Tempel in den Bergen«, stellte Shan spöttisch fest.

Der Mönch sah ihn an und öffnete neugierig den Mund, um eine Frage zu stellen, doch als auch Lhandro sich zu den anderen gesellte, zuckte er nur die Achseln. »Bitte seien Sie beim Abendessen unsere Gäste. Achten Sie auf die Glocke.« Dann drehte er sich um und verließ den Raum.

Shan saß eine halbe Stunde bei seinen Freunden, atmete den duftenden Weihrauch ein, betrachtete eine Reihe kürzlich gemalter *thangkas* an der Wand, verschränkte die Beine im Lotussitz und streckte sie wieder aus. Es gelang ihm nicht, die zur Meditation notwendige Ruhe zu finden, und so stand er auf, ging hinaus und folgte einer niedrigen alten Steinmauer, die zwischen dem zweiten und dritten Haus verlief und ursprünglich als massives Fundament eines großen Bauwerks gedient hatte. Langsam umrundete er die anderen beiden Zentralgebäude, registrierte zufrieden die Leinen voller Gebetsfahnen, die zwischen ihren Giebeln gespannt waren, und fand sich schließlich vor der Gebetsmühle im hinteren Teil der Anlage wieder. Sie war prächtig aus Kupfer und Messing gearbeitet, knapp zwei Meter hoch und etwa halb so breit. Shan berührte sie und stellte zu seiner Überraschung fest, daß sie sich mühelos in Bewegung setzte und fast eine ganze Umdrehung vollführte. Die Aufhängung bestand aus schweren Kugellagern, als hätte kein Mönch, sondern ein Ingenieur diese Konstruktion entworfen. Unten an dem Gestell fiel Shan eine Tafel auf, die chinesisch und tibetisch beschriftet war. Er hatte ähnliche Schilder an Gebetsmühlen und Statuen schon häufiger gesehen. Meistens trugen sie den Namen eines Jugendbundes oder Fördervereins, der das jeweilige Stück gestiftet hatte. Doch sowohl diese Tafel als auch die riesige Gebetsmühle waren anders. *Betriebszeit 8 bis 20 Uhr*, lautete die Aufschrift. Shan starrte das Schild ungläubig an. Dann hörte er jemanden bei dem alten Stall neben dem riesigen Dunghaufen. Vorsichtig näherte er sich dem Geräusch und entdeckte einen stämmigen Mönch, der zu einem großen zottigen schwarzen Yak sprach. Der Mann schaufelte Dung auf den Holzwagen und redete im Plauderton auf das Tier ein.

Nach einem Moment erkannte Shan, daß er den Mönch zuvor schon gesehen hatte. Er schlich sich in den Schatten der Stallwand und beobachtete den Mann, der so sehr in die Arbeit und das Gespräch mit dem Yak vertieft war, daß fünf Minuten vergingen, bis er Shan bemerkte. Er hielt kurz inne und verstummte, nur um im nächsten Augenblick mit seiner Tätigkeit fortzufahren.

»Ich hoffe, ihr seid neulich nicht noch mal steckengeblieben«, sagte Shan.

Der Mönch drehte sich um und grunzte, während er erst Shan und dann das Gelände hinter ihm betrachtete. Er nickte zögernd. »Noch zweimal. Daraufhin haben sie ihre Pläne geändert und sind hierher zurückgekommen.« Die Worte veranlaßten Shan, sich umzudrehen und selbst einen genaueren Blick auf die Anlage zu werfen. »Das Büro für Religiöse Angelegenheiten ist hier?«

»Überall«, erwiderte der Mönch unentschlossen und schaufelte weiter. Man sprach nicht über die Schreihälse, ebensowenig wie über Kriecher und andere Dämonen.

»Jemand muß hart gearbeitet haben, um all den Brennstoff herzubringen«, stellte Shan fest.

»Stimmt«, lautete die nächste lakonische Antwort. »Die Bauern und Hirten dieser Gegend. Es ist bisweilen alles, was sie als Spende aufbringen können. Einmal haben sie sogar auf die eigenen Herdfeuer verzichtet, um das *gompa* mit Brennstoff zu versorgen.«

»Du hast gesagt, ihr würdet aus Khang-nyi gompa stammen«, erinnerte Shan sich.

»Richtig. Das Zweite Haus. So lautet der alte Name, der diesem Ort ursprünglich verliehen wurde. Auf der Hochebene im Norden gab es früher ein großes Kloster, das Erste Haus. Das hier war eine Zwischenstation für Reisende auf dem Weg dorthin und für all jene, die darauf warteten, daß die Lamas herunterkommen würden.«

Shan nahm sich eine Schaufel, die am Stall lehnte, ein altes handgefertigtes Werkzeug mit Holzblatt, und fing an, dem Mönch zu helfen. »Ich hab das schon mal gemacht, aber da war es feuchter«, sagte er nach ein paar Minuten.

Der Mann hielt mit der Schaufel im Dunghaufen inne. »Feuchter?«

»Auf Reisfeldern«, sagte Shan. »In der Provinz Liaoning. Ich hatte keine andere Wahl.«

Der Mann nickte und arbeitete weiter. »Du meinst, man hat dich gezwungen?«

Shan leerte die Schaufel auf den Wagen. »Soldaten«, bestätigte er. »Meistens blieben sie ein Stück weg, weil es ihnen zu sehr stank. Nur wenn wir aufhörten, sind sie gekommen, um uns mit ihren Bambusstöcken zu schlagen.«

Schweigend arbeiteten sie weiter. Irgendwo erschallte Musik, die eintönigen Klänge einer chinesischen Oper.

»Es stank?« fragte der Mönch, nachdem er anscheinend mehrere Minuten über Shans Worte nachgesonnen hatte.

»Die Soldaten kamen aus der Stadt.« Shan seufzte.

Der Mönch sah ihn nachdenklich an, senkte die Schaufel und streichelte mit einer Hand den Rücken des großen schwarzen Tiers. »Yakdung riecht gar nicht so schlecht.«

»Das damals war Menschenkot. Er wurde aus dem Umland und den Städten herangekarrt.«

Der Mann arbeitete weiter. Dann legte er langsam eine Hand auf den Stiel von Shans Schaufel und drückte sie herunter. »Ich heiße Gyalo. Im Grunde meines Herzens bin ich ein *rongpa*. Vor zwei Jahren wollte man aus den Reihen der Landarbeiter einige Mönche rekrutieren, und meine Großmutter hatte sich schon immer gewünscht, daß ich ins Kloster gehen würde. Man hat mir eine Lizenz erteilt. Wenn es um Belange der Landbevölkerung geht, werde ich zumeist mitgenommen.« Er sah Shan gespannt an und wartete auf eine Erwiderung.

»Es war ein landwirtschaftliches Besserungslager, und ich war damals noch ein Kind. Meine Familie wurde hingeschickt, weil mein Vater als Professor gearbeitet hatte. Eine kleine Armee von Arbeitern brachte uns den Kot auf ihren Fahrradanhängern in großen Tontöpfen. In der Regel haben wir diese dann einfach auf den Reisfeldern ausgeleert. Manchmal jedoch standen die Töpfe lange in der Sonne, so daß der Inhalt eintrocknete und wir ihn mit bloßen Händen herauskratzen mußten. Ich weiß noch genau, wie naß alles wurde, sobald es regnete. Dann fing es richtig an zu stinken und war zu weich, um es mit einer Schaufel anheben zu können.«

Der Mönch nahm ihn lange und gründlich in Augenschein. »Hier ist es längst nicht so schlimm«, sagte er ernst. Shan erwiderte den Blick, und die strenge Miene des Mannes verzog sich langsam zu einem freundlichen Lächeln.

»Ist die Wagenladung für die Dorfbewohner bestimmt?«

»Das *gompa* will bloß diesen Vorrat loswerden. Zu altmodisch, sagen sie, und es erinnert sie an früher. Es gibt kein gutes Beispiel. Wir müssen dem Volk zeigen, was Wohlstand bedeutet«, sagte er im Tonfall eines Politoffiziers und deutete auf die Stelle, an der das Stallgebäude an die Außenmauer grenzte. Entlang der Wand standen mehrere große Gasflaschen aus Metall.

»Haben die Mediziner dich hergeschafft?« fragte er Shan kurz darauf. Es klang, als würden die Ärzte ihre Patienten verhaften.

Shan schüttelte den Kopf. »Ich war mit meinen Freunden immer noch in den Bergen unterwegs. Auf der Ebene der Blumen haben wir einen Mönch namens Padme gefunden. Jemand hatte ihn überfallen, und er brauchte unsere Hilfe.«

Gyalo sah ihn abermals durchdringend an und schien etwas fragen zu wollen. »Möge der gesegnete Buddha Padme Rinpoche beschützen«, sagte er statt dessen schnell und überaus förmlich. »In der *lhakang* wurde für ihn gebetet.«

Shan musterte den Mönch und fragte sich, wieso ausgerechnet Gyalo hier allein den Dung schaufelte. War es eine Strafe? Offenbar hatte der Mönch nicht selbst für Padme gebetet, zumindest hörte es sich so an. Und warum hatten er und die Mönche am Tor den jungen Mann Rinpoche genannt, obwohl dieser Ehrentitel normalerweise für ältere und hochgeschätzte Lehrmeister reserviert war?

»Kommen häufig Ärzte her?« fragte Shan.

Der Mönch runzelte die Stirn. »Diese hier nicht, die sind was Besonderes.« Er stützte sich auf die Schaufel und sah Shan aufs neue an. »Wo hast du so gut Tibetisch gelernt? Wenn ein

Chinese unsere Sprache spricht, arbeitet er meistens für die Regierung.«

»Ich habe tatsächlich mal für die Regierung gearbeitet. Im Straßenbau. Und so einen hatte ich dabei auf dem Rücken«, sagte Shan und deutete auf den Stapel Körbe.

Der Mönch verzog das Gesicht und wies dann auf die Klinik in der anderen Ecke des Geländes. »Diese Gegend war früher berühmt für ihre vielen Lama-Heiler. Daher ändert die Bevölkerung nur sehr langsam ihre Gewohnheiten, löst sich nur zögernd von der Religion und bleibt den chinesischen Ärzten gegenüber skeptisch. Die Regierung möchte sichergehen, daß die Leute nicht krank werden.«

»Oder sich womöglich auf die falsche Weise kurieren lassen.«

Gyalo bedachte ihn mit einem vielsagenden Blick.

Shan ließ sich die Worte des Mönchs noch einmal durch den Kopf gehen. »Soll das heißen, daß die Wartenden dort drüben gar nicht krank sind?« Ihm waren zwei Kranke begegnet, erinnerte er sich; eine hatte sich im Salzlager vor den Ärzten versteckt, die andere am Wegesrand gewartet – und Lokeshs Hilfsangebot ausgeschlagen.

»Sie wurden aus den Bergen herzitiert. Um sich impfen zu lassen. Und wegen der Papiere.«

»Papiere?«

»Diese Ärzte sind vor zwei Wochen eingetroffen und einfach geblieben. Oft halten sie in den Büros irgendwelche Sitzungen ab. Manchmal taucht ein pockennarbiger Offizier der Kriecher hier auf, dessen Augen wie schmutziges Eis aussehen. Alle haben sie Funkgeräte wie die Soldaten. Nicht jeder, der in einer dieser blauen Uniformen steckt, ist ein Mediziner. Und auch die echten Ärzte benehmen sich bei der Ausgabe der neuen Gesundheitspässe, als wären es Personaldokumente. Jedermann muß genau angeben, bei wem er während der letzten fünf Jahre in Behandlung war, darunter auch die tibetischen Heiler. Und er muß Papiere aus dem Büro unterschreiben. Wenn dieser Kriecher kommt, läßt er die Leute vorlesen.«

»Vorlesen? Was denn?«

»Irgendwas. Einen Absatz aus dem Faltblatt der Klarheitskampagne. Eine Zeile aus einem der medizinischen Formulare.« Gyalo schaute stirnrunzelnd zu der anderen Ecke, wo immer noch mehrere der Han-Chinesen in Blau standen. »Anfangs sind einige der Leute freiwillig gekommen. Mittlerweile hat sich das geändert. Die Soldaten stellen Lastwagen zu Verfügung. Oder Männer wie Soldaten, aber mit weißen Hemden.«

Shan starrte den Mönch an. Die Schreihälse trugen mitunter weiße Hemden, aber sie waren keine Soldaten, sondern Politoffiziere des modernen Tibet. »Meinst du etwa Soldaten der Öffentlichen Sicherheit, die sich als Schreihälse ausgeben? Als Ärzte?«

»Norbu gompa ist wie ein Grenzposten am Rand der Wildnis, fernab vom Rest der Welt. Ein Ort für Experimente.«

Shan ließ ihn nicht aus den Augen. »In diesem Bezirk werden irgendwelche Versuche angestellt? Versuche politischer Natur?«

»Unsere vorgesetzte Behörde ist das Büro für Religiöse Angelegenheiten. Der Bezirksrat ignoriert uns. Wir sind die Region Norbu des Büros und damit größer als der Bezirk. Das Gebiet reicht im Norden sogar bis über die Berge und in die Provinz Qinghai. Die Leitung erfolgt aus der Zentrale des Büros in der Stadt Amdo und aus den Arbeitsräumen dort drüben.« Er nickte in Richtung des ersten der zweigeschossigen Gebäude.

Schweigend arbeitete Shan einige Minuten weiter. »Wenn diese Ärzte vor zwei Wochen hier angekommen sind, dann hat das nichts mit dem Mord an dem stellvertretenden Direktor zu tun.«

Gyalo nickte und streichelte den Kopf des Yaks. »Die meisten Leute kennen diesen Tuan bloß als Chef des Büros für Religiöse Angelegenheiten. Aber davor war er zwanzig Jahre bei der Öffentlichen Sicherheit. Das ist die beste Voraussetzung, um in einer so sehr der Tradition verhafteten Gegend einen leitenden Posten bei der Religionsverwaltung zu bekommen«, stellte der Mönch verbittert fest und sah Shan an. »Nicht alle, denen es befohlen wird, kommen her. Manche verstecken sich einfach und warten ab. Bis vor einiger Zeit bin ich oft unterwegs gewesen, um den Hirten und Bauern so gut wie möglich zu helfen. Inzwischen darf ich kaum noch ohne Eskorte vor die Tür.«

»Aber Padme war weit weg von hier und ganz allein«, sagte Shan langsam. »Einen Tagesmarsch entfernt, ohne auch nur eine Wasserflasche dabeizuhaben.«

»Padme braucht keine Erlaubnis«, flüsterte Gyalo dem Yak laut ins Ohr. »Und er geht ungern zu Fuß.«

»Aber so haben wir ihn vorgefunden. Kein Pferd, kein Wagen. Fast wie ein Einsiedler.«

Gyalo lächelte, als habe Shan einen guten Witz erzählt. Er wandte nicht mehr den Kopf und sprach nur noch zu dem Yak. »Ein alter Lama hat mal zu mir gesagt, wenn man sich lange genug anstrengt und die richtige Bewußtseinsebene erreicht, kann man fliegen lernen«, sagte er zu dem Tier und schlug mit den Armen, als wären es Vogelschwingen.

Shan musterte ihn verunsichert. »Hat er auch nach diesem Mann mit dem Fisch gesucht?«

Gyalo beugte sich über den Kopf des Yaks. »Vielleicht weiß er nichts von *dropkas* und heiligen Seen. Vielleicht weiß er nicht, was in heiligen Gewässern schwimmt.«

Shans Blick wanderte von dem Mönch zu dem Yak. Er begann am Geisteszustand des Mannes zu zweifeln.

Der Mönch wandte ihm den Rücken zu, und Shan stellte die Schaufel zurück an die Stallwand. Als er sich auf den Weg machte, sagte Gyalo noch einen letzten Satz. »Er sollte diese Nonne nicht ins obere Stockwerk lassen.«

Shan drehte sich um, doch der Mönch war über den Yak gebeugt und zog eine Strähne des langen Fells gerade, als hätte er nichts gesagt und als wäre Shan längst gegangen.

Gemessenen Schrittes kehrte Shan in die *lhakang* zurück und fand sie leer vor. Nyma sollte von der oberen Etage fernbleiben. Shan ging zu dem ersten der zweigeschossigen Gebäude, demjenigen, das dem Tor am nächsten lag, demjenigen mit dem Banner. An der Stirnseite des Hauses hingen Holzschilder, die er bislang nicht gelesen hatte. Das waren gar keine religiösen

Lehrsätze, stellte er nun mit Schrecken fest, obwohl man sie in der eleganten tibetischen Schmuckschrift verfaßt hatte, die solchen Zitaten vorbehalten war. *Nutzt Buddha, um dem Volk zu dienen*, stand auf einem der Schilder. *Verbindet die Worte Buddhas mit dem chinesischen Sozialismus*, lautete ein anderes.

Langsam umrundete er das Gebäude und achtete genauer auf die beiden Leinen mit den Gebetsfahnen, die den Zwischenraum zum Nachbarhaus überspannten. An der vorderen hingen *mani*-Fahnen mit der Anrufung des Mitfühlenden Buddhas. Bei der zweiten hatte er sich geirrt. Sie bestand aus kleinen roten Wimpeln mit jeweils einem großen Stern in der oberen linken Ecke, daneben im Halbkreis vier kleinere Sterne. Die Nationalflagge der Volksrepublik China. Shan folgte der Westmauer der Anlage und sah, wie vier *dropkas* einen der altersschwachen Bauten betraten. Er folgte ihnen durch eine rissige Holztür in einen knarrenden Dielenflur und weiter in eine Kapelle von allenfalls dreieinhalb mal zweieinhalb Metern Grundfläche. Dicht an dicht saßen hier mehr als ein Dutzend Tibeter und betrachteten ehrfürchtig eine kleine Bronzestatue des Lehrers Guru Rinpoche. An der Wand zu beiden Seiten der Statue hingen insgesamt acht alte verblichene *thangkas* mit Abbildern der Tara; sie stellten die acht Gestalten der Gottheit dar, die Schutz vor acht Gefahren boten. Mehrere davon kannte Shan bereits. Eine Gestalt schützte die Gläubigen vor Schlangen und Mißgunst, eine andere vor Verblendung und Elefanten, eine dritte vor Dieben. Über der Statue war ein ebenfalls altes und verblichenes, aber sehr viel kleineres *thangka* befestigt. Shan erkannte die abgebildete Gottheit nicht sofort. Eine *dropka* rückte ein Stück zur Seite, so daß er sich setzen und das Stoffgemälde genauer in Augenschein nehmen konnte. Mit einem Mal wurde ihm alles klar. Das war kein wirklich altes *thangka*, sondern ein zu Zwecken der Tarnung künstlich auf alt getrimmtes Bild. Es zeigte einen Lama mit friedvollem Lächeln und dem Stab eines Bettelmönchs über der Schulter. Zeigefinger und Daumen seiner erhobenen Hand berührten sich zum sogenannten *mudra* der Lehre. Es war Tenzin Gyatso, der gegenwärtige, vierzehnte Dalai Lama.

Nach einer halben Stunde kehrte Shan auf den Innenhof zurück und begab sich abermals vor das Verwaltungsgebäude. Verwirrt sah er sich um und versuchte, das Gesehene irgendwie miteinander in Einklang zu bringen: die *mani*-Gebete über den Seiteneingängen und die Ärzte, die sich wie Kriecher aufführten, die riesige Gebetsmühle und ihre Betriebszeiten, die ehrerbietigen Göttergemälde und die roten Flaggen Pekings.

Er betrat die Eingangshalle des Gebäudes und fand sie leer vor. Sie wurde lediglich von zwei großen modernen Gemälden geziert, stilisierten Pseudo-*thangkas*, sowie von einem weiteren Banner der Klarheitskampagne. Unter letzterem hing an einem großen Anschlagbrett eine gedruckte Mitteilung. Es war eine Datenübersicht. Die Bezirke des Büros für Religiöse Angelegenheiten erhielten Punkte für die erzielten wirtschaftlichen Fortschritte; die Vorgabe dabei lautete, religiöse Neigungen in ökonomisch produktive Bahnen zu lenken. Es gab eine Tabelle der Einzelkriterien, jeweils versehen mit der aktuellen Statistik und den Durchschnittswerten der letzten fünf Jahre: Anzahl der Schafe; Anzahl der domestizierten Yaks, Ziegen, Pferde; Nutzfläche des Gerstenanbaus; Anzahl der Kinder, die staatliche Schulen besuchten; Anzahl der Fahrzeuge; Produktionsmenge von Filz, Wolle und Milchprodukten. Shan überflog die Zahlen der vergangenen Jahre. Gemessen an den vorgegebenen Kriterien mußte dieser Bezirk zu den ärmsten in ganz Tibet gehören. Das deckte sich mit den von Drakte festgestellten Werten. Aber Drakte hatte doch mit Sicherheit keine Daten für diese Kampagne gesammelt.

Am unteren Rand des Blattes stand eine Notiz in deutlicher, geübter Handschrift. *Wir werden Klarheit erzielen, und zwar jetzt.* Unterzeichnet von dem Vorsitzenden Khodrak. Daneben hing eine Ankündigung, die besagte, daß von allen Mönchen eine Teilnahme an den Feierlichkeiten zum Tag der Arbeit erwartet wurde.

Shan stieg eine Holztreppe am Ende der Halle empor. Im ersten Stock sah es aus wie in einer Behörde. Eine Tür am Anfang des Korridors öffnete sich in einen Raum, in dem ein Mönch und ein Mann mit Anzug saßen und jeweils rasend schnell auf einer Computertastatur schrieben. Die Monitore vor ihnen waren voller chinesischer Ideogramme. Über ihren Köpfen hingen zwei Fotos: eines von Mao Tse-tung und eines des gegenwärtig in Peking amtierenden Vorsitzenden. Auf einem Tisch neben den Männern standen ein Faxgerät und ein großes Telefon mit Knöpfen für zahlreiche Leitungen. An einer Wand hing eine Landkarte mit den vertrauten fettgedruckten Worten *Nei Lou* am oberen Rand. Davor stand eine Schreibmaschine mit einem eingespannten Blatt Papier. Shans Blick verharrte bei ihr. Während der Reise mit Drakte hatten er und Lokesh in der Hütte eines Hirten eine ähnliche Maschine gesehen und dadurch die *purbas* in helle Aufregung versetzt. Die Kriecher stuften Schreibmaschinen noch immer als Geheimwaffen ein. Mehr als ein Dissident war einfach nur deswegen für schuldig erklärt worden, weil er eine eigene Schreibmaschine besaß.

Shan ging an der offenen Tür vorbei und blieb vor einem großen Poster stehen, das mit dem Schriftzug des Büros für Religiöse Angelegenheiten versehen und ausschließlich in chinesischer Sprache abgefaßt war. *Aufnahmebedingungen*, lautete die Überschrift, gefolgt von zehn Kriterien.

Punkt eins besagte, der Kandidat müsse mindestens achtzehn Jahre alt sein. Seit Jahrhunderten schickten viele tibetische Familien traditionell ihren ältesten Sohn in ein *gompa*, dies jedoch in einem sehr viel jüngeren Alter, weil der Lernprozeß für all jene, welche die Stufe des *geshe* und somit den höchsten Grad der klösterlichen Ausbildung anstrebten, durchaus mehr als zwanzig Jahre in Anspruch nehmen konnte.

Der Kandidat müsse die Kommunistische Partei lieben, stand in der nächsten Zeile. Shan traute seinen Augen nicht. Die Partei lieben. Die Eltern des Kandidaten sollten zudem ausfindig gemacht werden und hatten ihr Einverständnis zu geben.

Auch die Arbeitseinheit des Kandidaten mußte mit dem Wechsel zur Klostereinheit einverstanden sein. Das bedeutete nicht nur, daß *gompas* schlicht als eine andere Form von Arbeitseinheit galten, sondern auch, daß die jungen Männer zunächst eine andere Lebensweise und Tätigkeit kennenlernen mußten, bevor sie sich bei den politischen Leitern ihrer Arbeitseinheiten, die höchstwahrscheinlich chinesische Immigranten waren, für die Versetzung bewerben konnten.

Die örtlichen Behörden und die Bezirksverwaltung mußten ihre Einwilligung erteilen. Ferner durften weder der Kandidat noch seine Eltern als politisch bedenklich gelten.

Der Kandidat mußte aus einer genehmigten Region stammen. Es gab noch immer Gegenden in Tibet, in denen die Einwohner unter keinen Umständen das Mönchsgewand anlegen durften, weil dort die Widerstandsbewegung einst besonders stark gewesen war.

Die letzten beiden Punkte fielen sehr knapp aus. *Zustimmung des Komitees*, lautete der erste, *Zustimmung des Büros für Öffentliche Sicherheit* der zweite.

Shan starrte das Plakat an. Pekings Büro für Religiöse Angelegenheiten hatte die Anzahl der Mönche pro Kloster strikt limitiert. Ein *gompa*, das einmal zweitausend Mönche beherbergt hatte, erhielt heutzutage von den Schreihälsen allenfalls fünfzig bewilligt. Selbst wenn ein Platz frei wurde, konnte es Jahre dauern, bis ein Bewerber alle notwendigen Genehmigungen erhielt. Früher hätten solche Kandidaten bei den Lamas vorgesprochen und die daheim gelernten Schriften rezitiert oder von einem immer stärkeren Ruf Buddhas erzählt, der sie dränge, das Gewand anzulegen. Mittlerweile erschien es aussichtsreicher, wenn man statt dessen einen Volkskommissar aufsuchte und vorher Abschnitte der kleinen roten Parteibücher auswendig lernte.

Ein Stück hinter dem Plakat hing an der gegenüberliegenden Wand ein Zettel mit handschriftlichen Einträgen, deren Buchstabengröße beinahe der des Plakats entsprach. *Nie wieder Mönch*, besagte die Überschrift. Darunter standen fünf Namen und jeweils ein Datum aus den letzten zwei Jahren. Erschrekkend dicht neben dem Blatt hingen fünf Roben an Haken mit kleinen Namensschildern. Darüber klebte ein weiteres Schild. *Von Buddha abgewandt*, las Shan, gefolgt von einem Zitat: *Sobald du dich von Buddha abwendest, wird er dich nie wieder in die Arme schließen*, wiederum schwungvoll unterzeichnet von dem Vorsitzenden Khodrak. Die Wandhaken verliefen entlang des gesamten weiteren Flurs und waren alle leer, nur an den letzten beiden hingen zwei kostbare Fuchsfellmützen. Am Ende des Korridors befand sich eine Doppeltür, deren einer Flügel ein Stück offenstand.

Shan hörte Stimmen und näherte sich dem Spalt. Nyma, Lokesh, Lhandro und Tenzin saßen auf harten Stühlen mit gerader Lehne vor einem schweren Holztisch. Auf der anderen Seite standen drei sehr viel größere Stühle, ebenfalls aus Holz, aber mit gepolsterten Rückenlehnen und einem Bezug aus roter Seide. Zwei der Plätze waren besetzt: durch Khodrak und den Han mit dem langen schütteren Haar, den Shan in der Nähe des Sees gesehen hatte: Direktor Tuan vom Büro für Religiöse Angelegenheiten, der sich durch seine frühere Laufbahn bei der Öffentlichen Sicherheit für diese Stelle qualifiziert hatte. Auf dem Tisch standen elegante Porzellantassen; ein junger Mönch schenkte Shans Begleitern Tee ein. Dann verschwand der Mann außer Sicht, und gleich darauf schwang die Tür auf. Der Mönch bedeutete Shan, er möge auf einem der freien Stühle neben seinen Gefährten Platz nehmen.

»Prächtig, prächtig«, sagte Khodrak. »Leisten Sie uns doch einen Moment Gesellschaft, Genosse Shan.« Hinter ihm lehnte ein langer Zeremonienstab an der Wand, der Stab eines Bettelmönchs, dessen kunstvoll verziertes Metallende in einer Spitze auslief. »Wir haben gerade unsere Dankbarkeit zum Ausdruck gebracht, und wir freuen uns, daß Sie es einrichten können, heute an unserem gemeinsamen Abendessen teilzunehmen.«

Shan warf seinen Gefährten einen verstohlenen Blick zu. Nur Lhandro erwiderte ihn mit gezwungenem Lächeln. Die anderen starrten verunsichert die dampfenden zierlichen Tassen an. Zögernd setzte Shan sich auf den Stuhl neben Nyma. Khodrak kannte inzwischen seinen Namen. Wonach hatte er sonst noch gefragt?

»Diese heroische Tat sollte belohnt werden«, sagte Khodrak. »Gewöhnliche Leute, sogar Landarbeiter, opfern sich auf, um das Leben eines Angehörigen der religiösen Körperschaft zu retten. Wir hier in Norbu, als Vertreter des vorbildlichen

Verhaltens inmitten so vieler reaktionärer Denker, wissen diesen Beitrag ganz besonders zu schätzen.«

Auch Shan begann unbehaglich auf seine Teetasse zu starren, die der junge Diener vor ihn hingestellt hatte. Er fürchtete sich vor dem, was er sagen könnte, falls er Khodrak oder Direktor Tuan direkt in die Augen sah. Khodrak ging davon aus, die Tibeter seien allesamt Hirten oder Bauern. Die Landarbeiter standen an der Spitze der von der Partei für ihre klassenlose Gesellschaft geschaffenen Hierarchie. Shan überlegte fieberhaft. Er sah die Aushänge in der Eingangshalle vor sich, dann die chinesischen Flaggen, den kräftigen Gyalo allein beim Dunghaufen und den Büroflur vor der Tür, der wie die Einsatzzentrale einer Regierungsbehörde wirkte. Sein verstohlener Blick richtete sich auf den leeren Stuhl. Khodrak trug den Amtstitel eines Vorsitzenden, nicht etwa den eines Abtes oder *kenpo*, der traditionell einem jeden tibetischen *gompa* vorstand. Wenn Gyalo von der Leitung des Klosters sprach, benutzte er den Plural. Shan kannte auf einmal den Grund. Norbu war das Modell eines wahrhaft modernen *gompa*, an dessen Spitze kein Lama-Abt, sondern ein dreiköpfiges Demokratisches Verwaltungskomitee agierte.

Während eines Wintersturms, der sie zwang, in ihren Lagerbaracken auszuharren, hatten Shan und seine Mitgefangenen einst dem Bericht eines jungen Mönchs gelauscht, der kurz zuvor zu fünf Jahren Zwangsarbeit verurteilt worden war. Der Mönch hatte der Führung seines *gompa* getrotzt und sich geweigert, eine Erklärung zu unterzeichnen, in der er Vaterlandsliebe geloben und sich verpflichten sollte, niemals gegen Pekings politische Linie aufzubegehren. Die älteren Mönche begriffen nicht, weshalb Äbte und Lamas einen solchen Schwur verlangen und etwaige Abweichler gar in ein chinesisches Gefängnis stecken würden. Der junge Mönch mußte es ihnen mehrfach erläutern, was er auch geduldig tat: Die Leitung seines *gompa* war von einem neuen Gremium übernommen worden, einem sogenannten Demokratischen Verwaltungskomitee. Dieses Komitee prüfte die korrekte politische Gesinnung der Mönche und ließ sie bei Zusammenkünften nicht nur Sutras rezitieren, sondern auch die chinesische Version der tibetischen Geschichte, laut derer Tibet schon immer chinesisch gewesen sei und die einheimische Bevölkerung von den Chinesen abstamme.

Der Diener brachte Khodrak nun einige schmale, etwa fünfzehn Zentimeter lange Kästchen. »Bitte«, verkündete Khodrak. »Für Ihren Beitrag haben Sie alle sich eine Anerkennung verdient.« Er sprach mit gönnerhafter Stimme, langsam und laut, als sei er es gewohnt, Reden zu halten. Der junge Mönch reichte den Gästen jeweils eines der Kästchen und bedeutete ihnen, es sogleich zu öffnen. Im Innern lag eine dicke rote Plastik-*dorje*, das Donnerkeilsymbol, das in vielen tibetischen Ritualen vorkam. Der Mönch zeigte Nyma, daß man ein Ende herunterdrücken konnte, woraufhin ein leises Klicken ertönte. Ein Kugelschreiber. Auf der Unterseite stand in chinesischen Buchstaben eine Inschrift: *Büro für Religiöse Angelegenheiten*.

Shan blickte auf. Sein Mund war trocken. Khodrak musterte neugierig jeden der Anwesenden und strich gedankenverloren über das Monogramm seiner Robe. Shan hatte irgendwo gehört, daß das Büro für Religiöse Angelegenheiten den Mitgliedern der Demokratischen Verwaltungskomitees Gehälter zahlte. Er sah aus dem Fenster. Draußen wurde es dunkel. Es war zu spät, das *gompa* noch zu verlassen.

»Sollte unser ganz besonderer Freund nicht noch ein Exemplar erhalten?« fragte Khodrak den Diener. Es klang wie ein Befehl.

»Jawohl, Vorsitzender Rinpoche«, entgegnete der Mönch ausdruckslos.

Er ging zu Shan und streckte ihm ein weiteres der Kästchen entgegen. Shan sah Khodrak an. Sein ganz besonderer Freund. Weil Shan ein Han-Chinese war. »Nein, vielen Dank«, sagte er angespannt. »Leider kann ich nur mit einer Hand schreiben.«

Khodrak kicherte und brach dann in lautes Gelächter aus, in das zunächst Direktor Tuan und schließlich auch der Diener einfielen. Shans Freunde lächelten gequält. Auf einmal verstummte Khodrak und verschränkte die Hände, so daß nur die Zeigefinger ausgestreckt blieben. Das war kein *mudra*. Er deutete auf jemanden. Auf Tenzin.

»Vielleicht sollte Ihr Freund einen Arzt aufsuchen. Wir haben Spezialisten hier, die den weiten Weg aus Lhasa hergekommen sind.«

Einen Arzt aufsuchen. Die Worte ließen Shan zusammenzucken, denn sie waren ihm noch aus seiner Zeit im Gulag vertraut. Mit dieser Umschreibung drohten die Wachen den aufsässigen Gefangenen eine Sonderbehandlung bei den Fachleuten der Kriecher an, die dafür zumeist elektrische Viehtreiber, kleine Hämmer und nadelspitze Zangen benutzten.

»Plagen Ihre Beschwerden Sie schon länger?« fragte Khodrak den Tibeter in fürsorglichem Tonfall. Er schien Tenzins Hände zu betrachten. Shan erinnerte sich an das *rongpa*-Dorf, wo Oberst Lin sich auf ähnliche Weise für Lokeshs Hände interessiert hatte. Warum? Gab es an Tenzins Händen irgendeine Besonderheit zu entdecken? Dann begriff Shan, worum es ging. Es waren nicht die rauhen schwieligen Hände eines *rongpa* oder Hirten.

»Das haben wir doch schon erzählt«, warf Nyma ein. »Tenzin wurde vom Blitz getroffen. Er spricht nicht. Aber er ist ein guter Arbeiter.«

Khodrak warf die Serviette, die neben seiner Tasse lag, quer über den Tisch. Tenzin hatte nach wie vor den Schmutz des Dunghaufens an den Wangen. »Sie sollten sich mal waschen«, merkte Khodrak beiläufig an und widmete sich den Gesichtern der anderen.

Shan beobachtete Tenzin und Khodrak und erschauderte. Der Tibeter musterte mit gespieltem Desinteresse die Tischplatte und verschränkte die Hände im Schoß, wo Khodrak sie nicht sehen konnte. Im Gegensatz zu Shan. Die Hände bildeten ein *mudra*: Die kleinen Finger waren verschränkt und die mittleren beiden Finger jeder Hand nach innen gekrümmt, während die Spitzen der Zeigefinger und Daumen sich berührten. Der Name des Symbols lautete Seelenbezwinger, und es schien auf Khodrak gerichtet zu sein. Plötzlich blitzte etwas auf. Shan hob den Kopf und sah, daß der Diener einen Fotoapparat hielt und eifrig Bilder von Shan und seinen Begleitern schoß.

»Vielleicht haben Sie schon davon gehört«, sagte Tuan mit öliger Stimme. »Mein Stellvertreter wurde ermordet.«

Tenzin starrte einen Moment lang auf seine Hände und dann langsam zu Khodrak. Die beiden Männer tauschten einen harten, herausfordernden Blick aus. Shan sah verwirrt dabei zu. In der Nacht von Chaos Ermordung war Tenzin zwar verschwunden, wurde aber gewiß nicht verdächtigt, denn sonst hätte man ihn bereits verhaftet. Auf einmal fiel Shan wieder ein, was Gyalo zu dem Yak gesagt hatte: Shan wisse nicht, was in heiligen Gewässern schwimmt. Der Mönch hatte *nagas* gemeint. Womöglich suchte Khodrak nach jemandem, der in Verbindung mit den Wassergottheiten stand. Bei einer Gelegenheit hatte Tenzin die Einsiedelei verlassen, um schwarzen Sand von den *nagas* zu holen. Eventuell hatte ein Spitzel ihn bei der Zeremonie am Flußufer beobachtet. Die Schreihälse verachteten *nagas* als Symbole der ältesten Traditionen Tibets. Falls sie Tenzin in Gewahrsam nahmen und wegen seines Interesses für die Wassergottheiten verhörten – auch wenn das bedeutete, daß sie geduldig auf ein schriftliches Geständnis des stummen Tibeters warten mußten –, würden sie letztendlich von der Einsiedelei sowie von Gendun und Shopo erfahren.

»War Padme Rinpoche aus diesem Grund auf der Hochebene unterwegs?« fragte Shan unvermutet, um Tuans Aufmerksamkeit abzulenken. »Wollte er behilflich sein, die öffentliche Ordnung wiederherzustellen?«

Tuan sah Shan durchdringend, aber ohne jede Gefühlsregung an.

Nyma und Lhandro wandten sich stirnrunzelnd zu ihm um und bedachten ihn mit verärgerten Blicken. Shan unterstellte, Padme könne etwas anderes als rein religiöse Zwecke angestrebt haben.

Khodrak hingegen schien die Frage keineswegs für ungebührlich zu halten. »In Zeiten wie diesen müssen wir alle wachsam bleiben«, sagte der Vorsitzende und nickte Shan wohlwollend zu. »Im Angesicht dermaßen bedeutender Fortschritte sind reaktionäre Anschläge stets am wahrscheinlichsten. Mord. Entführungen. Wenigstens bestätigt es unsere Arbeit.«

»Entführungen?« fragte Shan.

»Bestimmt haben Sie von dem Abt des Klosters Sangchi gehört, dem heiligen Führer dieser so wichtigen Institution. Ein Vorbild für alle rechtgläubigen Bürger Tibets. Der Urheber der Klarheitskampagne. Ein weiterer Märtyrer unserer Sache.«

»In der Zeitung stand, er sei nach Indien geflohen.«

»Wir wissen inzwischen, daß der Abt von überaus radikalen Anhängern der Widerstandsbewegung entführt wurde«, schaltete Tuan sich ein. »Vermutlich von denselben üblen Elementen, die keine achtzig Kilometer von hier den stellvertretenden Direktor Chao ermordet haben. Zweifellos werden sie versuchen, auch dem Abt ein Leid zuzufügen.«

Shan blickte auf den Tisch und versuchte, sich zu beruhigen. Was sollte das heißen? Daß der berüchtigte Tiger sich hier in der Gegend aufhielt? Daß der verschwundene Abt irgendwo in der Nähe gefangengehalten wurde? Wohl kaum, sonst würde es hier längst von Truppen der Öffentlichen Sicherheit wimmeln.

»Das Abendessen«, verkündete Khodrak unvermittelt. »Im Versammlungsraum wird bald das Abendessen serviert. Nehmen Sie sich Zeit. Genießen Sie unsere Gastfreundschaft.« Der Vorsitzende stand auf und verließ den Raum, dicht gefolgt von Tuan. Shan schaute ihnen hinterher. Nehmen Sie sich Zeit. Das schien eine besondere Redewendung Khodraks zu sein, eine Art Floskel. Der Vorsitzende klang dabei freundlich, nahezu gütig. Doch Shan hatte diese Worte zuvor schon gehört. Sie waren Bestandteil der *tamzings*, der Agitationssitzungen, bei denen starrsinnigen Bürgern das korrekte Gedankengut eingebleut wurde, im übertragenen wie im wörtlichen Sinne. Nehmen Sie sich Zeit, würde ein *tamzing*-Leiter sagen, um seinen guten Willen zu verdeutlichen. Nehmen Sie sich Zeit, um alles noch einmal zu überdenken, bevor wir zu schmerzlicheren Mitteln greifen müssen, um Sie zurück auf den wahren Pfad der Partei zu geleiten.

Vor dem Büro am oberen Ende der Treppe blieb Shan stehen und überlegte, ob er eintreten sollte, aber dann rief der Mönch, der sie bedient hatte, nach ihm, und er folgte den anderen die

Stufen hinab. Aus dem Raum hinter dem Büro hörte er wütende Stimmen, konnte jedoch kein Wort verstehen. Durch eine Hintertür gelangten sie auf den Hof zwischen den beiden Gebäuden. Shan hatte Lokesh fast erreicht, als jemand ihm eine Hand auf den Arm legte.

»Genosse Shan«, sagte eine ernste Stimme hinter ihm.

Shan drehte sich um und blickte in die schwarzen, kleinen Kieseln gleichenden Augen Direktor Tuans. Tuan wies auf eine offene Bürotür. Shan zögerte und sah den letzten seiner Freunde nach draußen verschwinden. Eine Fessel schien sich um seine Brust zu legen, und seine Kehle wurde trocken, doch er betrat das Zimmer.

Unmittelbar vor dem Fenster stand ein kleiner metallener Schreibtisch, so daß genug Platz für vier dick gepolsterte Sessel blieb. Sie gruppierten sich um einen niedrigen Couchtisch, auf dem eine lange Spitzendecke lag. Tuan schloß die Tür, ließ sich in einen der Sessel fallen und bedeutete Shan, es ihm gleichzutun. »Genosse«, wiederholte er, aber diesmal klang es wie ein herzlicher Gruß.

Shan nahm auf der Kante des gegenüberliegenden Sessels Platz und nickte Tuan langsam zu. Auf dem Zierdeckchen lagen mehrere Stapel der Klarheitsbroschüre, die er bereits am See gesehen hatte.

Tuan trommelte mit den Fingern auf der Sessellehne und nahm Shan genau in Augenschein, registrierte die ausgetretenen Stiefel und die geflickte Kleidung. »Für einen Mann wie Sie muß es sehr schwierig sein«, begann er.

Shan nickte erneut. Sie kannten seinen Namen, hatten aber gewiß noch nicht die Zeit gefunden, seine Identität zu überprüfen und herauszubekommen, daß er immer noch offiziell als *lao-gai*-Gefangener galt.

»Wie lange sind Sie schon in Tibet?« Tuan zog eine Schachtel Zigaretten aus der Tasche und legte sie auf die breite Lehne des Sessels.

»Fünf Jahre.«

Das schien Tuan zu gefallen. »Die meisten halten nicht mal ein Jahr durch. Meine Hochachtung. Leute wie Sie sind die wahren Helden der Arbeit. Es ist keine große Kunst, bei uns zu Hause jeden Tag in die Fabrik zu gehen. Aber Sie befinden sich hier an der vordersten Front unseres großen Kampfes.« Er nahm die Zigaretten und klopfte mit ihnen auf die Lehne. Shan hatte schon mehrere Mitarbeiter des Büros für Religiöse Angelegenheiten kennengelernt. Die meisten waren weichliche Bürokraten, die einfach ihre Zeit absaßen, bis man sie turnusgemäß auf einen besseren Posten im Osten Chinas versetzte. Nicht so Tuan. Er war wie ein hartgesottener Soldat und konnte auf eine erfolgreiche Laufbahn bei der Öffentlichen Sicherheit zurückblicken.

»Ihre Freunde behaupten, sie seien nach Norden unterwegs gewesen und vom Weg abgewichen, um Padme nach Hause zu bringen. Padme sagt, die Leute hätten Salz mit sich geführt.«

Im Gegensatz zu Oberst Lin fragte Tuan nicht nach *nagas*, Yapchi oder Lhasa. Genaugenommen schien es sich hierbei auch weniger um eine Befragung als um eine Art Test zu handeln. »Das ist eine alte Tradition dieser Tibeter«, sagte Shan.

»Wegen des Salzmonopols müssen entsprechende Steuern abgeführt werden«, stellte Tuan fest. »Falls Sie die Leute melden, gibt es eine Belohnung. Ich könnte es arrangieren und das Geld für Sie irgendwo deponieren lassen. Niemand würde es je erfahren.«

Shan rang sich ein vages verschwörerisches Lächeln ab. Tuan hob beschwichtigend eine Hand. »Ah, Sie haben selbst schon daran gedacht. Hervorragend.« Er hielt sich die Zigarettenpackung an die Nase, sog den Duft ein, zündete sich eine der Zigaretten an und legte sie vorsichtig auf dem Rand des Aschenbechers ab, der ebenfalls auf dem Tisch stand. »Man könnte Ihnen wegen Ihrer Reisebegleiter nicht mal einen Vorwurf machen. Ein Mann wie Sie trifft doch sicherlich auf alle möglichen Arten von Tibetern.«

Shan biß die Zähne zusammen. »Meine Begleiter haben einen verletzten Mönch hergebracht«, erinnerte er Tuan.

Der Direktor schürzte die Lippen zu einem schmalen Lächeln und atmete den Rauch ein, der vom Tisch aufstieg, fast so, als wäre der Tabak für ihn wie Weihrauch. »Diese Region ist eine ungezähmte Wildnis. Auf jedem Berg lauern kriminelle Elemente. Der Mörder des stellvertretenden Direktors Chao ist auch irgendwo dort draußen. Er muß derjenige sein, der Padme überfallen hat.«

»Das klingt, als wüßten Sie, um wen es sich handelt.«

»Natürlich. Wir führen immer noch denselben Krieg, der mit der Ankunft unserer Befreiungsarmee begann. Er ist nie wirklich zu einem Abschluß gelangt, sondern lediglich ein wenig aus dem allgemeinen Blickfeld gerückt.«

»Das heißt, es ist Ihnen egal, um wen es geht.«

Tuan zuckte die Achseln und beugte sich in den Rauch vor. »Ist es denen etwa nicht egal? Die holen sich einen von uns, wir holen uns einen von denen«, merkte er gleichgültig an, gefolgt von einem frostigen Lächeln. »Und es wird stets mehr von uns als von denen geben.«

Shan sah, wie der Direktor das an den Seiten lange Haar glattstrich. Wirkte Tuan deshalb so ungerührt, weil er bereits für den entsprechenden Ausgleich gesorgt und Drakte eine tödliche Verletzung zugefügt hatte?

»Die Zeit der Abrechnung naht«, sagte Tuan. »Es dauert nicht einmal mehr zwei Wochen. Doch bis dahin wird jemand wie Sie, ein Han in den Reihen dieser Leute, sich in ständiger Gefahr befinden. Lassen Sie mich Ihnen helfen.«

»Ich habe vor den Tibetern keine Angst.« Aber er hatte Angst vor Tuan und dessen seltsamem Spiel. In zwei Wochen wollte der Direktor für den Mord an Chao Vergeltung üben. Dabei klang er, als ginge es um einen ganz gewöhnlichen Termin aus seinem vollen Kalender.

Tuan beugte sich vor. »Dieser Bezirk ist im Wandel begriffen. Einem Han, der mit den Tibetern umzugehen weiß, dürfte eine strahlende Zukunft bevorstehen. Wir können jemanden wie Sie gut gebrauchen, denn all die anderen Lehrer müssen schließlich beaufsichtigt werden. Sie sollten sich schnell entscheiden. Es gibt bald eine Menge Ruhm zu verteilen, genug für jeden von uns.«

Shan hätte ihn beinahe gebeten, das alles noch einmal zu wiederholen. Ruhm? »Andere Lehrer?«

»Wir erwarten die Ankunft spezieller Fachleute. Vieles wird sich grundlegend verändern«, sagte Tuan.

Shan starrte auf die Spitzendecke. Er kannte den üblichen Jargon leitender Beamter, aber der Direktor schien eine ganz eigene Sprache zu sprechen. »Was ist mit diesen Ärzten?« fragte Shan zögernd. »Sie jagen den Leuten Angst ein. Für die Fahndung nach dem Mörder sind sie doch gewiß nicht von Bedeutung, oder?«

Tuan lächelte beifällig. »Es gibt einen Sonderbefehl aus Lhasa. Die nationale Sicherheit ist gefährdet. Aus Indien wurde ein ranghoher Kultführer eingeschleust.«

»Die indische Grenze liegt sechshundertfünfzig Kilometer von hier entfernt.«

»Der Kerl hat sich bislang geschickt der Festnahme entzogen.«

»Aber wieso Ärzte? Wie soll die Einschüchterung der hiesigen Bevölkerung bei der Ergreifung helfen?«

»Nationale Sicherheit«, wiederholte Tuan.

Die Direktor sah auf die Uhr und erhob sich. Dann griff er in die Tasche, holte daraus eine Visitenkarte hervor und streckte sie Shan entgegen. »Ich weiß Bescheid. Rufen Sie mich an, sobald wir gewonnen haben. Kurz nach dem Maifeiertag.« Er warf Shan die Zigaretten in den Schoß und verließ den Raum, ohne sich noch einmal umzudrehen.

Shan starrte ihm hinterher. Ich weiß Bescheid. Vermutlich waren diese Worte nur die leere Phrase eines arroganten Bürokraten und hatten nichts zu bedeuten, doch sie ließen Shan wieder an die furchtbare Nacht in der Einsiedelei denken. *Es kümmert ihn nicht, wer sterben muß*, hatte Drakte mit nahezu letzter Kraft gesagt. *Er tötet Gebete. Er tötet, wofür er steht.* Tuan war der Leiter der Religionsverwaltung, und er tötete die Religion.

Shan legte die Zigaretten auf die Sessellehne und ging hinaus. Seine Freunde und der junge Mönch warteten unter den flatternden Fahnen.

»Worum ging's?« flüsterte Nyma nervös.

Shan zuckte die Achseln. »Keine Ahnung«, antwortete er wahrheitsgemäß. »Er wollte mir ein paar Zigaretten geben.«

Der Mönch führte sie in das angrenzende Gebäude, wo in

einem großen, weiß gekalkten Raum zwanzig Mönche an zwei langen Bohlentischen saßen. Einige von ihnen grüßten die Besucher höflich, aber zurückhaltend, andere wandten nervös die Blicke ab. Gyalo war nicht anwesend. Ein alter Mönch, der älteste im Saal, stand auf und rezitierte die einleitenden Zeilen eines der frühen Lehrtexte, den die Tibeter als Herzsutra kannten. Seine Worte oder vielleicht auch der Klang seiner tiefen, volltönenden Stimme wirkten beruhigend auf die Versammlung. Doch Shan blieb angespannt. Am liebsten hätte er Lokesh gepackt und wäre weggelaufen. Dieses merkwürdige Gespräch mit dem Direktor ergab für ihn keinen Sinn. Tuan und Khodrak würden etwas gewinnen und dadurch Ruhm erlangen.

Schließlich betrat Khodrak den Raum und hielt dabei seinen Bettelmönchstab wie ein Zepter. Tuan folgte einen Schritt hinter ihm, und beide trugen sie Fuchsfellmützen. Sie nahmen an einem kleineren Tisch Platz, der am Kopfende der langen Tafeln stand, und kurz darauf brachten zwei junge Mönche einen großen dampfenden Kessel *thugpa*, Nudelsuppe mit Gemüse. Eilig teilten sie die Suppe aus und stellten dann Schüsseln mit gekochtem weißem Reis auf die Tische. Alle aßen schnell und sprachen nur wenig, wobei die Mönche immerfort ihre Gäste und die beiden Männer am Kopfende beäugten. Im Anschluß an das Mahl wurde chinesischer grüner Tee serviert. Khodrak erhob sich und erklärte, daß Genosse Shan und seine Begleiter Padme gerettet hätten. Genosse Shan. Khodrak hatte den Vorfall in eine politische Parabel verwandelt: Der selbstlose Han half einem Tibeter in Not.

Danach führte ein Mönch die Besucher zunächst nach vorn, wo sie ihre Habseligkeiten an sich nahmen, und dann zum Gästequartier des *gompa*, einem Schlafsaal mit acht Betten, der in einem der niedrigen eingeschossigen Bauten untergebracht war. Nyma sollte sich in einen vergleichbaren Raum auf der anderen Seite des Flurs begeben.

»Wir haben einen alten Stall gesehen und würden gern dort schlafen«, sagte Shan. Seine Gefährten sagten nichts. Lokesh deutete ein kleines Nicken an.

»Man hat mich angewiesen, euch herzubringen«, protestierte der Mönch. »Die Betten sind doch viel bequemer.«

»Nicht für uns«, widersprach Shan. »Unsere Knochen sind daran gewöhnt, auf dem Boden zu schlafen.«

Mit widerwilligem Seufzen wandte der Mönch sich um und führte sie zu dem verlassenen Stall, nur wenige Schritte neben dem Wagen, bei dessen Beladung Shan geholfen hatte. Jenseits des Wagens, im tiefen Schatten der Mauer, spürte Shan mehr, als daß er ihn sah, den großen Yak, der sie beobachtete.

Der Mönch zog den schweren Holzriegel beiseite, der in einer eisernen Schiene quer über dem Tor lag, und reichte Shan das Talglicht, das er benutzt hatte. Sie betraten einen kleinen muffigen Raum mit einem halben Dutzend Boxen, dessen Boden zur Hälfte von Stroh bedeckt war. Über den Boxen befand sich ein niedriger Heuboden mit kleiner Ladeluke, durch die man einst das Futter nach oben geschafft hatte.

Lokesh und Lhandro schoben das Stroh sogleich zu einer Bettstatt zusammen, während der Mönch ihnen eine gute Nacht wünschte und die Tür hinter sich schloß. Schon nach wenigen Minuten hörte Shan die langsamen, gleichmäßigen Atemzüge der Gefährten und sank bald darauf ebenfalls in tiefen Schlummer.

Er erwachte kurz vor Tagesanbruch und fühlte sich merklich erfrischt. Es überraschte ihn, wie ruhig er geschlafen hatte. Schnell klopfte er sich das Stroh von der Kleidung und trat zum Tor. Draußen ertönte das Geräusch eines großen Lastwagens. Shan hielt kurz inne und wollte dann die Tür einen Spalt aufstoßen, um einen Blick auf den Hof zu werfen. Sie ließ sich nicht öffnen. Der Laster schien anzuhalten, und Shan hörte das Trampeln schwerer Stiefel. Er drückte ein Auge an einen schmalen Schlitz im Holz. Da stand einer der Sanitätswagen. Die Signalleuchten blinkten, als handle es sich um einen Notfalleinsatz. Jemand blies eine Pfeife und rief einen Befehl. Im trüben Dämmerlicht konnte Shan keine Gesichter erkennen, aber mit Schrecken sah er eine Reihe weißer Hemden.

Hinter ihm regte sich jemand. Lhandro trat an seine Seite und versuchte sich an der Tür. Vergebens. Sie stemmten sich gemeinsam dagegen. Das Tor rührte sich nicht. Jemand hatte den Riegel vorgeschoben. Man hatte sie eingesperrt, und die Wachen umstellten soeben den Stall.

Kapitel Neun

Shan weckte sofort die anderen und berichtete mit hastigem Flüstern von der Gefangennahme. Nyma lief zur Tür, drückte erfolglos dagegen und drehte sich mit angstverzerrter Miene um. Lokesh setzte sich auf und richtete ein Mantra an Tara, die Beschützerin der Gläubigen, während draußen weitere Befehle erteilt wurden.

Lhandro lauschte an der Wand, und Nyma erweiterte mit der Zinke einer Heugabel einen Spalt im alten Holz, um besser hindurchsehen zu können. »Diese Ambulanz«, sagte sie dann. »Vielleicht wollten die Ärzte bloß …« Sie wandte sich um und bemerkte Shans Verwirrung. Er stand im hinteren Teil des Raums an der Stelle, wo Tenzin geschlafen hatte.

»Sie haben Tenzin geholt!« rief Nyma entsetzt und eilte zu ihm.

Hektisch suchten sie nach einer Spur des stummen Tibeters oder einem Anzeichen für sein Verschwinden. Shan und Lhandro schritten die Außenwand des Stalls ab. Es gab weder lockere Bretter noch weitere Türen oder eine Leiter zum Heuboden, von dem aus die kleine Luke nach draußen führte.

»Er ist nur ein …«, setzte Nyma verzweifelt an, doch ihre Stimme erstarb.

Ein was? grübelte Shan. Ein Sammler von Dung? Keiner von ihnen wußte genau, was Tenzin war. Lediglich ein Flüchtling, wie so viele andere. Wenn man sich dem entziehen wollte, was Peking dem tibetischen Volk antat, blieb einem manchmal nichts anderes übrig, als ein Flüchtling zu werden, immer unterwegs, immer fernab jeder Siedlung oder Menschenansammlung. Shan erinnerte sich an die seltsamen Blicke, die Khodrak und Tenzin sich zugeworfen hatten. Wußten Tuan und Khodrak tatsächlich etwas über diesen Mann, oder war der Direktor womöglich nur mißtrauisch geworden? Immerhin hatten zwanzig Jahre bei der Öffentlichen Sicherheit seinen Spürsinn geschärft. Tenzin trug an irgend etwas die Schuld, und nach den politischen Maßstäben, die heutzutage herrschten, würden Tuan und Khodrak für seine Ergreifung belohnt werden.

Auf einmal erklang ein schabendes Geräusch: Jemand zog den Riegel zurück. Dann wurde das Tor aufgestoßen und ließ einen dermaßen hellen Sonnenstrahl herein, daß Shan und seine Gefährten schützend die Hände vor die Augen hoben.

Direktor Tuan trat ein, gefolgt von einem Han mittleren Alters, der eine jener hellblauen Uniformen trug. Um den Hals des Mannes hing ein Stethoskop, und aus einer seiner Jackentaschen ragte ein kleines Funksprechgerät. Tuan nahm Shan und seine Begleiter kurz in Augenschein und wich dann in den Schatten im Hintergrund des Stalls zurück. Der Arzt verharrte schweigend am Eingang und musterte sie erwartungsvoll. Vor der Tür hielten sich zwei jüngere Männer in den hellblauen Uniformen bereit, als würden sie dem Doktor assistieren wollen. Shan trat einen Schritt zur Seite und sah, daß an der Schulter eines dieser Männer eine zusammengeklappte Trage lehnte. Dann hörte er wieder die schweren Stiefel, mehrere Paare, ohne jedoch den Ursprung erkennen zu können. Soldaten schienen irgendwo in der Nähe der Ambulanz aufgeregt umherzulaufen. Jemand rief einen barschen Befehl. Doch Shan konnte keine Soldaten sehen, nur Männer in weißen Hemden mit Schulterklappen oder den hellblauen Sanitätsuniformen.

Plötzlich tauchte in der Türöffnung eine schmächtige, schmalschultrige Gestalt auf, deren Silhouette sich vor dem hellen Sonnenlicht abzeichnete. Noch bevor Shan die graue Uniform des Mannes registrierte, erkannte er schon dessen Stiefel. Schaudernd hob er den Kopf und blickte in ein Gesicht, das aus korrodiertem Stahl gehämmert worden zu sein schien. Der Fremde war nicht älter als Mitte Dreißig, ließ aber bereits jene kalte, maschinenhafte Haltung erkennen, die er vermutlich bis zum Ende seiner Laufbahn nicht mehr ablegen würde – jenes frostige permanente Hohnlächeln, das Shan während der Jahre seiner Haft so häufig gesehen hatte. Der Mann in Grau war ein Offizier der Öffentlichen Sicherheit. Gyalo hatte von ihm erzählt, von dem pockennarbigen Gesicht und den Augen, die wie schmutziges Eis aussahen.

Der Kriecher betrachtete Shan und seine Gefährten mit reglosem Blick. Dann stieß er ein leises Knurren aus. Es hätte ein Ausdruck der Wut sein können, der Enttäuschung oder auch der unwillkürlichen Vorfreude, wie manche Raubtiere sie beim Anblick einer lange erwarteten Beute verspürten. Der Doktor wirkte enttäuscht und ungeduldig zugleich. Stirnrunzelnd sah er den Offizier an und hob vier Finger. Vier Gefangene, sollte das wohl heißen, obwohl es doch eigentlich fünf sein mußten. Und genaugenommen waren es auch nicht vier Finger, sondern drei Finger und der Daumen, denn seltsamerweise hatte der Arzt den kleinen Finger abgeklappt. Der Kriecher reagierte wiederum mit einem Knurren. Seine Faust hob sich um ein paar Zentimeter.

In Norbu gompa ging etwas Merkwürdiges vor sich. Nicht nur, daß das Kloster sich in den Händen von Politkommissaren befand oder daß man Shan und seine Begleiter festgesetzt hatte. Nein, da war noch etwas anderes: Angehörige des Büros für Religiöse Angelegenheiten benahmen sich wie Soldaten der Öffentlichen Sicherheit, ein Schreihals ließ Leute verhaften, und es war nur ein einziger Offizier der Kriecher zugegen. Vielleicht wollten die Schreihälse sich wegen Tenzins Beziehung zu den *nagas* mit ihm befassen, während die Öffentliche Sicherheit aus einem anderen Grund Interesse an ihm zeigte. Es gab nämlich noch eine Möglichkeit, die Shan als dermaßen erschreckend empfand, daß er sie bisher niemandem gegenüber zur Sprache gebracht hatte. Die Kriecher suchten verbissen nach einem Mann mit krächzender, knurrender Stimme – dem berüchtigten Tiger, dessen verletzter Kehlkopf ihn unverwechselbar klingen ließ. Der Offizier der Kriecher hatte die Leute gezwungen, ihm etwas vorzulesen. Eine solche Stimme konnte nur dadurch verheimlicht werden, daß der Betreffende sich komplett stumm stellte. Shans Verstand arbeitete fieberhaft. Tenzin hatte in der Nacht von Chaos Tod die Einsiedelei verlassen. Die Regierung hielt den *purba*-Führer Tiger für den wahrscheinlichen Täter. Tenzin kannte mit Sicherheit einige *purbas*. War ihre gesamte Reise ein Trick der *purbas*, um den Tiger versteckt zu halten?

Shan schloß die Augen und versuchte sich zu beruhigen. Dann wich er einen Schritt zurück, so daß er vor Lokesh stand. So endete es also: in einem dunklen, staubigen Stall, während ihre Peiniger darauf warteten, daß sie sich entweder ängstlich niederkauern oder Widerstand leisten und dadurch eine Tracht Prügel herausfordern würden. Falls Tuan und die Kriecher glaubten, sie hätten dem Tiger Zuflucht gewährt, würde es keine Gnade geben. Ein seltsames Gefühl überkam ihn, eine Art tiefer Entrücktheit, die er wiedererkannte, denn er hatte sie in den Augen der zum Tode Verurteilten gesehen. Exekutionskommandos gingen häufig auf diese Weise vor, wenn die Politoffiziere sich gegen eine öffentliche Hinrichtung entschieden hatten: Sie stellten ihre Opfer im Morgengrauen irgendwo an eine Wand. So würden sie auch mit dem Tiger verfahren, sobald sie ihn zu fassen bekamen. Und womöglich mit allen, die ihm geholfen hatten. Normalerweise kam ein *gompa* nicht als geeigneter Ort in Betracht, aber dies hier war Khodraks *gompa*, kein Werkzeug Buddhas, sondern eines der Schreihälse. Und ein Arzt würde über Spritzen verfügen, die für Ruhe sorgten und effektiver wirkten als jede Gewehrkugel.

Shan bemerkte, daß alle ihn ansahen. Er mußte vor lauter Angst wohl irgendeinen Laut von sich gegeben haben. Langsam wandte er sich zu Lokesh um, dessen Blick angesichts des drohenden Schicksals ebenfalls ins Leere zu starren schien. Er könnte versuchen, seinen Freund in den Schatten zu stoßen und den Offizier anzugreifen, so daß Lokesh in dem folgenden Durcheinander eventuell genug Zeit zur Flucht blieb. Wenigstens befand der *chenyi*-Stein sich auch weiterhin irgendwo sicher im Gebirge.

Jemand erschien neben Lokesh. Es war Tuan, der zurück ins Licht kam und Shan fragend ansah, als warte er auf irgendeine Äußerung. Doch dann tauchte ein Schatten im Eingang auf, und eine weitere Gestalt betrat den Stall. Khodrak. Er hatte seinen Stab dabei, und hinter ihm folgte Padme, gekleidet in eine saubere Robe, den Arm in einer Schlinge. Der wütende Blick des Vorsitzenden richtete sich nicht etwa auf Shan, sondern auf den Arzt und den Offizier. Niemand regte sich. Der Kriecher und der Doktor schienen verwirrt zu sein.

Shan musterte den Mönch, den sie aus Rapjung hergebracht hatten. Padme hielt sich kerzengerade und litt offenbar keinerlei Schmerzen mehr. Er hatte bisher auch nie geklagt, sein Arm sei verletzt worden. Sein Gewand war nicht nur makellos sauber, es besaß zudem den gleichen schmalen Goldsaum wie Khodraks Robe. Shan erinnerte sich an den dritten Stuhl am Komiteetisch und daran, wie die anderen den jungen Mönch mit Rinpoche angesprochen hatten. Das dort am Tisch war Padmes Platz.

»Manche der Alten können sich in Rauch verwandeln und vom Wind davontragen lassen«, sagte Padme mit schmalem Lächeln zu dem Offizier, der lediglich mürrisch die Stirn runzelte und den Raum verließ.

Khodrak seufzte und blickte zu dem Heuboden empor. Eine hochgewachsene, starke schlanke Person hätte durchaus dort hinaufklettern und durch die Luke nach draußen gelangen können. Er legte Tuan eine Hand auf den Arm und schien sanften Druck auszuüben. Der Direktor verzog das Gesicht, gab aber nach und ging mit dem Arzt zur Tür hinaus.

»Es ist ein Versehen, Vorsitzender Rinpoche«, sagte Padme zu Khodrak und sah Shan an. »Diese Leute sind unsere Freunde. Unsere Helden. Wir dürfen nicht zulassen, daß ihnen ein Leid geschieht.«

Shan war völlig verblüfft. Noch vor wenigen Sekunden hatte ihnen äußerste Gefahr durch die Öffentliche Sicherheit und das Büro für Religiöse Angelegenheiten gedroht, und dann waren Khodrak und Padme gekommen und hatten die Leute einfach weggeschickt.

»Wo ist er?« rief Nyma. »Ihr habt Tenzin. Warum? Ihr könnt doch nicht einfach ...« Sie sah erst Padme, Khodrak und dann Shan an.

Khodrak schien sie gar nicht zu hören. »Nehmen Sie sich einen Augenblick Zeit«, sagte er und deutete zu Boden. Padme schürzte die Robe, ließ sich mit übergeschlagenen Beinen auf dem Stallboden nieder und zog seine Gebetskette hervor. Er bedeutete Nyma, es ihm gleichzutun, und kurz darauf saßen alle außer Khodrak in einem kleinen Kreis beisammen. Padme stimmte das *mani*-Mantra an und forderte die anderen mit einer Geste auf, sich dem Gebet anzuschließen, während Khodrak die Sitzenden umrundete und dabei wie ein alter Bettler mit seinem Stab den Weg ertastete.

Es war eine merkwürdige, beunruhigende Zeremonie. Schon nach wenigen Sätzen verstummte Padme wieder, fuchtelte jedoch weiterhin mit der Hand umher und dirigierte die anderen wie einen Chor. Nyma und Lhandro sagten unbeholfen die Worte auf, während Lokesh und Shan den jungen Mönch nervös musterten. Nach ungefähr zwei Minuten blieb Khodrak stehen. Padme stand abrupt auf und klopfte sich den Staub vom Gewand. Die Worte des Mantras verklangen zögernd.

»Werden wir ihren Freund finden?« fragte Khodrak.

»Wir werden ihren Freund finden«, antwortete Padme schnell, als sei dies ein fester Bestandteil der Zeremonie. Dann drehte Khodrak sich um und ging zur Tür hinaus. Der Stab lag quer über seiner Schulter.

Padme wandte sich an Lhandro. »Es gibt keine Worte, um meine Beschämung auszudrücken«, sagte er zu dem *rongpa*. »Es war ein Versehen.« Der Mönch schaute zum Tor, nickte und sah dann Shan an. »Es ist ein alter Schuppen, der höchstens noch als Lagerraum dient. Jemand könnte versehentlich den Riegel vorgelegt haben, das ist alles«, äußerte er vorsichtig, als wolle er ihnen diese Erklärung des Geschehenen nahelegen. »Das Sanitätsteam ist übereifrig. Diese Leute sind auf extreme Maßnahmen gedrillt, um die Ausbreitung von Krankheiten einzudämmen.« Er wartete ab, bis die Ambulanz weggefahren war. Dann drehte er sich erneut zu den anderen um. »Die Küche wird euch mit Reiseproviant versorgen. Ich kümmere mich persönlich darum. Bitte folgt mir.« Er trat hinaus ins Sonnenlicht.

Tuan stand vor einem weißen Geländewagen, neben ihm ein halbes Dutzend Männer in weißen Hemden. Shan musterte ihre harten Mienen. Wären da nicht diese Hemden gewesen, hätte er die Männer für ein Sonderkommando der Öffentlichen Sicherheit gehalten, wie sie gegen besonders hartnäckige politische Bedrohungen zum Einsatz kamen – nach Meinung der Verantwortlichen also gegen *purbas* und andere mißliebige Buddhisten.

Die Männer beobachteten, wie Shan und seine Gefährten nacheinander den Stall verließen. Einige wandten sich zu Tuan um, der seinerseits Shan nicht aus den Augen ließ und ihn nachdenklich betrachtete. Als Shan den Blick erwiderte, nickte Tuan. Er solle sich schnell entscheiden, hatte der Direktor zu ihm gesagt. Eine Abrechnung stand kurz bevor.

»Gegenwärtig herrscht überall viel Verwirrung«, stellte Padme fest, als sie sich zehn Minuten später dem Tor des Klosters näherten. Lhandro trug eine große Papiertüte mit Klößen und Äpfeln aus der Küche des *gompa*.

»Möge der Mitfühlende Buddha dich beschützen«, rief Lokesh zögernd, als sie das Gelände verließen.

Padme nickte. »Genau«, sagte er in seltsam angespanntem Tonfall. »Euch auch.« Dann richtete er sich auf und fuhr merklich lauter fort, als spreche er zu einem Publikum. »Möge der Mitfühlende Buddha euch beschützen.« Dabei lächelte er den zerlumpten Tibetern zu, die vor dem Tor zwischen den Häusern saßen.

Die erste Stunde sagte niemand ein Wort. Lhandro legte ein dermaßen hohes Tempo vor, daß Nyma mehrmals im Laufschritt zu den anderen aufschließen mußte. Als das *gompa* schon eine ganze Weile hinter den Hügeln außer Sicht verschwunden war, hielten sie schließlich an einem kleinen Bach.

»Wer ist dieser Tuan?« stieß Lhandro gehetzt hervor, als habe diese Frage ihm schon seit ihrem Aufbruch auf der Zunge gebrannt und als fürchte er immer noch, man könne ihn belauschen. »Warum hat man ... Was haben die dem armen Tenzin angetan? Er hat niemandem ein Haar gekrümmt.«

»Der Mord an Chao«, sagte Nyma langsam. »Nach einer solchen Tat verhalten alle sich merkwürdig. Die müssen geglaubt haben, daß Tenzin über irgendwelche Informationen verfügt.

Ganz sicher eine Verwechslung. Diese Narren. Er war die ganze Zeit bei uns und dem Mandala.«

Shan stillte am Bach seinen Durst. Er hob den Kopf, kam aber auf keine geeignete Antwort. Tenzin hatte sich nicht die ganze Zeit bei dem Mandala aufgehalten. Und es gab noch etwas, das ihm beinahe entfallen wäre. Als Drakte unmittelbar vor seinem Tod die *lhakang* betreten hatte, war sein Blick zunächst kurz bei Tenzin verharrt.

Shan seufzte und beobachtete, wie Nyma nun Lokesh ansah, der seinen Mantel ausgezogen und die Ärmel fast bis zu den Schultern hochgekrempelt hatte. Der alte Tibeter schrubbte sich die Arme gründlich mit dem weißen Sand des Bachbetts ab. Lhandro fing an, es ihm gleichzutun. Lokesh wusch sich das Gesicht, und dann zogen auch Shan und Nyma die Mäntel aus. Keiner von ihnen war in der Lage, die Vorfälle in diesem sonderbaren *gompa* zu erklären, aber sie alle verspürten das Bedürfnis, sich zu säubern. Nyma hielt den Sand einen Moment lang in der Hand und sah Shan an. Sie hatten solchen Sand zuvor schon gesehen, hatten verfolgt, wie er von den Lamas geweiht und später mit Blut besudelt worden war.

Lokesh entzündete ein Weihrauchstäbchen und setzte sich.

»Wir haben keine Zeit«, sagte Nyma, schloß sich dann aber widerstrebend Shan und Lhandro an, als diese sich niederließen und die duftenden Rauchfetzen betrachteten. Sie mußten sich beruhigen und gegen die beängstigenden, verwirrenden Kräfte wappnen, die offenbar ihr Fortkommen bedrohten.

Nachdem das Stäbchen verbrannt war, stand Lhandro entschlossen auf, griff in seinen Beutel und brachte das kleine Stück Stoff zum Vorschein, das ihm manchmal als Handtuch diente. Er breitete es auf einem flachen Felsen aus und legte seine Plastik-*dorje* darauf. »Das ist kein wahrhaftiger Gegenstand«, sagte er und kam mit dem Tuch zu Shan, der eilig seinen eigenen Kugelschreiber hineinwarf. Er wußte, daß sie zwar alle keinen Wert auf dieses Geschenk aus dem *gompa* legten, Lhandros Worte jedoch dem Kunststoff galten, aus dem die *dorjes* gefertigt waren. Shan hatte schon andere Tibeter kennengelernt, die so auf jegliche Art von Plastik reagierten. Es war weder Holz noch Tuch, Stein oder Knochen – entstammte also nicht der Erde –, und sie mißtrauten diesem Material, als wäre es neuer übler Streich, den die Chinesen ihnen spielen wollten. Shan kannte einen *dropka*, der alle geschenkten oder am Wegesrand gefundenen Plastikgegenstände in einem Lederbeutel verwahrte und anläßlich seines Aufenthalts in irgendeiner Stadt dort als kleinen Kunststoffhaufen zurückließ. Der Mann war sich nicht sicher, was diese Dinge darstellen sollten, aber er wußte, daß sie »in den Untergrund« gehörten, was eine häufige Umschreibung der *dropkas* für alle größeren Städte war.

Eine Stunde später hielten sie plötzlich inne, als Lhandro, der sie soeben über den Kamm eines Hügels führen wollte, die Hand hob. »Da ist einer von denen«, sagte er verärgert. »Wir müssen warten.«

Shan schloß zu dem *rongpa* auf und entdeckte vor ihnen auf dem Weg einen beladenen Karren, der von einem kräftigen schwarzen Yak gezogen wurde. Neben dem Tier ging ein stämmiger Mann in einer Mönchsrobe und gestikulierte eifrig, als sei er in ein Gespräch vertieft und wolle sein Gegenüber von etwas überzeugen.

»Er ist so langsam«, sagte Nyma, die inzwischen neben Shan stand. »Wir werden noch den halben Tag mit Warten verschwenden.«

»Ich habe keine Angst vor einem Mann, der mit seinem Yak spricht«, verkündete Lokesh hinter ihnen und ging einfach weiter den Pfad entlang.

Nach einer Viertelstunde konnten sie erkennen, daß die Ladung des Wagens aus Dung bestand, und kurz darauf blieb der Yak stehen und wandte seinen massigen Kopf in ihre Richtung.

»Es ist wohl ein ziemlich weiter Weg, bis man all diesen Brennstoff loswerden kann«, stellte Shan fest, als er Gyalo erreichte.

»Niemand hat mir gesagt, wie weit ich ihn wegbringen soll«, erwiderte der Mönch.

Shan stellte die anderen vor, und Lokesh bot dem Mönch etwas von ihrem Proviant an. Gyalo aß zwei *momo*-Klöße und gab dann dem Yak einen Apfel zu fressen.

»Wohin willst du?« fragte Shan.

Der Mönch wies gen Himmel. »Es ist ein schöner Tag im Gebirge«, sagte er und fing an, den Yak zwischen den Ohren zu kraulen. »Jampa hier wird mich schon wissen lassen, wenn wir am Ziel sind.«

Jampa. Einer der Namen des Zukünftigen Buddhas.

Shan nahm den Mann einen Moment lang in Augenschein, während dieser einen großen Schluck aus Lokeshs Wasserflasche trank und dann um den Wagen herumging. Die alte Holzschaufel, die Shan benutzt hatte, lag oben auf der Ladung. Er drehte die Schaufel um und sah, daß das hölzerne Blatt eine Öffnung in dem Haufen bedeckte.

»Wir werden nicht verfolgt«, sagte Shan leise.

»Wie bitte?« rief Gyalo und hielt sich eine gewölbte Hand hinter das Ohr.

»Ich hab bloß mit unserem Freund geredet«, sagte Shan, und aus dem Berg getrockneten Dungs kam eine Hand zum Vorschein. Nyma keuchte erschrocken auf. Shan nahm die Hand und half der Gestalt auf die Beine.

»Tenzin!« rief Lhandro, als der hochgewachsene Mann sich aufrichtete.

»Wo hast du …«, setzte Nyma an und lief dann los, um den stummen Tibeter in die Arme zu schließen. »Woher konntest du das wissen? Warum haben die …« Tenzin sah hilfesuchend zu Shan, aber dann grinste die Nonne und mußte über sich selbst lachen, weil sie einen Mann, der nicht sprechen konnte, um Erklärungen bat. Sie fing an, ihm mit dem Ärmel ihres Mantels den Schmutz aus dem Gesicht zu wischen.

»Ich habe neben Jampa unter freiem Himmel geschlafen«, erklärte Gyalo. »Ich dachte, falls ich mitten in der Nacht aufwache, würde ich einfach losziehen. Die Dunkelheit macht uns nichts aus. Wir reden dann über die Sterne. Letzte Nacht, so gegen zwei oder drei Uhr, hat Jampa mir seine Nase ins Ohr gesteckt. Zuerst habe ich ihn wieder weggeschoben, aber er wollte nicht lockerlassen, also habe ich mich aufgerichtet. Ich war ganz erschrocken, denn neben dem Karren stand auf einmal dieser Geist. Jampa und ich wußten, daß er Hilfe brauchte, obwohl er kein Wort gesagt hat. Wir haben ihn – Tenzin, sagst du?« fragte er mit Seitenblick auf Nyma. »Wir haben Tenzin auf dem Wagen versteckt und uns davongeschlichen. Nirgendwo hat sich was gerührt. Als wir eine Stunde später den ersten Hügelkamm erreichten, kam einer dieser Soldatentransporter aus Richtung der Schnellstraße an uns vorbei.« Er sah Shan fragend an.

Shan musterte ein weiteres Mal Tenzin, seufzte und schaute in Richtung der nördlichen Berge. »Wir werden nun weitergehen, dort entlang«, sagte er zu dem Mönch. »Danke, daß du unserem Freund geholfen hast.« Er warf einen Blick auf den Wagen. »Am Ende der Hochebene liegt die alte Ruine eines *gompa*. Dort lebt mittlerweile eine Familie. Die Leute haben sehr viel zu tun und wenig Zeit, um nach Brennstoff zu suchen. Dieser Vorrat würde viele Wochen reichen.«

»Rapjung«, sagte Gyalo nickend. »Ich kenne es. Das alte Erste Haus.« Er sah zurück nach Süden, als wolle er sich vergewissern, daß niemand lauschte. »Norbu war früher nicht nur eine Durchgangsstation, sondern auch ein Krankenhaus. Die Leute kamen von weither, um die Heiler zu konsultieren, die aus den Hochebenen und Bergen hinabstiegen. Doch nach der Zerstörung von Rapjung wurde das Krankenhaus niedergerissen und statt dessen die neuen Gebäude errichtet«, sagte er bekümmert. Shan erinnerte sich an die alten Fundamente, die ihm neben der *lhakang* aufgefallen waren.

»Wovor versucht ihr zu fliehen?« fragte der Mönch und sah sie nacheinander an. Er klang wie ein alter Lama.

»Das wissen wir nicht«, antwortete Nyma im Flüsterton.

»Es gibt dort oben Vögel, die noch nie die Welt hier unten gesehen haben«, merkte Lokesh zögernd an und deutete auf die hohen Gipfel. Auf seinem Gesicht lag dieses schiefe Lächeln, aber seine Stimme war ernst und entschlossen, beinahe dringlich. »Sie brüten derzeit Nachwuchs aus. Falls alles gutgeht, werden auch die Jungtiere sich niemals um den Rest der Welt zu kümmern brauchen.«

Der Yak wandte seinen riesigen Kopf in Richtung der Berge, als hätte er Lokeshs Worte verstanden. Er schien nach den

Vögeln Ausschau zu halten. Gyalo kraulte den Haarbüschel zwischen den Ohren des Tiers und folgte seinem Blick. Dann wandte er sich mit sorgenvollem Lächeln um. »Geht mit Buddha.«

Nach einer weiteren Stunde erreichten sie die Abzweigung, und Lhandro führte sie einen steilen Pfad hinauf, der mit den frischen Spuren der Schafherde übersät war. Die langgestreckte Ebene der Blumen fiel hinter ihnen zurück, und im Norden und Osten bot sich ihren Blicken eine neue Landschaft dar. Sie rasteten auf einem flachen Felsen und aßen kalte Klöße. Von hier aus konnten sie meilenweit eine zerklüftete Gegend aus braungrauem Fels und Geröll überschauen, vielfach durchzogen von dünnen Streifen aus Buschwerk, die den Verlauf kleiner Flüsse markierten und sich ostwärts zu einem fernen Flickwerk aus winzigen Vierecken schlängelten, grünen Feldern voll sprießender Gerste.

Lokesh wies auf einen schmalen, hohen Wasserfall, der in mehr als drei Kilometern Entfernung an einer senkrechten Felswand in eine Schlucht hinabstürzte. Er versuchte, den Lauf des daraus gespeisten Flusses nachzuvollziehen, als Lhandro erschrocken aufkeuchte.

»Tara schütze uns!« klagte der *rongpa* und deutete auf eine Stelle weiter unten am Wasserlauf, wo dieser aus der Schlucht zum Vorschein kam. »Die Götter sind wahrhaft erzürnt!« Er wurde bleich und umklammerte sein *gau*.

Verwirrt folgte Shan der Richtung von Lhandros ausgestrecktem Arm. Dann stöhnten auch Lokesh und Nyma auf. Auf einem langgezogenen Teilstück des Flusses war das Wasser leuchtend rot. Shan überschlug die ungefähre Größe der Stelle. Sie war fünfzig oder sechzig Meter lang und erstreckte sich über die gesamte Breite des Flußlaufs.

Nyma drehte sich verängstigt zu Shan um. »Was ist das?«

Doch er hatte keine Erklärung dafür. »Im Meer gibt es Algenarten, die das Wasser bisweilen rot erscheinen lassen«, lautete seine zögerliche Vermutung.

Lokesh und Lhandro nickten. Nicht etwa, weil sie hier an die Möglichkeit von Algen glaubten, wußte Shan, sondern weil er eine natürliche Ursache angeboten hatte.

Schweigend beobachteten sie den roten Fleck, bis er hinter einer Flußbiegung verschwand.

Lokesh hob abermals den Arm und zeichnete mit ausgestrecktem Finger den Verlauf des Flusses vom Wasserfall bis zu der Stelle nach, an der er sich den Blicken entzog. Mit beklommener Miene wandte der alte Tibeter sich um und folgte dem besorgten Lhandro, der im Laufschritt den Pfad hinaufeilte. Shan wußte, daß der *rongpa* den Fleck als Vorboten eines schrecklichen Ereignisses begriffen hatte.

Nyma blieb neben Shan stehen und starrte gequält auf den Fluß. »Die Berge bluten.« Sie wandte sich ab und folgte Lokesh. Shan ging einen Schritt auf den Pfad zu, wo Tenzin neben der Abbruchkante kniete. Der Tibeter hatte einen kleinen Steinhaufen aufgeschichtet und goß nun Wasser auf einen Fleck Erde. Dann rührte er die kleine Pfütze um und schrieb mit dem Schlamm einige Worte auf die Felsen neben dem Haufen. *Om amtra kundali hana hana hum phat.* Es war ein machtvolles Mantra, eine nachdrückliche Bitte um Reinigung.

Tenzin betrachtete die Worte und ließ den Blick dann über die niedrigen Hügel im Osten schweifen. Er schien vergessen zu haben, daß Shan ganz in der Nähe stand.

»Es war ein Fehler, dieses *gompa* aufzusuchen«, sagte Shan leise. Ihm kam der Gedanke, daß Khodrak und die Schreihälse womöglich mehr über Tenzin wußten als er, und ihm war klar, daß der stumme Tibeter ihm nicht antworten würde.

Doch auf einmal atmete Tenzin vernehmlich ein. »Wenn die Seele fast erstickt«, sagte er mit tiefer, melodischer Stimme, »und erst mit dem letzten Atemzug wieder zum Leben erwacht, wird es nie wieder dieselbe Seele sein.« Seine Augen blieben dabei auf die fernen Hügel gerichtet, und er sprach dermaßen schnell, daß Shan im ersten Moment an eine Sinnestäuschung glaubte. Der Tibeter wandte den Kopf. »Dein Lama Gendun hat behauptet, manchmal würde jemand im alten Körper und während ein und derselben Lebensspanne wiedergeboren. Er sagte, du wüßtest darüber Bescheid.«

Shan starrte ihn an. Tenzin war eine neue Zunge gewachsen.

»Ich bin nicht der Mann, nach dem diese Leute zu suchen glauben«, fügte Tenzin hinzu. Er klang zutiefst bekümmert.

Shan musterte sein gepeinigtes Gesicht und bemühte sich, den Sinn dieser merkwürdigen Worte zu ergründen. »Warum sucht man nach dir? Hast du jemanden getötet?«

Tenzin blickte zu dem Fluß, der geblutet hatte. »Zuerst habe ich etwas getan, wofür ich mich selbst hasse«, sagte er nach geraumer Weile, »dann habe ich etwas getan, wofür die anderen mich hassen.«

»In Lhasa?« fragte Shan. »Bist du in Lhasa gewesen?«

»Dieser Abt, der vermißt wird. Ich war da.«

»Der Abt von Sangchi? Hast du ihn nach deiner Flucht aus dem Gefängnis gesehen? War Drakte bei ihm?«

Aber Tenzin hielt sich die Fingerspitzen an die Lippen und sagte nichts mehr. Er wirkte verwirrt, als wäre ihm gerade erst klargeworden, daß er gesprochen hatte.

Plötzlich fiel Shan jene schreckliche Nacht wieder ein – und der Klang der Stimmen aus der Totenhütte. »Du warst dort bei Gendun und Drakte«, sagte er. »Ich habe deine Stimme gehört. Du hast mit Gendun den Bardo-Ritus rezitiert.« Es war keine krächzende Stimme, keine Kehlkopfverletzung.

Tenzin seufzte nur und schaute traurig drein.

Es war später Nachmittag, als sie die ersten Schafe sahen, die weit vor ihnen im Schutz mehrerer großer Felsblöcke das spärliche Gras abweideten. Alle trugen nach wie vor die bunten Packtaschen. Ein hoher rhythmischer Ton ließ Lhandro innehalten und eine Hand heben. Nach einem Moment verflog seine Anspannung. Er führte die Gruppe um eine Wegbiegung und blieb erneut stehen. Etwa sechzig Meter vor ihnen brannte im Windschatten einer riesigen Felsplatte, die irgendwann von der dahinter aufragenden Klippe abgebrochen war, ein kleines Lagerfeuer. Dicht daneben standen drei der Dörfler aus Yapchi. Auf halber Strecke saß Anya mit dem Rücken zum Pfad und sang einer Handvoll Schafe etwas vor. Die Tiere schienen ihr aufmerksam zu lauschen, als wollten sie jeden Augenblick in das Lied einstimmen.

»Sie spricht mit ihnen«, stellte Nyma ehrfürchtig fest. Die

Reisenden verharrten still, hörten zu und wagten nicht, sich zu rühren – vielleicht weil sie unter demselben Bann wie die Schafe standen. Dann bemerkte einer der Dorfbewohner die Neuankömmlinge und stieß einen lauten Ruf aus. Anya drehte sich um, und der Zauber war dahin.

Die Gefährten wurden mit Fragen überschüttet, und Shan und Lokesh ließen Lhandro und Nyma alle Antworten geben. Ja, Padme hatte sich erholt und war bei ihrem Aufbruch bereits wieder auf den Beinen gewesen. Ja, er wohnte in einem wiederaufgebauten *gompa*, dem alten Zweiten Haus. Ja, die Lamas hatten ihnen ihren Segen erteilt. Ja, es gab dort sogar Novizen, die ganz wie früher zu Mönchen ausgebildet wurden. Die Dörfler waren zufrieden, und wenngleich Lhandro sich hilfesuchend nach Shan und Nyma umsah, ließ niemand freiwillig ein Wort darüber verlauten, was sonst noch in Norbu geschehen war. Der *rongpa* hockte sich vor einen Stapel Decken, auf den jemand den Beutel mit dem roten Kreis gelegt hatte, den Beutel, in dem sich das Auge befand. Schweigend strich Lhandro darüber, als müsse der *chenyi*-Stein irgendwie getröstet werden.

Kurz vor Sonnenuntergang bellte einer der Hunde. Zwei der Männer aus Yapchi rannten zwischen die Felsen oberhalb des Pfades. Lhandro sprang auf einen Block, von dem aus er die Bergflanke überblicken konnte, und winkte gleich darauf Shan zu sich.

Ein Mann und ein Yak kamen die Steigung hinauf und durchquerten soeben einen von der Sonne beschienenen Fleck. Der Mann trug ein Mönchsgewand.

»Man wird dich heute abend in Norbu zurückerwarten«, merkte Shan vorsichtig an, als Gyalo das große breitschultrige Tier zum Feuer führte.

»Es ist schon ein komischer Ort, dieses *gompa*«, sagte der Mönch nachdenklich. »Das Komitee schreibt vor, daß nur fünfunddreißig Mönche dort sein dürfen, obwohl Platz für dreimal so viele wäre. Der Vorsitzende hat den Unterricht über die Lama-Heiler von Rapjung untersagt und läßt uns statt dessen lernen, wie man das sozialistische Gedankengut mit den Lehren Buddhas verknüpft.« Während er sprach, kraulte er den

Rücken des schwarzen Yaks. »Wir müssen ein Papier unterzeichnen, mit dem wir uns verpflichten, die Regierung nicht zu kritisieren und bedingungslos die Autorität des Büros für Religiöse Angelegenheiten anzuerkennen. Wer nicht unterschreibt, darf kein Mönch mehr sein.« Er schüttelte ungläubig den Kopf. »Manche behaupten, wir könnten uns dennoch glücklich schätzen. In anderen *gompas* müssen die Mönche sich angeblich vom Dalai Lama lossagen, oder man steckt sie in ein chinesisches Gefängnis.«

Lhandro trat vor. Er wirkte sehr besorgt. »Du mußt in dein Kloster zurückkehren. Nach dem, was Padme zugestoßen ist, wird man einen Suchtrupp nach dir aussenden.«

»Seit einem Monat habe ich nur noch jede zweite Nacht geschlafen. In den anderen Nächten bin ich hinaus zu diesem Dunghaufen gegangen und habe gebetet.« Er sah Shan an.

Gyalo sagte, daß er sich in einer spirituellen Krise befunden hatte, erkannte Shan. Er sagte, daß er versucht hatte, eine wichtige Entscheidung zu treffen.

»Als ich damals nach Norbu aufgebrochen bin, hat mein Onkel mir eingeschärft, ich solle den ranghohen Lamas besonders gut zuhören, denn es könne sich bei ihnen um Verkörperungen der wahren Lehre Buddhas handeln. Aber es gab dort keinen Buddha, sondern nur Komiteemitglieder. Sie werden von der Regierung bezahlt.« Gyalo runzelte die Stirn. »Jampa und ich glauben nicht, daß man gleichzeitig Lama sein und sich von Peking bezahlen lassen kann. Das, was dort Buddha am nächsten kam, befand sich genau hier.« Er legte dem Yak beide Hände auf den Kopf. Der Blick, den der Mönch und das Tier austauschten, schien voll tiefer Bedeutung zu sein, und jedermann verfolgte den Vorgang völlig reglos. Der Yak sah alle nacheinander an und atmete dann tief durch. Es klang wie ein Seufzen.

Unter den Dorfbewohnern kam ein Raunen auf, und einige von ihnen nickten ernst, als wüßten sie über Buddha-Yaks Bescheid.

»Jampa war auch an jenem Ort«, sagte Gyalo, als fiele es ihm schwer, den Namen des Klosters auszusprechen. »Das Komitee wollte ihn loswerden, sobald er all den Dung fortgeschafft hätte. Für ihn stand schon seit mehreren Monaten fest, daß er aufbrechen würde. Und nun«, schloß der Mönch mit zaghaftem Lächeln, »nun haben die immer noch den ganzen Dung, aber sie haben uns nicht mehr.«

»Wir können dir andere Kleidung geben«, sagte Lhandro und bückte sich nach der Ladung eines der Packpferde.

»Nein«, entgegnete Gyalo sogleich und sprach dann langsam und besonnen weiter. »Nein. Ich bin ein Mönch. Ich bin bloß ein Mönch unter Lehrern.« Er und auch alle um ihn herum wußten, was diese Worte bedeuteten. Er würde ein Mönch ohne Lizenz sein, ein illegaler Mönch. Falls die Kriecher ihn erwischten, konnte er weder auf Verständnis noch Milde hoffen, sondern würde für viele Jahre in einem *lao-gai*-Lager verschwinden. Und nach der Freilassung würde es ihm nie mehr gestattet sein, in einem *gompa* zu dienen.

Nyma trat vor. Ihre Gebetskette hielt sie in der Hand. »Wir sollten einige Mantras beten«, schlug sie vor. Gyalo nickte zufrieden. Lokesh gesellte sich mit seiner *mala* zu ihnen, gefolgt von zwei der Dorfbewohner.

Der Mönch ging mit Nyma zu einem großen flachen Felsen in der Nähe des Feuers. Dort hielt er inne und ließ den Blick über die Anwesenden schweifen. »Ich heiße Gyalo«, sagte er. »Das dort ist Jampa. Und ihr Name lautet Chemi«, fügte er hinzu und wies den Pfad hinunter. »Sie wollte eine Weile sitzen bleiben und die Wolken beobachten.«

Shan sah eine Frau aus dem Schatten auftauchen. Neben ihr lief schwanzwedelnd einer der Mastiffs.

»Sie war bei der Ruine des *gompa* und hat geholfen, die Asche zu durchsuchen«, erklärte Gyalo. »Aber sie sagte, sie sei eigentlich auf dem Heimweg und wolle ebenfalls nach Norden.«

Mit scheuem Lächeln kam die Frau zum Feuer. Nyma reichte ihr eine Schale Tee. Chemi setzte sich vor einen Felsen und erläuterte Lhandro, daß sie zu ihrer Familie in den Hügeln oberhalb des Tals von Yapchi unterwegs sei. Nyma und Lhandro hießen sie herzlich willkommen und bestätigten Shan, daß sie die Familie der Frau kannten. Die Leute wohnten in einem kleinen Weiler aus fünf Häusern, der nur sechs Kilometer von Nymas Heimatdorf entfernt lag. Lokesh nahm neben Chemi Platz und sprach leise mit ihr, als würde er sie kennen. Dann wurde es plötzlich windig, und sie setzte den Hut auf, den sie bei sich getragen hatte.

Shan starrte sie ungläubig an. Dieser Hut hatte einst ihm gehört. Chemi war die Frau, die Dremu am Wegesrand entdeckt hatte, krank und zu schwach, um sich auf den Beinen zu halten. Er kniete sich neben Lokesh. »Dieses *tonde* war ziemlich gut, glaube ich«, sagte Chemi zu dem alten Tibeter. Shan erinnerte sich an das Fossil, das Lokesh ihr gegeben hatte. Er sah nun, daß sie immer noch geschwächt wirkte, aber ihr Gesicht wies wieder Farbe auf, und ihre Augen leuchteten.

»Was ist geschehen? Wer ist an jenem Tag zu dir gekommen?« fragte Shan.

Die Frau lächelte matt. »Es geht mir besser«, sagte sie, griff nach der *mala* an ihrem Gürtel aus Yakhaar und stimmte ein Mantra an, um somit Shans Fragen auszuweichen.

Er sah erst sie, dann Lokesh an. Chemi hatte dort bei dem Pfad auf jemanden gewartet. Allein und krank, aber zugleich so sehr von der Ankunft der besagten Person überzeugt, daß sie das Hilfsangebot ausgeschlagen hatte. Ein Heiler war zu ihr in die Berge gekommen, und zwei Tage später hatten Shan und Lokesh in den Bergen einen Heiler gesehen – oder zumindest den Geist eines Heilers.

Sie aßen in der Dämmerung zu Abend. Lokesh und Shan saßen mit Lhandro und einer Kerze im Schutz eines Felsens und studierten die zerfledderte Landkarte des *rongpa*. Morgen würden sie das Hochgebirge hinter sich lassen und einen Tag darauf in Yapchi eintreffen. Shan vertiefte sich schweigend und beinahe wie in Trance in die Karte und sann gedankenverloren darüber nach, daß sie ihm vielleicht den Aufenthaltsort einer Gottheit verraten würde, sofern er nur wüßte, wie man sie lesen mußte.

Chemi schlief neben dem Feuer unter einer dicken Filzdecke. Lokesh und Gyalo betrachteten den Mond. Tenzin setzte sich auf einen nahen Felsen, so daß seine Silhouette sich vor dem Nachthimmel abhob, und ließ wortlos die *mala* durch die Finger gleiten. Wenn der Wind abnahm, schauten Lokesh und Shan manchmal zu dem stummen Tibeter und sahen sich dann bedeutungsvoll an. Sie kannten solche Szenen aus dem Gulag, wo die Mönche lernten, ihre Gebete nachts auf den Betten zu verrichten, ohne gegen die strikten Lagerregeln zu verstoßen, die absolutes Schweigen verlangten. Nach Jahren in diesen Baracken hatte Shan begonnen, so etwas wie ein Geräusch von den Mönchen wahrzunehmen. Zuerst hatte er geglaubt, es wären einfach ihre Lippen, die sich berührten, aber später war ihm noch mehr aufgefallen: ein seltsamer leiser Ton wie ein fließendes gleichbleibendes Stöhnen, als hätten seine Ohren sich an ein anderes Klangspektrum gewöhnt, das von den Mönchen dazu genutzt wurde, mit ihren Göttern in Verbindung zu treten.

Auf einmal bellte ein Hund. Lhandro war sofort auf den Beinen und nahm einen der schweren Stäbe. »Von oben kommt jemand«, warnte er Shan und bedeutete ihm, zwischen den Felsen in Deckung zu gehen.

»Yapchi, seid ihr das?« rief eine angespannte Stimme aus der Dunkelheit. Lhandro warf mehr Dung ins Feuer und ging zum Pfad. Zwei Pferde kamen in Sicht. Es gab auch zwei Reiter, aber die saßen beide auf dem vorderen Tier.

»Der *golok*«, verkündete Lhandro leise. »Was hast du mit unserem Pferd gemacht?« rief er dann Dremu zu.

»Dem Pferd geht's gut«, erwiderte Dremu müde. »Es ist der Amerikaner.«

Shan lief sofort herbei, um den kraftlosen Winslow aus Dremus Sattel zu heben, wo der *golok* ihn von hinten gestützt hatte.

»Es ist etwas in seinem Kopf«, berichtete Dremu. »Mir war klar, daß er so schnell wie möglich nach unten mußte. Er wollte immer höher. Er dachte, er hätte da oben jemanden gesehen. Aber es war zu hoch für ihn. Er ist aus Amerika.«

Der *golok* meinte die Höhenkrankheit. Während sie Winslow auf einer Decke am Feuer niederlegten, erklärte Dremu, daß der Amerikaner am späten Nachmittag etwas gesehen habe: einen hellen Lichtreflex, wie von einem Stück Metall oder einem Werkzeug. Als sie auf einem Vorsprung anhielten, um die Stelle durch das Fernglas genauer zu untersuchen, habe der Amerikaner sich wie ein Betrunkener aufgeführt, sei umhergetorkelt und beinahe über die Kante abgestürzt.

So etwas kam bei ausländischen Besuchern Tibets häufig vor, und sogar erfahrene Bergsteiger wurden ohne Vorwarnung davon ereilt. Winslow selbst hatte Shan von den amerikanischen Touristen erzählt, die jedes Jahr an dieser Krankheit starben, weil es zu einer Embolie oder einem Ödem in Lunge oder Hirn kam. Den Betroffenen konnte für gewöhnlich nur dadurch geholfen werden, daß man sie sofort in tieferes Gelände brachte.

Winslow schlug zitternd die Augen auf. »Pillen. Ich habe Pillen«, stieß er keuchend hervor. »Hab sie bei den Packpferden zurückgelassen.«

Kurz darauf hatte Shan den Rucksack des Amerikaners und darin eine kleine Glasflasche gefunden, auf deren Etikett »Diamox« stand. Er verabreichte Winslow zwei der weißen Tabletten mit etwas Tee. Wenige Minuten später öffnete der Amerikaner die Augen und bildete mit Daumen und Zeigefinger einen Kreis: das Zeichen für »Okay«.

Shan und Lokesh setzten sich zu ihm, während er gierig eine Schale Tee trank. »Tut mir leid«, sagte Winslow. »Das kommt vor. Eigentlich keine große Sache, außer daß ich diesmal am Rand eines hundertfünfzig Meter tiefen Abgrunds stand, als es losging. Dieser Bursche da«, sagte er und deutete auf Dremu. »Er hat mir das Leben gerettet.«

Die Worte schienen Lhandro zu verwirren, denn er hatte dem *golok* stets mißtraut. Nun stand der *rongpa* zögernd auf, goß eine Schale Tee ein und gab sie Dremu. Der *golok* streckte zögernd die Hand aus und nahm den Tee mit verunsicherter Miene entgegen.

Als müsse er seine Behauptung nachdrücklich untermauern, griff Winslow nach seinem Rucksack und holte daraus umständlich den kleinen Metallkocher hervor. Dann rief er Dremu zu sich und überreichte ihm das Gerät. »Ich habe nur diese eine

Ersatzpatrone«, entschuldigte sich der Amerikaner und gab dem *golok* auch noch den kleinen blauen Zylinder, den Shan bei Winslows Habseligkeiten gesehen hatte.

Dremu starrte mit großen Augen den Kocher an, lächelte, musterte im nächsten Moment ernst den Amerikaner und lächelte erneut. »Du hast mir das Leben gerettet«, wiederholte Winslow laut, als wolle er sichergehen, daß alle es hörten. »Ich stand am Rand der Klippe, als sich mit einem Mal alles drehte. Dann weiß ich nur noch, daß ich über dem Abgrund lehne und Dremu meinen Gürtel gepackt hat und wie ein Yak daran zerrt. Ohne ihn wäre ich jetzt tot.«

Völlig unerwartet machte sich allseits eine zufriedene Stimmung breit. Der Amerikaner war dem sicheren Tod entronnen. Chemi, eine neue Freundin, war geheilt und nach Hause unterwegs. Gyalo, der tapfere Mönch, hatte beschlossen, die erste Nacht seines neuen Lebens bei ihnen zu verbringen. Shan, Lokesh, Winslow, Lhandro und Gyalo saßen in ihre Decken gehüllt beisammen, beobachteten den Mond und freuten sich alle paar Minuten über eine Sternschnuppe.

Plötzlich hallte ein qualvolles Stöhnen durch die Dunkelheit. Winslow zog sofort seine Taschenlampe hervor. Lhandro nahm seinen Stab. Lokesh griff nach seiner *mala*.

Shan lief auf das Geräusch zu. Es war Nyma. Sie saß über Anya gebeugt und stieß schluchzend ein hastiges Mantra hervor.

»Sie hat sich schon den ganzen Nachmittag unwohl gefühlt. Einmal mußte sie zitternd am Wegesrand anhalten, aber es ging wieder vorbei. Sie hat mir erzählt, daß nun alles wieder in Ordnung ist und daß es manchmal überhaupt nichts zu bedeuten hat, daß er vielleicht gar nicht aufwacht, daß es mitunter einfach vorkommt und nichts geschieht, als habe er etwas Übles geträumt, würde aber weiterschlafen.«

Shan erschauderte. Nyma meinte das Orakel, den Gott, der durch das junge Mädchen sprach.

»Aber sieh sie dir an …«

Anya wurde am ganzen Körper von heftigen Zuckungen geschüttelt und klammerte sich an Nymas Hand fest. Ein

Blutrinnsal lief darunter hervor, weil die Fingernägel des Mädchens sich in das Fleisch der Nonne gruben.

»O Gott!« rief Winslow und warf Shan einen hilflosen Blick zu. »Sie muß Epileptikerin sein. Das ist ein Anfall. Stecken Sie ihr etwas in den Mund, um ihre Zunge zu schützen.«

»Ihr Zunge darf auf gar keinen Fall gehindert werden«, sagte Lhandro ernst und hob eine Hand, als wolle er den Amerikaner zurückhalten.

Shan zog Winslow beiseite und versuchte ihm zu erklären, was nach Ansicht der Tibeter soeben mit Anya geschah.

»Ein Orakel?« rief Winslow erzürnt. »Verflucht, sie ist ein kleines Mädchen. Die können doch nicht ernsthaft glauben ...« Seine Stimme erstarb, denn er sah das mittlerweile halbe Dutzend Tibeter mit feierlichen, sogar verängstigten Mienen rund um das Mädchen sitzen und abwarten. Trotz der Zuneigung, die sie alle für Anya empfanden, unternahm niemand den Versuch, ihr zu helfen. Lhandro lief zu den Packtaschen und kehrte mit Bleistift und Papier zurück.

»Herr im Himmel!« flüsterte Winslow. Verunsichert starrte er die Tibeter an, die sich mit Butterlampen um das Mädchen scharten. »Meine Güte, Shan, man darf doch nicht einfach ...« Er verstummte und trat ein Stück näher, als wolle er immer noch eingreifen, damit das Mädchen sich nicht selbst verletzte.

Shan wußte nicht, was er glauben sollte, aber er hatte keinen Zweifel an der Überzeugung der Tibeter. Er und der Amerikaner konnten nur zusehen.

Gyalo saß neben Anyas Kopf. »Meine Großmutter wurde auch heimgesucht«, sagte er sanft. »Wir sollten uns auf die Ankunft vorbereiten.« Dann stimmte er ein leises Mantra an, in das die anderen sofort einfielen. Shan ertappte sich dabei, daß er sein *gau* umklammerte.

»In meinen Bergen«, sagte Anya auf einmal, »in meinem Herzen, in meinem Blut.« Es klang wie Anya, wenngleich wie eine müde, verwirrte Anya. Es konnte irgendein Traum sein. Vielleicht war das Mädchen einfach nur erschöpft von der Reise und im Schlaf zusammengebrochen, so daß sie sich nun unbewußt eines ihrer Geisterlieder vorsang.

Anya hörte auf zu zittern und schien zu erstarren. Dann wirkte sie ganz friedlich und redete weiter. »Tief ist das Auge, das strahlendblaue Auge, die *nagas* werden es behüten.« Shan fröstelte. Winslow keuchte auf und wich zurück. Dies war nicht Anyas Stimme. Sie klang krächzend, trocken, alt und gleichzeitig hohl, als würde sie durch einen langen Schacht an ihre Ohren dringen.

Neben Shan bewegte sich etwas. Lhandro schrieb eifrig die Worte des Orakels auf. Die Stimme hallte in Shans Kopf wider. Sie sprach von dem Auge. Aber das Auge war nicht blau.

»Verbindet sie, verbindet sie, verbindet sie, ihr müßt es waschen, um sie zu verbinden!« krächzte die Stimme weiter. »So viele tot. So viele todgeweiht«, sagte sie traurig. Über dem Lager hing eisiges Schweigen. Lhandro blickte leichenblaß von seinem Zettel auf.

»Wer wird sprechen, wenn der Singvogel weg ist?« fragte die Stimme. Dann kam nichts mehr. Nach diesem abschließenden Satz schien Anya, obgleich sie ausgestreckt am Boden lag, irgendwie in sich zusammenzusacken. Alle warteten stumm und reglos, als hätten die Worte sie gelähmt. Nyma starrte in Anyas Augen, als würde sie nach dem Mädchen suchen. Lokesh nickte langsam, und Nyma fing an, sich auf den Knien vor und zurück zu wiegen. Gyalo nahm eine Schale Wasser und wusch Anyas Gesicht. Niemand sprach. Lokesh stimmte wieder das Mantra an. Lhandro starrte auf den Zettel und reichte ihn dann an Shan weiter, als würde dieser wissen, was die Worte zu bedeuten hatten. Shan starrte auf die hastig hingekritzelten Notizen und konnte sie nicht entziffern. Aber er hatte genau zugesehen und wußte daher, daß Lhandro die letzten Worte des Orakels nicht mehr mitgeschrieben hatte. Wer wird sprechen, wenn der Singvogel weg ist? hatte die Stimme gefragt.

Sie warteten fast eine Stunde, bis Anya wieder zu sich kam. Das Mädchen rieb sich die Augen, als würde es aus einem tiefen Schlaf erwachen, und deutete plötzlich nach oben. Eine leuchtende Sternschnuppe schoß über den Himmel, so nah, daß sie es hören konnten.

»Die Yapchi-Gottheit, deren Auge ihr habt, und dieses

Orakel – ist das ein und dasselbe Wesen?« fragte Winslow leise. Das Ereignis hatte ihn sichtlich mitgenommen. »Ich meine, mir ist klar, daß es eigentlich gar keine …« Seine Stimme erstarb. Daß es eigentlich gar keine Gottheit im Tal geben konnte, hatte er sagen wollen. So wie er noch vor kurzem bezweifelt hatte, daß ein Orakel existierte.

»Ich weiß es nicht«, erwiderte Shan unschlüssig. »Vermutlich nicht.«

Weder er noch Winslow schienen ihre Gefühle in Worte fassen zu können. Weil sie beide im wesentlichen nichts als Verwirrung empfanden, mutmaßte Shan.

Nach einer Weile borgte Shan sich die Taschenlampe des Amerikaners, nahm den Beutel mit dem roten Kreis und ging hinaus zu den Schafen. Er fand einen flachen, vom Mond beschienenen Felsen, setzte sich und trennte die Naht des Beutels auf. Dann holte er zum erstenmal seit ihrem Aufbruch vom Lamtso den *chenyi*-Stein heraus. Er hielt das Auge in der Hand und starrte den im Dunkeln undeutlichen Farbklecks an, ohne so recht den Grund dafür zu wissen. Wenigstens würde er sich auf diese Weise besser konzentrieren und sein Bewußtsein ergründen können, ganz wie Gendun es ihn gelehrt hatte.

Hinter Shan rieselten ein paar lose Kiesel herab. Als er sich umdrehte, sprang ein Schatten vor, und ein harter Gegenstand traf seinen Kopf. Er stürzte benommen nach vorn, und noch während ihm allmählich schwarz vor Augen wurde, erkannte er schemenhaft und wie aus großer Entfernung, daß jemand ihm in die Rippen trat.

Kapitel Zehn

Das Auge von Yapchi war weg. Shan suchte mit schmerzverzerrter Miene den mondhellen Fleck ab, an den er es hingelegt hatte, und tastete mit einer Hand vergeblich nach dem Stein. Dann richtete er sich ein Stück auf, um einen Blick in die Runde zu werfen, und verspürte ein heftiges Stechen in seiner Brust. In der Ferne bewegte sich etwas. Shan kämpfte sich auf die Beine, machte einen Schritt – doch die Welt fing an, sich zu drehen, und er fand sich erst auf Knien, dann auf dem Boden wieder. Abermals umfing ihn Schwärze.

Als er aufwachte, lag er am Feuer auf einer Decke neben Anya. Das Mädchen saß an einen Felsen gelehnt und lächelte matt. Lokesh kniete auf Shans anderer Seite und tupfte ihm mit einem blutigen Lappen die Stirn ab. »Es ist weg«, stieß Shan verzweifelt hervor. »Ich habe das Auge verloren.«

»Unsere Freunde sind losgezogen, um es zu suchen«, sagte Lokesh sanft. Er nahm Shans Hand, drückte sie fest und hielt sie einen Moment lang umschlossen.

Als Shan sich aufsetzen wollte, rauschte das Blut in seinen Ohren. Ihm wurde schwindlig, und er mußte die Augen schließen. Vage registrierte er, daß Leute sich näherten und hastig miteinander flüsterten. Er hörte Hufgetrappel, und in einiger Entfernung rief jemand nach den Hunden. Dann sank er in einen schlafähnlichen Dämmerzustand und wachte am Ende jählings auf.

Es waren mehrere Stunden vergangen. Der Mond ging unter. Nach Shans Schätzung mußte es ungefähr drei Uhr morgens sein. Die Dorfbewohner hatten den verbliebenen Brennstoff dazu benutzt, rund um das Lager ein halbes Dutzend Feuer zu entzünden. Ein Reiter stieg vom Pferd. Lhandro war bei den Schafen und überprüfte ihre Packtaschen. Eines der Tiere saß neben Anya, allein und ohne Gepäck: der braune Widder, der das Auge getragen hatte. Das Mädchen streichelte ihm den Kopf, als müsse das Schaf getröstet werden, weil es die Ängste der anderen teilte.

Lokesh brachte eine Schale Tee, und Shan schaffte es endlich, sich aufzurichten. Der alte Tibeter schüttelte grimmig den Kopf.

»Nichts«, sagte Lhandro, als er einige Minuten später zu Shan kam. »Das Auge ist verschwunden, ebenso der Beutel, in dem es gesteckt hat. Wir hatten zwar einen Wachposten aufgestellt, aber der hat auf dem Pfad nach Verfolgern Ausschau gehalten, und der Dieb muß sich auf einem anderen Weg genähert haben. Wir haben alle umliegenden Hänge abgesucht. Der Mond war sogar hell genug, daß wir die Ferngläser benutzen konnten. Nichts«, schloß Lhandro müde. »Dieses Wesen zündet Tempel an und versucht, Mönche zu ermorden«, sagte er wie als Erklärung für seine Hoffnungslosigkeit. Sein Gesicht schien um viele Jahre gealtert zu sein. Das Auge war weg. Er hatte seine Leute enttäuscht. Lhandro schaute den Hang hinauf und lief dann in die Dunkelheit davon.

»Es ist meine Schuld«, sagte Shan. »Ich habe es aus dem Lager mitgenommen.« War es tatsächlich der *dobdob* gewesen? Shan versuchte sich zu erinnern, aber da war nichts außer Finsternis und Schmerz. Er berührte die Beule an seinem Kopf. Ein harter Gegenstand hatte ihn getroffen, möglicherweise der knorrige Stab des *dobdob*.

»Nein!« widersprach Nyma. »Du hast vermutlich andere vor Schaden bewahrt. Wenn du das Auge nicht an dich genommen hättest, wäre dieser Dieb gewaltsam über uns alle hergefallen.«

Im Verlauf der nächsten beiden Stunden kehrten die Sucher einer nach dem anderen zurück. Nur Dremu, der auf seinem Pferd als letzter eintraf, hatte etwas zu berichten. Unterwegs sei auf dem Hang eine wilde Ziege an ihm vorbeigerannt, als sei sie weiter oben durch irgend etwas erschreckt worden.

Winslow seufzte. »Wenn es die Armee war …«

»Das glaube ich kaum«, fiel Nyma ihm ins Wort. »Dieser Oberst Lin und seine Leute hätten sich nicht heimlich angeschlichen, sondern uns überfallen und in Ketten gelegt, so wie er das neulich schon versucht hat.«

Einige der Dörfler murmelten beifällig, doch Winslow und Shan sahen sich an. Falls Lin von der Anwesenheit des Amerikaners gewußt hatte, wäre es ein schlauer Schachzug gewesen, nur einen einzigen Mann für dieses Kommandounternehmen auszuwählen.

»Falls die Armee das Auge hat, ist es für uns unerreichbar«, sagte Shan. »Aber falls es jemand anders war, können wir es uns vielleicht zurückholen.« Er warf Lhandro einen erwartungsvollen Blick zu. Der *rongpa* schüttelte den Kopf, schien jedoch über die Worte nachzudenken und sah Shan neugierig an.

»Aus welchem Grund könnte jemand anders das Auge stehlen wollen?« fragte eine Stimme aus dem Schatten. Gyalo kam zum Vorschein. »Nyma hat mir alles erklärt«, sagte er beiläufig zu Shan, bevor er sich wieder an die anderen wandte. »Shan meint, wir sollten uns Gedanken über das Motiv des Diebs machen.«

»Um es zu zerstören«, schlug Nyma vor. »Damit das Tal nicht gerettet werden kann. Oder um es zu verstecken.«

»Das würde auf jene hindeuten, die euer Tal anderweitig nutzen wollen«, stellte Gyalo fest.

Lhandro nickte. »Die Öltrupps. Die Geologen, die an diesem Förderprojekt arbeiten.«

»Und wenn nun keine dieser beiden Möglichkeiten zutrifft?« fragte Shan. »Vielleicht will auch der Dieb, daß das Auge nach Yapchi zurückkehrt, nur auf andere Art und Weise.«

»Und er will es selbst zurückbringen?« Nyma runzelte die Stirn. »Jemand anders ... jemand, der nicht glaubt, daß wir Yapchi erreichen werden«, sagte sie mit hohler Stimme. »Eventuell jemand, der das Orakel nicht verstanden hat. »Oder jemand, der einfach hofft, sich dadurch irgendwie Verdienste zu erwerben.«

»Die Ziege da oben wurde vielleicht von jemandem aufgescheucht, der dabei ist, den Berg zu überqueren«, merkte Winslow an.

»Die Armee würde das Auge nicht über den Berg, sondern zurück nach Lhasa schaffen«, sagte Lhandro leise.

»Falls es also nicht die Armee war, müssen wir so schnell wie möglich ins Tal gelangen«, sagte Shan. »Jemand, der das Auge zu dem Gott zurückbringen will, könnte sich auffällig verhalten. Vielleicht gelingt es uns, den Dieb aufzuspüren, bevor die Armee ihn findet.«

»Das Orakel«, sagte Nyma und sah Shan mit neuer Hoffnung an. »Es hat nicht beschrieben, wie das Auge ins Tal kommt, sondern nur, daß es seiner wahren Bestimmung zugeführt wird.«

»Es gibt einen geheimen Pfad über den Berg Yapchi«, sagte eine neue Stimme aus dem Dunkel. Sie drehten sich um und sahen Chemi neben dem großen Yak stehen. »Er liegt hoch oben, ist teilweise sehr schmal und äußerst gefährlich. Nur ein einziges Mal habe ich ihn eingeschlagen. Da war ich noch ein junges Mädchen. Ich habe auf ihm alte Ziegen gesehen. Er eignet sich weder für Pferde noch für Schafe, die eine Last auf dem Rücken tragen. Die Karawane wird den Berg weiter unten umrunden müssen, um ans Ziel zu kommen. Aber wenn einige von uns zu Fuß aufbrechen, sobald es hell wird, können wir noch vor Sonnenuntergang im Tal sein.« Sie musterte die Dörfler und sah schließlich Shan an. »Ich weiß von dem Auge. Der Vater meines Großvaters stammte aus Yapchi. Als diese Lujun-Soldaten kamen, war er gerade auf einer Pilgerfahrt. Danach ist er nie in das Dorf zurückgekehrt.«

»Ich gehe«, meldete Winslow sich sofort freiwillig. Als er Shans besorgten Blick bemerkte, zuckte er die Achseln und deutete auf seinen Rucksack. »Ich werde meine Tabletten nehmen. Die Geologin ist vielleicht dort oben.«

Neben Shan bewegte sich jemand. Lokesh ging in die Knie und zog die Schnürsenkel seiner ausgetretenen Stiefel fest. Shan legte ihm eine Hand auf die Schulter, doch Lokesh tat so, als würde er sie nicht bemerken. »Alte Ziegen«, sagte er. »Du hast sie gehört. Es ist ein Pfad für alte Ziegen.«

Die Dorfbewohner lachten.

»Also wir vier«, verkündete Shan. »Bei Tagesanbruch.«

Lhandro ließ den Blick über seine Leute schweifen. »Jemand aus dem Dorf sollte mitkommen. Shan benötigt vielleicht

Hilfe, um das Tal zu verstehen, bevor wir anderen mit den Schafen eintreffen. Nur einer. Mehr können wir nicht erübrigen, sonst schaffen wir es nicht, die Herde zusammenzuhalten.«

Nyma schien sich melden zu wollen, aber eine kleine Gestalt drängte sich an ihr vorbei. »Das kann nur ich sein«, sagte Anya ernst. Ihre Stimme klang schwach und zittrig. Seit dem Besuch des Orakels waren dies die ersten Worte, die Shan von ihr vernahm.

Lhandro atmete tief ein, als wolle er Bedenken anmelden, weil das schiefe Bein des Mädchens das Vorhaben zu riskant erscheinen ließ. Dann aber seufzte er nur und sah Anya schweigend an.

Vor irgendwo ertönte der Ruf einer Eule.

Bei all der Hektik nach dem Überfall hatte Shan die seltsamen Worte des Orakels fast vergessen. War die Prophezeiung als Warnung gedacht gewesen? Fühlte Anya sich irgendwie verantwortlich?

Gyalo, der am Feuer hockte, hob ein Handgelenk zum Mund und schien etwas zu zerbeißen. Dann stand er auf und streckte Anya ein graues Stück Schnur entgegen. »Es ist aus Yakhaar«, sagte er. »Von Jampa. Meine Mutter hat immer darauf geachtet, daß ich ein solches Armband umhatte, wenn ich ins Gebirge gegangen bin. Sie sagte, man sei damit so sicher auf den Beinen wie ein Yak. Eine gute Sache, wenn man hoch nach oben steigt.«

Anya betrachtete das geflochtene Armband und schien es nur ungern annehmen zu wollen.

»Wir werden den anderen mit den Schafen helfen, Jampa und ich. Wir möchten uns dieses Tal von Yapchi gern mal anschauen. Du kannst es mir dort zurückgeben.«

Sobald der östliche Himmel die Farbe von Wacholderrauch angenommen hatte und die hohen Gipfel in purpurgraue Schatten gehüllt wurden, brachen sie auf. Über ihnen schrie ein Vogel, und Winslow neigte lauschend den Kopf. Kurz darauf blökte eines der Schafe, als wolle es dem Vogel antworten. Dann rief noch ein Schaf und noch eines, bis mindestens ein

Dutzend Tiere im Chor blökten. Es klang, als würden sie den Verlust des Steinauges beklagen.

Chemi ging voran und folgte anfangs keiner erkennbaren Route, sondern einer Reihe von Felsvorsprüngen und steilen Geröllhängen, über die sie in einer Stunde den eigentlichen Weg erreichen würden, wie die Tibeterin versprach. Nach einigen Minuten drehte sie sich um und wies auf einen Reiter, der dem tiefer gelegenen Pfad folgte, den die Karawane einschlagen würde. Es war Dremu; er ritt als Kundschafter der Dorfbewohner voraus. Shan starrte dem *golok* hinterher, bis der um eine Biegung verschwand. Dremu befand sich nun auf dem Berg Yapchi, dem Berg, den er haßte.

Es war rauhes Gelände. Mehr als einmal rutschte Lokesh auf den Hängen aus und fiel auf die Knie. Der Amerikaner blieb einige Male stehen und hielt sich den Kopf, konnte aber jedesmal weitergehen und wieder zu der hastig voraneilenden Chemi aufschließen. Es war, als würden sie vor etwas fliehen. Shan musterte die Gestalten, die vor ihm gingen. Winslow, der tags zuvor beinahe an der Höhenkrankheit gestorben war. Anya, die dem Orakel unter großen Strapazen als Medium gedient hatte. Chemi, die beim ersten Zusammentreffen vor einer Woche mehr tot als lebendig gewesen war. Manche der alten Buddhisten hätten wohl angemerkt, daß das Rad ihres Karmas sich derzeit besonders schnell drehte.

Als sie Chemi eine Stunde später um die scharfe Kurve eines steilen Serpentinenpfades folgten, registrierte Shan weiter unten eine Bewegung. Jemand folgte ihnen. Tenzin. Shan war nicht überrascht. Tenzin hatte von ihnen allen vermutlich die dringendste Veranlassung zur Flucht.

Sie erreichten den Hauptweg und stiegen noch eine weitere Stunde empor, bis Chemi eine kurze Rast einlegte. Im Süden konnte man von hier aus mehrere hohe breite Bergkämme überblicken, die zur Ebene der Blumen führten. Chemi deutete auf ein braunes Stück Land, das zwischen zwei der nördlichen Gipfel bereits zu erahnen war. »Die Provinz Amdo«, sagte sie trotzig. »Keiner von uns nennt dieses Gebiet Qinghai, das steht bloß auf den chinesischen Landkarten. Auf der anderen Seite«, sagte sie mit Blick auf die gewaltige Felswand, die vor ihnen aufragte und den Gipfel des Bergs Yapchi darstellte, »verläuft ein langer gewundener Pfad hinab in eine Schlucht und weiter zu der Ebene, auf der meine Familie lebt. Von da aus dauert es noch eine weitere Stunde, bis man hinter dem nächsten Kamm das Tal von Yapchi erreicht.«

Shan starrte auf die gigantische Steilwand und erinnerte sich daran, wie dieser Berg schon von der anderen Seite der Ebene aus den Horizont dominiert hatte und von Dremu verflucht worden war. Einschließlich der zahlreichen Ausläufer, die sich in Richtung der Hauptkette des Kunlun erstreckten, nahm der Berg eine Breite von mehr als dreißig Kilometern ein. Seine Nordflanke verlief nach Amdo hinein und umschloß das Tal der *rongpas*.

Winslow nahm sein Fernglas und suchte die Hänge ab. Anya stand dicht neben ihm und spielte an ihrem Armband herum.

»Ein Ziegenpfad führt dort hinauf«, sagte Chemi und deutete auf die scheinbar unüberwindliche Barriere. »Man kann ihn nur schwer entdecken ...« Ein Geräusch aus der Ferne unterbrach sie. Ein Gewehrschuß, dachte Shan zunächst, aber als der gleiche Knall zum zweitenmal ertönte, wurde ihm klar, daß es sich um etwas Größeres handeln mußte. Explosionen – wie von Artilleriefeuer oder Granaten. Das Geräusch erklang ein weiteres Mal, und Winslow deutete auf drei Rauchwolken, die in etwa anderthalb Kilometern Entfernung von einem der unteren Grate aufstiegen. Shan und die Tibeter ließen sich sofort zu Boden fallen, um nicht entdeckt zu werden. Ob nun Artillerie oder Granaten – Explosionen bedeuteten, daß die Armee in der Nähe war. Anya zog an Winslows Hosenbein. Der Amerikaner suchte hektisch das Gelände ab und stellte dabei mehrmals die Schärfe der Linsen nach.

»Drei Leute, vielleicht vier«, berichtete Winslow, während Shan sich aufsetzte und das eigene Fernglas aus dem Beutel zog.

Kurz darauf hatte auch er die fernen Gestalten entdeckt, die soeben in den tiefen Schatten eines angrenzenden Felsüberhangs liefen. Er sah kein Fahrzeug, keinen Hubschrauber, keinen Truppentransporter. Und was noch viel seltsamer war: Er sah auch kein brennendes Gebäude, keinen alten *chorten*, keinen Schrein, der ein Sprengkommando angelockt haben könnte. Er schaute zu Anya, die sich bis zur Kante vorgeschoben hatte.

»Die Armee stöbert immer noch manchmal Widerstandskämpfer auf«, sagte Chemi leise. »Und oft wollen die *purbas* sich dann nicht gefangennehmen lassen. Außerdem gibt es Banditen.« Es klang fast hoffnungsvoll. Meinte sie Dremu? Hatte sie ihn irgendwoher erkannt? Shan hatte es nicht gewagt, den Verdacht zu äußern, der ihm nach dem Überfall als erstes durch den Kopf geschossen war. Hatte womöglich der *golok* die Soldaten auf ihre Fährte geführt? Verfolgte Dremu, was das Auge anging, eigene Interessen? Immerhin schien er mit diesem Berg einen merkwürdigen Privatkrieg auszufechten.

Tenzin verzog das Gesicht und sah Shan gequält an. Der Tibeter wurde von den *purbas* unterstützt, was vermutlich bedeutete, daß irgendwo auf dem Weg nach Yapchi jemand auf ihn warten würde und eventuell bereits aufgebrochen war. Dann schaute Tenzin verwirrt über Shans Schulter hinweg. Als Shan sich umdrehte, sah er Lokesh, der mit ausgestrecktem Finger nach oben wies. Der alte Tibeter schien eine imaginäre Linie durch die Landschaft zu beschreiben. Er zeigte erst auf die lange graue Bergkette am Horizont, die gleichzeitig die Provinzgrenze darstellte, dann nach unten in Richtung Rapjung und zu dem hohen breiten Kamm im Nordosten des Klosters, danach auf die vielen Gratlinien, die in der tiefen Schlucht unter ihnen endeten.

Lokesh griff in die Tasche und holte daraus ein Stück Papier hervor, eine der Broschüren der Klarheitskampagne. Während die anderen ihm schweigend zusahen, fing er an, das Papier mehrfach zu falten. Nach etwa einer Minute hielt er es dem Berggipfel entgegen. Es war eine kleine Figur, ein Pferd. Im Verlauf ihrer Reisen hatte Shan seinem Freund schon häufig bei der Anfertigung solcher Papierpferde geholfen. Als der alte Tibeter nun flüsternd zu dem Tier sprach und es dem Wind überlies, nickten Chemi und Anya wissend.

Sie sahen, wie das Papier über den Abgrund hinausgetragen wurde und langsam in Richtung der Grate trieb. »Man nennt sie Geisterpferde«, erklärte Shan dem Amerikaner, der ziemlich verwirrt dreinblickte. »Es ist eine alte Tradition. Wenn man ein solches Tier mit einem Gebet losschickt, wird es sich einen Reisenden in Not suchen und sich in ein richtiges Pferd verwandeln, sobald es den Boden berührt.«

Shan wandte sich wieder Lokesh zu und begriff auf einmal, woran sein alter Freund dachte. Es mochte da unten keine *purbas* geben, aber sie beide wußten, wer sich mit Sicherheit dort aufhielt. Ein Lama-Heiler. Kein Geist, denn Chemi war von einem echten Heiler aufgesucht worden, dem Alten, auf den sie gewartet hatte. Er sah zu der kleinen zähen Frau, die sie alle führte. Sie hatte nicht erklärt, was an jenem Tag vorgefallen war, aber sie wirkte nun besorgt und einen Moment lang ganz zerbrechlich, so wie neulich am Wegesrand. Plötzlich deutete Tenzin nach oben. Sie blickten auf und sahen ein *bharal*, eines der seltenen blauen Bergschafe. Es schien mitten in der riesigen Felswand zu hängen.

Ein Ausdruck ruhiger Stärke legte sich auf Chemis Gesicht. »Es zeigt uns den Weg«, sagte sie ehrfürchtig und ging den Pfad hinauf, ohne sich noch einmal umzuwenden. Noch lange, nachdem die anderen außer Sicht verschwunden waren, harrte Shan mit dem Fernglas aus und beobachtete das Gelände unter ihnen. Ein Rabe flog über die Schlucht. Ein großes dunkles Tier, wahrscheinlich ein wilder Yak, lief über einen der Grate. Doch nichts deutete auf einen Lama-Heiler oder auf irgendwelche Soldaten hin.

Sie stiegen immer höher. Bisweilen wirbelten Schneeflocken um sie herum, wenngleich keine einzige Wolke am Himmel hing. Anyas Gehbehinderung ließ sie zweimal ausrutschen, so daß Kiesel über die Kante des schmalen Pfades geschleudert wurden und dann in die Tiefe hinabstürzten.

Breite und Richtung des Wegs änderten sich fortwährend; manchmal war es kaum mehr als ein Spalt im Gestein, durch den sich allenfalls ein wildes Schaf zwängen konnte. Abrupt endete der Pfad vor einer fast senkrechten Felswand. Chemi ging weiter, fand irgendwo dürftigen Halt, zog sich hoch, hüpfte von einem Vorsprung zum nächsten und wurde dabei lediglich von vereinzelten abgewetzten Stellen am Stein geleitet, die unzählige Ziegen im Verlauf vieler Jahrhunderte hinterlassen hatten. Winslow blieb oft stehen, um zu trinken. Bei zwei Gelegenheiten nahm er Tabletten ein. Sie kamen an Schneefeldern vorbei, und einmal flatterte unversehens ein leuchtendweißer Vogel aus einem Felsspalt.

»O Mann«, sagte Winslow immer wieder, wenn er innehielt, um entweder die Hände an die Schläfen zu drücken oder seine Karte zu Rate zu ziehen. »Viereinhalbtausend verdammte Meter«, verkündete er ungläubig, klagte aber nicht, als Chemi sie immer noch weiter nach oben führte. Alle fünf Minuten mußte er keuchend eine Pause einlegen, um wieder zu Atem zu kommen. Wenn Shan ihn besorgt ansah, grinste er nur, schüttelte den Kopf und ging mit großen Schritten weiter, als wolle er seine Kraft unter Beweis stellen. Sie befanden sich auf dem langen ungeschützten Pfad, auf dem sie das *bharal* gesehen hatten, einem siebzig Zentimeter schmalen Steig über einer dreihundert Meter tiefen Schlucht, als der Amerikaner stehenblieb und sich gegen die Felswand lehnte. Anya, die dicht vor ihm ging, kam zurück und nahm Winslows Hand, während Shan sich langsam von hinten näherte.

»Alles wird gut«, sagte das Mädchen leise und sanft, als würde es mit den Schafen sprechen. »Halt meine Hand, und das Yakarmband wird uns beide beschützen.« Der Amerikaner drehte sich zu Shan um. Dann sackte ihm der Kopf auf die Brust, und er verdrehte die Augen, als sei ihm schwindlig. Anya drückte ganz fest seine Hand, wie um ihn daran zu erinnern, daß sie bei ihm war, und Winslow richtete sich wieder auf. Mit ernster Miene ließ er sich von dem Mädchen führen.

Sie hatten zwei Drittel des tückischen Ziegenpfades hinter sich gebracht, als Chemi aufstöhnte und eine Hand hob. Die anderen erstarrten. Sie lauschte in Richtung Norden und wich langsam zurück. Kurz darauf konnten alle es hören: ein dumpfes metallisches Rattern, das zusehends näher kam.

»Ein Hubschrauber!« rief Winslow. Anya zerrte ihn zu einem Schatten in der Felswand. Nein, das war kein Schatten, erkannte Shan, als die beiden sich seitwärts wandten und nacheinander eintraten. Es war ein schmaler Spalt, der womöglich ihnen allen Schutz bieten konnte, bis der Helikopter vorübergeflogen sein würde. Aus diesem Grund wich Chemi zurück – sie hatte den Spalt ebenfalls bemerkt. Das Rattern wurde lauter. Chemi drehte sich um und lief den Pfad hinunter. Tenzin half Lokesh in das Versteck und schloß sich ihm an, während Shan sich dem Schatten näherte.

Er wartete einen Moment, bis Chemi sich nur noch zehn Meter entfernt befand, dann trieb der Rotorenlärm ihn hinein. Obwohl seine Gefährten den Spalt erst vor wenigen Sekunden betreten hatten, konnte er keinen von ihnen sehen. Als seine Augen sich an das Halbdunkel gewöhnten, erkannte er, daß dies mehr als eine simple Felsspalte war – es war eine schmale gewundene Passage, die steil nach oben führte. Auf dem Pfad sah er die Hufspuren von Bergtieren. Nach fünf Metern wurde ihm klar, daß dieser Riß in der Kuppe des Berges sich viele Dutzend Meter in die Höhe erstreckte und fast bis zum Gipfel reichen mußte.

»Das war kein Militärhubschrauber«, sagte eine Stimme hinter ihm. Chemi stand dort und schaute bei diesen Worten hinaus ins Tageslicht. »Und er flog so tief, als würde er die Grate absuchen, auf denen die Bomben explodiert sind.«

Shan ging ein Stück weiter. Von seinen Gefährten war immer noch nichts zu entdecken.

»Sind sie etwa abgestürzt?« fragte Chemi beunruhigt. »Sie können doch nicht einfach verschwunden sein.«

Zehn Meter vor ihnen fiel Sonnenlicht bis auf den Boden. Shan hielt vorsichtig darauf zu, während Chemi nach Anya rief. Niemand antwortete. Es gab überhaupt kein Geräusch. Kein Wind fegte durch die Kluft. Kein Vogel flatterte vorüber. Kein Wasser tröpfelte herab. Chemi zupfte an Shans Ärmel und deutete entsetzt auf den breiten Riß im Boden, der vor ihnen von der Sonne erhellt wurde. Sie traten bis zum Rand vor und sahen nur unendliche Schwärze. Shan warf einen Kiesel hinein und hörte nichts.

»Einer ist vielleicht ausgerutscht, und als die anderen ihm helfen wollten, sind sie auch abgestürzt«, vermutete Chemi erschrocken. »Und ein solcher Sturz würde ewig dauern«, fügte sie hinzu, als wäre das Loch tatsächlich bodenlos.

Shan wich unwillkürlich zurück und erschauderte vor dem bloßen Gedanken.

»Sie sind fort«, stöhnte Chemi und hob voll tiefer Trauer den Blick zu dem winzigen Stück Himmel über der Kluft empor.

Shan hielt sich an einem Felssockel fest. Nach einem Moment wurde ihm klar, daß er Riefen ertastete. Er bückte sich, blies den Staub aus den Rillen und goß dann ein wenig Wasser über den Sockel. Die Einschnitte gewannen sogleich an Konturen und hoben sich dunkel von der grauen Oberfläche ab. Es war eine eingemeißelte tibetische Inschrift. *Vergiß nicht*, las er, *wir bestehen zur Gänze aus Licht*. Es war eine Variation der uralten Lehre, nach der die Essenz des Lebens Erleuchtung und somit absolutes Bewußtsein war.

Verwirrt blickte Shan auf. Hinter dem Lichtfleck schlängelte der Pfad sich zu einem dunkleren Schatten in der Ferne. Shan hörte ein leises Geräusch, das von einem Tier stammen konnte, und wagte sich vor. Er gelangte zu einer kurzen Steigung, neben der eine Reihe kleiner Steine am Boden lag. Sie waren merkwürdig glatt und flach, als habe man sie geschmolzen und gefaltet. Er kniete neben einem davon nieder und berührte ihn. Das war kein Stein, den er da unter den Finger spürte, sondern Staub. Verwirrt hob Shan den Gegenstand auf und erstarrte, als er sah, daß es sich um ein verdrecktes Stück Stoff handelte. Es war eine seidene *lungta*, eine ursprünglich rote Gebetsfahne, auf der man das *mani*-Mantra und ein kleines Pferd abgebildet hatte. Der Schmutz bröckelte wie eine Eisschicht davon ab, und Shan fragte sich ehrfürchtig, wie viele Jahrzehnte es in dieser windstillen Kluft wohl gedauert haben mochte, bis sich eine derartige Kruste gebildet hatte. Nicht Jahrzehnte, eher Jahrhunderte. An der Fahne hatte man ein fachmännisch geflochtenes Stück Seil aus Yakhaar festgenäht, dessen Enden mittlerweile verrottet waren. Shan musterte die Reihe winziger Hügel, ein jeder eine staubbedeckte *lungta*. Sie verlief in gerader Linie zu dem Sockel mit der Aufschrift. Dort hatte man einst das Seil befestigt, das andere Ende an der Wand hinter ihm, im finstersten Teil des Schattens, vermutete Shan; nicht um die Fahnen weithin sichtbar am Himmel flattern zu lassen, sondern um damals womöglich Besuchern den Weg zu weisen. Er stand auf und ging tiefer in den Berg hinein. Am dunkelsten war es in einem Winkel, in dem zwei Wände aufeinandertrafen. Es gab dort so etwas wie einen Schatten im Schatten. Und wieder dieses Tiergeräusch.

Shan hielt auf die schwärzeste Stelle zu und stieß auf einen schmalen Höhleneingang. Chemi folgte dicht hinter ihm. Er tastete sich etwa drei Meter vor und gelangte an eine scharfe Biegung. Trübes Licht war zu sehen, und dann stolperte er beinahe über Anya, die auf dem Steinboden saß und entrückt vor sich hin murmelte, als würde sie eines ihrer Lieder anstimmen wollen. Ein Stück weiter stand Winslow mit seiner Taschenlampe und betrachtete kopfschüttelnd eine Wand. Nur Lokesh bewegte sich. Der alte Tibeter schritt mit leuchtenden Augen den Rand der Kammer ab, die sie entdeckt hatten, und stieß immer wieder Freudenlaute aus. Auf einem Sims am anderen Ende des Raums, ungefähr sechs Meter von Shan entfernt, lagen mehr als zwei Dutzend längliche Gegenstände, verteilt auf vier Stapel, oben und unten jeweils mit einem hölzernen Deckel versehen, in Stoff eingeschlagen und mit Seidenstreifen verschnürt. Die obersten Exemplare auf jedem Stapel waren in Rosenholz eingefaßt und mit kunstvollen Schnitzereien verziert, die teils Blumen und Blätter, teils wilde Tiere zeigten.

Als Shan an Lokeshs Seite trat, nahm sein alter Freund den Einband eines der schachtelähnlichen Gegenstände ab, öffnete mit zitternden Fingern die Schleifen und schlug den Stoff beiseite. Es war ein *peche*, ein tibetisches Buch, das traditionell aus langen losen Seiten bestand und zwischen zwei Holzdeckeln verschnürt wurde. »Die Gyuzhi«, las Lokesh flüsternd, sah dann seine Gefährten an und erklärte, daß die Gyuzhi – oder Vier Tantras – zu den berühmtesten medizinischen Lehrtexten gehörten und vor tausend Jahren niedergeschrieben worden seien. Er nahm das erste Blatt, las es schweigend und deutete dann auf die Zeilen in der Mitte der Seite. »Wenn jemand oft sündigt, unwürdige Gedanken hegt oder Seelenqualen nicht zu kontrollieren vermag, droht ihm die Inbesitznahme durch Elementargeister.« Er blickte auf und grinste. »Damit sind die Ursachen einer Geisteskrankheit gemeint.«

Seine Aufregung wich allmählich einer feierlichen Ehrfurcht. Er legte das Blatt zurück, verschloß das Buch und nahm drei weitere Exemplare auf gleiche Weise in Augenschein. Winslow trat vor und leuchtete ihm schweigend mit der Taschenlampe.

»Ein Lehrbuch über heilende Steine«, beschrieb Lokesh den Inhalt des ersten Bandes. Das nächste Buch widmete sich den Heilkräften der Feuerelemente. Das dritte schilderte, wie man mit Hilfe der Sterne die günstigsten Tage zur Herstellung von Medizin ermittelte. Es war im selben Jahr verfaßt worden, in dem man mit dem Bau von Rapjung gompa begonnen hatte.

Schließlich hob Lokesh den Kopf und schluckte vernehmlich. »Sie haben gedacht ... wir wußten nicht ...«, setzte er an, aber die Gefühle übermannten ihn. Seine Hand schloß sich um das *gau*, das er um den Hals trug, und er warf einen dankbaren Blick auf das *thangka*, das direkt über den Büchern hing. Auf dem Gemälde war ein blauer Buddha abgebildet, der eine Bettelschale hielt und mit der ausgestreckten rechten Hand eine gebende Geste vollführte. Vaidurya, der Heilende Buddha. »Wir dachten, manche dieser Bücher seien auf ewig verlorengegangen.«

Die *purbas* führten eine Chronik der chinesischen Greueltaten, das sogenannte Lotusbuch, in das sie Shan bereits mehrere Einblicke gestattet hatten. Es enthielt Einzelheiten über zerstörte *gompas*, ermordete Lamas, verschwundene Schätze und über all jene Chinesen, von denen man wußte, daß sie an der Vernichtung eines Großteils des traditionellen Tibet mitgewirkt hatten. Manchmal wurden auch tibetische *peche* aufgelistet, denn die Texte waren stets von Hand vervielfältigt und daher nie in größerer Anzahl verbreitet worden. Einige dieser Bücher existierten nur in den *gompas*, in denen man sie geschrieben hatte, und zählten dort zu den am höchsten verehrten Reichtümern. Als die Volksbefreiungsarmee und die Roten Garden die Klöster Tibets zerstörten, löschten sie damit nicht nur die Texte aus, sondern auch alle, die den Inhalt der *peche* kannten. Im Lotusbuch stand verzeichnet, daß man aus den hölzernen Druckstöcken riesige Scheiterhaufen errichtet hatte, während das Papier der Bücher zur weiteren Verwendung in die Latrinen der Soldaten abtransportiert worden war. Die als verloren bekannten *peche* wurden im Lotusbuch als »tot« aufgeführt, verbunden mit einer kurzen Inhaltsangabe, die wie ein Nachruf klang und häufig die letzte Erwähnung des Lebenswerks eines vor Jahrhunderten verstorbenen Lehrmeisters darstellte.

An der Wand neben den *peche* hingen an einem Balken, der in einem Riß der Höhlenwand steckte, vier weitere *thangkas*. Lokesh seufzte erneut und erklärte dem Amerikaner in respektvollem Flüsterton die Bedeutung der einzelnen Bilder. »Der König des Lapislazuli«, sagte er mit Blick auf das erste Gemälde und erläuterte, daß es sich um eine weitere Verkörperung des Heilenden Buddhas handelte, da dem besagten Edelstein nach traditioneller Ansicht starke Heilkräfte zugeschrieben wurden. Tsepame hieß der nächste Abgebildete, der Buddha des Unsterblichen Lebens. Dann folgte eine astrologische Karte, mit deren Hilfe sich Krankheiten feststellen und behandeln ließen; auf demselben *thangka* sah man die Darstellung eines menschlichen Rückens mit mehreren markierten Wirbeln und ein medizinisches Baumdiagramm, um die Wechselbeziehungen gewisser Leiden zu verdeutlichen. Auf dem letzten Gemälde war ein schlichter Mandala-Kreis mit Flammenkopf, seitlichen Klauen und einem geringelten Perlenschwanz zu sehen. Shan kannte derartige Figuren; die Lamas im Gefängnis hatten sie gezeichnet, weil für die Kranken keine andere Medizin zur Verfügung stand. Es war ein Skorpionzauber, ein Mittel zur Vertreibung der Dämonen, die eine Krankheit verursachten. Vielleicht auch eine Schautafel zur Anfertigung solcher Bannformeln, dachte Shan, denn er sah, daß die Stelle, an der eigentlich der Name des Erkrankten eingetragen werden mußte, leer geblieben war.

Während Lokesh die Bilder betrachtete, widmete Winslow sich dem Rest der Kammer. An einer der Wände hing ein weiteres *thangka* – ein sehr viel größeres Exemplar, das von der

Decke bis zum Boden reichte –, auf dem abermals der König des Lapislazuli abgebildet war. Daneben lagen auf einem schmalen Vorsprung mehr als ein Dutzend kleine *dorjes*, die zepterförmigen Ritualgegenstände, die für die unzerstörbare Wahrheit der Buddhaschaft standen. Trotz der dicken Staubschicht konnte man erkennen, daß sie alle unterschiedlich gearbeitet waren. Einige bestanden aus Holz, andere aus Metall, eine offenbar aus Lapislazuli, und eine schimmerte golden.

Shan registrierte hinter sich eine Bewegung und drehte sich zu Chemi und Anya um. Das Mädchen stand neben der Frau und stützte sie, als habe Chemi einen plötzlichen Schwächeanfall erlitten.

Auch Lokesh und der Amerikaner wurden darauf aufmerksam. Sie hielten inne, und Winslow senkte den Lichtkegel der Lampe zu Boden. Der kleine weiße Fleck sah wie ein Lagerfeuer aus. Dann verharrten sie schweigend, als würde keiner von ihnen ein Wort über die Lippen bekommen, bis schließlich die Stimme einer Frau erklang und den Bann brach.

»Es war nicht Tag, als er kam«, flüsterte sie, »doch Nacht war es auch nicht.« Shan blickte überrascht auf und suchte den Raum ab. Dann wurde ihm klar, daß die Worte von Chemi stammten. Sie starrte mit großen Augen auf die *thangkas* und sprach zu dem Heilenden Buddha. »Es war in dem Zeitraum dazwischen, wenn die Sonne schon untergegangen, die Nacht aber noch nicht hereingebrochen ist. Ich wollte so sehr an sein Kommen glauben. Ich war so krank, daß ich nur noch diesen Glauben hatte. Aber es schien völlig unmöglich zu sein.« Ihre Stimme zitterte. »Ich hatte einen Onkel. Bevor er nach Indien ging, habe ich ihm versprochen, auf die alten Bräuche zu vertrauen und nicht in eine chinesische Klinik zu gehen, falls ich jemals krank würde. Manche Tibeterinnen legen sich in einem solchen Hospital zum Schlafen hin und wachen sterilisiert wieder auf.« Sie sah Shan an und senkte den Blick dann zu Boden. »Ein Teil von mir hat nie erwartet, daß er kommen würde. Dann war er einfach da. Ich hatte meine Augen geschlossen, weil mein Bauch so weh tat. Als ich aufschaute, sah ich plötzlich sein Lächeln vor mir. Er wirkte so zerbrechlich und alt, daß ich fürchtete, der Wind könnte ihn fortwehen. Ich war dermaßen müde, daß ich schon glaubte, ich würde träumen. Das hier kann doch nicht der große Heiler sein, dachte ich, denn er sieht selbst so gebrechlich aus. Aber als er mir die Hand auf den Kopf legte, spürte ich seine Kraft. Der Wind war auf einmal nicht mehr kalt, und ich lächelte bloß, und er lauschte meinem Pulsschlag. Als er mir Fragen stellte, antwortete ich darauf, aber nicht mit meiner Stimme, sondern mit der Stimme eines kleinen Mädchens.« Chemi ging einen Schritt auf die *thangkas* zu und neigte den Kopf, als versuche sie, die Bilder besser zu erkennen.

»Was für Fragen?« erkundigte Shan sich sanft.

»Nichts über meine Krankheit. Wenigstens anfangs nicht. Ob ich je als Pilgerin zum Berg Kailas gereist bin. Er wollte wissen, ob ich als Kind einen Drachen steigen gelassen habe und ob ich weiß, wie man aus einem Stock eine Flöte schnitzt. Wie es meiner Familie während der großen Auseinandersetzungen mit den Chinesen ergangen ist. Ob ich Buddha noch in mir spüren kann. Er hat mir ein paar kleine braune Pillen gegeben und mich aus seiner Flasche *drup-chu*-Wasser trinken lassen. Dann hat er Weihrauch entzündet, der aus dem Stamm der Aloe gewonnen wurde, und wir haben uns lange unterhalten.« Sie hob die Hand, als wolle sie das uralte *thangka* des blauen Heilenden Buddhas berühren, hielt dann aber inne, so daß die Geste wie ein Gruß aussah. »Er hat mich nach Orten gefragt, nach Rapjung und der Ebene, sogar nach Yapchi.« Sie wandte sich langsam zu Shan und Lokesh um, als rechne sie mit einer Frage. »Wir haben darüber geredet, daß man des Nachts derzeit die Frühlingsblumen riechen kann, und er wollte wissen, wieso ich einen dunklen Fleck in meiner Seele trage.«

Chemis Stimme wurde sogar noch leiser. »Da habe ich ihm von der alten Frau aus unserem Dorf erzählt, die mich immer anschrie, weil ihr meine Hunde zu laut waren. Und wie ich dann, als damals die Soldaten kamen, zu den Männern lief und ihnen verriet, daß die Frau ein Foto des Dalai Lama besaß und für seine Rückkehr betete. Sie haben sie weggebracht, und niemand hat sie je wieder zu Gesicht bekommen. Ich berichtete ihm, daß ich nachts nicht schlafen konnte, weil ich immerzu vor mir sah, wie die Soldaten sie fortzerrten.« Sie blickte allen nacheinander ins Gesicht. »Er sagte, die Soldaten hätten das Foto sowieso gefunden, und ich solle mir keine Vorwürfe mehr machen. Er sagte, es sei an der Zeit, das Schuldgefühl abzulegen, und daß eine Frau, die den Dalai Lama liebte, keinen Groll gegen mich hegen würde. Dann hat er mir eine Hand auf den Bauch gelegt. Meine Haut brannte, und mein Magen zog sich zusammen, und ich glaube, er hat etwas Schwarzes aus meinem Unterleib geholt. Etwas in mir veränderte sich. Ich schlief ein, und als ich erwachte, ging gerade die Sonne auf, und da war niemand außer einem kleinen Pfeifhasen, der mich die ganze Zeit ansah. Ich fühlte mich anders; irgendwie leicht und wieder bei Kräften. Aber nichts deutete darauf hin, daß jemand gekommen war, und zuerst glaubte ich, es müsse wohl ein Traum gewesen sein. Doch ich konnte mich an jedes einzelne Wort des Lama erinnern, und meine Schwäche war weg. Ich stand auf, und dann sprang ich in die Luft. Dieser Hase hätte weglaufen müssen, aber er rührte sich nicht von der Stelle, bis ich aufbrach. Da hüpfte er auf einen Felsen und fing an zu plappern, als wolle er der Welt verkünden, daß ich noch lebte. Und daß er womöglich zum Zeugen eines Wunders geworden war.« Chemi starrte auf die ausgestreckte Hand des blauen Buddhas und hielt ihre Fingerspitzen dicht davor, nur ein winziges Stück von der Oberfläche der alten Stoffbahn entfernt.

»Aber ich frage mich immer noch, ob es nicht doch ein Traum gewesen ist. Denn ich glaube, daß die Lama-Heiler aus einer der anderen Welten gestammt haben.« Andere Welten. Chemi meinte eines der *bayals*, der verborgenen Länder, die man, so hieß es, durch versteckte Pforten in der Erde erreichen konnte. »Sie können hier nicht existieren, habe ich bei mir gedacht. Sie sind wie manche der Geisterwesen aus alten Zeiten, die von Dämonen gejagt und getötet wurden. Man mußte mich also in ein *bayal* gebracht haben. Aber seht ...« Sie wies mit ausholender Geste auf die *thangkas*. Sie hatten einen Ort der Lama-Heiler gefunden. In dieser Welt.

Alle Anwesenden, auch der Amerikaner, gingen voll stiller

Ehrfurcht in der Kammer umher. Lokesh kehrte immer wieder zu den *dorjes* zurück, die nebeneinander auf dem schmalen Sims lagen. Fast alle waren symmetrisch geformt und liefen an beiden Enden in einem Zepter aus; zwei hingegen bestanden aus einem Zeptergriff und einem *purba*, dem Zeremoniendolch, nach dem die Widerstandsbewegung sich benannt hatte.

»Es ist so lange her«, sagte Lokesh und berührte eine ungewöhnlich lange *dorje*, die aus Sandelholz gefertigt war. »Aber diese hier kommt mir irgendwie bekannt vor.« Er strich mit den Fingern über die abgenutzte Oberfläche, schien jedoch davor zurückzuscheuen, die *dorje* in die Hand zu nehmen. »Mein Lehrer, Chigu Rinpoche, besaß ein ganz ähnliches Exemplar.« Lokesh klang verwirrt. »Ein anderes dieser Art habe ich noch nie zu Gesicht bekommen.«

»Manchmal wurden die Schätze versteckt, wenn man von der bevorstehenden Ankunft der Zerstörer erfuhr«, erklärte Chemi.

Shan sah sie an. Zerstörer. Manche Dörfer oder Clans hatten für die Ereignisse der letzten fünfzig Jahre ein eigenes Vokabular entwickelt.

»Man hat Verstecke angelegt«, pflichtete Shan ihr bei, wandte den Blick aber nicht von Lokesh ab.

Vor einer der Wände lag ein länglicher flacher Haufen Staub. Tenzin bückte sich, betastete ihn und zog ein Stück Stoff mit bunt leuchtenden Fäden daraus hervor. Darüber hing ein knorriger Ast von der Decke, an dem zwei ausgefranste Reste Yakhaarschnur befestigt waren. Einst hatte ein *thangka* daran gehangen und war irgendwann abgefallen. Tenzin sah Shan an und ließ den Stoff respektvoll wieder sinken. Das hier war kein hastig angelegtes Schatzversteck aus der Zeit der Zerstörung Rapjungs durch die Armee, sondern ein uralter Zufluchtsort, der ursprünglich vielleicht einem längst vergessenen Geheimritual gedient hatte.

Schließlich erinnerte Chemi die anderen an ihr eigentliches Ziel, und sie folgten ihr schweigend nach draußen. Shan verharrte noch kurz bei dem Felssockel und schaute zurück zu dem Schatten, in dem sich der Höhleneingang verbarg. »Wie konnten sie überleben? Wie kann es hier überhaupt noch Lamas geben?« fragte er sich laut. »Die Armee hat die Berge doch bestimmt abgesucht.«

»Abgesucht?« wiederholte Chemi verbittert. »Sie haben sie sterilisiert. Ein Zeitlang gab es sogar Patrouillen, deren Gewehre mit Zielfernrohren ausgestattet waren. Die haben alles getötet, was sich bewegte. Man stellte Schilder auf, die uns verboten, während der nächsten drei Monate das Gebirge zu betreten. Jede Ziege, jeder wilde Yak wurde erschossen, weil ein sterbender Mönch gesagt hatte, alle von den Chinesen ermordeten Tibeter würden so lange als Bergtiere zurückkehren, bis sie wieder als Menschen existieren könnten. Hier oben hat nichts überlebt.«

»Wie kann dann einer der alten Lama-Heiler noch hier sein?« fragte jemand hinter Shan. Winslow hatte das Gespräch verfolgt.

»Manches wächst von neuem«, sagte Chemi, als habe jemand eine Saat ausgebracht, aus der eine Ernte alter Lamas erwachsen sei. »Manchmal finden sie eine Möglichkeit, um zwischen den Welten zu wechseln.« Als sie sich dem Spalt zuwandte, der zum äußeren Ziegenpfad führte, musterte Shan die zähe Frau. Sie hatte nicht alles erklärt, hatte nicht verraten, weshalb sie von ihrem Zuhause mehrere Tagesreisen nach Süden gegangen war, um den Heiler aufzusuchen, und dann ausgerechnet an jenem entlegenen Weg. Woher hatte sie gewußt, wo man ihn finden konnte? Woher hatten die *dropkas* gewußt, daß sie die Kräuterwiese beobachten mußten? Ein Lama-Heiler war in den Bergen unterwegs, aber das galt auch für den *dobdob*, der Tibeter und sogar Mönche angriff.

Draußen war von dem Helikopter nichts mehr zu entdecken. Hastig folgten sie dem ungeschützten Pfad die Bergflanke hinauf und gelangten durch eine Reihe tiefer Schluchten, die bisweilen so schmal waren, daß sich das Sickerwasser aus den Wänden zentimeterhoch am Boden staute. Dann kamen sie an einigen Felsnadeln vorbei, die wie Wächter entlang der Grenze nach Qinghai aufragten, bis sie einen offenen Vorsprung erreichten, von dem aus man meilenweit nach Norden und Osten blicken konnte.

Chemi deutete auf den nächsten der hohen schneebedeckten Gipfel im Osten. »Der Geladaintong«, verkündete sie. »Wo der Jangtse entspringt. Und dort«, sagte sie und drehte sich nach Westen, um auf einen langgestreckten flachen Bergkamm zu zeigen. »Fünf Kilometer dahinter liegt mein Dorf.« Sie klang sehr zufrieden. »Es wird für uns heißen Tee und *tsampa* geben. Und Nudelsuppe. Meine Schwester hat immer einen Kessel Nudelsuppe auf dem Feuer.«

Shan betrachtete den zerklüfteten Gipfel des Geladaintong. Er hatte ganz vergessen, daß die Quelle des Jangtse in der Provinz Amdo lag. Einen Moment lang stellte er sich den mächtigen Fluß vor, der durch chinesische Städte und Felder strömte, dem Handelsverkehr als unentbehrliche Lebensader diente, Millionen von Chinesen ernährte und bei Shanghai ins Meer mündete. Das alles begann an einem einzelnen Berg in Tibet.

Sie umrundeten einen großen Ausläufer, der wie eine riesige Granitrippe aus dem Berg ragte, und fanden sich an der Oberkante einer Klippe wieder. Unter ihnen schwebte ein grauer Fleck: eine Wolke am Sockel der Klippe. Es sah aus, als wäre ein Stück des Himmels hinuntergefallen und hätte sich zwischen den Felsen verkantet.

»Das ist immer so«, erläuterte Chemi, als sie sah, daß Lokesh verwundert die seltsame Wolke anstarrte. »Es heißt, dort hause ein Dämon; wenn es windstill ist, kann man ihn brüllen hören. Früher sind angeblich Einsiedler auf diesen Vorsprung gekommen, um zu meditieren. Es war ein Verbindungspunkt.«

»Was ist damit gemeint?« fragte Winslow.

»Ein Ort, an dem Menschen mit etwas in Kontakt treten können, das sich tief im Boden befindet. Wo eine direkte Verbindung zwischen Erd- und Himmelsgöttern besteht.« Chemi beugte sich so weit über die Kante vor, daß Shan den Arm nach ihr ausstreckte, weil er fürchtete, sie könnte fallen. »Wenn meine Onkel uns besuchen wollten, sind sie immer über diesen Grat gekommen. Sie haben behauptet, hier sei der Ort, an dem die Wolken gemacht werden.« Mit triumphierendem Lächeln trat sie einen Schritt zurück, weil genau in diesem Moment ein kleiner grauer Wolkenfetzen die Schlucht emporstieg und in Richtung der südlichen Kämme davontrieb.

Sie folgten einem schmalen gewundenen Pfad hinab und erreichten nach einer Stunde den Bergkamm. Der klare Nachmittagshimmel schien regelrecht zu erstrahlen. Als der Wind nachließ, konnte man in der Ferne Vögel hören. Lokesh stimmte zum erstenmal seit vielen Tagen eines seiner Reiselieder an, wie es sonst die Pilger sangen, wenn sie abends rasteten.

Der Abstieg aus der Gipfelregion in tiefere Gefilde verstärkte das Gefühl der Ankunft in der Heimat der Yapchi-Dörfler. Die Landschaft bestand hauptsächlich aus Felsen mit Flechtenbewuchs, langen steilen Geröllhängen und tiefen Schluchten zwischen den einzelnen Gebirgsausläufern; sie war karg und zugleich schön, so wie Shan es in Tibet zu schätzen gelernt hatte. Er befand sich nun in Qinghai, einer ungewohnten Gegend. Einer seiner Mithäftlinge hatte erzählt, in Qinghai gehe es ein wenig toleranter zu und die traditionellen tibetischen Institutionen der früheren Provinz Amdo seien nicht ganz so umfassend ausgelöscht worden, weil es hier keine richtigen Siedlungen und somit für die Armee keine offensichtlichen Ziele gegeben habe.

Sie gelangten an ein weites offenes Geröllfeld, auf dem Heidekraut wuchs. Lokesh wies auf einen kleinen Schwarm Vögel, die wie Birkhühner aussahen und noch die weißen Reste ihres Wintergefieders trugen. Die Tiere suchten in etwa sechzig Metern Entfernung am Boden nach Futter. *»Lha gyal lo!«* rief Lokesh leise aus.

Dann explodierten die Vögel.

Steine, Pflanzen und Tiere wurden mit einem ohrenbetäubenden Knall hoch emporgeschleudert. Chemi schrie und warf sich zu Boden. Tenzin packte Anya und zog sie hinter einen Felsblock, während Shan seinen alten Freund Lokesh in die gleiche Richtung schob. Winslow rührte sich nicht vom Fleck und fluchte laut auf englisch, während die Trümmer wieder hinabstürzten. Als der Amerikaner einen Schritt vortrat und sein Fernglas nahm, detonierte ein Stück hinter dem ersten Krater die nächste Stelle und schickte einen Steinhagel gen

Himmel. Winslow zog sich zu Shan hinter die Felsen zurück und fluchte immer noch, als die dritte Explosion die Luft zerriß.

Dann herrschte schlagartig Stille. Erdbrocken prasselten auf sie herab, und aus den drei Kratern im Boden stiegen kleine Rauchsäulen auf. Drei Explosionen in einer Reihe und gleichmäßigem Abstand. Genau wie die Detonationen, die sie am Morgen vom Berg aus beobachtet hatten.

Chemi rappelte sich mit entsetztem Blick auf. Tenzin ging zu ihr und schaute nach oben auf etwas Weißes, das langsam herabsegelte. Es war eine Feder, und sie alle beobachteten sie schweigend, bis sie ein Stück vor ihnen den Boden berührte. Lokesh stimmte ein leises klagendes Mantra an.

»Was hat die Armee …«, setzte Chemi an und rieb sich die Ohren.

Shan bemerkte, daß auch ihm die Ohren klangen. »Das war nicht die Armee«, hörte er Winslow wie aus großer Entfernung sagen. Der Amerikaner deutete auf das andere Ende des Geröllfelds.

Dort kamen hinter einem Felsvorsprung mehrere behelmte Personen in Sicht, aber sie trugen keine Stahlhelme des Militärs, sondern rote und silberne Schutzhelme, wie sie mitunter bei Bauarbeitern üblich waren. Shan bedeutete den anderen, sie sollten sich wieder zwischen die Felsen zurückziehen. Dann trat er zögernd einige Schritte vor und wartete.

Die Wut des vordersten der Männer war nicht zu übersehen. Wenngleich er sich noch außer Hörweite befand, konnten sie bereits erkennen, daß er brüllte, auf sie und die kleinen Krater zeigte, sich kurz umdrehte und seine Faust in Richtung der kleinen Gruppe schüttelte, die ihm folgte. Als er den nächstgelegenen Explosionstrichter erreichte, blieb der Mann stehen und musterte Shan. Dann nahm er seinen silbernen Helm ab und kam mit zorniger Miene näher. Einen Moment lang glaubte Shan, der Mann würde mit dem Helm nach ihm werfen.

»Sie hätten den Test ruinieren können!« rief der Fremde.

Als er vor Shan stand, setzte er den Helm wieder auf, als

wolle er seine Kampfbereitschaft zum Ausdruck bringen. Er war ein Han-Chinese, breitschultrig und etwas größer als Shan. Auf der linken Brusttasche seiner grünen Nylonjacke war ein goldener Bohrturm abgebildet.

»Wir hätten getötet werden können«, stellte Shan ruhig fest.

»Sie hätten unseren Test ruinieren *und* getötet werden können«, gab der Mann laut und mit immer noch funkelndem Blick zurück.

»Sie haben einige Vögel getötet.« Ein paar Schritte hinter Shan kam Anya zum Vorschein.

Die Worte oder vielleicht einfach nur der sanfte, enttäuschte Tonfall, in dem Anya sie aussprach, schienen dem Mann den Wind aus den Segeln zu nehmen. Er runzelte die Stirn. »Hier im Testquadranten und so dicht neben den Ladungen können bereits simple Schrittgeräusche das Ergebnis verzerren«, knurrte er.

»Woher sollten wir das wissen?« fragte Shan.

»Wissen? Das ganze Gebiet wurde zur Sperrzone erklärt. Können Sie denn nicht lesen? In jedem Dorf der Gegend gibt es Aushänge, auf denen man die Zeitpunkte der Tests in den jeweiligen Quadranten vermerkt hat. Nur ein Narr würde …«

Unterdessen näherte sich ein weiterer Mann, dessen Augen hinter einer dunklen Brille verborgen lagen. Mit den runden Wangen und dem gedrungenen Körperbau sah er wie ein Mongole aus. Um seinen Hals hingen mehrere Instrumente. Eine kleine teure Kamera. Ein Fernglas. Ein Kompaß und ein kleines Gerät mit schwarzer Hülle, bei dem es sich um einen Höhenmesser handeln konnte. Er trug eine rote Nylonweste und keinen Helm, sondern eine rote Baseballmütze mit breitem Schirm, auf der ebenfalls das Bild eines goldenen Bohrturms zu erkennen war. Das Haar unter der Mütze war lang, aber ordentlich gestutzt und mit Pomade in Form gebracht. Für jemanden hier auf den Bergpfaden sah er erstaunlich gepflegt aus.

»Wir sind auf einem anderen Weg hergekommen«, verkündete Anya.

Wieder schienen ihre Worte die Fremden zu überraschen. Der Mann mit der Sonnenbrille sah erst Anya und Shan an und blickte dann an ihnen vorbei. Dort stand Chemi, und Tenzin tauchte aus dem Schatten auf. Der erste Mann neigte den Kopf, als sei er plötzlich sehr neugierig geworden. Er zog eine Landkarte aus der Tasche und studierte sie konzentriert.

»Auf welchem Weg denn?« fragte er.

»Schafe verirren sich manchmal im Gebirge«, warf Shan ein und trat noch einen Schritt vor.

»Sie haben keine Schafe dabei«, stellte der Mann mit dem silbernen Helm fest.

»Ich sagte doch, sie haben sich verirrt«, erwiderte Shan.

Auf einmal ertönte ein leises Klicken. Der Mann mit der Sonnenbrille fotografierte sie, betätigte in schneller Folge Auslöser und Transporthebel. Kurz darauf erklang die gleiche Folge von Geräuschen hinter ihnen. Shan drehte sich um und sah, daß Winslow das Ölteam ablichtete und jedes der Bilder des Fremden mit einer eigenen Aufnahme erwiderte. Der Mann mit der dunklen Brille ließ seine Kamera sinken und starrte den Amerikaner wütend an; dann nahm auch Winslow den Apparat beiseite, und der Fremde sah sein Gesicht. Er richtete sich auf und kam näher. Dann machte er auf dem Absatz kehrt und befahl dem Rest der Leute, wieder umzudrehen, so daß nur der Mann mit der grünen Jacke bei ihm zurückblieb.

»Ich bin der Leiter«, sagte der Mann in Grün zögernd und sah seinen Begleiter fragend an. »Der Teamleiter dieser Feldstudie für das Ölprojekt Qinghai.« Sein Blick wanderte zwischen Shan und Winslow hin und her; offenbar wußte er nicht, wen er ansprechen sollte. »Es muß ein Mißverständnis gegeben haben.« Er betrachtete Shans abgetragene Kleidung und beschloß, sich an Winslow zu halten. »Man hätte Sie vor der Sprengzone warnen müssen.«

»Warum suchen Sie so hoch in den Bergen nach Öl?« fragte Winslow ganz beiläufig. Er nahm die Mütze ab und strich sich das Haar zurück.

»Hier oben gibt's kein Öl. Die Explosionen werden von mehreren Seismometern aufgezeichnet, teils in den Bergen und teils in dem Tal, wo wir mit dem eigentlichen Vorkommen rechnen. Das hier sind sehr komplexe geologische Formationen. Wir müssen den Weg der Vibrationen durch den Felsen nachvollziehen, um die geologische Struktur und dadurch die Größe der Ölablagerung zu bestimmen. Erst dann wissen wir, ob eine Förderung sich lohnen würde.«

»Und?« fragte Winslow nach und klang dabei immer noch eher unbeteiligt.

»Bislang ergibt sich noch kein eindeutiges Bild. Wir müssen die Probebohrung im Tal abwarten«, sagte der Geologe und lächelte. »Unsere Modelle lassen auf ein Vorkommen von mindestens zehn Jahren Förderkapazität hoffen.«

»Haben Sie auf der Südseite des Berges vor drei Tagen Sprengungen durchgeführt? Oder heute morgen?« fragte Winslow. »Waren Sie auf dem Grat jenseits dieser großen Ebene?«

Der Leiter sah erneut den Mann mit der Sonnenbrille an. »Nein. Wir halten uns an unser Konzessionsgebiet.«

Winslow musterte die beiden Männer. »Das Ölprojekt Qinghai hat amerikanische Partner.«

»Italienische«, entgegnete der Mann. »Französische, britische. Und amerikanische. Unser Team arbeitet mit den Amerikanern zusammen.«

»Demnach kennen Sie Melissa Larkin.«

Die Miene des Geologen erstarrte. Er warf dem Mann mit der Sonnenbrille einen flehentlichen Blick zu.

»Eine schreckliche Sache«, stellte der gedrungene Mann mit ernster Stimme fest. »Tragisch, so fern der Heimat. So plötzlich.« Er nahm die Brille ab und musterte Winslow. In seinen Worten schwang Anteilnahme mit, in seinem Blick nicht.

»Haben Sie Melissa gekannt?« fragte der Amerikaner. »Ich war in Yapchi und habe Sie dort nicht gesehen.«

»Zhu Ji ist der Direktor für Sonderprojekte der gesamten Firma«, erklärte der Leiter. »Er betreut die ausländischen Experten.«

Der kleine gepflegte Mann namens Zhu nickte langsam. »Aber ich kenne Sie nicht«, sagte er argwöhnisch. »Sie gehören nicht zur Belegschaft, da bin ich mir sicher.«

Winslow seufzte, zog seine Brieftasche hervor und reichte Zhu eine Visitenkarte.

Sie war auf einer Seite chinesisch, auf der anderen englisch bedruckt. Shan sah goldene Sterne und das Bild eines amerikanischen Adlers in blauer Farbe. Zhu starrte die Karte lange an und gab sie schließlich dem Geologen, der sie mehrfach umdrehte und dabei jedesmal zu lesen schien, als könnte die Aufschrift sich dadurch verändern. »Ich habe gehört, daß jemand von Ihrer Regierung da war«, merkte Zhu trocken an.

»Wollen Sie andeuten, Miss Larkin habe einen Unfall erlitten?« fragte Winslow.

»Miss Larkin ist tot«, sagte Zhu schroff. »Sie ist vom Berg in einen Fluß gestürzt. Ich habe es selbst gesehen.«

Shan hörte, daß Winslow vernehmlich einatmete. »Sie waren dabei?«

»Ich habe es gesehen, aber nicht aus der Nähe. Wie Sie wissen, ist Miss Larkin im Gelände geblieben, ohne angemessene Vorbereitungen zu treffen. Es war als eine Dreitagesmission geplant, aber sie ist nicht zurückgekehrt. Wir haben nach ihr gesucht, sogar per Hubschrauber. Ihre Vorgesetzten waren sehr verärgert. Ihr Team hatte teure Ausrüstung dabei und sollte wichtige Daten sammeln. Nur zwei der Leute sind zurückgekommen, nur die Chinesen, und die sagten, sie hätten sich verirrt. Die anderen bei Miss Larkin waren Tibeter.« Er klang vorwurfsvoll. »Ich dachte, sie hätte sich vielleicht ebenfalls verirrt, denn hier oben kann man sehr leicht die Orientierung verlieren. Also sind wir ins Gebirge gezogen, um nach ihr Ausschau zu halten. Auf einem Sims hoch über uns haben wir sie dann durch unsere Ferngläser entdeckt. Ich glaube, sie hat vor lauter Hunger Wahnvorstellungen bekommen. Oder es lag an der Höhe. Ausländer haben oft Probleme mit der Höhe.«

»Warum habe ich bei meinem Besuch im Lager nichts davon erfahren?«

»Ich war in den Bergen unterwegs. Bei meiner Rückkehr habe ich sofort Bericht erstattet. Entsprechende Formulare wurden bereits nach Peking geschickt. Und an Miss Larkins Arbeitgeber.«

Winslow blieb zunächst stumm. Er setzte sich auf einen flachen Felsen und ließ den Blick über die karge Landschaft schweifen. »Ist ihre Leiche im Lager?« fragte er nach einer Weile. »Ich muß sie mitnehmen.«

»Es gibt keine Leiche«, stellte Zhu lakonisch fest. »Sie ist in den Fluß gestürzt und wurde fortgespült. Das kommt vor. Manchmal werden Tote erst nach vielen hundert Kilometern aus dem Wasser gezogen.«

»Meinen Sie den Jangtse?«

»Nein. Wir waren auf dem Kamm der langen Bergkette an der Provinzgrenze. Sie ist auf der Südseite abgestürzt. Der tibetischen Seite.«

»Ich brauche unbedingt eine Leiche«, sagte Winslow leise. »Das ist mein Job. Die amerikanische Regierung muß über jeden einzelnen ihrer Steuerzahler Rechenschaft ablegen können.« Er seufzte und faltete seine Landkarte auseiander. »Zeigen Sie mir die Stelle.«

Zhu zog einen Bleistift aus der Tasche, studierte die Karte ziemlich lange und wies dann auf eine knapp fünfundzwanzig Kilometer westlich gelegene, zerklüftete Region, wo laut der topographischen Darstellung eine steile Wand emporragte. Darunter verlief eine schmale blaue Linie nach Süden und somit nach Tibet hinein. Zhu folgte ihr mit der Bleistiftspitze zu einem größeren blauen Fleck in mehr als hundertfünfzig Kilometern Entfernung. »Das ist ein See«, lautete seine zufriedene Schlußfolgerung, als würde dadurch irgend etwas bewiesen. »Vermutlich einer dieser heiligen Orte.«

Winslow musterte ihn langsam vom Scheitel bis zur Sohle. »Und ich werde diese Unterlagen benötigen, die Sie eingereicht haben«, sagte er kühl.

»Gehen Sie nach Yapchi, und fragen Sie nach dem Manager.«

»Jenkins. Den kenne ich schon.«

»Genau«, bestätigte Zhu mit seiner ruhigen, aalglatten Stimme. »Mr. Jenkins war auch zutiefst erschüttert. Wir alle haben Miss Larkin gemocht. Sie war sehr hübsch. Und sie hat Witze erzählt. Sie sprach Tibetisch. Kein Chinesisch«, hielt er betont fest, »aber Tibetisch.« Der andere Mann wandte sich ab, als wären Zhus Worte das Signal zum Aufbruch gewesen.

»Bleiben Sie auf den Hauptpfaden«, riet Zhu und wich einen Schritt zurück. »Das ist für alle am besten.« Er suchte den steilen Hang hinter ihnen ab, als versuche er festzustellen, woher sie wohl gekommen sein mochten. »Andernfalls können wir nicht für Ihre Sicherheit garantieren.« Bei diesen Worten ging der Direktor an Shan vorbei zu den Felsen und schritt aufmerksam den Rand des Feldes ab, als rechne er mit weiteren versteckten Personen. Dann kehrte er um und gesellte sich wieder zu dem Geologen. »Sie haben keine Hunde dabei«, sagte Zhu mit mißtrauischem Blick auf Shan. »Hirten haben Hunde.«

Shan hielt dem Blick ruhig stand. »Wenn Schafe sich selbständig machen, müssen die Hunde sich entscheiden, ob sie bei den Tieren bleiben oder zum Hirten laufen sollen. Diesmal müssen sie wohl bei den Schafen geblieben sein.«

Zhu lächelte schmallippig. »Ein Han-Hirte mit tibetischen Schafen. Schwierig«, sagte er. Dann drehte er sich um und machte sich mit seinem Begleiter auf den Rückweg zur anderen Seite der langgestreckten Geröllebene, die nun teilweise einem Schlachtfeld ähnelte. Shan mußte an den Krater denken, den er in Rapjung gesehen hatte. Das Land brauchte lange, um von solchen Wunden zu genesen.

Er beobachtete den Direktor, bis dieser außer Sicht verschwand, und wollte sich einreden, daß Zhu tatsächlich nur war, was er zu sein vorgab. Doch Shan hatte zu viele Männer wie Zhu gekannt, um sich so leicht zufriedenzugeben: erst als Kollegen in Peking und später als Aufseher im Gulag. Zhu war nicht bloß leitender Mitarbeiter einer Ölfirma, sondern mit Sicherheit auch Mitglied der Partei. Zudem höchstwahrscheinlich der Politkommissar des Projekts und womöglich sogar ein Sonderbeobachter der Öffentlichen Sicherheit.

Shan überdachte Zhus Angaben und versuchte sie mit den eigenen Erkenntnissen in Einklang zu bringen. Auf der anderen Seite des Berges war angeblich keines der Ölteams unterwegs, doch die Explosionen am Morgen hatten zweifellos seismischen Messungen gedient. Der Helikopter, den Chemi gesehen hatte, war eine zivile Maschine gewesen, und der einzige Zivilhubschrauber in dieser Region gehörte vermutlich zu dem Ölprojekt. Zhu hatte gesagt, ein Helikopter habe nach Larkin gesucht. Aber wieso sollte er das auf der anderen Bergseite tun? Außerdem hatte Zhu die Amerikanerin bereits als tot gemeldet. Wonach hielt die Maschine also Ausschau?

Winslow starrte immer noch auf die Landkarte. »Mein Gott«, flüsterte er, als Shan zu ihm kam. »Über eine Klippe.« Shan vermutete, daß der Amerikaner daran denken mußte, wie knapp er am Vortag einem ähnlichen Schicksal entronnen war.

»Ich komme immer mit einer Leiche zurück«, sagte Winslow geistesabwesend.

»Vielleicht können wir später an diesen Fluß reisen und ein paar Abschiedsworte sagen«, schlug Shan vor.

»Ich habe Melissa nicht gekannt«, erwiderte Winslow. Es klang wie ein Protest.

»Eine eigensinnige Amerikanerin, die ihre täglichen Pflichten und ihr normales Leben hinter sich läßt, um in den Bergen Tibets umherzuwandern, eventuell auf der Suche nach etwas Größerem.«

Winslow lachte leise auf, doch sein Lächeln verwandelte sich unversehens in ein Stirnrunzeln. »Bei ihnen klingt das, als hätten die Frau und ich nach den gleichen Antworten gesucht.«

Shan sah ihn nur wortlos an. Winslow blickte kurz auf, verzog das Gesicht und wandte sich ab.

Als sie tiefer in die Provinz Qinghai hinabstiegen, wurde die Landschaft grüner. Die Hügel glichen immer noch den rauhen Geröllhängen, die sie auf der Südseite der Bergkette gesehen hatten, aber die Täler, in denen das Schmelzwasser ablief, waren dichter bewachsen. Auf manchen Höhen standen Wacholderbäume und Pappeln. Zwischen den Felsen schienen sogar deutlich mehr Hasen herumzulaufen.

Lokesh interessierte sich für jeden Bach, auf den sie stießen. Nach Möglichkeit ging der alte Tibeter zum Ufer und kostete das Wasser. Wenn der Bach zu weit weg lag, nahm Lokesh ihn aus der Ferne wenigstens genau in Augenschein. Er erklärte dieses Verhalten nicht, aber Shan war überzeugt, daß Lokesh an den blutroten Fleck dachte, den sie tags zuvor gesehen hatten. Shan konnte sich das Phänomen nach wie vor nicht erklären, aber er wußte, daß nach der Auffassung der Heiler, bei denen Lokesh in die Lehre gegangen war, eine untrennbare Verbindung zwischen der Gesundheit des Landes und der Gesundheit der Bevölkerung bestand. Für Lokesh und seine Lehrer war es undenkbar, die Erkrankung eines Menschen zu behandeln, ohne zugleich auf den Zustand seiner Seele einzugehen, und die Ausgeglichenheit einer menschlichen Seele hing direkt von der Harmonie in jenem Teil der Welt ab, in dem die betreffende Person lebte. Nach dieser Anschauung konnte der blutrote Fleck also auf einen Riß in dem Gefüge hindeuten, das sie alle miteinander verband.

Sie folgten dem Verlauf eines langen steilen Tals. Nach einer halben Stunde hielt Winslow mit der Karte in der Hand inne und rief Chemi zu sich. Sie zeigte ihm das Ziel der Reise und wies auf die schmale Schlucht, die sie als nächstes betreten würden. Das andere Ende öffne sich auf die tieferen Berghänge, und dort läge auch ihr Heimatdorf, sagte Chemi und lächelte voller Vorfreude. Winslow bückte sich, damit Anya auf seinen Rücken steigen konnte. Chemi ging immer schneller, und obwohl sie für gewöhnlich mindestens fünfzehn Meter vor der kleinen Marschkolonne lief, hörte Shan sie leise singen.

Die Schlucht endete abrupt, und Chemi blieb auf einem von der Sonne beschienenen Fleck stehen. Das schrille, abgehackte Geräusch, das sie ausstieß, schien ein Gruß werden zu sollen. Dann jedoch sank sie auf die Knie und hielt sich den Leib, und der Laut wurde zu einem langgezogenen schmerzerfüllten Stöhnen. Shan lief an ihre Seite, aber sie bekam kein Wort über die Lippen.

Er sah nun, daß sie die Wahrheit gesagt hatte. Ein Stück neben der Mündung des Tals entsprang ein kleiner Bach, und etwa fünfzig Meter von dessen Ufer entfernt hatte jenseits einiger Bäume ein winziges Dorf gestanden. Statt der Bäume gab es nur noch rauchende Stümpfe. Dahinter lagen die schwelenden Überreste von vier oder fünf Häusern.

Kapitel Elf

Der Lärm schwerer Motoren und ein metallisches Klirren rissen sie aus ihrer Erstarrung. Ohne zu zögern oder sich umzuwenden, rannte Chemi in den Schutz eines seitlich gelegenen Felsvorsprungs. Shan packte Lokesh und zerrte ihn ebenfalls dort in Deckung, während Winslow sich Anya schnappte und ihnen folgte. Erst nach fast hundert Metern blieb Chemi stehen. Sie konnte immer noch nicht sprechen, weil ihre Gefühle ihr weiterhin die Kehle zuschnürten. Schließlich bückte sie sich und begann zu würgen. Als sie dann aufblickte, sah Shan wieder die Kranke vor sich, jenes zerbrechliche Geschöpf, das er am Wegesrand getroffen hatte.

Entgegen Shans erster Befürchtung waren es keine Panzer, sondern zwei Bulldozer, die hinter dem hohen Felswall zum Vorschein kamen, der das Dorf im Süden und Osten umgab. Eine der Maschinen wurde langsamer. Die andere senkte die Schaufel und fing an, eine Furche durch die Ruinen zu ziehen, wobei sie einen immer höheren Schuttberg vor sich herschob. Ein Stuhl flog in die Luft, die Überreste eines Fensters und ein Bett, dann etwas Aufgeblähtes und Weißes, das wie der Kadaver eines Hundes aussah.

Der zweite Bulldozer zog einen doppelachsigen Anhänger, aus dem mindestens ein Dutzend Männer ausstiegen. Sie koppelten den Wagen sogleich ab und machten sich daran, Baumaterial auszuladen. Der Bulldozer fuhr weiter.

»Das Ölprojekt«, stieß Anya mit gequälter Stimme hervor. »Nur die haben solche Ausrüstung.«

Ihre Worte schienen alles zu besagen, zumindest wußte niemand etwas hinzuzufügen. Anya nahm Chemi bei der Hand und führte sie und die anderen zwischen den Felsen hindurch.

Das Dorf Yapchi, hatte Chemi erzählt, lag nur eine Wegstunde von hier entfernt.

Bevor Shan nach Tibet gekommen war, hatte er sich nie Gedanken über die Feinheiten eines Fußmarsches und die verschiedenen Arten des Gehens gemacht. Zwar war das Rad in Tibet schon seit vielen Jahrhunderten und somit genauso lange wie in China oder Indien bekannt, doch während der meisten Zeit nicht als Transportmittel, sondern lediglich in Form der Gebetsmühlen genutzt worden. Tibeter gingen eben gern zu Fuß, sagte Lokesh immer, denn so blieben sie in Kontakt mit der Erde und hatten genug Zeit zum Nachdenken. Allerdings konnte man in Tibet auf vielerlei Weise zu Fuß gehen. Zum Beispiel gab es die Pilger, die sich langsam und ehrfürchtig einem heiligen Ort näherten. Dann die Reisenden in einer Karawane, die zügig und gleichmäßig ausschritten und dabei den Horizont oder ihre Tiere im Auge hatten. Und es gab Häftlinge, die mit gesenkten Köpfen voranschlurften. Chemi bewegte sich nun auf eine wiederum andere Weise, in ungleichmäßigem, stotterndem Tempo, wobei sie immer wieder stehenblieb, um einen nervösen Blick über die Schulter zu werfen oder einfach nur seufzend einen Moment auszuharren, bis sie ihre Gefühle wieder halbwegs in den Griff bekam. Es war die Gangart eines Flüchtlings, und es schmerzte Shan, daß Chemi so bereitwillig darin verfiel.

Sie zogen schweigend weiter, bis Anya sie zu einem schmalen Felsgrat führte, von dem aus man weit nach Norden und Westen blicken konnte. Der Bergsattel, auf dem sie standen, trennte die wogenden grauen Hügel im Osten von einem kleinen fruchtbaren Tal, das auf drei Seiten durch einen hohen gebogenen Ausläufer des Bergs Yapchi begrenzt wurde. Die Wände verliehen den ansteigenden Flanken den Anschein einer gewissen Symmetrie, so daß das an üppiger Frühlingsvegetation reiche Tal wie ein grünes ovales Becken aussah. Eine weite Grasfläche erstreckte sich vor ihnen. Die anderen Seiten des Tals wurden von einem etwa vierhundert Meter breiten Streifen aus Koniferen gesäumt. Jenseits der Bäume ragten Klippen und Felstürme auf. Unterhalb lagen Weidegründe und Felder, mehrheitlich in Form primitiver Terrassen, deren unterschiedlich helle Grüntöne auf sprießende Gerste und Schafweiden hindeuteten.

Anya wies aufgeregt auf eine kleine Ansammlung von Gebäuden am südlichen Ausgang des Beckens und hielt sich wie zum stummen Gebet die *mala* ans Kinn. Ihr Dorf stand noch. Dann warf sie Chemi einen entschuldigenden Blick zu und griff nach ihrer Hand. Die Frau schien unter Schock zu stehen. Shan bezweifelte, daß sie das Tal vor ihren Augen überhaupt wahrnahm. »Du bleibst bei uns. Yapchi wird dir gefallen«, sagte das Mädchen. »Nicht mehr lange und es gibt Lamtso-Salz für unseren Tee«, fügte sie hinzu und führte Chemi zurück zum Pfad.

Winslow blieb stehen und suchte die andere Talseite mit dem Fernglas ab. Shan griff ebenfalls nach dem Feldstecher. Als er die Schärfe nachjustierte, kam am gegenüberliegenden Ende des Tals in etwa drei Kilometern Entfernung eine weitere Ansiedlung in Sicht, von der aus eine unbefestigte Straße vorbei an dem hohen Bergsattel aus dem Becken führte. Shan erkannte mehrere schwere Lastwagen und zwei Reihen kastenförmiger Gebäude.

»Die Büros und Unterkünfte werden per Sattelschlepper angeliefert. Es sind lange Wohnanhänger«, erklärte Winslow. Shan nickte und sah sich weiter im Tal um. Er hatte in Xinjiang, der gewaltigen Provinz im Nordwesten, schon ähnliche Ölkonvois gesehen. Einer davon war fast zwei Kilometer lang gewesen und hatte aus Lastwagen aller Größen, Bussen, Kränen und Laborfahrzeugen bestanden; eine kleine Stadt auf Rädern.

Auf dem Hang oberhalb des Öllagers holzten Arbeitstrupps den Wald ab. Ein Bereich von vierhundert Metern Breite war bereits vollständig freigeräumt und die Stämme hinunter ins Lager gerollt worden. Die Schneise mit den Stümpfen wirkte wie eine Wunde in der Flanke des Berges.

Winslow streckte abermals die Hand aus, und Shan richtete das Fernglas auf einen Punkt nahe der Mitte des Tals, wo ein großer Bohrturm und zwei Lastwagen standen. »Hier herrschen günstige Bedingungen«, sagte Winslow. »Das hat der Manager mir erzählt. Es ist sehr trocken, und das gefällt ihnen. Wasser macht alles nur komplizierter und teurer. Yapchi ist sogar so trocken, daß man das Wasser mit großen Tankwagen herbringen muß. Ein trockener Talgrund bedeutet, daß man praktisch genau im Zentrum, also am tiefstgelegenen Punkt arbeiten kann und nicht so lange zu bohren braucht, um ans Ziel zu gelangen.«

Ans Ziel. Shan erinnerte sich an Lhandros Worte. Die Firma würde der Erde von Yapchi das Blut abzapfen.

Winslow wollte sich umdrehen und den anderen folgen, aber dann sah er, daß Shan noch immer die Hänge absuchte. »Es war ein ziemlich kleines Stück Stein«, stellte der Amerikaner fest.

Shan ließ das Glas mit mattem Lächeln sinken. »Ich erwarte nicht, von hier aus das gestohlene Auge zu entdecken«, sagte er ruhig. »Ich versuche lediglich zu begreifen, wie man eine blinde Gottheit aufspürt.«

Winslow sah ihn an, als frage er sich, ob Shan einen Scherz gemacht hatte. Dann schaute er mit unverkennbarer Abneigung zu dem Bohrturm. »Da, wo ich herkomme, hat man uns gelehrt, daß dein Gott aus dem Himmel steigt und dich sucht, falls du etwas wirklich Schlimmes tust.«

»Sie meinen, ich sollte eher nach einem zornigen Gott Ausschau halten?« fragte Shan.

Doch der Amerikaner wandte sich einfach ab und ging los.

Während sie dem gewundenen Pfad durch mehrere enge Hohlwege und über einige Wildwechsel nach unten folgten, blieb das Abbild des Tals vor Shans innerem Auge haften. Er verstand nun besser, weshalb die Dörfler ihre Heimat so sehr liebten. Es war ein solch winziges Stück Erde, dermaßen abgeschieden, daß es hier keine Elektrizität und noch nicht mal eine richtige Straße gab. Ein stiller, sich selbst versorgender Ort, an dem jedweder Fortschritt vorbeigezogen war und an dem man wochen- oder gar monatelang keinen Gedanken an die Außenwelt verschwenden mußte. Bis das Ölprojekt Qinghai mit der Arbeit begonnen hatte.

Dreißig Minuten später traten sie unter einigen hohen Wacholderbäumen hervor und erblickten in nur wenigen hundert

Metern Entfernung das Dorf Yapchi. Es war kleiner, als Shan erwartet hatte, und ließ ihn an die *rongpa*-Ansiedlung denken, bei der sie zum erstenmal mit Winslow zusammengetroffen waren. Rechts von ihnen, wo der spärliche Hain dem grasbedeckten Hang wich, stand ein uralter *chorten* von fast drei Metern Höhe. Shan umrundete den Schrein und strich mit den Fingern über die Steine. Die Gebete, die man einst auf den Sockel geschrieben hatte, waren größtenteils der Witterung zum Opfer gefallen.

Shan sah Winslow im Schatten des letzten Baumes verweilen und bemerkte, daß ihre Gefährten verschwunden waren. Er wollte sich schon in Richtung Dorf wenden, als ein kleiner Stein angeflogen kam und neben ihm im Gras landete. Da erst sah er Tenzin hinter Winslow stehen, begleitet von einem finster blickenden Tibeter, der einen schmutzigen grünen Pullover trug. Zu ihren Füßen lagen die Überreste einer langen *mani*-Mauer, deren einzelne Steine jeweils mit der Inschrift eines Mantras versehen worden waren. Tenzin winkte Shan zu sich und ging dann mit dem Fremden tiefer zwischen die Bäume und hinter einen der Felsvorsprünge, wie sie überall in diesem lichten Wald anzutreffen waren. Shan kam zögernd hinterher, blieb jedoch an der *mani*-Mauer stehen, kniete sich hin und nahm einen der von Pflanzen überwucherten Steine. Das Gebet darauf mußte Jahrhunderte alt sein, denn die eingeritzte Inschrift wurde vollständig von dunkler Flechte ausgefüllt, als habe die Pflanze die Worte eigenständig gebildet. Ein sich selbst erneuerndes Gebet, hätte Lokesh wohl dazu gesagt.

Shan lehnte den Stein gegen einen Baum, so daß das Gebet nach außen zeigte, und folgte Winslow, Tenzin und dem Fremden dann über einen gewundenen Pfad auf das Geräusch mehrerer Stimmen zu. Der Duft brennenden Wacholders stieg ihm in die Nase. Sie bogen um die Kante einer hohen Felswand und fanden sich auf einem geschäftigen Lagerplatz wieder. Ein schlanker Tibeterjunge mit pockennarbigem Gesicht lief zu Tenzin, nahm ihn beim Arm und zog ihn in den hinteren Teil des kleinen Tals. Der Mann mit dem zerlumpten grünen Pullover kam ebenfalls mit.

Shan blieb am schmalen Zugang der Schlucht stehen und ließ den Blick über das Durcheinander schweifen. Vor ihm saßen mindestens vierzig Leute auf Decken oder an Lagerfeuern. In manchen Gesichtern sah er Blutergüsse, und einige der Menschen trugen Verbände. Auf einer der Decken lag ein regloser junger Mann und wurde von einer grauhaarigen Frau umsorgt.

Chemi kniete abseits und sprach aufgeregt mit einer älteren Frau, während sie gleichzeitig die Hand eines großen Mannes streichelte, der mit geschwollenem Gesicht und glasigem Blick an einen Fels gelehnt dasaß. Um Stirn und linken Arm trug er blutige Bandagen.

»Unser Dorf lag am nächsten, also hat ihre Familie sich hergeflüchtet«, erklärte Anya, die nun an Shans Seite trat. »Die Firma sagte, man müsse am Bach bei Chemis Heimatort eine Sammelstelle für Wasser errichten. Es hieß, die Häuser dürften nicht stehen bleiben, denn die Wasserqualität würde dadurch beeinträchtigt. Angeblich wollte die Firma eine Entschädigung zahlen. Chemis Schwester sagte, sie würden ihr Heim nicht ohne Bescheid des Bezirksrats aufgeben, aber die Firmenleute wollten davon nichts hören und hatten Soldaten zur Unterstützung mitgebracht.«

»Es war nicht bloß die Armee da, sondern auch die Regierung«, warf die alte Frau ein. »Der Mann hat uns seine Karte gezeigt. Er kam von irgendeinem Ministerium in Peking. Wir hätten nie gedacht, daß Peking je Notiz von uns nehmen würde, und mein Sohn wollte schon immer jemanden von dort kennenlernen, weil es in seiner Schule hieß, daß da viele Helden leben. Aber es war nur ein Mongole mit dunkler Brille.«

»Sonderprojekte«, murmelte Winslow, der hinter Shan stand. Zhu, der Direktor für Sonderprojekte, war bei der Zerstörung des Dorfes zugegen gewesen.

Mehrere der Leute aus Yapchi waren hergekommen, um bei der Versorgung der Verletzten zu helfen, und sprachen nun aufgeregt mit Anya über die Rückkehr der Karawane. Einige von ihnen bedachten danach Shan mit ernsten Blicken, aber als Winslow anfing, eine Runde durch das Lager zu drehen, zog er sogleich die allgemeine Aufmerksamkeit auf sich. Es war unmöglich, den hochgewachsenen, hellhäutigen Ausländer zu übersehen. Er verharrte bei den Kranken, sprach leise mit ihnen, griff dann in seinen Rucksack und holte alles Eßbare heraus. Eine Tüte Rosinen, ein Beutel Nüsse und einige Bonbons. Außer Anya gab es nur vier Kinder im Lager, aber die scharten sich alle um den Amerikaner und teilten sich fröhlich die süßen Leckereien. Anya sah mit seltsam distanzierter Miene dabei zu, als habe sie vergessen, was es bedeutete, ein Kind zu sein.

Der Mann neben Chemi stöhnte, schloß die Augen und schien das Bewußtsein zu verlieren. Sie zog ihren Mantel aus, rollte ihn zu einem Kissen zusammen und schob ihn unter den Kopf des Mannes.

»Das ist mein Onkel Dzopa«, flüsterte sie. »Die letzten zehn Jahre hat er in Indien gelebt.«

Shan sah erst den Mann und dann verwirrt Chemi an. »Warum ist er ausgerechnet jetzt zurückgekehrt?«

»Ich kann nicht verstehen, was er sagt«, erklärte sie. Mit Tränen in den Augen nickte sie in Richtung einer Frau, die an einem nahen Feuer saß und mit leerem, traurigem Blick Tee butterte. »Meine Cousine erzählt, daß er die anderen zur Aufgabe überreden wollte, als der Panzer zu schießen anfing. Es gab eine Explosion, und irgendwas hat ihn am Kopf getroffen. Erst einen Tag vorher war er zurückgekommen. Als er von meiner Krankheit hörte, wollte er gleich nach mir suchen. Wir sind seine einzigen Angehörigen. Als junger Mann hat er in einem *gompa* gelebt und daher nie geheiratet.«

Der große Tibeter schien Ende Fünfzig zu sein. Seine Arme waren wie Baumstämme, sein Nacken der eines Stiers. »Und jetzt ist er Bauer?« fragte Shan.

Chemi nickte. »Einmal kam ein Brief von ihm. Er hatte sich in Dharamsala niedergelassen.« Das war der Sitz der tibetischen Exilregierung.

»Was meinst du, weshalb ist er zurückgekehrt?«

»In seinen Reden sagt der Dalai Lama manchmal, der größte Beitrag, den ein Flüchtling aus Tibet leisten könne, sei die Rückkehr. Denn jene, die nach Indien gegangen seien, hätten dadurch Glauben und Stärke bewiesen, und genau das sei nötig, um Tibet am Leben zu erhalten.«

Shan musterte den übel zugerichteten Mann ein weiteres Mal. Seine Verletzungen schienen ernst zu sein. Die Finger von Dzopas linker Hand zitterten, was auf eine mögliche Schädigung der Nerven hindeutete. »Hat er etwas aus Indien mitgebracht? Vielleicht eine Botschaft? Wollte er anderen zur Flucht nach Indien verhelfen?« Aber als Shan den Kopf hob, sah er, daß Chemi sich bereits abgewandt hatte und in den hinteren Bereich der kleinen Schlucht ging. Dort fand er sie bei Lokesh und Anya wieder, die mit Teeschalen hinter einem Kreis aus Menschen saßen, welche ein Mantra rezitierten.

»Sie werden erst damit aufhören, wenn diese Leute weggegangen sind«, erklärte Lokesh. Jenseits des Kreises lag ein flacher Stein mit mehreren hölzernen Opferschalen und einer verrußten Metallscheibe, auf der man Weihrauch verbrannt hatte. Shan mußte an Lhandros Erzählung denken: Anya und Nyma hatten in den Felsen hinter dem Dorf eine Kapelle errichtet.

»Meinst du die Bulldozer in Chemis Dorf?« fragte Shan.

»Nein«, entgegnete Anya aufgeregt. »Alle Chinesen und Ausländer müssen unser Tal verlassen. Die Menschen hier haben bei Tara geschworen, Tag und Nacht durchzuhalten. Eine Mantra-Kette, so lange es eben dauern mag. Wir alle werden uns dabei abwechseln, wenn es geht.«

Er sah das entschlossene Funkeln in ihrem Blick. Zu den Häftlingen in Shans Arbeitslager hatte ein alter *khampa*-Krieger gehört, der wegen einiger Überfälle auf Soldaten eine lebenslange Freiheitsstrafe verbüßen mußte und die Mönche dafür bewunderte, daß sie allein durch Gebete genügend Kraft fanden, um sogar Schlägen oder Elektroschocks standzuhalten. »Ich habe immer bloß mit Waffen herumgefuchtelt«, hatte der *khampa* häufig und stets voller Ehrfurcht für die heiligen Männer gesagt. »Verglichen mit den Lamas ist das gar nichts.«

Am liebsten hätte Shan sich nun zu den Leuten im Kreis gesellt. Womöglich blieb ihnen allen gar nichts anderes mehr übrig als zu beten. »Warum wollte Chemis Onkel die anderen zur Aufgabe überreden, und wieso gerade jetzt?« fragte er das Mädchen.

»Weil er vermutlich jemanden kannte, der in der Nähe anderer chinesischer Entwicklungsprojekte gewohnt hatte. Er fürchtete wohl, die Firma würde sie wegbringen.«

»Wegbringen?«

»Um sie für sich arbeiten zu lassen. Oder um die Familien an einen merkwürdigen Ort zu verfrachten. Unsere Leute erzählen, daß die Firma unser Dorf seit dem Aufbruch der Karawane immer wieder drangsaliert hat, um jedermann zu vertreiben. Alle jungen Männer aus Yapchi wurden fortgeschleppt, um Bäume zu fällen. Sie müssen dort im Lager bleiben und werden nachts in diese Metallkästen eingeschlossen. Die anderen trauen sich nicht mal, nach den Männern zu fragen, weil sie fürchten, dann ebenfalls eingesperrt zu werden.« Anya sprach mit einer Wut, die Shan noch nie an ihr wahrgenommen hatte. Doch als sie seinen Blick erwiderte, sah sie erst verwirrt und dann verängstigt aus. »Eingeschlossen in einen Metallkasten«, wiederholte sie. Dann wandte sie sich ab und setzte sich in den Kreis.

Etwa zehn Meter davon entfernt saß Tenzin, daneben die beiden Tibeter, die ihn ins Lager gebracht hatten, und ein älterer Mann. Die Gesichter der drei Fremden waren von tiefem Zorn gezeichnet. Der jüngste der Männer drehte sich plötzlich um, stand auf und trat Shan wie ein Wachposten einen Schritt entgegen. Diese Tibeter würden den Chinesen nicht nur mit Mantras Widerstand leisten. Shan blickte an dem Wächter vorbei zu Tenzin, der vorgebeugt dasaß und aufmerksam dem älteren Mann lauschte. Neben ihnen lagen mehrere Ausrüstungsgegenstände: geflochtene Lederseile, Wasserflaschen, ein Kompaß an einem Stück Schnur, ein Klappspaten und Nylonschlafsäcke.

Auf einmal erschallte aus dem vorderen Teil des Lagers ein qualvolles Stöhnen. Shan und die *purbas* liefen sofort los und sahen, daß Chemi verzweifelt versuchte, ihren Onkel zurückzuhalten. Er hatte sich aufgesetzt, hielt nun den Holzgriff eines Butterfasses umklammert und hämmerte auf einen kleinen

Baumstumpf ein, wobei der Griff in kleine Splitter zerbarst. Shan wollte ihn am Arm festhalten, doch der Mann stieß ihn mühelos beiseite. Dann legte Chemi ihm beide Hände auf die Wangen. »Onkel!« rief sie. »Du mußt damit aufhören!« Dzopa hielt inne und sah sie an, wenngleich sein Blick keinen Halt zu finden schien.

»Haltet sie auf!« stieß er wiederum unter markerschütterndem Stöhnen hervor. »Sie verbrennen all die Lamas!« Dann sank er bewußtlos zusammen, ohne die Überreste des Griffs loszulassen.

Shan saß noch immer am Boden und starrte Dzopa beunruhigt an.

»Sein Kopf«, flüsterte Chemi ihm zu. Sie griff nach einem Lappen, um ihrem Onkel die Stirn abzutupfen, und hielt mitten in der Bewegung inne, als sie die anderen Leute sah. Alle Blicke hatten sich furchtsam auf den Bewußtlosen gerichtet. Manche der Umstehenden zogen ihre Gebetsketten hervor und stimmten Mantras an.

Anya willigte ein, als Shan sie bat, ihn in ihr Dorf zu führen, obwohl die älteren Frauen protestierten. Er müsse das Tal verstehen, beteuerte das Mädchen, denn es sei dem Auge beschieden, zu ihm zurückzukehren, und dann wäre schnelles Handeln vonnöten. Eine der Frauen, eine grobknochige, plump wirkende Alte mit langem Filzrock und roter Schürze nickte entschlossen. »Falls diese Chinesen auf Öl stoßen, werden sie niemals von hier verschwinden«, schalt sie die anderen. Shan nahm sein Fernglas und folgte Anya und der Frau zurück ins Dorf.

Die Gottheit habe auf einem kleinen Hügel in der Nähe der Mitte des Tals gelebt, erklärte die Alte. Ein Lama habe sie dort vor fast dreihundert Jahren in einem Felsen entdeckt, nur wenige hundert Meter vom Dorf entfernt, und die Dorfbewohner hätten die Stelle daraufhin mit einer *mani*-Mauer umgeben. Jedes Jahr seien dann Lamas aus dem berühmten Rapjung gompa gekommen und hätten den Felsen und seine Beschützer gesegnet.

Ein brauner Hund kam aus dem ersten Haus gelaufen, aber

sein lautes Bellen verwandelte sich schnell in aufgeregtes Winseln, als er Anya erkannte. Im Eingang des zweiten Gebäudes erschien ein fast zahnloser Mann mit rußgeschwärztem Gesicht und begrüßte das Mädchen herzlich. Anya versprach ihm, daß am nächsten Tag frisches Lamtso-Salz eintreffen würde. Hinter einer Mauer aus Erde, die das dritte Haus umgab, schaute ein Mann mittleren Alters hervor. Er hatte einen verschlissenen Hut auf dem Kopf und erkundigte sich nach Lhandro. Shan folgte dem breiten Pfad, der als einzige Straße des Dorfes diente, während Anya nacheinander zu den wenigen Einwohnern lief, die sich zeigten. Ein Haus, das letzte im Ort, war aus festen Baumstämmen errichtet und besaß einen Heuboden. Es war ein altes, elegantes Bauwerk und ließ an die Tradition von Kham denken, jener östlichen Region Tibets, die einst über Holz im Überfluß verfügt hatte. An der Wand des Hauses hing eine große hölzerne Felltrommel von fast sechzig Zentimetern Breite und etwa dreißig Zentimetern Tiefe, mit der man die Aufmerksamkeit der Götter erregen konnte. Shan nahm das Haus genauer in Augenschein und erinnerte sich an Nymas Beschreibung des Überfalls der Lujun-Truppen. Nur ein einziges Haus war stehengeblieben. Neben der Tür stand ein kleiner, fünfzig Zentimeter hoher *chorten*; die Art von Schrein, die man für eine heilige Hausreliquie aufstellte. Gegenüber erhob sich hinter einer weiteren der hier üblichen Erdmauern ein Stall, der stabiler als manche der Häuser aussah. Jeweils ein halbes Dutzend Schafe und Lämmer lagen träge in den Strahlen der Nachmittagssonne.

Shan ging weiter bis zu einem langen flachen Hügel in etwa anderthalb Kilometern Entfernung, der eindeutig von Menschenhand aufgehäuft worden war. Während er dem breiten Pfad folgte, der das Dorf mit dem anderen Ende des Tals verband, blickten lediglich ein paar grasende Schafe auf, aber das Rattern irgendwelcher Maschinen wurde mit jedem Schritt lauter. Der Bohrturm der Ölfirma stand keine hundert Meter jenseits des Hügels.

Bevor Shan sich der Kuppe zuwandte, betrachtete er den weiteren Verlauf des Pfades. Er führte am unteren Rand des grasbewachsenen Bergsattels entlang und im Norden durch eine kleine Bresche im Fels aus dem Tal hinaus, ganz in der Nähe des Öllagers. Vom Bohrturm an hatte man ihn auf voller Länge aufgerissen und mit Bulldozern erweitert. Vor vielen Jahren war einmal eine Armee diesen Pfad heraufgekommen, rief Shan sich ins Gedächtnis, eine rachsüchtige chinesische Armee, die auf dem Rückzug nach Peking einen kleinen Abstecher eingelegt hatte, um das friedliche Tal zu verwüsten. Er ließ die Geschichte noch einmal Revue passieren, während er den kleinen Hügel erklomm. Es war an einem Frühlingstag wie diesem geschehen, vielleicht sogar im gleichen Monat, denn Nyma hatte erzählt, die Salzkarawane sei zu jener Zeit unterwegs gewesen. Die Armee hatte das Dorf mit ihren Geschützen unter Feuer genommen, und die Bewohner waren geflohen, und zwar nicht in die Berge, sondern zu ihrem Gott, weil sie auf Schutz hofften. Dann hatte der chinesische Befehlshaber Soldaten mit Schwertern vorgeschickt und alle Dörfler abschlachten lassen. Shan schaute sich die umliegenden Hänge an. Man konnte die Ruinen kleiner Gebäude und die Umrisse ehemaliger Felder erahnen. Die Gemeinde war früher größer gewesen. Als die Lujun-Soldaten an jenem Tag die Gottheit zertrümmerten, hatten sie zuvor bereits komplette Familien ausgelöscht.

Die Kuppe wurde von einer niedrigen *mani*-Mauer umgeben, an deren beiden Enden verwitterte Pfosten standen, zwischen denen man jeweils eine Schnur mit Gebetsfahnen aufgespannt hatte. Oben auf dem Hügel lagen – mit kleinen Steinen beschwert – mehr als zwanzig *khatas*, Gebetsschals, die meisten davon in Fetzen. Ohne recht den Grund dafür zu wissen, nahm Shan einen *mani*-Stein, streckte ihn erst in Richtung Kuppe und dann in Richtung Öllager. Im selben Moment ließ eine Windbö die Gebetsfahnen flattern, und eine der alten zerfetzten *khatas* riß sich los und wurde quer durch das Tal auf den westlichen Hang zugeweht.

Lokesh hätte behauptet, dies alles sei kein Zufall, denn es sei Shans Bestimmung gewesen, zu exakt jener Stunde an diesem Ort zu sein, genau wie der Schal nach so vielen Jahren auf dem

Hügel immer zur gleichen Sekunde fortgeweht werden würde. Das Zusammentreffen der Ereignisse sei in Shans persönlichen Lebensteppich eingewoben, würde Lokesh vielleicht sagen. Es war der Grund, aus dem Lokesh und viele andere Tibeter, die Shan kannte, stehenblieben und aufblickten, wenn die niedrige Flugbahn eines Falken ihren Weg kreuzte, ein vertrocknetes Blatt vor ihnen im Wind tanzte oder eine eigentümlich geformte Wolke kurz den Mond verdeckte. Solche Ereignisse der Natur mochten unerwartet eintreten, aber die Tibeter würden sie niemals für reinen Zufall halten.

Shan legte den *mani*-Stein zurück und neigte im Angesicht des Hügels, der so vielen Bewohnern von Yapchi als Massengrab diente, ehrfürchtig den Kopf. Dann tat er, was auch Lokesh getan hätte. Er folgte der *khata*.

Der Schal flog in mehr als hundert Schritten Entfernung quer über die Ebene, sank im einen Moment zu Boden und wurde im nächsten wie von einer unsichtbaren Hand wieder emporgehoben. Während Shan auf das Stück Stoff zuhielt, musterte er den oberen Rand des Tals. Es war eine felsige, zerklüftete Gegend, wie geschaffen für Höhlen, in denen Menschen oder Götter sich verstecken konnten. Shan ließ sich Zeit und nahm das Tal von Yapchi bewußt in sich auf. Er rechnete damit, daß die *khata* irgendwann liegenbleiben oder sich in einem der niedrigen Sträucher verfangen würde, die am Übergang zwischen dem Grund des Tals und den steileren Hängen wuchsen. Doch ausgerechnet an dieser Stelle schoß der Gebetsschal hoch in die Luft und vollführte einige Kapriolen, als wäre er eine Taube, die nach einem Leben im Käfig nun die neu gewonnene Freiheit genoß. Dann schwebte er auf den Wald im Norden zu.

Shan überlegte, ob er nicht lieber umkehren sollte. Doch es würde noch mehr als eine Stunde hell sein, und auch im Dunkeln dürfte der Rückweg entlang des Pfades für ihn kein Problem darstellen. Er mußte das Tal verstehen. Er mußte begreifen, wo sich unter Umständen eine Gottheit verbarg. Oder zumindest, wohin eine entwichene *khata* fliehen würde. Auf dem Weg zum Waldrand blieb er mehrere Male kurz stehen, um den Bohrturm und das Öllager zu betrachten, bevor er sich wieder dem Punkt zuwandte, an dem der Schal ihm zuletzt aufgefallen war. Nach zehn Minuten sah er etwas Weißes in den unteren Ästen einer Kiefer hängen, genau dort, wo der Hang sich nach Osten krümmte.

Der Wind trug das Dröhnen von Kettensägen an Shans Ohren. Er nahm sein Fernglas und suchte den Ausgang des Tals ab, das von der Ölfirma gerodet wurde. Es gab mehr Wohnanhänger, als er zunächst geglaubt hatte: zwei Reihen mit je fünf der rechteckigen Einheiten, die für die *rongpas* lediglich Metallkästen darstellten und es nicht wert waren, als Häuser bezeichnet zu werden. Hinter den Anhängern standen mehrere Zelte sowie Lastwagen aller Größen, von leichten Transportern bis zu schweren Kippern. Ein großes, an den Seiten offenes Zeltdach schien als Garage zu fungieren. Oberhalb des Lagers erstreckte sich die breite Schneise voller Stümpfe bis hinauf zu der Klippe, die den Abschluß des Tal bildete. Mindestens zwei Dutzend Männer waren damit beschäftigt, in erschreckend hoher Geschwindigkeit Bäume zu fällen.

Shan holte die *khata*, faltete sie zusammen und steckte sie ein. Dann schlich er näher und achtete sorgfältig auf jeden Baum oder Felsen, der ihm als Deckung dienen konnte. Er befand sich nur noch zweihundert Meter vom Rand des Lagers entfernt, als er einen dicken Stamm fand, den das Alter und nicht etwa eine Säge gefällt hatte. Er ging dahinter in Stellung und nahm das Lager genauer in Augenschein. Auf der ihm zugewandten Seite lag eine Wiese, die offenbar von Schafen abgegrast worden war. Zehn oder zwölf Männer spielten dort Fußball und nahmen die Sache augenscheinlich sehr ernst, denn sie brüllten laut, klangen dabei aber nicht fröhlich. Hinter ihnen stieg in der Nähe der Zelte der Rauch mehrerer Kochfeuer auf. Shan sah so etwas nicht zum erstenmal. Einen Tentakel hatte Drakte ein Holzfällerlager genannt, auf das sie während ihrer gemeinsamen Reise gestoßen waren. Einer der Tentakel, die bis nach Peking reichten, hatte der *purba* gegrollt. Auf diese Weise setzte Peking sich auch noch in den entlegensten Winkeln fest, demonstrierte seine Macht und nahm sich die Reichtümer des Landes.

Als Shan noch einmal zu den Holzfällern blickte, bemerkte er mehrere Männer, die in gleichmäßigen Abständen am Rand des Areals standen. Wieso benötigte man hier Wachposten? Es gab doch kaum noch Raubtiere, die den Männern gefährlich werden konnten. Dann fiel Shan wieder ein, daß man Leute aus Yapchi dienstverpflichtet hatte. Die Posten dort sollten die Arbeiter nicht beschützen, sondern an der Flucht hindern. Was für eine grausame Folter! Die *rongpas* wurden nicht nur zu Gefangenen in ihrem eigenen Tal, sondern mußten auch noch eigenhändig ihre Schätze vernichten.

Während die Sonne hinter dem Rand des Tals verschwand, wagte Shan sich näher an die Wiese, weil er hoffte, einen Gesprächsfetzen aufschnappen oder einen Akzent heraushören zu können, der ihm vielleicht ein wenig mehr über das Ölprojekt Qinghai verraten würde. Doch dann erstarrte er vor Schreck. Obwohl die Fußballspieler verschiedene T-Shirts oder Unterhemden trugen, waren alle mit derselben Art von robuster und neuwertiger Hose ausgestattet – ein Team in Grün, das andere in Grau. Alle trugen sie die gleichen schweren, hohen schwarzen Stiefel und waren von schlanker muskulöser Statur. Am anderen Ende der Wiese stand ein großer grauer Lastwagen mit einem Emblem auf der Tür. Shan hob das Fernglas und erwartete, das Bohrturm-Logo des Projekts zu erblicken, aber es war ein Schneeleopard. Hinter dem Laster parkten mehrere Geländewagen mit grauer Lackierung. Bei den Männern handelte es sich nicht um Ölarbeiter, sondern um Soldaten. Lins Gebirgsjäger waren hier und spielten Fußball mit den Kriechern.

Bei Anbruch des nächsten Tages traf eine kleine Gruppe Tibeter in dem Lager hinter dem Dorf Yapchi ein. Als Anya ihre Schritte hörte, lief sie sogleich los, weil sie, wie Shan wußte, mit der Karawane rechnete, doch am Eingang der kleinen Schlucht blieb sie stehen. Eine Frau mit einer Krücke kam angehinkt, gefolgt von einem kleinen Jungen, der unbeholfen voranschlurfte. Seine Füße wiesen nach innen, und aus seinem Mund hing ein Speichelfaden. Es gab noch vier weitere: eine Frau, deren Augen vom grauen Star getrübt waren und die von einem halbwüchsigen Jungen geführt wurde, und ein stämmiger Mann mit zerlumpter *chuba*, der eine zerbrechlich wirkende Frau trug. Sie schlief in seinen Armen wie ein Kind.

Die Neuankömmlinge verharrten schweigend und musterten die Schlafenden, die überall am Boden lagen.

»Er ist nicht hier«, sagte Chemi sanft und entschuldigend, und plötzlich wurde Shan alles klar. Die Kranken kamen nach Yapchi. Sie mußten sich ohne Nachtruhe hergeschleppt haben, um den Lama-Heiler zu finden. Der Hirte, der die Frau trug, legte sie auf eine Decke und rieb sich die Augen. Shan glaubte Tränen zu sehen.

»Aber ich habe ihn getroffen«, fügte Chemi aufmunternd hinzu. »Er hat mich geheilt.«

Die verkrüppelte Frau blickte ungläubig auf. »Der, den wir suchen, stammt aus den alten Tagen. Es gab Geschichten aus den Bergen. Doch all jene ... sie sind vor langer Zeit gestorben. Manchmal bleibt uns nichts anderes übrig, als den Geschichten zu folgen ...« Ihre Stimme erstarb, und sie blickte zu Boden. »Manche behaupten, er sei gekommen, um den Stuhl des Siddhi einzunehmen. Andere sagen, er sei aus einem *bayal* herübergewechselt, um unser Leid zu lindern.«

»Ich habe ihn getroffen«, wiederholte Chemi eindringlich. »Er hat mich geheilt.«

Die Frau starrte Chemi mit offenem Mund an, als habe sie erst jetzt ihre Worte gehört. »*Lha gyal lo*«, brachte sie krächzend über die Lippen und geriet ins Wanken. Chemi sprang vor und fing die Stürzende auf.

Shan ging zu dem kleinen Feuer im hinteren Teil des Tals und brachte Chemi eine Schale Tee für die Frau. »Was hat sie mit dem Stuhl des Siddhi gemeint?« fragte er.

»Das ist eine alte Sage«, erwiderte Chemi beunruhigt, warf ihm einen kurzen Blick zu und schaute wieder weg.

»Es geht um den Widerstand«, flüsterte Lokesh, der unversehens auftauchte und sich neben die Kranke kniete. »Ich habe die *purbas* ganz aufgeregt davon erzählen gehört. Sie sagen, vor vielen Jahrhunderten habe ein Lama namens Siddhi in dieser Region den Widerstand gegen die mongolischen Invasoren organisiert. Er einte die Leute wie noch nie jemand vor ihm und sorgte dafür, daß die Mongolen nicht mehr zurückkehrten.«

»Er hatte ein Versteck in den Bergen«, erklärte Chemi. »Eine kleine Lichtung irgendwo hoch oben. Dort gibt es einen Felsen, der wie ein Stuhl geformt ist und auf dem er dann saß und zu den Leuten sprach. Die Menschen gehen schon seit Jahren dorthin und beten. Manche behaupten, er sei ein Krieger gewesen. Andere glauben, daß er ein Heiler war, der dem Volk einfach nur Hoffnung und Stärke einflößen konnte.«

Lokesh schien Shans zweifelnde Miene zu bemerken. »Sie wollen an solche Dinge glauben«, sagte der alte Tibeter und nickte in Richtung einer weiteren Schar Neuankömmlinge, die sich mit dem älteren *purba* berieten. »Es heißt, in weitem Umkreis würden alle über Yapchi reden. Sie sagen, falls wieder ein echter Lama auf dem Stuhl des Siddhi säße, könnten sie die Chinesen nicht nur aus dem Tal, sondern aus der gesamten Region vertreiben.«

Shan machte sich allein auf den Weg ins Dorf. Seit letzter Nacht empfand er ein seltsames Schuldgefühl. Der Gedanke an die kranken Tibeter verfolgte ihn. Er hätte nicht herkommen dürfen, denn seine Ankunft verlieh den Leuten von Yapchi neue Hoffnung, obwohl dazu nicht der geringste Anlaß bestand. Peking war auf dieses wunderschöne Tal aufmerksam geworden und hatte es der Ölfirma und deren amerikanischen Partnern überlassen. Genausogut hätte die Armee beschließen können, hier eine neue Raketenbasis zu errichten, denn diese Fremden würden nie mehr von hier verschwinden. Nur eines in China war noch unerbittlicher als das Militär, und das war der wirtschaftliche Fortschritt. Falls die Firma auf Öl stieß, würde sie das gesamte Tal übernehmen und erst nach vielen Jahren wieder abziehen, wenn nur noch verdrecktes Ödland übrig war. Shan hatte seine vier Haftjahre damit zugebracht, für die von Peking propagierte ökonomische Erschließung Straßen zu bauen, auf denen nun auch jene abgeschiedenen Täler erreicht werden sollten, die man im Zuge der ersten chinesischen Immigrationswelle übersehen hatte. Am schlimmsten für die

Gefangenen war dabei nicht gewesen, die Felsen der Hochgebirgspässe zertrümmern und somit für Lastwagen passierbar machen zu müssen, sondern zu Zeugen zu werden, wie in einem neu erschlossenen Tal jeder einzelne Baum gefällt und jedes Kohlenflöz aufgesprengt wurde.

Das Dorf Yapchi wirkte sogar noch verlassener als am Tag zuvor. Das einzige Lebenszeichen schien von den Lämmern zu stammen, die in ihrem Gehege aus Erdwällen umhersprangen, als würden sie sich unbändig über den Sonnenaufgang freuen. Dann registrierte Shan in einigen der Fenster Gesichter, die ihn und den Pfad beobachteten. In der windstillen Luft hallte der Lärm des Bohrturms von den Felwänden des Tals wider, begleitet vom fernen Heulen der Kettensägen. An der Tür des letzten Hauses, jenes schlichten Holzgebäudes, das er tags zuvor bewundert hatte, erschien eine alte Frau. Sie neigte zum Gruß den Kopf und streckte Shan langsam und schüchtern eine Schale Tee entgegen. Er trat zögernd durch die offene Pforte der niedrigen Mauer, die das Haus umgab, und nahm die Schale mit dankbarem Nicken an. Die Frau wich wortlos ein Stück in den Schatten zurück und bat Shan mit einer Geste hinein.

Das Haus bestand aus einem einzelnen großen Raum, der in einer Ecke über einen erhöhten Schlafplatz und auf der anderen Seite über eine Koch- und Eßnische verfügte. Die Wand- und Bodenbohlen waren im Laufe vieler Jahre herrlich nachgedunkelt. An der Rückwand, nahe des Schlafplatzes, stand ein kleiner hölzerner Altar mit den sieben traditionellen Opferschalen und einem gerahmten Foto des Dalai Lama, neben dem ein Weihrauchstäbchen schwelte. Der Teppich in der Mitte des Raums war insgesamt abgenutzt und vor dem Altar fast schon durchgescheuert, aber man konnte darauf noch immer die leuchtenden Rot- und Brauntöne des endlosen Knotens erkennen, des Symbols der Einheit aller Dinge, sowie der anderen acht heiligen Sinnbilder. Alles hier drinnen schien aus Holz, Ton oder Wolle zu bestehen. Die Kammer erinnerte an eine Lichtung in einem uralten Wald und strahlte eine natürliche wohltuende Ruhe aus.

Die Frau lächelte verlegen, nahm auf einem Hocker Platz

und setzte eine versonnene Miene auf. Shan folgte ihr verunsichert und bemerkte eine Gestalt im Schatten. Sie saß auf einer der beiden Bettstellen und lehnte an der Wand. Als sie sich umdrehte und sehr langsam aufstand, mußte sie sich mit einer Hand abstützen. Es war ein alter Mann, und es strengte ihn sichtlich an, auf Shan zuzugehen, obwohl er sich weiterhin an der Wand festhielt. Schließlich setzte er sich ganz in der Nähe der Frau auf den Rand des Schlafplatzes, musterte den Besucher und fuhr sich mit der Zunge über die rissigen Lippen. Shan vermutete, daß hier im Raum meistens Schweigen herrschte. Dann hörte er ein flaches Atmen und sah in einer Ecke des Schlafplatzes einen kleinen Leib auf einer Decke liegen. Ein Lamm.

»Wir wollten uns nur bei dir bedanken«, sagte der Mann. Seine Stimme war heiser und kaum lauter als ein Flüstern. »Ich heiße Lepka.«

Shan ließ sich vor ihm auf dem Boden nieder und stellte die Schale auf dem Oberschenkel ab. »Ich habe nichts bewirkt. Ich habe das Auge verloren.«

»Aber du bist dennoch gekommen«, sagte der Mann im Tonfall eines Lama. »Es geht bereits etwas vor sich. Durch dich ist das Auge dem Tal so nahe gekommen wie schon seit hundert Jahren nicht mehr.«

Es ging etwas vor sich. Shan konnte sich nicht überwinden, den alten Tibeter mit Fragen zu behelligen. Was ging denn vor sich? Die Zerstörung von Chemis Dorf? Die Ankunft der Kriecher und Armeesoldaten im Tal, vermutlich zum erstenmal seit jenem schrecklichen Tag, an dem man das Auge gestohlen hatte? Das ferne Rumpeln des Bohrturms, der sich scharrend und mahlend tief in die Erde grub? Der leichtsinnige Einfall, den Chinesen im Tal Widerstand leisten zu wollen?

Shan lächelte traurig und sah Lepka nur an. Er hatte gelernt, diese alten Tibeter als einen der Schätze zu betrachten, über die das Land in seinen abgeschiedenen Regionen noch verfügte. Diese Männer und Frauen schienen der Zeit oder wenigstens dem Alter zu trotzen; sie waren zum Teil über hundert Jahre alt und konnten sich noch genau an die Epoche vor dem Überfall Pekings erinnern. Die Haut dieses Mannes war wie altes Pergament. Womöglich hatte er sogar schon gelebt, als das Auge aus Yapchi geraubt worden war. Shan sah, daß seine knorrigen Hände ein *mudra* gebildet hatten: Daumen und Mittelfinger lagen ausgestreckt aneinander, alle anderen Finger waren eingerollt, so daß sich nur die Knöchel berührten. Beschämt erkannte Shan die Geste. Es war ein Opferzeichen, genannt Wasser für die Füße. Man benutzte es bei der Weihe von Mönchen oder der Begrüßung heiliger Gäste.

»Ich bin dorthin gegangen«, verkündete Lepka. »Ich habe mich auf meinen Stab gestützt und bin zu dieser chinesischen Maschine gegangen.« Er leckte sich abermals die Lippen, woraufhin die Frau ihm eine Schale Wasser reichte und er einen Schluck trank. »Dann habe ich mit einem Stein danach geworfen.« Bei diesen Worten lief ein schmales Rinnsal Wasser an seinem Kinn hinunter. »Manchmal gaukeln die Dämonen den Menschen böse Dinge vor, die gar nicht wirklich existieren. Aber der Stein hat etwas Metallenes getroffen und ist daran abgeprallt. Die Arbeiter haben gelacht und gesagt: ›Seht euch nur diesen verrückten Alten an.‹« Lepka sah Shan an und grinste. Er hatte kaum noch Zähne im Mund. »Aber im Steinewerfen bin ich gut. Als junger Mann habe ich mit Steinen und meiner Schleuder die Wölfe von den Herden ferngehalten. Also habe ich noch einen Stein geworfen und dann noch einen, immer an einer anderen Stelle. Sie haben nur um so lauter gelacht. Aber weißt du was?« fragte er, hustete und stieß ein langgezogenes pfeifendes Geräusch aus, bevor er fortfuhr. »Ich habe eine Glocke entdeckt. Die Stelle sah nicht wie eine Glocke aus, weil sie sich in einer anderen Gestalt verbarg. Aber sie klang wie eine Glocke. Es war die Essenz einer Glocke, die sich dort versteckte.«

Nach traditioneller Ansicht ließen sich mit manchen Glokken Dämonen verscheuchen.

»Und diese Kerle haben nicht das geringste davon mitbekommen«, rief Lepka und gab erneut dieses pfeifende Keuchen von sich. Shan begriff, daß es ein Lachen war.

Er nickte ernst und trank etwas Tee. »Dein Heim ist so friedlich«, sagte er, weil ihm nichts Besseres einfiel. »Wie ein Tempel.«

Die Frau lächelte, und der alte Mann ließ den Blick langsam durch die Kammer schweifen, als sähe er sie zum erstenmal. »Der Großvater meines Großvaters hat dieses Haus erbaut. Das war im ersten Jahr des Achten.« Er sprach vom achtzehnten Jahrhundert.

»Es hat viele Gebete gehört«, fügte die Frau leise hinzu. »Wenn unser Sohn mit den Leuten im Dorf über wichtige Entscheidungen reden möchte, lädt er sie gern hierher ein, denn er sagt, in diesem Haus würde niemand je unverschämt werden, weil in dem Holz so viele Gebete leben.«

Shan musterte noch einmal den Schlafplatz und sah, daß sich an der hinteren Wand eine zusammengerollte dritte Bettstatt befand. Auf einmal wurde ihm klar, in wessen Haus er sich befand. »Es ist ein langer Weg zum Lamtso.«

Der alte Mann lächelte. »Als mein Junge drei Jahre alt war, habe ich ihn das erste Mal mitgenommen. Er saß unterwegs auf meinen Schultern, und wir haben gesungen. Stundenlang haben wir gesungen. Und da war ein Hund, ein riesiger Mastiff, der ihn auf seinem Rücken reiten ließ. Manchmal legte er sich hin und schlief auf dem breiten Hunderücken ein, und das Tier lief einfach weiter. Ich hielt das für viel zu gefährlich ...« Die Heiserkeit war aus seiner Stimme verschwunden, als hätten die Erinnerungen etwas in seinem Innern zu neuerlichem Leben erweckt.

»Aber all die anderen Hunde mußten arbeiten«, sagte eine sanfte Stimme hinter Shan. »Beim Aufbruch vom See wurden jedem der Hunde zwei Beutel umgeschnallt. Nur diesem einen nicht, damit ich auf ihm heimreiten konnte.«

»Sohn!« rief die Frau und sprang auf, um Lhandro in die Arme zu schließen.

Der Führer der Karawane blickte auf und lächelte erschöpft.

»*Lha gyal lo*, *lha gyal lo*«, sagte Lepka leise, und seine Augen schimmerten feucht. »Das Salz hat wieder seinen Weg zu uns gefunden.«

Lhandro kam zu seinem Vater, kniete nieder und öffnete die Faust, so daß ein Häufchen der strahlendweißen Kristalle zu sehen war. Dann nahm er die trockene runzlige Hand des alten

Mannes, ließ das Salz feierlich hineinrieseln und schloß die knorrigen Finger darum. Aus Lepkas Kehle brach wieder dieses pfeifende Lachen hervor, und er drückte sich die Handvoll Salz ans Herz.

Als Shan an die Tür trat, zogen Schafe am äußeren Tor vorbei, alle noch immer mit den Salzbeuteln beladen. Aufgeregte Begrüßungen hallten den Pfad entlang, aber auch Warnungen. Verwirrt ging Shan nach draußen. Auf dem Hang oberhalb des Dorfes standen am Rand der Bäume mehrere Leute aus dem Lager. Einige winkten, andere deuteten auf die eintreffende Karawane. Dann sah Shan jemanden aus der Gruppe weglaufen, als wolle er sich verstecken. Er drehte sich um und erkannte, daß nicht alle Tibeter auf die Karawane gedeutet hatten.

Zwischen den Tieren tauchte Nyma auf. Sie wirkte besorgt. »Die haben all unsere Taschen durchsucht und uns fünf der Schafe abgenommen«, rief sie aus und wandte sich um. Nur wenige hundert Meter hinter dem letzten Schaf fuhren zwei Armeelaster das Tal herauf.

Aus dem Eingang hinter Shan kam Lhandro zum Vorschein, bedeutete seinen Eltern mit erhobener Hand, sie sollten zurückbleiben, schob sich an Shan vorbei und stieß ihn in den Schatten. Während Shan kurz hinter dem Eingang Position bezog, stellte der *rongpa* sich mitten auf den Pfad, um die Wagen zu empfangen. Entsetzt verfolgte Shan, wie die Transporter anhielten und ein Dutzend Soldaten von den Ladeflächen absaß. Einer von ihnen öffnete die Beifahrertür des vorderen Fahrzeugs, auf der ein Schneeleopard prangte, und ein Mann in Offiziersuniform stieg aus.

»Guten Morgen, Oberst Lin«, rief jemand mit geheuchelter Freundlichkeit. Durch die offene Tür sah Shan, daß Winslow sich zu Lhandro gesellte. Der Amerikaner hatte sich gewaschen, rasiert und ein sauberes Hemd angezogen. »Wieder so ein herrlicher Tag für einen kleinen Ausflug.«

Lin erkannte den Amerikaner sofort. Einer seiner Mundwinkel hob sich. Dann wandte der Oberst sich um und sprach mit jemandem, den Shan nicht sehen konnte. Kurz darauf marschierte ein Soldat an Winslow und Lhandro vorbei. Er hielt ein

Klemmbrett und nahm das Dorf mit ruhelosem Raubvogelblick in Augenschein.

»Die amerikanische Botschaft ist nicht befugt, sich in die inneren Angelegenheiten Chinas einzumischen«, knurrte Lin und ging einen Schritt auf Winslow zu. Er sprach laut, als seien die Worte an ein größeres Publikum gerichtet.

»Selbstverständlich nicht«, pflichtete der Amerikaner ihm in sachlichem Tonfall bei. »Das Ölprojekt Qinghai hat aber einen amerikanischen Partner. Eine von dessen Angestellten wird vermißt. Es geht demnach um eine internationale Angelegenheit.«

»Die Frau wird nicht vermißt«, sagte Lin sofort, als habe er sich genau erkundigt, mit welchem Auftrag der Amerikaner in den Bergen unterwegs war. »Sie ist tot. Höchst bedauerlich.«

Durch die Türöffnung erspähte Shan zwei Soldaten, die jenseits der Tiergehege auf der anderen Seite des Pfades das Dorf umrundeten. Sie schienen nach etwas zu suchen.

»Unser Dorf fühlt sich durch die Anwesenheit der ruhmreichen Soldaten der Volksbefreiungsarmee geehrt«, sagte Lhandro mit tonloser Stimme und warf Winslow einen unbehaglichen Blick zu.

»Aber sicher«, sagte Lin amüsiert. Er zündete sich eine Zigarette an und blies den Rauch in Lhandros Richtung. »Und es kann nur noch ehrenvoller für euch werden.«

Lin starrte Winslow durchdringend an, als wolle er den Amerikaner durch schiere Willenskraft bezwingen. »Da waren noch andere bei euch. Tibeter. Zwei großgewachsene Männer.« Er hielt inne und starrte Lhandro erwartungsvoll an.

»Ich hatte einen Fahrer dabei …«, warf Winslow beiläufig ein.

Lins Hand ruckte hoch, als wolle er den Amerikaner züchtigen, blieb dann aber mitten in der Luft stehen und ballte sich zu einer Faust. Der Oberst sah, wie seine Leute im Dorf ausschwärmten, und beschloß, Winslow zu antworten. »Aber wenig später haben Sie sich am Straßenrand absetzen lassen und den Fahrer weggeschickt. Sein Bericht hat die Öffentliche Sicherheit ganz schön in Aufruhr versetzt. Er hätte Sie nicht allein lassen dürfen und wurde für sein verantwortungsloses Verhalten bestraft.«

»Ich wollte zu Fuß weiterlaufen. Wegen der frischen Bergluft. Bei uns heißt das Trekking.«

»Aber wie haben Sie hergefunden?« wollte der Oberst wissen. »Die Berge sind nahezu unpassierbar.«

»Nahezu.«

Lin runzelte die Stirn. »Das Ölprojekt wird diesem Tal großen Wohlstand bringen«, wandte er sich mit wiederum lauter Rednerstimme an Lhandro. »Genosse Lhandro«, fügte er hinzu, als wolle er den *rongpa* daran erinnern, daß er seinen Namen kannte und immer noch seine Papiere besaß.

»Vielleicht gibt es hier ja gar kein Öl«, wagte Lhandro zu äußern.

Mit neuerlicher Belustigung nahm Lin einen tiefen Zug von seiner Zigarette. »O doch. Die Geologen müssen nur noch die genaue Größe des Vorkommens feststellen. Schon jetzt ist im Lager kaum Platz für all die Arbeiter, und es werden noch mehr kommen, sobald das Öl fließt. Man wird eine Pipeline bauen müssen. Und zum Betrieb der Pumpen wird ein ständiges Arbeitskommando hier stationiert.«

Lhandro starrte auf die Stiefel des Obersts. »Wir haben einen leeren Stall«, sagte er mit hohler Stimme. »Den könnten wir umbauen und darin Schlafplätze zur Verfügung stellen.«

Lins Augen blitzten auf, aber es schien sich eher um Vergnügen als um Wut zu handeln.

»Bitte, Oberst«, flehte Lhandro. »Wir sind einfache Bauern und bewirtschaften dieses Tal schon seit Jahrhunderten. Wir zahlen Steuern. Wir könnten die Arbeiter mit Lebensmitteln beliefern ... Wir haben nichts Falsches getan«, fügte er verzagt hinzu, ohne den Blick von Lins Stiefeln abzuwenden.

»Du hast mir noch nicht erklärt, was du vor ein paar Tagen hundertfünfzig Kilometer südlich von hier zu suchen hattest.«

»Salz«, sagte Lhandro und deutete auf die Schafe, die von den Dörflern in Pferche am anderen Ende des Dorfes getrieben wurden. »Wir ziehen jedes Frühjahr los, um Salz zu holen.«

Sogar aus dieser Entfernung sah Shan, daß Lhandros Hand zitterte.

Lin runzelte erneut die Stirn. »Wir leben im einundzwanzigsten Jahrhundert, Genosse. Ihr benötigt für einen solchen Transport Lizenzen der Monopolbehörde.«

Lhandro zuckte mürrisch die Achseln und ging zu der Pforte vor seinem Haus. Auf der niedrigen Mauer lag ein offener Salzbeutel. Lhandro griff hinein und streckte Lin eine Handvoll Salz entgegen. »Wir haben etwas Geld und könnten eine Gebühr entrichten«, bot er an.

Der Oberst seufzte ungehalten und gab einem seiner Soldaten ein Zeichen. Der Mann riß Lhandro den Beutel aus der Hand und warf ihn zu Boden. Dann zog er ein kurzes Bajonett aus dem Gürtel, stocherte in dem offenen Beutel herum und warf Lin einen fragenden Blick zu. Der Oberst nickte, und der Soldat durchbohrte den zweiten Beutel und riß das dichte Wollgewebe auseinander, so daß das kostbare Salz auf der Erde verstreut wurde.

»Es ist ein besonderes Salz«, rief die Stimme einer Frau. Shan sah, daß Nyma vortrat und sich neben Lhandro stellte. »Es könnte Sie heilen«, sagte sie und sah dem Oberst dabei direkt in die Augen.

»Ich bin nicht krank.«

Nyma erwiderte nichts, aber ihr Blick verriet, daß sie anderer Meinung war.

»Du solltest vorsichtig sein«, sagte Lin mit eisiger Stimme. »Jemand könnte dich mit einer Nonne verwechseln. Nur wenige Kilometer von hier hat die Öffentliche Sicherheit gestern jemanden verhaftet. Unter seinem Mantel trug er ein kastanienbraunes Band um den Arm, und in seiner Tasche steckte ein kleines Stück gelber Stoff.«

Shan sah, daß Nyma schluckte. Lin sagte, daß man ganz in der Nähe einen *purba* erwischt hatte, der verwegen genug gewesen war, eine tibetische Flagge bei sich zu tragen.

Die Anspannung war nun fast zu greifen. Lin grinste den Amerikaner höhnisch an. »Auch in Amerika, Mr. Winslow, wird Landesverrat mit Gefängnis bestraft«, sagte der Oberst und wies auf Lhandro. »Dieser Mann weiß das sehr genau. Er hatte einen alten Kerl mit *lao-gai*-Nummer bei sich.« Lins Augen verengten sich zu Schlitzen. »Wo ist dieser Alte? Und der Chinese namens Shan, der keine Papiere hatte. Die beiden waren nicht mehr bei euch, als ihr mit den Schafen eingetroffen seid. Falls ihr die Leute versteckt, wird es euch schlimm ergehen, sobald wir sie haben. Und falls jemand von euch etwas besitzt, das mir gehört, wird das gesamte Dorf sich dafür verantworten müssen.«

Niemand gab einen Laut von sich, während Lins funkelnder Blick über das ganze Dorf schweifte. Schließlich blickte er zu Boden und stieß den Salzbeutel mit der blankpolierten Stiefelspitze an. »Ich bin ein einfacher Mann mit einer einfachen Sicht der Dinge. Es gibt jene, die der neuen Ordnung folgen, und jene, die sich darum bemühen. Für alle anderen«, sagte er mit gespieltem Bedauern, »ist kein Platz mehr, und sie haben auch nichts zu erwarten.«

Winslow nahm die Kappe vom Objektiv seiner Kamera, und Lins Züge verhärteten sich. »Das Ölprojekt Qinghai«, sagte der Oberst mit lauter Stimme, als verkünde er dem gesamten Dorf eine Proklamation, »ist bereit, jeden großzügig zu entschädigen, der sich beim Aufbau des neuen Wirtschaftssystems und der Umgestaltung dieses Tals kooperativ verhält. Zu Feier des Ereignisses wird dem Tal sogar ein neuer Name verliehen. Wir haben beschlossen, es Tal von Lujun zu nennen. Ich werde den Befehl erteilen, alle Landkarten entsprechend zu ändern.«

Lhandros Kopf ruckte hoch, und sein Körper spannte sich an, als wolle er über den Oberst herfallen, doch Winslow legte ihm eine Hand auf den Arm und hielt ihn zurück. Lin benannte das Tal nach den chinesischen Soldaten, die vor hundert Jahren fast die gesamte einheimische Bevölkerung ausgelöscht hatten.

Der Oberst hielt inne, als warte er nur auf Lhandros Angriff, und schien eine weitere spöttische Bemerkung äußern zu wollen. Da unterbrach ihn ein Donnern, ein fernes, hohles wiederkehrendes Hämmern, das durch das ganze Tal hallte. Lin wandte sich um, als hielte er beim Bohrturm und dem Öllager nach einer Ursache des Geräusches Ausschau, aber es war kein

Maschinenlärm. Es glich beinahe einem Herzschlag – langsam, aber gleichmäßig. Shan spähte vorsichtig an der Hauswand entlang. Die Göttertrommel war verschwunden.

Lins schmale Lippen verzogen sich zu etwas, das wie ein Zähnefletschen aussah. Er winkte dem Soldaten, der die Salzbeutel durchsucht hatte, woraufhin dieser sogleich einen schrillen Pfiff ausstieß. Seine Kameraden im Dorf drehten sich zu ihm um. Er hob die linke Hand, umschloß mit der Rechten den linken Unterarm, deutete dann auf die Westseite des Tals und vollführte mit ausgestrecktem Finger eine kreisende Bewegung. Die Soldaten sollten nach Westen ausschwärmen.

»Ich muß mehr über die Männer erfahren, mit denen du unterwegs warst«, sagte Lin leise zu Lhandro. »Es gibt viele Arten der Befragung.« Er stieg in den Lastwagen ein.

Das Trommeln dauerte an. In der Ferne sah Shan die Arbeiter beim Bohrturm stehen und zu den oberen Hängen aufblicken. Die wenigen Tibeter, die sich noch im Dorf aufhielten, waren ebenfalls aus den Häusern getreten und starrten nach Westen, einige mit hoffnungsvollen Mienen, andere verängstigt.

Der Klang der startenden Motoren ließ Shan sich wieder umwenden. Die Transporter fuhren los, aber nicht zurück zum Öllager, sondern nach Westen, mitten durch die Gerstenfelder. Er vernahm ein leises Wimmern und entdeckte eine winzige Gestalt, die an der Innenseite der Erdmauer kauerte. Es war Anya. Sie hatte sich dort versteckt und den Oberst belauscht.

Sie musterte Shan aus großen furchtsamen Augen, sprang dann auf, rannte den Pfad hinunter und verschwand zwischen den Felsen und Bäumen des Hangs.

»Deine Trommel«, wandte er sich an Lepka, als der alte Mann hinaus ins Sonnenlicht trat. »Wo ist sie?«

»Sie ist letzte Nacht verschwunden«, sagte Lepka achselzuckend, legte sich eine Hand aufs Herz und schloß kurz die Augen, als suche er nach einer Verbindung zwischen dem Trommeln und seinem eigenen Herzschlag.

»Du meinst, jemand aus dem Dorf ist dort oben?«

»Nein«, rief Lepka fröhlich, als sei dies das eigentliche Wunder.

Shan und Winslow sahen sich beunruhigt an, und als Shan im Laufschritt das Dorf verließ und Anyas Richtung einschlug, folgte der Amerikaner ihm dicht auf den Fersen. Sie fanden Anya allein in der Mitte der kleinen Schlucht vor; außer ihr waren nur noch Lokesh und eine Handvoll der Dorfbewohner zugegen. Sowohl Tenzin und die *purbas* als auch die Kranken hatten sich in Luft aufgelöst.

»Sie sind die Pfade hinaufgestiegen«, sagte Anya verwirrt. »Aber die sind eigentlich nur für Ziegen geeignet.« Sie wies auf die fast senkrechte Rückwand des kleinen Tals. »So viele Verletzte …«, flüsterte sie. »Sie fliehen. Sie haben die Soldaten gesehen. Sie haben gehört, daß Kriecher im Lager sind. In diesem Tal gibt es keine Heilung mehr.« Ihre Stimme erstarb abermals. Ein kleines Loch im unteren Teil eines Felsblocks hatte ihre Aufmerksamkeit erregt. Sie hinkte dorthin, fiel auf die Knie und hielt ihr Auge dicht vor die Öffnung, als rechne sie damit, etwas im Innern zu erblicken.

»Warum interessiert er sich so sehr für Lokesh?« fragte Winslow, der zusammen mit Shan das Mädchen beobachtete.

»Es wurde etwas gestohlen, von dem Lin annimmt, daß es nach Yapchi zurückgebracht wird«, sagte Shan voller Sorge. »Als er im Süden auf Reisende aus Yapchi stieß, war ein ehemaliger *lao-gai*-Sträfling bei ihnen. Ich glaube, er wollte andeuten, daß Lokesh ein geeigneter Verdächtiger wäre und verhaftet werden könnte, falls Lin nicht das erhält, was er will.«

»Sie meinen das Auge.«

»Ich glaube, es geht nicht mehr um das Auge. Wegen eines Stücks Stein würde Lin sich nicht solche Umstände machen. Ich schätze, er ist hinter dem Dieb des Auges her.«

»Dremu wollte den Stein stehlen, aber die *purbas* haben ihn davon abgehalten«, erinnerte Winslow sich.

Shan nickte. »Sie hatten andere Pläne. Vielleicht ist es ihnen gelungen, einen Maulwurf einzuschleusen. Lin könnte es sich nicht leisten, so jemanden entkommen zu lassen. In seiner Dienststelle gab es bestimmt noch wesentlich wichtigere Dinge als den *chenyi*-Stein.«

»Sie meinen, Lin glaubt, der Dieb könnte Geheiminformationen gestohlen haben. Die suchen also nach einer Art Spion?«

Spion. An dieses Wort hatte Shan noch gar nicht gedacht. Bei Lin verhielt es sich da zweifellos anders. Es würde einen Sinn ergeben. Es würde erklären, weshalb die Gebirgsjäger auf den Spuren einer Gottheit den ganzen Weg aus Lhasa hergekommen waren.

Jemand lief an ihnen vorbei und beugte sich über Anya. Es war Lhandro, und als er dem Mädchen sanft auf die Beine half, warf er Shan und Winslow einen entschuldigenden Blick zu. »Sie vergißt manchmal Dinge«, sagte er, als könne das Mädchen ihn nicht hören. Anya richtete sich auf, starrte an ihnen vorbei und suchte ruhelos die Landschaft ab, als würde sie die Leute gar nicht wahrnehmen. »Manchmal kann sie nichts anderes mehr tun, als nach Göttern Ausschau zu halten. Ich glaube, es ist eine der Arten, auf die sie mit Anya in Kontakt treten. Mitunter müssen wir loslaufen und mit den Hunden nach ihr suchen wie nach einem alten Mönch«, fügte er hinzu und bezog sich dabei auf die Tatsache, daß manche alten Mönche vom Weg abkamen, weil sie in religiöser Verzückung oder tiefer Meditation den Bezug zur Außenwelt verloren.

Als Lokesh dem Mädchen einen Arm um die Schultern legte und es zu einem Ruhelager führte, wirkte Lhandro erleichtert. Dann wurde sein Blick sehr ernst und suchte die Schlucht ab. »Wo steckt er? Es führen Hufspuren ins Tal.«

»Dremu?« fragte Shan. Er hatte nicht mehr an den *golok* gedacht, seit der am Vortag weggeritten war.

»Der Mistkerl hat sich abgesetzt«, sagte Lhandro. »Vielleicht verhandelt er jetzt schon mit den Soldaten über die Rückgabe.«

»Die Rückgabe des Auges?« fragte Shan.

»Natürlich, was denn sonst? Er wußte genau, wo es war. Gestern morgen ist er abgehauen. Er kennt sich in den Bergen aus. Und er hat Helfer. Wir haben die Spuren von drei Pferden entdeckt, nicht nur von einem.« Lhandro schaute zu Anya und Lokesh. »Er wird uns alle verkaufen, wenn der Preis stimmt.«

Shan ging dicht hinter Winslow, als sie sich eine Stunde später dem Öllager näherten. Der Amerikaner hatte zunächst protestiert, als Shan sagte, er würde ihn zu dem Manager begleiten, doch Shan hatte gedroht, ansonsten ganz allein loszuziehen. »Lin will Sie in die Finger bekommen und in Ketten legen«, warnte Winslow.

»Lin hat in den Zelten hinter dem Öllager Quartier bezogen«, wandte Shan ein. »Er rechnet nicht damit, daß ich einfach so daherspaziert komme. Und auch die anderen werden keinen Verdacht schöpfen, wenn ich wie Ihr Begleiter wirke.«

Winslow hatte widerstrebend eingewilligt, unter der Voraussetzung, daß Shan ständig bei ihm blieb, nur englisch sprach und die Rolle eines Assistenten spielte. Sie benötigten eine halbe Stunde, um Shan halbwegs präsentabel aussehen zu lassen: Im Dorf fand sich eine fast neue Jacke für ihn, über der er nun die rote Nylonweste des Amerikaners trug. Schließlich hängte Winslow ihm noch das teure Fernglas um den Hals.

Der Amerikaner fing an, ein Lied zu pfeifen, als der Bohrturm in Sicht kam, und schoß mehrere Fotos. Die Arbeiter winkten ihm zu, als wäre er ein Tourist. Es waren breitschultrige Männer, sowohl Chinesen als auch Tibeter, die stolz grinsten und für Winslow posierten, indem sie die riesigen Schraubenschlüssel und Hämmer emporreckten.

Zweihundert Meter vor dem Lager befand sich ein quadratisches Feld von den Ausmaßen eines großen Gemüsegartens. Man hatte hier die Erde umgegraben, und zwei Personen mit langen Schürzen knieten darin. Eine von ihnen hielt eine große Lupe in der Hand und betrachtete etwas am Boden.

»Das war beim letztenmal noch nicht da«, stellte Winslow fest, als sie die Stelle hinter sich ließen. »Ich schätze, der Oberst hat einen Knopf verloren.«

Niemand im Lager schien überrascht, den Amerikaner zu sehen. Die Arbeiter, die zwischen den Wohnanhängern und Zelten umherliefen, nickten Shan und Winslow nur kurz zu, während beide das Areal langsam umrundeten, oder nahmen gar nicht erst Notiz von ihnen. Unterhalb des gerodeten Hangs lag ein hoher Stapel Baumstämme. Daneben stand ein Metallgestell, auf dem die Stämme mit einer großen motorbetriebenen Kreissäge geräuschvoll zu langen Brettern verarbeitet wurden.

Shan sah, daß man einen großen Diesellaster entlud. Der Transporter hatte dicke Rohre angeliefert, und seine Maschine tuckerte laut im Leerlauf. Dann zog Winslow ihn am Arm. Im Eingang eines der mittleren Wohnanhänger war eine junge Chinesin aufgetaucht, die mit ihrer leuchtendweißen Bluse und dem ordentlich gebügelten blauen Rock irgendwie fehl am Platz wirkte. Sie begrüßte die Besucher mit einem freundlichen Nicken und bat sie ins Allerheiligste der Projektleitung. Sie gingen durch einen kurzen Flur, in dem Jacken hingen und schmutzverkrustete Stiefel standen, und betraten den sauberen Fliesenboden eines Raums, der mit zwei Metalltischen und einem langen Sofa ausgestattet war. Wäre das Mobiliar nicht am Boden festgeschraubt gewesen, hätte Shan beinahe vergessen können, daß er sich in einem der Metallkästen befand. An der Wand über dem Sofa hingen schwarz gerahmte Farbfotos berühmter chinesischer Sehenswürdigkeiten wie der Großen Mauer, der natürlichen Turmkarstfelsen von Guilin und des Shanghaier Hafenviertels. Die Frau öffnete die Tür eines kleinen Besprechungszimmers. »Ich bringe gleich Tee«, kündigte sie an und bat sie, am Tisch Platz zu nehmen.

Der Tisch und die Stühle waren aus braunem Kunststoff mit Holzdekor gefertigt. An der Wand hingen viele verschiedene Landkarten. Shan wollte sich schon setzen, konnte den Blick aber nicht von den Karten losreißen. Das Ölprojekt war auf präzise geographische Daten angewiesen. Drei der Darstellungen betrafen eindeutig das Tal von Yapchi, darunter eine in sehr großem Maßstab, auf der eine gelbe Linie am unteren Rand der umliegenden Berge vorbeiführte und Yapchi mit einem roten Kreis unmittelbar westlich von Golmud verband, der großen Stadt, die fast dreihundertfünfzig Kilometer nördlich von hier lag und den nächstgelegenen Flughafen und Kopfbahnhof darstellte. Auf einem kleinen Metalltisch lag ein Stapel Blätter mit jeweils einer stark verkleinerten Landkarte darauf, die sowohl die Route von Golmud nach Yapchi als auch mehrere Markierungen beinhaltete. Shan nahm ein Exemplar, faltete es hastig zusammen und steckte es ein.

»Miss Larkin ist tot, Winslow«, sagte plötzlich eine rauhe Stimme. »Es tut mir verflucht leid, aber sie ist tot.« Der Westler füllte den ganzen Türrahmen aus. Sein kurzgeschorenes Haar war braungrau gesprenkelt, ebenso seine Bartstoppeln, die schon seit mehreren Tagen keinen Rasierapparat mehr gesehen hatten. Seine blaue Jeans wurde von einem Paar leuchtendroter Hosenträger gehalten. Aus der Tasche seines hellblauen Hemds ragte eine Zigarre in Plastikfolie. Das dampfende Getränk in seinem Becher war schwarzer Kaffee.

»Mein Name ist Jenkins«, sagte er zu Shan und streckte ihm eine massige Hand entgegen.

Shan ergriff sie. Der Manager hatte einen festen Händedruck. »Ich heiße Shan.«

»Shan ist mir behilflich«, warf Winslow schnell ein, als habe Shan bereits zuviel gesagt. »Wissen Sie das mit Sicherheit, Jenkins? Ein Mann in den Bergen hat behauptet, sie sei abgestürzt. Angeblich hat er es selbst gesehen.«

»Und zwar direkt vom Rand der Welt«, sagte Jenkins und zeigte auf einen Punkt der Landkarte hinter ihm. Es war die gleiche Stelle, die auch Zhu ihnen genannt hatte. »Sie ist vielleicht mehr als dreihundert Meter gefallen.« Er drehte sich überrascht wieder um. »Sie haben Zhu getroffen? Hier?«

Shan war ebenfalls überrascht. Hatte der Direktor für Sonderprojekte den amerikanischen Manager etwa nicht von seiner Anwesenheit in Kenntnis gesetzt?

Winslow starrte konzentriert die Karte an. »Hat jemand versucht, die Leiche zu bergen?« fragte er in neuem, schärferem Tonfall.

Jenkins seufzte. »Ist Ihnen eigentlich klar, was wir hier alles bewältigen müssen? Es gibt feste Termine. Die verdammten Banken kommen zu einer Besichtigungstour. Jemand hat mir letzte Nacht die Hälfte der Werkzeuge aus der Garage geklaut. Und eine Horde Bürokraten lauert darauf, in weniger als zwei Wochen hier einzufallen und unser Öl zu feiern, obwohl wir noch gar keines gefunden haben.«

»Haben Sie versucht, Melissa zu bergen?« wiederholte Winslow.

Jenkins seufzte erneut und ließ sich ächzend auf einen der Stühle fallen, während die Frau zwei große Becher schwarzen Tee brachte. »Der Versorgungshubschrauber aus Golmud. Gleich nachdem ich von Zhu die Einzelheiten erfahren hatte, habe ich die Jungs gebeten, die Stelle zu überfliegen. Sie haben nichts gesehen und mußten zum Stützpunkt zurückkehren. Ich schicke ein Team zu Fuß hin. Ehrlich. Versprochen. Aber nicht in den nächsten zwei Wochen. Sie läuft uns nicht weg. Es sei denn, sie ist in den Fluß gefallen. In dem Fall hat die Strömung sie längst fortgespült.«

Der große Amerikaner schaute von Shan zu Winslow. »Es tut mir leid, Winslow. Aber ich rede nicht gern um den heißen Brei herum. Ich kannte Melissa schon länger. Das hier war unser zweites gemeinsames Projekt. Sie war großartig. Meine Mutter hat immer gesagt, die hellsten Sterne würden stets als erste verglühen. Nächtelang habe ich wachgelegen und mich gefragt, ob ich irgendwas falsch gemacht habe. Drei Briefe an ihre Familie habe ich geschrieben und wieder zerrissen. Was sollte ich denn schreiben? Ihre Tochter, die erfahrene Geologin, die Außenteams in Sibirien, den Anden und Afrika geleitet hat, ist leider gestolpert? Einer meiner tibetischen Vorarbeiter hat gemeint, vielleicht hätten die Berggötter sie zu sich gerufen.«

»Aber sie wurde doch schon vor dem eigentlichen Unfall vermißt«, gab Shan zu bedenken und sah sich ein weiteres Mal im Raum um. In einem Ablagefach des Metalltisches lag ein Stapel Zeitungen, offenbar die Wochenzeitung aus Lhasa.

Jenkins trank einen großen Schluck Kaffee. »Gewissermaßen«, sagte er. »Ich habe schon früh gelernt, ihr Freiraum zu lassen. Ein starker Wille braucht eine lange Leine. Melissa war immer am liebsten draußen im Projektlager, nicht in irgendeiner Stadt. Und im Lager nahm sie jede sich bietende Möglichkeit wahr, um zu einer Erkundungstour aufzubrechen. Sie freundete sich mit den Tibetern an und gab ihnen Englischunterricht. Bei einer unserer Besprechungen hat sie behauptet,

Amerika würde Tibet brauchen, was auch immer das bedeuten mochte. Sie hat ihre Arbeit geliebt und gesagt, sie würde sich wie einer der frühen Forschungsreisenden vorkommen. Hier hat es ihr ganz besonders gefallen. Sogar ihre freien Tage hat sie oben in den Bergen verbracht und neue Karten angefertigt. Die chinesischen Karten sind miserabel. Manche Orte sind absichtlich falsch eingezeichnet – aus Sicherheitsgründen, wie es heißt. Ganze Regionen wurden noch nie vermessen. Wer weiß, was da draußen alles stecken mag?« Er trank erneut. »Es gibt noch ein Projektcamp, ein britisches, zwei Bergketten nördlich von hier, ungefähr achtzig Kilometer entfernt. Ich dachte, womöglich ist ihr Funkgerät kaputt, und sie hat sich zu dem anderen Lager aufgemacht. Oder vielleicht wurde jemand aus ihrem Team verletzt, und es war einfacher, ihn auf der anderen Seite der Berge in Sicherheit zu bringen. Ich habe mir immer wieder eingeredet, daß es hundert verschiedene Gründe für die abgerissene Verbindung geben konnte. Eventuell ein Tal ohne Ausgang, bei dem der Rückweg durch eine Lawine blockiert war. Als sie hier aufbrach, hat sie nur die Hälfte ihrer Proviantrationen mitgenommen. Vielleicht wollte sie sich in einem Dorf etwas zu essen holen.

Nach dem Augenzeugenbericht gab es keine Zweifel mehr. Zhu übernahm und verständigte von hier aus die Zentrale. Und er hat einen Bericht in dreifacher Ausfertigung verfaßt. Es gibt hier besondere Formulare für Todesfälle. Die Firma hat zehntausend Angestellte, da kommen immer wieder Unfälle vor. Aber einer meiner Landsleute war bis dahin noch nie gestorben.« Jenkins starrte in seinen Kaffeebecher. »Er hat das Formular abgeschickt. Er hat mich gegenzeichnen lassen und es abgeschickt. Für die ist das bloß ein verdammter Verwaltungsvorgang. Als Antwort kam lediglich ein kurzes Memo der Firma, daß man für die Hinterbliebenen daheim einen Gedenkstein bezahlen würde.«

»Haben Sie mit Zhu über die Einzelheiten gesprochen?« wollte Shan wissen. »Wie weit war er zum Beispiel von ihr entfernt, als er sie abstürzen sah? Hat er versucht, die Leiche zu bergen?«

»Nur per Funktelefon. Ich war in Golmud, als er zurückkam. Er hat mir den Bericht zugefaxt. Zum Glück gab es überhaupt einen Zeugen. Andernfalls würde ihre Familie nun jahrelang im ungewissen bleiben. So können sie wenigstens um sie trauern und weitermachen.«

»Es war nur Zhu?« fragte Winslow. »Ich meine, hat denn keiner seiner Begleiter etwas gesehen? Wurde sonst niemand als Zeuge aufgeführt?«

Jenkin verzog das Gesicht. »Er ist der Direktor für Sonderprojekte, um Gottes willen.«

»Wie lange arbeitet er schon für die Firma?« fragte Shan.

Jenkins runzelte die Stirn und sah Winslow an, bevor er antwortete. »Noch nicht lange. Ich habe ihn erst bei diesem Projekt kennengelernt.«

»Und was genau fällt in seinen Zuständigkeitsbereich?« fragte Winslow.

»Was auch immer die Firma festlegt.« Jenkins zuckte die Achseln. »Er arbeitet für jemanden, der zwei oder drei Gehaltsklassen über mir steht. Jemand im Ministerium, glaube ich. Seine Hauptaufgabe dürften die Belange der Investoren sein.«

»Belange der Investoren?« fragte Winslow.

»Er überwacht die Ausländer in der Firma«, sagte Jenkins nachdenklich und rieb sich das stoppelige Kinn. »Vermutlich trägt er graue Unterwäsche.« Shan benötigte einen Moment, bis er begriff: Jenkins hielt Zhu für einen Angehörigen der Öffentlichen Sicherheit.

»Hat Zhu die Soldaten der Öffentlichen Sicherheit herkommen lassen?« fragte Shan unvermittelt. »Um nach der Frau zu suchen?«

Der Manager musterte ihn kurz und warf Winslow dann einen verärgerten Blick zu. »Diese Truppen kommen aus Golmud. Klar, vielleicht hat Zhu sie gerufen. Die Öffentliche Sicherheit ist der Firma gelegentlich behilflich, meistens um die Disziplin der chinesischen Arbeiter zu stärken. Bei der Suche nach Larkin haben sie uns nicht geholfen.«

»Dieses andere Lager«, sagte Winslow. »Wie viele Ausländer gibt es dort? Und sind auch Amerikaner darunter?«

Jenkins schüttelte den Kopf. »Nur Briten. Das ist alles streng reglementiert. Mein amerikanischer Arbeitgeber hält einen zehnprozentigen Firmenanteil, und es gibt insgesamt zehn Forschungscamps. Also dürfen wir eines der Lager leiten. Für die anderen ausländischen Investoren gelten die gleichen Regeln.«

»Wieso hier?« fragte Shan. »Was am Berg Yapchi hat Miss Larkin so sehr interessiert?«

»Sie war einfach eine Perfektionistin«, sagte Jenkins. »Die Karten dieser Gegend hatten sich als wertlos und lückenhaft erwiesen. Wenn Melissa irgendwo arbeitete, hielt sie alle Einzelheiten fest und wollte über die geologische Struktur in fünfzehn Kilometern Umkreis und drei Kilometern Tiefe Bescheid wissen. Bei Geologen ist das fast schon zwanghaft. In unserer Firma machen es alle so, und am Ende speisen sie die Daten bei uns zu Hause in einen großen Computer ein, der daraus Modelle errechnet. Dann wird nach neuen Indikatoren gesucht, nach Ähnlichkeiten oder Hinweisen auf das Vorhandensein und die Beschaffenheit des Öls. Dabei kommt es oft zu merkwürdigen Wiederholungen. Informationen über ein Projekt in Pakistan können sich als wertvoll für ein Vorhaben in Alaska erweisen.«

»Was ist aus den anderen in Miss Larkins Team geworden?« fragte Shan. »Denjenigen, die zurückgekommen sind.« Zhu hatte behauptet, auch ihre tibetischen Mitarbeiter seien verschwunden.

»Die Zusammensetzung der Teams ändert sich ständig. Die Leute, die an jenem Tag mit Melissa unterwegs waren, wurden zurück in die Operationszentrale bei Golmud geschafft. Unsere Hölle auf Rädern.«

»Wie bitte?« Shan war verwirrt.

»Ein alter Eisenbahnerbegriff. Rund um große Bauvorhaben wachsen vorübergehend ganze Städte aus dem Boden. Für ein paar Monate oder ein Jahr herrscht Hochbetrieb, und dann packen alle die Koffer und ziehen zum nächsten Großprojekt weiter. Zur Zeit herrscht eine regelrechte Goldgräberstimmung. Jemand aus Peking war da und hat in Golmud eine Rede vor den Managern gehalten. Wir würden Chinas Westen erschließen und brächten den Wohlstand«, erklärte Jenkins mit matter Stimme. »Erst arbeiten die Forschungsteams, dann die Bohrlager. Sobald wir fertig sind, kommen die Rohrleger für die Pipeline, und wir fangen mit dem nächsten Projekt an.« Jenkins zog die Zigarre aus der Hemdtasche. »Stört es Sie?«

Winslow und Shan schüttelten den Kopf. Jenkins riß die Folie auf, roch an der Zigarre und gab einen kleinen zufriedenen Laut von sich.

»Aber Sie können Miss Larkins Begleiter doch bestimmt in Golmud ausfindig machen und befragen.« Shan musterte den Manager noch durchdringender.

»Nein, verdammt. Das wäre wie die Suche nach der Nadel im Heuhaufen. Es befinden sich ständig zwei- oder dreihundert Arbeiter in der Zentrale und werden neu verteilt. Diese Männer aus Melissas Team könnten mittlerweile jeder an einem anderen Ort stecken, Hunderte von Kilometern entfernt, vielleicht sogar in anderen Provinzen. Unser chinesischer Partner betreut Projekte in ganz China.«

»Haben Sie die Namen?« Shan ließ nicht locker.

Jenkins zündete sich die Zigarre an und inhalierte tief. Er sah Winslow mit ungläubigem Stirnrunzeln an. »Und Sie haben Melissa wirklich nicht gekannt?«

»Das habe ich Ihnen doch schon erzählt«, fiel Winslow ihm ins Wort. »Ich mache bloß meinen Job.«

Jenkins nahm einen weiteren tiefen Zug. »Okay. In irgendeiner Computerdatei dürften die Namen noch stehen.« Er stand auf, ging zur Tür und rief auf chinesisch die Frau zu sich, die den Tee gebracht hatte. Sie sprachen kurz miteinander, dann kehrte er zurück. »Hier passiert jede Menge verrücktes Zeug. Es ist wie im Wilden Westen. Oder wie am Ende der Welt. Alle sind weit weg von zu Hause. Wir werden dafür bezahlt, an irgendeinen gottverlassenen Ort zu reisen und Geld aus dem Boden zu pumpen, also machen wir das. Manches begreife ich nicht ganz. Aber es geht mich auch nichts an. Soldaten kommen und gehen. Ich höre, daß Leute aus Peking zu mitternächtlichen Treffen anreisen. Man sagt mir, ich solle mich aus der Politik heraushalten. Und ich befolge diese Anweisung. Es geht ja immerhin nur um Politik, nicht um irgendwas Kriminelles.«

»Warum, Jenkins«, fragte Winslow, »haben Sie gerade das Wort ›kriminell‹ benutzt?«

Der Manager verzog das Gesicht. »Das war nur so dahingesagt. Ohne konkreten Grund.«

»Aber wie können Sie das einem Stück Land antun, zu dem Sie in keinerlei Verbindung stehen?« hörte Shan sich selbst fragen. Die Worte drangen ihm völlig unwillkürlich über die Lippen. Als würde eine Gottheit durch ihn sprechen. Dies ist nicht dein Land, würden die Tibeter sagen, und daher darfst du nichts von ihm erbitten.

»Verbindung?« fragte Jenkins, als könne er es nicht verstehen. Dann jedoch senkte er den Kopf. »Es ist mein Beruf«, sagte er und klang dabei plötzlich müde. Da wußte Shan, daß der Manager seine Frage sehr wohl verstanden hatte. »Ich habe dieses Geräusch gehört. Es war wie ein Herzschlag.« Er sah Winslow an. »Sie haben es doch auch gehört, oder?«

Schweigend verharrten sie eine Weile.

»Draußen vor dem Lager wühlen zwei Leute auf Knien in der Erde«, sagte Shan.

Jenkins schnaubte verächtlich und grinste Shan an, als sei er dankbar für den Themenwechsel. »Eine der Entwicklungsbanken hat ziemlich viel Geld in das Projekt investiert, was bedeutet, daß die Bürokraten sich haufenweise Vorschriften und Kriterien ausdenken durften. Eine Auflage lautet, daß ein archäologisches Gutachten erstellt werden muß. Jemand ist über irgendein Artefakt gestolpert und hat den Fehler gemacht, es nach Golmud zu melden. Dann tauchten auf einmal zwei Fachleute hier auf und brachten ein Schreiben mit, das uns zur Kooperation verpflichtete. Sie werden die Stelle katalogisieren, einen Bericht schreiben und weiterziehen. Es landet sowieso nur in irgendeiner Akte.«

»Was für ein Artefakt?« fragte Shan.

»Ein altes Stück Bronze mit irgendeiner Inschrift. Ich wette, jeder tibetische Bauer findet so etwas zweimal am Tag.«

Während er sprach, kam seine Sekretärin und brachte ein einzelnes Blatt Papier, auf dem einige Namen verzeichnet waren. Sie sah die drei Männer nacheinander an und reichte die Liste dann Winslow. »Verraten Sie Zhu nichts davon«, bat sie Jenkins und zog sich wieder zurück.

Der Manager nahm einen weiteren Zug und schaute ihr besorgt hinterher.

»Was ist mit all diesen Soldaten?« fragte Winslow beiläufig.

»Die Armee wird bei Umsiedlungen häufig eingesetzt. Es heißt, das sei ein gutes Training für die Männer.«

Shan erschauderte. Training für die Männer. Es war etwas, das die Armee besser als jeder andere in Tibet beherrschte. Die Umsiedlung von Tibetern. Man riß die Leute aus ihrem Land und ihrer gewohnten Umgebung, erklärte sie zu Flüchtlingen und ließ sie Platz für Soldaten oder Han-Immigranten machen.

»Sie meinen, es werden ganze Städte verlegt?«

»Manchmal. Ich habe von einem Dorf oben in den Bergen gehört. So eine verfluchte Schande. Niemand hatte den Befehl zur Zerstörung erteilt. Irgendein Hitzkopf in einem Panzer hat einfach angefangen, aus fast einem Kilometer Entfernung darauf zu feuern. Er sagte, er hätte es für verlassen gehalten und seine Leute könnten auf diese Weise ein wenig üben.«

»Üben?« rief Winslow empört. »Die suchen sich ein altes tibetisches Haus und jagen es einfach in die Luft?«

Jenkins atmete den Rauch ein und sah Winslow nachdenklich an, erwiderte jedoch nichts.

Ein Telefon klingelte; das Geräusch klang eher wie ein Summton. Der Manager hatte ein Funktelefon erwähnt. Jenkins' Sekretärin rief seinen Namen. Er stand auf. »Die Firma wird eine Entschädigung zahlen«, sagte er und verließ den Raum.

Shan lief zu dem Metalltisch und hob die obere Hälfte des Zeitungsstapels an.

»Wir müssen gehen«, sagte Winslow nervös.

Shan nickte, suchte sich das Exemplar heraus, das in der Woche nach dem Diebstahl des Steinauges erschienen war, faltete es zusammen, steckte es sich unter das Hemd und legte die anderen Zeitungen wieder zurück.

Als sie sich fünf Minuten später dem umgegrabenen Stück Boden näherten, waren die beiden Gestalten mit den Schürzen dort noch immer bei der Arbeit. Eine von ihnen gab aus einem Plastikeimer Erde auf ein rundes Sieb, das von der anderen langsam geschüttelt wurde. Die feinen Krümel rieselten hinab und türmten sich schließlich zu einem kleinen Haufen auf. Dann schlurfte der Mann mit dem Eimer zurück zur Grabungsstelle und füllte Erde nach. Als er den Kopf hob, bemerkte er Shan und Winslow. Er war ein Chinese, ungefähr Mitte Sechzig, mit dicker schwarzer Hornbrille und langem dichtem schneeweißem Haar unter einem breitkrempigen Hut. Seine Schürze verfügte über vier Reihen kleiner Taschen. An seinem Gürtel hingen ein kleiner Nylonbeutel und ein Futteral, in dem ein zierlicher Hammer und zwei dicke Pinsel steckten. Der Mann verzog das Gesicht und widmete sich wieder dem Eimer.

Shan schlenderte zur anderen Seite des Areals, wo die Assistentin des Mannes mit dem Erdsieb wartete. Neben ihr lag etwas, das wie ein Stapel Mäntel aussah. Auch sie war Chinesin, aber deutlich jünger und mit sehr kurzem Haar. Auf ihrem T-Shirt stand *Bones Are Us*.

»Manche Tibeter glauben, daß in der Erde Dinge vergraben liegen, die bei ihrer Entdeckung die ganze Welt verändern können«, stellte Shan ruhig fest.

Die junge Frau schaute zu ihm empor und neigte den Kopf. »Die Dinge, die wir finden, verändern meistens nur eines«, sagte sie, nachdem sie ihn einen Moment lang gemustert hatte. »Sie bewirken Rückenschmerzen und Blasen an den Händen.« Ihr Kollege kam mit dem nächsten Eimer Erde, und sie beugte sich wieder über das Sieb. Eine blaue Tonscherbe kam zum Vorschein. Der Mann nahm sie und steckte sie in eine der kleinen Taschen.

»Der Manager hat erzählt, Sie hätten etwas mit einer Inschrift gefunden«, sagte Winslow.

Der Mann blickte verwundert auf. »Ihr Mandarin ist sehr gut. Die meisten Ausländer versuchen gar nicht, unsere Sprache zu lernen.«

»Wenn Sie im Dorf darum bitten, werden einige der Leute Ihnen vielleicht behilflich sein«, schlug Shan vor. »Es ist viel Arbeit für zwei Personen.«

Der Mann betrachtete ihn mit dem gleichen fragenden Blick wie zuvor die Frau. »Denen gefällt nicht, was wir hier machen. Gleich am ersten Tag haben sie einige ihrer Tiere über die Grabungsstelle getrieben.«

»Bestimmt nicht mit Absicht.« Es schien Shan kaum vorstellbar, daß die Dörfler von Yapchi versuchen würden, die Arbeit des Archäologen zunichte zu machen.

»Niemand ist besonders freundlich zu uns.« Der Mann ließ den Eimer sinken. »Bitte verzeihen Sie. Ich habe Sie für zwei dieser Ölarbeiter gehalten. Die kommen manchmal her und machen sich über uns lustig.«

»Arbeiten Sie denn nicht für das Projekt?«

Der ältere Han schüttelte den Kopf. »Unsere Universität hat einen Vertrag mit der Entwicklungsbank. Man zieht die Kosten von den Subventionen ab, die der Firma bewilligt wurden. Auf diese Weise sorgen die Banken dafür, daß wenigstens eine Studie angefertigt wird, bevor die anlaufende Produktion alles zerstört.« Er nahm den Hut ab und wischte sich über die Stirn. »Ich bin Professor Ma aus Chengdu. Das hier ist meine Assistentin Fräulein Ming.«

Shan und Winslow stellten sich ebenfalls vor. Der Professor ging zu den Mänteln und hob sie an. Darunter verbarg sich ein Holzkasten, der wie eine alte Werkzeugkiste aussah. Ma öffnete das Vorhängeschloß, klappte den Deckel auf, nahm einen in schwarzen Filz eingewickelten Gegenstand und reichte ihn Shan. Es war ein schweres Stück Bronze, etwa fünf Zentimeter breit und leicht gewölbt, auf dem zwei Reihen Schrift standen. Die obere Reihe bestand aus tibetischen Buchstaben, die untere aus chinesischen Ideogrammen, und beide waren sie reichhaltig verziert. Im Tibetischen benutzte man eine solche Schrift traditionell für religiöse Texte und Sutras. Das Bruchstück ließ kaum Rückschlüsse auf die ursprüngliche Botschaft zu. Bis vor fünfzig Jahren, als die kommunistische Regierung diesen uralten Brauch verwarf, hatte man chinesische Ideogramme in vertikaler Richtung, also von oben nach unten geschrieben, so daß die wenigen chinesischen Zeichen auf dieser Bronzescherbe keinen zusammenhängenden Sinn ergaben. Das erste Ideogramm war *lao*, das Wort für »alt«. Das zweite hieß *yu*. Jade. Das dritte war in der Mitte durchgebrochen und ließ sich unmöglich entziffern. Die tibetische Schmuckschrift war Shan nicht vertraut. Er glaubte das Wort »Schatz« zu erkennen, konnte sich aber nicht sicher sein.

»Eine *samkang*«, schlug Shan vor. Es konnte sich um das Bruchstück einer großen bronzenen Kohlenpfanne handeln.

Der Professor nickte. »Durchaus möglich.«

Shan versuchte, sich hier am Ende des Tals einen kleinen tibetischen Tempel vorzustellen, dessen Mönche sich bemühten, die heiligen Lehren ins Chinesische zu übersetzen. Leider hatte es alles nichts genützt, dachte er bekümmert. Er sah dabei zu, wie der Professor erneut den Eimer füllte. Winslow trug ihn zum Sieb. »Haben Sie die Grabung schon datiert?« fragte er.

»Nicht älter als zwei oder drei Jahrhunderte. Acht Zentimeter unter der Oberfläche liegt eine Schicht Kohle. Wenn ein hölzerner Tempel erst mal Feuer gefangen hat, bleibt kaum etwas davon übrig.«

»Wie groß war die Anlage?« fragte Shan. Die Bewohner des Tempels hätten bestimmt gewußt, wie man die Gottheit des Tals aufspüren konnte.

»Recht klein«, sagte der Professor und wies auf einige Löcher, mit denen er rund um das umgegrabene Stück die Ausmaße der Kohleschicht ergründet hatte. »Ein Gebäude mit kleinem eingezäuntem Hof.«

»Was geschieht mit Ihren Funden?«

»Uns wurde noch eine Woche genehmigt.« Der Professor seufzte. »Dann schreiben wir einen Bericht und schicken ihn an die Bank. Es gibt einen Vordruck, mit dem wir bestätigen, daß eine umfassende Analyse durchgeführt und dabei keine einzigartigen oder bedeutsamen Gegenstände entdeckt wurden. Irgend jemand steckt das dann in eine Akte und vergißt es.«

Shan bemerkte die starre Miene des Professors. »Sie machen das nicht zum erstenmal.«

»Ich war schon in allen Regionen Tibets. In Amdo. Kham. Tsang.« Er benutzte die alten tibetischen Namen, nicht die von Peking festgelegten. »Es sind gute Ferienpraktika für meine Studenten.«

Lauter Motorenlärm unterbrach ihn. Sie wandten sich um und sahen Lins Transporter mit hoher Geschwindigkeit an der Westflanke des Tals. Die Lastwagen fuhren nebeneinander und zerstörten absichtlich die Frühlingsgerste.

Winslow fluchte. »Ich könnte das Funktelefon nehmen und die Botschaft unterrichten, daß die Armee sich in ein von Amerikanern finanziertes Projekt einmischt.«

»Nicht ohne vorher Mr. Jenkins zu fragen«, sagte Shan.

Der Professor schaute den Lastern wütend hinterher, setzte den Hut wieder auf und machte sich an die Arbeit, als würde das Auftauchen der Soldaten bedeuten, daß sie sich nicht weiter unterhalten durften.

Auf einmal hörte Shan wieder das Trommeln von hoch oben, obwohl es sich nun weiter südlich und höher als zuvor zu befinden schien. Der Professor hielt inne, blickte aber nicht auf, sondern starrte beunruhigt zu Boden. Shan mußte an Jenkins' seltsame Reaktion denken. Das Geräusch schien auch bei Ma etwas tief im Innern zu berühren.

»Wir müssen zurück ins Dorf«, sagte Winslow. »Sofort.«

Doch Shan zögerte und folgte Winslows Blick zu zwei neuen Fahrzeugen, die im Lager aufgetaucht waren. Ein weißer Geländewagen, neben dem zwei Männer in Anzügen standen, und ein nahezu identisches schwarzes Gefährt, das dahinter parkte. »Irgendwelche hohen Tiere der Firma«, vermutete er. »Sie könnten offiziell darum bitten, daß man Ihnen bei der Suche nach Larkins Team hilft.«

»Das ist zu riskant ...«, setzte Winslow an, doch Shan ging bereits auf das Lager zu. Er hörte hinter sich einen Fluch, dann schloß der Amerikaner eilig zu ihm auf.

Zwei Minuten später befanden sie sich wieder zwischen den Wohnanhängern. Winslow hielt nach den Neuankömmlingen Ausschau, während Shan das Lager erkundete und herauszufinden versuchte, wo die Arbeiter aus Yapchi untergebracht waren. Vorsichtig schob er sich an einem riesigen Kipplaster entlang, bis er sich nur noch zehn Meter vor dem weißen Geländewagen und den beiden Anzugträgern befand. Die Männer waren Chinesen und redeten weder mit Jenkins noch einem anderen Projektmitarbeiter. Sie sprachen mit den Kriechern, die in der Nähe der Armeezelte übernachtet hatten. Erschrocken erkannte Shan einen der Männer. Direktor Tuan, den sie zuletzt bei dem Stall in Norbu gesehen hatten. Shan beugte sich vor und las die kleine elegante Aufschrift auf der Tür des weißen Wagens. *Büro für Religiöse Angelegenheiten* stand dort, ausschließlich auf chinesisch. Begleitet wurde Tuan von vier der Männer mit den weißen Hemden, die wie Leibwächter aussahen.

Plötzlich kam Oberst Lin aus dem Schatten neben den Armeetransportern zum Vorschein und hielt geradewegs auf die Besucher zu. Einen Moment später heulte der Motor des Kippers auf, hinter dem Shan sich versteckte. Der Laster fuhr los, und Shan stand völlig ungeschützt vor den Schreihälsen aus Norbu. Er drehte sich um, sah jedoch aus dem Augenwinkel, daß Tuan zu Oberst Lin lief. Während Lin und der Offizier der Kriecher sich leise berieten, fingen Tuan und seine Männer an, die Gesichter im Lager genau in Augenschein zu nehmen. Shan zog sich so schnell zurück, wie er konnte, und suchte verzweifelt nach Winslow oder wenigstens einem Versteck. Er wollte um die Ecke des vordersten Anhängers biegen, als Direktor Tuan mit schriller Stimme zu rufen begann: »Da! Das ist er! Der Kerl, der über beides Bescheid weiß! Verhaftet diesen Mann!« Einer der Weißhemden blies auf einer Trillerpfeife. Tuan deutete auf Shan.

DRITTER TEIL

Stein

Kapitel Zwölf

Es gibt Momente, sagte Lokesh manchmal zu Shan, während derer das Rad des Lebens sich mit doppelter Geschwindigkeit dreht und die vorgezeichneten Pfade mehrerer Menschen in einem Punkt zusammenführt, der für jeden der Betroffenen auf eigene Weise bedeutsam ist – und als Resultat scheint das Leben sich dann explosionsartig in ein Durcheinander aus Handlungen und Sinneseindrücken aufzulösen. Lokesh nannte diese Momente »Karmastürme«.

Shan befand sich plötzlich im Zentrum eines solchen Sturms. Oberst Lin brüllte wütend Befehle. Die Arbeiter an beiden Enden des Lagers gerieten in Unruhe; manche glaubten an einen Unfall, andere vermuteten Saboteure auf dem Gelände. Shan rannte um die Ecke des Anhängers und sah sich hektisch nach Winslow um. Ein Horn erklang und übertönte die Pfeife des Weißhemds; es war laut wie das Signal einer Lokomotive. Alle hielten mit ihrer Arbeit inne und fingen an, sich unten am Hang zu versammeln. Der große Sattelschlepper rollte los und verlor dabei die restlichen Rohre von der Ladefläche. Unter den ganzen Lärm mischte sich die geheimnisvolle Trommel – sie schlug schneller als je zuvor. Und oben bei den Holzfällern krachte ein riesiger Baum zu Boden.

Shan lief im Zickzack zwischen den Anhängern durch und fragte sich, ob er es wagen sollte, zum Dorf zu fliehen. Nein, es gab unterwegs keine Deckung. Man würde ihn leicht ausmachen und mit einem der Wagen einholen können.

Einige Arbeiter warnten lautstark vor dem offensichtlich führerlosen Lastwagen und wichen den rollenden Rohrstücken aus, während andere versuchten, die verlorene Fracht unter Kontrolle zu bekommen. Shan stolperte und fiel, doch die Männer eilten an ihm vorbei dem Lastwagen hinterher. Sie schienen zu glauben, daß man wegen des Fahrzeugs Alarm ausgelöst hatte.

Genauso abrupt wie es erklungen war, verstummte das Horn auch wieder. Das Signal der Trillerpfeife geriet ebenfalls ins Stocken und erstarb. Ein Mann rief etwas in seltsam ehrerbietigem Tonfall auf tibetisch, dann ein anderer auf Mandarin, und die meisten der Arbeiter blieben stehen und deuteten zum Hang. Dort auf dem östlichen Grat, wo die Straße aus dem Tal hinausführte, standen mitten auf einem von der Sonne beschienenen Fleck zwei Gestalten und blickten zum Lager hinab. Ein einzelner Mönch und daneben ein riesiger Yak. Die Tibeter tuschelten aufgeregt. Shan hörte hastig geflüsterte Mantras. Auch viele der Chinesen starrten reglos zum Bergkamm empor, einige zweifellos verwirrt, manche aber gewiß mit Ehrfurcht, denn in der chinesischen Tradition gab es kaum ein höher geachtetes Bild als das des alten Taoistenmönchs Laotse, der neben seinem Ochsen ging.

Niemand sprach. Alle schienen auf diesen unerwarteten, rätselhaften Anblick konzentriert zu sein. Nur das ferne Trommeln dauerte unverändert an und wirkte mehr denn je wie der Herzschlag der Gottheit dieses Tals.

Shan zögerte zu lange. Auf einmal packte ihn jemand von hinten und zerrte ihn grob in die schmale Gasse zwischen zwei der Anhänger.

»Hier!« befahl eine Frau. Sie setzte ihm etwas auf den Kopf und streifte ihm eine grüne Jacke über. Shan starrte die junge Tibeterin wie betäubt an. Sie kam ihm irgendwie bekannt vor. Dann tauchte Winslow neben ihm auf, und mit dem gleichen wütenden Blick warf die Frau auch dem Amerikaner eine Jacke und einen Schutzhelm zu. »Hauen Sie ab! Sie werden noch alles verderben!« Sie wies eindringlich auf den bewaldeten Hang hinter dem Lager. Dann lief sie los und rief den wütenden Schreihälsen zu, der Mann sei hinter dem führerlosen Laster die Straße entlanggelaufen.

Winslow legte Jacke und Helm an, packte Shan am Arm und ging mit schnellen Schritten los. Als sie ins Freie traten und die Truppentransporter hinter sich ließen, schien die Menge der

Arbeiter sich für sie zu teilen. Zwischen ihnen und dem schützenden Hang standen drei Armeezelte. Doch es hielten sich nur zwei Soldaten dort auf und kümmerten sich um den großen Kessel auf einem der Kochfeuer. Shan bemerkte, daß auf dem Rücken von Winslows Jacke ein Wort in großen lateinischen und chinesischen Schriftzeichen stand: *Manager*. Auf seinem Helm prangte die Ziffer Eins. Shan trug den gleichen Schutzhelm wie die Arbeiter hier. Sie gingen an den Soldaten vorbei, die ihnen lediglich zunickten, und stiegen eilig den Hang hinauf.

Nach einer Viertelstunde blieb Winslow schließlich stehen. Er nahm den Helm ab, musterte ihn eine Sekunde lang, stieß einen Fluch aus und lachte dann. »Wer war dieser maskierte Kerl?« fragte er auf englisch.

»Welcher Kerl?« Shan suchte die andere Seite des Tals ab. Gyalo und Jampa – nur um sie konnte es sich gehandelt haben – waren verschwunden.

»Bloß ein Scherz. Ich meine, wer war die Frau, die uns geholfen hat?«

»Viele Tibeter können die Kriecher nicht ausstehen«, sagte Shan. Aber ihm war unterwegs wieder eingefallen, woher er das Gesicht kannte. Zuletzt hatte er es beim Aufbruch von der Einsiedelei gesehen, als Gendun die Todesriten für Drakte abhielt. Somo, die *purba*-Läuferin.

Während sie in weitem Bogen dem oberen Hang in Richtung Yapchi folgten und das Erlebte noch einmal besprachen, wurde ihnen klar, daß sie ihre Rettung vermutlich nicht nur Somo verdankten. Die *purba* hatte wahrscheinlich die Bremse des Sattelschleppers gelöst, aber das Hornsignal war das Zeichen für Notfälle oder wichtige Ankündigungen des Managers gewesen. Es hatte für ausreichend Verwirrung gesorgt, um ihre Flucht zu ermöglichen. Bei Winslows erstem Besuch hatte Jenkins auf diese Weise die Arbeiter zusammengerufen und ihnen eröffnet, daß der Bohrturm rund um die Uhr in Betrieb sein würde und allen doppelter Lohn winkte, falls sie vor dem ersten Mai auf Öl stießen. »Der Schalter befindet sich in einem kleinen verriegelten Schrank«, erklärte Winslow mit Blick auf das Lager und grinste. »Ich war dabei, als Jenkins ihn damals aufgeschlossen hat. Soweit ich weiß, besitzt nur er einen Schlüssel.«

Sie legten eine Pause ein und setzten sich auf einen Felsen, so daß Winslow das Lager mit dem Fernglas in Augenschein nehmen konnte. »Die Arbeiter müssen sich in einer Reihe aufstellen. Die Soldaten wollen wohl sämtliche Ausweise überprüfen.«

»Die Armee wird den Schreihälsen die Schuld geben«, meinte Shan, »und die Schreihälse dürften den Soldaten und den Kriechern Vorwürfe machen.«

Winslow lächelte. »Ist es nicht großartig?« Er suchte weiter das Gelände ab. »Die Kriecher können wir von der Liste streichen. Sie ziehen ab.« Er reichte den Feldstecher an Shan weiter.

Verwirrt beobachtete Shan, was dort unten vor sich ging. Die Kriecher aus Golmud, aus dem Norden, brachen tatsächlich eilends ihre Zelte ab und warfen sie unter den wachsamen Augen Direktor Tuans auf die Ladeflächen ihrer Transporter. Es war merkwürdig, eigentlich undenkbar, aber das Büro für Religiöse Angelegenheiten schien die Kriecher zum Abmarsch zu zwingen. Als würde Tuan ihre Aufgaben übernehmen und als könnte er ihnen Befehle erteilen. Da stimmte etwas nicht mit der Hierarchie der Lagerleitung, genau wie in Norbu. Vielleicht doch nicht, erkannte Shan gleich darauf. Vielleicht war das einzig Verwirrende der Zusammenhang zwischen Shan, Tenzin und den Rätseln, die dieses Tal umgaben.

»Man wird Sie melden«, sagte Shan mit schwerer Stimme und ließ das Fernglas sinken.

»Nicht unbedingt. Ich habe auch schon darüber nachgedacht. Dieser Direktor Tuan hat Sie heute ohne jede Begleitung gesehen. Und ich war in dem *gompa* nicht mit dabei.«

»Aber er hat mit Lin gesprochen. Deshalb hat er auch gesagt, ich wisse über beides Bescheid.«

»Beides?«

Shan überlegte kurz. »Tuan interessiert sich für Tenzin oder jemanden, der so ähnlich aussieht. Lin sucht nach dem Stein und demjenigen, der ihn gestohlen hat. Seine heißeste Spur sind einige *rongpas* aus Yapchi, die hundertfünfzig Kilometer südlich von hier angetroffen wurden. Tuan hat mich mit Tenzin gesehen. Lin hat mich mit der Karawane aus Yapchi gesehen. Als der Direktor ›beides‹ sagte, meinte er damit, was einerseits er selbst und andererseits Lins Soldaten wollen. Als wären es zwei verschiedene Dinge. Miteinander verknüpft, aber verschieden.«

»Verknüpft durch Ihre Person.« Winslow betrachtete Shan und widmete sich dann wieder dem Lager. »Selbst wenn die sich über mich beschweren wollten, was könnten sie denn schon vorbringen? Daß ein amerikanischer Diplomat die Ölförderung beeinträchtigt hat? Daß ich mich in irgendeine Kampagne einmische, die sie gegen die Tibeter führen?«

Shan zuckte zusammen.

»Mein Gott«, seufzte Winslow. »Am Ende kommt es immer aufs gleiche heraus«, sagte er, als würde ihm plötzlich die Bedeutung der eigenen Worte bewußt. »Es hört nie auf, nicht wahr? Als wäre vor vielen Jahrzehnten eine riesige chinesische Maschine in Gang gesetzt worden, von der niemand mehr weiß, wie man sie abstellen kann. Sie verschlingt einfach immer mehr von Tibet und den Tibetern.«

Das Trommeln setzte wieder ein.

Winslow erstarrte für einen Moment und drehte sich dann langsam in die Richtung des Geräusches. »Was, zum Teufel, ist das? So eine Art psychologische Kriegführung?«

Shan lächelte. »Eine Göttertrommel. Ich glaube, jemand möchte die Gottheit herbeirufen, die früher hier gelebt hat.« Er erklärte, daß dieses Instrument Lepka gehörte, aber keiner der Dorfbewohner es an sich genommen hatte.

Der Amerikaner beugte sich ein Stück zur Seite, um den oberen Hang besser überblicken zu können. »Glauben Sie, der Dieb des Auges steckt dahinter?«

»Könnte sein. Aber es gibt jede Menge Tibeter, die einen solchen Versuch unternehmen würden.«

Shan erinnerte sich an Jenkins' seltsame Reaktion auf das Geräusch. Er lauschte auf die kraftvollen Schläge. Es war jemand mit einem starken Arm. Schaudernd mußte Shan plötzlich an einen muskelbepackten Dämon denken. Womöglich hatte der Betreffende es gar nicht auf die Ölfirma abgesehen. Vielleicht war es dasselbe Wesen, das Shan und seine Gefährten heimsuchte. Unter Umständen hatte der *dobdob* das Auge an sich gebracht und kündigte Shan nun die gleiche Bestrafung an, die schon Drakte erleiden mußte.

Shan sah, daß der Amerikaner erneut die Vorgänge im Lager verfolgte. »Lokesh hat erzählt, daß sie früher als Ermittler gearbeitet haben«, sagte Winslow kurz darauf.

»Das ist schon lange her.«

»Was also geht hier vor sich, verdammt? Ich bin hergekommen, um nach einer Vermißten zu suchen. Und jetzt das ... Was würde ein Ermittler davon halten?«

»Dieser Ermittler hat damals Leute befragt und Fakten gesammelt, um dadurch zu einer Schlußfolgerung zu gelangen«, erwiderte Shan ruhig. »Hier funktioniert das nicht. In Tibet führen Fakten in die Irre und lassen sich nur schwer kombinieren. Die Tibeter glauben nicht, daß ein Ereignis als Folge eines anderen Geschehens eintritt. Für sie passiert alles einfach deswegen, weil es vorherbestimmt war.« Er bemerkte Winslows verwirrte Miene und deutete auf einen Vogel, der weiter unterhalb zwischen den Felsen vorbeiflog. »Diese Lerche fliegt nicht deshalb, weil sie von einem Ast gehüpft ist und die Flügel ausgebreitet hat oder weil etwas sie erschreckt hat. Sie befindet sich in der Luft, jetzt. Und in dem Jetzt, das vor fünf Minuten existiert hat, saß sie auf einem Baum. Die Leute hier denken nicht in Begriffen wie Ursache und Wirkung. Daher hat es oft keinen Zweck, jemanden zu fragen, warum etwas passiert ist. Es gibt keinen Grund für ein Ereignis, es gibt allein das Ereignis.«

»Aber für Sie und mich und für einen Kerl wie Lin ist es komplizierter. Wir glauben an Ursache und Wirkung.« Winslow sah auf seine Hände. »Da gab es diese Frau in Peking, die Waisenkinder geliebt hat ...«

»Lokesh sagt, daß ich die Dinge in umgekehrter Weise lerne und man eigentlich zuerst mit dem Herzen und dann mit dem Verstand begreifen sollte. Ich hingegen muß zunächst vernunftgemäß vorgehen und die Ursachen ergründen. Wieso sich zum Beispiel jemand mit einer Trommel oben auf dem Hang versteckt. Warum jemand Werkzeuge aus Jenkins' Garage stiehlt, nachdem man uns eine Nacht zuvor das Auge entwendet hat. Weshalb Lin sich wirklich im Tal von Yapchi aufhält. Aus welchem Grund dieser Geisterlama in den Bergen umherwandert. Wieso Melissa Larkin sich so stark zu dieser Gegend hingezogen fühlte. Falls wir Motivation und Reihenfolge erkennen können, wird vielleicht alles klar.«

»Reihenfolge?«

Shan zog unter seinem Hemd die Zeitung hervor, die in der Woche nach dem Diebstahl des Auges in Lhasa erschienen war. Sie bestand hauptsächlich aus Artikeln über die Klarheitskampagne, doch auf einer der Seiten im Innenteil fand sich eine kurze Meldung über einen Zwischenfall bei einer Armeedienststelle in Lhasa. Das Gebiet rund um das Hauptquartier der 54. Gebirgsjägerbrigade war abgesperrt worden, und die meisten Zivilangestellten hatte man entlassen. Auf der letzten Seite der Zeitung stand ein weiterer Artikel, den Shan aufmerksam las. Der verehrte Abt von Sangchi, der Urheber der Klarheitskampagne, war nicht zu einem verabredeten Termin aufgetaucht, um dort eine Rede zu halten. Jeder, der Angaben über den Verbleib des Mannes machen konnte, wurde aufgefordert, sich unverzüglich mit der Öffentlichen Sicherheit in Verbindung zu setzen. Die Zeitung, die Shan in Norbu gelesen hatte und in der die Flucht des Abtes nach Indien vermeldet wurde, war erst mehrere Wochen später erschienen. Tenzin hatte behauptet, er sei bei der besagten Flucht zugegen gewesen.

»Reihenfolge«, wiederholte Shan. »Man betrachtet die Abfolge der Ereignisse und sucht nach Zusammenhängen.« Er deutete auf den zweiten Artikel. »Warum beispielsweise der *chenyi*-Stein und der Abt von Sangchi in derselben Nacht verschwunden sind. Und die Motivation, wie wir sie heute etwa von Tuan erfahren haben.«

»Aber er hat doch gar nichts ...«

»Er hat uns verraten, daß er von unserer Beziehung zu diesem Tal weiß und daß dies ebenfalls für die Person gilt, die er sucht, sonst wäre er nicht hier. Falls er sich aber für das Steinauge interessieren würde, wäre er schon früher hergekommen oder hätte diese Männer mit den weißen Hemden geschickt. Ich glaube, daß Lin und Tuan hinter derselben Person her sind, allerdings mit folgendem Unterschied: Lin sucht diese Person, weil sie etwas Bestimmtes getan hat, und Tuan sucht sie, weil sie etwas Bestimmtes ist oder darstellt.«

Die beiden Männer sahen sich an und starrten dann einige Minuten ins Tal.

»Was hat diese Frau im Lager gemeint, als sie sagte, wir würden noch alles verderben?« fragte Winslow schließlich.

Shan war bislang der Ansicht gewesen, der Amerikaner habe Somos Worte gleich wieder vergessen. Die Frau war im Auftrag der *purbas* im Öllager und tat dort etwas, das sie durch Shan und Winslow gefährdet sah. »Keine Ahnung«, sagte er.

»Nichts wird das Öl aufhalten«, sagte Winslow verbittert, als würde er das Projekt inzwischen ebensosehr hassen wie die Tibeter. »Um das zu bewirken, wäre wohl tatsächlich ein Gott vonnöten.«

Sie lauschten dem Trommeln fast eine Minute lang, bis Shan sich abermals an den Amerikaner wandte. »Sie sollten sich nicht in diese Angelegenheit verwickeln lassen. Gehen Sie lieber. Was hier geschieht oder noch geschehen wird, können Sie ohnehin nicht ändern.«

Winslow sagte nichts. Er schaute zu dem Bohrturm, hob das Fernglas an die Augen und wies mit ausgestrecktem Finger nach unten. In der Nähe des Geländes saßen mehrere Gestalten in *chubas*. Shan erkannte, daß sie einen Gebetskreis gebildet hatten. Vielleicht hatte Lepka ihnen von der versteckten Glocke erzählt.

Winslow deutete auf einige Soldaten, die zu dem Hang liefen, auf dem Gyalo und Jampa aufgetaucht waren. »Dieser Yak hat mir gefallen«, sagte er wehmütig, als würden sie Jampa und Gyalo kaum noch einmal zu Gesicht bekommen. Er sah Shan mit seltsam gepeinigter Miene an. »Wenn ich von all dem hier weiß und nichts unternehme, was bin ich dann noch?«

»Klug«, schlug Shan vor. »Ein Überlebender. Ein Ausländer, der sich deswegen keine Gedanken zu machen braucht.«

Winslow nahm den Helm ab und musterte die Nummer auf Vorder- und Rückseite. Dann blickte er geistesabwesend zu dem gegenüberliegenden Kamm, auf dem Gyalo und der Yak gestanden hatten. Sie lauschten dem Trommeln, das je nach Windstärke an- und abschwoll. »Vor vielen Jahren war ich daheim auf der Ranch meines Vaters, als mein Onkel durch den Tritt eines Pferdes getötet wurde. Ich kam unmittelbar nach dem Unfall hinzu. Meine Mutter rannte los, um einen Krankenwagen zu holen. Als ich mich neben ihn kniete, lief Blut aus seinem Mund. Ihm war klar, daß er sterben mußte, aber er sagte, es sei ihm egal, und verlangte, daß niemand dem Pferd etwas antun würde. Er sagte, falls er sich entscheiden müßte, entweder ein guter Cowboy zu sein oder einfach nur ein langes Leben zu führen, würde er jedesmal das Dasein als Cowboy wählen.« Winslow setzte den Helm langsam wieder auf, erhob sich und setzte mit gleichmäßigen, entschlossenen Schritten seinen Weg fort, ohne sich noch einmal umzublicken. Das Dorf lag noch ungefähr anderthalb Kilometer entfernt.

Shan schaute dem Amerikaner nach, dann hinab zu dem fernen friedlichen Dorf. Die Menschen dort hatten nur eines gewollt: daß ihre Gottheit zu ihnen zurückkehrte. Er wurde von tiefer Traurigkeit ergriffen. Was er nun empfand, war keine Vorahnung mehr, sondern die Gewißheit einer bevorstehenden Tragödie. Niemand konnte das Tal retten, denn die Welt wurde von Ölfirmen und Leuten wie Oberst Lin kontrolliert, die glaubten, daß man sich der neuen Ordnung bedingungslos zu unterwerfen habe. Der Amerikaner konnte vielleicht noch so tun, als bestünde Hoffnung, doch Shan hatte gelernt, sich nicht selbst zu belügen. Lokesh und Gendun sagten, Shan leide unter Männern wie Oberst Lin und ihren Taten sogar noch mehr als die Tibeter, denn sie konnten alles als Teil des großen Schicksalsrades akzeptieren, während Shan stets den Drang verspürte, etwas daran ändern zu müssen.

Als Shan sich auf den Weg machte, war Winslow bereits außer Sicht verschwunden. Das Rumpeln des Bohrturms und der Lärm schwerer Maschinen drangen an sein Ohr. In einer Staubwolke näherte sich ein neues Fahrzeug. Shan blieb stehen, bis es hinter dem hohen Bohrgerüst anhielt, und erschauderte. Es war ein Kampfpanzer. Das Geschütz richtete sich auf den Gebetskreis, und dann schaltete die Besatzung den Motor ab.

Eine Stimme in Shans Kopf schrie, er solle weglaufen, doch er konnte sich nicht von der Stelle rühren und starrte wie gebannt auf dieses Sinnbild des tibetischen Verhängnisses: den Panzer und den Gebetskreis. Seine Beine waren so schwer wie sein Herz, und er mußte sich regelrecht zwingen, sie wieder in Bewegung zu setzen. Eine Viertelstunde später befand er sich am nördlichen Ausgang des Tals, wo der Wind das Geräusch der Maschinen übertönte. Er hielt kurz inne, um wieder einen klaren Gedanken zu fassen, ließ sich dann im Lotussitz nieder und lehnte sich an einen Baum. Es gab eine beruhigende Meditationsübung, die Gendun als Windsuche bezeichnete. Laß dich im Wind treiben und erweitere dein Bewußtsein auf die Natur um dich herum, um so zu innerer Erkenntnis zu gelangen. Shan benötigte diese geistige Reinigung. Es verlangte ihn mehr als alles andere nach der Leere, die diese Ruhe brachte, welche wiederum zur Klarheit führte. Also nahm er den Gesang der Vögel in sich auf, atmete den Duft des Wacholders ein, beobachtete eine winzige Biene, die zwischen gelben Blüten umherflog, und sah eine blaue Blume ihren Kopf über eine orangefarbene Flechte neigen. Nach einer Weile gesellte sich ein weiterer Sinneseindruck hinzu; es dauerte einen Moment, bis Shan ihn als den Geruch frischer Farbe erkannte.

Fünf Minuten später entdeckte er, woher der Geruch kam: einen knapp zwei Meter hohen und fast ebenso breiten Felsen, dessen Vorderseite rot angestrichen worden war. Shan umrundete den Felsen mehrere Male. Die bemalte Fläche zeigte genau in Richtung der anderen Seite des Tals und somit auf den Bohrturm und das dahinter gelegene Öllager. Nach den zahlreichen Tropfspuren zu schließen, hatte man die Farbe in großer Eile aufgetragen; außerdem hatte die Menge nur für die Vorderseite des Felsens gereicht. Shan war sich sicher, daß der Anstrich allenfalls letzte Nacht oder sogar erst am heutigen Morgen aufgebracht worden war. Andernfalls wäre die Stelle ihm aufgefallen, nicht nur wegen der leuchtenden Farbe, sondern weil er solche Felsen bereits kannte, wenngleich sie für gewöhnlich alt, verblichen und von Pflanzen überwuchert waren. Im traditionellen Tibet bezeichneten derartige Markierungen den Wohnort einer Schutzgottheit.

Er berührte die Fläche. Sie war klebrig, noch nicht vollständig getrocknet. Dann suchte er auf Händen und Knien den unteren Rand des Felsens ab. Es gab dort keine lockere Erde, in der jemand ein Stück Stein vergraben haben konnte. Und oben auf dem Felsen lag bloß ein kleiner Haufen Kot von einer Eule. Womöglich sollte der Anstrich die Chinesen verhöhnen. Oder die Aufmerksamkeit eines Gottes erregen, damit dieser bemerkte, was im Tal geschah. Oder eine Gottheit zurück zu ihrem Auge führen.

Das Gras vor dem Felsen war niedergedrückt. Shan nahm den Ort genauer in Augenschein, registrierte die V-förmige Anordnung der umliegenden Felsen und den weiten, ungehinderten Blick auf das Öllager. Bevor der Trommler die Fläche angemalt hatte, hatte er hier gesessen und den Felstrichter dazu benutzt, das Geräusch zu verstärken und auf das Lager zu lenken.

Shan umrundete die Stelle in immer größeren Kreisen. Es waren keine Hufspuren zu sehen, lediglich ein paar Stiefelabdrücke. Vermutlich handelte es sich um eine einzelne Person, die zu Fuß unterwegs war. Eine Person, die einen kleinen Topf roter Farbe und eine Trommel bei sich trug.

Direkt hinter dem Felsen blieb Shan stehen, legte eine Hand auf die Oberfläche und schloß die Augen. Es schien noch ein Geräusch zu geben, zumindest dessen Überreste, ein merkwürdiges Rauschen, wie vom Wind. Doch im Augenblick war es windstill. Es glich einem Stöhnen, einem fernen Grollen oder einem gedämpften Dröhnen aus größerer Nähe. Dann setzte urplötzlich irgendwo oberhalb auf dem Hang das Trommeln wieder ein. Shan öffnete die Augen, rannte los und hielt dabei hektisch Ausschau, bis er am Fuß einer hohen Klippe ankam und erkannte, daß das Geräusch aus noch größerer Höhe kam. Die Stelle ließ sich nur erreichen, indem man die Felswand in weitem Bogen umrundete.

Mit mulmigem Gefühl schaute er zurück zu dem roten Felsen. Vielleicht würden die Leute im Öllager ja nichts davon begreifen. Den Soldaten würde ein roter Stein wahrscheinlich überhaupt nichts sagen. Doch dann fielen ihm die Neuankömmlinge wieder ein. Die Schreihälse würden sofort Bescheid wissen. Und der Felsen würde ihnen ein Dorn im Auge sein.

Die kleine Schlucht hinter Yapchi war menschenleer, als Shan dort eintraf. Im Dorf stieß er auf Winslow. Der Amerikaner saß vor einer der Erdmauern auf einer Bank und machte sich Notizen. Neben ihm hatten sich mehrere Dorfbewohner aufgereiht.

»Namen und Ausweisnummern«, verkündete er, als er Shans fragenden Blick bemerkte. »Falls hier jemand von der Bildfläche verschwinden sollte, geht diese Liste an die Menschenrechtskommission der Vereinten Nationen. Wenn hier schon Menschen enteignet werden, muß das Ölprojekt wenigstens Rechenschaft über sie ablegen können.«

Shan sah, daß einige Dörfler das alte Holzhaus verließen. Lhandro reichte jedem zum Abschied die Hand. Shan ging zur Pforte des Hauses und wartete, bis alle gegangen waren. Dann kam Lhandro zu ihm.

Der *rongpa* wußte nicht, wer den Felsen angemalt hatte, und konnte nicht sagen, ob jemand im Dorf rote Farbe besaß. »Unsere Leute glauben, es sei ein Zeichen«, erklärte er mit verhaltener Hoffnung.

»Zumindest ein Zeichen dafür, daß der Dieb das Auge ins Tal gebracht haben könnte«, stellte Shan fest.

Lhandros Miene hellte sich auf, dann nickte er ernst.

»Ich habe da oben ein Geräusch gehört«, sagte Shan. »Ein Rauschen wie vom Wind, aber der Wind war es nicht.«

Lhandro nickte erneut und musterte die Hänge. »Es heißt, auf dem Berg Yapchi gebe es Pforten zu einem *bayal*. Vielleicht ist das auch mit Gyalo und Jampa geschehen.« Er schien andeuten zu wollen, die beiden seien in einem der verborgenen Länder verschwunden.

Nach einigen Minuten lud er Shan in das stille Haus ein, wo sie gemeinsam mit Lhandros Eltern Tee tranken und kalte Klöße aßen, während Shan von Professor Mas Projekt erzählte.

Keiner der Dorfbewohner hatte je von einem alten Tempel gehört, nicht einmal von einer entsprechenden Legende. »Grab irgendwo in Tibet ein Loch, und du wirst letztlich etwas finden«, sagte Lepka und seufzte. Er streichelte das winzige Lamm, das auf seinem Schoß lag.

»Könnte es nicht sein, daß die Gottheit dort früher gewohnt hat?« fragte Shan. »In einem kleinen *gompa*?«

»Es hat hier nie ein *gompa* gegeben«, wiederholte der alte Mann unwirsch und wandte sich dem Altar zu, um das Foto zu betrachten.

Shan sah ihn nachdenklich an. Hatte man ihm von der letzten Prophezeiung des Orakels berichtet? *In meinen Bergen, in meinem Herzen, in meinem Blut*, hatte die seltsame hohle Stimme in Anya gesagt. *Verbindet sie, verbindet sie, verbindet sie*, als ginge es um verwundete Menschen. *So viele tot, so viele todgeweiht*. Was würde Lepka aus diesen Worten schließen?

Doch der alte Mann beteiligte sich nicht länger an dem Gespräch. Er hatte sich zu seiner Frau an den Altar gesellt; beide waren mittlerweile in leise Gebete vertieft.

Shan ging hinaus und sah am anderen Ende des Dorfes eine kleine Menschenansammlung. Bei einer ausgebreiteten Decke aus Yakfilz saßen mehrere Leute am Boden; einige schütteten Körbe voller Gerste auf die Decke aus oder legten *khatas* dort ab, andere stellten Töpfe und Kessel hinzu. Als die Dörfler Shan bemerkten, grüßten sie ihn mit hoffnungsvollen Mienen und traten von der Decke zurück. Lokesh saß neben Nyma und half ihr, die Henkel der Töpfe aneinanderzubinden. Auf dem Schoß des alten Tibeters lagen ein Bleistiftstummel und ein langes Blatt Papier, auf dem Shan mehrere Zeilen von Lokeshs Handschrift erkannte.

Sein alter Freund lächelte. »Ich habe angefangen«, sagte Lokesh zufrieden, als ihm Shans Interesse an dem Zettel auffiel. »Mit meiner Botschaft für den Vorsitzenden in Peking.«

Shan starrte das Papier an. Er hatte geglaubt, Lokesh könnte den Gedanken an die unsinnige Pilgerfahrt zur Hauptstadt wieder verworfen haben.

»Ich werde sie ihm vorlesen, diesem obersten Vorsitzenden«,

sagte der alte Mann in ungewohnt eigensinnigem Tonfall. »Wir werden zusammen Tee trinken, und ich werde ihm erklären, wie die Dinge in Tibet liegen. Ich bin sicher, er hat es bisher noch nicht begriffen.«

Shan sah ihm in die Augen. Dieses herausfordernde Funkeln und der entschlossene Klang von Lokeshs Stimme waren etwas ganz Neues für ihn. Sein Freund warnte ihn davor, sich einzumischen, denn er fürchtete, Shan könnte Bedenken äußern. Aber Shan wandte sich ab und ließ den Blick über die Landschaft schweifen, lauschte dem Rumpeln des Bohrturms und dem fernen trotzigen Schlag der Trommel. »Ganz recht, er hat es nicht begriffen«, pflichtete Shan ihm bei.

Dann half er, die Vorräte zusammenzupacken, die zweifellos für die Flüchtlinge in den Bergen bestimmt waren. Eine der Frauen aus Yapchi stimmte ein sentimentales Lied an. Eine andere kniete sich hinter ein kleines Mädchen und flocht ihm die Haare zu Zöpfen. Von hier aus wirkte das Dorf ganz friedlich, und das Geräusch des Bohrturms wurde von dem Lied übertönt. Man kam sich fast wie bei einem Fest oder Picknick vor.

Plötzlich hallte ein lauter Knall wie Donner heran, gefolgt von einem sonderbaren Pfeifen. Die Frau hörte auf zu singen und hob mit verwirrtem Lächeln den Kopf, als habe jemand sich einen Scherz erlaubt oder Feuerwerkskörper gezündet. Dann explodierte in einigen hundert Metern Entfernung der Hang. »Anya!« schrie Nyma und rannte ins Dorf.

Kurz darauf stieß Shan zu Lhandro, der am nördlichen Ende der Ansiedlung stand und hilflos zu dem Panzer starrte, der auf halber Strecke zwischen Dorf und Bohrturm Position bezogen hatte. Auf einmal spuckte das Ungetüm Feuer, und der Donner war erneut zu hören, ebenso das Pfeifen. Dann explodierte der Hang erneut. Der Panzer war vorgerückt, um den Götterfelsen anzugreifen.

»Man hat uns erzählt, daß irgendein junger Offizier seine Leute Zielübungen veranstalten läßt«, sagte Shan, als wäre das irgendwie tröstlich. Doch die Situation schien keiner Worte zu bedürfen. Man feuerte noch zwei weitere Granaten ab, und als der Qualm sich verzog, war der Götterfelsen verschwunden –

und mit ihm ein größeres Stück des Hangs. Statt Bäumen und überwucherten Steinen sah man dort nur noch schwelende, aufgerissene Erde. Der Panzer wendete und hielt gemächlich auf das Öllager zu.

Niemand sprach über den Vorfall, obwohl manche der älteren Dorfbewohner wie betäubt wirkten und traurig zu dem rauchenden Stück Boden hinaufstarrten. Mit jähem Schmerz erkannte Shan, daß sie womöglich glaubten, ein anderer Gott habe sich ihnen anschließen wollen und sei nun von den Chinesen ermordet worden. Langsam kehrten alle an ihre Arbeit zurück. Verblüfft beobachtete Shan, wie Lhandros Mutter und Nyma anfingen, Stoffetzen an die Fensterbretter und Gehegewände zu hängen oder mit Steinen am Boden zu verankern. Einige waren *khatas*, andere kleine Gebetsfahnen. Mehrere Dörfler fegten die Eingänge ihrer Häuser, und manche wuschen sogar die Wände ab. Ein Mann hielt eine Dose mit schwarzer Farbe und malte in großen Buchstaben das *mani*-Mantra auf die Vorderseite seines Hauses. Zwischen zwei der Gebäude sah Shan ein Dutzend Leute im Kreis sitzen und Mantras rezitieren. Es war ein vertrauter Anblick für ihn, traurig und erhebend zugleich, denn es zeigte, wie die Tibeter und Chinesen ihre Schlachten ausfochten. Gebetsfahnen und Mantras gegen Kampfpanzer.

Wie zur Vervollkommnung der festlichen Stimmung ließ Lhandro mitten auf dem Weg ein großes Feuer entzünden. Seine Mutter und seine Frau brachten einen großen Topf und reichlich Butter und fingen an, für das gesamte Dorf Tee zuzubereiten. Sie würden das neue Salz nehmen, verkündete Lhandro, und seine Mutter holte eine alte *dongma*, in der man schon Tee angemischt hatte, als Lepka noch ein kleiner Junge gewesen war.

Während sie den Tee tranken, erzählte Lhandros Vater eine seit vielen Generationen weitergegebene Geschichte – die Geschichte vom Bau ihres Hauses, in der lang und ausführlich geschildert wurde, wie man nur die stärksten Bäume ausgesucht und vor jedem zunächst gebetet hatte, bevor man ihn fällte; wie ferner die Clan-Mitglieder bis weit über die Baumgrenze zu den Gletschern hinaufgestiegen waren, um von dort Steine für das Fundament zu holen, weil diese so nahe bei den Himmelsgöttern geweilt hatten und die Sprache des Windes kannten, so daß sie ihn bitten würden, stets nur sanft über das Tal zu wehen.

Eine Art Glücksgefühl machte sich unter den Menschen breit. Shan entdeckte mehr als einen, der sich verstohlen die Tränen aus den Augen wischte, und einige andere gingen denen zur Hand, die ihre Häuser putzten. Die Gruppe am Feuer stimmte ein Lied an, zuerst ganz leise, dann immer kraftvoller. Lokesh sah Shan verwirrt an. Es war, so wurde ihm klar, eines von Lokeshs Reiseliedern, ein Pilgerlied, ein Lied einsamer Wanderer.

Als die Armeelaster wieder auftauchten und langsam das Tal heraufkamen, wirkte niemand im Dorf überrascht. Lhandro seufzte und half seinem Vater zurück ins Haus. »Diesmal werden sie alles gründlich durchsuchen«, sagte er zu Shan und reichte ihm seinen Schnürbeutel. »Du mußt mit Lokesh den Hang hinaufsteigen. Ihr könnt hier nichts mehr tun. Nehmt den Pfad, auf dem Anya euch aus Chemis Dorf hergebracht hat. Jemand wird euch finden.«

Winslow war bereits aufgebrochen, winkte ihnen zu und eilte im Laufschritt weiter, doch Shan und Lokesh folgten ihm nicht. Sie blieben im Schatten des ersten großen Baumes über dem Dorf stehen und beobachteten die Ankunft der Lastwagen. Das erste Fahrzeug wendete, so daß die Ladefläche in Richtung des Dorfwegs wies. Einer der Soldaten schlug die Plane zurück. Dort hinten saßen zwölf Männer in voller Kampfausrüstung. Schaudernd trat Shan einen Schritt vor. Oberst Lin stieg aus dem Führerhaus des Transporters. Seine Soldaten blieben jedoch sitzen, als warteten sie auf einen Befehl. Lin hob ein Megaphon an den Mund.

»Bürger des Tals von Lujun«, begann er. »Euch wird seitens der Volksregierung die Ehre zuteil, an der großen ökonomischen Erschließung dieser Region mitwirken zu dürfen. Eine neue Sonne geht auf, und alle Völker Chinas umarmen euch heute.« Shan erinnerte sich an sein Fernglas und holte es aus dem Beutel.

Die Dorfbewohner hatten ihre Arbeit niedergelegt; niemand sang mehr. Einige stellten sich hinter Lhandro, als der zwischen den Lastwagen und dem Dorf Position bezog. Aus dem ersten Haus tauchte eine Gestalt auf. Sie stützte sich auf einen Stock und trug einen Jutesack über der Schulter. Es war Lepka, der aufrechter und kraftvoller einherschritt, als Shan es bislang bei ihm gesehen hatte. Er trat an die Seite seines Sohnes, während die Soldaten aus dem zweiten Transporter einen Klapptisch und einen Stuhl zum Vorschein brachten und nahe des Dorfeingangs aufstellten, ein Stück von Lhandro entfernt. Ein Mann in einer der grünen Nylonjacken ging mit einem Klemmbrett zum Tisch und setzte sich. Zwei Männer in weißen Hemden entrollten ein kleines Banner zwischen zwei Stangen. *Klarheit und Wohlstand* stand in roten Buchstaben darauf.

»Auf euch warten neue Gemeinden mit fließendem Wasser und elektrischem Strom. Ihr dürft auch die letzten Ketten des Feudalismus abwerfen. Ihr werdet umgesiedelt«, rief Oberst Lin mit finsterer Miene barsch. »Dieses Dorf wird von der 54. Gebirgsjägerbrigade im Namen des Ölprojekts requiriert. Einige von euch können für die Firma arbeiten und in deren Unterkünften wohnen. Die anderen werden in eine der neuen Städte gebracht.« Lin meinte die seelenlosen Komplexe aus Schlackebauten mit Blechdächern, die Peking rund um große Fabrikanlagen errichtete. Es würde keine Gerstenfelder mehr geben, kein Vieh, keine Karawanen zum Lamtso, keine von Gebeten erfüllten Holzhäuser.

»Wir wurden nicht gefragt«, rief Lhandro zurück. Sein Vater tat etwas Sonderbares: Er bückte sich, nahm einen dicken brennenden Ast aus dem Feuer und hielt ihn wie eine Waffe seitlich von sich.

»Aber natürlich wurdet ihr gefragt«, erwiderte Lin. »Die Firma hat beim Bezirksrat nachgefragt, und dort wurde in eurem Namen zugestimmt. Es sind eure politischen Vertreter.«

Der Wind hatte sich gelegt. Lhandro war genauso laut und deutlich zu verstehen wie Lin mit seinem Megaphon. »Im Bezirksrat sitzen nur Chinesen. Keiner von denen war je im Tal von Yapchi«, rief der *rongpa.* »Wir verlangen, vor dem Rat gehört zu werden.«

Lin lächelte eisig. »Passen Sie auf, worum Sie bitten, Genosse.«

»Niemand hat das Land gefragt«, erklang eine dünne, aber starke Stimme. »Niemand hat das Land gefragt, ob es sein Blut hergeben will, damit Chinesen in Peking ihre Autos betanken können.« Es war Lepka. Andere Dorfbewohner griffen ebenfalls ins Feuer und nahmen die brennenden Äste wie Fackeln in die Hände. Sie hatten keine Waffen. Und sie konnten unmöglich glauben, die Armee wieder loszuwerden, indem sie zwei Lastwagen anzündeten. Shan ließ das Fernglas sinken und trat besorgt einen Schritt vor.

Lin starrte Lepka wütend an und erteilte einen schroffen Befehl. Die Soldaten neben ihm sprangen von der Ladefläche und formierten sich vor ihrem Oberst zu einer dicht geschlossenen Reihe.

»Ihr werdet euch jetzt vor dieser Wand da aufstellen«, befahl er den Dörflern. »Haltet eure Papiere bereit. Dann werdet ihr nacheinander zu dem Tisch vortreten.«

Die Dorfbewohner rührten sich nicht.

»Ihr werdet euch in einer Reihe aufstellen!« brüllte Lin und ließ das Megaphon fallen. Er öffnete das Holster an seinem Gürtel und legte die Hand auf den Kolben der Automatikpistole.

Lepka setzte sich langsam in Bewegung, allerdings nicht in Richtung des Tisches, sondern zurück zu seinem Haus. Er fing wieder an zu singen, und seine laute Stimme hallte die Hänge hinauf. Das Lied des einsamen Pilgers. Shan war verwirrt. Was befand sich in dem Beutel über seiner Schulter? Es besaß die Form eines schmalen Kastens mit scharfen Kanten. Die anderen Dörfler fielen in das Lied ein und wichen zwischen die Gebäude zurück. Eine Frau lief los und wischte ein Fenster sauber. Eine andere Frau trat aus einer Tür, hängte ein langes braunes Stück Stoff an einen Pflock neben dem Eingang und rannte hinten um das Haus herum.

Zwei Soldaten näherten sich Lhandro, als wollten sie an ihm vorbeilaufen, um einen der Dorfbewohner zu packen.

Lhandro hob eine Hand und stellte sich ihnen in den Weg. Shan sah, daß die andere Hand sein *gau* umklammert hielt. »Das Dorf Yapchi erwidert eure Umarmung«, verkündete Lhandro laut und ruhig, während sein Vater die Fackel in ihr kostbares hölzernes Haus warf.

»Nein!« stöhnte Shan und sprang vor, als die anderen Dörfler ihre Fackeln in die anderen Häuser warfen. »Wir müssen sie aufhalten ...«

Aber Lokesh packte ihn so fest am Arm, daß es weh tat. »Da du und ich kein Heim haben«, sagte sein alter Freund, »sehnen wir uns vielleicht zu sehr danach, daß andere das ihre bewahren mögen.« Lokesh hatte alles verstanden, nicht im ersten Moment, aber noch bevor die Fackeln geworfen worden waren. »Es ist die einzige Art, auf die sie mit diesen Chinesen reden können.«

»Das Haus dort ist so alt«, sagte Shan mit heiserer Stimme. »Es ist ihr Tempel.« Er wollte sich losreißen, doch Lokesh hielt ihn mit beiden Händen fest. Es war zu spät. Das trockene uralte Holz brannte wie Zunder; die Flammen loderten schon zur Tür hinaus. Lepka humpelte den Pfad hinauf, ohne sich noch einmal umzublicken. Er hatte noch immer den Sack dabei. Shan wußte nun, was sich darin befand. Unter all den in Ehren gehaltenen Schätzen des Hauses gab es einen, den der alte Tibeter nicht zurücklassen würde. Das Foto des Dalai Lama.

Lin brüllte wütende Befehle, und seine Soldaten rannten los. Der Mann in der grünen Jacke zog ein Funksprechgerät aus der Tasche und schrie etwas hinein. Kurz darauf ertönte in der Ferne das Signalhorn.

Einer der Soldaten bei Lhandro hieb ihm mit einem Schlagstock in den Magen. Der *rongpa* faßte sich an den Leib, stürzte zu Boden und blieb zusammengekrümmt auf der niedrigen Mauerkrone liegen.

Lokesh lief Lepka entgegen, um ihm den steilen Hang hinaufzuhelfen, während andere Dörfler ihn bereits überholten. Shan starrte sie verzweifelt an. Es bestand keine Hoffnung mehr. Die Soldaten würden sie mit Leichtigkeit einholen und den Kriechern übergeben. Sie hatten Staatseigentum zerstört und den Fortgang eines wichtigen Wirtschaftsprojekts behindert.

Eine Frau blieb vor ihm stehen. Es war die korpulente Alte, die ihn am ersten Tag ins Dorf begleitet hatte. »Danke«, sagte sie sanft. »Wir werden unseren Gott an einem anderen Ort finden müssen.«

Die Worte trafen Shan völlig unvorbereitet. Diese Menschen hatten ihr Dorf und ihr Tal aufgegeben. Sie widersetzten sich offen der Armee. Trotzdem hielt die Frau inne, um sich bei Shan zu bedanken. Ihm stiegen Tränen in die Augen. »Euer Gott ist noch immer hier«, sagte er, aber niemand hörte ihn.

Ein verrückter Gedanke schoß ihm durch den Kopf: Er würde hoch in die Klippen steigen und hierbleiben, jeden Felsen umdrehen und eine Möglichkeit ersinnen, den Zorn der Gottheit auf die Soldaten herabzubeschwören. Dann jedoch sah er Lokesh und die anderen an, die sich den Hang hinaufmühten. Sie brauchten seine Hilfe.

Aus Richtung des Lagers näherten sich mit hoher Geschwindigkeit weitere Lastwagen. Shan dachte an den Kreis am Feuer zurück und erkannte, daß die meisten der Dorfbewohner längst aufgebrochen waren. Außer Lhandros Eltern, die zweifellos darauf bestanden hatten, bis zum Ende vor Ort zu bleiben, war keiner der Alten mehr anwesend. Sie hatten es alle gewußt und geplant. Liebevoll hatten sie ihre Häuser gereinigt, so wie man eine Leiche für die Todesriten säuberte. Die Geschichten und Lieder am Feuer waren ihre Form des Abschieds von diesem wunderschönen Dorf gewesen. Jemand lief an Shan vorbei, um Lokesh und dem alten Mann zu helfen. Es war Nyma, gekleidet wie eine *rongpa*, mit einem verschlissenen roten Tuch um die Schultern. Ganz in der Nähe erklang ein leises Schnauben. Shan drehte sich um und entdeckte Gyalo und Jampa. Lepka lachte leise, als Nyma ihm auf den breiten Rücken des Tiers half. Dann machten der Yak und der Mönch sich überraschend zügig auf den Weg. Der alte Tibeter reckte fröhlich die Hand empor. *»Lha gyal lo!«* rief er, und Lokesh, der einen Schritt hinter ihm folgte, fiel in den Ruf ein.

Dennoch war alles völlig aussichtslos, dachte Shan verbittert.

Doch Nyma wartete auf ihn und drängte ihn durch einen Spalt in der hohen Felswand, der breit genug für einen der Geländewagen der Armee gewesen wäre. Sobald sie die Stelle passiert hatten, streckte Nyma den Arm aus und winkte. Oben auf dem Grat kamen zwei Gestalten zum Vorschein. Shan sah eine Messerklinge aufblitzen und hörte das Schwirren eines durchtrennten Seils. Dann stürzten Baumstämme und Felsen in den Durchgang. Nyma warf einen kleinen Stein auf den Haufen, wandte sich mit zufriedenem Lächeln um, raffte mit einer Hand ihr Kleid und lief den Pfad hinauf. Auf dem nächsten Kilometer gab es noch zwei weitere Engpässe dieser Art. Jedesmal tauchten über ihnen Männer auf und ließen Felsen und Bäume herabrollen, um den Weg zu blockieren. Oberhalb des letzten Hohlwegs stand Winslow und schichtete hektisch Steine und Äste auf, die über eine Kette aus Dorfbewohnern zu ihm heraufgereicht wurden.

Hinter ihnen, in nur wenigen hundert Metern Entfernung, hörten sie Trillerpfeifen und wütende Rufe. Winslow zögerte, schaute in Richtung der anrückenden Soldaten und warf Steine in den Spalt, wobei er die gleichen johlenden Schreie ausstieß wie bei seinem Ritt auf dem wilden Yak.

»Die wissen, daß wir auf dem Pfad sind, also können sie uns bei Chemis altem Dorf abfangen«, stellte Shan fest. Es hatte keinen Sinn. Sie konnten nirgendwohin fliehen, konnten auf keinerlei Rettung hoffen.

»Die *purbas* rechnen nur mit Lin und seinen Männern. Sie glauben nicht, daß die Schreihälse oder Ölarbeiter den Soldaten zu Hilfe kommen werden«, sagte Nyma. »Gyalo und Jampa haben inzwischen reichlich Vorsprung. Sobald sie die Schlucht oberhalb von Chemis früherem Dorf erreichen, dürften die Alten in Sicherheit sein. Das Gelände dort gleicht einem Labyrinth und steckt voller Höhlen. Die Gruppen teilen sich auf. Die *purbas* glauben, daß die Armee keinen großen Wert auf eine Verfolgung legen wird, sondern in erster Linie dafür sorgen will, daß die Ölteams weiterarbeiten können.«

Doch die *purbas* hatten Oberst Lins eisigen Blick nicht gesehen. Sie wußten nicht, auf welche Weise er Lokesh und

Lhandro beim ersten Zusammentreffen gemustert hatte, und waren nicht Zeugen seines Wutausbruchs gewesen, als die Häuser Feuer fingen.

Shan wartete, bis Winslow zu ihnen hinabgestiegen war. »Sie sollten gehen. Beeilen Sie sich. Helfen Sie nach Möglichkeit Lokesh.«

Winslow runzelte die Stirn. Dann fluchte er und nickte langsam. »Adios, Partner.«

Mit schnellen Schritten eilte er den Berg hinauf und ließ Shan allein bei Nyma zurück. Shan sah dem Amerikaner hinterher. Ihm waren nicht nur dessen letzte Worte ein Rätsel, er konnte sich zudem nicht erklären, weshalb Winslow immer noch bei ihnen blieb. Melissa Larkin war tot, und der Amerikaner wurde in der Botschaft zurückerwartet.

Ein Stück unterhalb rief jemand nach ihnen. Zu Shans Erstaunen kam Lhandro zwischen den Felsen zum Vorschein. Er trug einen Schutzhelm und eine der grünen Jacken der Firma. Es handelte sich um die Jacke, die Shan von Somo erhalten hatte, erläuterte der *rongpa* und ließ den Blick nervös über das tiefergelegene Gelände schweifen. Er hatte die Kleidungsstücke jenseits der Mauer bereitgelegt und sich in dem Durcheinander bei Ausbruch des Feuers hinübergerollt, um vermeintlich bewußtlos liegenzubleiben. Als wenige Minuten später die Löschtrupps aus dem Lager eintrafen, hatte er Jacke und Helm übergestreift und sich unter die Arbeiter gemischt.

Sie eilten weiter. Lhandro wies Shan und Nyma an, in der Schlucht zu bleiben, und lief voraus, um die anderen Dorfbewohner ausfindig zu machen. Eine halbe Stunde später hielten sie in der Nähe der Ruinen von Chemis Dorf. Nirgendwo schien sich etwas zu rühren, aber der Wind trug ein Geräusch an ihre Ohren, ein lautes metallisches Klirren. Shan und Nyma überquerten die Lichtung und erreichten die Schlucht, während das Geräusch immer lauter wurde. Dann hörten sie Stimmen aus einem Funkgerät, und ein Schuß peitschte auf. Hoch über ihnen prallte ein Querschläger ab. Die Armee wollte sie nicht töten, sondern in Gewahrsam nehmen. Weit vor sich sahen sie Gestalten hinter einer Wegbiegung verschwinden. Auf einmal explodierte dreißig Meter über ihren Köpfen die Felswand. Der Panzer feuerte in die Schlucht.

Shan drehte sich kurz um. Am Eingang der Klamm tauchte Lin auf. Der Oberst hielt seine Pistole in der Hand und wurde von vier Soldaten begleitet. Nur vier. Doch vier Männer mit automatischen Waffen würden mehr als genug sein. Ein zweiter Warnschuß schlug über ihren Köpfen ein, dann ein dritter. Shan konnte weiterlaufen, doch dreißig Meter vor sich sah er Lokesh, den Amerikaner und zwischen ihnen Anya, die immer wieder entsetzte Blicke über die Schulter warf.

Die Schlucht verengte sich und knickte seitlich ab. Einen Moment lang konnte Lin sie nicht sehen, doch gab es hier weder irgendein Versteck noch eine Möglichkeit, die hohen, fast senkrechten Wände zu erklimmen. Sie erreichten Lokesh und Winslow, die beide völlig erschöpft wirkten. Shan legte sich Lokeshs Arm um den Nacken und schleppte ihn weiter den Pfad hinauf. Nyma ließ Anya auf ihren Rücken steigen. Vor ihnen lag nun ein langer, gerader Schacht. Verzweifelt eilten sie auf das andere Ende zu. Auf halber Strecke knallte hinter ihnen erneut ein Gewehr, dann noch einmal und noch einmal. Shan sah die Treffer an der Felswand, jeder tiefer und näher als der vorherige. Die letzte Kugel schlug zwei Meter vor Nyma ein. Stöhnend gab sie sich geschlagen und drehte sich langsam um.

»Verrat!« rief Lin, der auf sie zurannte. »Zerstörung von Staatseigentum! Sabotage! Ihr werdet niemals ...« Seine Worte gingen im Lärm einer heftigen Explosion unter, der gleich darauf zwei weitere folgten. Der Panzer schoß auf die Felswand. Dreißig Meter über ihnen tat sich eine große Lücke auf, die unter jedem neuen Einschlag heftig erbebte. Riesige Felsplatten lösten sich, doch die Soldaten mit den Gewehren im Anschlag achteten nur auf die Gefangenen.

Lin hob in letzter Sekunde den Kopf. »Dieser Idiot!« brüllte er, sprang panisch vor und griff nach dem Funkgerät am Gürtel. Im nächsten Moment wurde er unter einem Haufen Geröll begraben. Die größten Felsbrocken gingen auf die vier Soldaten nieder, denen nicht einmal mehr die Zeit für einen Aufschrei blieb. Man sah Blut spritzen, und dann waren die

Männer verschwunden. Polternd stürzten immer mehr Felsen in die Schlucht hinab und ließen eine gewaltige Staubwolke aufsteigen.

Dann herrschte schlagartig Stille. Der Staub legte sich, und die Soldaten waren verschwunden – verschüttet unter drei Metern Stein. Nur etwas deutete noch auf sie hin: ein einzelner Arm, der aus dem vorderen Teil des Trümmerhaufens ragte und eine Pistole umklammert hielt. Schließlich fiel die Waffe aus der Hand, und die Finger hingen zitternd in der Luft.

Kapitel Dreizehn

Eine Wolke hüllte sie ein, eine trockene, erstickende Wolke, die wie ein lebendiges Wesen um sie herumwirbelte. Niemand sprach ein Wort. Niemand rührte sich. Dann trieb der Wind den Felsstaub auseinander, bis dieser nur noch einem unheimlichen Nebel glich und Shan die Hand wieder erkennen konnte. Die Finger reckten sich aus dem Schutt, schienen bebend nach etwas zu tasten und hörten allmählich auf, sich zu bewegen.

Anya trat zögernd zwei Schritte vor. Shan und die anderen verharrten wie betäubt.

»Weglaufen«, sagte Winslow tonlos. »Wir sollten weglaufen.« Aber er bewegte sich nicht von der Stelle.

Das Mädchen erreichte die Hand und umschloß sie mit den eigenen Händen. Die Finger blieben zunächst schlaff, erwiderten dann aber den Griff, als würden sie erst nach und nach die Berührung spüren. Anya fiel auf die Knie und stimmte ein Mantra an.

Shan, der noch immer völlig benommen war, kam unwillkürlich an Anyas Seite und ließ sich neben ihr nieder. Gleich darauf spürte er jemanden hinter sich, hob den Kopf und erblickte das grimmige Gesicht des Amerikaners. Winslow starrte Anyas Hand und Lins Finger an und schien sich fast verzweifelt an diesem Bild festzuklammern, als würde er ins Bodenlose stürzen. Shan und Lokesh begannen, das Geröll wegzuräumen.

Sie benötigten mehr als eine Viertelstunde, um den Oberst freizulegen. Anya hatte unterdessen nicht nur das Mantra weitergebetet, sondern auch ihre *mala* um die eigenen und Lins Finger geschlungen. Das Gesicht des Obersts war blutüberströmt; vom Scheitel bis zur linken Schläfe gähnte eine klaffende Wunde. Im übrigen schien er unverletzt zu sein, abgesehen von seinem rechten Arm, der unter einer langen Felsplatte klemmte. Shan und Winslow versuchten vergeblich, den Stein anzuheben. Dann fing Nyma an, von unten im Geröll zu graben. Nach einigen Minuten konnten sie Lin herausziehen. Sein rechtes Handgelenk war unnatürlich abgeknickt und die Hand violett angelaufen.

Nyma stand auf und seufzte. »Ein Stück weiter den Pfad entlang wachsen ein paar kleine Bäume. Ich hole uns Holz zum Schienen.« Als sie loslief, hob Winslow die Pistole auf. Danach entnahm er der kleinen länglichen Tasche an Lins Gürtel die Reservemagazine und verstaute sie in seinem Rucksack, ohne auf Shan zu achten. Erst als Winslow die Riemen des Sacks wieder anzog, bemerkte er Shans durchdringenden Blick. Der Amerikaner biß die Zähne zusammen und wandte sich ab, um ein Stück Stoff in lange schmale Streifen zu zerreißen.

Anya wischte mit ihrer freien Hand und dem Saum ihres Rocks das Blut aus Lins Gesicht, während Lokesh vergebens nach den anderen Soldaten suchte. Nach zehn Minuten kehrte Nyma zurück, und wiederum zehn Minuten später hatten sie Lins Handgelenk mit den Zweigen geschient.

»Man sollte ihn nicht bewegen«, erklärte Nyma. »Er hat eine furchtbare Gehirnerschütterung erlitten.«

»Uns bleibt nichts anderes übrig«, widersprach Winslow und stand auf. Keiner von ihnen konnte hier bei Lin zurückbleiben, und wegen des verschütteten Zugangs würden seine Männer ihn kaum vor Einbruch der Dunkelheit finden. Der Amerikaner reichte Shan seinen Rucksack, beugte sich vor und stützte beide Hände auf den Oberschenkeln ab.

Nyma nickte widerwillig und half den anderen, Lin auf Winslows Rücken zu heben.

Shan und der Amerikaner wechselten sich beim Tragen ab. Als sie irgendwann um einen Felsen bogen, tauchten endlich Lhandro und zwei Männer aus seinem Dorf auf. Nyma faßte die Ereignisse kurz für sie zusammen, woraufhin die beiden Dörfler ihren Anführer beiseite nahmen, auf ihn einredeten und dabei immer wieder wütend auf Lin und die umliegenden Berge deuteten. Shan beobachtete, wie Nyma sich zu ihnen gesellte und leise zu sprechen begann. Die Männer schienen sich mit hängenden Köpfen bei ihr zu entschuldigen, fertigten aus ihren beiden schweren *chubas* eine provisorische Trage und schleppten Lin den steilen Hang hinauf. Sie folgten nun keinem Pfad mehr, sondern steuerten auf der grasbewachsenen Bergflanke eine Lücke im Felsen an, die nach Süden führte. Nach einer Stunde steilen Aufstiegs hatten sie unter Nymas Führung die Schlucht hinter sich gelassen und sahen die langgestreckte Ebene der Blumen vor sich, auf der die Ruinen von Rapjung standen.

Lhandro hielt kurz inne und schaute mit trostlosem Blick zu seinem Tal zurück. Als Shan neben ihm stehenblieb, schien der *rongpa* ihn gar nicht zu bemerken. »Unser Gott ist tatsächlich blind, das haben wir heute bewiesen«, flüsterte Lhandro schließlich und ging weiter.

Nyma und die Männer aus Yapchi bogen wortlos auf einen Ziegenpfad ein, der ein Stück unter ihnen an einem winzigen Felsvorsprung endete. Ihre Mienen waren zu Masken der Trauer und Angst erstarrt. Sie hatten ihr friedliches Dorf verloren. Mehrere der Soldaten waren tot, und die Armee würde niemals an einen Unfall oder eigenes Verschulden glauben. Und mitten in ihr Versteck, zu dem Nyma sie soeben führte, schleppten sie den Dämon, dem sie all ihr Elend verdankten.

Es mußte sich um eine ehemalige Einsiedelei handeln, die durch einen Felsrutsch zerstört worden war, erkannte Shan, als sie das kleine Plateau erreichten. Die vordere Wand einer Steinhütte stand noch. Ihre leere Türöffnung und das Fenster wiesen in Richtung des Abgrunds, der ein paar Schritte weiter begann – eine senkrechte, vierhundert Meter hohe Klippe über dem Schluchtenlabyrinth der südlichen Ausläufer des Bergs Yapchi. Der Rest des Gebäudes lag unter losen Felsen begraben, die bis zur halben Höhe der Mauer reichten und dahinter leicht ansteigend zum steilen Hang verliefen. Am anderen Ende des Plateaus wuchs ein einzelner knorriger Wacholderbaum, dessen Stamm mehr als dreißig Zentimeter dick und doch weniger als zweieinhalb Meter hoch war. Die Äste zeigten ausnahmslos gen Süden, in Richtung Rapjung.

»Ich glaube, diesen Ort haben sie gemeint«, verkündete

Nyma müde. »Es hieß, wir sollten die Stelle am Südhang aufsuchen, die früher von den Lamas genutzt wurde. Ich bin noch nie hiergewesen, aber …« Ihre Stimme erstarb, weil jenseits der Hütte ein Mann auftauchte, als wäre er direkt dem Schatten der Felswand entstiegen. Es war einer der *purbas* aus der Schlucht bei Yapchi, der Mann mit dem zerlumpten Pullover. Er winkte sie hastig zu sich, als würde er nicht wollen, daß sie dort im Freien blieben. Dann verschmolz er plötzlich wieder mit den Felsen.

Am hintersten und schmalsten Punkt des Plateaus hatte der Felsrutsch fast die steile Bergwand erreicht. Doch die Katastrophe, der die Hütte zum Opfer gefallen war, hatte den Rest der kleinen Anlage nicht etwa zerstört, sondern nur unter sich begraben. Ein stabiler Türrahmen im Schutt sah wie ein Tunneleingang aus. Zum Plateau hin hatte man als Sichtschutz geschickt einen Felswall errichtet, der wie ein Teil des ursprünglichen Steinschlags wirkte. Nur aus kürzester Entfernung ließ der Durchgang sich erkennen. Shan sah die Männer mit der Trage den dunklen Eingang betreten und folgte ihnen in einen niedrigen Raum mit massiven hölzernen Stützbalken, dessen Boden und Decke aus dicken, lückenlos aneinanderliegenden Bohlen gefertigt waren, als hätten die Erbauer von vornherein mit einem Felsrutsch gerechnet.

An der Rückwand der Kammer befand sich ein halbes Dutzend Schlafstellen. Daneben standen mehrere der zusammengebundenen Kessel und Töpfe, die Shan im Dorf gesehen hatte. Nyma ging weiter in einen Raum, der vom trüben Schein einiger Butterlampen erhellt wurde, und bedeutete den Männern mit der Trage, ihr zu folgen. Die zweite Kammer besaß ein offenes Luftloch im Dach, maß ungefähr vier mal sechs Meter und war somit größer als die erste. Zwei Durchgänge führten in kleine Zimmer, die offenbar einst als Meditationszellen gedient hatten. Zwischen den Eingängen hing ein altes verblichenes *thangka* des Heilenden Buddhas. Als Shans Augen sich an das Dämmerlicht gewöhnten, sah er mehrere Gestalten von ihren Plätzen an der Rückwand aufstehen. Lhandros Eltern waren dort, ebenso Tenzin und die drei *purbas*, die ihn in Yapchi erwartet hatten. In einer Ecke hinter den Männern lagen die Gegenstände, die Shan bereits aus der kleinen Schlucht oberhalb des Dorfes kannte. Lepka untersuchte soeben mehrere große, sehr alte Tongefäße, die getrocknete Kräuter zu enthalten schienen.

Lokesh und Tenzin verloren keine Zeit, als Lin auf einer der Schlafstellen abgelegt wurde. Während der alte Tibeter sich über den reglosen Oberst beugte, holte Tenzin alle Lampen und stellte sie neben ihm auf. Winslow gesellte sich mit seiner Taschenlampe hinzu, und Lokesh legte dem Verletzten drei Finger an beide Handgelenke und den Hals.

»Was soll der Gefangene?« fragte einer der *purbas* mit kaum verhohlenem Ärger. »Er kann uns nichts nützen, sondern höchstens unsere Geheimnisse verraten.«

Lokesh blickte zur Tür und dann wieder zu dem wütenden Tibeter. »Ich verstehe nicht. Wer ist hier gefangen?«

»Dieser verfluchte Offizier«, knurrte der *purba*.

Lokesh runzelte die Stirn. »Ach so«, seufzte er nach kurzem Grübeln. »Er ist kein Gefangener. Er ist ein Mann, der unser Mitgefühl braucht.«

Der *purba* mit dem grünen Pullover, der bis dahin mit Winslow gesprochen hatte, drehte sich ungläubig zu Shan um. »Ihr habt ihn gerettet? Ihr habt ihn aus seinem Grab geholt?«

Lhandros Vater kam hinzu, setzte sich auf den Boden und half Lokesh, der das Gesicht des Obersts wusch. Lepka nahm ihm den Lappen ab und spülte ihn in einer Schale Wasser aus. »Ihr solltet diesem Mann dankbar sein«, sagte der alte *rongpa*.

»Dankbar?« gab der junge *purba* schroff zurück.

»Nur wegen ihm sind alle so schnell gerannt«, sagte Lepka. »Ohne ihn wären einige von uns durch die Felsen erschlagen worden – und nicht diese armen Soldaten.«

Der *purba* stöhnte wütend auf, machte kehrt und verließ den Raum.

Lokesh wusch den Verletzten, massierte die Hand unterhalb des gebrochenen Gelenks und fühlte mehrfach den Puls. Als Nyma losging, um bessere Schienen zu suchen, schaute Lokesh dem Oberst in Ohren und Mund, zog ihm die Stiefel aus und fühlte mit geschlossenen Augen zunächst abermals den Puls an Lins Hals und danach an beiden Fußknöcheln. Am Ende säuberte er noch einmal die Kopfwunde. Er wirkte überaus besorgt, denn Verletzungen des Schädeldachs waren besonders ungünstig. Falls der Geist aus dem geschundenen Fleisch weichen mußte, würde er den Körper an genau dieser Stelle verlassen.

»Ich mache Tee, falls er aufwacht«, bot Lhandros Mutter an.

Lokeshs Miene war seltsam umwölkt. »Dieser Mann wird vorerst nicht aufwachen. Womöglich nie mehr.« Er erhob sich steifbeinig und ging hinaus.

Zehn Minuten später fand Shan ihn dicht vor der Kante des kleinen Plateaus wieder, wo er den Sonnenuntergang über der Ebene der Blumen verfolgte. Shan betrachtete seinen Freund und versuchte, dessen melancholischen und gleichzeitig verwirrten Gesichtsausdruck zu ergründen.

»Die besten Heiler in Rapjung waren diejenigen, die erst dann mit dem Studium der Heilslehre begannen, nachdem sie viele Jahre als einfacher Mönch gelebt und ihren inneren Buddha genau kennengelernt hatten«, sagte der alte Tibeter. »Es hieß, kein Heiler könne die Gesundheit eines Patienten wieder ins Gleichgewicht bringen, solange in seiner eigenen Seele nicht ein ebensolches Gleichgewicht herrscht.«

Lokesh klagte fast nie; und wenn, dann stets über die eigene Unzulänglichkeit. Der Gedanke, daß sein Freund sich irgendwie schuldig fühlte, weil es ihm nicht möglich war, Lins Verletzung zu behandeln, versetzte Shan einen Stich. »Ich weiß noch, was die Lamas in unserer Baracke einmal gesagt haben: Falls man eine Seele ungestört zu ihrer wahren Natur heranwachsen läßt, wird sie viele Jahrzehnte einem Körper innewohnen und dann eines Tages wie eine reife Frucht erblühen«, sagte Shan und folgte dabei Lokeshs Blick zur Ebene der Blumen. »Aber sie haben auch gesagt, daß der Ort der Reife gut gewählt werden muß, denn sonst verfault die Seele und fällt vorzeitig ab.«

Lokesh nickte langsam.

Sie sahen die Sonne verschwinden. Der Horizont unter der fernen Wolkendecke erglühte rosafarben und golden.

»Mich beunruhigt nicht, daß es für ihn vielleicht an der Zeit ist zu sterben«, sagte Lokesh leise. »Aber er ringt dort um sein Leben, und ich weiß keine Medizin, finde keine Worte und vermag nicht einmal zu entscheiden, was ich für einen Mann wie ihn hoffen soll oder wie ich seine Seele erreichen kann, falls er stirbt. Es muß Millionen von Lins auf der Welt geben, und es schmerzt mich, wie wenig ich sie begreife. Es gibt zwischen uns keinerlei Verbindung. Weder mit mir noch mit der Erde oder der Welt, wie ich sie kenne. Wie kann ich da die Essenz in seinem Innern ansprechen?« Der alte Mann seufzte. »Ich fühle mich so unvollständig, Xiao Shan. Bei so großen Unterschieden kann es keine Heilung geben.«

Auch Shan fand keine Worte. Es ging ihm sehr nahe, daß dieser weise, gütige Tibeter sich durch einen Mann wie Lin unzulänglich vorkam.

Schweigend saßen sie nebeneinander, während es immer dunkler wurde. Shan erkannte allmählich, wie einzigartig dieses kleine Plateau war. Der gewaltige Felsturm in seinem Rücken schützte es vor dem Nordwind, und der Blick nach Süden und Westen erstreckte sich über Dutzende von Kilometern, so daß man jenseits der niedrigeren Bergketten sogar die karge, wunderschöne Changtang ausmachen konnte. Nach tibetischer Tradition war dies ein überaus machtvoller Ort. »Die Einsiedler, die hier lebten«, sagte Shan schließlich. »Sind sie aus Rapjung hergekommen?«

»Das hier war keine Einsiedelei im eigentlichen Sinne. Ich kannte sie – oder nein, ich hatte von ihr gehört. Es gab damals zwei solche Orte; beide auf dieser Seite des Berges und hoch über Rapjung. Jahrhundertelang wurden sie jeden Sommer von den Lama-Heilern aufgesucht, weil sie mächtige Mischplätze waren. Einer hieß Mischsims und lag am Rand einer gewaltigen Klippe, und den anderen, ganz in der Nähe, nannte man Kräuterplatte.«

»Mischplätze?« fragte Shan.

»Es gibt Arzneien, deren Herstellung Stunden dauert, weil man dabei bestimmte Gebete sprechen muß und nur besondere geweihte Werkzeuge benutzen darf. Jeder Wirkstoff muß in genau der richtigen Menge und Reihenfolge hinzugegeben werden, damit die Erdkraft darin erhalten bleibt. Sobald man mit der Arbeit begonnen hatte, konnte man nicht vorzeitig wieder aufhören. Und für manche Arzneien mußte der Lama sich in einer besonderen Gemütsverfassung befinden, was bedeutete, daß er zunächst in einer Meditationszelle oder unter dem Nachthimmel ausharrte. Ich glaube, wenn im Sommer der Vollmond am Himmel steht und sein Licht von der Bergwand widerscheint, gibt es keinen zweiten Ort wie diesen. Vom Mischsims erzählte man sich, daß es eigene Heilkräfte besaß, als wäre es selbst eine Art Medizin.«

Sie ließen ihre Blicke über den endlosen Himmel und das weite Land schweifen, das immer mehr im Schatten versank. Irgendwann erklang dicht hinter ihnen die Stimme einer Frau. »Das Essen ist fertig.«

Shan drehte sich um und sah Nyma. Sie schien keinen großen Hunger zu verspüren und setzte sich auf einen nahen Felsen. »Wo sollen wir hin?« fragte sie nach langem Schweigen. Als niemand etwas darauf erwiderte, gab sie sich selbst eine Antwort. »Auf der anderen Seite des Berges sind die Gebirgsjäger«, sagte sie mit zitternder Stimme. »Die werden glauben, wir hätten die vier Soldaten getötet. Der *dobdob* ist hinter uns her und lauert vielleicht in diesem Moment irgendwo auf dem Berg. Unten liegt Norbu gompa mit all den Schreihälsen. Einige meiner Leute sind voller Haß. Ein paar von ihnen möchten am liebsten umkehren und das Öllager sabotieren.« Sie sah Shan an. »Sie haben keine Hoffnung mehr. Da ist nur noch Wut.«

»Du weißt, wohin das führen würde«, erwiderte er. »Falls es auch nur das geringste Anzeichen für bewaffneten Widerstand gibt, wird die Armee einen Stützpunkt errichten, das Kriegsrecht verhängen und einen Mann wie Lin als Leiter des Bezirks einsetzen, und zwar für viele Jahre.«

»Ich habe heute auch großen Zorn verspürt«, gestand sie. »Unser schönes Dorf ...«

Bei der panischen Flucht den Berg hinauf hatte Shan gar nicht darüber nachgedacht, warum Nyma kein Nonnengewand mehr trug. Um zwischen den anderen Flüchtenden nicht aufzufallen, lautete sein erster Gedanke, doch dann fiel ihm die Frau wieder ein, die in letzter Minute aus einem der Häuser gelaufen war und ein braunes Stück Stoff neben den Eingang gehängt hatte. »Dein Gewand«, sagte er. »Du hast es zurückgelassen, damit es verbrennt.«

»Es steht mir nicht zu«, sagte Nyma mit hohler Stimme. »Diese Lüge muß ein Ende haben. Ich bin keine Nonne. Falls es bei uns eine echte Nonne gegeben hätte, wäre vielleicht nichts von alldem geschehen.«

Ein leises trauriges Stöhnen drang über Lokeshs Lippen.

»Du kannst nicht ...«, setzte Shan an. »Die Leute brauchen dich ...« Aber die Worte blieben ihm im Hals stecken.

Nyma schaute in Richtung der Berge im Westen. Über ihnen ertönte ein lautes Krächzen, der Schrei eines Ziegenmelkers. »Wir könnten entlang dieser Gipfel zur Hauptkette des Kunlun-Gebirges ziehen und ihr dann tausend Kilometer weit folgen. Das könnte Monate dauern, und vielleicht würde uns unterwegs kein einziger Mensch begegnen.« Sie klang sehnsüchtig.

Plötzlich wurde Shan klar, wo sie sich befanden, und er wußte, daß auch Winslow bald zu dieser Erkenntnis gelangen würde. Nur vier oder fünf Kilometer von hier entfernt war Melissa Larkin in den Tod gestürzt.

Lokesh lag noch schlafend neben Lin, als Shan und Winslow am nächsten Morgen aufbrachen. Am Abend zuvor, als Shan letztlich hineingegangen war, um zu essen, hatte der Amerikaner seine Landkarte studiert. Keiner der beiden hatte das Thema angeschnitten, doch als Winslow sich im Morgengrauen auf den Weg machte und zum westlichen Ausläufer des Berges aufstieg, folgte Shan in nur wenigen Schritten Abstand.

»Sie hätten bei den anderen bleiben und sich ausruhen können«, sagte Winslow, als Shan ihn einholte.

»Ich muß mich selbst vergewissern«, entgegnete Shan.

»Aber Melissa Larkin ist meine Angelegenheit«, stellte der Amerikaner fest.

»Dieser Berg hat uns noch viele Geheimnisse zu verraten«, wandte Shan ein. »Nicht nur über Larkin.«

»Ich dachte, mit dem gestrigen Tag hätte sich das alles erledigt.«

Shan nickte. »Manches ja. Aber ich glaube, daß dafür etwas anderes in Gang gesetzt wurde.«

Statt etwas zu erwidern, deutete der Amerikaner auf ein stattliches blaues Schaf, ein *bharal*, das über ihnen majestätisch auf einem Sims thronte und sich so weit über die Kante beugte, daß es beinahe in der Luft zu schweben schien. Shan erinnerte sich an die Geschichte, daß etwas ihn einst veranlaßt habe, auf einen Hügel zu klettern und einen kleinen Stein von dort zu entfernen. Der Amerikaner eilte im Laufschritt weiter, als fürchte er, etwas zu verpassen.

Dreißig Minuten später holte Shan ihn an einem seltsamen Ort wieder ein. Es war eine flache Nische im Fels, über der in fünfzehn Metern Höhe Wasser aus dem Stein trat und an der nahezu senkrechten Wand hinabfloß, nicht als Wasserfall, sondern als glitzerndes Band von fast zehn Metern Breite, bewachsen mit Moos und kleinen Farnen. Das Wasser fiel auf eine Steinplatte, die vor Urzeiten von oben herabgestürzt war und einen geschützten Alkoven gebildet hatte. Nein, das Wasser fiel hinter die Platte und floß darunter hindurch, erkannte Shan, als er näher kam. Deshalb gab es hier eine absolut waagerechte, trockene Fläche, die von einer üppigen Wand aus lebendigen Pflanzen umgeben wurde und einerseits windgeschützt, andererseits von der Sonne beschienen war. Auf der Platte wuchsen in mit Erde gefüllten Vertiefungen weitere Pflanzen, wie Shan sie nirgendwo sonst auf dem Berg gesehen hatte.

»Schauen Sie sich das an«, sagte Winslow erstaunt. Shan gesellte sich zu ihm auf die andere Seite eines großen, annähernd quadratischen Felsens am Rand der Platte. Im Boden sah er drei runde, gleichmäßig voneinander entfernte Mulden, die jeweils etwa dreißig Zentimeter breit und zwanzig Zentimeter tief waren. Davor standen im Halbkreis sechs flache Felsen von ebenfalls dreißig Zentimetern Breite und knapp einem halben Meter Höhe.

»Wer … was war … wozu hat man das gemacht?« fragte Winslow verwundert.

Shan kniete sich neben eine der Mulden und berührte ihre Oberfläche. Die Steine und Löcher waren leicht unregelmäßig geformt und schienen nicht von Menschenhand zu stammen, doch das Gegenteil mußte der Fall sein – man hatte hier Arzneien angemischt. Er sah, daß der Amerikaner mit einer Hand über die flache Rückseite des Felsblocks strich, der den Halbkreis beschirmte. Mittlerweile war ein Teil der Oberfläche von Flechte überwuchert, doch man konnte die eingemeißelten tibetischen Schriftzeichen noch immer erkennen.

»Die Kräuterplatte«, flüsterte Shan und erzählte Winslow, was Lokesh ihm von den Lama-Heilern und diesem Berg berichtet hatte.

Der Amerikaner wirkte zutiefst bewegt und betastete immer wieder die uralte Inschrift. »Sie wußten so viel«, sagte er, »so viel, das wir nicht wissen. Und das wir niemals wissen werden.«

Shan nahm vorsichtig auf einem der steinernen Hocker Platz, so wie es früher die Lamas getan hatten. Eine sanfte Brise trug ungewohnte Düfte heran. Er roch Minze und Fenchel, vermischt mit anderen, schärferen Gerüchen. Die Macht dieses Ortes hing wie ein feiner Nebel in der Luft, ohne auch nur im mindesten einschüchternd zu wirken. Shan fühlte sich entspannt und hellwach zugleich. Es war ein Ort, an dem die Heilung begann.

Winslow rief Shan zu einem größeren Moosfleck unter der Steinplatte. Man konnte Fußspuren erkennen; jemand hatte kürzlich dort gelegen.

»Zwei Personen«, sagte der Amerikaner und erhob sich. »Nicht letzte Nacht, aber vor kurzem.« Er drehte sich um und ließ den Blick angestrengt über die Landschaft schweifen. Auf einer Wiese oberhalb von Rapjung, keine acht Kilometer von hier entfernt, hatten sie zwei Kräutersammler gesehen, den Geisterlama und seinen Begleiter. Mit großen Schritten machte Winslow sich auf und folgte dem weiteren Verlauf des Pfades.

Eine halbe Stunde später blieb er stehen und schaute zu einem Schneefleck auf dem Hang hoch über ihnen. »Was sollte Zhus Versteckspiel?« fragte er auf einmal. »Warum ist er in den Bergen herumgeschlichen, ohne Jenkins davon zu erzählen?«

Er wartete nicht auf eine Antwort, sondern eilte weiter, bis sie den Kamm des langen Berggrats erreichten. Dort breitete er die Landkarte auf einem flachen Felsen aus. Westlich von ihnen ragte eine hohe Klippe auf und bildete eine riesige senkrechte Wand, die erst nach mehreren hundert Metern zu den Schluchten hin abfiel.

»Wir haben uns nie erkundigt, wo Zhus Team war, als er die Leiche sah«, sagte Shan. »Wir haben Jenkins nur nach Larkins Leuten gefragt, nicht nach denen von Zhu.« Er betrachtete die Landschaft. Diese Klippe hatte Zhu ihnen auf der Karte gezeigt. Hier war Melissa Larkin abgestürzt. Jemand hätte es von dem Hang aus beobachten können, über den sie hierher aufgestiegen waren, oder von dem flachen Grat, auf dem sie nun standen und der parallel zu der Klippe verlief. Allerdings konnte dieser Jemand nicht im offiziellen Auftrag des Ölprojekts unterwegs gewesen sein, denn diese Gegend lag außerhalb der Grenzen, die Jenkins bei Winslows erstem Besuch in die Karte eingezeichnet hatte. Sowohl Larkin als auch Zhu hätten sich demnach außerhalb ihres Zuständigkeitsbereichs bewegt.

Eine halbe Stunde später befanden Winslow und Shan sich oben auf der Klippe, arbeiteten sich schweigend voran und blieben alle paar Minuten stehen, um hinunter in die schattigen Tiefen zu starren. Besorgt verfolgte Shan, wie der Amerikaner sich über die Kante beugte. Streckenweise liefen sie auf hartem Granit, aber an vielen Stellen spürten sie loses Geröll unter den Stiefeln. Man konnte leicht ausrutschen und den Halt verlieren; es erschien gut möglich, daß jemand in einem akuten Anfall von Höhenkrankheit ins Taumeln geraten und in die Tiefe stürzen könnte. Winslow griff sich plötzlich an die Stirn, und Shan sprang vor.

»Es ist alles in Ordnung«, sagte der Amerikaner und schob ihn weg. »Ich habe eine Tablette geschluckt.«

»Hatte Larkin auch solche Pillen?« fragte Shan.

»Keine Ahnung.« Winslow schaute nach unten zu einem schmalen Wasserlauf, der vom Fuß der Klippe wegführte und im Dunkel einer der gewundenen Schluchten verschwand.

Mit einem Mal fiel Shan im Sonnenlicht ein Farbfleck ins

Auge. Auf einem schmalen Vorsprung, der in dreißig Metern Entfernung und sechs Meter unterhalb der Kante aus der Klippe ragte, lag mitten in einem Gewirr aus Felsbrocken etwas Hellgraues oder Blaues. Kaum hatte Shan ihn darauf hingewiesen, lief Winslow auch schon los. Als Shan ihn wieder einholte, hatte der Amerikaner sich bereits in den Spalt gewagt, durch den man den Vorsprung erreichen konnte. »Es ist zu gefährlich«, rief Shan. Er sah nun, daß es sich bei dem Vorsprung genaugenommen um das Ende einer großen Felsplatte handelte, die irgendwann von der Klippe abgebrochen und wie ein Keil in der Spalte steckengeblieben war. Womöglich genügten nur wenige Kilogramm zusätzliches Gewicht, um die Platte endgültig abstürzen zu lassen.

Winslow achtete nicht auf Shan und stieg auf den Vorsprung hinunter. Shan folgte ihm und erschauderte, als er sah, wie bleich der Amerikaner geworden war. Zwischen den Felsen lag ein totes *bharal*, eines jener seltenen, vom Aussterben bedrohten blauen Schafe. Das Tier war seit ungefähr einer Woche tot, sofern man dies in der trockenen kalten Luft überhaupt feststellen konnte.

Winslow strich über das dicke Gehörn. »Ich dachte ...«, setzte der Amerikaner an und hielt wieder inne. »Ich dachte, ein solches Schaf würde niemals abstürzen, weil die Hufe auf den Steinen Halt finden.«

Shan schob sich vorsichtig neben ihn und wies auf einen braunen klebrigen Fleck im Genick des Tiers. »Es ist nicht durch ein Sturz gestorben, sondern wurde erschossen.«

»Erschossen und hier zurückgelassen? Wer würde ...« Winslows Stimme erstarb erneut. Vorsichtig legte er eine Fingerspitze auf das dichte Wollkleid zwischen den Ohren des Tiers. »Einmal saß ich mit einem tibetischen Bürokraten im Flughafen und wartete ab, daß man eine der Leichen in die Maschine verladen würde. Er hielt meinen Job für ziemlich komisch und sagte, alles in Tibet habe seit jeher mit Vergänglichkeit zu tun, und das sollte den Leuten lieber klar sein, bevor sie herkommen. Später habe ich dann begriffen, daß er es für amüsant hielt, daß jemand von der Vergänglichkeit überrascht werden konnte.« Er streichelte das Tier zwischen den Ohren, als müsse es getröstet werden.

Sie hatten beide das Gefühl, das tote Tier nicht einfach zurücklassen zu können. Dieses wunderschöne Schaf war in einem kurzen grausamen Moment nichtsahnend aus dem Leben gerissen worden. Shan betrachtete die Lage des Kadavers. Das *bharal* hatte oben am Rand der Klippe gestanden, auf sein Revier hinausgeschaut und keinen Gedanken an die Belange der Menschen verschwendet, bis ein Schuß sein Schicksal urplötzlich besiegelte.

»Das geht nicht auf Larkins Konto«, sagte Winslow, als würde er die Frau kennen.

»Nein«, stimmte Shan ihm zu. »Jemand anders war hier.«

Es war ein sauberer Treffer, vermutlich abgefeuert aus einem Gewehr mit großer Reichweite und Zielfernrohr. Ein Jäger kam als Schütze nicht in Betracht, denn der hätte das Tier leicht bergen können. Diese prächtige Kreatur war aus einer Laune heraus ermordet worden, nur um des reinen Tötens willen. Es war die beiläufige Tat eines Menschen, der einen schnellen Schuß abgab, lachte und weiterzog.

Shan und Winslow sahen sich zornig an. Als der Amerikaner aufstand, schien eine schwere Last auf seinen Schultern zu ruhen. Er stützte sich an der Seite des Spalts ab, als könne er sich nur mühsam auf den Beinen halten.

»Wir sollten etwas tun«, sagte er und klang dabei wieder ganz hilflos.

Shan entgegnete nichts und fing an, auf einem flachen Felsen hinter dem Schaf einen Steinhaufen zu errichten, der dort dem Licht und dem Wind preisgegeben sein würde. Sie arbeiteten schweigend, und nach zehn Minuten war der schmale Haufen rund einen halben Meter hoch. Shan erinnerte sich an die alte *khata*, die er seit dem Öllager in der Tasche trug, und beschwerte sie mit dem obersten Stein.

Winslow nickte ernst, schloß die Augen wie zu einem kurzen Gebet und stieg zurück auf die Klippe. Oben schlug er den Rückweg ein. Anscheinend war er nicht länger daran interessiert, die Gegend abzusuchen.

Als sie den eigentlichen Grat erreichten, zog er ein weiteres Mal die Karte zu Rate. »Es ist gar nicht so weit nach Yapchi«, sagte er und deutete auf zwei lange steile Bergkämme im Norden. »Bloß sechseinhalb Kilometer.« Er sah Shan an. »Ich möchte wissen, wo Zhus Team steckt und was aus den anderen Zeugen geworden ist.«

Shan beschlich ein ungutes Gefühl. Winslow wollte sich quer durch das trügerische Terrain bis nach Yapchi vorarbeiten, wo es inzwischen von wütenden Soldaten auf der Suche nach Lin wimmeln mußte. Doch auch Shan hatte keinen Zweifel daran, daß die Antworten auf ihre Fragen in dem Tal zu finden waren. Er nickte zögernd und bedeutete Winslow, er solle vorangehen. Zehn Minuten später hob der Amerikaner die Hand. Zwischen ihnen und dem ersten der beiden Bergkämme gähnte eine tiefe, unpassierbare Schlucht, die nicht auf der Karte eingetragen war. Sie würden Yapchi keinesfalls noch am selben Tag erreichen können. Der Amerikaner machte kehrt, blieb stehen und deutete grinsend nach vorn. Auf dem Grat des hinteren Bergrückens gingen ein Mönch und ein Yak. Der Mann folgte dem Tier, als würde es ihn irgendwohin führen. Lepka hatte erzählt, Gyalo und Jampa hätten ihn bis zu dem schmalen Pfad gebracht, der hinunter zum Mischsims verlief, und seien dann weitergezogen.

Shan mußte an das *bharal* denken und sorgte sich um den Mönch. Gyalo half der Bevölkerung, er transportierte Kranke und Vorräte oder suchte vielleicht nach einem guten Meditationsfelsen. Womöglich ließ er Jampa nach einer geeigneten Stelle Ausschau halten.

»Ihr Freund wird mich besuchen«, sagte Winslow plötzlich und blickte dabei dem sonderbaren Paar hinterher, das weiter bergauf stieg.

»Gyalo?«

»Lokesh. Wir haben uns gestern auf dem Pfad unterhalten. Er wollte alles mögliche über Peking wissen. Zum Beispiel hatte er gehört, daß es dort Lichter gibt, die dir verraten, wann du weitergehen darfst, und so mußte ich ihm erklären, was eine Ampel ist. Er sagte, er würde in ein paar Monaten in die Stadt kommen, und hat mich gefragt, ob er bei mir auf dem Boden schlafen dürfe. Außerdem hat er mich gebeten, ihm einen Plan zu zeichnen, der ihm den Weg zum Haus des Vorsitzenden beschreibt.«

Shan verzog das Gesicht. »Lokesh begreift es nicht.«

»Nein«, stimmte Winslow ihm zu. »Aber er hat gesagt, er folge nur seinem inneren Gott.« Der Amerikaner musterte Shans gequälte Miene. »Ich werde so gut wie möglich auf ihn aufpassen«, versprach er und bog auf den Pfad ein, der zurück zum Mischsims führte.

Als sie ankamen, saßen Anya und Tenzin bei Lin. Das Mädchen hielt dem Oberst erneut die Hand, und der Tibeter wischte ihm mit einem feuchten Lappen die Stirn ab. Zu Shans Überraschung bewegte Lin den Kopf und öffnete immer wieder kurz die Augen. »Das ist alles«, flüsterte Anya. »Er spricht nicht und scheint nichts um sich herum wahrzunehmen. Ich bin mir nicht sicher, wo er sich befindet. Vielleicht kommt er nie wieder zu Bewußtsein.«

Doch plötzlich riß Lin die Augen auf. »Du!« stöhnte er, machte sich mit einem Ruck von Anya los, packte Tenzin am Hals und zog ihn zu sich herunter. Seltsamerweise leistete der Tibeter keinen Widerstand, obwohl der Oberst ihm eindeutig weh tat. Im nächsten Moment und wiederum ohne jede Vorwarnung verdrehte Lin die Augen. Seine Hand erschlaffte und sank ihm auf die Brust.

»Er hat böse Träume«, sagte Anya in merkwürdig entschuldigendem Tonfall zu Tenzin.

Der Tibeter sah sie nur ausdruckslos an und wischte Lin von neuem die Stirn ab. Als Anya wenig später aufstand, um frisches Wasser zu holen, kniete Shan sich neben den Oberst und durchsuchte die Taschen seiner Uniform. Lhandros Papiere fand er nicht, doch in einer der Brusttaschen steckte ein gefaltetes Foto, das Shan zur Tür mitnahm, um es im Sonnenlicht genauer zu untersuchen.

Es war eine grobkörnige und verschwommene Schwarzweißaufnahme, vermutlich das Bild einer Überwachungskamera. Darauf waren zwei Männer in einem Büroflur zu sehen. Sie trugen lange Hausmeisterkittel und hielten Eimer und Schrubber in den Händen. Die Aufnahme zeigte sie von hinten, aber der größere und ältere der beiden hatte den Kopf leicht gedreht, um einen Blick über die Schulter zu werfen. Sein Begleiter war nicht klar zu erkennen, doch es konnte sich durchaus um Drakte handeln. Bei diesem zweiten Mann war kein Irrtum möglich. Es war Tenzin. Und in einem der Eimer, vermutete Shan, lag das Auge von Yapchi.

»Es ist etwas passiert«, erklang hinter ihm Winslows beunruhigte Stimme. Der Amerikaner holte sein Fernglas aus der Schutzhülle. Neben ihm tauchte Nyma auf.

»Lokesh«, rief sie. »Lokesh ist fort.«

Er sei kurz nach Shan und Winslow aufgebrochen und auf dem schmalen Ziegenpfad nach unten gestiegen, erklärte Nyma. Mitgenommen habe er lediglich etwas kalten *tsampa* und eine Wasserflasche. Und er habe die ganze Zeit geredet, als würde er mit Leuten sprechen, die niemand außer ihm sehen konnte. Shan lief hinaus auf das Plateau und nahm ebenfalls sein Fernglas zur Hand. Er entdeckte ein halbes Dutzend Pfade sowie mehrere langgestreckte, sanft ansteigende Hänge, die zu Fuß ohne weiteres passierbar waren. Eine Stunde lang suchten er und Winslow jeden Pfad und jeden flachen Felsen ab, auf dem jemand sich möglicherweise zur Meditation niederlassen würde. Shan lief den Weg hinunter, auf dem man Lokesh zuletzt gesehen hatte, und rief immer wieder seinen Namen, doch sein alter Freund blieb spurlos verschwunden. Lins Soldaten kannten Lokeshs Gesicht. Falls die Männer des Obersts ihn zu fassen bekamen, würden sie weder Geduld mit ihm haben noch ihn auch nur den Kriechern überlassen. Stattdessen würden sie sofort drastische Maßnahmen ergreifen, um durch jedes erdenkliche Mittel den Verbleib ihres vorgesetzten Offiziers zu klären.

Shan ließ sich auf einen Felsen sinken und kämpfte gegen das dunkle Etwas an, das sich um sein Herz zu legen schien. Vom Plateau aus sah er die Sonne hinter der fernen Changtang verschwinden.

Plötzlich berührte ihn jemand, und sein Kopf ruckte hoch.

Er mußte eingeschlafen sein. Die Farben am Horizont waren vollständig verblaßt und die Nacht beinahe schon hereingebrochen. Nyma kniete weinend neben ihm.

»Lokesh?« fragte er erschrocken.

Sie nickte und wischte sich die Tränen mit dem Handrücken ab. »Er hat ihn gefunden. Er ist in die Berge gegangen und hat ihn gefunden. Lepka sah sie kommen und sagte, es müsse hier in der Nähe wohl eine Pforte zu einem der verborgenen Länder geben. Zuerst haben wir das nicht verstanden, aber dann hat auch Winslow die beiden auf einem der Ziegenpfade entdeckt. Lokesh ging voran und drehte sich immer wieder um, als müsse er ihm ständig gut zureden, wie einem wilden Tier, das gezähmt werden soll.« Sie schaute zurück zu den versteckten Kammern.

Shan stand auf. Er war völlig verwirrt.

»Es ist ein Geist«, sagte Nyma. »Es muß ein Geist sein, der hergekommen ist, um uns zu retten.«

Shan lief los, stolperte, fiel auf ein Knie, rappelte sich hoch und rannte weiter. Die Hauptkammer glich einem Tempel. Es herrschte ehrfürchtiges Schweigen, und Weihrauchschwaden hingen in der Luft. Lhandro und seine Eltern saßen aufgeregt und mit großen Augen vor der Wand. Die Mutter des *rongpa* wiegte sich vor und zurück, während Lhandro und Lepka ihre *malas* durch die Finger gleiten ließen und stumme Gebete sprachen. Winslow hatte sich in die dunkelste Ecke zurückgezogen und sah auf seltsame Weise verblüfft und freudig aus.

Am Fußende der Bettstatt hockte Lokesh, und an einer Seite hielt Anya immer noch die Hand des Obersts. Gegenüber dem Mädchen saß ein greiser Tibeter, der sogar noch älter als Lhandros Vater war, strich mit einer Hand über Lins Stirn und lauschte mit der anderen am Handgelenk dem Puls. Er wirkte zerbrechlich und stark zugleich, war schmal wie ein Schilfrohr und strahlte doch Kraft und Ruhe aus. Bekleidet war er mit einer verschlissenen Arbeiterjacke über einer ebenso abgewetzten kastanienbraunen Robe, und an den Füßen trug er alte schwarze Sportschuhe, die beinahe auseinanderfielen. Neben ihm an der Wand lehnte ein robuster Stab.

Lokesh stieß ein leises krächzendes Geräusch aus, als er Shan sah, streckte dann die Arme aus und umschloß mit festem Griff Shans Hand, um sie wieder und wieder zu drücken. Der alte Tibeter schien vor lauter Verzückung fast außer sich zu geraten. »Es ist Jokar Rinpoche!« sagte Lokesh, als er schließlich seine Stimme wiederfand. »Aus Rapjung«, fügte er hinzu, als würden aus der Klosterruine noch immer regelmäßig alte Heiler ausgesandt. »Von früher. Derselbe Jokar«, flüsterte er, als könne jemand auf den Gedanken verfallen, es handle sich um eine andere Inkarnation des Lama.

Es war der Lama-Heiler, jene geisterhafte Erscheinung, die sie auf der Kräuterwiese gesehen hatten, der Mann, durch den Chemi geheilt worden war. Shan hatte sich mühsam dazu gebracht, an die Existenz dieses Lama zu glauben, obwohl es höchst unwahrscheinlich schien, daß ein solcher Mann in den Bergen umherstreifte – das leibhaftige Überbleibsel einer anderen Welt, nicht etwa ein Gott, Dämon oder Gespenst. Doch in diesem Moment, als Jokar sich umdrehte und seinen Arm nach Shan ausstreckte, kam es ihm aus einem unerfindlichen Grund so vor, als würde sein Vater nach ihm greifen, und als der Lama Shans Hand nahm, entrang sich diesem lediglich ein hilfloses Keuchen.

»*Lha gyal lo*«, sagte Jokar sanft und lächelte vertraut, bevor er sich wieder seinem Patienten zuwandte.

Schweigend sahen sie dem Lama bei der Arbeit zu. Weihrauch erfüllte den Raum, und der Wind strich heulend um die Felsen über ihren Köpfen. Lepka stimmte ein leises Lied an. Die *purbas* standen wachsam im Schatten, doch ihre Mienen konnten die Verwirrung nicht verbergen.

Shan erhob sich und wich ins Halbdunkel zurück. Im flackernden Licht sah er Winslow in der Ecke noch immer grinsen. In der nächstgelegenen Zelle saß Tenzin allein für sich und in tiefer Meditation versunken. Shan setzte sich und beobachtete den Lama und Lokesh, dessen Gesicht auch weiterhin vor Staunen erglühte und bei dem sich die Ehrfurcht mit dem Eifer eines jungen Schülers mischte.

Shan wußte, daß alle im Raum die losgelöste, jenseitige Natur dieses Augenblicks auf gleiche Weise empfanden. Es war tatsächlich, als wäre Jokar wie durch Zauberei aus einer anderen Welt aufgetaucht, weil er hier gebraucht wurde – nur um nach dem Besuch wieder zu den Göttern aufzusteigen. Einen Mann wie den Lama hatte Shan noch nie zuvor gesehen – uralt und zugleich zeitlos. Als der Lama Shan berührt hatte, war ein elektrisierendes Kribbeln seinen Arm hinaufgeschossen. Manchmal kommen Gottheiten vorbei und ändern das Leben der Menschen für immer, hatte Anya gesagt.

An Jokars linker Hand fehlte bis auf einen winzigen Stumpf der kleine Finger. Shan erinnerte sich an Lokeshs Geschichte: Die Heiler von Rapjung pflegten ihre Kräuter mit großen Hackmessern zu zerkleinern, und manch ein unerfahrener Schüler büßte dabei einen Finger ein. Es mußte vor vielen Jahrzehnten geschehen sein.

Shan erblickte vor dem inneren Auge die Ebene von Rapjung, wie sie vor sechzig Jahren ausgesehen hatte. Der junge Lokesh saß bei seinem Lehrer Chigu und bei Jokar, der damals noch nicht lange als Heiler wirken durfte. Über ihnen flogen Gänse vorbei, und Jokar freute sich lautstark über ein seltenes Kraut, das er gefunden hatte. Neben ihnen landete eine Lerche und verwandelte sich in einen Stiefel. Dann sah Shan einen Mann mit dunkler Brille, der ihm vier dicke Finger vor die Nase hielt. Die Erkenntnis traf ihn wie ein Schwächeanfall, und er befand sich schlagartig wieder in der Kammer, mußte nach Luft ringen und fröstelte. Mit wackligen Knien stand er auf und ging nach draußen.

Als er sich kurz darauf an die Felswand lehnte und zum Himmel blickte, kam Nyma. »Was ist los? Bist du krank?«

»Nein, nicht krank«, murmelte er.

Sie starrte ihn an und wich zögernd einen Schritt zurück, als würde etwas an ihm sie ängstigen.

»Nyma, entsinnst du dich noch an den Morgen in Norbu, als wir dachten, die Kriecher würden uns verhaften?«

»Diesen furchtbaren Morgen werde ich nie vergessen«, antwortete sie und setzte sich neben ihn.

»Der Arzt war ungeduldig und nicht gut auf Khodrak und das Komitee zu sprechen, als würden sie seine Zeit verschwenden. Er gehörte nicht zur örtlichen Dienststelle der Öffentlichen Sicherheit, sondern war aus einem bestimmten Grund von weither angereist.«

»Ein besonderes Sanitätsteam aus Lhasa«, sagte Nyma.

»Aber sie sind nicht direkt aus Lhasa gekommen. Der Novize hat während unseres Rundgangs erzählt, daß sie lange unterwegs waren und von der indischen Grenze aufgebrochen sind.« Shan schaute wieder zu den Sternen empor. »Der Arzt hat den Offizier angesehen und die Finger gehoben. Vier Finger. Ich dachte, er wolle damit sagen, daß wir dort im Stall nur zu viert anstatt zu fünft waren.«

»Aber sie waren doch tatsächlich hinter Tenzin her.«

»*Jemand* war hinter Tenzin her.« Shan nickte. »Khodrak, glaube ich, und Tuan. Doch dieser Offizier wollte etwas anderes. Es gab einen Grund dafür, daß dieses Sanitätsteam gemeinsam mit den Kriechern unterwegs war. Mehrere Wochen lang und aus Richtung der indischen Grenze. Tuan hat in Norbu zu mir gesagt, die Ärzte seien wegen eines Agitators aus Indien dort. Ich dachte, damit sei ein Widerstandskämpfer oder sogar der Tiger gemeint. Aber er hat von Jokar gesprochen.«

»Das verstehe ich nicht.«

»Seine Finger. Er hat den kleinen Finger abgeklappt und die anderen vier hochgehalten. Das ist doch seltsam. Die meisten Menschen würden statt dessen den Daumen anwinkeln. Er jedoch hat den Daumen und die ersten drei Finger ausgestreckt.«

»Das ist Jokar«, flüsterte Nyma langsam.

»Nicht ganz«, widersprach Shan. »Sicher, Jokar war *gemeint*. Man sucht nach einem Heiler mit vier Fingern und verfolgt ihn mit einem Team, das ihm die Kranken abspenstig machen soll, indem es Behandlungen in chinesischen Kliniken verspricht. All jene, die traditionelle Heiler vorziehen, dienen als zusätzlicher Beweis gegen ihn. Die Regierung glaubt, er habe auf dem Weg von Indien hierher überall reaktionäre Praktiken geschürt.«

»Falls das zutrifft, erklärt es auch, warum man versucht, Heilpflanzen zu verbrennen«, erklang eine Stimme aus der Dunkelheit. Winslow gesellte sich zu ihnen.

»Aber warum?« protestierte Nyma. »All diese Gerüchte und Zeitungsartikel. Es klingt, als würden die Behörden nach einem schrecklichen Verbrecher fahnden. Er ist ein Heiler. Er bedeutet den Tibetern unendlich viel.« Sie sah Shan an und senkte dann den Blick. Sie hatte sich die Frage soeben selbst beantwortet.

Winslow ließ sich auf einem Felsen nieder, und so saßen sie zu dritt schweigend da. Eine neue Vision stieg vor Shan auf: Jokar in einem *lao-gai*-Lager, wie er von den Wachen ausgepeitscht wurde, während er versuchte, eine Schubkarre voller Steine einen Hügel hinaufzuschieben.

»Er wollte uns doch nur sein Wissen vermitteln und die Heilung zu uns zurückbringen«, flüsterte Nyma schließlich traurig.

Am nächsten Morgen saß Lin bereits aufrecht an der Wand. Er schien nicht sprechen zu können oder zu wollen, beobachtete aber unentwegt die Tibeter. Mit der gesunden Hand durchsuchte er seine Taschen und häufte den Inhalt neben sich auf. Zigaretten, Streichhölzer, eine Trillerpfeife, ein kleiner Handschellenschlüssel und ein winziger ockerfarbener Beutel, der mit einem Faden verschnürt war. Immer wenn Tenzin im Licht der Butterlampen auftauchte, wies der Oberst auf ihn. Manchmal machte er dabei kleine Greifbewegungen wie ein wütender Krebs, und mitunter rieb er sich auch die Augen, als könne er den Tibeter dann besser erkennen. Anya wich weiterhin nicht von seiner Seite und reichte ihm gelegentlich eine Schale Tee.

Jokar war fort. Niemand hatte ihn aufbrechen gesehen. Lhandros Mutter sagte, es sei nun mal die Art solcher Geschöpfe, sich plötzlich in Luft aufzulösen. Winslow glaubte, im grauen Licht der Morgendämmerung eine Gestalt auf dem Pfad nach Westen erspäht zu haben. Lokesh wirkte erschöpft. Er war fast die ganze Nacht mit Jokar aufgeblieben, noch lange nachdem Shan sich todmüde zum Schlafen hingelegt hatte. Nun sah Shan ihm dabei zu, wie er den Verband von Lins Handgelenk abwickelte und aus dem Schatten eine Schale mit leuchtendweißem Salz zu sich heranzog. Hochkonzentriert und ohne einen Blick für seine Umgebung hielt Lokesh dann Lins gebrochene Hand über die Schüssel und fing an, sie mit Salz einzureiben. Es war das Lamtso-Salz, das machtvolle Salz des heiligen Sees, und Lokesh badete Lins Hand darin.

Der Oberst reagierte nicht, sondern verfolgte die Prozedur mit der gleichen gespannten Aufmerksamkeit wie Shan, während der alte Tibeter das Salz einmassierte und die Haut danach sanft mit einem Stück Stoff abwischte. Als er fertig war, umwickelte er das Handgelenk mit etwas, das wie ein Gebetsschal aussah, band Lin den Arm in einer Schlinge vor den Leib und stand auf. Der Oberst sah ihn erwartungsvoll an und zog die Augenbrauen hoch, als wolle er Lokesh bitten, noch zu bleiben; dann jedoch schaute er ihm lediglich verunsichert hinterher. Shan folgte Lokesh nach draußen, wo Lhandros Mutter Buttertee zubereitet hatte. Die beiden Männer nahmen sich jeweils eine Schale davon mit und gingen zum Rand des Plateaus. Keiner schien zu wissen, was er zu den Ereignissen der letzten Nacht sagen sollte.

»Ich weiß nicht mehr, wie oft wir auf irgendeinen Berg geklettert sind, weil du dachtest, du hättest dort eine große Schildkröte oder eine zehnarmige Gottheit gesehen«, sagte Shan schließlich. Er hatte es längst aufgegeben, diese Vorfälle zu zählen, und doch äußerte er niemals Einwände, wenn sein Freund darauf beharrte, daß sie sich an den Aufstieg machen sollten. »Gestern abend war es so, als sei die Schildkröte endlich gekommen.«

Lokesh setzte sein schiefes Grinsen auf und nickte. »Du sagst es.«

»Stimmt es, daß du ihn gekannt hast? In Rapjung?«

»Ich war damals bloß ein blutiger Anfänger. Aber er erinnert sich noch an mich. Wir haben uns letzte Nacht stundenlang über Rapjung und das Tal von Yapchi unterhalten, und dann ist Jokar zu diesem alten Baum da drüben gegangen und hat sich zu Tenzin gesetzt. Er weiß noch, daß ich immer mit Chigu Rinpoche zusammen war und daß Rinpoche gehofft hat, ich würde dauerhaft in Rapjung bleiben und mich ausbilden lassen.«

Niemand war dauerhaft in Rapjung geblieben, dachte Shan verbittert. »Konnte er fliehen, bevor die Armee kam?«

»Der Leibarzt des Dalai Lama hatte nach ihm geschickt. Er ließ ihm eine geheime Botschaft zukommen, als der Dalai Lama nach Indien floh. Jokar war einer der jüngsten Lehrer und sollte dabei helfen, in Indien ein neues tibetisches Heilkolleg aufzubauen. Dort ist er dann all die Jahre geblieben und hat im Dienst der Zukunft gearbeitet.«

»Er hat einen sehr weiten Weg hinter sich. Viele hundert Kilometer. Und er scheint kein Geld zu besitzen.« Shan mußte an die verschlissene Robe und die ausgetretenen Schuhe denken. »Die Kriecher sind hinter ihm her.« Doch er wußte, daß Jokar sich deswegen keine Sorgen machte. Sobald er die ihm vorgezeichnete Bahn eingeschlagen hatte, würde der alte Mönch sich genausowenig von den Kriechern abschrecken lassen wie Gendun oder Lokesh. Der alte Shan aus Peking hätte über die Behauptung gelacht, daß solche Männer unter dem Schutz der Götter standen. Aber eigentlich schien es die einzig mögliche Erklärung zu sein.

»Er hat gesagt, es sei eine Art Pilgerreise«, fuhr Lokesh fort. »Und falls er Geld besäße, könnte ihn das womöglich verleiten, mit Bussen zu fahren und Städte zu betreten. Er ist immer zu Fuß gegangen, nahe an der Erde, seit nunmehr acht Monaten. Gelegentlich ist er bei *rongpas* untergekommen oder mit den *dropkas* und ihren Herden gereist. Und er hat geheilt, wo er konnte. Um alte Wurzeln auszugraben, wie er sagte – als lägen die alten Bräuche noch immer im Land und im Herzen des Volkes verborgen und müßten einfach nur neu entdeckt werden. Er stellt die alten Arzneien her. Manchmal haben ganze Dörfer eine Nacht lang bei ihm gesessen und sich vom Dalai Lama und dem früheren Tibet erzählen lassen, und er erinnert die Leute an Heilmethoden, die sie längst vergessen glaubten.«

»Aber warum ist er gerade hierher gekommen?«

»Hier in Rapjung hat er fast fünfzig Jahre seines Lebens verbracht. Hingeschickt wurde er als kleiner Junge, noch zu Lebzeiten des dreizehnten Dalai Lama. In Indien war er viele Jahre als Leiter der neuen Schule tätig. Es wurde Zeit, damit aufzuhören, hat er gesagt. Ich glaube, er möchte die alte Schule zu neuem Leben erwecken.«

»Rapjung?«

Lokesh nickte. »Er sagt, er habe unterwegs andere Heiler getroffen; alle hätten sie Rapjung gekannt und ihn oft gefragt, ob dort noch immer Heilkräuter wüchsen. Er hat mir erzählt, er habe die Ruinen besucht und die neuen Gebäude gesehen.« Sie sahen sich bedeutungsvoll an. Jokar wußte noch nichts von dem Brand. »Er sagt, die Tibeter müßten lernen, wie man sich treu bleiben und dennoch Veränderungen bewirken kann.« Lokesh hielt inne und nickte erneut, sehr bedächtig, als würde er über diese Worte nachsinnen. »An den Gerüchten ist etwas Wahres. Jokar muß gekommen sein, um den Stuhl des Siddhi einzunehmen, jenes Widerstandsführers aus den uralten Geschichten.«

»Die Kriecher verfügen in Indien über Spione«, sagte Shan. »Wenn ein so berühmter Lama nach Tibet aufbricht, um das Volk um sich zu scharen, kann ihnen das nicht entgehen. In ihren Augen handelt es sich um die schlimmste aller möglichen Sünden gegen die Regierung. Er befindet sich in höchster Gefahr.«

Lokesh nickte. »Pflichten«, sagte er bekümmert. Was er ausdrücken wollte, bedurfte keiner weiteren Worte, denn Shan wußte sofort Bescheid. Er hatte dieses Thema schon oft erörtert, sowohl mit Lokesh als auch mit anderen Tibetern. Die Soldaten würden tun, was sie tun mußten, sollte das heißen, und für die Tibeter galt das ebenfalls.

»Er wäre hier in Sicherheit gewesen und hätte ein paar Tage bleiben können.«

»Wer könnte sich erdreisten, von ihm eine Änderung seiner Pläne zu verlangen? Er sucht all die alten Orte auf. Die Kräuterwiesen. Die Mischplätze. Und während er das tut, wird er nach Medizin für den kranken Oberst suchen.«

Shan überdachte Lokeshs Worte. »Was sagt er über Lin?«

»Sein Schädeldach hat einen Riß abbekommen. Aber da ist noch etwas anderes aus der Zeit vor dem Unfall.«

»Er war schon krank?«

Lokesh nickte ernst. »Herzwind.« Nach der von Lokesh und Jokar praktizierten tantrischen Heilkunde stellte der Herzmittelpunkt die Schnittstelle zwischen körperlichem und geistigem Dasein dar. Damit war nicht der eigentliche Herzmuskel gemeint, sondern das Zentrum des Bewußtseins und der Lebensenergie. Mit »Herzwind« bezeichnete man eine Belastung des Herzmittelpunkts durch heftige Wut, Angst oder andere geistige Ungleichgewichte. Jokar würde Lins Gebrechen nicht einzeln, sondern als Gesamtheit behandeln. »Es gibt Arzneien, die helfen könnten, aber meistens hängen die Störungen eng miteinander zusammen. Jokar sagt, Herzwind scheine heutzutage die verbreitetste Krankheit in Tibet zu sein.« Lokeshs Blick richtete sich auf die Pfade. Auch er schien nach dem alten Lama Ausschau zu halten. »Er hat noch etwas gesagt. Daß wir Lin von den Felsen hergebracht haben, sei auch Teil der Heilung gewesen. Für alle.«

Shan geriet ins Grübeln. Demnach glaubte Jokar, daß nicht nur Lin, sondern womöglich sie alle an einem Ungleichgewicht litten, und indem die Tibeter einen verhaßten Oberst vor dem ansonsten sicheren Tod gerettet hatten, war vielleicht auch ein anderer Heilungsprozeß in Gang gesetzt worden.

»Jokar sagt, früher sei auf den Hängen bei Yapchi eine kleine graue Pflanze mit herzförmigen Blättern gewachsen, die nun hilfreich wäre. Er hat mich gefragt, ob ich noch wüßte, wie man sie sammelt und verarbeitet.«

»Ich glaube, du solltest nach ihm suchen, Lokesh«, sagte Shan, nachdem vom Berg ein Schwarm Vögel aufgestiegen und in Richtung der Ebene der Blumen abgeflogen war. »Du solltest ihn in ein Versteck bringen, damit er nicht so viel herumläuft, während die Soldaten in dieser Gegend sind. Versteck ihn für ein paar Wochen. Sprich mit ihm über die alte Zeit. Schreib alles auf. Monatelang, falls nötig. Bis die Soldaten aus Yapchi abziehen. Die *purbas* würden euch helfen.«

Sein alter Freund schien lange über diesen Vorschlag nachzudenken. »Ich wüßte nicht, wie«, sagte er dann.

Shan starrte ihn an. Lokesh meinte nicht nur, daß es ihm schwer möglich sein würde, Jokar aufzuspüren, sondern auch, daß er sich nicht vorstellen konnte, von einem so heiligen Mann irgend etwas zu fordern. Shan dachte an letzte Nacht zurück. Niemand hatte dem greisen Lama Fragen gestellt, hatte wissen wollen, woher er stammte oder warum er gekommen war. Weil, wie Shans Lehrer es ausdrücken würden, sein Gott sich in ihn verwandelt hatte. Es war, als wäre Jokar tatsächlich ein Erleuchtungswesen, ein wahrer Bodhisattva, ein Buddha, der auf Erden blieb, um anderen auf ihrem Erkenntnisweg zu helfen.

»Ich muß in dieses Tal zurückkehren und das Auge finden«, sagte Shan. »Ich kann nicht anders.«

Lokesh sah ihn forschend an. »Manchmal entstehen Götter durch die Suche nach ihnen. Und der Prozeß der Suche mag aus sich selbst heraus den Weg weisen.«

Shan erwiderte den Blick. »Bei dir klingt das so, als müsse ich einfach nur auf Akte des Mitgefühls achten und würde dadurch am Ende Verbindung zu einer Gottheit erlangen.«

Lokesh lächelte.

»Für dich ist es hier auf dem Berg am sichersten. Jemand muß Tenzin helfen«, schlug Shan vor. Auf diese Weise würde Lokesh in Tenzins Nähe bleiben, der vermutlich noch am ehesten auf den alten Mann achten konnte, solange Shan nicht da war.

»Du hast etwas vergessen, Xiao Shan. Ich habe ebenfalls eine Verpflichtung zu erfüllen.« Lokesh schaute hinaus über die Ebene. »Und du solltest noch etwas wissen«, sagte er mit seltsam funkelndem Blick, aufgeregt und doch ernst. »Tenzin hat gesprochen. Ich habe gesehen, wie Jokar ihn berührte, und da ist ihm eine neue Zunge gewachsen. Sie haben bei dem Baum da drüben lange miteinander geredet, und nachdem der Mond aufgegangen war, haben sie angefangen, gemeinsam an etwas zu arbeiten, wie Lamas, die im Mondschein Arzneien anmischen. Nach einer Weile bin ich hingegangen. Da lag ein Sack Lamtso-Salz, und Jokar hatte den Saum seines Gewands abgerissen und in kleine Quadrate zerteilt. Ich habe ihnen dann geholfen, aus den Stoffstücken Beutel zu formen und diese mit Salz zu füllen und zu verschnüren. ›Wahre Erde‹ hat Jokar das

Salz genannt. Tenzin hat die Worte andauernd wiederholt und dabei wie ein kleiner Junge gelächelt.«

Lokesh starrte zu einer hohen Wolke. »Tenzin hat eine starke Stimme, die sich gut für einen Tempel eignen würde. Seine neue Zunge kannte Gebete. Jokar hat ihm von einer Lehre des ersten Lama in Rapjung erzählt, des Gründers, den man Siddhi nannte. Der sagte, jede Heilung drehe sich darum, eine Verbindung zwischen der Erde und der Erde in uns allen herzustellen. Wir haben die kleinen Beutel in eine der Meditationszellen gebracht. Während Lin schlief, hat Jokar ihm einen Beutel in die Tasche gesteckt. Er sagte, jeder solle einen mitnehmen.« Lokesh griff in seine Hemdtasche und holte daraus ein Beutelchen für Shan hervor.

»Lin hat sich heute morgen genau im Raum umgesehen.« Shan nahm den Beutel entgegen. »Als führe er etwas im Schilde.«

»Ich weiß nicht, was in ihm vorgeht«, sagte Lokesh betrübt. »Womöglich hat dieser Felsrutsch etwas bei dem Soldaten in ihm bewirkt.« Lokesh erzählte Shan gern Geschichten über grausame Leute, die dem Tod ins Auge geblickt und sich daraufhin in grundlegend andere, bessere Menschen verwandelt hatten.

Wie aufs Stichwort erklang hinter ihnen auf dem Plateau eine heisere, aber entschlossene Stimme. »Ergebt euch! Ihr seid meine Gefangenen! Nur wer sich ergibt, kann auf unsere Gnade hoffen!« Lin stand schwankend da und stützte sich mit der unverletzten Hand an der Felswand ab. Seine Knie drohten jeden Moment einzuknicken. Er schien Shan und Lokesh zu meinen.

»Vielleicht war es genau ein Stein zu wenig«, sagte Shan vor sich hin.

Lokesh stöhnte und sprang auf. Als er Lin erreichte, sank der Oberst torkelnd auf die Knie. Aus seiner Kopfwunde rann etwas Blut.

Noch während Shan auf die beiden Männer zuging, kam eine kleine Gestalt aus dem Schatten gehuscht und stellte sich zwischen Lokesh und Lin. »Alle haben geschlafen«, sagte Anya bedrückt.

Hinter ihr tauchte Nyma auf. »Das alte *thangka*.« Sie schien den Tränen nahe zu sein. »Der Oberst hat es in Stücke gerissen.«

»Gehorcht! Ihr seid meine Gefangenen!« wiederholte Lin wütend, obgleich seine Kraft nur noch für ein Flüstern reichte.

»Niemand«, sagte Anya und klang dabei wie eine ungehaltene Lehrerin, »niemand wird sich hier ergeben. Und es wird auch niemand Gewalt ausüben.«

Lin sah das Mädchen verblüfft an. Er kippte nach vorn, streckte dabei den Arm nach ihr aus und bekam sie zu fassen, so daß sie unter ihm landete und seinen Sturz abfederte.

Als sie den Bewußtlosen zurück zu seinem Ruhelager getragen hatten, blickte Anya auf. »Ihr müßt gehen und es ihnen sagen«, verkündete sie. »Sagt der Armee, daß wir ihren Oberst haben. Ich glaube, er ist wichtig für sie.«

»Hör mal, Kleine«, meldete sich eine Stimme hinter ihnen. Sie gehörte dem jungen *purba*, der mit Tenzin hergekommen war. »Wenn du denen das sagst, werden sie annehmen, er sei eine Geisel. Oder sie rechnen mit einem Trick. Dann wird es hier zugehen wie im Krieg. Die Entführung eines Offiziers gilt als Hochverrat.«

»Wir haben niemanden entführt. Unser Weg war einfach der des Mitgefühls«, sagte das Mädchen im sanften Tonfall eines Lama.

Der *purba* trat aus dem Schatten vor und musterte sie mit zornigem Blick. »Du bist alt genug, um es besser zu wissen. Alt genug, um in eine ihrer Kohlengruben geschickt zu werden«, sagte der junge Tibeter mit bebender Stimme. »Ich werde dir verraten, was wir mit deinem Oberst machen. Wir schleppen ihn zur Kante und schmeißen ihn runter, so wie die es schon mit so vielen Tibetern gemacht haben. Ein echtes Himmelsbegräbnis.«

Plötzlich tauchte hinter ihm eine Hand auf und packte ihn an der Schulter. Der wütende *purba* schien sich sofort wieder zu beruhigen. Er runzelte die Stirn, schob die Hand beiseite und ging hinaus. Es war Tenzin. Der Mann, den der Oberst liebend gern einsperren würde, kniete sich gegenüber von Anya an Lins Seite und half ihr, die Decke über den Bewußtlosen auszubreiten.

Zwei Stunden nach Sonnenaufgang näherten Winslow und Shan sich am nächsten Morgen der schmalen Passage über den Berggrat, durch die sie zurück in die Provinz Qinghai gelangen würden. Der Amerikaner blieb stehen, warnte Shan mit erhobener Hand und deutete dann nach vorn. Auf dem Kamm war eine einzelne Person unterwegs, ein kleiner Tibeter mit rundem Hut und einem Schnürbeutel über der Schulter. Sie gingen ein Stück weiter und warteten auf den Fremden, der ihnen fröhlich entgegenlächelte.

»Ihr seid diejenigen, die Yapchi beistehen«, rief er voller Zuversicht. »Die Fernen, die zu Hilfe gekommen sind.« Die Fernen. Der Mann meinte Ausländer. »Überall in den Bergen redet man von euch und darüber, wie ihr das Gleichgewicht wiederherstellen werdet. Mein Großvater hat Ferne gekannt, die ihm geholfen haben, Dinge zu sehen«, fügte der Mann rätselhaft hinzu.

Shan stutzte. Ausländer? Der Großvater eines Mannes, der in den Bergen lebte, kannte Ausländer? »Weiter unten könnten Soldaten sein«, warnte er.

»Ich will nicht nach unten«, sagte der Mann. »Ich bringe bloß Wasser.«

Shan musterte den kleinen Schnürbeutel. »Das reicht doch höchstens für einen Kessel.« Seine Hand in der Tasche schloß sich um einen anderen Beutel, eines jener winzigen ockerfarbenen Päckchen mit wahrer Erde, die Jokar angefertigt hatte.

»Noch nicht mal«, erwiderte der Mann. Er öffnete den Beutel und holte daraus eine Literflasche aus Kunststoff hervor. Das Etikett hatte man abgerissen und statt dessen mit dickem schwarzen Filzstift eine tibetische Aufschrift angebracht. *Sum*, stand dort, die Zahl drei, und darunter *chu*, Fluß. »Ich bringe es zur Himmelsgeburt, für die Grüne Tara«, erklärte er noch immer fröhlich, steckte die Flasche wieder ein und setzte seinen Weg fort.

»Was hat er damit gemeint?« fragte Winslow und blickte dem Mann verwirrt nach.

»Opfergaben«, erwiderte Shan. »Vielleicht hat man beschlossen, die Schutzgöttin Grüne Tara um Hilfe anzurufen. Sie gilt als sehr mächtig.«

Als sie zwei Stunden später am Ziel eintrafen, waren überall im Tal Arbeiter zu sehen. Oberhalb des Öllagers hatten die Holzfäller inzwischen eine Schneise von fast fünfhundert Metern Breite geschlagen. Durch die Ferngläser erspähten Shan und Winslow winzige Gestalten auf dem Bohrturm, der sich beständig immer tiefer in die Erde fraß. Und direkt unter ihnen, am südlichen Ende, wurde bei den Ruinen des Dorfes ein Lastzug voller Bauholz entladen.

Immer wenn der Amerikaner unterwegs stehengeblieben war, um auf seine Karte zu sehen, hatte Shan zögernd zurückgeblickt. Bei seinem letzten Besuch im Öllager hätten die Schreihälse ihn fast erwischt. Ob Somo noch immer dort war? Oder hatte man die unerschrockene Frau entdeckt und wegen der Fluchthilfe verhaftet? Shan hatte immer mehr das Gefühl, daß die Klärung von Larkins Schicksal auch irgendwie dazu beitragen würde, die Gottheit zu finden. Vielleicht hatte Lokesh recht. Falls Shan sich einfach nur in Akten des Mitgefühls übte, würde der Gott sich ihm zeigen.

Sie ließen die kleine Schlucht hinter sich, die den Dorfbewohnern als Versteck gedient hatte, und wollten das Tal im Schutz der Baumgrenze umgehen. Auf Höhe des Bohrturms hielt Winslow inne und drehte sich zu Shan um.

»Bleiben Sie hier«, sagte der Amerikaner. »Ich gehe runter und spreche mit Jenkins über Zhus Team. Vielleicht kann seine Sekretärin uns bei der Suche behilflich sein. Ich werde die Männer befragen, ohne daß Zhu etwas davon erfährt …« Er wurde durch ein plötzliches Geräusch unterbrochen, den langsamen Schlag einer tiefen Trommel. Es schien direkt über ihnen am Hang zu ertönen, allenfalls hundert Meter entfernt. Die beiden Männer sahen sich an, und Shan machte einen Schritt auf das Geräusch zu. Winslow grinste und vollführte eine auffordernde Geste.

Shan rannte los. Wer auch immer die Trommel schlug, würde ein paar brechende Zweige oder sich lösende Steine vermutlich nicht hören. Das Trommeln wurde lauter, immer zwei schnelle Schläge gefolgt von einer kurzen Pause, so daß es mehr denn je an einen Herzschlag erinnerte. Shan suchte die Felsen ab, ohne etwas zu entdecken.

Auf einmal sprang etwas auf seinen Rücken. Ein Leopard, schrie eine Stimme in seinem Kopf, und schon lag er bäuchlings am Boden, spürte die Krallen auf seinem Rücken und schlug wild um sich. Er stöhnte verängstigt auf, rang nach Luft und bekam nichts als Erde zu fassen. Dann packte der Angreifer ihn seltsamerweise an den Armen und rollte ihn herum.

Es war ein Mann, sah Shan mit vor Schmerz getrübtem Blick. Schlug da immer noch die Trommel, oder hörte er nur sein eigenes Herz? Der Mann wirkte irgendwie vertraut und schien ihn ebenfalls zu erkennen, denn er keuchte auf und ließ ihn los.

Nein, es war kein Raubtier, sondern Dremu, der *golok*. Allerdings nicht der Dremu, den Shan gekannt hatte. Dieser Dremu vor ihm war heruntergekommen und ausgemergelt, nicht mehr als ein Schatten des stolzen Reiters, den Shan zuletzt am Morgen nach dem Diebstahl des Auges gesehen hatte.

»Es hieß, du seist geflohen«, sagte Shan.

Dremu hielt sich den ausgestreckten Zeigefinger an die Lippen. »Die verfluchten Soldaten haben mich erwischt«, flüsterte er. »Ich bin in der Nähe des Öllagers zwischen den Bäumen entlanggeritten und wußte nicht, daß dort Männer lauerten.« Shan sah die dunklen Blutergüsse im Gesicht des *golok*. »Sie haben mich verprügelt und in einen der Arbeitstrupps gesteckt. Sogar mein Pferd haben sie genommen und es die Stämme ziehen lassen.« Dremu schaute in Richtung des nahen Trommelns. Es war so laut wie nie zuvor. »Die wußten nicht, wen sie da gefangen hatten. Dachten wohl, ich sei bloß irgendein *rongpa* wie die anderen, die gehorsam alle Befehle befolgen. Ich bin weggelaufen. Aber vorher habe ich den *rongpas* noch erzählt, daß ihr Auge sich wieder im Tal befindet und alles beobachtet.«

»Wie bist du darauf gekommen?« Shan sah den geschundenen *golok* durchdringend an. Stimmte Lhandros Verdacht? Hatte Dremu das Auge genommen?

»Weil das Herz des Tals wieder schlägt. Ich werde dir das

Auge zurückholen, Chinese. Damit du dafür sorgen kannst, daß alles wie früher wird.« Dremu deutete den Hang hinauf und schlich geduckt voran, wie ein Raubtier auf Beutezug. Shan folgte in wenigen Schritten Abstand.

Als Dremu um einen Felsvorsprung biegen wollte, um sich auf den Trommler zu stürzen, zuckte der *golok* zurück und hielt sich mit schmerzverzerrter Miene die Schulter. Das Trommeln hörte auf, und sie hörten jemanden weglaufen. Erschrocken sah Dremu seine Schulter an und nahm langsam die Hand weg. »Gepriesen sei Buddha! Ich dachte, mich hätte eine Kugel getroffen.« Er bückte sich und hob einen runden Stein auf, der nicht zu den scharfkantigen Granitscherben am Boden paßte. »Eine Schleuder«, sagte er respektvoll und schaute sich vorsichtig um.

Mittlerweile war es still auf dem Hang; es schien niemand mehr da zu sein. Dremu rieb sich die Schulter und zögerte. In der Hand eines Könners war eine Schleuder so tödlich wie ein Gewehr. Gebückt tastete er sich auf die andere Seite des Felsens vor.

Es gab dort eine Reihe von Abdrücken von Stiefeln mit glatten Sohlen, wie die Tibeter sie trugen. Die meisten der Spuren waren eher klein.

»Kinder«, stellte Dremu fest, der neben den Abdrücken hockte. »Zwei oder drei Kinder.« Er klang verwirrt. »Eventuell ein Erwachsener. Sie haben hier gesessen und gekniet.« Er wies auf einige Stellen am Boden. Der Ort war gut gewählt, denn zwei große Felsplatten in seinem Rücken warfen den Schall in Richtung des Tals zurück. Ganz in der Nähe entdeckte Shan einige Grashalme, in die man winzige Knoten geschlungen hatte. In einen kleinen Felsblock davor war ein langes schmales Loch gemeißelt worden.

»Für das Auge«, sagte Dremu über Shans Schulter hinweg. Ja, der *golok* hatte recht. Das Auge war ins Tal zurückgekehrt, und jemand hatte versucht, eine neue Heimstatt dafür anzufertigen. Shan betastete die rauhen Umrisse des Lochs und betrachtete es nachdenklich, bis er plötzlich bemerkte, daß Dremu ihn anstarrte. Der *golok* schien auf weitere Anweisungen zu warten.

»Manche der Dörfler haben dich für den Dieb des Auges gehalten«, sagte Shan. »Ich werde ihnen berichten, daß das ein Irrtum war.«

Dremus Antlitz verfinsterte sich. »Das heißt, auch du hast daran geglaubt. Sonst hättest du sie längst vom Gegenteil überzeugt.«

Shan erwiderte nichts.

»Das hätte ich niemals getan. Nicht vor der Ankunft im Tal.«

»Soll das heißen, du hast es später an dich nehmen wollen?«

Der *golok* starrte ihn an. »Ich plane nie so weit voraus«, sagte er und lächelte matt. »Es ist nur so, daß ... Ich glaube, um meines Vaters und meines Großvaters willen muß ich etwas unternehmen. Kannst du das verstehen?«

Shan nickte ernst, und Dremus Gesicht hellte sich auf. Er deutete den Hang hinunter. »Es sind Kranke ins Tal gekommen. Manche von ihnen hatten Kinder dabei. Und ein paar der Dorfkinder sind ebenfalls weggelaufen.«

Da erst erkannte Shan, daß Dremus *gau* und der kleine Beutel fehlten, die er beide um den Hals getragen hatte. »Du solltest etwas essen«, schlug er vor. »Und dich ausruhen.« Aber er wußte nicht, wo die anderen Tibeter steckten und ob sie dem *golok* helfen würden. Zum Mischsims konnte er Dremu nicht schicken. Dort war Lhandro, der schon einmal mit Steinen nach ihm geworfen hatte. »Dieser Mönch Gyalo und sein Yak sind hoch oben auf den Bergkämmen unterwegs. Sie werden dir etwas zu essen geben. All die anderen sind geflohen. Und das solltest du auch tun, solange die Soldaten hier sind.«

»Nicht alle«, widersprach Dremu.

»Du meinst den Trommler.«

»Heute morgen auf dem Hang habe ich noch ein paar andere gesehen. Sie sind heimlich oben in den Felsen herumgeschlichen. Vielleicht haben sie vor, den Bohrturm zu beschädigen.«

»Purbas?« fragte Shan.

»Ich war ziemlich weit entfernt. Sie wirkten ganz unbekümmert, als wären die Soldaten ihnen gleichgültig. Vermutlich haben sie Schutzzauber dabei.«

Shan starrte den *golok* unschlüssig an. Dann forderte er ihn erneut auf, sich höher in die Berge zurückzuziehen, drehte sich um und eilte los. Er stieß auf einen Wildpfad und folgte ihm in Richtung Norden, wobei er auf den oberen Hängen nach Bewegungen und den Schatten von Höhleneingängen Ausschau hielt. Nach einigen Minuten tauchten vor ihm in der Ferne plötzlich zwei Gestalten auf. Sie schlenderten plaudernd daher und schienen den Boden abzusuchen. Shan versteckte sich zwischen zwei Felsen und wartete ab. Als die beiden Personen an ihm vorbeikamen, verwandelte seine Angst sich in Bestürzung. Einer der Männer sang ein tibetisches Pilgerlied.

Shan schob sich vor und lief los. »Lokesh!«

Ein Stück vor ihm drehte sein alter Freund sich lächelnd um. »Was für ein Glück!« rief Lokesh. »Du kannst uns helfen, Xiao Shan.« Sein Begleiter wirkte belustigt und hob linkisch eine Hand zum Gruß. Tenzin.

»Helfen wobei?« fragte Shan wütend und sah sich nach einem Versteck für die Männer um.

»Das habe ich dir doch erzählt«, entgegnete Lokesh. »Wir suchen nach Heilkräutern. Tenzin möchte auch gern etwas über Kräuter lernen.«

»In den Bergen, hast du gesagt.«

Lokesh machte eine weit ausholende Geste. »In den Bergen rund um Yapchi«, sagte er wiederum grinsend. »Das weißt du doch bestimmt noch. Jokar Rinpoche hat gesagt, es würde diesem Offizier helfen. Sein Herzwind ist dermaßen schlimm, daß er sterben könnte.«

»Verrat mir, wo die Kräuter sind«, bat Shan ihn inständig. »Ich hole sie dir, aber bitte kehr wieder um. Gleich jetzt ...«

Doch es war zu spät. Etwa dreißig Schritte vor ihnen tauchten zwei grünuniformierte Soldaten hinter einem Baum auf, gefolgt von einer Gestalt in weißem Hemd und sechs Tibetern. Shan erkannte den Mann in Weiß sofort. Direktor Tuan. Vier der anderen waren Ölarbeiter mit den grünen Jacken der Firma, die letzten zwei hingegen trugen Mönchsgewänder.

Tenzin keuchte auf, packte Lokesh, zerrte ihn beiseite und

deutete hastig auf die Bäume über ihnen, aber dann erschien nur zehn Meter vor ihnen ein weiterer Soldat und sprach schnell in ein kleines Funkgerät.

Einen Augenblick später ertönte aus Richtung des Lagers eine Trillerpfeife, und Shan sah mehrere von Tuans Weißhemden den Hang hinauflaufen. Jede Flucht war unmöglich geworden. Die Soldaten und Schreihälse hatten gewonnen.

Als die Häscher sie einkreisten, ließ Lokesh sich auf dem Boden nieder und stimmte ein Gebet an. Tenzin wirkte wie betäubt und schaute mit bitterem Blick von Shan zu Lokesh. Er schien um Verzeihung zu bitten.

Doch keiner der Soldaten erklärte sie für verhaftet. Statt dessen zog Tuan einen Fotoapparat aus seiner Gürteltasche und machte einige Aufnahmen. Erst von Tenzin, dann von Lokesh und schließlich von den beiden Mönchen, die vortraten und sich neben Tenzin stellten.

Einer der Männer umschloß Tenzins Finger mit beiden Händen. »Freu dich mit uns, Rinpoche«, sagte er fröhlich. »Unser Lehrer ist zu uns zurückgekehrt.«

Rinpoche. Shan war verwirrter als je zuvor und starrte den Mönch an. Er hatte den Flüchtling Rinpoche genannt.

Mit unverändert bitterer Miene wandte Tenzin sich dem Mönch zu und seufzte. »Ich bin nicht länger euer Lehrer«, sagte er mit seiner tiefen melodischen Stimme. »Ich bin wieder zum einfachen Novizen geworden und habe neue Lehrmeister gefunden.« Er deutete auf Lokesh und Shan.

Der Mönch wirkte gekränkt. Lokesh hob verwundert den Kopf.

Tuan verzog das Gesicht. »Der Abt von Sangchi wird sich bald wieder eines anderen besinnen«, verkündete er mit triumphierendem Lächeln und nickte seinen Leuten zu, während gleichzeitig mehrere Soldaten mit schußbereiten Waffen eintrafen. Einer von ihnen trat vor und legte Tenzin eine Handschelle an. Dann bückte er sich, packte Lokesh grob am Arm und ließ die zweite Handschelle am Gelenk des alten Tibeters einrasten.

»Wir brauchen dich, Rinpoche«, sagte einer der Mönche

schluchzend. Direktor Tuan gab den Männern ungeduldig ein Zeichen. Die Soldaten zerrten Lokesh auf die Beine, so daß er sein Mantra abbrach.

Starr vor Verblüffung sah Shan dabei zu, wie Lokesh und der Abt von Sangchi den Pfad zum Öllager hinuntergeführt wurden.

Kapitel Vierzehn

Von den Lamas wußte Shan, wie er den Lügen, die einst sein Leben bestimmt hatten, mutig begegnen konnte und was er tun mußte, um diese Lügen hinter sich zurückzulassen. Zum Beispiel die Lüge, daß er während seiner zwanzig Jahre als Ermittler in Peking irgend etwas bewirkt hätte. Die Lüge, daß er und seine Frau – oder wenigstens er und sein Sohn – sich eines Tages versöhnen und wieder vereint sein würden. Und die Lüge, daß seine Entlassung aus dem Gulag bedeutete, er könne den Rest seines Lebens in Freiheit verbringen. Er hatte inzwischen akzeptiert, daß er am Ende wieder in einem Arbeitslager landen würde. Bei dem Leben, das er gewählt hatte, war dies so unausweichlich wie der Tod, und vielleicht mehr als alles andere hatten die Tibeter ihn gelehrt, nicht nur die Furcht abzulegen, sondern sich in das Unvermeidliche zu fügen.

Dennoch klammerte er sich aus irgendeinem Grund an die Einbildung, Lokesh könne nicht angetastet werden, weil Peking bereits mehr als genug von ihm erhalten hatte, nämlich fünfunddreißig Jahre seines Lebens.

Doch Lokesh würde nicht überleben. Er befand sich nun wieder in der Gewalt von Soldaten und Schreihälsen, denen man erzählt hatte, der Abt von Sangchi sei von *purbas* entführt worden. Die beiden würden bis auf weiteres zusammenbleiben. Man konnte Lokesh leiden lassen, ihn quälen und foltern, um Tenzin abzunötigen was auch immer man von ihm wissen wollte. Obwohl nur wenige Tibeter Geheimnisse unter der Folter preisgaben, fügten sie sich häufig, sobald andernfalls ein Freund mißhandelt wurde.

Shan mischte sich unter die Menge, die sich bei Ankunft der neuen Gefangenen gebildet hatte. Niemand fragte ihn etwas. Niemand kam, um ihm Fesseln anzulegen. Tuan hatte Shan kaum zur Kenntnis genommen. Die Aufregung über die Entdeckung des berühmten Abtes von Sangchi schien alles andere zu überlagern.

Er war mit Blindheit geschlagen gewesen. Gendun und Shopo hatten es gewußt. Jemand sei gestorben, hatte Gendun gesagt und damit gemeint, daß der Abt nicht mehr existierte und Tenzin versuchte, ein neues Leben zu beginnen. Shan erinnerte sich, was Tenzin an jenem Tag am roten Fluß zu ihm gesagt hatte. Es sei möglich, noch im selben Körper eine neue Inkarnation anzufangen, das wisse Shan aus eigener Erfahrung. Er mußte an vieles zugleich denken: an Tenzins Trauer über Draktes Tod, an die verbitterte Geste, mit der er einen Felsen in den See geworfen hatte, als Shan andeutete, ein Kiesel könne seine Schuld in sich aufnehmen, an die unzähligen Säcke voller Dung. Shan hatte geargwöhnt, Tenzin sei der berüchtigte Tiger, der nach einem Leben voller Gewalt Buße tun wolle. Doch auf der Seele des Abtes von Sangchi hatte eine andere dunkle Last geruht und ihn zu einem Neuanfang bewogen. Und nun zerrte man ihn in Ketten zurück in das Gefängnis, dem er entflohen war.

Als die Soldaten ihre Gefangenen an den Armeezelten vorbeiführten, kam es zu einem Zwischenfall. Ein bulliger Soldat, in dem Shan Lins Sergeanten wiedererkannte, rief, daß diese Häftlinge der 54. Gebirgsjägerbrigade zustünden. Die Schreihälse ignorierten ihn und schoben die beiden Männer weiter auf einen der weißen Geländewagen zu. Tuan blieb dicht bei Tenzin und schirmte ihn mit vier seiner Leute ab, während der Sergeant partout keine Ruhe geben wollte. Schließlich trat einer der Weißhemden an seine Seite, sprach leise mit ihm und reichte ihm eine Visitenkarte. Shan wollte sich den beiden nähern, um das Gespräch zu belauschen, doch jemand packte ihn an der Schulter.

»Sie wollen wohl unbedingt Selbstmord begehen.« Winslow zog ihn beiseite. »Jenkins hat mir erzählt, was er weiß. Sie stehen bei der 54ten ganz oben auf der Liste. Man kennt Ihren Namen und hält Sie für einen entflohenen Sträfling, der Lin entführt hat. Es sind bereits weitere Truppen unterwegs, um nach Lin und Ihnen zu suchen.«

Shan ließ sich von Winslow wegführen und beobachtete wie betäubt, daß Lokesh und Tenzin vor den weißen Fahrzeugen abermals fotografiert wurden. Um den Schein zu wahren, hatte man ihnen die Handschellen abgenommen und durch Fußfesseln ersetzt, weil die Schreihälse den Abt auf ihren Bildern nicht in Ketten zeigen wollten. Shan war noch immer bestürzt und protestierte nicht, als Winslow ihn auf die Ladefläche eines Lastwagens drängte und selbst mit einstieg. Er merkte kaum, daß der Wagen losfuhr, und wollte nach Lokesh rufen, aber sein Mund war zu trocken.

Shan starrte von der Ladefläche nach hinten und sah, wie das Lager verschwand. Man würde Lokesh und Tenzin in ein Gefängnis der Öffentlichen Sicherheit bringen, das vermutlich in der nächsten größeren Stadt lag. Er zog die Landkarte hervor, die er aus Jenkins' Besprechungsraum mitgenommen hatte. Wenquan, vielleicht auch Yanshiping. Er würde einfach abspringen, sobald sie durch eine Stadt kamen. Doch womöglich brachten die Soldaten ihre Gefangenen direkt nach Lhasa, also in südliche Richtung. Also sollte er sich lieber sofort davonmachen. Und dann? Mit Steinen werfen, wenn die Soldaten an ihm vorbeirasten?

»Am besten versuchen wir, ein wenig zu schlafen«, sagte Winslow, als der Lastwagen in eine schmale Schlucht einbog, die mit steilem Gefälle aus den Bergen hinausführte.

»Schlafen?« fragte Shan verwirrt.

Winslow deutete auf die Karte in seiner Hand. »Bei unserer Ankunft wird es schon ziemlich spät sein. Die Fahrt dauert mindestens sieben Stunden – wenn man gut durchkommt.«

Shan sah sich auf der Ladefläche um. An der Rückwand des Führerhauses hatte man ein paar Kartons aufgestapelt und mit einer Schnur an den seitlichen Streben verzurrt. Es lagen einige Seile und schmutzige Overalls herum, dazu mehrere leere Frachtpaletten, auf denen in Schablonenschrift der Name der Ölfirma stand.

»Golmud?« fragte er ungläubig.

Winslow nickte. »Zur Operationszentrale des Projekts. Dort können wir mehr über Zhus Team herausfinden. Wenn es stimmt, was Jenkins mir erzählt hat, hat dort jemand auf Larkins elektronisches Postfach zugegriffen.«

»Wann?«

»Vor zwei Wochen.«

»Aber das war doch noch vor ihrem Tod«, wandte Shan verwirrt ein.

»Stimmt, nur hielt Melissa sich zu dem Zeitpunkt angeblich in den Bergen auf. Jemand hat vor zwei Wochen in Golmud ihr Paßwort benutzt.«

Shan starrte den Amerikaner an und schüttelte den Kopf. »Ich kann nicht.« Er wollte sich an der Seitenwand abstützen, um aufzustehen. »Lokesh ...«

»Lokesh wird es kaum etwas nützen, wenn man Sie verhaftet«, unterbrach ihn die Stimme einer Frau.

Sie fuhren beide herum und sahen, daß sich aus dem Kleiderhaufen eine Gestalt erhob. Shan starrte die schlanke, sehnige Frau an, die als einzige Person im Öllager Lokesh gekannt hatte.

»Das ist Somo«, hörte er sich zu dem Amerikaner sagen.

»Sie kennen sie?« fragte Winslow argwöhnisch.

»Wir sind uns schon mal begegnet und haben gemeinsame Freunde. Sie haben Somo auch schon gesehen – sie hat uns die Jacken und Helme gegeben.«

Winslow nickte der *purba* zu. »Dafür sind wir Ihnen was schuldig«, sagte er und sah dann wieder Shan an. »Demnach ist sie eine ...«

»Eine Freundin.«

Winslow nickte erneut.

Somo setzte sich neben Shan. »Wir werden herausfinden, wohin man Lokesh bringt. Ich weiß, daß er viele Jahre im *lao gai* zugebracht hat. Er wird wissen, wie man überlebt.«

»Nicht wenn man ihn für einen von Tenzins Helfern hält. Der Abt von Sangchi«, sagte er und versuchte sich an den Gedanken zu gewöhnen, daß der schlanke stille Mann zu den berühmtesten Lamas von ganz Tibet zählte.

»Warum wollen Sie nach Golmud?« fragte Shan sie.

»Ich bin für das Projekt als Verwaltungsassistentin tätig. Man hat mich versetzt«, erwiderte sie und warf dem Amerikaner einen vorsichtigen Blick zu.

»Winslow hat uns geholfen«, sagte Shan und erklärte, wie der Amerikaner sie vor der Verhaftung durch Oberst Lin bewahrt hatte.

Die Frau nickte langsam, als sei ihr nun klargeworden, daß Shan sie bat, etwas mehr Vertrauen zu fassen. »Ich habe um die Versetzung gebeten. Das war Teil des Plans. Ich soll mir ... ich sollte mir in der Zentrale Zugang zum Hauptcomputer verschaffen und eine Personalakte anlegen, nach der Tenzin als Arbeiter bei der Ölfirma angestellt ist. Dann wollten wir ihn einem Lager im hohen Norden zuteilen lassen, nahe der Grenze zur Mongolei. Von dort aus wäre es einfach gewesen, ihn hinauszuschaffen. Erst in die Mongolei, dann weiter nach Rußland und über Europa nach Amerika. Er sollte im Westen wichtige Leute treffen, die Tibet helfen können.«

»Und die Regierung hat ihn an der indischen Grenze gesucht«, sagte Shan. »Dort hat Drakte also während der Wochen gesteckt, nachdem er uns zu der Einsiedelei geführt hatte, nicht wahr? Er war verschwunden. Er ist nach Süden gegangen, um eine falsche Fährte zu legen.«

Somo senkte den Kopf und biß sich auf die Unterlippe, als würden Shans Worte ihr Schmerz bereiten. »Unser Anführer, der all das geplant hat, sagte, Drakte sei der Beste für solch eine Aufgabe. Also ist Drakte im Süden durch die Städte gezogen und hat dort erzählt, er habe den Abt nachts in der Gegend gesehen. Er hatte sogar Sachen des Abtes bei sich, die Tenzin angeblich gegen Nahrungsmittel eingetauscht hatte. Für die Kriecher sah es nach einer Reihe von Spuren aus, die zur indischen Grenze führten.«

»Was für Sachen hatte er dabei?« fragte Shan.

»Persönliche Dinge, die jeder Ermittler leicht identifizieren konnte: Ein Stiftetui. Ein altes Buch, das der Abt von seiner Mutter geschenkt bekommen hatte. Ein Gebetsamulett, mit dem er mal fotografiert worden war. Man schärfte Tenzin ein, daß nichts aus seinem früheren Leben zurückbleiben dürfe, weil seine Besitztümer ihn sonst trotz aller Verkleidung verraten würden.«

Shan betastete die elfenbeinerne Gebetskette in seiner Tasche. Hatte Drakte einen, vielleicht den wertvollsten aller Gegenstände behalten, um ihn Tenzin bei dessen Abreise aus China zurückzugeben?

»Dann haben wir Tenzin verändert«, fuhr Somo fort. »Die Art, wie er ging. Wir ließen seine Haare wachsen und brachten ihm bei, sich wie ein *dropka* zu verhalten.«

»Klingt idiotensicher«, sagte Winslow.

»Eigentlich ja«, pflichtete Somo ihm bei. »Aber irgendwer hat es herausgefunden. Vielleicht hat ihn jemand gesehen, mit dem wir nicht gerechnet haben. Wir dachten, man würde nur im Süden nach ihm suchen. Und wir haben geglaubt, er würde in der Einsiedelei und später bei der Karawane in Sicherheit sein.«

»Wer hat ihn in Lhasa oder bei der Flucht über die Changtang gesehen? Wann hat er Lhasa verlassen? Gab es ein Treffen oder eine Besprechung, bei der Leute aus dem Norden ihn gesehen haben könnten?«

»Diese Klarheitskampagne. Als sie begonnen wurde, fand eine große Versammlung statt. Der Abt von Sangchi hielt eine Rede und verschwand zwei Tage später von der Bildfläche, noch vor dem Ende der Konferenz.«

»Oberst Lin«, schlug Winslow vor. »Er ist aus Lhasa nach Yapchi gekommen.«

Somo schüttelte den Kopf. »Die meisten seiner Soldaten sind weiterhin im Süden und suchen nach *purbas*, die Tenzin über die Grenze bringen wollen. Als ob Lin unseren Schwindel aktiv unterstützen würde. Er muß wegen des Steins nach Norden gekommen sein. Bestimmt wußte er, daß man ihn ins Tal zurückbringen würde. Womöglich ist er irgendwie davon besessen.«

»Nein«, sagte Shan. »Der Stein ist nicht der Grund. Ganz gleich, was die Tibeter von der *chenyi*-Gottheit halten mögen, für Lin ist es bloß ein Stein. Drakte hat das Auge gestohlen. Und er war dabei nicht allein.« Er zeigte Somo das Foto, das er in der Tasche des Obersts gefunden hatte. »Deshalb hat Lin sich so sehr für das Auge interessiert – weil es ihn zu Tenzin führen würde.«

Die *purba* sah ihn nachdenklich an. Sie wirkte nicht überrascht, sondern schien sich zu fragen, wie viele Geheimnisse sie noch preisgeben durfte. »Also gut. Tenzin hat etwas mitgenommen, geheimes Material über die Soldaten der 54. Gebirgsjägerbrigade.«

»Tenzin?« fragte Shan. »Er ist kein Spion.«

»Nein«, bestätigte Somo. »Ich weiß nicht, was es war. Nach der Art zu schließen, wie Drakte davon erzählt hat, hatten sie es nicht geplant. Er war deshalb wütend auf Tenzin. Vermutlich wollte der Abt den *purbas* bei irgend etwas helfen, weil sie seine Flucht ermöglichten.«

Für Lin würde der Abt dennoch ein Spion sein, wußte Shan. Es verlieh der Angelegenheit eine persönliche Komponente. Tenzin hatte Schande über den Oberst gebracht, oder – was noch viel schlimmer wäre – er besaß Informationen, die der gesamten Armee schaden konnten. »Lin will sich selbst schützen«, sagte Shan im selben Moment, in dem ihm dieser Gedanke kam. »Er hat seinen Vorgesetzten nichts davon erzählt und versucht die entwendeten Unterlagen zurückzuholen, bevor sie Unheil anrichten können. Falls das Oberkommando der Armee befürchten würde, der flüchtende Abt könnte Militärgeheimnisse mit sich führen, wären längst mehr Suchtrupps ausgeschickt und überall Straßensperren errichtet worden.«

»Aber warum hat Tenzin geglaubt, es sei ausgerechnet heute gefahrlos möglich, nach Yapchi zu kommen?« fragte Winslow.

»Das hat er vielleicht gar nicht. Jokar hat gesagt, für Lins Genesung seien Heilkräuter aus dem Tal von Yapchi erforderlich. Ich hätte es wissen müssen. Der Mann, der Tenzin gern werden möchte, würde so etwas tun, von Lokesh ganz zu schweigen.«

Winslow sah Shan traurig an. Der fliehende Abt war gefangen worden, weil ein uralter Lama-Heiler um Kräuter für die Behandlung eines verletzten chinesischen Obersts gebeten hatte. Shan mußte unwillkürlich an jemand anderen denken. »Haben Sie Gendun und Drakte zu dem *durtro* begleitet, wie Sie es vorhatten?« fragte er Somo.

Sie nickte. »Hirten, viele Hirten sind gekommen und haben gebetet und davon erzählt, was für ein tapferer Mann Drakte gewesen ist. Gendun ist hinterher noch dageblieben. Er sagte, Drakte habe viel Schlimmes durchmachen müssen, und er würde nun mit Shopo die Zeremonie fortsetzen. Ich glaube, damit war das vollständige Ritual gemeint.« Traditionell dauerten die Todesriten neunundvierzig Tage an. Somo schaute zu einer Bergkette, die hinter ihnen in der Ferne zurückfiel. »Da war noch etwas … Ich schätze, es hatte nicht wirklich etwas zu bedeuten, aber als ich aufbrechen wollte, sprach Gendun mich an. Er sagte, wir alle müßten lernen, die Toten besser zu verstehen, und er habe etwas über Drakte herausgefunden. Ich soll Ihnen etwas geben.« Sie griff in die Tasche und holte einen *chakpa* heraus, einen der bronzenen Sandtrichter.

Shan starrte den Trichter an und mußte mit Wehmut daran denken, wie Gendun ihn im Gebrauch dieses Werkzeugs unterwiesen hatte. Dann nahm er den *chakpa* langsam von Somo entgegen, betrachtete ihn eingehend und verblüfft und sah schließlich hinein. Im Innern steckte ein kleines Stück Papier. Shan holte es mit einem Finger heraus. Es stand ein einzelner Satz darauf. »Drakte hat die Gottheit in einer Decke getragen«, las Shan den beiden Gefährten vor, »aber er lernte sie auszuwickeln.«

Somos Blick schien ihn um Verzeihung zu bitten, als sei sie der Ansicht, ihn mit einer sinnlosen Botschaft behelligt zu haben.

»Das Auge war in ein kleines Stück Filz gewickelt«, erklärte Winslow.

Shan sagte nichts, sondern las den Zettel ein weiteres Mal. Somo nickte dem Amerikaner unschlüssig zu und schaute erneut zu den Bergen, die hinter ihnen immer kleiner wurden.

»Und was haben Sie jetzt vor?« fragte Shan sie einige Minuten später.

Somo wandte den Blick nicht von den Bergen ab. »Als ich vor drei Wochen aus Lhasa aufgebrochen bin, hat Drakte zu mir gesagt, wir würden damit einem Chinesen helfen, der nach Norden ziehe, um dort die Tibeter zu unterstützen. Da wußte ich noch nichts von dem Abt, nur von dem Auge.« Sie hielt inne und musterte Shan verwirrt. »Der Abt und das Auge der Gottheit waren in gewisser Weise dasselbe.«

Shan nickte. »Die Beteiligung der *purbas* bei der Rückführung des Auges geschah nur zu Tarnung, um Tenzin insgeheim nach Norden zu bringen. Wer würde schon bei einer Salzkarawane nach ihm suchen?« Er sah der Frau ins Gesicht und wußte, daß sie beide in diesem Moment das gleiche dachten. Drakte war gestorben, um sie zu warnen und Tenzin zu schützen. Somo würde Tenzin nicht im Stich lassen.

»Wenn wir in Golmud sind, gehe ich sofort zum Computer, egal, wie spät es ist«, verkündete Somo. »Ich werde aus Tenzin trotzdem einen Angestellten machen, und zwar unter dem falschen Namen, den wir uns ausgedacht haben.«

»Aber er ist weg«, sagte Winslow.

»Es ist immer noch mein Auftrag.« Somo klang gedankenverloren. »Und was auch geschehen mag – wenn es vorbei ist, werde ich Draktes Mörder suchen.«

»Ich glaube«, sagte Winslow und sah dabei erst Shan und dann Somo an, »es ist nicht vorbei, bis Sie den Täter gefunden haben.«

Schweigend beobachteten sie die vorüberziehende Landschaft.

»Sie kommen an die Datensätze heran?« fragte Winslow nach einer Weile.

»An der Universität hat man viel Wert darauf gelegt, daß ich eine gründliche Computerschulung bekam, bevor ich zurückgeschickt wurde, um tibetische Kinder zu unterrichten. Mit Kreide und Schiefertafel.«

Winslow erzählte ihr von Melissa Larkin. Dann unterhielten sie sich eine Stunde lang über die verschiedenen Rätsel, die alle im Tal von Yapchi zusammenliefen.

»Hat Drakte das Mordopfer, diesen Chao, gekannt?« fragte Shan. Aus irgendeinem Grund war ihm klar, wie die Antwort lauten würde.

»Ja«, entgegnete Somo sogleich. »Er war Tibeter. Viele Leute wissen das nicht, weil er diesen anderen Namen angenommen hatte.«

»Und Sie haben ihn auch gekannt?«

»Vor einem Monat wollten Drakte und ich gemeinsam zwei

Tage am Lamtso verbringen. Wir hatten darüber gesprochen, eine Familie zu gründen«, sagte sie dermaßen sachlich, daß Shan verlegen den Blick abwandte. Somo hielt inne und starrte ins Leere. »Aber statt dessen hat er mich gebeten, ihn nach Amdo zu begleiten, weil er dort einen alten Freund gefunden hatte, mit dem wir uns treffen müßten. Er sagte, wir würden noch genug Gelegenheiten haben, zum Lamtso zu reisen.« Man hörte ihr die Anspannung an. »Wir haben uns in einem alten Stall getroffen, der heute als Garage genutzt wird, und dort auf einer Bank gesessen und mit seinem Freund kalte Klöße gegessen. Die beiden kannten sich seit frühester Kindheit; allerdings trug Draktes Freund damals einen anderen Namen. Ich saß zwischen den beiden, wie eine Schiedsrichterin.«

»Was hat Chao gemacht? Wie hat er sich verhalten?« War alles nur eine Falle gewesen, um Drakte zu fangen? dachte Shan.

»Er hatte Angst. Er fragte, ob Drakte Direktor Tuan kennen würde, es klang wie eine Warnung. Doch Drakte hat nur gelacht. Sie haben über keine geheimen Dinge gesprochen, sondern sich die ganze Zeit über das Leben auf der Changtang und Ereignisse aus ihrer Jugend unterhalten. Es war ein Treffen zweier alter Freunde, mehr nicht. Chao hat Drakte zum Abschied umarmt und gesagt, es tue ihm leid.«

»Was genau tat ihm leid?«

»Nichts Bestimmtes.«

»Hatte Drakte dieses Geschäftsbuch dabei?« fragte Shan.

Somo schüttelte den Kopf. »Aber danach hat er die ganze Nacht daran gearbeitet und gesagt, er würde sich noch einmal mit Chao treffen. Zuerst dachte ich, er wolle die Armut des Bezirks für das Lotusbuch festhalten. Seine Aufzeichnungen beinhalten jedes Dorf, jeden Hof und jede Hirtenfamilie im Bezirk Norbu.«

»Es geht um den Bezirk«, sagte Shan. »Nicht um die Gemeinde.«

Somo nickte. »Den Bezirk des Büros für Religiöse Angelegenheiten. Den Bezirk Norbu, der von Tuan im Auftrag des Büros geleitet wird.«

Sie zog einen gelben Zettel aus der Tasche und gab ihn Shan.

»Das hätte ich fast vergessen. Den Zettel hatte Drakte in seinem Stiefel. Ich kann mir keinen Reim darauf machen. Ich glaube, Chao hat ihm die Liste gegeben, aber nicht während ich dabei war.«

Es schien sich um eine Art Lohnliste zu handeln, über der handschriftlich ein einzelnes Wort stand: »Dorje«, gefolgt von einem Gedankenstrich, als sei es eine Anrede. Die *dorje* war ein buddhistisches Symbol, ein kleiner zepterförmiger Gegenstand, der manchmal auch Donnerkeil genannt wurde und für die Macht der Lehren Buddhas stand. Unter dem Namen fanden sich zwei Spalten ebenfalls handschriftlicher Zahlen, die erste mit zwölf, die zweite mit zwanzig Einträgen. »Büro für Religiöse Angelegenheiten, Amdo«, hatte jemand unter die erste Spalte geschrieben, deren Zahlen allesamt abgehakt waren. Neben den obersten beiden Einträgen der ersten Spalte stand »Direktor Tuan« und darunter das chinesische Wort *wo*. Das hieß »ich« oder »mir«. Damit konnte durchaus der stellvertretende Direktor Chao gemeint sein, erkannte Shan. Unter der zweiten Spalte stand »Öffentliche Sicherheit«.

»Das ist nicht Draktes Handschrift«, sagte Somo. »Chao muß es geschrieben haben. Ich habe mich ein wenig umgehört. Der Leiter der Öffentlichen Sicherheit von Amdo wurde vor zwei Monaten versetzt. Bislang gibt es noch keinen Nachfolger. Da Direktor Tuan hier früher Chef der Öffentlichen Sicherheit war, hat er angeboten, die Aufgaben vorläufig zu übernehmen. Er fing an, gewisse Bereiche zusammenzulegen. Einschließlich der Gehaltszahlungen.«

»Sie meinen, die Kriecher hier bekommen ihr Geld von Direktor Tuan vom Büro für Religiöse Angelegenheiten?«

Somo nickte.

Gyalo hatte vor Kriechern gewarnt, die äußerlich nicht als Kriecher auftraten. Es erklärte, warum die Schreihälse in den weißen, militärisch anmutenden Hemden alle wie Angehörige der Öffentlichen Sicherheit aussahen.

»Und da ist noch was: Die rechte Spalte scheint die Löhne der Kriecher des Bezirks zu enthalten. Aber es sind nur fünfzehn Kriecher bekannt.«

»Wie meinen Sie das?«

»Ich meine, daß die *purbas* die Kriecher der Stadt Amdo beobachten. Schon seit Jahren sind dort fünfzehn Mann stationiert. Wir haben es uns von den Leuten, die da putzen, bestätigen lassen. In Amdo sitzen fünfzehn Kriecher, die manchmal mit Tuan unterwegs sind. Demnach gibt es irgendwo noch fünf andere. Sie arbeiten im geheimen.«

Im geheimen. Die fünf konnten überall sein. Vielleicht trugen sie Mönchsgewänder und lebten in Norbu. Shan erinnerte sich an den Lagerplatz, auf den Dremu oberhalb der Ebene der Blumen gestoßen war, nachdem es dort gebrannt hatte. Steckten die Kriecher dahinter? Er wollte Somo den Zettel zurückgeben, doch sie lehnte mit erhobener Hand ab, als jage das Papier ihr Angst ein.

Der Lastwagen rumpelte über die holprige Strecke, bis er endlich auf die Nord-Süd-Fernstraße einbog und schneller wurde. Dann ging es weiter bergauf und bergab durch die kahle unwirtliche Landschaft. Shan wußte, daß sie sich auf einer der höchstgelegenen Asphaltrouten der Welt befanden. Er schlief ein, und als er zwischendurch aufwachte, lag draußen Schnee. Kurz nach Einbruch der Dunkelheit hielt der Lastwagen bei ein paar baufälligen Lehmziegelhäusern, um zu tanken. Hier lag kein Schnee mehr. Der Fahrer füllte eine Thermoskanne mit heißem Wasser, warf eine Handvoll Teeblätter hinein und stellte sie mit zwei Blechbechern und einer Tüte Äpfel hinten auf die Ladefläche.

Shan schlief sehr unruhig und schreckte jedesmal hoch, wenn ein schnelleres Fahrzeug sie überholte. Es waren zahlreiche schwere Transporter und Busse unterwegs. Zweimal kamen sie an Militärkolonnen vorbei, die am Straßenrand einen Halt eingelegt hatten.

Einige Stunden nach Sonnenuntergang wurde die Luft drückend und roch beißend. Trübe schwefelfarbene Straßenlaternen tauchten auf, und der Laster mußte sich laut hupend an immer mehr Radfahrern vorbeischlängeln. Sie sahen schmutziggraue Gebäude und Fabrikschlote, die dunklen Rauch ausstießen. Shan war aufgestanden, hielt sich an den

Streben der Ladefläche fest und starrte hinaus. So war China – zumindest das China, das Hunderte von Millionen Chinesen kannten.

»Ein erbärmliches Pflaster, dieses Golmud«, stellte Winslow fest.

Shan sagte nichts. Es mochte erbärmlich sein, aber er hatte sich seit mehr als fünf Jahren nicht mehr so sehr an seine frühere Heimat erinnert gefühlt. Außer dem Qualm der Fabriken hingen noch andere vertraute Gerüche in der Luft. Sesamöl, Chilischoten, Koriander, gebratenes Schweinefleisch und Ingwer. Eine Radfahrerin kam vorbei; über ihrer Schulter lag ein Bambusrohr, auf dem vier geröstete Enten steckten. In Gegenrichtung fuhr ein Mann, der auf der Lenkstange einen langen zusammengerollten Teppich balancierte. Auf einer Bank saß eine alte Frau vor einer Pfanne; darin lagen kleine Spieße mit gebratenen Holzäpfeln. Einen Augenblick lang fühlte Shan sich versucht, einfach neben ihr Platz zu nehmen und die Mischung aus Dieselgestank und Gewürzen einzuatmen, den Geruch des modernen China.

Sie verließen die Stadt und erreichten nach einer Weile einen hohen Metallmast, an dem ein strahlendheller Scheinwerfer hing. Dort bogen sie auf eine Schotterstraße ein, die breit genug für vier Lastwagen gewesen wäre. Rechts der Strecke standen Dutzende von Fahrzeugen geparkt: Kipper, Bulldozer, Schlepper, Anhänger und Zementmischer. Alle dreißig Meter erhob sich ein weiterer Scheinwerfermast. Dann gelangten sie zu einer Fläche, auf der in ordentlichen Reihen Wohnanhänger standen – eine regelrechte kleine Stadt.

Der Lastwagen wurde langsamer. Shan streckte kurz den Kopf heraus, um in Fahrtrichtung zu schauen. Vor ihnen lag ein großer Schotterplatz mit gewaltigen Ziegelgebäuden auf jeder Seite.

Sie hielten schließlich an. Der Fahrer klopfte laut gegen das Rückfenster seiner Kabine, ging ohne ein weiteres Wort weg und reckte sich ausgiebig. Vorsichtig stiegen sie ab und nahmen das Gelände in Augenschein. Shan machte ein paar zögernde Schritte auf das einzige Gebäude zu, dessen Fenster erleuchtet waren. Der Kies knirschte laut unter seinen Stiefeln. Es war ein Uhr morgens.

Der trübe orangefarbene Schimmer der Schwefellampen und der aufgehende halbrunde Mond verliehen dem riesigen Komplex die Aura einer schmucklosen Tempelanlage. Ein seltsames Vibrieren hing in der Luft, ein Hämmern wie von fernen Trommeln. Dann öffnete sich plötzlich eine Tür des nächstgelegenen Gebäudes, und laute Rockmusik dröhnte über den Hof. Zwei Männer torkelten in die Nacht hinaus und mußten einander stützen, um auf den Beinen zu bleiben. Sie winkten den Neuankömmlingen zu und schwankten in Richtung der Wohnanhänger davon.

Shan hielt inne und ergründete das seltsame, unerwartete Gefühl, das in ihm aufstieg. Er kam sich vor, als habe er eine andere, seit vielen Jahren verloren geglaubte Welt betreten. Wann hatte er das letzte Mal Betrunkene gesehen, westliche Musik gehört oder des Nachts unter solchen Straßenlaternen gestanden?

Winslow klopfte ihm auf die Schulter, als fürchte er, Shan sei im Stehen eingeschlafen. Dann zog er ihn in Richtung der Tür, aus der die beiden Männer zum Vorschein gekommen waren. Sie betraten einen kurzen, mit einfachen Holzplatten ausgekleideten Flur, der von einer einzelnen nackten Glühbirne erhellt wurde. An den Wänden hingen lange Anschlagbretter voller Zettel in allen möglichen Größen und Farben sowie mehreren Sprachen. »Montag abend«, stand auf einem in Englisch, »*African Queen*. Getränke sind selbst mitzubringen.« Ein anderes verkündete auf chinesisch: »Hunde sind in den Wohnbereichen nicht gestattet! Alle aufgefundenen Tiere werden der Küche überantwortet.« Die Überschrift des nächsten Blattes war englisch und französisch verfaßt: »Ramme verschwunden!« Ein Plakat der Auslandsabteilung des Büros für Öffentliche Sicherheit erinnerte alle Fremden daran, sich strikt an die Bestimmungen ihrer Einreisevisa zu halten. Auf einem langen Banner stand zu lesen, daß von allen nicht anderweitig eingeteilten Arbeitskräften erwartet wurde, beim Aufbau der Tribünen für die bevorstehende Maifeier behilflich zu sein. Es gab sogar eine Bekanntmachung des Büros für Religiöse Angelegenheiten, mit der alle Angestellten nachdrücklich ermahnt wurden, bei der Arbeit gefundene religiöse Gegenstände an die Volksregierung auszuhändigen.

Der Flur führte zu einem dunklen Korridor, der sich über die gesamte Länge des Gebäudes erstreckte und von dem auf beiden Seiten zahlreiche Türen abzweigten. Direkt gegenüber von ihnen lag das Krankenzimmer, wie die chinesische und englische Aufschrift verriet. Auf der anderen Seite stand ein Stück weiter eine Doppeltür offen, durch die rotes Licht hinausfiel, das im Takt der Musik flackerte. Der Lärm war ohrenbetäubend. Mit einer gespielten Verbeugung forderte Winslow die anderen zum Eintreten auf. Somo blickte befangen zu Boden, und Shan sah, daß sie den türkisfarbenen Stein umklammert hielt, ihr Erinnerungsstück an Drakte.

Der Raum war zum Bersten mit Menschen gefüllt, von denen kaum jemand auf sie achtete, als sie sich zu einem freien Tisch im hinteren Teil des Saals schoben. An einem Ende befand sich eine Theke aus Holz, hinter der zwei Männer vor einem großen Regal standen, das Flaschenbier und Hochprozentiges enthielt – nicht nur die chinesischen Standardmarken, sondern auch westliche Whiskeys, russischen Wodka, französischen Kognak, britischen Gin und besonders auffällig plaziert eine Flasche *hejie jiu*, Echsenwein aus Guangxi, einschließlich der darin eingelegten toten Eidechse. Männer und Frauen, viele davon in grünen Jacken, bestellten eifrig immer neue Drinks. Auf einem Podest in einer der Ecken hatte man einen großen Apparat installiert, dessen Bildschirm Videoaufnahmen von Frauen auf einer Blumenwiese zeigte. Am unteren Rand zog eine englische Laufschrift vorbei, über deren Worten eine kleine Kugel hüpfte. Dicht vor dem Schirm stand ein stämmiger Han-Chinese mit violettem Seidenhemd, sang in ein Mikrofon, wiegte sich im Rhythmus und starrte angestrengt, geradezu erwartungsvoll auf die Bilder, als wolle er jeden Moment zu den Frauen auf die Wiese springen. Vor dem Podest hatte sich eine kleine Zuschauerschar versammelt; manche der Leute spotteten, andere ermutigten den Mann.

Zwei der Wände hingen voller Plakate, auf denen gutaussehende Männer und Frauen sowie Abbildungen asiatischer Kampfsportszenen, Bergpanoramen, schnittige Autos oder weitere Menschen in spärlicher Badekleidung zu sehen waren. Die englischen, chinesischen oder französischen Bildunterschriften bezogen sich, so vermutete Shan, auf Kinofilme. Er erinnerte sich vage, daß auch er einmal ins Kino gegangen war.

Am anderen Ende des Raums standen zwei verschlissene Sofas und ein Dutzend hoher Barhocker im gedämpften Licht. Auf den Hockern saßen mehrere junge Frauen in knappen Kleidern und hohen bunten Vinylstiefeln. Sie waren alle stark geschminkt und aufwendig frisiert. An einem Tisch in der Nähe des Podests hatten mehrere Westler Platz genommen. Vier von ihnen rauchten Zigarren, und einer hielt das Kinn auf die Handflächen gestützt, als würde er schlafen. Bei den Westlern saß ein gepflegter Han mittleren Alters. Er trug ein blaues Anzughemd und beobachtete den Mann auf der kleinen Bühne mit unbehaglichem Lächeln.

»*Mai xiao nu*«, stellte Winslow erstaunt fest, als sie sich setzten, und starrte dabei die auffällig gekleideten Frauen an. In direkter Übersetzung hieß das »Frauen, die ein Lächeln verkaufen«.

Als Somo errötete, zuckte er entschuldigend die Achseln und sagte, er würde ihnen etwas zu trinken besorgen. Dann drängte er sich durch die Menge zur Bar. Somo sah Shan an und biß sich auf die Unterlippe. Einen Moment später stand sie auf, ging auf den Chinesen zu, der bei den Westlern saß, und beugte sich kurz zu ihm herab. Er hob sichtlich erleichtert den Kopf, verabschiedete sich schnell von seinen Begleitern und ging mit Somo zur Tür. Dort unterhielten sie sich eine knappe Minute, und dann folgte Somo nach einem besorgten Blick zu Shan dem Mann den Korridor hinunter.

Shan betrachtete die merkwürdige Ansammlung von Leuten im Saal. Der Tabakqualm brannte ihm in den Augen. Ein Mann am Nebentisch rülpste mehrmals hintereinander, was von seinen Kameraden mit lautem Gejohle begrüßt wurde. Die ganze Zeit hatte Shan das Gefühl, beobachtet zu werden. Wie hatte Jenkins die Operationszentrale genannt? Hölle auf Rädern.

Gleich darauf kam Winslow mit drei chinesisch beschrifteten roten Dosen amerikanischer Limonade zurück und harrte mit Shan nervös zehn Minuten aus, bis Somo und der Mann im blauen Hemd wieder auftauchten. Der Chinese reichte Shan und Somo jeweils einen Schlüsselring, dessen kleines Plastikschild mit einem lateinischen Buchstaben und einer Nummer versehen war. Dann stellte er sich dem Amerikaner als Verwaltungsleiter vor und erklärte, Winslow würde in einem Quartier für besondere Gäste untergebracht. Shan und Winslow tauschten einen beunruhigten Blick aus. Man trennte sie voneinander. Der Amerikaner runzelte die Stirn, aber als der Manager sich umdrehte und zur Tür deutete, stand er auf und folgte dem Mann. »Morgen früh«, raunte er seinen Gefährten zu und ging mit dem Chinesen hinaus.

»Die Zimmer der weiblichen Belegschaft liegen in einem abgesonderten Bereich«, verkündete Somo ungehalten, trank ihre Limonade aus und steckte den Schlüssel ein.

»Ich werde im Lastwagen schlafen«, sagte Shan.

»Nein«, wandte Somo ein. »Der Wagen könnte wieder wegfahren, vielleicht sogar zu irgendeinem der anderen Lager. Und auf dem Gang habe ich eine Patrouille gesehen. Keine Polizei oder Soldaten, bloß Männer mit braunen Jacken. Aber falls man Sie ohne Firmenausweis antrifft, wird man Sie sofort nach Golmud bringen. Man hat hier Probleme mit Dieben, die nachts ins Lager eindringen.«

Fünf Minuten später ging Shan zwischen den dunklen Wohnanhängern entlang. Am Ende jeder Reihe befand sich ein schwach erleuchtetes Schild mit einem Buchstaben, und auf jede Tür war eine große Zahl aufgemalt. Er entdeckte das Quartier, das man ihm zugewiesen hatte, schloß die Tür auf, trat ein und fand sich zwischen zwei langen Reihen metallener Etagenbetten wieder, die zur Hälfte von Schlafenden belegt waren. An einem Ende saßen zwei Männer auf einer der Kojen und spielten im Schein einer Taschenlampe Mah-Jongg. Shan ging in die andere Richtung und fand ein leeres Bett. Er schlief ein, kaum daß sein Kopf das Kissen berührt hatte.

Nur wenige Augenblicke später, so schien es ihm, rüttelte jemand an seinem Fuß. Shan schreckte hoch und mußte sofort an Somos Warnung vor den Patrouillen denken. Durch die kleinen Fenster des Wohnanhängers fiel Sonnenlicht herein.

»Es gibt nur noch zehn Minuten Frühstück, Kumpel«, sagte ein junger Chinese, der neben der Koje stand, und entschuldigte sich gleich darauf, als er Shans nervöse Reaktion sah. »Falls du heute den ganzen Tag vor der Arbeitsvermittlung Schlange stehen mußt, wirst du erst abends wieder was zu essen kriegen.« Der Mann musterte ihn unsicher und strich sich über den schmalen Schnurrbart.

Shan bedankte sich und folgte ihm nach draußen. Vorsichtig spähte er den langen Gang zwischen den Anhängerreihen entlang und schloß erst dann zu dem Chinesen auf.

»Ich habe bei der Zentrale einen Laster gesehen«, sagte der junge Han. »Du mußt gestern ziemlich spät hier angekommen sein. Aus Tsaidam?« fragte er und bezog sich damit auf das riesige Ölfeld im Westen der Provinz Qinghai, eines der bekanntesten von ganz China.

»Nein, aus Yapchi«, erwiderte Shan.

Der Mann wirkte überrascht. »Du hast darum gebeten, aus Yapchi versetzt zu werden? Bist du bescheuert? Ich hab gehört, daß da dicke Prämien winken. Von den Amerikanern.« Er grinste. »Ich mag die Amerikaner. Hamburger. Las Vegas.«

Sie gingen zu demselben großen Gebäude, das Shan und seine Freunde letzte Nacht aufgesucht hatten, traten jedoch durch eine Tür am anderen Ende ein und gelangten in einen großen Speisesaal. In der feuchten Luft hingen die verschiedensten Gerüche: Kohl in Essig. Speck. Käse. Schwarzer Pfeffer. Zigarettenrauch. Eier. Starker schwarzer Tee. Gebratener Reis. Kaffee. Marinierter Fisch.

Shan schlenderte im Saal umher, bis er Winslow entdeckte. Der Amerikaner saß mit mehr als einem Dutzend Westler an einem langen Tisch. Aus einem großen schwarzen Kasten dröhnte laute Musik. Ein junger Mann mit Pferdeschwanz trommelte den Rhythmus mit zwei Löffeln auf seinem Plastikteller. Daneben saß eine Frau mit kurzem dunkelbraunem Haar und spielte Solitär. Drei weitere Männer, darunter zwei, die Shan am Vorabend neben dem Podest gesehen hatte, saßen über eine große Landkarte gebeugt da. Einer hielt einen Becher Kaffee in der Hand, ein anderer eine dicke Zigarre.

Shan setzte sich neben Winslow, der leise berichtete, daß er Somo noch nicht gesehen habe. Der Amerikaner wies auf die Warteschlange der Arbeiter am Rand des Saals, wo Küchenbedienstete mit weißen Schürzen hinter dampfenden Metallbehältern standen. Shan schüttelte den Kopf, und Winslow reichte ihm eine Scheibe kalten Toast von seinem eigenen Teller. Shan nahm das Brot und griff nach einer chinesischen Zeitung, die am Tischrand lag. Sie stammte vom Vortag. Schnell überflog er die Schlagzeilen. Die Behörden befanden sich dicht auf den Fersen des verhaßten Tigers, der als der Mörder eines Beamten des Büros für Religiöse Angelegenheiten galt. Für sachdienliche Hinweise aus Kreisen der Bevölkerung hatte man eine hohe Belohnung ausgesetzt. Ein anderer Artikel führte aus, daß im Zuge des Kampfes gegen die reaktionären Elemente auch nach dem Abt von Sangchi gesucht wurde, der im Auftrag des Tigers entführt worden sei und dem Dalai-Kult ausgeliefert werden solle.

»Es sind hauptsächlich Europäer«, sagte Winslow leise auf tibetisch. »Keiner von denen ist länger als eine Woche hier. Alle wurden von anderen Projekten abgezogen und sollen neuen Standorten zugewiesen werden.«

Shan betrachtete die Leute am Tisch. Sie schienen Winslow geflissentlich zu ignorieren.

»Sie haben mir erzählt, daß von allen ausländischen Partnern des Projekts bisher nur die Amerikaner unangenehm aufgefallen seien.«

»Wegen Ihrer Fragen nach Miss Larkin?«

»Nein. Es ging um Umweltschutz. Vor einem Monat war jemand von unserer Botschaft da und hat behauptet, die Firma würde die Schäden für die Umwelt nicht richtig einschätzen. Diese Ingenieure hier sagen, das Projekt könne auch ohne die amerikanischen Investitionen fortgeführt werden, falls wir nicht aufpassen. Es gäbe auch anderswo jede Menge Kapital zu holen, ohne hinderliche Auflagen.«

Der Mann gegenüber von Winslow schob seinen Stuhl zurück und nahm sein Tablett. »Wenn wir das nächste Mal dinieren, hole ich vorher meinen Smoking aus der Reinigung, Herr Botschafter«, sagte er auf englisch und neigte übertrieben galant den Kopf. Er musterte kurz Shan und wandte sich wieder an Winslow. »Laß dich bloß nicht beschwatzen.« Es klang beinahe entschuldigend. »Hör einem von ihnen zu, und schon hängen hundert an deinem Rockzipfel. Jeder will, daß wir ihm dabei helfen, ein Visum für die Staaten zu bekommen.«

»Ich habe noch nie vorgehabt, das Arbeiterparadies zu verlassen«, sagte Shan langsam auf englisch und sah den Mann ruhig an.

Der Fremde erwiderte verunsichert den Blick und setzte schließlich ein breites Grinsen auf. Er schaute von Shan zu einem Tisch in der gegenüberliegenden Ecke des Saals, bevor er auch Winslow mit einem Lächeln bedachte. »Zum Glück hat Genosse Zhu seine Leute auf die Sache angesetzt«, sagte er und ging weg.

Winslow und Shan sahen sich erschrocken an, und Shan ließ unwillkürlich den Blick durch den Speisesaal schweifen. Die Arbeiter drängten mittlerweile in Scharen hinaus. Mehrere der Bediensteten schoben die Rollwagen mit den Speisen durch eine Doppeltür, während andere anfingen, die Tische mit Lappen abzuwischen. In der Nähe eines Durchgangs zum Innern der Operationszentrale lehnte ein schlanker Mann, der eine modische braune Nylonjacke trug. Er sah mehrfach in ihre Richtung und sprach in ein kleines Funkgerät. Shan erhob sich ein Stück, um einen Blick auf die Ecke zu werfen, in die der Amerikaner geschaut hatte. Am gesamten Tisch saßen ausschließlich Männer und Frauen in braunen Jacken. Mit plötzlichem Entsetzen erkannte er den eleganten Mann am Ende des Tisches, der gestenreich redete, während die anderen ihm lauschten. Zhu, der Direktor für Sonderprojekte.

Shan duckte sich und berichtete Winslow von seiner Entdeckung. Der Amerikaner fluchte leise.

»Eines ist mir nicht ganz klar«, sagte Shan leise. »Aus welchem Grund sollte Larkin herkommen, um Zugriff auf den

Computer zu nehmen? Wieso hat sie das nicht von Yapchi aus erledigt?«

Winslow zuckte die Achseln. »Vielleicht sollte es niemand merken. Oder wegen der besseren Internet-Verbindung. Da draußen gibt's bloß dieses kleine Satellitentelefon. Oder sie war aus einem völlig anderen Anlaß hier und hat dabei auch nach ihren E-Mails gesehen.«

»Aber sie ist heimlich hergekommen, während sie eigentlich einen Forschungseinsatz durchführen sollte. Mit Hin- und Rückweg bedeutet das eine Reise von zwei Tagen. Es war ihr also wichtig. Was gibt es hier sonst noch? Welche Funktionen erfüllt diese Zentrale?« Wie zur Antwort fuhr vor den Fenstern des Speisesaals ein schwerer Sattelschlepper vorbei. Die Ladung wurde von Planen verdeckt.

Eine Viertelstunde später standen sie hinter dem Gebäude, das gegenüber der Operationszentrale lag. In zehn riesigen Werkstatthallen wurden schwere Lastwagen repariert. Vor einem anderen Teil des Gebäudes verlief eine Laderampe, an der mehrere Transporter beladen wurden. Sie stiegen auf die Rampe, doch als Winslow das Lagerhaus ansteuern wollte, legte Shan ihm eine Hand auf den Arm. »Vielleicht sollten wir eine Weile nur zusehen«, sagte er.

»Warum?« fragte Winslow und sah sich dabei nervös um.

Shan beobachtete die Männer, die den Ladevorgang beaufsichtigten. »Zu Beginn meiner Laufbahn in Peking habe ich mit einem alten Ermittler zusammengearbeitet. Von ihm habe ich gelernt, mich nicht zu sehr an das zu klammern, was man mir während meiner Ausbildung beigebracht hat. Der einfachste Teil des Jobs ist es, Leute ausfindig zu machen, denen man Fragen stellen kann. Die Herausforderung liegt darin, den Menschen mehr zu entlocken, als man eigentlich wissen wollte, denn wenn man weiß, was man fragen muß, kennt man bereits die halbe Antwort. Er sagte, in jeder Situation gebe es eine bestimmte Sache, mit der man jemanden zum Reden bringen könne, irgendeinen grundlegenden Ansatz, der zwar nicht die Wahrheit, aber den Schlüssel dazu darstelle.«

»Klingt wie das Zen der Verhörkunst«, spottete Winslow

und ließ die Arbeiter nicht aus den Augen. Shan bat ihn, einen Moment zu warten, und schob sich in den Schatten eines der hohen Stapel Kisten, die überall herumstanden.

Einige Minuten darauf betraten sie gemeinsam das Lagerhaus. Shan hielt ein Klemmbrett voller Papiere in der Hand, und Winslow trug eine alte grüne Baseballmütze, auf der ein Bohrturm abgebildet war.

Ungefähr in der Mitte der riesigen Halle blieben sie stehen. Winslow stemmte die Hände in die Seiten und schaute ungeduldig drein. In seinem Mundwinkel hing eine nicht angezündete Zigarre. Shan erweckte einen eher genervten Eindruck. Es dauerte keine Minute, da lief ihnen ein Chinese mit schütterem Haar entgegen. Sein blaues Hemd schien der Einheitsdreß der Verwaltungsmitarbeiter zu sein. Shan hatte den Mann aus dem Hintergrund beobachtet und mitbekommen, wie beflissen er drei Westlern zu Hilfe geeilt war und dafür alles andere ignoriert hatte, sogar seinen Vorgesetzten, den Verwaltungsleiter, den Shan noch von letzter Nacht kannte.

»Mit den Unterlagen der Außenteams von Yapchi ist irgendwas nicht in Ordnung«, seufzte Shan und warf Winslow dabei einen langen verärgerten Blick zu. Die Aufgabe des Amerikaners würde darin bestehen, kein Wort zu sagen, wütend zu wirken und nicht erkennen zu lassen, daß er Mandarin verstand.

»Das kann ich mir nicht vorstellen«, behauptete der Chinese und musterte Winslow nervös. Er trug ebenfalls eine amerikanisch anmutende Baseballmütze, allerdings in Schwarz und mit einem orangefarbenen Vogel auf der Vorderseite. Shan fühlte sich ein wenig schuldig, eine dermaßen offensichtliche Schwäche auszunutzen, aber die meisten chinesischen Projektmitarbeiter schienen regelrecht versessen darauf zu sein, sich bei den Ausländern anzubiedern, wahrscheinlich weil sie auf Fürsprache bei der Einwanderungsbehörde hofften.

»Ich habe ihm zu erklären versucht, wie kompliziert die Abläufe sind«, sagte Shan. »Die vielen Lieferungen. Die empfindlichen Ausrüstungsgegenstände, die manchmal ohne Umweg über die Zentrale ins Lager kommen. Und mitunter werden

Kisten mit Nahrungsmitteln und Geräten versehentlich vertauscht.«

Der Lagerverwalter nahm Winslow vorsichtig in Augenschein. Der Amerikaner rang sich ein ungeduldiges Grinsen ab und starrte dann wieder zornig Shan an.

Shan wich einen Schritt zurück, als rechne er mit Handgreiflichkeiten. »Bitte«, sagte er beschwörend. »Der Mann war schon in Yapchi. Er hat von da Unterlagen mitgebracht. Er ist Amerikaner.«

Nervös führte der Chinese sie zu einem Computer, der in einer Ecke des Lagerhauses stand, und rief ein Verzeichnis auf, dessen Überschrift »Bestandsliste Yapchi« lautete. Mit zufriedenem Lächeln sah Shan auf den Bildschirm. Die Ölfirma war genauso bürokratisch wie die Armee.

Der Mann betätigte noch ein paar Tasten und rief den Unterpunkt »Außenteams« auf. »Die haben alle die gleiche Ausstattung«, sagte er und deutete auf eine Spalte im linken Teil der Anzeige. »Team Eins«, stand dort. »Wasserflasche, Metall; zwölf«, lautete der oberste Eintrag. »Zelt, vier Personen; eins. Schlafsack; vier. Kocher, Butan; eins. Gaspatrone; acht. Ration; sechzig.« Shan überflog den Rest der Liste. Seile, Äxte, Gesteinshämmer, seismische Sprengladungen. Die Viermann-Teams waren für fünf Tage im Gelände ausgerüstet. »Sagen Sie ihm, daß ich Baseball kenne. Einmal pro Woche wird hier abends eine Videokassette mit Baseballspielen gezeigt«, drängte der Verwalter. »Die Baltimore Orioles«, fügte er hoffnungsvoll hinzu.

Shan nickte lediglich. »Aber eines dieser Teams hat einen Teil der Ausrüstung zurückgelassen.«

»Welche Nummer?«

Shan wies auf Winslow. »Na, was glauben Sie wohl? Das Team, das von der Amerikanerin geleitet wurde.«

»Ach«, sagte der Chineses zögernd. »Melissa.« Sein Gesicht umwölkte sich.

»Sie haben Miss Larkin gekannt?«

»Natürlich. Ich meine ... ich ...« Der Mann sah sie forschend an, als versuche er festzustellen, wie gefährlich es für ihn werden könnte. »Wenn sie zu Besuch kommt, bringt sie uns immer etwas mit. Manchmal Fossilien. Oder hübschen rosafarbenen Quarz. Einmal auch amerikanische süße Kekse. Sie ist ...« Er sah noch einmal die beiden Besucher an und schaute dann zum Monitor. »Man vergißt sie nicht so leicht.« Als er Shans fragenden Blick spürte, seufzte er. »Einmal, als sie hier war, gab es einen heftigen Sturm, und der Strom fiel aus. Niemand konnte arbeiten. Die meisten Leute sind in die Zentrale gegangen und haben den ganzen Tag lang getrunken. Aber Miss Larkin hat hier in einem großen Metalleimer ein Feuer gemacht. Dann haben wir alle im Kreis gesessen und Geschichten erzählt. Und sie hat uns amerikanische Lieder beigebracht. *Row, Row, Row Your Boat*«, sagte er auf englisch und hatte Schwierigkeiten mit den R. »*Jingle Bells. Oh Susannah.*«

»Aber bei ihrem letzten Besuch wollte sie etwas Besonderes, nicht wahr?« fragte Shan. »Sie hat in Yapchi Proviant zurückgelassen, weil sie etwas anderes tragen mußte.«

Der Mann drückte ein paar Tasten und ließ sich auf einen nahen Hocker sinken. Auf dem Bildschirm wurden die Zusatzlieferungen des Lagers Yapchi angezeigt. »Sie sagte, sie habe keine Zeit für den ganzen Papierkram.« Er blickte über die Schulter. Auf einmal schien er sich nicht mehr vor Shan und Winslow zu hüten, sondern vor den Schatten hinter ihnen. »Sie sagte, man würde die Dinger nicht vermissen und höchstens in ein paar Monaten mal danach fragen. Bis dahin sollte ich sie längst nachbestellt haben. Ich sagte, sie solle bloß sechs nehmen, aber sie hat auf allen zwölf bestanden.«

»Zwölf wovon?«

»Es ergab keinen Sinn. Ich kann es mir bis heute nicht erklären.« Der Chinese sah Shan flehentlich an. »Nächsten Monat bekomme ich neue herein.«

»Zwölf wovon?« wiederholte Shan.

»Farbmarkierungen«, flüsterte der Mann. »Man untersucht damit Strömungsverhältnisse oder den Verlauf einer Wasserader. In den Gebieten, die wir normalerweise untersuchen, ist es knochentrocken. Die Beutel waren völlig verstaubt. Ich habe gemeldet, die Haltbarkeitsdaten seien abgelaufen«, sagte er, als müsse er Shan, nachdem er einmal damit angefangen hatte, nun auch den ganzen Rest anvertrauen. »Ich hab es nicht kontrolliert, aber vermutlich waren die Dinger tatsächlich nicht mehr zu gebrauchen.«

»Sie haben nur Ihre Arbeit getan. Immerhin war die Frau die Leiterin des Teams«, sagte Shan und sah auf den Monitor. Im unteren Teil blinkte eine Zeile – der letzte Eintrag unter Larkins Namen. »Auffüllen«, stand dort, gefolgt vom Datum des morgigen Tages. Shan deutete darauf.

»Nachschub«, sagte der Mann zögernd. Shan beugte sich vor und klickte die Zeile mit der Maus an. Eine neue Liste tauchte auf, versehen mit dem gleichen Datum und einigen Kartenkoordinaten. Butangaspatronen. Decken. Hundertfünfzig Meter Seil und seismische Sprengladungen. Vier Kisten mit Sprengladungen.

Während Shan die Punkte las, kroch ihm ein Schauder über den Rücken. »Diese Sachen waren von Larkins Team angefordert«, sagte er langsam. »Warum stehen sie noch im System?«

Der Chinese erbleichte und starrte auf den Bildschirm. »Ich gebe diese Anforderungen nicht selbst ein, sondern stelle nach Maßgabe des Computers nur das Material zusammen. Vielleicht ist dieses Team noch immer an der Arbeit. Es heißt, ihre Leiche sei nicht gefunden worden.« Plötzlich, als würde Shans großes Interesse ihm auf einmal verdächtig vorkommen, stellte er sich vor den Monitor.

»Miss Larkin hat Sie bei ihrem letzten Besuch gebeten, den Nachschubauftrag im System zu belassen«, behauptete Shan. Der Mann hatte anfangs nicht in der Vergangenheitsform von Larkin gesprochen, obwohl er andererseits von ihrem Tod wußte.

»Nein, es ist ein Fehler«, stöhnte er. »Die Anforderung dürfte längst nicht mehr hier auftauchen. Es hat nichts zu bedeuten.«

»Soll das heißen, jemand hat Ihnen aufgetragen, die Anforderung zu löschen?«

Der flehentliche Blick des Mannes richtete sich nun auf Winslow. »Eine gute Frau«, sagte er in gebrochenem Englisch.

»*Row, Row, Row Your Boat*«, fügte er mit gekünsteltem Lächeln hinzu. »Die Baltimore Orioles.«

»War es die Abteilung für Sonderprojekte?« fragte Shan.

Das Gesicht des Chinesen verfinsterte sich. »Er hat gesagt, ich solle ihre Listen von den Monitoren verschwinden lassen. Diesen einen Auftrag muß ich wohl vergessen haben.«

»Direktor Zhu hat Sie angewiesen, die Nachschubanforderung zu stornieren?« fragte Shan.

Der Mann mit dem blauen Hemd zog unwillkürlich die Schultern zusammen. »Nein, nicht stornieren«, flüsterte er mit gesenktem Kopf. »Sie sollte einfach nur unsichtbar werden.« Er wandte sich zum Eingang des Lagerhauses, als wolle er den Monitor schützen. Oder hinter sich verstecken.

»Sie sagen also, Zhu hat herausgefunden, daß dieser Nachschubauftrag weiterhin im System steckt, und ihn trotzdem nicht widerrufen«, stellte Shan ruhig fest und warf dabei Winslow einen kurzen Blick zu. »Will er das Material denn selbst verwenden?«

Die Stimme des Mannes war heiser geworden. »Es geht ihm wie uns allen, schätze ich. Er hofft wohl, daß Miss Larkin noch am Leben ist.«

Nein, ganz im Gegenteil, erkannte Shan, als er mit Winslow eilig das Gebäude verließ. Zhu wollte sicherstellen, daß sie nicht wieder auftauchte.

»Wie kommen Sie ...«, setzte Winslow an, nachdem Shan seinen Verdacht laut geäußert hatte.

»Die Farbmarkierungen«, erklärte er. »Am Tag bevor wir auf Zhu getroffen sind, haben wir in den Bergen eine der Farbmarkierungen gesehen. Er aber hat behauptet, Larkin sei schon eine Woche zuvor ums Leben gekommen, und auch entsprechende Berichte verfaßt. Doch das war gelogen. Noch einen Tag zuvor war sie ganz in unserer Nähe. Niemand sonst hat diese Markierungen benutzt. Zhu hat Larkin als tot gemeldet, damit ihm niemand in die Quere kommen würde.«

»Wobei sollte ihm jemand in die Quere kommen?«

»Das weiß ich nicht. Ich glaube, Zhu wird die Lieferung dieser Vorräte selbst übernehmen. Er hat den Tod der Frau gemeldet. Was ist, wenn er gelogen hat und nur dafür sorgen wollte, daß keiner mehr nach ihr sucht, damit er selbst sie finden kann? Zhu und vielleicht auch die Öffentliche Sicherheit halten Larkin für gefährlich. Mittlerweile haben alle die Lüge über ihren Tod geschluckt. Was ist, wenn er sie nun tatsächlich umbringen oder irgendwohin zum Verhör schleppen will? Sie ist jetzt ein Gespenst. Zhu könnte alles mögliche mit ihr anstellen, und niemand würde es je erfahren.«

Winslow starrte ihn an. »Unmöglich«, sagte er, aber in seinen Augen sah Shan keinerlei Zweifel, sondern statt dessen kalte Wut und einen Anflug von Hilflosigkeit.

Sie gingen am Rand des großen Schotterplatzes entlang, blieben vor manch einem geparkten Fahrzeug stehen und betrachteten ihre Spiegelbilder in der Scheibe. »Wir können Somo nicht im Stich lassen«, sagte Shan.

Ein Stück von ihnen entfernt stand neben einem Lastwagen der Mann aus dem Speisesaal und sprach leise in sein Funkgerät. Er trug noch immer die braune Jacke und dazu inzwischen eine Sonnenbrille. Auf der anderen Seite des Geländes sah Shan zwei weitere Männer in Braun, die ihren Funkgeräten zu lauschen schienen und sich dann eilig zu ihrem Kollegen auf den Weg machten. Ein Jeep schloß zu ihnen auf. Auf dem Beifahrersitz saß Zhu, ebenfalls mit Sonnenbrille, und klopfte mit einem Schlagstock auf seine Handfläche.

»Somo hat Leute, die sich um sie kümmern«, sagte Winslow. »*Purbas*.«

»Sie ist mit uns hergekommen«, sagte Shan. »Wir werden beobachtet. Ihre Freunde werden sie letztlich abholen. Nach Tenzins Verhaftung kann sie hier nichts mehr tun.«

Doch Shan irrte sich. Fünf Minuten später fuhr ein großer Müllwagen gemächlich über den Platz und wirbelte eine dichte Staubwolke auf. Er steuerte auf Shan und Winslow zu und wurde langsamer. Jemand stand auf dem breiten Trittbrett.

»O Mann, das ist Somo«, sagte Winslow.

Somo winkte sie zu sich heran, und sie liefen los und sprangen auf. Shan hielt sich am Seitenspiegel fest, während Winslow neben der *purba* den Haltegriff umklammerte, mit dessen Hilfe man in das hohe Führerhaus einstieg.

Kurz darauf kamen sie an dem Abstellplatz für schwere Fahrzeuge vorbei, den sie schon in der Nacht gesehen hatten. Der Wagen wurde erneut langsamer, und auf ein Zeichen von Somo sprangen sie alle ab.

»Wieso sind wir nicht einfach hinten eingestiegen?« fragte Winslow und klopfte sich den Staub von der Kleidung.

Somo deutete auf das Haupttor, wo der Mülltransporter soeben anhielt. Dort standen zwei Armeelaster, und sie sahen eine Handvoll Soldaten neben mehreren Männern in braunen Jacken.

»Ein Kontrollpunkt. Seit heute morgen wird jeder Wagen von der Armee überprüft. Von der 54. Gebirgsjägerbrigade.« Sie drehte sich um und führte die beiden zwischen die abgestellten Fahrzeuge. Hinter der Schaufel eines riesigen Bulldozers gingen sie in Deckung.

Dort im Schatten erklärte Somo ihnen hastig, daß Larkin sich letzten Monat tatsächlich hier in der Zentrale aufgehalten hatte, als alle sie in den Bergen bei Yapchi vermuteten. Und sie hatte den Computer nicht nur dazu benutzt, ein paar E-Mails zu verschicken. Die amerikanische Geologin war zu dem einzigen Terminal des gesamten Projekts gegangen, von dem aus sich eine direkte Verbindung mit dem Zentralrechner ihrer amerikanischen Firma herstellen ließ, und hatte zwei Stunden lang geologische Daten übermittelt.

»Aber warum?« fragte Winslow. »Mit Sicherheit hat sie kein geheimes Ölvorkommen entdeckt. Was könnte so geheim und dringend sein?«

»Und was noch wichtiger ist ...«, sagte Shan. »Was könnte eine amerikanische Geologin irgendwo in den Bergen anstellen, daß Zhu ihren Tod will?«

»Modelle erstellen«, erklärte Somo verwirrt. »Dafür wird dieser große Computer in Amerika benutzt. Er errechnet Modelle aus geologischen Daten.«

»Aber was, zum Teufel, ist daran bloß so geheim?« Winslow runzelte die Stirn. »Sie arbeitet für eine Ölfirma. Und weshalb ausgerechnet dieser Computer in den Vereinigten Staaten?«

»Danach habe ich mich erkundigt«, sagte Somo. »Man füttert

ihn mit seismischen Daten, und dann ermittelt er daraus die Wahrscheinlichkeit neuer Ölvorkommen und berechnet die geologische Struktur des Gebiets voraus, um das es geht.« Sie zuckte die Achseln. »Manche Geologen benutzen diese Methode häufig. Larkin hat schon oft darauf zurückgegriffen. Außerdem sind Ölfirmen sehr auf die Wahrung ihrer Geheimnisse bedacht. Sie möchten nicht, daß jemand anders erfährt, was sie gefunden haben.«

Shan erinnerte sich daran, wie Jenkins die Amerikanerin beschrieben hatte. Larkin war eine Perfektionistin. »Aber sie brauchte doch sicherlich eine Erlaubnis«, vermutete er. »Jemand muß ihr eine Freigabe zur Nutzung des Computers erteilt haben.«

Somo seufzte. »Ja und nein. Es gibt Zugriffscodes, ohne die das Programm sich nicht starten läßt. Wer die Codes kennt, hat dadurch automatisch das Recht zur Nutzung.«

»Und Larkin kannte die Codes.«

»Der von ihr benutzte Code ist auf den Namen von Mr. Jenkins registriert, aber der war zu diesem Zeitpunkt in Yapchi.«

»Vielleicht hatte er die Sache genehmigt«, sagte Winslow.

Shan sah Somo an. »Warum hat man Ihnen so bereitwillig über den Computer Auskunft erteilt? Sie sind eine Fremde.«

»Nicht für jeden hier.«

»Andere *purbas*?« fragte Shan.

Somo antwortete nicht.

Plötzlich erklang das Dröhnen eines Motors. Ein grauer Geländewagen raste vorbei.

»Man sucht nach uns«, sagte Shan.

»Wir hauen ab«, sagte Winslow. »Zurück nach Yapchi.«

»Es gibt keine Transportmöglichkeit«, sagte Somo und suchte beunruhigt das Gelände ab. »Der nächste Wagen nach Yapchi fährt erst in zwei Tagen. Und auch dann wird die Armee noch am Tor stehen.«

»Wir müssen weg«, beharrte Winslow und fügte mit leiserer Stimme hinzu: »Wir müssen verhindern, daß Melissa noch einmal stirbt.«

Mehr als eine Stunde saßen sie hinter der Bulldozerschaufel

und hörten den Geländewagen immer wieder über den Platz und einige Male die Zufahrtsstraße entlangfahren. Gedankenverloren starrte Winslow auf den roten Lehmboden. Shan holte die elfenbeinerne Gebetskette aus der Tasche und rollte die Perlen zwischen den Fingern.

»Ich habe einige Leute hier nach Tenzin gefragt«, erinnerte Somo sich unvermittelt. »Niemand hat bislang etwas davon gehört, daß der Abt von Sangchi gefunden oder nach Lhasa zurückgebracht worden sei. Er ist ein berühmter Lama, und das Büro für Religiöse Angelegenheiten hat große Stücke auf ihn gehalten. Letztes Jahr ist der Leiter meiner Schule aus Protest zurückgetreten und wollte nach Indien fliehen. Er wurde erwischt, aber man hat ihn nicht ins Gefängnis geschickt, sondern an einen anderen Ort. Zwei Monate später kehrte er an seinen Arbeitsplatz zurück, hielt Reden über die Bedrohung durch reaktionäre Kräfte und leitete Kritiksitzungen gegen andere Lehrer.«

Shan dachte schweigend darüber nach. »Sie meinen, die Politoffiziere könnten sich Tenzin vornehmen«, sagte er dann.

»Ich glaube, man wird versuchen, ihn wieder einzugliedern. Ihn neu zu programmieren«, erwiderte Somo. »Vielleicht mit Hilfe von Ärzten. Vielleicht auch mit besonderen Religionstrainern der Schreihälse.«

Ihr sachlicher Tonfall ließ Shan erschaudern. Er erinnerte sich an Genduns Worte in der Einsiedelei, als der Lama seine Sorge um Tenzin zum Ausdruck gebracht hatte. Tenzin würde nach Norden gehen, weil jemand gestorben sei. Gestorben war der Abt von Sangchi, wußte Shan mittlerweile. Doch ganz gleich, wie sehr der Mann sich um ein neues Selbst bemühte, die Regierung würde den alten Abt zurückverlangen, den folgsamen Abt, der bei so vielen Politkampagnen behilflich gewesen war.

Shan sah Somo an. Es war ein dünner Strohhalm, nicht mehr als ein schwacher Hoffnungsschimmer, aber falls man Lokesh und Tenzin nicht in ein Gefängnis gesteckt hatte, war es möglich, sie aufzuspüren und zu retten. Er erhob sich und ließ den Blick über den Abstellplatz schweifen. »Wenn kein Lastwagen zur Fahrt nach Yapchi vorgesehen ist, müssen wir eben einen finden, der nicht vorgesehen ist«, sagte er entschlossen.

Winslow seufzte und stand auf. »Zuerst muß ich irgendwie an den Ort gelangen, wo der Nachschub hingebracht werden sollte«, sagte er und deutete auf die Landkarte in seiner Tasche.

»In den Bergen oberhalb von Yapchi?« fragte Somo. »Bis morgen? Das sind dreihundertfünfzig Kilometer.«

Doch Winslow lief bereits zurück auf die Gebäude zu.

Einige Minuten später folgten sie einer der langen Gassen zwischen den Wohnanhängern und duckten sich in den Schatten, als in der Nähe ein Lastwagen vorbeifuhr, dann noch einmal, weil in niedriger Höhe ein Hubschrauber angeflogen kam. Es war früher Nachmittag, und das Gelände schien verlassen zu sein.

Als Shan die Tür des Anhängers öffnete, den man ihm zugewiesen hatte, brannte im Innern kein Licht; nur ein paar Sonnenstrahlen fielen durch die kleinen hohen Fenster herein. Dennoch sprang jemand von einem der hinteren Betten auf und knöpfte sich hastig das Hemd zu. Es war der aalglatte junge Chinese, der Shan zum Speisesaal gebracht hatte. Hinter ihm im Bett regte sich etwas, und ein schläfriges Gesicht erschien über der Decke. Es gehörte einer jungen, offenbar unbekleideten Frau. Ihr Make-up war verschmiert, und auf dem Boden lag ein einzelner roter Stiefel. Eine der *mai xiao nu*, die letzte Nacht in der Bar gesessen hatten. Sie richtete sich auf, musterte die Männer überraschend fröhlich und hob langsam das Laken, um ihre Brüste zu bedecken.

Der junge Mann sah Shan nervös an. Dann trat Somo ein, und seine Anspannung verschwand. »Hier ist genug Platz für alle, Kumpel«, sagte er grinsend. Doch als die Tür ins Schloß fiel und auch Winslow hinzukam, verhärtete sich seine Miene.

»Ich brauche ein paar Klamotten«, sagte Shan.

»Niemand hat dein Zeug angerührt.« Der Mann deutete auf Shans Bett.

»Ich hatte nichts dabei«, sagte Shan und registrierte zum erstenmal den Schlüsselring am Gürtel des Chinesen. Vielleicht war er so eine Art Abschnittsbeauftragter.

»Dann wende dich an die Versorgungsstelle«, sagte der Mann. »Die liegt ...« Er wurde durch das schrille Jaulen einer Sirene unterbrochen. »Der Krankenwagen nach Golmud«, sagte er wissend.

»Wer wurde verletzt?« fragte Shan.

»Der Lagerverwalter ist gestürzt und hat sich beide Arme gebrochen.« Er wirkte nun mißtrauisch. »Manche Leute fordern ihr Schicksal heraus. Sie sagen etwas Falsches, und schlimme Dinge geschehen. Ich rate ihnen, verhaltet euch hier nicht anders, nur weil so viele Ausländer da sind. Es ist hier genau wie im Rest der Welt.«

Shan dachte kurz über die Worte des Mannes nach und warf Winslow einen besorgten Blick zu. Jemand in einer braunen Jacke hatte sich den Lagerverwalter zum Verhör vorgenommen. Vermutlich Zhu persönlich.

»Hier ist etwas Kleidung«, sagte der Chinese nun in neuem, zögerndem Tonfall wie ein geübter Feilscher und wies auf die anderen Betten und die dazwischen stehenden Spinde. »Aber ich bin für diesen Bereich verantwortlich. Es fällt auf mich zurück, wenn ... während meiner Abwesenheit Diebe hier einbrechen.« Das klang nach einem Angebot.

Shan sah seine Begleiter an. Er hatte kein Geld, und seine wenigen Habseligkeiten waren in den Bergen bei Yapchi zurückgeblieben. Winslow nahm seinen Rucksack ab, den er immer noch bei sich trug, und schaute hinein. Er runzelte die Stirn, blickte kurz auf und suchte dann weiter. Seinen Kocher und die Gaspatrone hatte er Dremu geschenkt, seine Süßigkeiten den Kindern beim Dorf. Er zog das Fernglas hervor. Mit großen Augen nahm der junge Mann es aus seiner Hand entgegen und hängte es sich um den Hals. Dann schloß er ihnen wie ein emsiger Krämer die einzelnen Schränke auf.

Als sie zehn Minuten später aufbrachen, trug jeder von ihnen einen Schutzhelm und Shan einen ölbefleckten braunen Overall über der eigenen Kleidung. Somo und Winslow hatten sich die grünen Firmenjacken übergestreift, wobei die Tibeterin dank eines dicken Pullovers wie ein breitschultriger Mann aussah.

»Wir haben noch immer keinen Plan«, klagte die *purba*. »Ich sollte ins Büro zurückkehren. Vielleicht kann ich irgendwas am Computer machen und dadurch von uns ablenken.«

»Nein«, raunte Winslow verschwörerisch. »Diesmal machen wir's auf die Cowboy-Tour.«

Er führte sie durch die Reihen der Wohnanhänger zur anderen Seite des Geländes, wo zwei große Helikopter vor einem kleinen Hangar standen. Eine der Maschinen wurde mit Vorratskisten beladen. Sie mußten nur fünf Minuten warten, dann waren die Ladearbeiter fertig, und eine schlanke Gestalt mit enger roter Nylonjacke, Baseballmütze und dunkler Sonnenbrille trat aus dem Gebäude, ging auf den Hubschrauber zu und schnippte dabei lässig eine Zigarette weg. Winslow deutete auf einen Stapel kleiner Kartons. Jeder von ihnen nahm einen und ging auf den Helikopter zu. Der Mann öffnete die Cockpittür.

»Es hieß doch, die Fracht sei vollständig an Bord«, protestierte er ungeduldig.

»Das stimmt auch«, erwiderte Winslow, öffnete kurzerhand die Schiebetür zum Laderaum hinter der Kabine, stieg ein und ließ Shan und Somo an sich vorbeiklettern, bevor er die Tür wieder zuzog. Die Cowboy-Tour, dachte Shan unbehaglich.

Der Pilot seufzte, als sei er derartige Scherze gewohnt. »Tut mir leid, ich darf heute niemanden mitnehmen. Die Personalabteilung macht mir die Hölle heiß, wenn ich ohne den nötigen Papierkram Passagiere befördere.« Er schloß die Cockpittür und fing an, auf einer Schalttafel über seinem Kopf mehrere Kipphebel umzulegen.

»Wohin soll's gehen?« fragte Winslow.

»Lager Neun, im Südwesten. Die Briten.«

»Perfekt«, sagte Winslow jovial. »Wir wollen auch nach Südwesten. In die Nähe von Yapchi.«

»Nicht heute. Yapchi ist morgen dran.« Der Pilot klang völlig gelassen, aber Shan sah, daß seine Hand sich dem Mikrofon des Funkgeräts näherte. Neben dem Hangar standen zwei Männer in den braunen Jacken des Sicherheitsdienstes der Firma und wandten ihnen den Rücken zu. Der Motor lief heulend warm.

»Der Plan hat sich geändert«, sagte Winslow.

Der Pilot drehte sich zu ihm um, seufzte und nahm das Mikrofon. »Tut mir leid, aber ich muß jetzt los. Wenn ihr nach Yapchi wollt, geht in die Personalabteilung und erledigt die Formalitäten. Ich starte morgen nach dem Frühstück.« Er drückte einen Knopf am Mikrofon, und aus dem Lautsprecher erklang ein Rauschen.

»Aber es ist ein Notfall«, sagte Winslow und lächelte den Mann immer noch an.

»Das glaube ich kaum«, gab der Pilot barsch zurück und hob das Mikrofon an die Lippen.

»Im Namen der amerikanischen Regierung beschlagnahme ich diesen Helikopter«, verkündete Winslow ernst und zog seinen Paß aus der Tasche.

Der Pilot ließ das Mikrofon sinken. »Guter Witz«, sagte er achselzuckend. »Ich mag die Amerikaner, aber am besten geht ihr jetzt einfach, und niemand wird etwas von der Sache erfahren. Falls ich die Sicherheit rufen muß, wird's übel. Und es landet in den Akten.« Er betrachtete sie genauer. »Die Leute vom Sicherheitsdienst sind ohnehin schon wegen irgend etwas verdammt sauer.«

Winslow nahm seine Landkarte, deutete auf eine bestimmte Stelle und hielt dabei seinen Paß mit zwei Fingern am Kartenrand fest. »Ein schneller Hubschrauber würde bei einer so unbedeutenden Kursänderung doch kaum länger brauchen.«

Der Pilot sah den Paß an, runzelte die Stirn und hob erneut das Mikrofon.

Winslow drückte es herunter. »Hören Sie gut zu«, sagte er auf englisch. »Jemand ist in Lebensgefahr.«

»Jetzt reicht's«, sagte der Pilot, machte sich von dem Amerikaner los und legte die Hand auf den Griff der Cockpittür.

Winslow seufzte und schaute zu dem Rucksack, der neben ihm stand. Shan mußte erschrocken daran denken, daß der Amerikaner Lins Pistole besaß. Winslow warf Shan einen kurzen Blick zu und streckte dem Piloten seinen Paß entgegen. »Ich bin amerikanischer Diplomat – sehen Sie.« Er klappte das Dokument auf. »In der Botschaft in Peking hat man uns vor

Taschendieben gewarnt, weil amerikanische Diplomatenpässe auf dem chinesischen Schwarzmarkt überaus wertvoll sind. Schmuggler zahlen ein Vermögen dafür. Ein guter Paß, der erst in fünf oder sechs Jahren ausläuft, kann bis zu zehntausend amerikanische Dollar einbringen.«

Der Pilot ließ die Tür los und nahm den Paß, um ihn sich genauer anzusehen. »Mein Paß ist noch sieben Jahre gültig«, sagte Winslow. »Ich gehe einfach bei uns ins Büro, melde ihn als gestohlen und bekomme einen neuen.«

»Und dieser hier wird als ungültig registriert«, wandte der Pilot ein.

»Das spielt keine Rolle. Die meisten Leute wissen, daß sie ihn auch weiterhin überall dort benutzen können, wo es keinen automatischen Datenabgleich gibt. Also an den meisten Grenzposten der Welt.«

Der Pilot starrte sie nacheinander kurz an, steckte den Paß ein und startete die Rotoren.

Wenn du stirbst, wirst du ein lautes Rauschen vernehmen, wie von starkem Wind, verbunden mit einem Gefühl, als würdest du schweben, und die Welt um dich herum wird sich emporschwingen. Shan mußte unwillkürlich an die Worte des Todesritus denken, während sie über die zerklüftete Landschaft dahinrasten. Er trug den Kopfhörer, der am Sitz vor ihm gehangen hatte, schaute aus dem kleinen Fenster und zog sich an einen fernen Ort tief in seinem Innern zurück. Der Flug in einem Hubschrauber konnte durchaus eine Art Meditationsübung sein, denn man begriff dabei, wie unermeßlich groß und vergänglich die Welt war.

Der Pilot hatte keine Einwände, als Winslow ihn bat, das Lager Yapchi zu umfliegen und sich statt dessen in niedriger Höhe aus Richtung Westen zu nähern, um nicht gesehen zu werden. Es lag in seinem eigenen Interesse, daß die Kursabweichung niemandem auffallen würde, und auch die ursprüngliche Route verlief westlich von Yapchi. Als sie sich der Stelle näherten, die Winslow auf der Karte markiert hatte, ging der Pilot tief herunter und folgte den Konturen des Bergrückens, bis

Shan plötzlich merkte, daß sie schwebten. Winslow und der Pilot deuteten auf ein Plateau dicht unterhalb der Kammlinie und zogen die Karte zu Rate. Dann flog die Maschine auf einmal hundert Meter weiter, richtete sich auf und sank. Die Landung verlief relativ unsanft. Winslow riß die Tür auf, und sie sprangen hinaus. Die Pilot salutierte spöttisch, zögerte, ließ den Blick über die kahle Gegend schweifen und sah dann die drei Gestalten neben seinem Helikopter an. Er öffnete das Gurtschloß, wühlte im Laderaum herum und warf einige Gegenstände zur offenen Tür hinaus. Zwei Decken, einen Erste-Hilfe-Kasten, eine Daunenweste und zuletzt eine Tüte amerikanische Kartoffelchips.

Wenige Sekunden später war der Hubschrauber verschwunden, und sie standen auf dem hohen Grat allein im Wind. Winslow reichte die Weste an Somo weiter, während Shan die anderen Sachen in eine der Decken wickelte, die er sich über die Schulter warf. Dann lief er zu einem Felsvorsprung in der Nähe, denn so ungeschützt im Freien fühlte er sich seltsam unbehaglich.

»Sie wollen Miss Larkin finden«, sagte er zu Winslow, als der Amerikaner ihn einholte. »Somo und ich möchten zu den *purbas*. Ich glaube, sie stecken alle an ein und demselben Ort.«

»Das können Sie nicht wissen«, widersprach Winslow. »Herrje, Sie wittern wirklich überall eine Verschwörung.«

Shan seufzte. »Im Helikopter ist mir etwas klargeworden. Als Somo von Larkins Zugriff auf den Computer erzählt hat, habe ich sie gefragt, warum ihr so bereitwillig Auskunft erteilt wurde. Das war die falsche Frage. Ich hätte mich erkundigen müssen, wieso überhaupt jemand von Larkins Vorgehen wissen konnte, obwohl sie doch so sehr auf Geheimhaltung bedacht war. Es gibt darauf nur eine logische Antwort: Die *purbas* arbeiten aus irgendeinem Grund mit ihr zusammen. Außerdem erklärt es Zhus großes Interesse an ihr. Eine Ausländerin, die aktiv die Widerstandsbewegung unterstützt, wäre für die Regierung ...« Shan hielt mitten im Satz inne. Winslow grinste ihn an.

Somo zuckte widerstrebend die Achseln, nickte jedoch langsam, als die beiden Männer sie forschend ansahen. »Ich weiß keine Einzelheiten. Das ist ein anderes Projekt, betreut von einem anderen Team. Es würde unsere Sicherheit gefährden, falls jeder wüßte, was der andere gerade macht.«

Shan nickte. »Flüsse«, sagte er. »Wir wissen, daß sie Flüsse markiert. Wir wissen, daß die Tibeter den Flüssen Wasser entnehmen.« Er bat Winslow um die Karte und fuhr mit den Fingern jede der blauen Linien nach, die ringsum aus den Bergen entsprangen. Dann stieg er auf den Felsvorsprung und konnte zwei der schmalen Wasserläufe ausmachen, die aus den engen Schluchten zum Vorschein kamen und nach Westen und Süden flossen.

»Sie soll morgen an dieser Stelle auftauchen«, sagte Winslow. »Noch ist sie nicht hier. Und es ist eher unwahrscheinlich, daß sie die ganze Nacht durchs Gebirge klettern wird, also hält sie sich vermutlich in höchstens einer halben Tagesreise Entfernung auf.« Er zog mit dem Finger einen großen Kreis auf der Landkarte. »Im Westen würde sie sich allerdings außerhalb des Konzessionsgebiets befinden«, fügte er hinzu.

»Die Himmelsgeburt«, sagte er einen Moment später. »Dieser Mann, der die Flasche zur Grünen Tara bringen wollte, hat irgendwas von einer Himmelsgeburt erzählt.« Er runzelte die Stirn und suchte den Horizont ab.

Plötzlich hob Shan den Kopf und deutete auf den Hauptgipfel des Bergs Yapchi. »Wir wissen, wo der Himmel geboren wird«, verkündete er mit einem Lächeln.

Nach drei Stunden Marsch zweifelten sie immer mehr daran, daß es ihnen gelingen würde, den gesuchten Ort zu finden. Sie stiegen soeben einen Hang hinab, als unter ihnen auf einem Seitenpfad unversehens ein tibetischer Jugendlicher angelaufen kam. Er hatte kein Gepäck und nicht einmal einen dicken Mantel dabei, hielt aber etwas umklammert. Shan sah Winslow an, der sich mit verzerrter Miene die Schläfen rieb, und dann Somo. Sie zog ihre Schnürsenkel fest, nahm sich die Tüte Kartoffelchips und eilte den Hang hinunter.

Winslow schluckte zwei seiner Tabletten und beobachtete dann gemeinsam mit Shan, wie die *purba*-Läuferin sich dem

Jungen näherte. Als noch etwa zweihundert Meter vor ihr lagen, verschwand der Tibeter hinter einem Grat.

Shan und Winslow folgten den beiden. Als sie die Kammlinie überquerten, stieß der Amerikaner einen Freudenschrei aus, sein merkwürdiges Cowboy-Gejohle. Ein gutes Stück vor ihnen saß Somo mit dem Jungen zusammen. Als sie sich näherten, konnten sie erkennen, daß der Jugendliche sich die Chips in den Mund stopfte und dabei ganz entspannt mit Somo plauderte. Doch noch bevor sie in Hörweite kamen, stand der Tibeter auf, winkte den zwei Männern fröhlich zu und lief weiter.

»Er hatte eine Flasche Wasser dabei«, sagte Somo bedeutungsvoll. »Bloß eine kleine Flasche Wasser für die Grüne Tara.«

Sie folgten dem Pfad, den der Junge eingeschlagen hatte, bis Somo ungefähr eine Stunde vor Sonnenuntergang die Hand hob. Von dem Berg vor ihnen erklang ein Geräusch wie Donnerhall. Shan bedeutete der *purba*, sie sollten weitergehen, und wenig später betraten sie ein ungeschütztes Sims, von dem aus sie hören konnten, daß der Ursprung des Donners weit unter ihnen lag. Shan wies auf eine hauchdünne dunkle Linie an der gewaltigen Felswand über ihren Köpfen.

»Das ist dieser verdammte Ziegenpfad, auf dem Chemi uns nach Yapchi geführt hat«, sagte Winslow. Sie standen am Rand jener breiten U-förmigen Kluft voller Dunst, die Chemi ihnen letzte Woche von viel weiter oben als den Ort beschrieben hatte, an dem die Wolken gemacht würden.

Somo deutete nach unten. Auf der anderen Seite der Schlucht und bedeutend tiefer folgte der tibetische Junge einem gewundenen Pfad, der im Nebel verschwand. Eine halbe Stunde später erreichten sie dieselbe Stelle. Die Sonne ging unter, und vor ihnen im Dunst wurde das Donnern immer lauter, während sie auf dem schlüpfrigen Untergrund vorsichtig nach Halt suchen mußten und sich dicht an die Felswand drängten. Was hatte Chemi noch über diesen Ort erzählt? Manche Leute behaupteten, dort hause ein Dämon.

»Wir können im Dunkeln nicht wieder nach oben klettern«, warnte Winslow und rieb sich abermals die Schläfen.

Shan musterte unsicher den tückischen Pfad. »Der Junge ist

auch nicht zurückgekommen«, sagte er dann und drang weiter in den Nebel vor.

Nach einer Weile wurde die Sicht besser, und sie erblickten eine brodelnde Wassermasse, einen schmalen, schnell strömenden Flußlauf, der in die Schlucht stürzte und sich in einem gewaltigen Strudel selbst zu verzehren schien. Es gab keinen Ablauf. Das einzige Wasser, das die Kluft verließ, schien dies in Form der kleinen Wolken zu tun, die sie aufsteigen gesehen hatten.

Somo verfolgte das seltsame Geschehen aus weit aufgerissenen, verängstigten Augen. »Es könnte wahr sein, was man sich erzählt«, flüsterte sie und meinte damit, daß an diesem sonderbaren machtvollen Ort tatsächlich ein Dämon zu Hause sein könnte. Shan widerstand dem Impuls, in den Nebel zurückzuweichen und sich dort zu verstecken.

Auf einmal war inmitten des Donners ein lauter Knall zu vernehmen, und neben Shan splitterte ein Stück der Felswand ab. Gleich darauf passierte dicht neben Winslow das gleiche, gefolgt vom schrillen Heulen eines Querschlägers. Jemand schoß auf sie.

Kapitel Fünfzehn

Winslow duckte sich und deutete auf ein Loch in der Felswand unter ihnen, aus dessen Schatten ein Gewehrlauf ragte. Fluchend wollte er seinen Rucksack öffnen. Shan erinnerte sich wieder an Lins Pistole und drückte Winslows Arm herunter.

Somo zog ihre grüne Jacke aus. »*Lha gyal lo*!« rief sie, reckte eine Hand in die Luft und griff mit der anderen nach dem *gau*, das um ihren Hals hing.

Ein Tibeter stürmte mit schußbereiter Waffe aus dem Halbdunkel vor. Er starrte den Neuankömmlingen entgegen, runzelte wütend die Stirn, nickte Somo zu und winkte sie mit dem Lauf des langen Gewehrs zu sich heran. Als Shan dem gewundenen Pfad nach unten folgte, sah er, daß das Loch im Felsen genaugenommen eine Nische von drei Metern Höhe und zehn Metern Länge war. Der Fluß mußte hier einst die Wand ausgewaschen haben. Der Mann wartete auf sie, tauschte flüsternd ein paar Worte mit Somo aus und führte sie dann zu einem dunklen Fleck, der sich als schwere Decke erwies, die an einem im Fels verkeilten Holzbalken hing.

Dahinter folgten sie einem kurzen Gang, schoben den nächsten Vorhang beiseite und betraten ein hohes, etwa zwölf Meter breites Gewölbe, das von mehreren hellen Gaslaternen beleuchtet wurde.

In der Nähe des Eingangs saß der tibetische Junge und beobachtete mit großen Augen die Vorgänge im Raum. Zwei junge Männer, einer davon ein *purba*, den Shan bei Tenzin gesehen hatte, standen über eine Landkarte gebeugt, die auf einem großen Felsen lag. Auf einem provisorischen Tisch, bestehend aus einigen langen Brettern über zwei Stapeln flacher Steine, stand ein aufgeklappter Laptop-Computer, dessen Monitor in vielen farbigen Schichten den dreidimensionalen

Querschnitt eines Berges anzuzeigen schien. An der Rückwand lehnten mehrere Gewehre. Hinter dem Computer sah Shan zwei Tibeter, die jeder in ein Mikroskop schauten. Eine dritte Person, bekleidet mit einer grünen Jacke, stand neben einem Gestell mit Reagenzgläsern und notierte sich etwas auf einem Spiralblock.

Winslow keuchte unwillkürlich auf. Die Gestalt in Grün hob den Kopf und drehte sich langsam um. Es war eine Frau mit zerzaustem, lockigem rotblondem Haar, das im Nacken zu einem kurzen Zopf geflochten war. Sie öffnete den Mund, als wolle sie etwas sagen, doch es kam kein Laut über ihre Lippen. Verwirrt starrte sie aus grünen Augen Winslow an.

»Dr. Larkin, wenn ich mich nicht irre«, sagte der Amerikaner leise auf englisch und lächelte verlegen. Zum erstenmal seit Shan ihn kannte, schienen Winslow die Worte zu fehlen. Die Frau war nur unwesentlich kleiner als er und ungefähr zehn Jahre jünger. Ihre hohen Wangenknochen hätten sie anmutig wirken lassen, wären da nicht die vielen Sommersprossen gewesen.

Sie warf den beiden Tibetern bei der Karte einen verdrießlichen Blick zu, dann dem Wachposten, der am Eingang stehengeblieben war. »Sie sind der Kerl von der Botschaft«, sagte sie auf englisch und musterte ihren Landsmann auf seltsame Weise. Nicht wütend oder enttäuscht, sondern als habe er etwas an sich, das sie verblüffte. »Die Tibeter nennen Sie den Cowboy. Es hieß, Sie seien abgereist.«

»Das war ich auch«, sagte Winslow noch immer grinsend. »Aber ich bin zurückgekommen. Um Sie zu warnen.«

Melissa Larkin runzelte die Stirn und sah erneut zu den Männern bei der Karte. »Wir befinden uns nicht in Gefahr«, sagte sie. »Genosse Zhu war so freundlich, bereits meinen Tod zu vermelden.«

»Nur um selbst freie Hand zu haben«, erklärte Winslow. »Genosse Zhu möchte Sie noch einmal tot sehen.« Er sprach auf tibetisch weiter und erläuterte, was sie in Golmud herausgefunden hatten. Die amerikanische Geologin lauschte ihm schweigend und schenkte unterdessen drei Becher schwarzen

Tee ein. Einer der Männer lief von der Karte zur Rückwand, nahm ein automatisches Gewehr, eine Armeewaffe, und verschwand hinter dem Vorhang am Eingang.

»Eine Falle?« fragte Larkin. »Das klingt ein bißchen melodramatisch.«

»Ich arbeite jetzt seit mehr als fünf Jahren in China«, sagte Winslow. »Sie sind fast genauso lange in China und Tibet unterwegs. Was daran glauben Sie mir nicht? Daß die Firma Sie abgeschrieben hat? Daß die Chinesen Sie davon abhalten wollen, mit gewissen Tibetern zusammenzuarbeiten? Daß Genosse Zhu sich die Mühe macht und selbst in die Berge reist, anstatt einfach die Armee zu schicken? All die anderen mögen Sie für tot halten. Zhu weiß es besser. Er hat mich, Jenkins und auch jeden sonst angelogen, weil wir genau das glauben sollten.«

Larkin lächelte, als würde sie Winslows Warnung amüsant finden. Sie winkte Somo zu der Landkarte und dem Mann, der weiterhin dort stand, trat selbst hinzu und beriet sich leise und hastig mit den *purbas*.

Shan starrte den Computer und die Reagenzgläser an. Auf dem Tisch lag eine weitere Karte der Region, auf der man mit mehreren leuchtenden Farben dicke Linien eingezeichnet hatte. Er trat näher und nahm sie genauer in Augenschein. Am Ende jeder Linie stand eine Nummer. Eins, zwei, drei, vier, fünf, sechs. Er hob den Kopf und bemerkte, daß die Amerikanerin mit der grünen Jacke und den grünen Augen vor ihm stand und ihn ansah.

»Sie sind die Grüne Tara«, erklärte Shan. »Ihnen bringt man das Wasser.«

»Dieser Name war nicht meine Idee. Er ist mir eher unangenehm«, sagte Larkin.

»Eine Schutzgöttin.« Winslow grinste unaufhörlich. Er war wegen einer Leiche nach Tibet gekommen und hatte statt dessen eine lebendige Frau entdeckt.

Shan bemerkte, daß eine kurze Linie auf der Karte, versehen mit der Nummer Sieben und eingezeichnet auf dem Berg direkt über ihnen, nur zweieinhalb Zentimeter lang war und dann als rote gestrichelte Linie noch weitere fünf Zentimeter maß. »Sie zeichnen die Wasserläufe ein«, stellte er verwirrt fest. An der hinteren Wand standen mehrere lange Plastikröhren mit buntem Pulver. »Sie schütten Farbmarkierungen ins Wasser. Aber die Flüsse wurden doch bereits kartographisch erfaßt. Warum also?«

»Nicht alle Flüsse sind bekannt«, sagte die Amerikanerin. »Nicht dieser. Nicht der Fluß Yapchi.«

»Der Yapchi?«

»So heißt er bei uns.«

»Was hat ein Fluß in den Bergen mit Öl zu tun?«

Larkin seufzte. »Haben Sie eine Vorstellung, wie wenige geologische Rätsel es auf diesem Planeten gibt? Ich meine die wirklich wichtigen ungelösten Fragen. Vor hundertfünfzig Jahren kannte man weder die Quellen der meisten großen Flüsse noch hatte man auch nur in der Theorie etwas von tektonischen Platten gehört. Viele der höchsten Gipfel warteten noch auf ihre Entdeckung. Ausgedehnte Regionen mußten kartographiert werden. Was ist heute noch davon übrig, abgesehen vom Grund des Ozeans? Ich hätte nie darauf zu hoffen gewagt, etwas dermaßen Aufregendes erleben zu dürfen, aber dann kam ich ins Lager Yapchi.« Ihr Blick richtete sich auf Somo und die anderen *purbas*, die noch immer leise miteinander sprachen. »Nach vier Tagen auf diesem Berg wußte ich, daß etwas nicht stimmte. Es kam viel zu wenig Wasser herunter, wenn man die Größe der Schneekuppe und die Dimension des Einzugsgebiets bedachte.«

»Sie meinen, Sie haben diesen Fluß entdeckt? Aber es ist kein Fluß. Ich glaube …«

»Er ist es, und er ist es zugleich nicht. Es ist ein versteckter Fluß. Ein vergrabener Fluß. Das Wasser strömt fünf Kilometer den Berg herunter und schießt dann in diese Schlucht. Das kann nicht sein, dachte ich zuerst. Ein zufälliges Ereignis, vielleicht nur vorübergehend eingetreten, weil in diesem Jahr irgendwo ein Felsrutsch das eigentliche Flußbett blockiert hat. Die Natur schickt keine Wassermassen in Schluchten ohne Ablauf.«

»Soll das heißen, er fließt von hier an unterirdisch weiter?« fragte Shan. »Das würde einen neuen Eintrag in die Karten dieser Region bedeuten.«

»Wie am oberen Tsangpo.« Winslow stieß einen leisen Pfiff aus. »Sie werden sich damit einen Namen machen«, sagte er respektvoll.

Melissa Larkin wirkte im ersten Moment überrascht und nickte dann anerkennend. Ein paar Jahre zuvor hatten einige amerikanische Forscher internationale Berühmtheit erlangt, weil sie in eine gefährliche, nirgendwo verzeichnete Schlucht Tibets abgestiegen waren, um die Existenz eines wunderschönen, in tibetischen Überlieferungen erwähnten Wasserfalls zu bestätigen.

»Aber wieso sollte Zhu Sie deswegen hassen?«

Larkin schaute zu dem Mann bei Somo und dann zu den beiden älteren Männern am Tisch, die an den Mikroskopen weiterarbeiteten und mit kleinen Pipetten hin und wieder Wasser aus den Reagenzgläsern zogen. »Er mag meine Helfer nicht.«

Shan starrte die beiden Tibeter an. Es waren keine *purbas*, zumindest keine, die er kannte. Sie sahen wie Professoren aus. Somo kam zu ihm. »Es sind Freunde«, sagte sie betont, um anzudeuten, daß hier keiner der Anwesenden den eigenen Namen preisgeben würde.

»Peking wird ganz schön wütend sein«, sagte Larkin mit plötzlich aufgeregt funkelndem Blick. »Diese Entdeckung wird in Übersee als Verdienst der Tibeter veröffentlicht werden. Und falls uns der Nachweis gelingt, daß der Fluß nördlich der Berge wieder zum Vorschein kommt, wäre er sogar der neue Oberlauf.«

Alle Tibeter lächelten Shan an. Larkin meinte, daß der kleine Fluß, den sie entdeckt hatten, als die neue Quelle des Jangtse, des größten chinesischen Stroms gelten würde, verkündet und bewiesen durch Tibeter. Peking würde tatsächlich schäumen vor Wut.

Am nächsten Morgen trafen sie eine Stunde nach Tagesanbruch bei dem hohen entlegenen Plateau ein, wo Shan, Winslow und Somo am Vortag aus dem Helikopter gestiegen waren. Lange

Sonnenstrahlen fielen waagerecht auf den windumtosten Bergkamm. Von den Vorräten war noch nichts zu entdecken. Die zwei *purbas*, die so eifrig die Karte studiert hatten, gingen beidseits der Landezone in Deckung. Larkin glaubte weiterhin nicht daran, daß Zhu sie umbringen wollte, hatte aber eingewilligt, möglichst frühzeitig aufzubrechen, und belustigt Winslows Vorschlag gelauscht, man könne Zhu mit einem Trick auf die Probe stellen. Falls Zhu es tatsächlich auf Larkin abgesehen hatte, würde er nicht mit dem Vorratshubschrauber herkommen, um sie nicht vorzeitig zu verscheuchen und den Piloten nicht als Augenzeugen in Kauf nehmen zu müssen. Statt dessen würde er sich in ein oder zwei Kilometern Entfernung absetzen lassen und warten, bis der Helikopter die Lieferung abgeschlossen hatte. Die *purbas* sollten daher den Pfad zur nächstgelegenen Lichtung im Auge behalten, während Winslow einen Köder auslegte. »Seid vorsichtig. Seht überall nach«, warnte Somo die beiden Wächter, als sie auf ihre Posten eilten. »Wir wissen nicht, wo die versteckte Patrouille ist.« Versteckte Patrouille. Die Worte ließen Shan ein weiteres Mal die schroffe Landschaft absuchen. Sie meinte Tuans geheimen Kriechertrupp.

Auch hier im Schutz der Felsen sah Larkin immer noch amüsiert aus. Sie war merklich gerührt, daß Winslow so unermüdlich nach ihr gesucht hatte, aber obwohl sie es nicht laut aussprach, war kaum zu übersehen, daß sie glaubte, auf keinerlei Hilfe angewiesen zu sein. Dennoch waren die beiden Amerikaner sich ein wenig nähergekommen, hatten am Vortag gemeinsam das Abendessen zubereitet, waren am Morgen nebeneinander gegangen und hatten sich über ihre Heimat und ihre Erfahrungen in Tibet unterhalten. Einmal waren sie sogar stehengeblieben, um einen Falken zu beobachten, der im Aufwind über den Bergen schwebte.

Nach einer Stunde hier oben hinter den Felsen gähnte Larkin auffallend laut, warf Winslow einen ungeduldigen Blick zu, holte dann ihren Spiralblock hervor und fing an, ihre Notizen durchzugehen.

Somo wirkte irgendwie beunruhigt. Schließlich schaute sie zu den Felsen auf der anderen Seite, wo die beiden *purbas* Wache hielten, und wandte sich an Shan. »Ich soll eigentlich nichts davon erzählen. Die Männer kennen Sie nicht und sagen, Sie und ich seien nicht Teil dieses Projekts, aber Sie müssen es wissen. Es geht um diese Flaschen mit Wasser, die man der Grünen Tara bringt. Gelegentlich werden dabei auch Botschaften übermittelt.«

»Geheimnisse«, warf Larkin in warnendem Tonfall ein.

»Manchmal betrifft es die Bewegungen der Kriecher und Soldaten oder der Leute vom Büro für Religiöse Angelegenheiten. Lokesh und Tenzin sind nicht in Yapchi. Während der letzten beiden Tage ist niemand nach Süden zur Stadt Amdo oder ins nördlich gelegene Wenquan gefahren«, berichtete Somo. »Und weder in Yapchi noch sonstwo im Umkreis von dreißig Kilometern ist ein Hubschrauber gelandet.«

Winslow klappte mit fragendem Blick die Karte auf und winkte Shan zu sich. Wenquan war die nächstgelegene Stadt der Provinz Qinghai, und Amdo war von hier aus der erste Ort im Süden. Wer nach Lhasa wollte, mußte dort hindurch.

»Man hat mit den beiden nicht das gemacht, was jeder erwartet hätte«, stieß Somo hastig flüsternd hervor. »Sie wurden weder in ein Gefängnis noch nach Lhasa geschafft. Auch nicht zum Flughafen, um von dort aus in irgendeine andere Haftanstalt gebracht zu werden.« An der Fernstraße zwischen den beiden Städten gab es nichts – lediglich eine kurze, dünne graue Linie, die in Richtung Westen abzweigte. »Es gibt nur einen möglichen Ort«, sagte Somo und deutete auf das Ende der Linie. »Norbu gompa.«

Es ergab keinen Sinn. Aber aus Sicht der Armee und des Büros für Religiöse Angelegenheiten ergab es noch viel weniger Sinn, die Gefangenen in Yapchi zu belassen, und die Soldaten wußten zweifellos von Norbu. Shan schnürte sich die Kehle zusammen; er mußte an die Schilder mit Politparolen denken, die er im Kloster gesehen hatte, an das einschüchternde Auftreten der Männer in den weißen Hemden und den Blick des Vorsitzenden Khodrak.

»Da ist noch etwas, das die anderen sich nicht erklären konnten. Zwischen den Schreihälsen und den Soldaten hat es in

Yapchi einen großen Streit gegeben. Am Abend nachdem man Tenzin und Lokesh gefaßt hatte, haben Tuan und einer von Lins Offizieren sich laut angebrüllt, und am nächsten Morgen war Tuan mit all seinen Männern nicht mehr da.«

Von der anderen Seite des Kamms ertönte ein Pfiff. Kurz darauf kam ein Hubschrauber in Sicht, dieselbe elegante Maschine, die Shan und die anderen am Vortag dort abgesetzt hatte. Sie landete sofort, und zwei Männer luden mehrere kleine Kartons und Nylontaschen aus. Es dauerte nicht einmal fünf Minuten, dann waren sie fertig, steckten eine lange Stange mit orangefarbenem Wimpel in den Boden und stiegen wieder ein. Wenige Augenblicke später war der Helikopter verschwunden.

Winslow sprang auf, gefolgt von Somo. »Ich brauche diese Vorräte!« rief Larkin ihm hinterher, seufzte und lehnte sich gegen den Felsen, um weiter in ihren Notizen zu lesen.

Nach zehn Minuten kehrten Winslow und Somo zurück, und die beiden *purba*-Wachposten stahlen sich ebenfalls zu den anderen. Die Kartons standen noch immer an der ursprünglichen Stelle, waren aber anders angeordnet als zuvor. Mitten zwischen ihnen befanden sich nun zwei Gestalten in den Overalls, Jacken und grünen Helmen, die Shan und Somo aus Golmud mitgebracht hatten. An einem der Helme hatte Winslow hinten ein zusammengedrehtes braunes Grasbüschel befestigt, das wie ein Zopf aussah. Es handelte sich um mit Decken ausgestopfte Attrappen; eine wurde von der Stange aufrecht gehalten, die andere lehnte an den Kartons. Die grünen Oberkörper waren leicht nach vorn gebeugt, als würden die Leute den Lieferschein lesen. Der Pfad, den die *purbas* beobachteten, lag in ihrem Rücken.

»Eine halbe Stunde«, verkündete Larkin ungeduldig, als die *purbas* eintrafen. »Eine halbe Stunde und dann gehe ich los und nehme meine Ausrüstung.« Doch es dauerte keine fünf Minuten, da schnippte einer der *purbas* mit den Fingern und wies nach Norden. Shan riskierte einen Blick um die Felsen herum. Drei Personen waren oben auf dem Pfad aufgetaucht und rannten geduckt in Deckung.

»Zhu, dieser Idiot, will vermutlich nur einen Teil meiner Sachen klauen«, ärgerte Larkin sich. »Wahrscheinlich verkauft dieser kleine Mistkerl das Zeug auf dem ...« Sie wurde von dem lauten Knall eines Gewehrs unterbrochen. Es folgten zwei weitere Schüsse. Die *purbas* zogen Larkin auf die andere Seite des Grats.

Shan spähte ein letztes Mal zwischen den Felsen hindurch. Die Attrappen lagen ausgestreckt auf den Kartons; einer der Helme war zerborsten. Von der anderen Seite näherte sich Direktor Zhu mit einem Jagdgewehr über der Schulter. Er schritt munter aus, als wolle er eine Trophäe einsammeln.

Sie wagten es nicht, den Weg zur Schlucht einzuschlagen, denn dazu hätten sie einen offenen Hang überqueren müssen und wären ein leichtes Ziel gewesen. Shan führte sie nach unten auf einen Pfad, der um den Berg herumführte. Nach einer Stunde trafen sie am Mischsims ein.

Nyma, die auf einem Felsen in der Nähe des versteckten Eingangs saß, stieß einen überraschten Ruf aus und lief ihnen entgegen. Als sie die Neuankömmlinge erreichte, hielt sie jedoch inne und musterte unschlüssig Shans Begleiter. Sie sah Melissa Larkin an und wandte sich dann mit einem Nicken an Winslow. »Sie haben nie wirklich an ihren Tod geglaubt«, stellte sie mit feierlichem Unterton fest. »Ich wußte das, aber von solchen Dingen zu sprechen hätte Unheil heraufbeschwören können.«

Larkin lächelte verlegen. Zhus Anschlag hatte sie zutiefst erschüttert. Shan vermutete, daß sie ehrlich geglaubt hatte, sie würde nach dem Abschluß ihrer Arbeit zur Ölfirma zurückkehren können. Nun wußte sie, daß der Direktor für Sonderprojekte sie umbringen wollte.

Shan stellte den anderen Lhandro und seine Eltern vor, die sich als einzige in den Räumen aufhielten. Den Lama-Heiler hatten sie noch nicht wieder gesehen. Lhandro und seine Mutter servierten Tee, während Shan berichtete, was mit Lokesh und Tenzin geschehen war und wer sich hinter dem vermeintlich stummen Tibeter in Wahrheit verbarg. Danach ging Shan zu Anya und Oberst Lin. Sie saßen mit einer Schale kalter *tsampa*-Klöße auf einer Decke unter dem alten Wacholderbaum, unterhielten sich und deuteten auf die Wolken. Es sah wie ein Picknick aus. Shan blieb in einigen Metern Abstand stehen. Die beiden hatten ihn nicht bemerkt. Oberst Lin verschränkte die Hände, und das Mädchen fing an, seine Finger in einem komplizierten Muster mit Garn zu umwickeln. Lin stieß ein seltsames Geräusch aus, als würde er Schmerzen leiden. Shan trat näher. Nein, der Oberst lachte.

Das Mädchen sah Lin erwartungsvoll ins Gesicht, zog dann an einem Ende des Fadens, und das gesamte Gebilde löste sich in Wohlgefallen auf. Der Oberst lachte erneut. Shan kam noch näher. Erschrocken blickten die beiden auf. Lin runzelte die Stirn und schien einen Fluch zu unterdrücken. Anya deutete neben sich auf die Decke, und Shan setzte sich.

Keiner sprach ein Wort. Anya bot Shan von dem kalten *tsampa* an und wies dann auf einen großen Raubvogel, einen Lämmergeier, der über einem der langen tiefergelegenen Kämme aufstieg. Shan blickte nach Süden. Irgendwo in den Dunstschleiern am Horizont stand Norbu. Lin zeigte auf einen Gänseschwarm, der in Richtung des Lamtso flog. Shan mußte daran denken, daß der Oberst erst kürzlich noch auf diese Vögel geschossen hatte.

Plötzlich riß eine Windbö das Garn von der Decke und trug es ein paar Meter zu den Felsen. Anya sprang auf, um es zu holen.

»Man hat meine Freunde verhaftet«, sagte Shan leise.

»Den Alten und den Großen, der sich Tenzin nennt«, sagte Lin. Es klang nicht wie eine Frage, sondern als hätte er gewußt, was passieren würde.

»Tenzin war der Abt von Sangchi, der so plötzlich verschwunden ist.«

»Geflohen«, rief Lin. »Das ist es, was Diebe tun. Mir ist egal, wie die anderen ihn bezeichnen. Er ist ein Dieb. Mein Dieb.« Sein finsterer Blick richtete sich auf Shan. »Man wird sich keinesfalls auf einen Austausch der Geiseln einlassen.«

»Nein«, sagte Shan langsam. Er sah den Offizier an und begriff erst allmählich, was Lin gemeint hatte. »Sie sind keine Geisel, Oberst. Und auch kein Gefangener.«

Als Lin den Kopf wandte, verursachte ihm diese Bewegung offensichtlich Schmerzen. »Das behaupten Sie nur, weil Sie wissen, daß ich ohnehin nicht von hier weg kann«, sagte er mit verzerrtem Gesicht. »Schon nach den ersten paar Schritten wird mir schwindlig. Das Mädchen hilft mir.«

»Sie hat Ihnen das Leben gerettet. Wäre sie nicht gewesen, hätte niemand Sie unter diesen Felsen hervorgeholt, also könnten Sie wenigstens ihren Namen benutzen.«

»Sie heißt Anya«, räumte Lin gereizt ein.

»Meine Freunde wurden gefangengenommen, weil sie Medizin für Sie holen wollten.«

Lin gab einen Laut von sich, der wie ein Schnauben klang, und verzog die Lippen zu einem kalten Lächeln, als würde ihm diese Neuigkeit gefallen. Anya jagte auf dem Hang noch immer dem Faden hinterher, ihr schiefer Gang ließ sie oftmals straucheln.

»Falls Sie die beiden gebeten hätten, die Medizin zu holen und dafür in das Tal zurückzukehren, in dem Ihre Soldaten warteten, wären Lokesh und Tenzin trotzdem gegangen«, sagte Shan.

Lin musterte ihn mit düsterer Miene, sagte aber nichts, sondern schaute zu Anya, die mittlerweile wie ein spielendes Kind wirkte. Schweigend sahen sie ihr eine Weile zu. Sie schien alles um sich herum vergessen zu haben und kniete nieder, um ein paar Blumen zu betrachten.

»Das Mädchen zeigt mir Dinge«, sagte Lin. »Anya«, fügte er zögernd hinzu und wandte sich langsam wieder zu dem Bergpanorama vor ihnen um. »Wenn sie kommen, werde ich dafür sorgen, daß ihr nichts geschieht. Sie kann nach Hause zurückkehren.«

Shan starrte den Offizier an. Wenn sie kommen. Er meinte seine Gebirgsjäger. »Sie hat kein Zuhause«, sagte Shan und ignorierte die Drohung, die mit Lins Worten verbunden war.

Lin runzelte abermals die Stirn und blickte dem nächsten Gänseschwarm hinterher. »Ich werde ihr Proviant mitgeben und vielleicht auch Schuhe. In den Bergen braucht man gutes Schuhwerk.«

»Ihr Zuhause ist abgebrannt. Yapchi.«

»Verdammte Narren«, schimpfte Lin. »Ich habe sie nicht veranlaßt, ihre Häuser anzustecken.«

»Aber natürlich haben Sie das«, widersprach Shan genauso prompt. Sie starrten einander wütend an. Dann wandte Lin den Kopf, weil Anya ihn rief. Sie hinkte mit dem Garn in der Hand zurück und brachte außerdem etwas mit, das sie ihnen zeigen wollte: einen Stein, dessen gelber Flechtenbewuchs die Form einer Lotusblume angenommen hatte.

Als Shan zum hinteren Teil des Plateaus ging, hob er den Kopf und erstarrte. Da war etwas zwischen den Felsen über ihnen, nur hundert Meter entfernt. Er stieg auf einen großen Stein, um es besser erkennen zu können. Eine Gestalt saß zwischen den Felsblöcken. Jokar. Der alte Lama-Heiler meditierte. Wie lange war er schon dort? Seit drei Tagen hatte niemand ihn mehr gesehen. Hatte er die ganze Zeit zwischen den Felsen meditiert und über das Mischsims und die ferne Ebene der Blumen hinausgeblickt? Wo steckte sein Beschützer? Nach den Spuren an der Kräuterplatte zu schließen, hatten dort zwei Personen übernachtet.

Shan ging hinein. Lhandro und sein Vater stritten sich. Nachdem nun Tenzin und Lokesh verhaftet worden waren, wollte Lepka unverzüglich nach Yapchi zurückkehren, und Lhandro versicherte ihm immer wieder, daß sie dort nichts für die beiden tun konnten. Als der alte Mann Shan sah, verstummte er mitten im Satz, ging zur Tür einer der leeren Meditationszellen und starrte in die Dunkelheit. »Es sind die Stengelmänner«, murmelte Lepka den Schatten zu. Seine Stimme klang merkwürdig matt. »Die Stengelmänner hören niemals auf.« Dann betrat er die Zelle.

Nyma warf Shan einen bekümmerten Blick zu. »Manchmal ist er so. Sein Verstand geht auf Reisen.«

»Was meint er damit?« fragte Shan.

»Es ist irgendwas aus seiner Kindheit«, sagte Nyma. »Ein Spielzeug, glaube ich.«

»Es sind Ungeheuer aus seinen Träumen«, erklang hinter Shan die besorgte Stimme von Lhandros Mutter. »Schon seit vielen Jahren hat er alle paar Wochen Alpträume und redet dann wirres Zeug über Stengelmänner. In der letzten Zeit wurde er fast jede Nacht davon heimgesucht.«

Shan blickte sich in der Kammer um. Winslow und die Amerikanerin sprachen aufgeregt miteinander. Die beiden *purbas*, die in Larkins Begleitung hergekommen waren, berieten sich mit Somo flüsternd über Lin. Shan betrachtete die zwei Männer. Womöglich hatte er dem Oberst zu voreilig versichert, er sei kein Gefangener.

So viele Verbrechen, so viele Motive, dachte er und sah erst Lin und dann die *purbas* an. Alles war voneinander abgegrenzt, und keiner wußte, was der andere machte, genau wie Somo es von den *purbas* berichtet hatte. Das gleiche galt für Pekings Unternehmungen. Die Kriecher hatten nach dem Lama-Heiler gesucht, die Gebirgsjäger nach Tenzin. Tuan und sein geheimer Trupp von der Öffentlichen Sicherheit fahndeten nach dem Mörder des stellvertretenden Direktors Chao. Khodrak hielt nach einem Mann mit einem Fisch Ausschau. Direktor Zhu hatte Larkin für tot erklären lassen, um sie ungestört aufspüren und umbringen zu können. Warum? Weil die *purbas* sie unter ihre Fittiche genommen hatten, behauptete sie. Doch Shan glaubte nicht mehr daran. Jeder schmiedete eigene Pläne, verfolgte eigene Ziele, und niemand schien zu wissen, was die anderen vorhatten oder aus welchem Beweggrund sie es taten. Shan verstand ja nicht einmal, was Jokar machte. War der Lama-Heiler wirklich nur deshalb den weiten Weg aus Indien hergekommen, weil er in den Bergen umherwandern wollte?

»Seit wann ist Jokar zurück?« fragte er Nyma.

»Zurück? Er ist seit dem Tag deiner Abreise verschwunden.«

»Aber ich habe ihn gesehen. Oben zwischen den Felsen.«

Nyma eilte nach draußen, und Shan folgte ihr. Jokar war verschwunden. Hatte Shan sich das alles nur eingebildet?

Sie suchten die Geröllhalde ab und sahen sich überall um. Der alte Mann war vielleicht gestürzt. Genaugenommen schien man die Stelle, an der Shan ihn gesehen hatte, kaum erreichen zu können.

Doch als sie zurückkehrten, waren alle ganz aufgeregt. Die

purbas hatten sich beruhigt. Lhandro und sein Vater schauten zugleich ehrfürchtig und verwirrt drein. Lhandros Mutter lag auf einer Bettstatt, und der Lama-Heiler saß vor ihr.

»Er war plötzlich einfach da«, sagte Lhandro. »Er stand neben meinem Vater in der Meditationszelle, als habe er sich dorthin gezaubert. Niemand hat ihn hereinkommen gesehen. Er sagte, meine Mutter solle sich hinlegen. Dann hat er gefragt, wie es ihren steifen Knien geht. Sie hatte Probleme mit den Knien, bis wir das Lamtso-Salz zurückgebracht haben.«

Jokar ging zu Lhandros Vater, der ganz in der Nähe bei den Butterlampen saß. Dort im Licht bemerkte Shan eine Verfärbung an Jokars Hals, einen großen dunklen Fleck, der ihm bisher nicht aufgefallen war. Als habe jemand den Lama geschlagen.

Jokar fühlte Lepkas Puls, und die beiden Männer fingen an, miteinander zu reden, erst leise, dann etwas entspannter und lauter. Sie sprachen über Rapjung und wie die Kräutersammler einst jeden Herbst nach Yapchi kamen – daß ein Lama und sein Schüler manchmal einen ganzen Monat blieben und Arzneien anmischten.

»Ich kann mich noch an ein wunderschönes Haus dort erinnern«, sagte Jokar. »Es war wie ein alter hölzerner Tempel.« Seine Stimme floß wie Sand. Er hielt immer noch Lepkas Handgelenk zwischen den Fingern.

Lepka lächelte zurück. »Dieses Haus hat vielen Leuten heitere Gelassenheit beschert.«

Als der Lama die Untersuchung beendet hatte, sah er erst Lepka und dann dessen Frau an. »Nimm nicht immer deinen Stab«, sagte Jokar ruhig. »Vertrau auf deine Frau. Sie ist ebenfalls eine starke Stütze.«

Nyma saß in der Ecke und beobachtete Jokar mit einer Mischung aus Schuldgefühl und Ehrfurcht. Sie trug noch immer die *rongpa*-Kleidung. Seit das Dorf abgebrannt war, hatte Shan kein einziges Mal eine Gebetskette in ihrer Hand gesehen.

Die *purbas* blieben im Schatten der gegenüberliegenden Ecke und wirkten verunsichert. »Haben sie vor ihm Angst?« fragte Shan, als Somo zu ihm kam.

»Nein. Aber ich habe Angst. Sie scheinen sich nun sicher zu

sein, daß er derjenige ist, und sie sagen, es sollten noch mehr *purbas* herkommen, um ihn zu beschützen.«

»Derjenige?«

»Der Mönch, der gekommen ist, um den Stuhl des Siddhi einzunehmen.«

Shan starrte sie erschrocken an. Der gebrechliche alte Lama-Heiler würde niemals zum gewaltsamen Widerstand gegen die Chinesen aufrufen. Doch eventuell kannte er den Stuhl des Siddhi und würde hingehen, um zu den Menschen über den Mitfühlenden Buddha zu sprechen. Für die *purbas* bedeutete es womöglich keinen Unterschied, was Jokar sagte, solange er den Platz einnahm. Eine sich erfüllende Prophezeiung würde großen Einfluß auf die Bergvölker ausüben, und die *purbas* könnten sich die Legende für ihre eigenen Ziele zunutze machen. Es hieß, der Lama, der auf dem Stuhl sitze, sei der Anführer der Revolution. Auf einmal trat einer der jungen Tibeter aus Larkins Team vor und kniete sich neben Jokar.

»Rinpoche«, erklärte der Mann. »Wirst du kommen? Wirst du dies für uns alle tun?«

Jokar drehte sich um und neigte fragend den Kopf.

»Wirst du den Stuhl des Siddhi einnehmen?« Als Jokar ihn nur wortlos anschaute, wiederholte der *purba* die Frage mit vor Aufregung zitternder Stimme.

Der Lama lächelte und nickte. Die Augen des jungen Mannes erstrahlten, und er warf Somo einen triumphierenden Blick zu. Dann sprang er auf, nahm hastig seinen kleinen Rucksack und lief zur Tür hinaus.

Jokar erhob sich, ging direkt auf Winslow zu, der ein Stück neben Shan saß, und nahm vor ihm Platz. Der Amerikaner warf Shan einen verlegenen Blick zu, als wisse er nicht, was er tun solle. Die Hand des Lama hob sich und verharrte über Winslows Scheitel, ohne ihn jedoch zu berühren. Dann glitt sie im Abstand von zwei oder drei Zentimetern langsam an Kopf, Hals und Körper des Amerikaners hinunter. Der Lama seufzte und nahm Winslows Handgelenk. »Die Berge machen Schlimmes mit dir durch«, sagte Jokar sanft.

Winslow neigte den Kopf. Der Sinn dieser Worte schien ihm

völlig schleierhaft zu sein. »Es geht mir schon besser«, entgegnete er mit unbeholfenem Grinsen, als habe er beschlossen, daß der Lama sich auf seine Höhenkrankheit bezog.

»Du bist hierfür von weither gekommen«, sagte der alte Mann. Seine tiefen, feuchten Augen musterten Winslow ein weiteres Mal. »Da gibt es dieses eine schwarze Ding. Du mußt es loswerden.« Er hielt erneut inne, sah dem Amerikaner in die Augen und schien noch etwas sagen wollen, doch es drang lediglich ein Seufzen über seine Lippen. Dann neigte er fragend den Kopf, als gebe irgend etwas an dem Amerikaner ihm plötzlich Rätsel auf. »Du bist von weither gekommen«, wiederholte er und erhob sich langsam.

Winslow starrte zu Boden. Er wirkte irgendwie erschüttert. Dann hob er den Kopf und sah Melissa Larkin an, die seinen ernsten Blick erwiderte. Er lächtelte verschämt. »Es fühlt sich auch weit an«, witzelte er, stand ebenfalls auf und ging hinaus.

Wenig später traf Shan ihn bei dem alten Wacholderbaum an. »Sie haben Melissa Larkin gefunden«, sagte er zögernd. »Nun können Sie umkehren.«

»Ich habe einen bestimmten Weg eingeschlagen«, erwiderte der Amerikaner leise und klang dabei seltsam befremdet, als würden ihn die eigenen Handlungen oder Gefühle überraschen. Gemeinsam starrten sie den Baum an. Auf einem nahen Ast ließ sich ein kleiner brauner Vogel nieder und beobachtete sie. »Es ist mir bestimmt, diesen Weg zu gehen, doch kann ich ihn manchmal nur schwer erkennen.«

Es gab noch ein Geheimnis, für dessen Enträtselung Shan bislang keine Zeit gehabt hatte: Wer war Winslow? Zu wem wurde er?

»Sie sind hergekommen, um Miss Larkins Leiche zu suchen«, rief Shan ihm ins Gedächtnis. »Nun wissen Sie, daß sie noch lebt. Sie haben ihr das Leben gerettet. Gehen Sie. Alles weitere …« Er suchte nach den richtigen Worten. »Ab jetzt wird es sehr gefährlich.«

»Zhu ist noch immer dort draußen. Was ist, wenn ich weggehe, und ihr stößt etwas zu?«

»Die *purbas* beschützen sie.«

Winslow richtete sich seufzend auf und beugte sich näher an den Vogel heran. »Im Herzen habe ich aufgehört, für die Regierung zu arbeiten«, gestand er dem kleinen Geschöpf, das aufmerksam zu lauschen schien. Shan entdeckte in der Stimme des Amerikaners eine neue Klarheit und Gelassenheit. »Als ich meinen Paß aus der Hand gab, war das in gewisser Weise, als würde jemand ein großes Gewicht von mir nehmen. Es stellte einen Teil des Weges dar, es sollte so sein.« Er wandte sich an Shan. »Und nun zu dem, was Jokar gesagt hat. Er sagte, ich sei von weither gekommen. Ich glaube nicht, daß damit die vielen Kilometer bis nach Amerika gemeint waren. Aber was sollte es bedeuten, als er sagte, die Berge würden Schlimmes mit mir durchmachen?«

»Ich weiß es nicht.« Shan empfand einen unerklärlichen Kummer. »Irgendwas zwischen den Berggöttern und Ihnen.«

»Es ist nur so, daß ich in Tibet noch nicht fertig bin«, sagte Winslow wieder zu dem Vogel, der ihm genau in die Augen starrte.

Dann drehte der Amerikaner sich abrupt um und sah Shan an. »Ich habe letzte Nacht etwas geträumt. Ich schwebte über den Bergen, und alles war so friedlich wie noch nie zuvor. Dabei hielt ich Jokars Hand, und wir schwebten gemeinsam umher, während er lachte und mir seine Lieblingsorte zeigte. Zusammen mit einigen Gänsen überflogen wir einen tiefen blauen See. Am Ende sah ich ihn an und sagte: ›Rinpoche, jeder Lama braucht einen Cowboy‹, und er hat bloß ernst genickt.« Der Amerikaner schaute zurück zu dem Vogel, der noch immer großes Interesse an seinen Worten zu haben schien.

»Es war nur ein Traum«, beschwichtigte Shan ihn. Falls Lokesh Zeuge dieser Unterredung gewesen wäre, hätte er Winslow gefragt, ob er sicher sei, wirklich geschlafen zu haben.

»Ich glaube, es bedeutet, daß ich Melissa und den Tibetern helfen soll. Und auch Lokesh und Tenzin.«

»Ich dachte, man erwartet Sie in Peking zurück.«

»Und was soll ich den Bürokraten dort mitteilen? Daß Larkin nicht tot ist, aber es mit etwas Glück bald sein wird? Wahrscheinlich gibt es sogar ein entsprechendes Formular.

Meldung eines zukünftigen Mordes.« Winslow blickte auf seine Hände. »Ich weiß, daß Sie Lokesh nicht im Stich lassen werden.«

»Nein«, sagte Shan leise. »Im Stich lassen werde ich ihn nicht.«

Plötzlich rief vom Eingang aus Nyma nach ihnen. Sie klang verzweifelt. Shan und Winslow liefen los.

»Er hat einfach aufgehört«, schrie sie. Sie war kreidebleich. »Er hat sich an die Wand gelehnt, einmal geseufzt und ist dann einfach hinuntergerutscht. Jokar ... Jokar ist tot.«

Der Lama saß zusammengesackt vor der Wand, ein Bein ausgestreckt, das andere unter dem Leib eingeklemmt. Eine Hand hielt eine abgewetzte bronzene *dorje* umklammert. Sein Gesicht ließ keinerlei Lebenszeichen erkennen. Lhandro und seine Eltern sagten in schneller, nahezu hektischer Folge Mantras auf. Die *purbas* knieten mit hilflos verzerrten Gesichtern in einem Halbkreis vor den Lama.

Shan drängte sich zwischen ihnen hindurch. Jokar atmete nicht. »So alt«, sagte Nyma voller Qual. »Aber es ist niemand hier, um den Bardo-Ritus anzustimmen.«

Mit zitternden Fingern nahm Shan die Hand des alten Mannes. Lokesh hätte gewußt, was zu tun war. Shan legte Jokar die Finger auf das Handgelenk, wie er es bei seinem Freund schon Dutzende Male beobachtet hatte. Zuerst konnte er keinen Puls spüren, doch dann ertastete er etwas, das wie das Flattern ferner Schwingen wirkte. Ein Herzschlag. Dann, nach einer halben Ewigkeit, ein weiterer.

»Ein solcher Mann kann manchmal abberufen werden, um mit den Göttern zu sprechen«, sagte Anya dicht hinter Shan. Die anderen starrten sie ernst an, aber niemand widersprach. Wenn es eine Gottheit gab, die zu Anya kam, um sich durch sie mitzuteilen, konnte ein anderer Gott doch mit Leichtigkeit Jokar herbeizitieren, um sich irgendwo mit ihm auszutauschen. »Ein Teil von ihm könnte zurück in das *bayal* gerufen worden sein, aus dem er gekommen ist.« Jokar stamme aus einem der verborgenen Länder, meinte sie. Lokesh hätte vermutlich gesagt, diese Wahrheit sei so gut wie jede andere.

Mit Nymas Hilfe zog Shan vorsichtig das Bein unter dem

Körper des Lama hervor. Die Haut des Mannes war kühl, aber nicht kalt.

»Er ist fort«, stöhnte Lhandro. »So etwas kommt vor. Die Organe hören nacheinander auf zu arbeiten.«

»Er hat das Wissen in sich aufgenommen«, sagte Lepka leise. Als ihm Shans fragender Blick auffiel, fuhr er fort. »Das war ein Lehrsatz aus Rapjung, den ich in meiner Jugend häufig gehört habe. Die größte Gabe des menschlichen Daseins ist das Wissen, und das größte Wissen ist das Wissen um den Tod.« Er sah bei diesen Worten Jokar an und wandte sich dann wieder Shan zu, als wolle er sich noch genauer erklären. »Die Mönche würden sagen, daß es ein großes Geschenk ist, die eigene Vergänglichkeit zu kennen.«

Alle verstummten. Sogar die Mantras hörten auf. Lepka sah sich verwundert um, als hätte er nicht damit gerechnet, daß die anderen durch seine Worte überrascht sein würden.

»Links und rechts von ihm sollte jemand sitzen, damit er nicht umkippen kann«, erklärte Lhandros Mutter und übernahm einen der beiden Posten. Nyma ließ sich auf der anderen Seite nieder. Shan wich zurück und registrierte Winslows besorgte Miene.

»Ich habe noch ein paar Tabletten übrig«, bot der Amerikaner hilflos an und trat vor. »Diese Stelle mit den Kräutern. Ich könnte hingehen, falls jemand mir sagt, was ich von dort mitbringen soll.«

Shan musterte erst Jokar und dann Winslow. Die merkwürdige Verbindung, die zwischen den beiden entstanden war, gab ihm Rätsel auf. »Er hat das schwarze Ding erwähnt«, sagte Shan. »Er hat gesagt, Sie sollen es loswerden. Das zumindest können Sie tun.«

»Ich weiß nicht, was er damit meint.« Der Amerikaner blickte fortwährend zwischen Shan und Jokar hin und her.

»Das schwarze Ding, das Sie mit sich herumtragen«, sagte Shan.

Winslow schaute kurz in den Schatten, seufzte, nahm seinen Rucksack und ging nach draußen. Shan folgte ihm mit einigen Schritten Abstand zum Rand des Plateaus.

Er erreichte Winslow, als der Amerikaner sich kurz zu Lin umwandte, der inzwischen auf einem Felsen in der Nähe des kleinen Wacholderbaumes saß. Sie gingen an den Ruinen der alten Hütte vorbei, so daß Lin sie nicht mehr sehen konnte. Winslow öffnete den Rucksack. »Ich dachte, Melissa könnte das Ding vielleicht gebrauchen, solange Zhu noch in den Bergen unterwegs ist.«

Shan deutete wortlos auf einen Punkt weit unter ihnen, wo eine schmale Schlucht einen dunklen Schatten warf. Winslow holte Lins Pistole hervor und schleuderte sie in den Abgrund. Sie flog in hohem Bogen davon, stürzte lange in die Tiefe und verschwand im Schatten.

In der Nähe zog ein großer Vogel seine Kreise, ein Lämmergeier, der hinabstieß, um einen Blick auf die Pistole zu werfen. Er drehte ab und schickte ihr einen langen Schrei hinterher.

Schweigend kehrten sie in den Mischraum für Arzneien zurück und hielten mit den anderen bei Jokar Wache. Die *rongpas* rezitierten das *mani*-Mantra. Larkin und Winslow saßen zu Füßen des Lama. Somo hielt eine von Jokars Händen und streichelte sie sanft. Anya stimmte flüsternd eines ihrer Lieder an, und einen Moment später summte Melissa Larkin auf einmal die Melodie mit. Es war seltsam, aber die amerikanische Geologin schien das Lied zu kennen. Eine ganze Weile verging, bis der Lama plötzlich die Finger einer Hand hob. Jokars Körper ruckte ein Stück vor und kippte wieder zurück.

Shan wußte, wie jemand in tiefer Meditation aussah; er hatte es sogar schon am eigenen Leib erlebt, aber das hier war nicht das gleiche. Jokar befand sich an einem anderen Ort. Die Augen des Lama öffneten sich, in ihnen schien jedoch kein Leben zu liegen. Sie funkelten vor Energie und verblaßten. Shan erschrak. Jokars Blick war glasig. Seine Finger streckten und krümmten sich, als würden sie irgendwo hochklettern. Die Mantras im Hintergrund der Kammer wurden lauter. Die *purbas* waren in den Singsang eingefallen. Melissa Larkin brachte eine Schale Tee und preßte das warme Gefäß vorsichtig gegen den Arm des Lama. Seine Lider zuckten erneut, und seine Hand schien mitten in der Luft nach etwas greifen zu wollen.

Jokars Mund öffnete und schloß sich. Er legte den Kopf in den Nacken und biß die Zähne zusammen, als müsse er gegen irgend etwas ankämpfen.

Alle im Raum verstummten abermals.

»Es ist, als würde er versuchen, aus einem tiefen Schlaf zu erwachen«, flüsterte Lhandro.

Doch Shan wußte, daß es sich anders verhielt. Jokar war nicht gestorben, aber er hatte sich bis zum Rand des Todes begeben. Oder umgekehrt: Der Tod hatte ihn irgendwie holen wollen, und Jokar schickte ihn wieder weg. Der uralte Körper hatte eine Zeitlang jeglichen Widerstand aufgegeben, aber die Essenz dessen, was Jokar war, wehrte sich, als habe sie noch etwas zu erledigen. Lepka stimmte ein Mantra an, das Shan noch nie zuvor gehört hatte – ein flehentliches Mantra, in dem immer wieder der Name Yamantakas, des Herrn der Toten, vorkam.

Dann kreischte noch einmal der Lämmergeier; es klang, als würde der Vogel direkt auf den Felsen über ihren Köpfen sitzen. Fast im selben Moment kehrte das Leben in den Blick des Lama zurück und blieb. Jokar war wieder bei ihnen.

Winslow stieß einen seiner Cowboyschreie aus, und die Augen des Lama-Heilers öffneten sich zu voller Größe. Er war nun vollständig bei Bewußtsein und lächelte dem Amerikaner dankbar zu, als habe dessen Gejohle ihn zurückgeholt. Danach gab vorerst keiner mehr einen Laut von sich, bis sich hinter ihnen unvermittelt etwas bewegte. Shan drehte sich um und sah Lin dort im Schatten stehen. Wie lange stand der Oberst schon da? fragte sich Shan. Hatte Lin begriffen, was geschehen war? Hatte es überhaupt jemand begriffen?

Jokar atmete tief durch. Nyma gab ihm den Tee zu trinken.

Als Shan aufstand, hatte Lin sich bereits wieder nach draußen zurückgezogen und betrachtete den knorrigen Wacholderbaum, als rechne er damit, daß der Baum ihm ein bedeutendes Geheimnis enthüllen oder vielleicht einen Vogel anlocken würde, der ihm zuhören könnte. Shan sah, daß die beständige Wut aus den Augen des Obersts gewichen war. In mancherlei Hinsicht handelte es sich nicht mehr um denselben

Lin, den sie vor zwei Wochen zum erstenmal kennengelernt hatten. Shan wußte jedoch, daß der aufbrausende, blindwütige Lin weiterhin existierte und dicht unter der Oberfläche jenes verwirrten Mannes lauerte, der nun im Schatten des Baumes saß.

»Was dieser alte Mann getan hat …«, sagte Lin leise, als Shan sich neben ihn setzte. »In dem Dorf, in dem ich aufgewachsen bin, hätte man ihn dafür einen Hexer genannt.«

»Es geht nicht«, erwiderte Shan und legte eine Hand auf das Ende eines der verdrehten Äste. »Man kann die Tibeter nicht mit den Dingen erklären, die wir in unserer Jugend in China gelernt haben.«

Lin stieß ein mürrisches Schnauben aus.

»Das Büro für Religiöse Angelegenheiten hat Tenzin verhaftet«, sagte Shan plötzlich. »Direktor Tuan.«

»Dieser Tuan? Er war nicht befugt …«, rief Lin aus. Dann biß er die Zähne zusammen. »Alles nur, weil ich nicht da war.«

Shan sah ihn an und nickte. »Tenzin war Ihre Mission. Nicht die von Tuan.«

»Wir alle stehen im Dienst der Volksregierung«, murmelte Lin.

»Aber Tuan hat Tenzin nicht an die Volksregierung übergeben.«

»Das können Sie gar nicht wissen.«

»Er ist nicht nach Norden und nicht nach Süden gefahren. Und einen Hubschrauber hat er auch nicht benutzt.«

»Spione«, zischte Lin. »Wer Regierungsgeheimnisse ausspäht, wird hingerichtet.«

Shan ignorierte die Drohung. »Ich glaube, die Regierung hat mit dem Abt von Sangchi etwas anderes vor. In Peking gibt es das Institut für tibetische Studien.« Shan spielte auf ein bevorzugtes Mittel zur Gleichschaltung abtrünniger tibetischer Führungspersönlichkeiten an, eine von Mao Tse-tung ins Leben gerufene Lehranstalt, in der den Schülern die präzise Anwendung der maoistischen Doktrin beigebracht wurde. »Außerdem fallen mir ein halbes Dutzend medizinischer Einrichtungen ein, in denen ein erkrankter Lama sich ein oder zwei

Jahre lang von einem Zusammenbruch erholen könnte. Aber da ist er auch nicht, genausowenig wie im Gefängnis. Er hat diese Region nicht verlassen.«

»Er gehört in erster Linie der Armee«, knurrte Lin.

»Sie meinen, er gehört der 54. Gebirgsjägerbrigade, dem früheren Kampfverband Lujun.«

Der Oberst starrte ihn wütend an, als stelle allein diese Äußerung schon einen Verrat dar. Es war der alte Lin. Shan mußte daran denken, wie der Mann mit dem Mädchen umgegangen war. Vielleicht, so dachte er, gab es nun einen Lin für Anya und einen Lin für den Rest der Welt.

»Er hat uns bestohlen.«

»Ein Stück Stein.«

»Und Militärgeheimnisse«, sagte Lin leise zu dem Baum.

Shan hielt inne. Lin hatte endlich sein wahres Interesse an Tenzin und dem Stein eingeräumt und damit Shans und Winslows Verdacht bestätigt. »Tenzin hat für Militärgeheimnisse keine Verwendung.«

»Was wissen Sie denn schon davon?« herrschte der Oberst ihn an. »Die Verräter, die den Mann unterstützen, haben durchaus Verwendung dafür. Womöglich war das der Preis, den die *purbas* für ihre Hilfe verlangt haben: Er sollte bei mir Geheimnisse stehlen, die sie dann gegen die Regierung verwenden können.«

»Tenzin würde sich nicht auf so einen Handel einlassen.«

»Das Motiv ist unwichtig. Er hat Geheimnisse gestohlen. Das ist Verrat.« Lin musterte ihn mit hämischem Grinsen. »Sie wissen doch, wie man in so einem Fall vorgeht. Kurzer Prozeß, schnelle Kugel. Ich lasse ihn vor ein Militärgericht stellen. Ganz geheim. Die anderen werden ihn immer noch entlang der indischen Grenze suchen, nachdem ich ihn längst in einem versteckten Grab in den Bergen verscharrt habe.«

Shan erwiderte nichts, sondern betrachtete die Flechte, die an der Spitze des Asts wuchs. »Wenn Sie zurückkehren, Oberst«, sagte er schließlich, »werden Sie dann versuchen, ihn zu finden?«

»Natürlich. Ich werde Tenzin aufspüren, und ich werde ihn

mir holen, ganz egal, wer ihn gerade hat. Er gehört mir. Schon im Augenblick des Diebstahls war sein Leben verwirkt. Die Schreihälse können ihn nicht lange vor mir verstecken, denn sie haben sich in eine Welt begeben, die sie nicht verstehen. Sie werden sich einen anderen zahmen Abt suchen müssen.«

Shan starrte ihn nachdenklich an. Ihm wurde auf einmal klar, daß Lin unter Umständen recht hatte. Es würde Khodraks und Tuans seltsames Verhalten sowie den Streit zwischen den Schreihälsen und den Kriechern erklären. Auch die spätere Auseinandersetzung zwischen den Schreihälsen und den Soldaten in Yapchi. Sie wagten sich in die Welt der Öffentlichen Sicherheit und der Staatsgeheimnisse vor, die dem Büro für Religiöse Angelegenheiten für gewöhnlich verschlossen blieb. Auch im modernen China gab es verborgene Länder.

»Sobald Sie wieder halbwegs sicher auf den Beinen sind, dürfen sie gehen«, sagte Shan müde. »Aber das könnte noch einige Tage oder sogar eine Woche dauern.«

Lin sah ihn erneut an, rieb sich die Schläfe und blinzelte. Als müsse er sich anstrengen, die Rolle des feindseligen Obersts aufrechtzuerhalten, so wie Jokar darum gekämpft hatte, seinen Körper nicht aufzugeben.

»Und daher sollten Sie einen Brief schreiben«, schlug Shan vor.

»Keine Abmachungen, das habe ich Ihnen schon gesagt. Die Entführung eines Offiziers bedeutet *lao gai*. Oder ein Exekutionskommando. Ohne Pardon.«

»Vielleicht möchten Sie ja jemandem ein Lebenszeichen zukommen lassen.«

»Ich habe keine Familie.«

»Die Soldaten Ihrer Einheit suchen nach Ihnen und halten Sie bestimmt für tot. Vielleicht möchten Sie Direktor Tuan und den Schreihälsen, in deren Gewalt Tenzin sich befindet, einige Anweisungen übermitteln.«

Dieser Vorschlag schien Lin zu gefallen. Ein eisiges Funkeln kehrte in seinen Blick zurück. »Warum liegt das in Ihrem Interesse?«

»Weil es ein Akt des Mitgefühls wäre, Ihre Soldaten von der

Sorge zu befreien«, behauptete Shan. »Weil die Reaktionen auf einen solchen Brief mir verraten könnten, wo mein Freund steckt, der zusammen mit Tenzin verhaftet wurde.« Weil ich die beiden noch vor der Armee erreichen muß, fügte Shan im stillen hinzu.

Lins Lächeln verriet widerwilligen Respekt. »Sie sind nicht immer in Tibet gewesen.«

»Ich habe zwanzig Jahre für die Volksregierung in Peking gearbeitet. Für die Parteimitglieder an der Spitze der Regierung.«

»Doch dann haben Sie eine Pilgerfahrt nach Tibet unternommen«, warf Lin höhnisch ein.

Shan starrte ihn an, knöpfte sich langsam den Hemdsärmel auf und zeigte Lin schweigend seine *lao-gai*-Tätowierung. »Ich habe beschlossen, mich einer besseren Art von Menschen anzuschließen«, erklärte er sanft.

Lins Augen verengten sich und blieben lange Zeit auf die eintätowierte Ziffernfolge gerichtet. Als Shan den Arm wegzog, starrte der Oberst reglos ins Leere.

Nach einem Moment stand Shan auf. »Ich lasse Ihnen Papier bringen. Sie wissen, daß wir den Brief lesen werden, bevor wir ihn zustellen. Schreiben Sie alles, was Sie wollen, aber erwähnen Sie weder Jokar noch diesen Ort.« Nach fünf Schritten drehte er sich um und schaute noch einmal zu Lin, der weiterhin wie erstarrt dasaß. »Dieses Mädchen, Anya«, sagte er. »Sie hat auch keine Familie.«

Lin hob den Kopf, ließ aber nicht erkennen, ob er die Worte gehört hatte.

Als Shan sich dem Eingang der versteckten Räume näherte, hörte er völlig unerwartet lautes Gelächter. Winslow stand dort bei Nyma und Anya und führte ihnen mit einem der geflochtenen Lederseile der *purbas* einige Tricks vor. Er hatte ein Ende zu einer Schlinge verknotet, ließ das Seil über dem Kopf kreisen und fing damit verschiedene Dinge ein. Das schmale Ende eines Felsens in sechs Metern Entfernung. Einen Stein auf dem Hang über ihnen. Anya, die mit angelegten Armen dastand und kicherte, als das Seil über ihre Schultern fiel und sich dann um ihre Taille schloß.

Lächelnd ging Shan hinein. Als Lhandro hörte, was Shan mit dem Brief bezweckte, bot er sich sofort an, dem Oberst Papier zu bringen. Der junge *purba* wollte widersprechen, doch Somo hob die Hand und ließ ihn verstummen.

»Lin wird verlangen, daß die Schreihälse Tenzin und Lokesh herausgeben«, verkündete sie mit bedrohlichem Funkeln in den Augen.

Als Shan zurück nach draußen schlenderte, hatte noch jemand sich zu Winslow gesellt. Jokar stand mit fröhlich funkelndem Blick da und ließ sich einmal, zweimal und dann ein drittes Mal mit dem Lasso einfangen. Dabei nickte er beifällig und fragte schließlich, ob der Amerikaner ihn im Gebrauch des Seils unterweisen würde. Shan, Anya und Nyma sahen amüsiert zu, wie der Lama unbeholfen mit der Schlinge hantierte und sie langsam über dem Kopf herumwirbelte. Die ersten drei Versuche gingen daneben, aber dann traf Jokar jedesmal sein Ziel. Am Ende bat er Winslow, sich für ihn hinzustellen. Er lachte laut, als das Seil über die Schultern des Amerikaners fiel.

»Es ist wie Bogenschießen, nur ohne Bogen«, stellte der alte Lama lächelnd fest. Dann forderte er Anya und Nyma auf, sich mit dem Seil an ihm zu versuchen. Nach einer Weile wies Jokar plötzlich auf einen Felsen inmitten des Gerölls, dessen Flechtenbewuchs, so erklärte der Lama, wie der Kopf eines Hengstes aussah, das Zeichen Tamdins, des pferdeköpfigen Schutzdämons.

Lepka verkündete, es gebe nun frischen Tee, und die anderen gingen hinein. Shan und Winslow blieben noch bei der Felswand zurück.

»Ich werde Sie begleiten«, sagte der Amerikaner auf einmal. »Nach Norbu.«

Shan seufzte. »Ihr Paß hat Ihnen Schutz geboten. Da Sie ihn weggeben haben, bleibt Ihnen keine …«

Die Amerikanerin trat zur Tür hinaus. »Warum?« fragte sie Winslow. »Warum haben Sie jemandem Ihren Diplomatenpaß gegeben?«

Er grinste Melissa Larkin an. »Ich hab ihn verloren, das ist alles. Früher auf dem Schulweg habe ich immer meine Hausaufgaben verloren.«

Sie starrte ihn an, errötete und biß sich auf die Unterlippe.

»Unsere Freunde wurden verhaftet«, sagte Winslow ruhig. »Wir werden sie finden.«

»In Norbu«, sagte Larkin. »Die *purbas* behaupten, sie seien im Zweiten Haus.«

»Kennen Sie das Kloster?« fragte Shan.

»Einige der *purbas* sprechen oft davon. Sie sagen, die Schreihälse würden kranke Mönche zur Behandlung dorthin bringen.«

Die Worte ließen Shan erschaudern.

»Letzten Monat war ich mit ein paar von unseren Leuten in den Bergen unterwegs und habe dort zufällig einen Mönch aus Norbu getroffen. Einen Mönch und einen Arzt in blauer Uniform. Die Männer bei ihnen sahen wie Soldaten aus, trugen weiße Hemden und hatten sich kleine Kerosinkanister auf die Rücken geschnallt. Ich habe einen Scherz gemacht und gesagt, sie könnten sich viel Mühe ersparen und einfach Yakdung nehmen, aber den Männern war nicht nach Witzen zumute.«

Shan sah Melissa Larkin an und wollte fragen, welchen Zweck dieses viele Kerosin wohl erfüllen sollte, als noch jemand aus dem Schatten des Eingangs zum Vorschein kam. »Wir können nicht kurzerhand in dieses *gompa* marschieren«, stellte Somo mit gequälter Stimme fest, als habe es wegen der Reise nach Norbu Streit zwischen ihnen gegeben.

Shan hätte am liebsten Widerspruch eingelegt. Er wollte nicht, daß jemand ihn begleitete und sich der großen Gefahr aussetzte, von den Kriechern verhaftet zu werden. Doch Somo war aus Lhasa hergekommen, um dem fliehenden Lama zu helfen, und hatte bereits Drakte verloren.

»Ihr werdet Leute brauchen, die schon einmal da waren«, sagte Nyma über Shans Schulter hinweg. Sie brachte ihm und Winslow Tee.

Er seufzte. Auch Nyma konnte er schwerlich zurückweisen. »Wir müssen Direktor Tuan aus dem Konzept bringen und ihn zu irgendeiner Reaktion veranlassen«, sagte Shan. Lepka kam hinzu und nippte ebenfalls an einer Schale Tee. Shan berichtete von dem Brief, den Lin schreiben sollte.

»Das ist ein Anfang«, pflichtete Winslow ihm bei. »Was gibt es sonst noch in diesem *gompa*?«

Nyma erzählte von den Sanitätsteams der Öffentlichen Sicherheit, die sie gesehen hatten, und Lhandro schilderte die nervösen Mönche und das skrupellose Gebaren des Vorsitzenden.

»Was ist für diesen Vorsitzenden Khodrak wohl am wichtigsten?« fragte Somo.

»Der Mann ist ehrgeizig«, erwiderte Nyma. »Er will die Klarheitskampagne zu einem erfolgreichen Abschluß bringen. Es heißt, er wolle bei den hohen Tieren Eindruck schinden, um in die Reihen des Büros für Religiöse Angelegenheiten aufgenommen zu werden.«

Eine Beförderung. Nyma hatte recht, erkannte Shan, wenngleich ihm noch nie ein Mönch begegnet war, der in ähnlichen Kategorien gedacht hatte.

»Im Augenblick ist er hauptsächlich an den Feiern zum ersten Mai interessiert«, überlegte Lhandro laut. »Aber niemand wird hingehen. Es ist ein chinesischer Feiertag.«

Sie sahen sich an und schauten gen Himmel. Winslow fuhr mit der Fingerspitze gedankenverloren das Muster einer Flechte nach.

»Dein Freund Lokesh hat mir erzählt, daß du ihn manchmal das Tao-te-king lehrst«, meldete sich eine krächzende Stimme aus dem Schatten.

Shan drehte sich überrascht zu Lepka um. Der alte Bauer sprach von der uralten Schrift des Taoismus, deren Lehren Shan sich als Kind eingeprägt hatte. Als er nickte, streckte Lepka einen Finger aus und zeichnete ein Muster auf den sandigen Boden, das aus vier schlichten Linien bestand: einem zweigeteilten Strich über einer durchgehenden Linie und darunter zwei Reihen aus je drei gleichen Segmenten. Ein solches Tetragramm verwies stets auf einen bestimmten Abschnitt des alten Buches, in diesem Fall auf Kapitel sechsunddreißig, genannt »Tarnung des Vorteils«. Shan rief sich die Worte ins Gedächtnis und flüsterte sie dabei unwillkürlich vor sich hin:

Um es zu schwächen,
muß man es nachhaltig stärken.
Um es zu stürzen,
muß man es nachhaltig erheben.
Um ihm zu nehmen,
muß man ihm nachhaltig geben.
Dies nennt man feinsinnige Weisheit.
So triumphiert der Schwache über den Starken.

»Ein Mann wie Tuan muß mit größerer Macht ausgestattet werden, damit man ihn bezwingen kann«, sagte Shan nickend zu Lepka.

Winslow hob den Kopf. Seine Augen funkelten verschlagen. »Hütet euch vor den Griechen«, sagte er. »Hütet euch vor den Griechen, die Geschenke bringen.«

Auch Melissa Larkin lächelte verschwörerisch. »Ein trojanisches Pferd«, murmelte sie und wandte sich dann den anderen zu. »Es ist eine Sage«, sagte sie und faßte die Einzelheiten kurz zusammen.

Schweigend saßen sie da und ließen die Worte des Tao-te-king und der griechischen Sage auf sich einwirken.

»Vielleicht sollte die Führung von Norbu gompa lieber vorsichtig mit dem sein, was sie sich wünscht«, flüsterte Shan vor sich hin.

»Und die *rongpas* und *dropkas* in den umliegenden Tälern wünschen sich vor allem ein Frühlingsfest«, sagte Lhandro.

Sie berieten sich fast eine Stunde lang, und Nyma sorgte ständig für frischen Tee. Somo holte die anderen *purbas* hinzu. Die Männer lauschten und nickten ganz aufgeregt. Dann ging Somo kurz hinein, schnallte sich ihre Gürteltasche um und lief den Pfad hinauf, der zurück auf den Berg führte.

»Das Zweite Haus hatte eine wunderschöne *gonkang*«, erklang hinter ihnen eine leise Stimme, als Somo außer Sicht verschwand.

Nyma keuchte erschrocken auf. Nur ein paar Schritte entfernt stand wie durch Zauberei plötzlich Jokar zwischen den Felsen. »Und der Stall. Wir haben in diesem alten Stall Kräuter aufbewahrt.«

Alle scharten sich um den Lama und hörten ihn von dem Leben in Norbu gompa vor sechzig Jahren berichten. Es wirkte wie der perfekte Abschluß ihrer Beratung, wie eine Art Segen. Als Jokars Blick über das Plateau und die dahinter gelegenen Wolken schweifte, glaubten alle, der alte Lama habe seine Erzählung beendet. Er beugte sich vor, als nehme er etwas genauer in Augenschein – als sähe er in den Wolken das alte Norbu. »Es gibt einen Ort«, sagte er mit langsamem Nicken, als würde er in Gedanken die Räume durchwandern. »Einen Ort in den Zellen beim Stall, an der Rückseite. Einen geheimen Ort aus der Zeit, als man den Sechsten holen wollte.« Der alte Lama schien abermals den Kontakt zur Realität verloren zu haben.

Die anderen standen auf und versammelten sich wieder um das Tee-Butterfaß, doch Shan betrachtete ebenfalls die Wolken. Falls Jokar dort das *gompa* sehen konnte, vermochte er selbst vielleicht Lokesh zu erkennen. Er starrte so angestrengt nach vorn, daß er gar nicht merkte, wie jemand sich näherte, bis ein zweifach gefaltetes Stück Papier auf seinen Stiefel fiel. Blinzelnd hob er den Kopf und sah Lin, der mißtrauisch die Tibeter beäugte.

»Ihr könnt nicht an diese Gefangenen heran«, knurrte er und rieb sich die Schläfe. »Falls ihr es tut, falls ihr versucht, sie zu holen, wird die Öffentliche Sicherheit euch erschießen.« Lins Stimme war noch immer schwach, aber er klang überaus rachsüchtig. Dann hob er eine Hand und schien sie zur Faust ballen zu wollen, doch kurz darauf ließ er sie wieder sinken und geriet ins Wanken, als sei ihm schwindlig. »Und falls die verdammten Kriecher es nicht tun, werde ich es übernehmen«, krächzte er. »Ich werde alle hier verhaften. Verhaften und hinrichten lassen!«

VIERTER TEIL

Knochen

Kapitel Sechzehn

Wenn er seinen Geist von der Furcht befreite und sich mit geschlossenen Augen zurücklehnte, spürte Shan rings um sich kleine Wogen der Zufriedenheit. Nicht seine eigene Zufriedenheit, denn er mußte erst noch Lokesh und Tenzin aufspüren und befreien, sondern die der Tibeter, die sich auf der Ebene vor Norbu versammelt hatten. Kinder lachten, Pferde wieherten, Männer riefen einander erstaunt etwas zu, und in all das mischte sich das kehlige Brummen der Yaks. Hin und wieder, wie als Gewürz in einem exotischen Gericht, hörte Shan das helle Schwirren von Pfeilen.

Er hatte an jenem Morgen eine Stunde in der Nähe der provisorischen Schießbahn gesessen, die von einigen *dropkas* jenseits der Zelte errichtet worden war, und dort im Gras sein Bewußtsein an den Pfeilspitzen geschärft. Die Tibeter hatten ihm schon vor langer Zeit beigebracht, wie man mit Pfeil und Bogen meditierte – ob nun anhand echter oder imaginärer Hilfsmittel. Shan verstand mittlerweile, was Gendun meinte, wenn er sagte, das Bogenschießen sei kein Sport, sondern eine Lehre. Es war das perfekte Mittel zur Sammlung der Konzentration, und wenn Shan seinen Verstand ausreichend freimachen konnte, vermochte er nicht nur das Spannen der Sehne, das Loslassen, den Flug des Pfeils und den Einschlag ins Ziel zu hören, sondern auch den perfekten Moment der Stille unmittelbar vor dem Schuß, wenn der Schütze und sein Werkzeug eins wurden. Nichts in Shans eigenem Leben war jemals so geradlinig, wahrhaftig oder schnell.

Die Bewohner der umliegenden Täler hatten Khodrak und Padme die gewünschte Maifeier verschafft. Drei Tage lang waren Boten zwischen den Dörfern und den Lagern der *dropkas* hin- und hergeeilt, doch nun stand auf der an Norbu angrenzenden

Ebene eine kleine Zeltstadt. Manche *rongpas* kamen in alten Lastwagen, an denen sie Planen festbanden, um darunter zu schlafen. *Dropka*-Familien errichteten Zelte aus schwerem Filz. Ein paar *rongpas* hatten blaugemusterte Reisezelte mit weißen Fransen aufgeschlagen. Früher, so erklärte Lhandro, seien die tibetischen Städter und ihre Familien häufig mit solchen kleinen Zelten aufs Land hinausgefahren, um durch Erneuerung der Bindung an die Erde religiöse Feiertage zu begehen oder den *kora* eines Klosters oder heiligen Berges zu umrunden. Viele der Leute hatten sich seit Jahren nicht mehr gesehen, und überall hörte man fröhliche Begrüßungen. Abseits des *gompa* und des einzelnen Weißhemds, das am Tor Wache stand, warfen die Tibeter Gerstenmehl in die Luft, ein traditioneller Ausdruck der Freude. Solch ein Verhalten war so althergebracht, daß die Schreihälse es unterbinden würden, falls sie es sahen.

An Bord des Lastwagens, der sie in den Bergen eingesammelt hatte, war Shan Zeuge einer merkwürdigen Debatte zwischen Lhandro und den *purbas* geworden. Was wäre in erster Linie dazu geeignet, die Bevölkerung zu dem Fest zu locken? hatte Somo den *rongpa* gefragt. Yaks und Bogenschießen, hatte Lhandro geantwortet. Zu Shans Überraschung waren die Yaks einfacher aufzutreiben als die Schützen, denn auch das Bogenschießen zählte zu den Traditionen, die von der Regierung unterdrückt wurden. Von dem Versteck aus, das die *purbas* auf dem Berggrat oberhalb des Klosters errichtet hatten, sah Shan am zweiten Tag eine kleine Herde Yaks eintreffen, von denen manche bereits mit farbenprächtigen Schleifen und Bändern geschmückt waren. Die mit Steinen abgegrenzte Schießbahn, an deren Ende Ziele aus gehärtetem Schlamm standen, fand erst dann nennenswerten Zuspruch, als *dropkas* aus den entlegensten Bergregionen auftauchten, wo der Einfluß der Behörden weitaus schwächer war.

Jemand berührte Shan am Arm. Er öffnete die Augen und sah Anyas lächelndes Gesicht. Sie nahm seine Hand. Wortlos ließ er sich von ihr auf die Beine und hin zu der behelfsmäßigen Weide ziehen.

»Fast hundert!« sagte sie aufgeregt.

Yaks. Sie meinte, dort seien fast hundert Yaks, erkannte Shan, als sie sich unter die Tiere mischten. Er registrierte die freudestrahlenden Mienen, mit denen die Tibeter die Herde betrachteten, und begriff, daß in diesem verarmten Bezirk eine solche Ansammlung von Tieren selten war.

Anya führte ihn in die Mitte der Herde und klopfte unterwegs nahezu jedem Tier auf den Rücken. Dann teilte sie sich mit Shan eine Handvoll getrockneten Käse und erläuterte ihm die Namen für die zahlreichen Farbmuster. Sie deutete auf ein schwarzes Tier mit weißen Flecken. »Yak *thabo*«, sagte sie verträumt und rieb dem Tier die Ohren. »Yak *dongba*«, erklärte sie und wies auf ein Tier mit einem weißen Stern auf der Stirn. Ein *kawa* hatte einen weißen Kopf, ein *tsen*-Yak war goldfarben, und ein Tier mit asymmetrischen Hörnern nannte man *ralden*. Schließlich trat Anya zu einem großen, vollständig schwarzen Tier, das die beiden Neuankömmlinge mit leisem Brummen begrüßte.

»Ich habe Gyalo gestern abend ankommen gesehen«, flüsterte sie. »Er trägt die Kleidung eines Hirten.« Anya fing an, Zöpfe in Jampas Fell zu flechten, und zeigte Shan, wie man die Strähnen anfassen und übereinanderlegen mußte. Dieses Tier sei besonders selten, erklärte sie, ein *lha*-Yak, ein in jeder Hinsicht perfekter Yak, der unter dem Schutz der Götter stehe und niemals eine unreine Last tragen dürfe.

Auf einmal bemerkte Shan, daß Anya mit ängstlichem Blick an ihm vorbeischaute. Er drehte sich um und sah, daß sie das Tor des *gompa* in fast zweihundert Metern Entfernung anstarrte.

»Es ist soweit«, verkündete sie und ging dann stumm mit ihm zum Lastwagen der *purbas* zurück. Als sie den Schatten erreichten, den das Fahrzeug warf, tauchte Nyma auf und nickte in Richtung des Bergkamms über dem Kloster. Dort oben lief eine Gestalt in grüner Armeeuniform. Shan beobachtete, wie sie halb den Hang hinunterrannte, stieg dann auf die von einer Plane überdachte Ladefläche und setzte sich neben Nyma, die sein altes Fernglas hervorholte. Die *purbas* hatten den Lastwagen so abgestellt, daß die Ladefläche zum Tor wies und einen

Einblick auf das Klostergelände ermöglichte, hin zu dem ersten der zweigeschossigen Häuser, dem Bürogebäude, in dem Shan und Nyma auf das Demokratische Verwaltungskomitee des *gompa* gestoßen waren.

Nyma nahm das Gelände kurz in Augenschein und reichte das Fernglas dann an Shan weiter. Er konnte das Gesicht der Person, die sich nun dem Tor näherte, deutlich sehen. Die *rongpas* und *dropkas* wichen der Uniform der Volksbefreiungsarmee aus. Nur die Leute in dem *purba*-Laster wußten, daß es sich nicht um einen Soldaten handelte, aber sogar durch das Fernglas war Somo kaum zu erkennen. Ihr Haar steckte unter einer überdimensionalen Wollmütze verborgen, wie sie die Gebirgsjäger unter ihren Helmen trugen. Die Uniform war vollständig, aber schmutzig und an einer Schulter ein Stück eingerissen. Über der anderen Schulter trug Somo eine lederne Kuriertasche. Alle Betrachter hatten den Eindruck, dort nähere sich ein erprobter Soldat, dessen Auftrag ihn ins Hochgebirge geführt hatte.

Die grimmigen Han-Chinesen in den weißen Hemden waren bislang desinteressiert und beinahe sorglos über das Festgelände patrouilliert. Am ersten Tag hatte ein niederer Beamter, nicht Tuan, argwöhnisch die Tibeter inspiziert, als müsse er sich ein Urteil über die Versammlung bilden. Als er lauthals forderte, einige der *dropkas* sollten ihre *gaus* für ihn öffnen, hatten die Leute zunächst gezögert. Dann jedoch hatten die *purbas* aus einem tragbaren Kassettenrekorder »Der Osten ist rot« erschallen lassen, eine von Pekings bevorzugten Hymnen, und mehrere Kinder waren herbeigelaufen, um kleine Flaggen der Volksrepublik zu schwenken, die sie ebenfalls von den *purbas* erhalten hatten. Der Schreihals hatte daraufhin frostig, aber immerhin beifällig gelächelt und die *dropkas* mit einer großmütigen Geste entlassen, bevor er mit selbstgefälliger Miene wieder abgezogen war. Seine beiläufige Art hatte Shan beunruhigt. Wichtige Gefangene hätten die Wachen eigentlich vorsichtiger machen müssen.

Dennoch – seit Shan vor zwei Tagen angefangen hatte, das Tor des Klosters zu beobachten, war dort rund um die Uhr ein einzelner Wächter in weißem Hemd postiert gewesen. Shan wertete diesen Umstand als Ermutigung, genauso wie die Information, daß der Speisesaal geschlossen sei, doch es gab weiterhin keinen Beweis dafür, daß Lokesh und Tenzin sich hinter den Mauern des *gompa* aufhielten.

Somo lief zu dem erstbesten Aufpasser, sprach leise mit ihm und gab ihm Lins Brief. Dann lief sie sofort wieder weg. Alles verlief wie geplant. Sie durfte nicht bleiben, sonst hätte man ihr zu viele Fragen stellen können. Sie würde mit tiefer Stimme sprechen, um für einen Mann gehalten zu werden, und dem Posten dabei nicht ins Gesicht sehen, damit man sie später nicht so leicht wiedererkennen konnte. Einen Moment lang schaute der Wächter verwirrt dem vermeintlichen Soldaten hinterher. Dann brachte er den Brief hastig in das Verwaltungsgebäude. Shan beugte sich mit dem Fernglas vor. Es lief niemand sogleich zur Tür hinaus, aber Shan bemerkte im ersten Stock eine Bewegung am Fenster des Büros, in dem er selbst neulich gesessen hatte. Wenig später sah er fünf Gestalten zum Tor eilen: Direktor Tuan und Vorsitzender Khodrak mit dem Überbringer der Botschaft und zwei weiteren von Tuans Männern. Als sie das Tor erreichten, deutete der Posten auf Somos ferne Gestalt, die inzwischen den Kamm erreicht hatte. Falls man beschloß, die Verfolgung aufzunehmen, würden die *purbas* in Aktion treten. Sobald die Wächter den Grat erreichten, würden sie vier Personen in Armeeuniformen erblicken, ausgesandt durch ein verstecktes Flaggensignal, die den nächsten Kamm überquerten und in der Ferne verschwanden.

Tuan schien einige seiner Männer losschicken zu wollen, doch dann fiel sein Blick auf das tibetische Lager, und er überlegte es sich anders. Statt dessen sagte er etwas zu einem der Posten, woraufhin der zu dem Haus lief, das hinter dem Verwaltungsgebäude lag.

Nyma sah lächelnd zu Shan. »*Lha gyal lo*«, flüsterte sie. Mehr Beweise würde es womöglich nicht geben.

Leider zögerten die Tibeter, die zum Fest hierher angereist waren, das Kloster zu betreten. Zum Gelingen des Plans benötigten Shan und die anderen die Hilfe der *rongpas* und *dropkas*, die sich im Innern umsehen sollten, ohne daß die Schreihälse mißtrauisch wurden. Doch es war ein Refugium der Mönche, ein heiliger Ort, trotz der chinesischen Wimpel, die zwischen den Gebäuden flatterten, und Lhandro warf Shan immer wieder mutlose Blicke zu, während die Führer der versammelten Clans sich mit den *purbas* berieten.

Eine neue Gruppe Besucher schlenderte im Lager umher, zwei Fotografen und mehrere Mönche, angeführt von Padme, der Bonbons an die vielen Kinder verteilte. Shan folgte ihnen in einiger Entfernung und beobachtete, wie die Männer mehrmals stehenblieben, um Bilder zu schießen: Mönche mit lächelnden Kindern auf dem Schoß. Mönche, die beim Schmücken der Yaks halfen. Padme gab einigen der Jugendlichen neue Nylonjacken, verschenkte Flaschen mit einem orangefarbenen Getränk und wies die Fotografen an, die freudestrahlenden Gesichter vor dem leuchtendblauen Himmel im Bild festzuhalten, dann noch einmal mit dem *gompa* im Hintergrund. Danach ließ er die Mönche mit Werkzeugen bei den heruntergekommenen Hütten vor dem Tor haltmachen, damit es so aussah, als würden sie eine Reparatur vornehmen.

Als Padme die Gruppe zurück auf das Gelände des Klosters führte, wich Shan in den Schatten des *purba*-Lasters zurück und zog sich seinen neuen Hut tief in die Stirn. Er bemerkte, daß ein alter Mann den Lastwagen anstarrte, ein weißhaariger Tibeter mit ledrigem Gesicht, das die Narben und Falten eines langen Lebens trug. Der Mann saß etwa zwölf Meter entfernt und lehnte an einem kleinen Haufen Filzdecken, der neben einer *dropka*-Jurte lag. Shan wurde nicht nur klar, daß der Fremde schon seit Stunden dort saß, sondern auch, daß er den Mann bereits kannte: Bei Shans erstem Besuch hatte der Alte vor dem Tor von Norbu an einer Nähmaschine gesessen. Er sah, daß die Hand des Mannes sich bewegte; zwei Finger neben dem Knie streckten sich und wurden wieder angewinkelt. Es hätte eine nervöse Geste sein können. Vielleicht aber auch die Aufforderung, sich ihm zu nähern, vollführt von jemandem, der sich nicht anders zu behelfen wußte. Shan rückte den Hut zurecht und ging langsam auf den alten Mann zu.

Der Tibeter nickte, als Shan ihn erreichte, und Shan ließ sich zögernd neben ihm nieder. Es gab hier überall Spione, hatte Somo gewarnt. So mancher Mönch arbeitete für die Öffentliche Sicherheit. Sogar ältere Tibeter wurden zu Spitzeldiensten genötigt, indem man ihnen versprach, bei inhaftierten Angehörigen Milde walten zu lassen. »Es heißt, du seist aus einem chinesischen *bayal* gekommen, um uns zu helfen«, sagte der Mann mit heiserer Stimme.

Ein chinesisches verborgenes Land. Der Mann meinte, daß aus der normalen chinesischen Welt niemand zu Hilfe kommen würde. Er könnte recht haben, dachte Shan. Das *bayal* hieß Gulag. »Ich würde gerne helfen«, erwiderte Shan.

Der Mann sah sich um und zog aus seiner schmutzverkrusteten *chuba* ein gefaltetes Stück Papier hervor. »Ich habe früher im Ersten Haus gearbeitet«, verkündete er mit stolzem Lächeln. »Nicht als Mönch, sondern als Zimmermann. Damals ist dort oben auf den Hängen wunderbares Holz gewachsen. Auch heute noch kommen manchmal Leute zu mir und bitten mich, etwas für sie anzufertigen. Einen Tisch, einen Stuhl, einen Schemel. Aber das Papier, um eine Vorlage oder einen Entwurf zu zeichnen, ist immer knapp. Ein Mann aus der Küche wollte zu Ehren seiner Mutter einen Altar in Auftrag geben und bat mich um eine Zeichnung, damit er das nötige Holz kaufen konnte. Das hier hat er für die Skizze mitgebracht. Dieser Padme hatte es eines Abends auf einem Tisch liegengelassen.«

Es war ein großes Stück Papier, sah Shan, eine Landkarte, die ein Experte angefertigt oder vielleicht von einer gedruckten Karte abgepaust hatte. Der alte Mann deutete mit knorrigem Finger auf mehrere Orte. »Das Zweite Haus«, sagte er und wies auf Norbu am unteren Rand des Blattes. »Das Erste Haus und die Metoktang.« Er zeigte auf Rapjung und die Ebene der Blumen. Die Karte war beschriftet, allerdings nur auf chinesisch.

»Ich kann Chinesisch lesen und schreiben«, sagte der Alte. »Die Männer aus dem *gompa* lachen mich oft aus, und ich lasse es über mich ergehen. Mit Narren muß man stets Mitleid haben. Sogar dieser Mann aus der Küche weiß nicht, daß ich diese

Schrift verstehe. Keiner von ihnen weiß, daß ich die *gompa*-Schule besucht habe. Unsere Lehrer sagten, wir müßten lernen, wie man mit den Chinesen leben kann.« Er stieß ein pfeifendes Lachen aus und deutete wieder auf die Karte. »Falls du verstehen möchtest, was im Zweiten Haus vor sich geht, ist dies hier alles, was du brauchst.«

Shan musterte den Alten unsicher. Dann widmete er sich den anderen Einträgen der Karte. Laut der Legende stand ein X in einem Kreis für »Sterilisiert«. Ein solches X fand sich beispielsweise in der äußersten nordwestlichen Ecke der Ebene der Blumen, versehen mit einem Datum, das zehn Tage zurücklag. Es gab in der Region noch mindestens fünfzehn weitere derartige Markierungen, keine älter als zwei Monate. Auch Rapjung gompa war mit einem X als »Sterilisiert« gekennzeichnet, und zwar vor neun Tagen. Shan dachte an Larkins Begegnung in den Bergen zurück: ein Mönch, ein Arzt und Kerosin. Dann begriff er plötzlich und fühlte sich seltsam geschwächt.

»Mögen die Götter siegreich sein«, sagte der alte Mann leise, als Shan aufstand und die Karte zu der Versammlung beim Lastwagen mitnahm, um dort den *purbas*, Bauern und Hirten den Sachverhalt zu erläutern.

»Aber da draußen ist nichts«, wandte ein *dropka* verwirrt ein. »Nur Wildnis. Nichts, das man gegen uns wenden könnte.«

»Die Schreihälse würden in diesem Fall von den ›Alten‹ sprechen«, sagte Shan und sah mehrere der Tibeter zusammenzucken. »Kräuter. Heilige Plätze der Lamas von Rapjung. Das ist es, was Padme zerstört. Wir haben ihn nach Rapjung gebracht, und er hat dort alle Gebäude niedergebrannt.« Er hielt inne und ließ Lhandro die furchtbare Nacht schildern, in der die wiederaufgebauten Häuser ein Raub der Flammen geworden waren. Shan wußte nun, daß sie sich, was den *dobdob* anging, geirrt hatten. Der *dobdob* mußte Padme aufgehalten und verprügelt haben, weil er den Mönch dabei überrascht hatte, wie er die Heilpflanzen in Brand stecken wollte. Shan erinnerte sich an Padmes Reaktion auf die neu errichteten Schreine des alten *gompa*. Er habe von einem entsprechenden Gerücht gelesen, hatte Padme gesagt. Dieses Gerücht hatte in den Berichten der Schreihälse und der Öffentlichen Sicherheit gestanden. Es bedeutete, daß der *dobdob* versuchte, die Schreihälse aufzuhalten und die Kräuter vor der Vernichtung zu bewahren. Bei dem Mönchspolizisten, dem Beschützer des Glaubens, handelte es sich zudem um Jokars Begleiter, den sie auf der Wiese zusammen mit dem alten Heiler gesehen hatten und der inzwischen verschwunden war.

Gyalo trat vor, um zu erzählen, was er in Norbu erlebt hatte. Schließlich stand Nyma auf und fragte leise, wer von den Anwesenden Drakte gekannt habe. Fast alle Hände hoben sich. Dann erklärte sie, wie Drakte sein Leben geopfert hatte, um ihrer gemeinsamen Sache zu helfen, und danach äußerten die Bauern und Hirten keine Einwände mehr. Sie erhoben sich voll grimmiger Entschlossenheit und bildeten einige Gruppen, während die *purbas* den Plan darlegten.

Das besondere Sanitätsteam hielt sich immer noch in Norbu auf, denn mehrere der Leute gingen müde zwischen den Tibetern umher. Das hieß, daß die Suche nach dem Lama-Heiler in dieser Gegend fortgesetzt wurde. Warum? fragte sich Shan. Welchen Hinweis auf Jokar hatten sie, daß sie hier im Kloster blieben? Wenn sein Ziel ihnen von vornherein bekannt gewesen wäre, hätten sie gewiß nicht so viele Wochen darauf verschwendet, ihn von der indischen Grenze bis hierher in die Berge zu verfolgen.

Weniger als eine Stunde nach Ablieferung des Briefes bildete sich vor dem Tor eine Warteschlange. Manche der Tibeter hielten sich die Bäuche, und zwei *purbas* trugen jeweils einen Arm in der Schlinge. Der Wachposten weigerte sich, ihnen Zutritt zu gewähren. Geduldig warteten sie eine ganze Weile, bis einer der Männer in den hellblauen Uniformen sie bemerkte und den Posten anwies, die Kranken durchzulassen. Es entging ihm, daß sich auch ein Chinese unter den Leuten befand, dessen Hand mit einer schmutzigen Bandage umwickelt war und der sich den neuen breitkrempigen Hut tief in die Stirn gezogen hatte.

Als Shan den hinteren Teil des Klosters erreichte, stellte er erleichtert fest, daß keine so strenge Disziplin mehr vorherrschte wie noch bei seinem ersten Besuch. Man hatte vor der behelfsmäßigen Klinik entlang mehrerer Holzpfosten ein Seil gespannt, an dem die Kranken sich zu einer neuen Warteschlange aufreihten. Das Sanitätsteam fertigte zügig und desinteressiert die ersten Leute ab und händigte ihnen irgendein Medikament aus. Danach blieben die bereits behandelten Tibeter im hinteren Bereich des Klosters, sprachen mit den Wartenden, bestaunten die große Gebetsmühle und bewunderten sogar den riesigen Haufen Yakdung, den seit Gyalos Verschwinden offenbar niemand mehr angetastet hatte.

Shan und Nyma setzten sich von den anderen ab und steuerten den Stall an, der eine Nacht lang ihr Gefängnis gewesen war. Nachdem sie sich vergewissert hatten, daß niemand sie beobachtete, traten sie in das angrenzende Gebäude. Shan streifte die Bandage ab. Das niedrige, baufällige Holzhaus war sehr alt, vielleicht noch älter als der Stall. Seine Meditationszellen, drei auf jeder Seite und zwei am Ende des Korridors, waren schmutzig, die Luft roch modrig.

Von all den von Menschen erschaffenen Orten, die Shan in Tibet kennengelernt hatte, rührte ihn kein einziger so sehr an wie die schlichten hölzernen Zellen, die er bisweilen in den entlegenen Regionen des Landes vorfand, zumeist in den wenigen Gebäuden, die aus früheren Zeitaltern übriggeblieben waren. Hier hatten jahrhundertelang Männer und Frauen gesessen und genau das gleiche Ziel verfolgt, genau die gleichen Gefühle verspürt und ebensosehr nach Erkenntnis gestrebt wie Shan und seine tibetischen Freunde. In unbeholfenen Worten hatte er Gendun eine seiner ersten Begegnungen mit solch einer Zelle als Besuch in einer Zeitmaschine beschrieben, denn aus irgendeinem Grund war er sich dort der Anwesenheit der Mönche bewußt gewesen, die drei- oder vierhundert Jahre vor ihm an jenem Ort gesessen hatten. Nein, hatte Gendun ihm widersprochen, es sei keine Zeitmaschine, denn das würde einen zu großen Unterschied zwischen ihnen und uns beinhalten, als wären diejenigen, die nach Erkenntnis strebten, im Laufe der Jahrhunderte einer Veränderung unterworfen. Es sei eine Brücke, hatte er gesagt, eine Möglichkeit, sich außerhalb der Zeit zu bewegen, sie gleichsam auszuklammern und nach genau jener Bewußtseinsebene zu greifen, die allen erleuchteten Wesen eigen sei, völlig ungeachtet der verstrichenen Zeit. Shan hielt inne und mußte an Genduns Worte denken. Einen flüchtigen Augenblick lang wollte er nichts lieber, als sich in eine der Zellen zu setzen, um dort zu meditieren.

»Jokar Rinpoche hat erzählt, es stamme aus der Zeit, als man den Sechsten holen wollte«, sagte Shan und ging an Nyma vorbei zu den hinteren Zellen. Er bemühte sich immer noch, Jokars Worte zu begreifen und zu unterscheiden, welche davon für diese Welt und welche für eine andere bestimmt waren.

»Lhabzang Khan«, sagte Nyma gedankenverloren. Sie betrat eine der beiden Zellen, hob eine Hand und berührte mit ausgestrecktem Finger vorsichtig das alte Zedernholz, als könne es zu Staub zerfallen. »Lhabzang Khan ist aus der Mongolei nach Tibet vorgedrungen und hat den sechsten Dalai Lama entführt. Seine Armee ist auf der alten Nordroute durch Amdo gezogen.«

Das alles lag dreihundert Jahre zurück. Die Mongolen hatten sich des jungen Sechsten bemächtigt, um ihn dem Mandschu-Kaiser in Peking als Geschenk zu überreichen. Doch sie und die Chinesen wurden um ihren Triumph betrogen, weil der Sechste auf dem Weg nach China starb.

»Orte wie Norbu, die nahe an der Nordroute lagen, wurden geplündert«, sagte Shan. Er ging in die andere Zelle und tastete die Rückwand ab. Nichts bewegte sich. Dann fuhr er mit dem Finger die einzelnen Nahtstellen zwischen den Brettern entlang. Nichts. Die Wand wies keinen einzigen Spalt auf. Er verließ den kleinen Raum und sah, daß Nyma nebenan das gleiche tat. »Jemand könnte kommen«, sagte sie und warf einen nervösen Blick über die Schulter.

Shan kam zu ihr in die Zelle.

»Jokar hat womöglich von etwas gesprochen, das er während einer Meditation gesehen hat, eine Vision.« Sie seufzte.

Shan nickte enttäuscht. An der Seitenwand gab es ein kleines Sims aus zwei schmalen Brettern, auf dem ein Mönch eine Butterlampe und eine Räuchervase abstellen konnte. Shan strich über Ober- und Unterseite des Regals. Es gab keinen Hebel oder verborgenen Schalter, nichts, an dem sich etwas verstecken ließ. Schließlich tastete er noch einmal die Oberseite ab. Als seine Hand sich der Ecke näherte, gab das hintere Brett einen Zentimeter nach, und die Rückwand schwang auf.

Es war ein schmales Gelaß von weniger als einem Meter Breite. Als sie eintraten, entzündete Nyma ein Streichholz. Sie hatten weder eine Kerze noch eine Butterlampe bei sich. Aber sie mußten sich ohnehin beeilen. Nyma reckte das Streichholz erst in die eine, dann in die andere Richtung. Die staubige Kammer war sechs Meter breit. An einem Ende gab es eine Bank, auf der ein Stapel Kissen lag, am anderen Ende befanden sich Regale.

Sie hatten keine Zeit, sich genauer umzuschauen. Nyma blies das Streichholz aus und kehrte mit Shan in die Zelle zurück. Dort drückte er das andere, hervorstehende Ende des Bretts nach unten, und die Rückwand glitt unter leisem Ächzen in die ursprüngliche Position. Auch der Hebel rastete wieder ein.

Draußen drehten mehrere *dropkas* die riesige Gebetsmühle. Als zufällig ein Mönch vorbeikam, fragte einer der Männer ihn aufgeregt, ob sie die Mühle wegen des Feiertags nicht ausnahmsweise länger drehen dürften, als auf dem Schild angegeben war. Der Mönch erwiderte nervös, er werde die Bitte dem Komitee vorlegen.

Während Shan im Kloster umherschlenderte, begriff er auf einmal, daß kein Angehöriger des Komitees sich mehr blicken ließ, weder Khodrak noch Padme oder Tuan. Trotz des Hoffnungsschimmers, der in ihm aufgekeimt war, als Lins Brief abgeliefert wurde, erschien es ihm inzwischen unmöglich, daß Lokesh und ein so wichtiger Gefangener wie Tenzin hier sein könnten. Irgend etwas im *gompa* hätte auf sie hindeuten müssen. Es gab vielleicht andere Orte, erkannte er verzweifelt, geheime Orte, von denen die *purbas* nichts wußten. Der Torposten war unter Umständen nur deswegen aufgestellt worden, weil vor dem Kloster so viele Tibeter kampierten.

Shan lehnte sich gegen eines der alten hölzernen Wohnhäuser, rutschte an der Wand nach unten und setzte sich auf den Boden. Überall auf dem Gelände waren nun Tibeter verstreut;

manche hielten ihre *malas* in den Händen, andere genossen einfach den Sonnenschein, um danach wieder in der *lhakang* zu beten. Shan konzentrierte sich auf die Fenster der beiden großen Gebäude. In der Mitte des Stockwerks über dem Speisesaal tauchte regelmäßig ein Mann in weißem Hemd auf. Gelegentlich warf er einen Blick nach draußen, aber meistens blieb er ein paar Minuten mit dem Rücken zur Fensterscheibe stehen. Vier andere Weißhemden patrouillierten zu zweit über den Hof und waren dabei eifrig ins Gespräch vertieft, fast wie Mönche bei einem religiösen Disput. Auf den Stufen vor der Küche saß ein Mann mit Schürze und hielt einen Besen. Shan nahm ihn genauer in Augenschein. Er war jünger und wirkte muskulöser als der Rest des Küchenpersonals. Seine Schürze wies keine Flecken auf, und er schien wenig Lust zu haben, den anderen bei der Arbeit zu helfen.

Aus der Hintertür des ersten Gebäudes traten einige Mönche mit kleinen Notizblöcken in den Händen. Von einem der Blöcke löste sich eine Seite und wurde vom Wind ein Stück fortgetragen. Ohne weiter darüber nachzudenken, lief Shan hinterher und holte sie für den Mönch. Es war ein linierter Zettel mit der aufgedruckten Überschrift *Feudalismus bedeutet Rückentwicklung*. Darunter standen handschriftliche Notizen in chinesischen Buchstaben. Shan reichte das Blatt dem Mönch, der es mit verlegenem Lächeln entgegennahm.

Aus dem Augenwinkel erblickte Shan ein ähnliches Stück Papier, das schmutzig und zertrampelt halb im Boden begraben lag. Es schien auf besondere Weise gefaltet zu sein. Als er sich bückte, um es aufzuheben, hüpfte ihm vor Freude das Herz. Es war ein Geisterpferd.

Er steckte das Papier in die Hemdtasche und wagte sich näher an die Küche heran. Einer der Helfer kam zur Tür und brachte dem Mann eine Tasse Tee. Der stand daraufhin auf und schulterte den Besenstiel wie ein Gewehr. Der Tibeter mit dem Tee duckte sich und huschte sogleich wieder weg, nachdem der Mann die Tasse lachend entgegengenommen hatte.

Shan ging weiter und bemühte sich, möglichst unauffällig das zentrale Gebäude im Auge zu behalten. Vor ihm stieß eine *dropka* einen kleinen Freudenschrei aus und beugte sich hinab, um ein weiteres der Papierpferde aufzulesen, das eine Bö bis an die Hauswand getragen hatte. Dann hielt die Frau das Pferd in den Wind und lachte, als es wie ein winziges Fähnchen zu flattern begann.

Oben schaute abermals der Schreihals zum Fenster hinaus. Um nicht bemerkt zu werden, senkte Shan den Kopf und schloß sich einer Gruppe *dropkas* an, die an dem Gebäude vorbeigingen. Als sie um die hintere Ecke bogen, riskierte Shan noch einmal einen Blick auf die erste Etage und schätzte die Entfernung bis zum Boden ab. Ein junger Mann wäre vielleicht in der Lage gewesen, sich von einem der oberen Fenster hinunterzulassen und wegzulaufen, aber Lokesh hätte sich vermutlich die Knochen gebrochen.

Im vorderen Teil des Hofs liefen bereits eifrige Vorbereitungen für den morgigen Feiertag. Vor dem Verwaltungsgebäude hatte man eine riesige chinesische Nationalflagge aufgehängt. Sie war mit Seilen unterhalb zweier Fenster im Obergeschoß befestigt, und zwar an kleinen Eisenhaken, die jedes der Fensterbretter säumten und Shan bis zu diesem Moment nicht aufgefallen waren. Früher hatte man an solchen Haken besondere *thangkas* angebracht, wenn ein traditioneller tibetischer Festtag anstand. In manchen großen *gompas* gab es sogar Türme, deren einziger Zweck darin bestand, bei solchen Gelegenheiten mit heiligen Gemälden behängt zu werden. Vorsitzender Khodrak hatte sich jedoch für eine andere Art von Banner entschieden.

»Es gibt hier angeblich Ehrengäste«, berichtete Gyalo aufgeregt, als Shan den *purba*-Laster erreichte. »Einer der Küchenhelfer ist zum Schießstand gekommen. Ein alter Tibeter, ein Zimmermann, kannte ihn und hat von ihm erfahren, daß sie Mahlzeiten für zwei Ehrengäste zubereitet haben, die ihr Zimmer im ersten Stock nicht verlassen dürfen.«

Shan zeigte Nyma und den anderen das Papierpferd und schilderte, wie das zweite Gebäude von den Männern in den weißen Hemden nicht aus den Augen gelassen wurde.

»Wer bringt ihnen das Essen?« fragte Shan.

»Die Wachen«, sagte der Mönch enttäuscht. »Aber die Wachen gehen nicht hinein, um die Nachttöpfe zu leeren. Das sollen die Tibeter erledigen.«

Am Nachmittag halfen sie bei den Vorbereitungen. Shan hatte sich den Hut wiederum tief in die Stirn gezogen, spannte mit den anderen zunächst Seile mit Papierwimpeln zwischen dem Verwaltungsgebäude und der Außenmauer auf und trug danach Wacholderzweige zu den großen *samkangs*, die beidseits des Klostertors standen. Ein Lautsprecher verkündete, der Vorsitzende habe in seiner Güte gestattet, daß die Gebetsmühle auch außerhalb der üblichen Zeiten benutzt werden dürfe. Außerdem sei den Besuchern erlaubt, sich so viel von dem Yakdung mitzunehmen, wie sie nur tragen konnten, gern auch als großzügigen Vorrat für die heimatlichen Herdfeuer. Shan mußte unwillkürlich lächeln. Er brachte fast den ganzen Nachmittag damit zu, gemeinsam mit den Tibetern Körbe voller Dung zu schleppen, bis sein Gesicht vollkommen schmutzig war und die Weißhemden ihm schon von weitem aus dem Weg gingen. Er kam ein halbes dutzendmal an dem Küchengebäude vorbei, bis der Wächter auf der Treppe irgendwann eingenickt war. Shan blieb stehen und hielt vergebens nach einer Bewegung hinter den oberen Fenstern Ausschau. Als er berichtete, daß der Posten schlief, nahm Gyalo, der es bisher noch nicht wieder gewagt hatte, das *gompa* zu betreten, eine Handvoll Dung aus Shans Korb, beschmierte sich damit die Wangen, griff sich einen leeren Behälter und schloß sich Shan an. Er trug eine vielfach geflickte Weste und eine Halskette aus blauen Perlen, wie sie von zahlreichen *dropkas* bevorzugt wurde. Ein Hut mit breiter Krempe beschattete sein Gesicht.

Als sie die Küchentür erreichten, wo der Wächter immer noch schlief, erschien der alte tibetische Zimmermann im Eingang und winkte sie hinein. Er deutete auf zwei Eimer mit frischem Wasser und flüsterte dann einem Tibeter mittleren Alters etwas zu. Der Mann nahm einen Becher Tee und richtete eilends ein halbes Dutzend süßer Kekse auf einem Teller an.

Shan und Gyalo nahmen die Eimer und folgten dem Küchenhelfer durch den leeren Speisesaal und über eine Treppe hinauf in den ersten Stock. Dort grüßte der Mann leutselig den

Wachposten, streckte ihm die Kekse entgegen und bedeutete Shan und Gyalo mit einem Nicken, sie sollten sich zu dem Zimmer am Ende des Korridors begeben. Es lag über der Küche; seine Tür stand als einzige nicht offen, obwohl sie über kein Schloß verfügte.

Sie traten schnell ein, und Gyalo klappte die Tür sogleich hinter ihnen zu. In der Mitte der Kammer stand ein Tisch, auf dem ein Schreibblock und zwei Bleistifte lagen. Zwei Gestalten saßen auf Strohlagern unter den Fenstern und lehnten an der Wand.

»Lha gyal lo!« flüsterte Gyalo.

Tenzin hatte den Lotussitz eingenommen und ließ müde und hilflos seine Gebetskette durch die Finger gleiten. Sein Gesicht war blaß und entkräftet. Lokesh hockte mit geschlossenen Augen neben ihm und hatte die ausgestreckten Beine in eine Decke gewickelt. Argwöhnisch starrte Tenzin den Neuankömmlingen entgegen und musterte langsam Shan, als falle es ihm schwer, seinen Blick zu fokussieren. Als er Shan schließlich erkannte, verzog sich seine Miene gequält. »Sie verstehen es nicht«, stöhnte er. »Sie weigern sich zu glauben, daß ich das andere Leben hinter mir gelassen habe. Sie ...«

Shan hob die Hand. »Ich weiß, dieser andere Mann ist erstickt, und ein neuer Mann wurde geboren.«

»Aber ich habe so viel Leid verursacht«, sagte Tenzin und schien in Tränen ausbrechen zu wollen. »Du darfst dich nicht fangen lassen ... Nicht du auch noch. Da sind Wachen ... Man wird dich ...«

Shan unterbrach ihn, indem er auf Lokesh wies. »Was ist mit ihm?« Die Hände seines Freundes hielten die *mala* umklammert. Er schien zu schlafen, und bei jedem Ausatmen erklang ein trockenes Rasseln.

Tenzin zeigte ermattet auf Lokeshs linken Fuß. »Sie hatten eine große Schraubzwinge. Das Werkzeug eines Zimmermanns. Aber dieser Tuan ist kein Zimmermann.« Er sah Shan verzweifelt an. »Ich hätte nie gedacht, daß Menschen zu so etwas fähig sind. Ich mußte dabei zusehen.«

Shan hob die Decke an. Lokeshs Knöchel war geschwollen und violett verfärbt.

»Lokesh hat nichts verraten, sondern nur sein Mantra aufgesagt, als sie die Schraube angezogen haben. Schon vorher hatte er mich gewarnt, daß man ihm etwas antun würde. Ich solle mir keine Sorgen machen, hat er verlangt, denn es sei bloß eine Glaubensprobe, sonst nichts, und er sei derartige Proben gewohnt. Allerdings müsse auch ich bei dieser Probe meinen Glauben unter Beweis stellen.«

Einen Moment lang übermannte Shan die Wut. Man hatte seinen Freund gefoltert, hatte die Zwinge langsam immer enger gedreht, bis ein Knochen gebrochen war. In einem *gompa*. Und wofür? Um etwas über Shan herauszufinden? Nein. Es ging um Tenzin und um die *purbas*, die ihm geholfen hatten. Und man wollte den Abt von Sangchi überzeugen, wieder den vorgeschriebenen Weg einzuschlagen.

Lokesh konnte nicht laufen. Deshalb gab es hier nur so wenige Wachen. Und mit einer Rettungsaktion der Tibeter hätten die Schreihälse niemals gerechnet.

»Ich glaube, ich könnte zum Fenster hinaus fliehen«, sagte Tenzin. »Aber ich werde ihn nicht zurücklassen.«

»Die Ärzte«, sagte Shan. »Es gibt hier doch dieses Sanitätsteam, das sich um sein Bein kümmern könnte.«

»Darum habe ich bereits gebeten«, erwiderte Tenzin matt. »Dieser Khodrak und Direktor Tuan meinten, sie würden es sich überlegen. Zuerst soll ich mich schriftlich verpflichten, eine Rede zu halten, in der ich behaupte, ich hätte mich zurückgezogen, um die Klarheitskampagne zu vervollkommnen, und daß die Behörden in Lhasa sich geirrt hätten, als sie dachten, ich würde fliehen. Angeblich habe ich mich die ganze Zeit damit beschäftigt, wie man das buddhistische Gedankengut mit dem chinesischen Sozialismus vereinen kann. Ich habe ihnen erzählt, ich hätte tatsächlich über diesen Punkt nachgedacht.« Tenzin warf einen weiteren gequälten Blick auf Lokesh. »Er beklagt sich nicht. Wenn Lokesh bei Bewußtsein ist, betet er einfach nur oder singt eines seiner Pilgerlieder. Man hat ihm Papier gegeben, damit er schriftlich Selbstkritik üben kann, doch er arbeitet weiterhin an einem Brief für den Vorsitzenden in Peking und sagt, er wolle ihn eigenhändig abliefern.

Manchmal faltet er kleine Zettel und bittet mich, sie aus dem Fenster zu werfen. Er sagt, es würden starke Pferde kommen, und wir könnten uns dann aus dem Fenster auf ihre Rücken fallen lassen und wegreiten.«

Shan starrte voller Mitgefühl seinen alten Freund an. »Da man euch hierbehält, hofft man offenbar weiterhin auf dein Einlenken«, sagte er.

Tenzin seufzte. »Khodrak führt sich auf, als sei ich seine persönliche Beute. Ich habe gehört, wie er zu Tuan sagte, etwas Besseres habe ihnen gar nicht passieren können. Sie haben eine ranghohe Delegation des Büros für Religiöse Angelegenheiten zum Fest eingeladen.«

Shan konnte den Blick nicht von Lokesh abwenden. Er nahm eine Hand des alten Tibeters und drückte sie. Lokesh öffnete die Augen und schaute Shan schlaftrunken an. Dann hob er seine andere Hand und berührte Shans Wange, als wolle er sich vergewissern, daß er nicht träumte.

Auf einmal zog Gyalo ihn weg. »Der Posten hat seine Kekse aufgegessen. Falls er sich für uns zu interessieren beginnt, werden wir ganz schön in Schwierigkeiten kommen, mein Freund«, drängte er.

Lokeshs Augen schlossen sich wieder.

Tenzin packte Shan am Arm. »Hör gut zu. Sie können jeden Moment zurückkommen«, sagte er eindringlich und sah Shan voll tiefer Verzweiflung in die Augen. »Falls wir verschwinden, muß jemand darüber Bescheid wissen. Er ist wegen mir dorthin gegangen. Er ist wegen mir gestorben.«

Shan und Gyalo erstarrten. Der Abt von Sangchi wirkte plötzlich sehr alt. »Manchmal kann ich nicht schlafen, weil ich ihn dort sterbend auf dem Mandala stehen sehe.«

Shan schluckte. »Soll das heißen, du hast Drakte nach Amdo geschickt?«

Tenzin nickte. »Er wollte ohnehin in die Stadt, aber ich habe ihn gebeten, eines der Lotusbücher ausfindig zu machen und zu mir zu bringen. Also hat er es versucht, und die Kriecher haben ihn deswegen umgebracht. Er hat das Buch und sein Leben verloren, alles wegen mir.«

Obwohl Gyalo an seiner Schulter zerrte, rührte Shan sich nicht von der Stelle, sondern schaute von Tenzin zu Lokesh und dann zu dem Papier auf dem Tisch. Schließlich zog er langsam den Beutel mit der elfenbeinernen Gebetskette aus der Tasche. »Drakte sollte mit all deinen Sachen eine falsche Fährte im Süden legen, aber etwas hat er zurückbehalten.« Er gab den Beutel Tenzin, der ihn öffnete und hineinblickte.

Shan hörte, wie Tenzin unwillkürlich den Atem anhielt, und sah, wie das Gesicht des Mannes in sich zusammenzufallen schien. »Die Kette habe ich von meinem Großvater bekommen«, flüsterte der Tibeter. »Er sagte, sie sei das einzig Wertvolle, das ein Mönch besitzen solle, weil sie die Verbindung zu seinem Gott darstellt.« Tenzin wickelte sich die Perlen um die Finger.

»Hör du mir gut zu«, sagte Shan. »Du mußt ihnen sagen, daß du diese Rede halten wirst. Und zwar morgen. Du mußt noch einmal den Abt spielen, nur für ein paar Minuten.« Dann beugte er sich vor und erläuterte Tenzin flüsternd den Plan.

Es war schon dunkel, als Shan sich in den hinteren Teil des Lagers begab, um ein wenig unter den Sternen spazierenzugehen, doch als er an den *dropka*-Zelten bei der Yakherde vorbeikam, erregte ein merkwürdiges Geräusch seine Aufmerksamkeit.

»Hamm, hamm en da renng«, rezitierte eine junge Stimme mit seltsamer Betonung. Es klang wie ein Mantra, allerdings wie eines, das Shan noch nie gehört hatte. Er ging um das Zelt herum und sah eine Gruppe *dropkas* an einem riesigen Feuer aus Yakdung sitzen, neben dem Winslow stand. Shan erschrak über diese Sorglosigkeit. Sie hatten ausdrücklich vereinbart, daß der Amerikaner das Versteck auf dem Berggrat keinesfalls verlassen würde. Dann jedoch sah er am Rand des Kreises zwei schlanke Männer stehen, die das *gompa* beobachteten. Einen der beiden erkannte er: Es war einer der finster blickenden *purbas*, die er mit Tenzin in Yapchi gesehen hatte.

Winslow begrüßte Shan mit einem Grinsen. Einen Moment lang glaubte Shan, der Amerikaner würde ihm zuwinken. Dann jedoch erkannte er, daß Winslow den *dropka* beim Singen dirigierte.

»Wörr da diehr end nat'lope plai-ai«, fuhr der Sänger fort. Es war ein amerikanisches Lied, vorgetragen in einer ungefähren Annäherung an den englischen Text, einer jener Westernsongs, die aus den öffentlichen Lautsprecheranlagen der chinesischen Züge erschallen durften: Home, Home on the Range.

Als Shan sich am Feuer niederließ und versuchte, sich von der Stimmung der Gruppe anstecken zu lassen, wuchs statt dessen seine Sorge um den Amerikaner. Hier im Lager war es zu gefährlich für Winslow, auch wenn er unter der Obhut der *purbas* stand. Ohne seinen Paß besaß er keine Identität und würde als Illegaler behandelt werden. Genau wie Shan existierte Winslow nun nicht mehr, und falls er erwischt wurde, könnte man ihn spurlos verschwinden lassen.

Im trüben Licht jenseits des Feuers bemerkte Shan einen etwa gleichaltrigen, mürrisch wirkenden Tibeter, der hinten auf einem Pferdekarren zwischen zwei *purbas* hockte, die Shan aus dem Versteck kannte. Shan stand auf und ging langsam um die *dropkas* herum, aber als er sich dem Karren näherte, stellte einer der *purbas* sich ihm in den Weg. Der Mann auf der Ladefläche starrte Shan unter hängenden Lidern an, grüßte ihn nicht und ließ auch sonst keinerlei Regung erkennen. Im Feuerschein sah Shan zwei tiefe vernarbte Furchen auf seiner Wange und das Funkeln in seinem Blick. Es kam ihm sehr bekannt vor. Die gleichen Augen hatte Shan auf den *thangkas* der grimmigen Schutzdämonen gesehen.

Er trat noch einen Schritt vor, und die Hand des *purba* schloß sich wie ein Schraubstock um seinen Arm und drückte ihn gegen etwas, das der Mann unter der Jacke trug. Ein Pistolengriff in einem Schulterholster. Shan erstarrte, wich zurück und betrachtete die Narben des Fremden. Aus irgendeinem Grund wußte er, daß dies der Tiger sein mußte, jener legendäre *purba*-Führer mit den Striemen im Gesicht. Die zwei meistgesuchten Männer von ganz Tibet befanden sich beide bei Khodraks *gompa*.

Shan kehrte zur anderen Seite des Feuers zurück und ging hinaus auf die Ebene. Dort im Schutz der Nacht bemühte er sich, all die neuen Befürchtungen zu unterdrücken, die das

Auftauchen des Tigers in ihm geweckt hatte. Eine Eule rief, und die Berge am Horizont schimmerten im Mondlicht. Die Ankunft des *purba*-Führers beunruhigte Shan ebensosehr, als hätten die Kriecher sich aus den Flammen des Feuers erhoben. Der Tiger war nicht hier, um Shan zu helfen. Der Tiger war als Mann der Tat bekannt. Es hieß, seine Mutter sei Moslemin gewesen. Moslems glaubten an Vergeltung. Der Tiger war ein so berühmter, allseits gesuchter Staatsfeind, daß sich durchaus eine ganze Armee von Kriechern an seine Fährte geheftet haben konnte. Ihm fiel wieder ein, was Anya während der ersten Nacht auf dem Berg Yapchi gesagt hatte. So viele tot, so viele todgeweiht, hatten die Worte des Orakels gelautet.

Shan setzte sich, starrte in den Himmel und flehte die Sterne an. Wenn er doch nur einfach Lokesh nehmen und weggehen könnte. Es war ihm nicht mehr möglich, den Tibetern noch Hoffnungen zu machen; es würde ihm nie gelingen, die Geheimnisse zu ergründen, die Norbu gompa und das Tal von Yapchi umgaben. Das einzige, was er klar erkannte, war die Gefahr.

Nach einer ganzen Weile bewegte sich etwas vor ihm in der Dunkelheit. In einiger Entfernung saß ein Mann auf einem Felsen und hielt einen glänzenden Gegenstand. Sein Blick war nicht auf Shan, sondern hinaus auf die Ebene gerichtet.

»Die Lamas haben keine Geduld mit mir«, erklang plötzlich eine tiefe Stimme hinter ihm. »Sie sagen, ich solle nicht erwarten, in einem einzigen Leben dermaßen viel zu erreichen.« Es war eine ungewöhnliche Stimme, heiser und kraftvoll. Wie hatte Lhandro sie beschrieben? Als würde jemand flüsternd schreien. Die Kriecher hatten ihn am Kehlkopf verletzt.

Als Shan sich zu dem Mann mit dem vernarbten Gesicht umwandte, entdeckte er ein paar Schritte hinter ihm eine zweite Wache auf einem Felsen.

»Ich habe ihnen erzählt, daß ich als Junge von Lehrmeistern der tantrischen Schule unterrichtet wurde, und die haben mir beigebracht, daß es mit der richtigen Handlungsweise möglich sei, innerhalb einer Lebensspanne die Buddhaschaft zu erreichen.«

Shan begriff, daß er noch nie einen anderen Namen dieses Mannes gehört hatte. Er verlagerte unbehaglich sein Gewicht und fragte sich, wie viele Bewaffnete dort wohl noch in den Schatten lauern mochten. Und wie oft der Tiger sich wohl nachts mit einem Chinesen unterhielt.

»Ich sage den Lamas, daß mein Bestreben im Vergleich dazu äußerst bescheiden ausfällt.« Der Mann setzte sich neben Shan und beobachtete einen Moment lang den Himmel. »Wenn du ständig auf der Flucht bist und dich immer nur nach Sonnenuntergang fortbewegen kannst, wird der Nachthimmel dein Zuhause.« Er klang auf einmal sehr müde. »Es gibt da diesen Mann, der einen Brief verfaßt hat. Oberst Lin ist kein Freund Tibets. Es wurde über ihn geschrieben, mehr als einmal.«

Geschrieben. Der Tiger meinte die Einträge im Lotusbuch, dem Verzeichnis der Greueltaten gegen Tibeter, das die *purbas* angelegt hatten.

»Ich würde gern etwas Zeit mit diesem Oberst verbringen«, sagte der *purba*-Führer. »Ihn irgendwohin mitnehmen. Man könnte viel Wertvolles in Erfahrung bringen.«

Shan spürte, wie sein Magen sich zusammenzog. »Lin ist verletzt«, sagte er zaghaft und sah dem Mann ins Gesicht. »Warum machen Sie sich die Mühe, mit mir darüber zu sprechen? Die *purbas* wissen, wo Lin ist.«

Der Mann sagte nichts. In der Ferne regte sich etwas, und einer der Bewaffneten sprang auf. Nach einem Moment hörte Shan das Getrappel kleiner Hufe, die einer wilden Ziege oder Gazelle gehörten, und der *purba* kehrte auf seinen Posten zurück. Shan musterte den Tiger. Er wirkte wie ein weiterer Stein in der Nacht, eine einsame Statue, deren Gesicht langsam vom Wind abgeschliffen wurde. Shan erkannte, daß der Tiger womöglich viele der Fragen beantworten konnte, die ihm zu schaffen machten.

»Warum sind keine Kriecher hier?« fragte er unvermittelt. »Wieso hat nicht die Öffentliche Sicherheit den Abt von Sangchi übernommen?«

Der Tiger seufzte. »Diejenigen, in deren Gewalt er sich befindet, sind Kriecher und sind es zugleich nicht. In diesem Bezirk ist vieles unklar. Sogar diese Kriecher-Ärzte wissen nicht genau, wem sie unterstellt sind. Wir haben eine ihrer Anfragen nach Lhasa abgefangen, in der sie um weitere Anweisungen bitten. Sie möchten hinauf zur Ebene der Blumen, um dort nach dem Lama-Heiler zu suchen, doch Tuan und dieser Abt Khodrak wollen, daß sie hierbleiben.«

»Aber wenn Mönche zu politischen Einpeitschern werden, was können die Menschen da noch tun …?« Shans Stimme erstarb.

»Ganz recht«, sagte der Tiger grimmig.

»Somo hat gesagt, es würden irgendwo noch fünf weitere Kriecher für Tuan arbeiten.«

»Wir können sie nicht finden. Niemand weiß, wo sie sind. Alle Sicherheitsmaßnahmen wurden verschärft, und bei unseren Treffen ist derzeit kein neues Gesicht mehr zugelassen. Wir haben überall im Bezirk Bescheid gegeben, aber diese fünf bleiben verschwunden. Alle sind mißtrauisch und sehr nervös. Es wird immer gefährlicher.«

Sie saßen schweigend da. Ganz in der Nähe zirpten Grillen.

»Ich bin zu der Einsiedelei gegangen, wo für euch alles anfing, aber ihr wart schon aufgebrochen«, sagte der Tiger dann. »Die *dropkas* dort haben uns von einem alten Lama erzählt, der Draktes Leiche weggebracht hat. Wir sind ihm gefolgt und dann bei dem *durtro* geblieben, bis die Geier ihr Werk vollendet hatten. Und wir haben versucht zu begreifen, was mit Drakte geschehen war. Wir haben bis tief in die Nacht geredet, und als wir aufwachten, war dein Lama bereits in die Berge aufgebrochen.«

Hatte er sich in dem Tiger geirrt? War der Mann hier, um Drakte zu rächen? »Ich weiß, daß Drakte in jener Nacht in Amdo gewesen ist«, sagte Shan. »Er wollte eines der Lotusbücher holen. Aber warum gerade dort? Hätte sich nicht jemand irgendwo außerhalb mit ihm treffen können, um so das Risiko einer Stadt zu vermeiden?«

»Diese verdammte Klarheitskampagne. Die Schreihälse führen eine Liste über ihr wirtschaftlichen Erfolge. Zuerst haben wir noch darüber gelacht, aber dann hat dieser Khodrak beschlossen, mit seinem *gompa* die höchste Wertung von ganz Tibet zu erzielen. Und das ist ihm auch gelungen.« Der Tiger betrachtete einen besonders hellen Stern.

»Aber das muß doch glatt gelogen sein«, sagte Shan.

»Genau. Drakte hat es herausgefunden. Er hatte eigentlich andere Pflichten übertragen bekommen, aber er stammte aus dieser Region und wollte nicht zulassen, daß Khodrak mit seinen Lügen durchkommt. Es wurde sein persönlicher Feldzug, obwohl ich dagegen war. Nachdem er im Süden seine Arbeit für uns abgeschlossen hatte, durchstreifte er diesen Bezirk, um die echten Daten zu sammeln. Als er herausfand, daß einer seiner Jugendfreunde inzwischen Tuans Assistent war, hielt er das für eine schicksalhafte Fügung und glaubte, er müsse seine Erkenntnisse an diesen Chao weiterreichen. Und Chao war auch sofort einverstanden; er sagte sogar, er würde Drakte im Gegenzug etwas genauso Wertvolles geben.«

»Aber die beiden wurden angegriffen.«

»Es muß eine Falle gewesen sein. Aus Sicht eines Mannes wie Tuan hatte Chao Verrat begangen. Chao kam ums Leben, und Drakte wurde schwer verletzt. Das Lotusbuch, das er bei sich trug, ging verloren.«

»Wie genau ist Chao gestorben?«

»Er wurde von hinten erstochen, mit einer breiten Klinge, wie von einem Schlachtermesser. Es könnte auch eine Axt gewesen sein. Passiert ist das Ganze in einer Garage. Chao war sofort tot. Falls Drakte zu uns gekommen wäre, hätten wir ihn wahrscheinlich retten können. Aber statt dessen ist er zu euch geflohen.«

»Offenbar schließen Sie aus, daß die beiden sich gegenseitig verwundet haben könnten.«

»Dieser Mistkerl Tuan muß dahintergekommen und stinkwütend auf Chao gewesen sein. Chao hätte ihn ruinieren können. Die einfachste Lösung für Tuan wäre gewesen, alle beide zu ermorden. Er war in jener Nacht in Amdo und hat Gespräche wegen der Klarheitskampagne geführt. Er konnte Chao loswerden, es den Reaktionären in die Schuhe schieben und den Mann einen Märtyrer nennen.«

Sie lauschten abermals den Grillen. Der Tiger deutete auf eine Sternschnuppe.

»Warum reden Sie mit mir?« fragte Shan erneut.

»Das habe ich dir doch schon gesagt. Wegen dieses Obersts. Da hinten ist diese Frau, die wie eine Nonne spricht und aus dem niedergebrannten Dorf stammt. Sie behauptet, wir dürften uns Lin nicht ohne deine Zustimmung holen.«

Sie schwiegen wieder eine ganze Weile. »Diese Leute wollten doch nur ihren Gott erneuern«, sagte Shan traurig und sehnsüchtig.

»Und ich wollte doch nur mit meinem Vater Gerste anbauen«, erwiderte der gefürchtete Anführer der *purbas* in beinahe gleichem Tonfall.

»Dieser Gott muß im Licht, nicht im Schatten zusammengefügt werden«, sagte Shan und schaute verwirrt gen Himmel. Die Worte waren ihm völlig unwillkürlich entschlüpft. Er hörte den *purba*-General seufzen und wartete auf eine Antwort, doch es kam keine. Als er den Kopf wandte, war der Tiger nicht mehr da.

Die *dropkas* hatten sich in ihre Zelte zurückgezogen, und Winslow saß mit Nyma, Lhandro und Somo beim Feuer, als Shan zurückkehrte. Somo bat Shan, noch einmal alles zu wiederholen, was er im *gompa* gesehen hatte, und dann gingen sie ihren gemeinsamen Plan von vorn durch. Alles war bereit, aber niemand hatte vorausgesehen, daß Lokesh nicht laufen konnte.

»Das«, sagte Winslow mit einem Lächeln, »muß der Grund sein, aus dem *ich* hier bin.«

Die kleine Glocke ertönte aus weiter Ferne; ihr erster Schlag klang wie ein Alarmsignal. Shan schreckte hoch. Es war noch vor Tagesanbruch. Er hatte unruhig geschlafen, weil Lhandro und Nyma dem Amerikaner im Schatten des Lastwagens unbedingt noch irgendeinen seltsamen Tanzschritt beibringen mußten. Die Glocke erschallte aufs neue. Etwas in ihm hatte gelauscht, ein Überbleibsel des *lao-gai*-Shan, der all die verschiedenen Glocken, Sirenen und Pfeifen der Kriecher und Wärter kennengelernt und sich gemerkt hatte, welche davon Wachen mit Gewehren herbeiriefen und welche die Posten veranlaßten, die Baracken zu durchsuchen oder einen Häftling zum Krankenrevier zu bringen. Allmählich wurde ihm klar, daß diese Glocke die Mönche zu ihrem ersten Morgengebet rief.

Er stand auf, stieg über die schlafenden Tibeter hinweg und ging im grauen Dämmerlicht ein Stück auf das Klostertor zu. An einer der Säulen lehnte ein einzelner Aufpasser. Elektrische Lampen erhellten den Versammlungsraum. Die Mönche kamen aus ihren Unterkünften, die beide Seitenwände des *gompa* säumten, und betraten die *lhakang*.

»Heute nacht sind zwei Wagen eingetroffen«, sagte eine Stimme an seiner Schulter. Somo. »Rote Flaggen, glaube ich«, fügte sie hinzu und meinte damit den Limousinentyp, der von vielen leitenden Beamten Tibets benutzt wurde.

»Das Büro für Religiöse Angelegenheiten«, sagte Shan. »Die Delegation aus der Bezirkszentrale, von der Tenzin erzählt hat.«

Eine Stunde später beobachteten sie vom Lastwagen aus, wie die Mönche aus der *lhakang* strömten und Bänke und Kissen zu dem Hof vor dem Verwaltungsgebäude trugen. Aus dem Speisesaal wurde ein langer Tisch gebracht und vor den Hauseingang gestellt. Mit Hilfe von ein paar Brettern und einer Holzkiste als Trittleiter verwandelten mehrere Mönche ihn in eine behelfsmäßige Rednertribüne. Ein Mann in Hemd und Krawatte tauchte auf und befestigte eine weitere chinesische Flagge an der Vorderseite der Empore. Als die ersten Tibeter ins Kloster aufbrachen, mischte Shan sich unter sie. Der Wachposten achtete nur auf die Funktionäre.

Das Bürofenster im ersten Stock öffnete sich, und ein großer Lautsprecher kam dort zum Vorschein. Es erklangen einige Hymnen, und dann wandte sich plötzlich jemand an die Versammelten. »Bürger von China«, sagte eine dünne Stimme. »Wir grüßen euch. Ihr, die Kinder der Industrie, wart es, die uns zu einer so großen Nation gemacht haben und auch in Zukunft unseren Ruhm mehren werden.« Das kam aus dem Radio. Jemand hatte die Feiertagsreden aus Peking auf den Lautsprecher gelegt. Ein aufgeregtes Murmeln erhob sich. Es war der oberste Vorsitzende höchstpersönlich, der sich da an die Nation wandte.

Padme trat aus dem Haus und musterte unbehaglich die wirre Menge. Unter seinem Gewand trug er blaue Jeans. Er warf einen kurzen Blick zum Fenster hinauf, als überlege er, ob es nicht besser wäre, das Radio abzuschalten, und erteilte dann schnell die Anweisung, daß alle auf den Bänken und Teppichen Platz nehmen und gefälligst zuhören sollten. Es hätte unpatriotisch gewirkt, dem Vorsitzenden nicht andächtig zu lauschen, und noch viel unpatriotischer, die Rede wieder abzuschalten, nachdem sie erst einmal begonnen hatte. Den Posten schickte Padme zu den Tibetern im Lager, um auch ihnen die Teilnahme zu befehlen. Dann verschwand er kurz im Haus, kehrte gleich darauf ohne die Jeans wieder zurück und setzte sich auf einen der Podiumsstühle. Shan erinnerte sich an die Jeans, die sie bei dem verbrannten Kräuterfeld gefunden hatten, und wie Winslow dem Mönch später die gelbe Nylonweste von dort gegeben hatte. Als sie dann mit dem verletzten Padme beim Kloster eingetroffen waren, hatten die Mönche ihn schon aus größerer Entfernung erkannt. Weil die Weste, genau wie die Jeans, ihm selbst gehört hatte.

Ein hochgewachsener grauhaariger Tibeter im dunklen Anzug kam heraus, begleitet von einem stämmigen Han in nahezu identischer Aufmachung, der hastig seine Krawatte zurechtrückte. Abgesandte des Büros für Religiöse Angelegenheiten. Die zwei stiegen auf das Podest und setzten sich neben Padme. Immer mehr *dropka*- und *rongpa*-Familien trafen ein und ließen sich auf den Teppichen vor der Klostermauer nieder.

Während die Menge dann pflichtgemäß den Lautsprecher im Fenster anstarrte, beobachtete Shan, daß hinter dem Hauptgebäude zwei Männer in hellblauen Uniformen auftauchten und die Sanitätsstation ansteuerten. Sie schleppten eine Trage, auf der ein alter Mann lag. Shan seufzte erleichtert auf. Offenbar war es Tenzin gelungen, mit Khodrak die abgesprochene Übereinkunft zu treffen. Shan gab Gyalo ein Zeichen und schlich sich unauffällig mit ihm davon.

Zehn Minuten später suchten Shan und Gyalo, die mittlerweile die weiße Kleidung des Küchenpersonals trugen, das Krankenrevier auf und erzählten dem Sanitäter, der dort am

Eingang saß, man habe sie geschickt, um den alten Mann mit dem schlimmen Fuß abzuholen. Sie mußten weitere zehn Minuten warten. Dann öffnete sich die Tür der Station, und ein Mann in Blau winkte sie hinein. Um seinen Hals hing ein Stethoskop.

»Er steht unter Beruhigungsmitteln. Üble Sache, dieser Sturz. Ich mußte ihm einem Gehgips verpassen, um den Knochen zu stabilisieren. Er wird mindestens einen Monat lang Krücken benötigen.« Der Mann fing an, ein Formular auf einem Klemmbrett auszufüllen. Dann rief jemand, er solle sich zu den Feierlichkeiten gesellen; Vorsitzender Khodrak und die Gäste würden schon warten. Der Arzt seufzte und warf das Klemmbrett auf den Tisch. Plötzlich kam der Sanitäter zur Tür herein. Im ersten Moment ignorierte er Shan und Gyalo, doch dann hielt er inne und wandte sich langsam dem Mönch zu. »Das ist einer von denen!« rief er und deutete auf Gyalo. »Einer der Verbannten! Wir müssen sofort den Vorsitzenden verständigen!«

Der Doktor keuchte erschrocken auf und warf einen Blick auf das Funksprechgerät, das in zwei Metern Entfernung auf dem Tisch lag. Er beugte sich vor und schien nach dem Apparat greifen zu wollen, als wie aus dem Nichts ein Seil über den Sanitäter fiel und dessen Arme fesselte. Noch bevor der Mann reagieren konnte, traf ein Holzpfosten seinen Kopf, einer jener Pfähle, an denen man draußen das Seil befestigt hatte. Der Sanitäter sackte zusammen und stieß dabei gegen den Arzt, der auf das Funkgerät zusprang. Eine hochgewachsene schlanke Gestalt segelte durch die Luft, und schon saß Winslow rittlings auf dem Doktor. Der Mann wehrte sich und zerrte an der Kleidung des Amerikaners. Winslow holte weit aus und schlug ihm die Faust ans Kinn. Der Arzt fiel reglos nach hinten.

Grinsend betrachtete Winslow die beiden Bewußtlosen und sah dann Shan und Gyalo an. »Ich hab's ja schon die ganze Zeit gesagt: Was dieses Land braucht, sind ein paar gute Cowboys.« Er trug eine *chuba*; eine Armeewollmütze bedeckte sein helles Haar. Seine Wangen waren mit Erde geschwärzt. Irgendwann am frühen Morgen hatten er und Nyma einen Baum an der hinteren Mauer erklommen und waren so auf das Gelände des Klosters gelangt.

Hastig banden sie die beiden Männer mit einer Rolle Heftpflaster aneinander, verklebten ihnen auch die Münder und schleppten sie in den dunklen hinteren Teil der Klinik.

Der rückwärtige Bereich des Klosters war menschenleer. Sie trugen Lokesh schnell am Stall vorbei und zu den Meditationszellen, wo Nyma bereits hinter der Geheimtür wartete. Shan brachte die leere Trage zurück zur Sanitätsstation und lehnte sie neben drei gleichartigen Exemplaren an die Wand. Kurz darauf betrat er ebenfalls das Versteck, das von Winslows Taschenlampe erleuchtet wurde. Lokesh lag schlafend auf den Kissen, die Shan am Vortag gesehen hatte. Winslow stand mit Nyma am anderen Ende der Kammer und musterte die Regale. Im Lichtschein konnte man erkennen, was sich dort befand: *Peche*, mehr als ein Dutzend tibetischer Bücher, ein jedes eingewickelt in ein staubiges rotes Tuch. Shan widerstand dem Impuls, sich genauer mit den alten Bänden zu beschäftigen, warf einen letzten Blick auf Lokesh, trat hinaus in die Zelle und schloß die Geheimtür.

Draußen auf dem Gang verharrte er einen Moment und fragte sich, ob er es wagen konnte, zur Versammlung zurückzukehren, wo seine Ankunft mitten in der Rede des Vorsitzenden womöglich auffallen würde. Er entschied sich dagegen und arbeitete sich statt dessen bis zur Rückseite des Bürogebäudes vor. Vorn sprach noch immer der Vorsitzende und nannte die Namen diverser Fabriken sowie besonderer Helden der Arbeit. Auf dem Pekinger Tiananmen-Platz hatte Shan solche Reden zum Maifeiertag sehr häufig über sich ergehen lassen müssen. Sie konnten durchaus eine Stunde oder länger dauern. Er betrat das Gebäude. Auf einem Tisch im ersten Raum stand schmutziges Geschirr neben einer eilends hingeworfenen Parteizeitung. An einem Wandhaken hing ein blaues Jackett. Shan streifte es sich über, schlich leise auf den Korridor hinaus und die Treppe nach oben. Er kam an dem Büro mit dem Lautsprecher vorbei und ging weiter zum Besprechungszimmer. Unterwegs blieb er kurz stehen, als er sah, daß an den Haken der ehemaligen Mönche mittlerweile eine sechste Robe hing. Auf dem dazugehörigen Namensschild stand in großen Buchstaben: *Gyalo, ein Verräter an Buddha*.

Sorgfältig durchsuchte Shan den Konferenzraum. Im Eckschrank fanden sich Schachteln voller Plastik-*dorjes* und anderer sinnloser Plunder sowie ein Stapel vertrauter kleiner Bücher mit roten Vinylumschlägen. Schriften aus Peking. Auf einem Stuhl stand eine schwarze Ledertasche. Davor lagen ähnliche Landkarten wie die des Zimmermanns, auf denen die Fortschritte von Norbus Kampagne gegen die alte Ordnung verzeichnet waren. Die oberste Karte steckte in einer Klarsichthülle und war mit einer Büroklammer an einem großen Umschlag befestigt, der die Adresse der Zentrale des Büro für Religiöse Angelegenheiten in Lhasa trug.

Neben den Karten lagen Seiten aus alten *peche*. Nach den Pflanzenabbildungen und den Worten zu urteilen, die Shan entziffern konnte, schien es sich um Anweisungen zur Suche und Verwendung von Kräutern zu handeln. Ein Stück davon entfernt sah er auf dem langen Tisch weitere alte Schriften liegen. Sie waren breiter als die *peche*-Blätter und rund um eine Tafel angeordnet, auf der als Überschrift der bekannte Slogan gegen den Feudalismus stand. Darunter folgten ungefähr dreißig Namen in chinesischen Ideogrammen. Man übertrug aus den alten Aufzeichnungen, die aus einem ehemaligen *gompa* stammten, die Namen von Lamas und Mönchen, vermutete Shan. Die Schreihälse notierten sich die Namen der früheren Bewohner von Rapjung und Norbu, um herauszufinden, ob es noch überlebende Angehörige gab. Während der Haft hatte man Shan zu ähnlichen Aufgaben verpflichtet. Wir verfeinern den sozialistischen Kontext, hatte einer der Politoffiziere es genannt, als Shan damals nach Querverweisen zwischen Telefonbüchern und den Mönchslisten alter *gompas* suchen mußte. Die Familien würden nicht bestraft werden und vielleicht nie erfahren, daß man sie identifiziert hatte, aber die Partei hielt derartige Daten gern für eine etwaige zukünftige Verwendung fest, falls man auf die betreffenden Personen je Druck ausüben wollte. An einer der Seiten hing ein weißer Zettel mit chinesischen Notizen. *Jokar Rinpoche*, stand dort, *ranghoher Lehrmeister in Rapjung und heute ranghohes Mitglied des Dalai-Kults*. Am oberen Rand hatte jemand hastig etwas hinzugekritzelt: *Guru Dorje, das ist er.* Die folgenden Worte waren doppelt unterstrichen: *Er stammt aus Rapjung*. Deshalb blieb das Sanitätsteam vor Ort. Man hatte Jokars Ziel herausgefunden.

Am Ende des Tisches stand eine Tafel, auf der mit Kreide eine Liste numerierter Regeln aufgeführt war, die man teilweise wieder gestrichen oder geändert hatte, als sei man noch mit dem genauen Entwurf beschäftigt: *Keine Spende der Bevölkerung darf direkt den Mönchen oder Nonnen ausgehändigt werden. Es obliegt dem Verwaltungskomitee des Klosters, jede Art von Spende entgegenzunehmen und zu verbuchen. Jeder, der mehr als zwei Prozent seines Einkommens spendet, muß zusätzlich eine Steuer in Höhe der Spende entrichten. Wer durch seine Arbeitskraft zum Wiederaufbau eines religiösen Schreins, Steinhaufens oder Klosters beiträgt, muß gemeldet, veranschlagt und entsprechend besteuert werden. Das Büro für Religiöse Angelegenheiten wird strikt darauf hinweisen, daß alle religiösen Gegenstände Eigentum der Volksregierung sind. Wer einen persönlichen Schrein besitzt, muß dem Staat dafür Miete zahlen. Die Klöster werden angehalten, Wirtschaftsbetriebe zu gründen; nach Ablauf einer Übergangszeit müssen sie Profit erzielen, um ihre Lizenzen behalten zu dürfen.*

Es klang wie ein bizarres Manifest, die Grundlage einer Kampagne, die letztlich das Ende aller religiösen Aktivität in Tibet bedeuten würde.

Shan schaute besorgt zu der Notiz mit Jokars Namen. *Guru Dorje*, hieß es dort. Wie ein respektloser Spitzname. Guru war ein Begriff aus dem Sanskrit, ein anderes Wort für Lama, und die *dorje*, das Donnerkeilzepter, gehörte zu den wichtigsten buddhistischen Ritualgegenständen.

Vor der Tafel am Tischende lag ein Stapel Berichte mit Hochglanzumschlägen, jeweils mehr als zwei Zentimeter dick und am linken Rand von einer Plastikschiene zusammengehalten. *Im Bezirk Norbu wächst der Wohlstand*, lautete der Titel. Shan starrte wütend darauf und blätterte dann das oberste Exemplar durch. Man hatte viele Computergrafiken verwendet und verglich anhand der Kurven, Tabellen und Kreisdiagramme zumeist die gegenwärtige Wirtschaftslage mit den Daten der zurückliegenden Jahre. Dem Bericht nach war der Bezirk ein wahres Entwicklungswunder. Die Gerstenproduktion hatte sich vervierfacht, die Schafherden verdreifacht und die Zahl der Ziegen nahezu verfünffacht. Die ernsten Gesundheitsprobleme, die früher zur Schwächung der Bevölkerung geführt hatten, konnten erfolgreich behandelt werden. Spannungen zwischen den diversen Volksgruppen traten ebenfalls nicht mehr auf.

Neben dem Stapel lag ein kurzes Fax der Zentrale des Büros für Religiöse Angelegenheiten, in dem Khodrak und Tuan zum Erfolg der Klarheitskampagne gratuliert wurde, verbunden mit der Anmerkung, ihre Vorschläge hätten in Lhasa und Peking begeisterten Anklang gefunden. Lhasa freue sich bereits darauf, bekanntgeben zu können, daß man Norbu bewilligen werde, demnächst eine neue Bildungsanstalt für tibetische Kinder zu eröffnen. Eine Schule. Das war der Grund, aus dem Tuan erzählt hatte, es würde hier bald mehr Lehrer geben, und deshalb hatte Drakte sich auch so sehr über Khodraks gefälschte Daten geärgert. Unterzeichnet hier in dem Buch, oder all eure Kinder werden euch später hassen, hatte er zu den Leuten im Lamtso Gar gesagt.

Shan verharrte einen Moment an der Tür, schaute zur Tafel und trat dann auf den immer noch leeren Korridor hinaus. Er atmete tief durch, ging in das Büro und achtete darauf, sich nicht dem Fenster zu nähern. Draußen saßen mehr als hundert Leute und starrten den Lautsprecher an. Seine Hoffnung bewahrheitete sich. Niemand hatte es gewagt, im Innern zu bleiben und weiterzuarbeiten, wenn es galt, dem Vorsitzenden Achtung zu bezeugen. Sein Blick schweifte durch den Raum. Über einem Aktenschrank waren mit Klebeband zwei Fotos befestigt. Eines hatte man vor weniger als zwei Wochen in dem Besprechungszimmer aufgenommen; es zeigte Tenzin. Daneben hing ein Zeitungsfoto, auf dem Tenzin mit kahlgeschorenem Kopf und Mönchsgewand zu sehen war, wie er mehrere wichtig wirkende Han-Chinesen begrüßte. *Das tibetische Volk heißt den Vize-Premierminister willkommen*, lautete die Schlagzeile. Über der Tür, so daß man es vom Gang aus nicht sehen konnte, hing ein kleines Banner mit ausschließlich chinesischer Aufschrift. *Gezielter Schlag*. Es war der Name einer der aggressivsten anti-tibetischen Pekinger Kampagnen der letzten Jahre, in deren Verlauf die Schreihälse und Kriecher vorübergehend mit vereinten Kräften versucht hatten, die Gebetskette aus den Händen des Landes zu reißen.

Shan sah auf die Uhr. Somo und ein weiterer *purba* dürften in diesem Moment über die hintere Klostermauer klettern, beide gekleidet in Uniformen der 54. Gebirgsjägerbrigade. Auf einmal brandete Applaus auf, sowohl im Radio als auch draußen. Shan rannte zu einem großen Büro am anderen Ende des Flurs, von dessen Fenstern aus man den Hof überblicken konnte, und bekam gerade noch mit, daß Tenzin von einem der Kriecher-Wachposten um die Ecke geführt wurde. Vom Schatten aus beobachtete Shan, wie Khodrak aufstand, die wichtigen Besucher aus Lhasa vorstellte und dann behauptete, es sei ihm eine große Freude, nun eine wahrhaft weltbewegende Ankündigung machen zu dürfen. Der seit vielen Wochen vermißte Abt von Sangchi sei zu ihm gekommen und habe beschlossen, Norbu zu ehren. Er werde der Welt heute, am ersten Mai, auf den Stufen dieses Klosters verkünden, daß er weder geflohen noch entführt worden sei, sondern sich einfach eine Weile zurückgezogen habe, um sein Verständnis der sozialistischen Lehre zu vertiefen. Die Anwesenden starrten Khodrak ungläubig an und brachen in jubelnden Beifall aus. Die Vertreter des Büros für Religiöse Angelegenheiten sprachen aufgeregt miteinander, erhoben sich und schüttelten erst Khodrak, dann Tenzin energisch die Hand. Shan sah, daß der Abt von Sangchi eines der goldgesäumten Norbu-Gewänder trug.

Mit klopfendem Herzen verfolgte Shan, wie Tenzin das Wort ergriff und zunächst allen in Norbu gompa dankte. »Ich habe das tibetische Volk in tiefe Verwirrung gestürzt«, sagte er. »Dafür möchte ich mich entschuldigen. Vielleicht war ich selbst lange Zeit verwirrt. Doch jetzt, hier in Norbu gompa und dank des Vorsitzenden Khodrak, ist es mir gelungen, meinen weiteren Weg deutlich zu erkennen.« Bei diesen Worten blickte er in Richtung Norden. »Ich bin ein Einsiedler, der die Lande durchstreift«, sagte Tenzin in melodischem Tonfall, »ein Bettler auf einsamer Reise. Ich habe das Land meiner Geburt verlassen und meine fruchtbaren Felder aufgegeben.«

Khodrak und Tuan sahen sich nervös an. Tenzin rezitierte eines von Milarepas Liedern, eine jener uralten Weisen, die Lokesh bisweilen anstimmte. Manche nannten es das Schlußlied, weil es geschrieben worden war, als der berühmte Lehrmeister im Sterben lag. Ein *dropka* wagte sich zum Podium und überreichte Tenzin einen Gebetsschal. Khodrak lächelte eisig und beugte sich ein winziges Stück vor, als erst ein zweiter und dann ein dritter Tibeter Tenzin mit *khatas* bedachten. Beunruhigt schaute Khodrak kurz zu den beiden Funktionären, stand auf und stellte sich neben Tenzin. Einer der Mönche trat mit einem Fotoapparat vor und machte eine Aufnahme.

Shans Blick wanderte zu der Wand neben dem Bürofenster. Dort war eine weitere der Landkarten der Sterilisierungskampagne befestigt. Er sah sich im Raum um. An der Wand neben der Tür befanden sich mehrere Aktenschränke, über denen eine Flagge der Volksrepublik hing. In der Ecke hinter den Schränken stand ein Karton mit verstaubtem Inhalt. Es handelte sich um einheitlich schwarz gerahmte Fotos, die hauptsächlich in Festsälen oder auf den Stufen bedeutender Regierungsgebäude aufgenommen worden waren und stets Tuan zeigten. Tuan in Kriecher-Uniform. Tuan im Anzug. Tuan mit Khodrak, wie sie gemeinsam mit Armeeoffizieren ihre Gläser erhoben. Sogar Tuan auf der Großen Mauer. Shan blickte auf. In jedem anderen Büro hätte man diese Trophäen offen zur Schau gestellt. Bei Tuan hingegen hingen weder persönliche Fotos noch Erinnerungen an seine Karriere.

An der Wand hinter dem großen Schreibtisch hing eine andere Art von Foto, eine Hochglanzaufnahme, die man offenbar aus einer Zeitschrift gerissen hatte und auf der ein See mit einem kleinen Landhaus zu sehen war, vor dem ein Ruderboot am Ufer lag. Unter dem Bild stand ein kleiner Tisch mit einer einzelnen Schublade. Shan zog sie langsam auf und fand darin ein großes Schlachtermesser und mehr als ein Dutzend Schachteln Zigaretten. Er schaute noch einmal zu dem Landhaus am See. Es wirkte wie die Vorstellung, die jemand von seinem späteren Ruhestand hatte. Er sah das Messer an. Vielleicht hatte man damit Drakte ermordet.

Auf der ansonsten leeren Schreibtischunterlage lag ein Fax. Shan überflog es, ohne das Papier zu berühren. Man bestätigte darin, daß eine Delegation aus Norbu in zwei Tagen der Feier des Ölprojekts im Tal von Yapchi beiwohnen würde. Lhasa hatte beschlossen, daß dieses Ereignis die Gelegenheit bot, die Preisträger der Klarheitskampagne auszuzeichnen. Auch Norbus neue Bildungsanstalt wollte man bei diesem Anlaß bekanntgeben. Zur Begleitung der Delegierten gehörten ein Fotograf und eine Sicherheitsmannschaft.

Ein dünnes schwarzes Kabel verlief von der Wand in eine der Schreibtischschubladen. Shan entdeckte darin ein weißes Telefon mit Wählscheibe, an dessen Seite eine Karteikarte mit Nummern klebte. Er hob den Hörer an, um sich zu vergewissern, daß die Leitung frei war, und legte mißtrauisch wieder auf. In der nächsten Schublade fand er mehr als zwei Dutzend Arzneifläschchen voller Tabletten. Er erhob sich, lief ein paar Schritte hin und her, fand sich am Schreibtisch wieder, nahm den Hörer ab und wählte schnell die oberste Nummer, die der Liste nach zur Bezirkszentrale des Büros für Religiöse Angelegenheiten in Amdo gehörte.

Nach dem fünften Klingeln meldete sich eine Frau. »Wei«, sagte sie. Es war die Silbe, mit der jedermann in China ans Telefon ging, kein Gruß, sondern lediglich eine anonyme Bestätigung.

Shan erstarrte und wollte schon auflegen. Dann jedoch nannte er der Frau die fünf Ziffern, die auf der Wählscheibe standen.

»Es tut mir leid«, sagte sie. »Alle anderen sind bei den Feierlichkeiten. Kann ich dem Büro des Direktors vielleicht irgendwie behilflich …«

»Es ist ein Tag, um Helden zu ehren«, unterbrach Shan sie.

»Ja«, erwiderte die Frau zögernd.

»Es geht um die Fahrt nach Yapchi«, sagte Shan. »Um die Einzelheiten des Transports. Der Direktor wollte, daß ich den Empfang bestätige und mich erkundige, ob man in letzter Minute womöglich noch Änderungen vorgenommen hat.«

»Nein, keine Änderungen.«

Shan drehte sich um und betrachtete noch einmal das Bild des Landhauses. »Der Direktor hat uns daran erinnert, daß es auch in unseren Reihen Helden gibt. Daher möchte er die Namen und Adressen der fünf Leute haben, damit sie angemessen gewürdigt werden können.«

»Wie bitte?«

»Der Direktor trifft sich mit den Abgesandten aus Lhasa und hat beschlossen, daß an einem Tag wie heute alle Volkshelden geehrt werden müssen. Diejenigen, die im verborgenen arbeiten, werden allzuoft übersehen.«

»Aber Sie müssen doch selbst wissen …«

»Alle anderen sind bei den Feierlichkeiten«, erinnerte er sie. »Falls Sie sich Sorgen wegen der Sicherheitsbestimmungen machen, gebe ich Ihnen die Kennummern zum Vergleich.« Er zog den Zettel aus der Tasche, den Somo ihm gegeben hatte, und las die Nummern der fünf fraglichen Einträge vor.

»Also gut«, seufzte die Frau. »Ich faxe Ihnen die Liste gleich zu.«

Draußen erklang Beifall. Shan legte auf, schloß die Schublade und lief zum vorderen Fenster. Khodrak klopfte Tenzin anerkennend auf den Rücken. Shan knöpfte das geliehene Jackett auf, drehte sich zur Tür und erstarrte. Mitten im Eingang stand Direktor Tuan und musterte ihn wutschnaubend.

»Ich könnte Sie erschießen lassen«, zischte Tuan. »Noch vor Einbruch der Nacht hätten Sie eine Kugel im Kopf. Ich habe mich beim Bildungsministerium nach Ihnen erkundigt. Sie geben sich fälschlich als Regierungsmitarbeiter aus und gefährden die nationale Sicherheit.«

»Anscheinend vergessen Sie, daß Sie nicht mehr zur Öffentlichen Sicherheit gehören«, stellte Shan ausdruckslos fest.

Der Direktor des Büros für Religiöse Angelegenheiten öffnete den Mund, um etwas zu sagen, und wurde durch noch mehr Applaus von draußen unterbrochen. »Wir haben im Augenblick keine Zeit für solche Spitzfindigkeiten. Was auch immer Sie sein mögen – Flüchtling oder Deserteur –, wir werden es herausfinden. Und später überlegen wir uns dann, was mit jemandem zu tun ist, der sich als Lehrer ausgibt. Welch eine schändliche Tat! Wir werden Sie an geeigneter Stelle eine Weile in Ketten legen, bevor wir beschließen, wie wir uns Ihrer am besten entledigen.« Er wandte sich um, als wolle er Hilfe herbeirufen.

»Ich habe nie behauptet, Lehrer zu sein«, entgegnete Shan. »Sie haben voreilige Schlüsse gezogen. Sie haben außerdem gesagt, ich könne von Nutzen sein. Und Sie haben mir Ihre Karte gegeben.« Er konnte nur versuchen, Tuan eine Weile zu beschäftigen, um Somo und den anderen mehr Zeit zu verschaffen.

Tuans Antwort ging in einem plötzlichen Hustenanfall unter. Er wich zur Wand neben der Tür zurück und hielt sich ein Taschentuch vor den Mund. Als der Husten aufhörte, schloß Tuan kurz die Augen, als fühle er sich geschwächt, und als er das Taschentuch sinken ließ, sah Shan blaßrote Flecke darauf. »Was haben Sie hier gemacht?« knurrte der Direktor und kam wieder näher. Er klang noch immer wütend, aber das Funkeln in seinen Augen hatte nachgelassen.

»Ich habe mir die Feierlichkeiten angeschaut, genau wie alle anderen. Es wäre unhöflich gewesen, mitten in der Rede eines so berühmten Gastes ins Publikum zu platzen.«

»Sie wußten über ihn Bescheid«, sagte Tuan anklagend. »Sie waren zusammen mit dem Abt unterwegs. Wahrscheinlich hat er sich hinter dem Hügel versteckt, als wir uns neulich zum erstenmal begegnet sind.«

»Er hat uns nie verraten, daß er der Abt ist.«

Der Direktor ging an ihm vorbei zum Fenster, starrte zu Tenzin hinunter, der weiterhin auf dem Podium stand, und sah dann wieder Shan an. »Falls er nicht kooperiert hätte, wären wir heute gezwungen gewesen, uns zu überlegen, wer er ab jetzt sein würde. Ein illegaler Reaktionär. Vielleicht der Mörder unseres geliebten Chao«, sagte er frostig. Die Drohung war ziemlich unverhüllt. Tuan wollte die Jagd nach Chaos Mörder abschließen und mit diesem letzten Sieg die Zeremonie der Preisverleihung in Yapchi krönen. Tenzin wäre ein geeigneter Kandidat gewesen. Nun mußte Tuan sich jemand anderen suchen.

»Aber das ist doch eigentlich ein Problem der Öffentlichen Sicherheit.« Shan riskierte einen Blick zu der offenen Tür. »Ihnen muß doch mehr am Gewinn der Klarheitskampagne gelegen sein.«

Tuan folgte seinem Blick. Er seufzte, ging langsam zur Tür und schloß sie. Einen Moment lang wirkte er wie ein müder alter Mann, nicht wütend, sondern verbittert. »Das ist bereits geschehen«, sagte er. »Wir müssen nur noch unsere Belohnung einstreichen.«

Womöglich war dies das Geheimnis, auf das er sich in erster Linie konzentrieren sollte, überlegte Shan. Er hatte bisher nicht ausreichend berücksichtigt, was Khodrak und Tuan sich von diesem merkwürdigen Spiel versprachen. »Ihr Foto in der Zeitung von Lhasa? Ein Glückwunschschreiben aus Peking?« Für einen Mann, der Trophäen in einem verstaubten Karton aufbewahrte, war so etwas wohl kaum von Bedeutung. Shan erinnerte sich an die Tafel im Besprechungszimmer, an die Liste, die sich wie ein Manifest gelesen hatte. »Die Schule? Ein Denkmal in Amdo?«

Tuans Gesicht erstrahlte auf seltsame Weise. »Klarheit«, sagte er mit matter Stimme. »Ich will nur Klarheit.« Er zog eine Schachtel Zigaretten aus der Tasche und hielt sie sich unter die Nase, genau wie kürzlich während der Unterredung in dem kleinen Büro im Erdgeschoß. Seine Krankheit mußte weit fortgeschritten sein, erkannte Shan. »Die Leute in Tibet haben ein Problem: Man hat ihnen angewöhnt, sich mit wenig zu begnügen. Es gibt hier wahre Reichtümer in der Erde. Sobald wir vorgemacht haben, wie es geht, wird alles möglich sein.«

Wir. Er meinte Khodrak und sich selbst. Er meinte den Bezirk, seinen Bezirk, der beispielhaft für die Entwicklungsmöglichkeiten stehen sollte. Die Nutzung eines Wirtschaftsunternehmens als Politmodell war ein staubiges altes Paradigma. Die Regierung würde ein solches Vorhaben durch massive Subventionen stützen, um den Erfolg zu garantieren und diesen dann als Beweis für die Richtigkeit der eigenen Politik zu werten. Viele von Pekings beeindruckendsten Modellen hatten sich später als bewußte Täuschungen erwiesen, die allein auf Korruption und gefälschten Produktionszahlen basierten. Shan mußte an die Fotografen denken, an die Mönche, die mit den Hämmern posiert hatten, die Bilder von Padme und seinem Gefolge mit den Jugendlichen in neuer Kleidung, die Ärzte mit den jungen tibetischen Müttern. Tuan und Khodrak beherrschten das Spiel sehr gut. Sie hatten alles in einen Topf geworfen, dabei die Wahrheit und sogar die Regeln der Klarheitskampagne ignoriert, und sich statt dessen an die Vorgehensweise gehalten, die Tuan im Verlauf seiner langen Parteikarriere in Fleisch und Blut übergegangen war. Ihre Schule konnte schnell den Status einer Körperschaft erlangen, und dank der Kontrolle über das maßgebliche Wirtschaftsunternehmen der Region würden sie über ein kleines Königreich gebieten.

»Mein Partner hat der Öffentlichen Sicherheit die Information zugespielt, Chaos Mörder sei nach Qinghai geflohen. Das war riskant. Meine ehemaligen Kollegen können recht übereifrig sein.«

Shan starrte den Direktor an und versuchte zu begreifen, was in diesem Mann vorging. Tuan war früher selbst einer dieser eifrigen Kriecheroffiziere gewesen, er hatte den Dienst quittiert und sich zurückgezogen, eine neue Laufbahn angefangen und war letztlich noch härter, gefühlloser und verbitterter geworden. »Ihr Partner ist ein fleißiger Mann.«

Tuan lachte auf. »Als Donnerkeil kann man eben schnell handeln und hart zuschlagen.« Es klang wie ein fader Witz.

Shan biß die Zähne zusammen. *Guru Dorje*, hatte in der Notiz gestanden. Guru Donnerkeil. Es war Khodraks Spitzname. Doch Shan kannte diesen Namen noch von einem anderen Stück Papier, nämlich von dem gelben Zettel, den Somo in Draktes Stiefel gefunden hatte, der Datensammlung über die Soldaten der Öffentlichen Sicherheit.

»Ihr Partner hat Chao um Informationen über Ihre Mitarbeiter gebeten.« Shan ließ Tuan nicht aus den Augen. Chao hatte die Liste nicht für Drakte zusammengestellt. Vielleicht hatte er sie hervorgeholt und Drakte gezeigt, als der Mörder kam, doch eigentlich war sie für Khodrak bestimmt gewesen.

Direktor Tuan erwiderte nichts, sondern starrte Shan wütend an und schien nicht zu bemerken, daß das Faxgerät neben seinem Schreibtisch zu summen begann. Dann schaute er mit gekünsteltem Lächeln zum Podium hinaus und danach seltsamerweise zu dem Foto des Landhauses am See.

»Ich habe diesen Chao gemocht«, gestand Tuan. »Er war der einzige von meinen Leuten, der Witze erzählt hat. Und wenn die Hirten mal zu dickköpfig wurden, konnte er die Sache wieder einrenken.« Die Augen des Direktors verengten sich. »Ich habe ihn in diesem alten Stall gefunden. Er war erst wenige Minuten tot, sein gesamter Rücken aufgeschlitzt wie ein Schwein beim Schlachter. Zuerst habe ich gedacht, es sei seine Blutspur, aber dann wurde mir klar, daß er mit einer solchen Wunde niemals genug Kraft gehabt hätte, um wieder aufzustehen. Ich habe meine Männer hinterhergeschickt, aber sie haben die Spur in den Bergen verloren.«

Nachdenklich musterte Shan den Direktor. Tuan behauptete – oder wollte ihn zumindest glauben machen –, daß er nicht der Mörder war. »Derjenige, der da weggelaufen ist, war eventuell nicht der Täter, sondern ebenfalls ein Opfer.«

Tuan schüttelte den Kopf. »Wir haben die ganze Stadt abgesucht, Straßensperren errichtet und vierundzwanzig Stunden lang sämtlichen Verkehr unterbunden. Falls der Mörder in der Stadt geblieben wäre, hätten wir ihn erwischt.«

»Sie gehen von der Annahme aus, daß der Täter jemand ist, den Sie nicht kennen.«

Tuan zuckte wie desinteressiert die Achseln. »Ich werde es zu Ende bringen und diesen Fall eigenhändig abschließen. Chao war einer meiner Leute. Ich allein treffe die Entscheidungen.« Es klang fast ein wenig entschuldigend.

In Shans Magen breitete sich ein eisiges Gefühl aus. »Für öffentliche Hinrichtungen müssen Berichte verfaßt werden.

Jemand in Lhasa wird es nachprüfen. Man wird in der Akte irgendwelche Beweise erwarten.«

Tuan wirkte enttäuscht und vollführte eine Geste, die Shans Einwand vom Tisch zu wischen schien. »Nach so vielen Jahren in Tibet sollten Sie es eigentlich besser wissen«, sagte er spöttisch. »Wenn man beschließt, Ihnen eine Kugel in den Schädel zu jagen, dann nicht unbedingt deswegen, weil Sie es verdient haben, sondern weil dieser Tod Ihnen schon immer vorherbestimmt war.« Er lächelte selbstgefällig, als halte er diese Äußerung für besonders geistreich. »Das macht es für die Öffentliche Sicherheit hier wesentlich einfacher.«

Shan erwiderte den kalten Blick. »Die Tibeter sagen auch, daß nichts im Leben isoliert geschieht, sondern sich stets auf alles andere auswirkt.«

Tuan schürzte verächtlich die Lippen und warf einen Bleistift auf den Tisch. »Die nächsten paar Minuten werden die wichtigsten Ihres Lebens sein. Ich werde jetzt gehen und einen Posten vor die Tür stellen. Falls Sie zu fliehen versuchen, wird er Sie aufhalten, damit wir Ihre Füße einer kleinen Behandlung unterziehen und Sie nie wieder weglaufen können. Nach Abschluß der Feierlichkeiten fangen wir hier noch mal von vorn an, aber ich werde ein paar Helfer mitbringen. Sie sind nicht dumm. Sofern Sie bis zu meiner Rückkehr das richtige Geständnis verfassen, entscheide ich mich vielleicht, es zu behalten und Sie nicht zu töten, sondern Ihnen sogar einen Job zu geben.« Er nahm ein leeres Blatt Papier aus der obersten Schublade. Seine Stimme klang nicht gefühllos, sondern eher beiläufig. Stirnrunzelnd sah er Shan an, ging hinaus und schloß die Tür hinter sich.

Shan starrte ihm kurz hinterher und versuchte immer noch, sich einen Reim auf diesen Mann zu machen. Nichts an Tuans Äußerungen ließ ernsthaft daran zweifeln, daß er der Mörder war, und *dennoch* hatte Shan seine Ansicht geändert. Es mußte an Tuans Tonfall, der fehlenden Wut oder Leidenschaft gelegen haben. Er war zu gleichgültig, zu abgelenkt, zu schwach, um Chao und Drakte eigenhändig zu erstechen. Allerdings konnte durchaus die Vermutung des Tigers zutreffen: Womöglich hatte Tuan den beiden eine Falle gestellt und dann mit schmalem Lächeln verfolgt, wie einer seiner Männer die Tat befehlsgemäß ausgeführt hatte.

Shan schreckte hoch und lief zur Vorderseite. Vorsitzender Khodrak und Tenzin gaben sich für die Fotografen ein weiteres Mal die Hand. Er rannte zum anderen Fenster, das auf den Hof zwischen den Gebäuden hinausführte, und öffnete es. Nichts regte sich, nur die Fahnen flatterten im Wind. Die Leine mit den kleinen chinesischen Flaggen war an einem Eisenhaken über dem Fenster befestigt. Shan zog daran, erst vorsichtig, dann fester. Schließlich beugte er sich vor und zerrte mit beiden Händen. Das Seil riß aus der Verankerung an der gegenüberliegenden Fassade.

Vom Korridor hörte er schwere Schritte. Er hielt inne, raste zum Schreibtisch, nahm sich das einzelne Blatt, das mittlerweile aus dem Faxgerät zum Vorschein gekommen war, riß das Foto des beschaulichen Häuschens von der Wand und eilte zurück zum Fenster, wobei er sich bereits die Papiere unter das Hemd stopfte. Dann griff er nach der nunmehr herabhängenden Leine, stieg hinaus und stand gleich darauf auf dem Hof.

Im nächsten Moment bogen Tenzin und sein Wächter um die Ecke des Hauses und schritten auf die Tür des zweiten Gebäudes zu. Shan trat hinter ihnen ein. Nach wenigen Schritten tauchten vor ihnen zwei Soldaten der Volksbefreiungsarmee auf, packten Tenzin und zogen ihn zwischen sich.

»Für den ist das Büro für Religiöse Angelegenheiten zuständig«, murrte der Posten.

»Nicht mehr«, widersprach einer der Soldaten. »Dieser Mann wird wegen eines militärischen Sicherheitsvergehens gesucht. Auf Befehl von Oberst Lin.«

Der Wächter blickte über die Schulter zur Tür hinaus, als hoffe er auf Verstärkung. »Direktor Tuan muß darüber entscheiden. Das Büro für ...«

»Nein, Oberst Lin«, unterbrach der Soldat ihn und lächelte verständnisvoll. »Wir befolgen doch alle bloß unsere Befehle, Genosse. Richte das deinem Direktor aus.« Mit diesen Worten machten die beiden kehrt und schoben Tenzin zur Treppe.

Der Posten wich zögernd und sichtlich verwirrt zurück. Dann drehte er sich um und blickte Shan mißtrauisch an.

»Sehen Sie sich das an!« sagte Shan ungehalten und deutete auf die abgerissene Schnur mit den Flaggen. »Ausgerechnet am ersten Mai!«

Der Mann schaute ins Haus, dann zu Shan und den Flaggen, murmelte etwas vor sich hin und ging weg.

Shan holte Tenzin und die beiden uniformierten *purbas* an der Küchentür wieder ein und führte sie zu den Meditationszellen. Im Innern des alten Gebäudes half er Tenzin dabei, das Mönchsgewand gegen die Kleidung eines *dropka* einzutauschen, und brachte ihn dann in den Geheimraum, während die *purbas* in Richtung der hinteren Mauer verschwanden.

Winslow schien zu schlafen, aber Lokesh war hellwach. Er hielt wie ein alter Onkel, der wieder mit seiner Familie vereint war, liebevoll Nymas Hand und studierte mit ihr gemeinsam eines der uralten Manuskripte. Mit seinem schiefen Lächeln blickte er zu Shan auf, woraufhin dieser sofort einen Finger an die Lippen hob, weil er fürchtete, der alte Mann würde begeistert aufschreien.

Die beiden Neuankömmlinge setzten sich, und Shan erklärte leise, daß Khodrak und seine Männer jeden Moment das Fehlen der Gefangenen entdecken mußten. Sobald die Kriecher mit der Durchsuchung der Anlage begannen, würde jemand sie auf einen seltsamen Anblick hinweisen: vier Männer in Armeeuniformen, die soeben einen Mann in kastanienbrauner Robe den Hang oberhalb des Klosters hinaufhetzten.

Tuan und Khodrak konnten kaum etwas unternehmen, ohne sich vor den Funktionären aus Lhasa in Verlegenheit zu bringen. Selbst wenn der Direktor und seine Weißhemden die Verfolgung aufnahmen, würden sie auf der anderen Seite des Berges nichts mehr vorfinden, weil dort bereits Pferde auf die verkleideten *purbas* warteten, um sie schnell außer Sicht zu bringen. Einen Großalarm auslösen konnte er auch nicht, denn immerhin befand Tenzin sich vermeintlich wieder dort, wohin er gehörte: im Gewahrsam der Armee.

Wenn Khodrak und Tuan dann völlig verwirrt waren, würde

Lhandro verkünden, die Bevölkerung der Region wolle dem *gompa* und dessen wichtigen Besuchern nun durch eine eigene Feier ihre Hochachtung bezeugen. Danach würde das lange verschobene Frühlingsfest der Tibeter beginnen.

Eine Pfeife schrillte, und gleich darauf hörte Shan draußen schwere Stiefel. Er lehnte sich gegen die alte Wand zurück. Früher hatten sich hier drinnen die Mönche vor den mongolischen Invasoren versteckt und ihre wertvollsten *thangkas* und Schriften mitgebracht, rief er sich ins Gedächtnis. Der Gedanke an die *peche*, die noch immer in dem Regal lagen, in dem man sie vermutlich vor fünfzig Jahren versteckt hatte, erschien ihm irgendwie tröstlich. Es war weiterhin möglich, Schätze zu verbergen und diejenigen, die sie an sich reißen wollten, durch die eigene Arroganz zu Fall zu bringen.

Vor seinem inneren Auge sah Shan den festlichen Umzug, den Lhandro ihm beschrieben hatte. Zunächst würden geschmückte Yaks kommen, alle Yaks des Lagers, deren Verschönerung die *dropkas* letzte Nacht abgeschlossen hatten. An ihrer Spitze sollte mit roten Schleifen und geflochtenem Fell Jampa marschieren, geführt von Gyalo unter einer Festmaske, dem Mönch, den Khodrak zum Verräter an Buddha erklärt hatte. Es folgten *dropkas* in ihrer traditionellen, teils seit Generationen weitergegebenen Feiertagstracht, manche mit Handtrommeln und *damyen*, den althergebrachten Saiteninstrumenten der Changtang. Dann würden sich Tänzer einreihen, die kunstvolle Kostüme der *cham*-Tänze trugen, mit denen wichtige historische oder symbolische Ereignisse veranschaulicht wurden. Schließlich durften die Kinder ihre Lieblingsschafe und -hunde in der Prozession mitführen. Alles würde laut und chaotisch werden, genau wie Shan und seine Freunde es sich erhofften.

Niemand sprach. Die Stiefel trampelten abermals vorbei und wurden wieder leiser. Aus dem Lautsprecher ertönte eine Stimme. Dann hörte man noch jemanden, zwar ebenfalls laut, aber nicht elektrisch verstärkt. Lhandro. Es herrschte Stille, dann folgten Tierlaute. Die Prozession umkreiste das Gelände, vorbei an Speisesaal und *lhakang*, Sanitätsstation und Gebetsmühle. Shan beugte sich vor und lauschte angestrengt. Ein

Pochen erklang, dann noch einmal, aber lauter. Tenzin berührte ihn am Arm. Jemand klopfte von draußen an die Wand. Shan gab die Geheimtür frei, und sie schwang auf. Somo half ihnen mit besorgter Miene aus der Kammer.

Als vor dem Haus Yaks mit verzierten Geschirren vorbeiströmten, stellten Lhandro und mehrere andere sich vor den Eingang, um den Blick ins Innere zu versperren. *»Lha gyal lo! Lha gyal lo!«* riefen sie fröhlich den Freunden in der Prozession zu, und die Worte hallten über das ganze Gelände.

»Lha gyal lo!« antwortete eine krächzende Stimme hinter Shan. Er drehte sich um und sah, daß Nyma versuchte, Lokesh den Mund zuzuhalten.

Sie trugen den alten Tibeter in den Korridor, wo bereits Winslow wartete. Der Amerikaner beugte sich vor und stützte die Ellbogen auf den Oberschenkeln ab. Somo und Nyma hievten Lokesh auf Winslows Rücken und banden ihn an Brust und Taille mit einem robusten Seil fest. Lokesh lachte heiser. »Mein Geisterpferd ist gekommen«, rief er.

Als der Amerikaner sich aufrichtete, legte Somo eine Decke um die beiden und befestigte sie mit Stecknadeln vor Winslows Brust. Dann waren auf einmal sechs Tänzer da, zwei als Skelettkreaturen verkleidet, die anderen als Schutzdämonen. Zwei der Kostüme waren für jeweils zwei Tänzer gemacht, wobei einer auf den Schultern des anderen saß und die vier Arme in Händen mit langen Klauen endeten. Die Tänzer hielten vor dem Eingang, als würden sie kurz ausruhen, und machten dann langsam weiter, doch eines der großen Geschöpfe blieb genau vor der Tür stehen. Lhandro und Somo nahmen den oberen Kostümteil ab, und zum Vorschein kamen zwei der *dropkas*, die Shan tags zuvor am Lastwagen der *purbas* gesehen hatte. Nach weniger als einer Minute steckten Winslows und Lokeshs Hände in den Ärmeln des Kostüms, und der obere Teil ruhte auf Lokeshs Schultern. Winslow stolperte aus dem Gebäude, fand das Gleichgewicht wieder und tanzte den Weg entlang. Sie konnten hören, wie Lokesh dabei lautstark die Götter pries. Shan drehte sich um und sah, daß Tenzin in eines der Skelettkostüme gesteckt wurde. Im nächsten Moment stülpte man ihm selbst die Maske eines wütenden Yaks über den Kopf. Nyma nahm ein langes schmales Bündel, das in ihre Jacke gewickelt war. Es handelte sich um eines der *peche*, die sie und Lokesh gelesen hatten. Sie bedachte Shan mit einem wissenden Blick und schloß die Geheimtür. Die anderen *peche* würden im Schutz der duftenden Kammer zurückbleiben.

Shan konnte kaum erkennen, wohin sein erster Schritt führte, und registrierte dankbar, daß jemand ihn hinaus zu den anderen Tänzern geleitete. Gleich darauf orientierte er sich an dem Rhythmus der Gruppe, machte drei Schritte vor, einen zurück und einen zur Seite, so daß sie sich langsam wieder dem Tor näherten.

Hinter ihm blökten Schafe, und die sonst so zurückhaltenden Mönche von Norbu fingen an, die Kinder der Prozession durch Zurufe zu ermuntern. Als sie die Bänke am Tor erreichten, bemerkte Shan, daß Winslow langsamer wurde. Falls er stürzte und die Maske verlor, würde alles vergeblich gewesen sein.

Doch sie hatten es fast geschafft, hatten beinahe das Tor durchschritten. Shan ging näher an Winslow heran, um ihn notfalls zu stützen.

»Noch mal«, erschallte Padmes Stimme aus dem Lautsprecher. »Unsere verehrten Gäste möchten noch einmal die Tänzer sehen!« Die Zuschauer jubelten. Shan verließ der Mut.

Winslow wandte sich um, so daß der Totenschädel Shan anzustarren schien. Dann folgten sie dem Beispiel der Tibeter. Während mehrere Mönche Fotos schossen, tanzten Shan, Winslow und der Abt von Sangchi für das Religionsbüro.

Eine halbe Stunde später nahmen sie im Schutz der Plane neben dem *purba*-Laster die Masken ab. Winslow war schweißüberströmt und wie betäubt, aber Lokesh konnte nicht aufhören zu lächeln. Er schwenkte noch immer die Arme wie zuvor in dem Kostüm und lachte, als Somo und Nyma ihm vom Rücken des Amerikaners halfen.

Erst als Winslow sich aufrichtete, wurde ihm anscheinend klar, daß der Arzt ihm im Handgemenge die Hemdtasche zerrissen hatte. Verwirrt hob er das Stück Stoff an, das nur noch an wenigen Fäden vor seiner Brust hing. »Hatte ich etwa eine Visitenkarte da drin?« fragte er mit hohler Stimme.

Shan zuckte langsam die Achseln.

Winslow erwiderte die Geste. »Zum Teufel damit. Wir haben's den Mistkerlen gezeigt.« Er ließ seine Hand in Schulterhöhe kreisen, als würde er eine Seilschlinge werfen.

Die *purbas* machten sich schweigend daran, den letzten Teil des Plans in die Tat umzusetzen. Am Tor des Klosters liefen die geschmückten Yaks herum. Die Kinder tollten mit ihren Hunden zwischen den Bänken umher. Die *dropkas* mit den Trommeln und *damyen* saßen vor dem Podium und spielten Musik, während die *purbas* Lokesh in eine Decke wickelten und auf die Ladefläche hoben, dicht gefolgt von Tenzin und Shan. Fünf Minuten später bogen sie auf die Zufahrtstraße ein und entfernten sich von Norbu.

Irgendwo hinter ihnen hupte plötzlich ein Fahrzeug, als wolle es sich dringend einen Weg durch die Menge bahnen. Sie beschleunigten.

»Die würden die Armee niemals in einem Wagen verfolgen, nicht quer durchs Gelände«, stellte Lhandro entsetzt fest, als das Hupen näher kam. »Die müssen hinter uns her sein.«

»Somo! Wo ist Somo?« rief einer der *purbas*.

Erschrocken sah Shan, daß eines der weißen Geländefahrzeuge das Kloster verließ. Er warf eine Decke über Tenzin und Lokesh und beobachtete, wie der Wagen zum Überholen ansetzte.

Doch man wollte sie gar nicht stoppen. In dem Wagen saßen fünf von Tuans Schreihälsen und winkten sie ungeduldig beiseite. Dann rasten sie an ihnen vorbei.

Als ihr alter Lastwagen langsam zurück auf die Straße rumpelte, erschien eine Hand an der Ladeklappe, und Somo schwang sich hinein. Sie wirkte auf seltsame Weise stolz und ängstlich zugleich.

»Ich konnte mir nicht erklären, warum die so schnell aufgegeben und nicht mal versucht haben, die Soldaten einzuholen«, erzählte sie beunruhigt. »Also bin ich in die Nähe der Rednertribüne gegangen. Padme kam mit einem Fax nach draußen gerannt und blieb bei Khodrak und den Funktionären, bis diese die Nachricht gelesen hatten. Zuerst stand Khodrak einfach da und gab Worte von sich, die kein Mönch jemals äußern sollte. Dann ging etwas in ihm vor, und er lächelte. Er sagte, sie könnten es der Armee nun heimzahlen. Der Abt von Sangchi sei vielleicht ein legitimer Gefangener der Soldaten gewesen, aber jetzt habe die Armee jemanden ergriffen, der rechtmäßig ihm zustünde. Er habe den Beweis aus den alten tibetischen Büchern. Es würde ein noch größerer Sieg als die Entdeckung des fliehenden Abtes sein, denn es gebe im ganzen Land niemanden, der die alten überkommenen Werte auf bessere Weise repräsentiere.« Somo sah voller Sorge erst Shan, dann Tenzin an. »Was für eine Lektion wir in Yapchi erteilen können, hat Khodrak gesagt. Was für einen Sieg wir erringen werden.«

Es konnte nur eines bedeuten. Der uralte Lama-Heiler war auf dem Berg bei Lin zurückgeblieben, doch den Soldaten mußte es letztlich gelungen sein, ihren Oberst aufzuspüren, und nun hatte Lin sein Versprechen wahr werden lassen. Er hatte Jokar verhaftet.

Kapitel Siebzehn

Als sie am nächsten Morgen das Mischsims erreichten, war niemand mehr da.

»Die Soldaten«, sagte Somo klagend und ging mit einer Butterlampe durch die leeren Kammern. »Bestimmt haben sie mit Hubschraubern gesucht, und Lin konnte sich irgendwie bemerkbar machen. So haben sie dann Jokar Rinpoche gefunden.«

Außerdem Lhandros Eltern und Anya, dachte Shan verbittert. Sie waren alle weg. »Es bedeutet, daß wir auch nicht bleiben können«, sagte er. »Wir müssen zu der Wasserhöhle zurückkehren.« Winslow, Tenzin und die anderen *purbas* hatten Lokesh auf einer Trage zu Larkins Höhle gebracht. Shan, Somo und Nyma waren mit Lhandro zu dem kleinen Plateau weitergeeilt.

Die kargen Habseligkeiten der Verschwundenen lagen unangetastet in den Räumen verstreut, als wäre den Leuten keine Zeit mehr zum Packen geblieben. Bekümmert hockte Lhandro sich neben die leere Bettstatt seines Vaters. Seine Eltern würden die Haft nicht lange überleben. Als er aufbrach, hatten die beiden sich fröhlich mit dem Lama-Heiler unterhalten, doch dann hatte man sie fortgeschleppt in eine brutale, seelenlose Welt, die sie niemals verstehen würden. Er berührte den Rahmen der Fotografie, die am Kopfende des Schlaflagers stand, und seiner Kehle entrang sich ein leises ersticktes Geräusch. Seine Finger zitterten. »Manche der *dropkas* bezeichnen Helikopter als ›Himmelsdämonen‹«, sagte er. Einer dieser Himmelsdämonen war gelandet und hatte seine Eltern verschlungen. So etwas kam manchmal vor. Wie aus dem Nichts tauchten Hubschrauber auf und schnappten sich jemanden, der nie mehr zurückkehrte. Auch in früheren Jahrhunderten sei so etwas schon passiert, hatte ein *dropka* einst Shan erzählt, aber damals hätten die Himmelsdämonen Blitze benutzt.

Lhandro starrte das Foto an und öffnete den Mund, als wolle er nach dem Warum fragen. Daß seine Eltern tot sein könnten, war schlimm genug, aber am meisten tat ihm weh, daß so viele Fragen offenblieben. Lhandro würde nie wissen, ob er die Todesriten abhalten sollte, wann oder wo er trauern konnte oder ob er die beiden in irgendeinem Gefängnis suchen mußte.

»Wir wollten doch nur unseren Gott zurück«, flüsterte Lhandro dem Bild zu. Dann sank er vor dem Dalai Lama auf die Knie und richtete ein Mantra an den Mitfühlenden Buddha.

Shan betrachtete das Zimmer. »Wieso haben die Soldaten das Foto nicht angerührt?« fragte er langsam.

Somo sah erst ihn und dann wieder das Bild des Dalai Lama an. Es zählte zu den Dingen, die den Soldaten verhaßt waren. Normalerweise hätten sie es mit dem Stiefelabsatz zertreten.

Lhandro hob verwirrt den Kopf. Somo ging in die Knie, ließ den Blick argwöhnisch durch die Kammer schweifen und sprang sofort auf, als Nyma von draußen eine Warnung ausstieß.

Auf dem Hang im Westen näherten sich zwei Gestalten. Sie bewegten sich nur gemächlich vorwärts und blieben mehrmals stehen, um die Landschaft zu ihren Füßen zu beobachten. Somo bedeutete den anderen, sie sollten hinter den Felsen in Deckung bleiben, bis schließlich klar wurde, daß es sich um Tibeter handelte. Beide trugen *chubas* und die größere Gestalt zudem einen runden Hut. Durch sein Fernglas konnte Shan erkennen, daß sie sich an den Händen hielten. Dann setzten die Fremden sich in einiger Entfernung auf einen flachen Felsen.

Somo seufzte. »Wir können diese *dropkas* fragen, ob sie etwas gesehen haben. Aber zuerst sollten wir alles einpacken, was noch hier ist. Wir dürfen keine Spuren hinterlassen. Falls die Soldaten zurückkehren und diesen Ort für ein *purba*-Versteck halten, werden sie ihn in die Luft sprengen«, verkündete sie wütend und ging wieder hinein. Shan und die anderen folgten ihr.

Fünf Minuten später hielt Shan inne, weil er glaubte, Gelächter vernommen zu haben. Er sah Somo an, die ebenfalls lauschte. Sie ließen die Bündel los, die sie soeben verschnüren wollten, und wagten sich vorsichtig hinaus.

Dort war Anya in einer viel zu großen *chuba* und trat einen Apfel wie einen Fußball vor sich her, während jemand mit dem Rücken zu Shan und Somo ihr den Weg versperren wollte. Der Mann mit *chuba* und Hut. Anya lächelte überrascht und winkte Shan zu. Dann drehte der Mann sich um. Somo keuchte auf. Es war Oberst Lin.

Der Oberst erstarrte. Der Apfel rollte an ihm vorbei. Es mochte undenkbar erscheinen, aber einen Moment lang glaubte Shan, in Lins Gesicht so etwas wie Ausgelassenheit wahrzunehmen. Doch die Züge des Obersts verhärteten sich sofort, und der letzte Rest des Lächelns wich einem finsteren Blick.

»Immer noch auf der Flucht«, sagte Lin barsch, während Anya zu Nyma lief und sie umarmte. »Ich wußte, daß Sie nicht weit kommen würden.«

»Ich habe einen Lehrer, der sagt, es sei eines meiner Probleme, daß ich nie weglaufe«, erwiderte Shan mit ruhiger Stimme und musterte Lin. Die schwere *chuba*, die – wie Shan nun erkannte – Lhandros Vater gehörte, reichte bis weit über die Armeehose. Statt seiner Uniformjacke trug der Oberst ein rotes Hemd, wie es bei vielen *dropkas* üblich war. Sein Blick wirkte ungetrübt, seine Schritte fest und sicher. »Aber in Tibet läßt sich bisweilen nur schwer begreifen, was weglaufen bedeutet«, fügte Shan hinzu.

»Ich habe Aku Lin gezeigt, wo die rosafarbenen Blumen blühen, die Lammnasen heißen.« Anya stellte sich vor den Oberst, als wolle sie ihn beschützen. »Und wir haben etwas Gemüse gefunden, das wir kochen können.«

Aku Lin. Sie hatte ihn Onkel Lin genannt. Shan starrte das Mädchen an. Ihre Anwesenheit bedeutete, daß es keinen Hubschrauber gegeben hatte. »Wie lange seid ihr hier schon allein?« fragte er.

»Drei Tage«, antwortete das Mädchen und kam näher. »Der Lama-Heiler hat gesagt, ich soll bei Lin bleiben. Er sagte, so sei es für uns beide richtig.« Sie schien in Shans Miene nach etwas zu suchen, dann bei Somo, bis sie sich zweifelnd zu der leuchtendweißen Bergspitze umwandte, als gehe etwas vor sich, das sie nicht verstand.

Shan mußte daran denken, wie fröhlich sie mit dem Oberst gespielt hatte. Auch das herzliche Lachen fiel ihm wieder ein. Es konnte nur von Lin gestammt haben. Jokar hatte recht, es schien für die beiden richtig zu sein. »Aber Jokar und die anderen wurden verhaftet. Wohin hat man sie gebracht?«

»Verhaftet?« rief Anya. »Nein. Sie haben gesagt, sie würden bald zurückkommen. Sie sind bloß nach Yapchi gegangen. Zuerst haben sie die ganze Nacht darüber geredet. Einmal bin ich aufgewacht, und Lepka ...« Sie schaute an Shan vorbei zu Lhandro, der soeben zum Vorschein gekommen war, und verstummte.

»Was?« fragte Lhandro. »Was war mit meinem Vater?«

»Er hat geweint«, räumte Anya kleinlaut ein.

Lhandro starrte vorwurfsvoll Lin an, und der Oberst ballte die Fäuste, als rechne er mit einem Kampf.

»Nein ... es ging um die Heilung des Tals. Ich habe nicht alles verstanden. Sie haben über früher gesprochen, als er und Jokar noch Kinder waren.«

»Die Heilung des Tals?« wiederholte Somo. »Du meinst die Heilung der Bevölkerung.«

Anya schüttelte langsam den Kopf. »Genau das haben sie gesagt«, versicherte sie und sah Shan an. »Das Tal. Ich glaube, damit war unsere Gottheit gemeint, und sie schienen eine Idee zu haben, wohin sie gegangen sein könnte.« Sie zuckte die Achseln. »Am nächsten Morgen sind sie ganz früh aufgebrochen.« Ihr fragender Blick richtete sich auf Lhandro. »Stengelmänner. Jokar sagte, die Stengelmänner müßten gesegnet werden.«

»Medizin«, sagte Lhandro zu Shan und warf Lin mit unverhohlener Wut einen Blick zu. »Bestimmt sind sie deswegen losgezogen. Wegen der Kräuter, die Lokesh holen wollte.«

Doch Lin schien keine Kräuter mehr zu benötigen. Er hatte sich eindeutig von der Gehirnerschütterung erholt. Auch sein

Handgelenk war nicht länger geschient, sondern nur noch bandagiert.

Schweigend standen sie da. Lin sah Shan an, ging zu dem Apfel und beförderte ihn mit einem kraftvollen Tritt über den Rand der Klippe.

»Ihr Brief wurde zugestellt«, sagte Shan zu dem Oberst. »Man weiß nun, daß Sie noch am Leben sind.«

»Ich werde zu meinen Männern zurückkehren«, erwiderte Lin schroff, als habe jemand das Gegenteil behauptet. Dann ging er weg und setzte sich hinter dem knorrigen Baum auf einen Felsen.

Anya schaute ihm besorgt hinterher. »Er hatte eine viel jüngere Schwester, aber sie ist gestorben. Die Roten Garden. Dann all die Jahre bei der Armee. Einmal hat er ein ganzes Jahr in einem Berg in der Nähe von Indien gelebt.« Sie sah Shan und Nyma an. »Er hat nie gelernt, seine innere Gottheit zu ehren. Ich glaube, er weiß nicht mal, wie man sie findet.« Aus irgendeinem Grund klang das, als sei er deswegen unter den Felsen verschüttet worden.

»Du mußt ihn nach unten bringen«, mahnte Somo. »Er ist zu gefährlich. Falls er bleibt, wird er uns großen Schaden zufügen.«

Anya schaute hinaus über die Ebene. Shan war sich nicht sicher, ob sie es gehört hatte.

»Vor seinem Tod ist mein Großvater mit mir oft zu dem kleinen Obstgarten gegangen, den er auf den Hängen angelegt hatte.« Die Stimme des Mädchens übertönte kaum den Wind. »Dort hat er mir gezeigt, daß manche Bäume verkümmern, wenn man sie nicht vor der Kälte bewahrt. Also hat er für die meisten von ihnen einen kleinen Schutz aus Steinen errichtet, aber ein oder zwei blieben stets unbehütet, damit er die Lehre nicht vergaß. Die Bäume, die all ihre Kraft für das reine Überleben aufwenden mußten, haben nie Früchte getragen.«

»Bring ihn nach unten«, sagte Nyma eindringlich. Sie sah, daß Anyas Augen feucht schimmerten, und daher nahm sie das Mädchen fest in den Arm. »Unterhalb von Chemis Dorf gibt es einen alten *chorten*. Dort treffen wir uns morgen mittag, so daß uns noch genug Zeit bleibt, um nach Yapchi zu gehen. Ein paar der Dorfbewohner sind vielleicht in die kleine Schlucht zurückgekehrt, und wir können womöglich herausfinden, was mit Lepka und Jokar geschehen ist. Wenn wir uns aus tiefstem Herzen an die Chinesen wenden, begreifen sie es vielleicht«, schloß sie, aber ihre Zweifel waren nicht zu überhören.

Anya biß sich auf die Unterlippe und musterte Nyma fragend.

»Man hat Jokar Rinpoche verhaftet«, sagte Nyma, als wolle sie sichergehen, daß Anya es auch wirklich verstand.

Das Mädchen schaute zu Boden und nickte zerstreut.

Während die anderen den Rest der Sachen zusammenpackten, setzte Shan sich auf einen Felsen neben Lin und beobachtete einen Falken, der unter ihnen durch die Lüfte schwebte. Er fühlte sich plötzlich hilflos, traurig und leer.

»Als ich noch klein war«, sagte Shan schließlich, »kam, immer wenn es schneite, eine Schar Frauen mit Reisigbesen die Straße hinunter und fegte alles in den Rinnstein. Es gab nie besonders viel Schnee, nur ein paar Flocken, und sie kamen meistens vor Tagesanbruch, wenn ich zwischen meiner Mutter und meinem Vater im Bett lag. Wir wachten dann jedesmal auf und lauschten, denn es war ein wunderschönes Geräusch. Das Rascheln der Besen sei wie ein Wasserfall, und sie würde sich fühlen, als wären wir in den Bergen, sagte meine Mutter. Mein Vater nannte es den Vorbeizug der Raupe, denn so sah die Reihe der Straßenkehrerinnen aus, wie ein langes graues Geschöpf mit vielen Beinen, das beim Vorwärtskriechen weißen Staub aufwirbelte. Manchmal sangen sie – keine Parteihymnen, sondern einfache Kinderlieder über Schneeflocken und den Wind. Und hin und wieder sang meine Mutter leise im Dunkeln mit. Gelegentlich träume ich noch davon, aber nur von den Geräuschen, nicht von den Bildern, weil es immer dunkel war, wenn es geschah. Ich höre die Raupe und empfinde Frieden. Mitunter vergehen mehrere Wochen, in denen ich nur in diesen Träumen Ruhe finden kann.«

Der Oberst sah ihn aus großen runden Augen an und nickte stumm, als hätten sie sich stets nur über Straßenkehrerinnen unterhalten. Dann verharrten sie wiederum schweigend. Shan deutete auf einige weiße Vögel, die in der Ferne vorbeiflogen. Lin schaute ihnen nach, bis sie in einer Wolke verschwanden.

»Sie hat mich gebeten, nicht mehr auf Vögel zu schießen«, sagte der Oberst leise und sah Shan fragend an.

Shan nickte nur.

Lin wandte sich wieder der Wolke zu, als könne er die Vögel immer noch sehen. »Der Blick in Tibet reicht weit.«

Shan nickte erneut. »Zurück und wieder hierher, hat ein Lama mal zu mir gesagt.«

Lin sah ihn abermals fragend an.

»Er hat gemeint, daß man sich selbst und die eigene Vergangenheit bisweilen anders betrachtet, wenn man eine Zeitlang in Tibet gewesen ist.«

»Wissen Sie, sie ist nie zur Schule gegangen. Kein einziges Mal. Sie könnte ein paar Tests absolvieren. Ich würde ihr eine gute Schule vermitteln. Ein solches Mädchen könnte viel aus seinem Leben machen. Was für eine Zukunft würde ihr hier denn bevorstehen?« Lin sah wieder Shan an. »Diese Leute wurden entwurzelt«, fügte er verunsichert hinzu, als wüßte er nicht, wie es dazu gekommen war, und blickte auf seine Hände. »Ich könnte dafür sorgen, daß sich echte Ärzte um ihr Bein kümmern.«

»Ihre Soldaten«, sagte Shan. »Sie haben Jokar verhaftet. Den Lama-Heiler.«

»Nein«, entgegnete Lin, als wolle er widersprechen. »Er ist bloß ein alter Mann und hat niemandem etwas getan.«

Shan war verblüfft. Das klang fast so, als wolle Lin den Lama-Heiler verteidigen. »Ich glaube, der Grund dafür war, daß die Schreihälse sich den Abt von Sangchi geschnappt hatten.«

Lin schaute wieder zum Horizont. »Das alles ist keine anständige Aufgabe für einen Soldaten. Wir müßten eigentlich die Grenzgebiete bewachen.« Er betrachtete den alten Baum. »Dieser Abt hätte die Akte nicht mitnehmen dürfen. Ich wollte immer nur die Akte.«

»War das denn wirklich so wichtig?« fragte Shan und ließ Lin dabei nicht aus den Augen.

Lin sah ihn kurz an und schaute gleich wieder weg. »Militärgeheimnisse«, murmelte er.

»Warum ist dann nicht die Öffentliche Sicherheit hinter ihm her? Ich vermute, weil die Öffentliche Sicherheit nichts von einer gestohlenen Akte weiß. Und ich vermute, daß es um die 54. Brigade geht. Womöglich um die Ehre der 54ten.«

»Verschlußsache«, murmelte Lin. »Vier meiner Soldaten sind für dieses Geheimnis gestorben.«

»Das Büro für Religiöse Angelegenheiten hat sich Tenzin gegriffen«, verkündete Shan und beobachtete Lins Reaktion. »Das Büro und ein Mönch mit Namen Khodrak. Khodrak hat Tenzin in Lhasa gesehen, bevor der Stein gestohlen wurde, und zwar in Gesellschaft eines ehemaligen Mönchs namens Drakte. Ich glaube, letzten Monat hat er Drakte erneut gesehen, irgendwo hier in der Nähe, und daraufhin begonnen, nach Tenzin zu suchen.«

»Das ist gelogen«, entgegnete Lin. »Es gab keine derartige Meldung. Ansonsten hätte die Suchaktion hier stattgefunden und nicht an der indischen Grenze.«

»Es ist nicht gelogen. Khodrak und gewisse Schreihälse wollten nicht, daß jemand anders davon erfährt. Genau wie Sie nicht jedem erzählt haben, warum Sie wirklich nach Yapchi gekommen sind. Anscheinend gehen viele Staatsvertreter lieber inoffiziell vor.«

Lin verzog das Gesicht und schloß die Augen. Vielleicht aus Schmerz oder Müdigkeit; vielleicht auch, um das Gespräch zu beenden.

»Die Schreihälse wollen Jokar Ihren Männern abnehmen. Jokar hat geholfen, Sie zu heilen«, erinnerte Shan ihn. »Wollen Sie ihn wirklich den Schreihälsen überlassen?«

Als der Oberst nicht antwortete, stand Shan auf. »Sie müssen zurückkehren«, sagte er. »Morgen.«

Lin öffnete die alte *chuba* und starrte sein rotes Hemd an, während Shan wegging. »Ich kann meine Uniformjacke nicht finden«, sagte er stirnrunzelnd.

Doch drinnen lag der Waffenrock ordentlich gefaltet auf Lins Bettstatt. Shan und Somo tauschten einen wissenden

Blick aus. Somo hatte die Uniform des Obersts in Norbu getragen. »Wir müssen Leute schicken, die ihn von hier wegbringen«, sagte sie auf dem Weg zur Tür.

Purbas, erkannte Shan. Sie meinte, daß *purbas* herkommen und Lin mitnehmen sollten. »Nein«, widersprach er. »Das wäre keine gute Idee. Wir müssen …« Er rang nach den richtigen Worten.

»Ihm trauen?« fragte Somo. »Sie wollen, daß wir Lin vertrauen?«

»Nicht Lin«, sagte Shan. »Lokesh hat gesagt, dieser Ort besitze große Heilkräfte. Ich schätze, darauf sollten wir vertrauen.«

Somo runzelte die Stirn, machte dann kehrt und verließ den Raum.

Wenig später verabschiedeten sie sich von dem kleinen Plateau und ließen Lin und Anya Proviant für nur zwei weitere Mahlzeiten zurück. Shan nickte dem Oberst, der immer noch bei dem verkrüppelten Baum saß, ein letztes Mal zu und erntete einen finsteren Blick. Anya hielt sich abseits und hatte eines ihrer Lieder angestimmt. Es klang wie eine Klage, und Shan versuchte vergeblich, aus ihrem Gesicht abzulesen, welche Wahrheit sie diesmal erblickt hatte. Als er sich etwas später umdrehte, stand Anya an der Felskante und schaute in den Abgrund hinab.

Die Grüne Tara schien ein Wohnheim eröffnet zu haben. Chemi war dort, gemeinsam mit ihrem Onkel Dzopa, der immer noch kaum bei Bewußtsein war, sowie etlichen Tibetern, die Shan bereits in dem Lager hinter dem Dorf Yapchi gesehen hatte. Die *rongpas* unterhielten sich aufgeregt über das Frühlingsfest und die wundersame Flucht des Abtes von Sangchi, setzten sich neben Tenzin und erbaten seinen Segen. Aus vielen Kilometern Umkreis kämen die Menschen herbei, um sich auf dem Berg zu versammeln, erzählten sie, denn die Vorgänge in Norbu seien ein gutes Vorzeichen dessen gewesen, was geschehen würde, wenn endlich wieder jemand auf dem Stuhl des Siddhi Platz nähme.

Shan ahnte Schlimmes voraus, und dieses Gefühl verstärkte

sich noch, als er Lokesh und Winslow mit einigen *purbas* sprechen sah, die Vorräte brachten. Jokar sei weiterhin in Yapchi, bestätigten sie, und dürfe sich sogar frei bewegen, wenngleich einer von Lins Soldaten immer in seiner Nähe bliebe. Der Manager des Lagers habe einen Arzt rufen wollen, um den gebrechlichen alten Lama untersuchen zu lassen, doch Jokar habe sich geweigert. Lhandros Eltern seien bei ihm, zumindest in seiner Nähe – nicht als Gefangene, sondern weil sie sich weigerten, ihn zu verlassen. »Sie halten sich hauptsächlich bei der Grabungsstelle und diesem chinesischen Professor auf«, berichtete Melissa Larkin.

»Sind Sie vor Ort gewesen?« fragte Shan und ließ den Blick von neuem durch die Höhle schweifen. Die Laborgeräte und die älteren Tibeter, die wie Wissenschaftler ausgesehen hatten, waren nicht mehr da.

»Oberhalb auf dem Berggrat«, erwiderte die Amerikanerin. »Gestern. Um Messungen vorzunehmen. Wir hatten Ferngläser. Es befinden sich nun wesentlich mehr Soldaten im Lager. An der Zufahrt zum Tal haben sie einen Kontrollposten errichtet, damit von der Straße her niemand mehr hinein kann. Und auf den Hängen über dem Lager sind Patrouillen unterwegs.«

»Messungen?« fragte Shan und schaute von Larkin zu Winslow. »Aber Sie suchen doch nicht immer noch nach Öl?«

Melissa Larkin ignorierte ihn. Winslow hob beide Hände, als könne er es sich ebenfalls nicht erklären. Shan hingegen sah auf der Felsplatte eine neue Landkarte liegen, an deren Oberkante der Name des Ölprojekts stand, eine detaillierte Reliefkarte des Tals von Yapchi und der Strecke, die von der Fernstraße abzweigte. Er ging zu der Karte. Auf dem Südhang des Tals hatte man mehrere gepunktete Linien eingezeichnet, jede in einer anderen Farbe. Larkin schob sich an ihm vorbei und legte eine Karte darüber, auf der in großem Maßstab die Provinz Qinghai abgebildet war.

Nyma kam von den *purbas* zu Shan. »Im Lager rechnen alle damit, morgen oder übermorgen auf Öl zu stoßen«, verkündete sie resigniert.

Es klang wie eine Totenrede. Falls Jenkins' Leute fündig

wurden, war alles vorbei und das Schicksal des Tals besiegelt. Man würde die Hänge vollständig abholzen und die Gerstenfelder unter den Bulldozern des Projekts zermalmen. Statt Lerchengesang würde man Motorenlärm hören, und der Duft der Frühlingsblumen müßte beißenden Dämpfen weichen.

»Weniger als vierundzwanzig Stunden.« Melissa Larkin nickte grimmig. »Es ist eine Delegation hoher Funktionäre zum Tal unterwegs. Leute aus Lhasa und Golmud, wegen der großen Feier.«

Nyma drehte sich zu einem *purba* um, der auf einer der Schlafstätten lag. »Wer hat die Kugel rausgeholt?« fragte sie.

»Ich«, sagte Larkin. »Es war ja sonst niemand da. Er hat währenddessen auf ein Stück Leder gebissen. Sie steckte nur im Muskel. Lokesh sagt, sein Blut sei noch stark.«

Shan musterte den verwundeten *purba* beunruhigt. Eine Kugel. Bekümmert registrierte er, daß auf dem Sims über dem Mann ein Sturmgewehr lag.

Er sah wieder die Geologin an und erinnerte sich, wie enttäuscht sie gewirkt hatte, als sie die Sprengladungen zurücklassen mußten. »Das geht nicht«, hörte er sich mit jäher Verzweiflung sagen und wies auf die Flüchtlinge. »All diese Leute haben genug gelitten.«

Melissa Larkin hielt seinem Blick stand. »Cowboy hat ihre Namen und Registriernummern. Er wird dafür sorgen, daß man ihnen eine ordentliche neue Bleibe zuweist. Wenn er das nächste Mal nach Tibet kommt, wird er mir Bericht erstatten.«

Winslow hob den Kopf und grinste Shan an. Cowboy.

Im Raum erhob sich überraschtes Murmeln. Shan sah sechs kräftige Tibeter eintreten, die jeweils zu zweit eine Stange trugen, an der eine schwere Holzkiste hing. Larkin ging zu ihnen und half, die Kisten an der Rückwand der Höhle aufzustapeln.

»Es hat einen Unfall gegeben«, sagte Somo zweifelnd und besorgt. »Die *purbas* haben mir lachend erzählt, ein Transporter der Firma sei von der Straße abgekommen.«

Shan zog sich zurück und trat näher an die Kisten heran. Sie trugen eine chinesische Aufschrift. *Ölprojekt Qinghai*, stand dort. *Vorsicht! Sprengstoff!* Er ging hinaus und kämpfte gegen das Gefühl der Niederlage an, das anscheinend auch Nyma und Lhandro beschlichen hatte. Am Zugang zur Höhle fand er Winslow, der über den brodelnden Wassern des vergrabenen Flusses stand.

»Manche der Tibeter sind, was diesen Ort betrifft, sehr abergläubisch«, sagte der Amerikaner. »Sie behaupten, es sei eine Verbindungsstelle.«

»Verbindungsstelle?«

»Ich verstehe nicht alles, was ich gehört habe. Einer von ihnen sagte, es sei ein Tor. Zu einem anderen Universum, einem der verborgenen Länder. Einem *bayal*. Melissa hat erzählt, die Tibeter glauben, daß es viele von Menschen bewohnte Welten gibt, von denen manche für die meisten von uns unsichtbar sind; außerdem viele verschiedene Arten von Himmeln und Höllen. Nyma sagte, vor vielen Jahren, noch vor ihrer Geburt, sei eine alte Nonne, die hier in der Nähe lebte, mit ihren Schülern hergekommen und habe erklärt, eine Gottheit, die in dem verborgenen Land hinter diesem Tor wohne, habe sie zu sich gerufen, um mit ihr zu sprechen. Dann soll sie einfach hineingesprungen sein.«

Shan folgte Winslows Blick zu dem Strudel unter ihnen. Larkins geheimer Fluß. Irgendwie würde es nicht mehr dasselbe sein, wenn die Geologen ihn mit einem Namen versahen und in ihre Karten einzeichneten. In einem urwüchsigen, größtenteils unerschlossenen Land war dies einer der wildesten und ungezähmtesten Teile. Es war wie ein Mahlstrom, dachte Shan, ein dunkler Mahlstrom, der sich mitten im Trockenen aufgetan hatte. Er stellte sich vor, wie das Wasser hinabwirbelte und durch das verborgene Flußbett brauste. Vielleicht sahen sie hier den oberen Teil eines Wasserfalls vor sich, der durch das Dach einer gewaltigen Höhle in einen See stürzte, in dem *nagas* lebten. Womöglich lag dahinter tatsächlich ein verborgenes Land, wo ein Einsiedler auf einem Felsen saß, zu dem Wasserfall aufblickte und sich fragte, was für eine Welt sich wohl darüber befinden mochte. Unter Umständen war dies der Ort, an den der *chenyi*-Stein gehörte, weil in jener anderen Welt die Götter nicht so schwer aufzufinden waren.

Shan mußte sich zwingen, den Blick von dem faszinierenden Wasserfall abzuwenden. »Falls Larkin aus ihrem Lager einen Unterschlupf für Saboteure macht, wird sie sich in ernste Gefahr bringen«, sagte er.

»Sie ist keine einfache Geologin«, entgegnete Winslow geistesabwesend und starrte weiterhin in die Tiefe.

»Es gibt nur zwei Möglichkeiten für den Einsatz dieses Sprengstoffs. Man will entweder das Lager angreifen und es unter einem Felsrutsch begraben oder die Straße hochjagen, wenn diese Würdenträger eintreffen. Nichts davon wird irgendein Problem lösen.«

»Die Straße. Das muß es sein«, sagte Winslow voller Sorge. »Aber sie würden niemals absichtlich all diese Leute umbringen. Bestimmt geht es bloß um eine Blockade.«

»Und bewirken wird es, daß mehr Soldaten kommen«, sagte Shan. »Es wird weitere Festnahmen geben. Zhu hat nicht aufgehört, nach Melissa Larkin zu suchen. Mit Unterstützung der Armee wird er diesen Ort finden, und die Leute hier werden nicht einfach nur Flüchtlinge sein, sondern als Staatsfeinde behandelt werden. Die Soldaten werden kommen, um Verhaftungen vorzunehmen, notfalls mit Gewalt.«

Winslow verzog das Gesicht und schaute zurück in die Höhle.

»Manche Leute behaupten, wenn man jemandem das Leben rettet, sei man von diesem Zeitpunkt an auf ewig sein Beschützer«, sagte Shan. Doch er wußte, daß die Beziehung zwischen den beiden Amerikanern sich bereits wesentlich komplizierter entwickelt hatte.

Winslow seufzte. »Falls meine Frau Geologin gewesen wäre«, sagte er gedankenverloren in Richtung der Höhle, »wäre sie genau *so* gewesen.« Er warf Shan einen erstaunten Blick zu, als hätten die Worte ihn selbst überrascht. »Damit meine ich nicht ...« Er starrte das tosende Wasser an, und einen Moment lang glaubte Shan, so etwas wie Sehnsucht in seiner Miene zu erkennen, als würde der Amerikaner in Erwägung ziehen, hineinzuspringen und das verborgene Land zu erkunden. »Ich meine ...«

»Schon in Ordnung«, sagte Shan ruhig. Er trat von der Kante zurück und ging zu Lokesh hinein. Sein alter Freund sprach leise mit Somo. Die *purba*-Läuferin zeichnete etwas auf ein Stück Papier, und Lokesh beugte sich aufgeregt darüber. Als er Shan sah, zog er ihr den Zettel weg und faltete ihn schnell zusammen.

»Lokesh wollte eine Karte von Peking. Ich habe dort früher mal an Wettläufen teilgenommen«, erklärte Somo. »Und er hat einen Brief an den Vorsitzenden geschrieben«, fügte sie begeistert hinzu und hielt inne, weil die beiden Männer sich angespannte Blicke zuwarfen.

»Shan will nicht, daß ich gehe«, erklärte Lokesh. »Allerdings hat er überhaupt keinen guten Grund dafür.« Der alte Mann verstaute das Papier in der Hemdtasche. »Nur, daß es gefährlich sein könnte.« Sobald er die Tasche zugeknöpft hatte, hellte sein Gesicht sich auf. »Wir haben viele Gänseschwärme gesehen«, verkündete er Shan, gähnte übertrieben laut und rieb sich die Augen. Shan seufzte, ließ sich auf den Rand des Schlafplatzes sinken und lehnte sich gegen die Felswand.

Er fiel in eine Art Halbschlaf, und immer wenn er hochschreckte, sah er verzweifelt den Tibetern zu. Fremde kamen und brachen gleich wieder auf, nachdem sie den *purbas* irgendwelche Botschaften ausgerichtet hatten. Somo saß mit Winslow und einigen der Dörfler aus Yapchi zusammen und ging Draktes Geschäftsbuch durch. Als sie erklärte, was Tuan und Khodrak getan hatten, lachte einer der Bauern und sagte, deren Daten müßten wohl aus irgendeinem *bayal* stammen.

Als Shan um Mitternacht aufwachte, sah er als erstes Lokesh. »Wer paßt hier eigentlich auf wen auf?« fragte sein alter Freund. Shan holte ihm einen Teller mit kaltem *tsampa* und eine Schale Tee. Lokesh fing an, eifrig von Kleinigkeiten zu erzählen, von dem grauen Vogel, der am Eingang der Höhle aufgetaucht sei und ein Bad in einer Pfütze genommen habe, und von der Wolke, deren Umrisse ihn an ein Kamel erinnert hätten.

Im Raum war es ruhig, abgesehen vom leisen Zischen mehrerer Butterlampen. Melissa Larkin war an ihrem Tisch eingenickt und hatte den Kopf auf die verschränkten Arme gebettet. Die meisten der *purbas* schliefen ebenfalls, die anderen hielten draußen Wache.

»Die Amerikanerin hat grünen Tee«, sagte Lokesh.

Shan musterte seinen Freund. Es war, als würde er ein bestimmtes Thema vermeiden wollen.

»Was haben sie vor, Lokesh? Larkin und die *purbas*. Ich mache mir große Sorgen um sie.«

Lokesh schaute quer durch die Kammer. »An der Wand dahinten habe ich alte Bilder gesehen. Ich glaube, hier haben früher Einsiedler gewohnt.«

»Was haben sie vor?« wiederholte Shan.

Lokesh zuckte die Achseln. »Sie versuchen, die Erd- und Wassergötter in Einklang zu bringen.«

Shan seufzte.

»Ich glaube, sie wollen lernen, wie man Wunder vollbringt«, fügte Lokesh hinzu.

»Sie haben Sprengstoff.« Shan deutete auf die Holzkisten neben den Schlaflagern der *purbas*.

Lokesh starrte die Kisten lange an. »Ich weiß nicht. Nyma und Somo würden doch keine Vermeider benutzen.«

Vermeider. Es war ein Begriff aus der Zeit ihrer gemeinsamen Haft. Er basierte auf der Lehre eines alten Mönchs aus ihrer Baracke, der wenig später nach fünfundzwanzig Jahren Gefangenschaft verstorben war. Schußwaffen seien Vermeider, hatte er gesagt, genau wie Bomben, Panzer und Kanonen, denn sie ermöglichten ihren Benutzern, ein Gespräch mit dem Feind zu vermeiden, und verliehen ihnen den Glauben, sie würden das Richtige tun, nur weil sie die machtvolleren Tötungsinstrumente besaßen. Jene aber, die nicht mit ihren Gegnern sprechen könnten, würden am Ende stets unterliegen, denn ihnen ginge nicht nur die Fähigkeit verloren, mit ihren Widersachern zu reden, sondern auch mit ihren inneren Göttern. Und der Verlust der inneren Gottheit sei die größte aller Sünden, denn ohne innere Gottheit sei ein Mensch nur eine leere Hülle, nichts als eine niedere Lebensform.

Shan sah zu Somo und Nyma, die beide auf dem Höhlenboden schliefen. Nein, als niedere Lebensformen konnte er sie sich beim besten Willen nicht vorstellen.

»Wir müssen morgen früh mit diesen *purbas* sprechen«, sagte Lokesh betrübt. »Falls eine Bombe explodiert, ist Jokar für immer verloren.« Ein Ausdruck der Verzweiflung huschte über sein Gesicht. Dann wickelte er sich in seine Decke, und Shan blies die nächstgelegene Lampe aus.

Doch am Morgen waren die *purbas*, die amerikanische Geologin und der Sprengstoff verschwunden.

»Sie sind vor drei Stunden aufgebrochen«, sagte Lhandro verwirrt. Er stand am Höhleneingang, als habe er nach den Leuten gesucht. »Sie wollten nicht mit mir reden, aber ein paar der *purbas* haben mir Briefe für ihre Familien gegeben. Bevor sie gegangen sind, haben sie sich im Kreis hingesetzt und gebetet, sogar die Amerikanerin. Dann haben sie ihre Kisten genommen und sind los. Draußen haben sie ein Feuer gemacht.« Er wies auf den Eingang.

Shan und Somo liefen hinaus. Vor der Wand lagen ein kleiner Haufen Asche und verkohlte Papierfetzen. Die Landkarten. Sie hatten ihre Karten und Forschungsergebnisse verbrannt, als wollten sie die Entdeckung des Flusses nun nicht mehr öffentlich bekanntgeben. Das alles wirkte auf beängstigende Weise endgültig. Sie hatten den Sprengstoff mitgenommen. Sie hatten ihre Aufzeichnungen vernichtet. Die Funktionäre wurden am selben Tag im Lager erwartet.

»Sie hat eine Nachricht hiergelassen«, sagte jemand hinter Shan. Winslow stand da und hielt einen kleinen Zettel in der Hand, eine Seite aus Larkins Spiralblock. »Ihre Adresse in den Vereinigten Staaten, an die ich ihren Eltern einen Brief schreiben soll, falls alles kein gutes Ende nimmt. Eine besondere Telefonnummer in Lhasa, wo jemand eventuell über sie Bescheid wissen könnte. Sie sagt, außer mir würde niemand diese Nummer kennen. Und sie schreibt, komm im Sommer wieder her, und wir können am heiligen See zelten.« Der Amerikaner schaute zu dem nebelverhangenen Pfad hinauf, zu dem grauen Fleck über ihren Köpfen, der vom ersten Tageslicht kündete. »Falls sie dann noch am Leben ist. Sie sagt, ein Lastwagen der

Firma würde noch am Vormittag nach Golmud aufbrechen, und ich solle unbedingt mitfahren, denn immerhin sei sie amerikanische Steuerzahlerin und wolle mich wieder an der Arbeit sehen.«

Am Vormittag. Bevor die Delegation hier eintraf, meinte sie.

»Alle müssen nach unten«, drängte Shan, »nach unten zur Straße. Flieht!« Lokesh sah ihn durchdringend an. Shan erkannte, daß ihnen vor einiger Zeit jemand begegnet war, der genauso nachdrücklich zur Flucht aufgefordert hatte. Vielleicht war auch Drakte ohne jede Hoffnung gewesen. Shan deutete auf Chemis Onkel, der endlich zu sich zu kommen schien und unterwegs Hilfe benötigen würde. »Schon morgen wird hier alles von Soldaten wimmeln.«

Die Flüchtlinge musterten Shan auf seltsame Weise, als habe er irgend etwas mißverstanden, doch dann verließen sie mit ängstlichen Mienen die Höhle. »Zum Stuhl des Siddhi«, rief ein junger *rongpa* stolz und trotzig. Shan erschrak. Sie wollten zu der hohen Lichtung, wo die anderen Bauern und Hirten sich versammelten und voller Vertrauen darauf warteten, daß der alte Lama irgendwie entkommen und sie in ein neues Zeitalter führen würde.

Schließlich waren nur noch wenige Dorfbewohner übrig. Sie wollten Lokesh und Dzopa hinaustragen, aber als sie den großen Mann auf eine Decke hoben, protestierte er lautstark und stieß seine Nichte von sich.

»Rinpoche!« rief er gequält.

Zögernd machte Shan einen Schritt auf den Mann zu. Dzopa blinzelte hektisch und riß dann die Augen auf, als müsse er unbedingt bei Bewußtsein bleiben. Bei der Beschießung des kleinen Dorfes hatte er eine tiefe Schnittwunde am Arm sowie eine Gehirnerschütterung erlitten. Es sei eine Infektion hinzugekommen, hatte Chemi erzählt, und das hohe Fieber habe ihn phantasieren lassen. Shan hatte Mitleid mit diesem Mann verspürt, der aus der Freiheit in Indien zurückgekehrt war und sogleich die Zerstörung seines Dorfes miterleben mußte. Nun schien ihn abermals der Fieberwahn befallen zu haben. Er rief nach einem Lehrmeister, der in Indien zurückgeblieben war.

Chemi redete hastig auf ihn ein, wollte ihn trösten und reichte ihm eine Schale Tee. Der Mann starrte seine Nichte an, als würde er sie nicht erkennen, und trank den Tee mit einem Mal aus. Mit zitternden Fingern griff er nach dem Topf *tsampa*, der am Boden stand, und fing an, sich die Nahrung in den Mund zu stopfen.

»Ich muß Rinpoche finden«, sagte Dzopa zwischen zwei Bissen.

»Wir bringen dich heute nach unten zur Straße«, sagte Chemi unschlüssig.

Der Mann zögerte und sah sie aus großen, tiefen Augen an. »Er hat mich genesen lassen, Nichte, an Körper und Geist. Er weiß, wie man Wunder bewirkt.« Dann schaute er sich nervös in der Höhle um. »Wo ist Rinpoche?«

Shan ging zu ihm. »Jokar ist unten«, sagte er langsam. »In Yapchi.«

»Jokar?« fragte Nyma. »Aber dieser Mann …«

Dzopa starrte Shan grimmig an. Sein Blick war nun vollständig klar. »Jokar Rinpoche ist im Tal von Yapchi?« Seine Stimme klang stark und wütend. Er seufzte, als Shan nickte. »Er hat immer gesagt, die Dinge in Yapchi seien noch nicht abgeschlossen. Eines Tages würde es dort erneut zu großen Zerstörungen kommen, und erst dann sei alles bereinigt.« Nachdenklich betrachtete er die riesigen Stiefel, die neben seinem Lager standen. Dann griff er langsam danach und streifte sie sich über die Füße.

»Wie lange?« fragte er Chemi. »Wie lange war ich nicht bei mir?«

»Eine Woche.«

Sein Gesicht schien in sich zusammenzufallen. »Die kleinen blauen Blumen mit den grauen Blättern, die entlang der südlichen Klippen wachsen. Blühen sie schon?« fragte er seine Nichte und wirkte dabei plötzlich klein und furchtsam.

Chemi sah ihren Onkel verwirrt an. Lokesh hingegen griff in die Tasche und holte daraus einen winzigen grauen Stengel mit blauer Blüte hervor.

Voller Schmerz betrachtete der große Mann die Blume und

schien gleich in Tränen ausbrechen zu wollen. Dann seufzte er und ließ den Blick über die Gesichter der Anwesenden schweifen. »Er ist doch bestimmt mit jemandem aus dem Dorf losgezogen«, sagte er und nahm verkniffen Lhandro in Augenschein. »Bist du nicht Lepkas Junge? Ist er mit Lepka gegangen?« Er nickte und beantwortete sich die Frage selbst. »Natürlich ist er mit Lepka gegangen.«

Chemi kniete nieder und legte ihm eine Hand auf die Schulter. »Du kannst nicht zu Rinpoche gehen. Die Soldaten haben ihn verhaftet.«

Dzopas Gesicht erstarrte. Einen Moment lang schien sein Blick sich wieder zu verklären. Herausfordernd, fast bedrohlich sah er sich dann in der Kammer um und musterte schließlich die Rückwand, als könne er hindurchblicken und würde in weiter Ferne nach Jokar Ausschau halten. Er griff nach der Kohlenpfanne, die neben ihm stand, und tauchte die Finger ein. Dann fing er an, sich die Wangen mit Asche zu schwärzen.

Das merkwürdige Verhalten des Mannes war beängstigend. Shan ging ein Stück auf ihn zu, um dem offenbar Fieberkranken zurück zum Bett zu helfen, doch der *rongpa* am Eingang rief unvermittelt eine Warnung. Zwei Männer mit Gewehren stürmten herein. Einer von ihnen stieß dem Türposten den Kolben der Waffe in den Leib, so daß er keuchend zusammenbrach. Dzopa stöhnte auf und kroch auf die Schatten im Hintergrund der Höhle zu. Somo duckte sich, als wolle sie angreifen, aber einer der Männer zielte mit dem Gewehr auf sie und tippte sich mit der anderen Hand lässig grüßend an die Fellmütze. Sein Begleiter, der ein weites Lederwams und einen schwarzen Filzhut trug, lehnte die Waffe an den Tisch und fing an, alles dort zu durchwühlen.

Es waren weder Soldaten noch *purbas*, erkannte Shan. Zhu, der Direktor für Sonderprojekte, konnte in den Bergen durchaus noch über andere Leute verfügen. Der Mann mit der Waffe im Anschlag trieb alle vor der Höhlenwand zusammen, und sogar Lokesh mußte aufstehen. Sein Begleiter warf derweil die Gegenstände, die auf dem Tisch lagen, in einen Schnürbeutel. Eine Schachtel Zigaretten, eine Blechtasse, Teebeutel, ein

Lineal, Bleistifte. Die Männer waren nicht daran interessiert, jemanden zu verhaften oder Fragen zu stellen.

»*Golok!*« rief einer der *rongpas* verächtlich. Der Mann mit der Mütze lächelte und enthüllte dabei eine schiefe Reihe brauner Zähne. Die Eindringlinge waren Diebe.

Der Mann am Tisch war schnell fertig. Er wandte sich den Gefangenen zu und nahm den Hut vom kahlen Schädel. Seine Augen funkelten, während er sich mit einem Finger langsam über den schmalen Schnurrbart strich. Sein Blick fiel auf den Metallkocher, den Larkin zurückgelassen hatte. Er setzte seinen Rucksack ab und suchte darin herum, bis er einen ähnlichen, aber kleineren Kocher gefunden hatte, an dem eine blaue Gaspatrone befestigt war. Dann stellte er beide Exemplare auf den Tisch, schraubte die Patrone ab und an Larkins Kocher wieder fest. Als der Mann die beiden Kocher in seinen Rucksack stopfte, begriff Shan, daß er das kleinere der zwei Geräte zuvor schon gesehen hatte. Er und Winslow sahen sich kurz an. Auch der Amerikaner hatte den Kocher wiedererkannt.

Der Mann mit dem Schnurrbart befahl ihnen, sich in einer Reihe aufzustellen, und fing an, sie zu durchsuchen. Armbänder, Halsketten und sogar Gebetsamulette landeten in einem kleinen Beutel, den er am Gürtel trug. Als Nyma mit beiden Händen ihr *gau* umklammerte und sich weigerte, es herzugeben, trat der zweite Mann vor und griff nach seinem Messer.

»Geh zur Hölle«, knurrte Winslow und stellte sich schützend vor Nyma.

»Nein!« dröhnte eine Stimme hinter den beiden Männern, als die Klinge aus der Scheide glitt. Die *goloks* wirbelten herum und starrten in die tiefe Finsternis.

Shan erschrak. Das mußte Dzopa im Fieberwahn sein. Er würde die Diebe nur verärgern und dafür bestraft werden. In seinem geschwächten Zustand konnte jede weitere Verletzung ihn umbringen.

Der *golok* mit dem Gewehr hob die Mündung der Waffe.

»Das ist nur mein …«, setzte Chemi an, doch ihre Worte gingen in einem erstickten Keuchen unter, weil ein wutentbranntes Geschöpf aus der Dunkelheit vorsprang. Es war ein riesiger

Mann, der ein graues Gewand über den bärengleichen Schultern trug. Seine Wangen waren geschwärzt, seine Augen entflammt. In den Händen hielt er einen dicken Stab, eine der Stangen, an denen die *purbas* ihre Lasten trugen.

»Ai yi!« rief Lokesh und wich an die Wand zurück, genau wie mehrere der *rongpas*.

Auch Shan wäre am liebsten geflohen. Sie hatten diesen Mann schon einmal gesehen – in der Nacht von Draktes Tod. Der *dobdob* war zurückgekehrt.

Die *goloks* starrten ihn nur verblüfft an. Unwillkürlich senkten sich die Spitzen ihrer Waffen. Diesen Moment nutzte der *dobdob* zum Angriff. Sein Stab wirbelte durch die Luft, schlug mit Wucht gegen den Schädel des kahlen *golok* und einen Augenblick später auf den Kopf seines Gefährten. Die beiden Männer sackten zusammen und blieben bewußtlos am Boden liegen.

Mit nun etwas sanftmütigerem Blick hielt der *dobdob* nach Chemi Ausschau. »Rinpoche vergißt bisweilen, daß er sterblich ist«, sagte er zu seiner Nichte, als sei dies eine wichtige Erklärung. Seine Stimme grollte wie leiser Donner.

»Du bist bei ihm in Indien gewesen«, stellte Shan stockend fest und sah dann Chemi an. Ihr Onkel war der *dobdob*, und der *dobdob* war der Begleiter und Beschützer des Lama-Heilers. »Und du bist mit ihm aus Indien hergekommen.«

Der Mann schien Shan gar nicht zu hören und antwortete nicht. Er wog den neuen Stab in der Hand, als müsse er sich erst wieder an dieses Gefühl gewöhnen, hob seinen verschlissenen Rucksack auf und marschierte aus der Höhle. Seine Miene glich der eines wilden Tiers.

»Mein Onkel …«, murmelte Chemi mit einer seltsamen Mischung aus Angst, Ehrfurcht und sogar Zuneigung, während sie zum Eingang blickte. »Ich wußte nicht, daß er … Ich dachte, er könne sich nicht mal auf den Beinen halten.«

Vielleicht konnte er das auch nicht, dachte Shan, zumindest solange nicht, bis er hörte, daß Jokar verhaftet worden war. Seit seiner Ankunft am Berg Yapchi sah Shan immer deutlicher, daß es viele Arten der Heilung gab.

»Ich habe ein paar alte Geschichten gehört, daß auch Männer aus unserer Familie früher als *dobdobs* gedient haben«, sagte Chemi noch immer verwundert. »Aber das alles liegt schon ewig zurück, noch vor der Zerstörung von Rapjung. Dzopa stand damals immer in seinem Gerstenfeld und hat von Rapjung erzählt, aber nie von … Ich habe es nicht gewußt. Dzopa war nicht dabei, als das Kloster zerstört wurde. Er war in unser Dorf gekommen, um meinem kranken Vater zu helfen, und ist nie dorthin zurückgekehrt.«

»Er hat Rinpoche gefunden«, sagte Lokesh genauso ehrfürchtig. »In Indien hat er den letzten Lama von Rapjung gefunden.«

Shan nickte. »Sie sind den langen Weg gemeinsam hergekommen, und Dzopa hat ihn beschützt.« Er erinnerte sich an die Warnung des Mannes, man würde alle Lamas verbrennen. Dzopa hatte Padme bei dem Versuch überrascht, die Ebene der Blumen anzuzünden. Und er hatte vermutlich die schwelenden Ruinen in Rapjung gesehen. »Warum war für ihn so wichtig, wie lange Jokar schon hier ist? Und was ist an diesem Berg so besonders?«

Chemi starrte gedankenverloren zu der Bettstatt, auf der ihr Onkel gelegen hatte. »In den Geschichten heißt es, damals sei aus den Dörfern rund um Yapchi jeweils der älteste Sohn einer Familie Mönchspolizist geworden. Verteidiger der Tugenden hat mein Vater sie immer genannt. Er sagte, es sei ein Versprechen, das wir Rapjung vor hundert Jahren gegeben hätten.«

Shan sah die Frau und dann Lokesh an. Der alte Tibeter erwiderte den Blick. Es klang fast so, als hätten die Lamas von Rapjung den Familien eine Buße auferlegt. Doch vor hundert Jahren waren diese Familien im Tal von Yapchi Opfer eines Massakers geworden.

»Drakte«, flüsterte Lokesh.

Der *dobdob* war in jener Nacht nicht gekommen, um Drakte zu töten, sondern um seine übliche Aufgabe zu erfüllen und den letzten noch lebenden Lama von Rapjung zu schützen. Aus irgendeinem Grund hatte Dzopa in Drakte eine Bedrohung gesehen. Shan mußte an den dunklen Bluterguß an Jokars Hals denken. Drakte hatte eine Schleuder bei sich getragen. Es schien undenkbar, daß der *purba* den Lama angreifen würde, doch die *dropkas*, bei denen Jokar übernachten wollte, hatten von einem Angriff auf den alten Mann berichtet.

»Es muß ein schreckliches Mißverständnis gewesen sein«, sagte Somo, als sei ihr der gleiche Gedanke gekommen. Ihre Stimme zitterte. »Jokar und Dzopa wurden verfolgt, und die Kriecher behandelten den Lama wie einen Verbrecher.« Sie sah Chemi an. »Dzopa hat ihn nicht getötet«, sagte sie wie zum Trost.

»Er wird gegen die Soldaten kämpfen«, sagte Chemi verzweifelt. »Er ist der letzte noch lebende Mann aus meiner Familie.«

Shan hockte sich neben die bewußtlosen Diebe und schüttete den kleinen Beutel aus. Die beraubten Tibeter nahmen schnell ihre Habseligkeiten an sich, und Shan betrachtete, was übrig blieb: mehrere Silberketten und anderer Schmuck. Er hob einen kleinen Lederbeutel mit langem Fellriemen auf, der ihm bekannt vorkam, musterte ihn einen Moment und durchsuchte die Beute, bis er einen Silberarmreif mit Lapislazuli und ein teures Taschenmesser mit eingeklapptem Löffel fand. Er blickte kurz zu Somo, die wieder bei Lokesh kniete, stand auf und holte seinen eigenen Schnürbeutel. Die drei gefundenen Gegenstände nahm er mit.

»Lokesh kommt mit dem Gips nur langsam voran«, sagte er zu Chemi, aber mit Blick auf seinen alten Freund. »Meidet die steilen Hänge. Und achte darauf, daß er heute nicht anhält, um nach *tonde* zu suchen. Bring ihn in Sicherheit.« Ich werde ihn finden, hätte Shan beinahe hinzugefügt, doch er wußte, daß er das Tal wahrscheinlich nicht mehr verlassen würde, höchstens in Ketten.

»Sie können nicht gehen«, widersprach Somo.

Shan schaute mit traurigem Lächeln noch einmal zu Lokesh. »Es muß eine Gottheit erneuert werden.«

Chemi trat zu dem alten Tibeter und kniete sich neben ihn, wie um Shan zu versichern, daß sie seiner Bitte entsprechen würde.

Er sah, daß Lhandro am Eingang auf ihn wartete, nickte dem Bauern zu und ging neben Lokesh in die Hocke. »Die *rongpas* haben Lastwagen. Bleib bei den anderen. Sie werden die *purbas* finden, und die *purbas* werden dich zurück nach Lhadrung bringen.«

Sein Freund streckte den Arm aus und nahm Shans Hand. »Wir haben dies gemeinsam angefangen«, sagte Lokesh gequält.

»Und ohne dich hätte ich es nie geschafft, alter Freund.« Shan drückte Lokeshs Hand und ging dann schnell zum Höhleneingang.

»Du wirst schon sehen«, rief Lokesh ihm hinterher. »Wenn ich erst mal aus Peking zurück bin, wird alles besser.«

Shan drehte sich ein letztes Mal um. »Falls du in die Hauptstadt gehst, werde ich dich nie wiedersehen.« Seine Gefühle wurden übermächtig. Wenn er nicht bei Lokesh blieb, konnte er ihn auch nicht von der Reise nach Peking abhalten. Aber um Jokar zu retten, mußte er ins Tal.

Lokesh umfaßte mit einer Hand sein *gau* und winkte mit der anderen zum Abschied.

Somo und Nyma folgten Shan, als er das Sims über dem Wasser erreichte. »*Lha gyal lo*«, sagte er leise zu ihnen und sah Somo in die Augen. »Sie können Tenzin immer noch wie geplant nach Norden schaffen. Halten Sie sich von der Ölfirma fern. Reisen Sie im verborgenen. Sie müssen die Sache zum Abschluß bringen.« Er registrierte die grimmige Entschlossenheit der beiden Frauen. »Wenigstens einer der viele Pläne muß gelingen«, fügte er hinzu und bemühte sich, nicht allzu niedergeschlagen zu klingen. Er wandte sich zum Pfad um. Die Frauen folgten ihm weiter.

Er blieb stehen. »Ich muß gehen«, erklärte er mit matter Stimme. »Es ist vorbei. Drakte würde sich über Tenzins Rettung freuen.« Doch sie folgten ihm den Pfad hinauf. Plötzlich tauchte vor ihnen im Dunst eine Gestalt auf: Tenzin betrachtete die wirbelnden Wolkenfetzen. Ein Stück oberhalb standen Lhandro und Winslow, der seinen Rucksack in der Hand hielt.

»Nach Norden«, flehte Shan. »Du wirst draußen erwartet«, sagte er zu Tenzin. »In Amerika.«

Der Lama starrte weiterhin in den Nebel. »Es gibt heute keinen Pfad nach Norden.«

»Wäre es denn besser, wenn Jokar und du alle beide zugrunde gingen?« fragte Shan.

»Wenn ich nach Norden fliehe und nicht einmal versuche, Jokar aus den Händen der Soldaten zu befreien, werde ich ganz sicher zugrunde gehen«, entgegnete Tenzin mit schwachem Lächeln.

Shan blickte in den Strudel. Womöglich wäre es in einer der verborgenen Welten schöner und besser als hier, wo so viel Schmerz herrschte. Gegen die Soldaten und Schreihälse hatten sie keine Chance. Doch um ihrer Seelen willen würden die Tibeter lieber als Häftlinge enden oder sterben, als zu fliehen und Jokar im Stich zu lassen.

»Wieso kannst du darauf bestehen, ins Tal zu gehen, und uns diese Möglichkeit verweigern?« fragte Tenzin langsam.

Weil ich hier der einzige bin, der nichts zu verlieren hat, wollte Shan antworten, der einzige, den man nicht vermissen wird, der einzige, der den Lamas so unendlich viel schuldet. Doch dann riß Somo ihm den Beutel von der Schulter und lief den Pfad hinauf.

Erst nach einer Stunde holten Shan und Nyma sie ein. Sie stand allein auf einem Felsvorsprung, von dem aus man im Norden und Westen die wogenden, in ihrer Kargheit wunderschönen Bergkämme überblicken konnte, die zum Tal von Yapchi führten. In einer Hand hielt Somo den türkisfarbenen Stein, den Drakte ihr geschenkt hatte. Auf ihrem Gesicht lag ein Ausdruck, den Shan zum erstenmal an ihr sah; es war die Miene einer wilden Kriegerin, einer Schutzdämonin. Er erschauderte. Somo schien sich von irgend etwas zu verabschieden. Von den Bergen, die sich auf ewig verändern würden, sobald das Öl floß? Oder gar vom Leben selbst? Sie stieg hinab, um gegen die chinesischen Soldaten zu kämpfen. Er musterte den Stein in ihrer Hand. Drakte wäre am liebsten Mönch geworden, doch Peking hatte es verhindert. Sie wäre am liebsten Lehrerin geblieben, doch Peking hatte es verhindert. Dann hatten diese beiden von Peking Verstoßenen sich getroffen und ineinander verliebt. Aber es war ihnen nicht vergönnt gewesen, dieses Leben gemeinsam zu verbringen, denn Peking hatte es verhindert.

Somo drehte sich mit gezwungenem Lächeln um und schaute den Pfad hinauf, auf dem in einiger Entfernung Lhandro und Tenzin zu sehen waren.

Eine Weile später durchquerten sie schweigend die Ruinen von Chemis Dorf und steuerten den *chorten* an, bei dem sie sich mit Anya treffen wollten. Als der bröckelnde Schrein in Sicht kam, wies Nyma erleichtert auf eine kleine Gestalt, die den *chorten* umrundete, und beschleunigte ihren Schritt. Sie waren keine hundert Meter mehr entfernt, als Shan stehenblieb und die Hand hob.

»Sie ist es, ganz sicher«, rief Nyma und fing an zu winken, um das Mädchen auf sich aufmerksam zu machen. Dann folgte sie Shans Blick und ließ die Hand langsam sinken. Zehn Meter vor ihnen saß Lin am Boden und hatte die *chuba* wie eine Decke unter sich ausgebreitet. Der Oberst beobachtete Anya mit schwermütigem Lächeln. Er trug seine Uniform, nur daß aus der Brusttasche ein kleiner Heidekrautzweig ragte. Als Shan näher kam, blickte Lin auf, und das Lächeln verschwand.

»Es heißt, man würde heute oder morgen auf Öl stoßen«, sagte Shan und hockte sich neben ihn. »Ein paar hohe Tiere sind bereits zum Tal unterwegs.«

Lin nickte langsam.

»Ich kann mich an diese Schneeraupen erinnern«, sagte der Oberst unversehens mit zögernder, hohler Stimme, als fühle er sich aus irgendeinem Grund genötigt, das Gespräch vom Vortag fortzusetzen. »Gestern abend ist mir plötzlich wieder eingefallen, daß immer diese Frauen gekommen sind, um den Schnee wegzukehren, genau wie Sie erzählt haben. Die kleinen Spatzen waren manchmal ganz taub vor Kälte und wurden ebenfalls weggefegt. Hin und wieder ist mein Vater rausgegangen und hat nach den Vögeln gesucht, sobald die Raupe weitergezogen war. Wenn er einen fand, steckte er ihn in die Tasche und brachte ihn mit zu uns nach Hause. Am Nachmittag, wenn der Spatz sich aufgewärmt hatte, haben wir ihn wieder freigelassen.

Unser Blockwart war eine Frau. Eines Tages berief sie eine Versammlung ein und schüttete einen Jutesack auf dem Tisch aus. Darin lagen etwa zwanzig tote Spatzen. Sie sagte, von nun an sei es unsere patriotische Pflicht, die Vögel nach dem Vorbeizug der Straßenkehrerinnen aus dem Rinnstein zu sammeln und aufzuessen, denn der Vorsitzende habe verfügt, daß alle Ressourcen in den Dienst des Sozialismus zu stellen seien. Dann hat sie uns beschrieben, welche bewährten Methoden es gab, um Spatzen zu töten.«

Shan sah den Oberst traurig an. Er konnte sich aus seiner eigenen Jugend noch gut an andere Kinder entsinnen, die mit revolutionärer Hingabe Tauben und Seemöwen gesteinigt oder voller Stolz Mäusekadaver zur Schau gestellt hatten.

»Also haben wir die Spatzen getötet«, fuhr Lin fort. »Wenn es schneite, sind wir weit über unseren Block hinaus durch die Straßen gezogen, nur um Spatzen zu finden und zu töten. Eines Tages habe ich meinen Vater mit einem lebenden Vogel in der Tasche überrascht und es dem Blockwart erzählt. Ich dachte, ich würde meinem Vater damit bloß einen Streich spielen, aber als ich an dem Nachmittag nach Hause kam, fand bei uns eine Sitzung statt. Ein *tamzing*. Mein Vater saß in der Mitte. Er hatte Striemen im Gesicht und ein Schild am Hemd, auf dem ›Reaktionäres Schwein‹ stand. Man ließ nicht locker, bis mein Vater den Vogel vor all den Leuten getötet hatte. Er hat dabei geweint. Es war das einzige Mal, daß ich meinen Vater weinen gesehen habe.«

Sie schwiegen ein paar Momente.

»Warum?« sagte Lin und sah zutiefst verwirrt auf seine Hände. »Wie konnte ich das nur völlig vergessen?« Er warf Shan einen verlegenen Blick zu, als habe er diesen Gedanken nicht laut aussprechen wollen, und schaute dann zu Anya. »Sie will noch ein *tonde* suchen«, sagte der Oberst. »Sie hat erzählt, daß alte Schreine manchmal gute *tonde* anlocken. Sie sagt, ich brauche eins, um die Felsen von meinem Kopf fernzuhalten.« Er klang ganz sachlich, als sei er hundertprozentig von der Wirkung der *tonde* überzeugt.

Lin sah Shan an und runzelte die Stirn. »Ich habe immer

noch meine Befehle«, sagte er, als wolle er etwas klarstellen. »Niemand darf gegen die Regierung handeln.«

»Pflichten«, räumte Shan mit einem kleinen Nicken ein, ohne dabei Anya aus den Augen zu lassen.

Aus Richtung der Straße nach Yapchi hallte das Geräusch schwerer Maschinen das schmale Tal hinauf.

»Auf dem Weg hierher ist etwas Seltsames passiert«, erzählte Lin. »Wir haben einen dieser Pfeifhasen gesehen. Er lief vor uns weg und blieb dann in zehn Metern Entfernung stehen. Anya hat sich hingesetzt und ein Lied angestimmt. Sie sagte, setz dich, Aku Lin.« Der Oberst runzelte abermals die Stirn, als würde ihm sein eigener vertraulicher Tonfall widerstreben. »Sie hat dieses Lied auf eine Weise gesungen, wie ich es noch nie erlebt habe. Es war auf tibetisch, und ich konnte es nicht verstehen, aber die Worte waren nicht wichtig. Es war, als ob ... wie soll ich sagen? Als ob dort ein Tier singen würde. Und dieser Pfeifhase ist zu ihr gelaufen und hat sich auf ihren Schoß gesetzt. Sie hat meine Hand genommen und auf den Hasen gelegt. Ich konnte sein Atmen fühlen, so wie bei den Spatzen, als ich noch ein Junge war.« Er blickte zu Shan. »Dummes Zeug«, sagte er barsch. »Etwas für Kinder.«

»Ein Götterlied«, sagte Shan. »Anya nennt sie Götterlieder.«

Das Motorengeräusch wurde lauter. »Ein Panzer«, sagte Lin müde. »Und zwei oder drei Lastwagen. Sie kommen hierher.«

Shan sah ihn an. Wollte der Oberst ihn warnen, damit er und Nyma rechzeitig fliehen konnten?

Anya hatte unterdessen ein Loch gegraben. Sie richtete sich auf und winkte ihnen zu. Shan und Lin winkten beide zurück.

»Sie und ich«, sagte Lin stockend, »wir sind ungefähr im gleichen Alter, glaube ich.« Er seufzte. »Ich habe einen Brief, den meine Mutter kurz vor ihrem Tod geschrieben hat. Sie sagte, zwei Generationen seien verloren, aber die nächste würde bereit sein, die nächste würde Gelegenheit haben, alles hinter sich zu lassen und einen neuen Weg zu finden.«

Shan starrte den Mann an. Das waren nicht die Worte eines Armeeobersts. Er sagte, daß die Partei und die Politiker durch ihren Aufruhr dafür gesorgt hatten, daß Männer wie Shan und er selbst sowie ihre Eltern schreckliche Dinge erleiden mußten. Anya hingegen zählte zu einer neuen Generation.

»Ein guter Arzt könnte das Bein richten. Ich habe versprochen, sie in ein oder zwei Wochen in dem Umsiedlungslager zu besuchen. Ich habe noch Urlaub übrig. Ich werde sie in ein gutes Krankenhaus bringen.« Lin sprach hastig, als fürchte er, die Worte ansonsten gar nicht über die Lippen zu bekommen. Mit merkwürdigem Gefühl begriff Shan, daß Lin niemanden hatte, mit dem er reden konnte, und ihn aus irgendeinem Grund als Vertrauten ansah. »Wenn sie möchte, besorge ich ihr eine richtige Schule. Es gibt mittlerweile Privatschulen. Ich könnte das bezahlen ...« Lin wandte sich um. Keine drei Meter entfernt standen zwei Personen hinter ihnen. Winslow und Tenzin, der seinen Dungsack über der Schulter trug. Lin warf Shan einen wütenden Blick zu, als sei er von ihm betrogen worden.

»Bitte«, sagte Shan zu den beiden. »Haltet euch im Hintergrund. Es sind vielleicht Soldaten hierher unterwegs.«

»Tenzin möchte ein Angebot machen«, verkündete Winslow, während auch Nyma sich zu ihnen gesellte und ins Gras kniete. »Es geht um die Papiere, die der Oberst sucht. Tenzin möchte sie zurückgeben.«

Tenzin stellte den Dungsack ab, kniete nieder, ließ sich von Winslow ein Taschenmesser geben und durchtrennte die Naht am oberen Ende des Sacks. Dann riß er die zwei dicken Lagen Leder auseinander, griff hinein und holte ein schmales Bündel Papier hervor, das aus etwa zehn Seiten bestand.

Lin starrte die Blätter an.

»Es ist der Bericht über eine Katastrophe«, sagte Tenzin zu Lin, als müsse er es dem Oberst ins Gedächtnis rufen. »Eine Einheit der 54. Gebirgsjägerbrigade war in einem Berg an der indischen Grenze stationiert, einer geheimen Befehlszentrale, die sich noch im Bau befand. Der Berg ist eingestürzt. Niemand konnte sich retten, und es gingen Computer und Überwachungsgeräte im Wert von mehreren Millionen Dollar verloren. Vierzig Soldaten kamen ums Leben, genau wie die tibetischen Arbeiter, die man gezwungen hatte, den Berg auszuhöhlen. Dieser letzte Punkt ist überaus heikel. Hier steht, es seien alle Arbeiter gestorben. Allerdings hat ein alter Mönch noch einige Stunden gelebt. Er lachte sehr viel, und man glaubte zunächst, er habe Wahnvorstellungen. Er behauptete, die Gefangenen hätten es getan. Indem sie allmählich die Stützpfeiler schwächten, sei es ihnen gelungen, eine Eliteeinheit der Armee zu vernichten. Keiner von ihnen würde bereuen, die Viererwahl getroffen zu haben, denn es sei das Richtige gewesen.« Die Viererwahl. Dieser Begriff aus dem Gulag bezeichnete die Sünde des Selbstmords, auf den zwangsläufig eine Inkarnation als niedere Lebensform folgte, ein Dasein auf vier Beinen.

Winslow streckte die Hand aus, und Tenzin gab ihm den Bericht. Shan starrte die Seiten an.

»Alte Mönche haben den fortschrittlichsten Horchposten der Armee zerstört. So lautet also das Geheimnis, das niemand erfahren sollte.« Der Amerikaner musterte erstaunt die Papiere. »Nehmen Sie den Bericht, Oberst, und geben Sie uns den Lama.«

Lin schien ihn nicht gehört zu haben. Sein Blick richtete sich wieder auf Anya. Einen Moment lang sah es so aus, als wolle er das Mädchen um Rat fragen.

»Den Bericht im Austausch für den Lama«, drängte Winslow.

Als Lin nichts erwiderte, stand Tenzin auf. »Nicht nur den Bericht«, sagte er zu dem Oberst. »Falls Sie wollen, können Sie außerdem den Abt von Sangchi haben. Aber lassen Sie Jokar frei.«

Winslow stieß einen leisen Fluch aus und legte Tenzin eine Hand auf den Arm, als wolle er ihn wegziehen. Nyma stöhnte auf und umklammerte Tenzins Bein.

Lin wandte sich langsam wieder zu Tenzin um. Er schien etwas sagen zu wollen, als Anya plötzlich laut rief und den Arm schwenkte. Sie hielt etwas in der Hand. Lin beugte sich neugierig vor. Anya kletterte auf den alten *chorten*, als wolle sie nach den Fahrzeugen Ausschau halten.

Jenseits des Schreins sah Shan in einiger Entfernung eine Marschkolonne Soldaten den Berg heraufkommen. Auf einmal zischte etwas heulend durch die Luft, und ein Stück über ihnen explodierte der Hang. Erschrocken drehte Shan sich um. Hatte Somo dort gestanden? Nein, sie dürfte inzwischen den Berggrat überquert haben. Vielleicht wollte der Panzer auch nur durch einen Warnschuß dafür sorgen, daß niemand sich der Delegation näherte, die bald eintreffen mußte. Oder hatten die Soldaten etwa von der Versammlung auf der hohen Lichtung erfahren, wo die Tibeter darauf warteten, daß der alte Lama ihren Widerstandskampf anführen würde?

Anya hatte sich aufgerichtet und betrachtete verwirrt das rauchende Stück Erde.

»Verdammter Narr«, murmelte Lin und erhob sich langsam, als heulend die nächste Granate heranflog.

Dieses Geschoß war jedoch nicht auf den Kamm gezielt, sondern auf den *chorten*. Es gab eine donnernde Explosion, und der Schrein existierte nicht mehr.

Nyma schrie und rannte auf die Trümmer zu.

»Neiiin!« stöhnte Lin und schlug eine Hand vor die Brust, als sei er von einer Kugel getroffen worden. »Neiiin!« wiederholte er voller Qual. Er stand auf, torkelte einen Schritt vor und fiel auf die Knie.

Shan starrte entsetzt auf die qualmende Ruine und half Lin auf die Beine. Das Gesicht des Obersts hatte sämtliche Farbe verloren. Er hieb ziellos mit der Faust nach Shan und stolperte den Hang hinunter. »Anya!« rief er. »Anya, komm her! Xiao Anya, hast du dir weh getan?«

Shan folgte ihm mit bleischweren Schritten. Sein Herz war ein eisiger Klumpen.

Nyma erreichte die kleine reglose Gestalt, die dort zwischen den Frühlingsblumen lag, als erste. Sie schien es nicht mal zu bemerken, daß Lin sie wegstieß und neben Anya niederkniete. Sie blutet ja kaum, versuchte Shan sich Mut zu machen, aber dann sah er den Gesteinssplitter aus ihrem Nacken ragen. Das Mädchen hatte die Augen vor lauter Überraschung weit aufgerissen, aber starrte ins Leere. Sie mußte sofort tot gewesen sein.

»Xiao Anya«, sagte Lin zaghaft und streichelte ihre Wange. »Xiao Anya«, wiederholte er immer und immer wieder. In ihrer

Hand, die beinahe zur Faust geballt war, hielt sie ein Stück grünen Stein umklammert, ein *tonde* für Onkel Lin.

Die Soldaten kamen näher und blieben in dreißig Metern Entfernung stehen, als sie ihren Oberst erkannten. Einer rief aufgeregt etwas und lief zurück zu dem Panzer, der unterhalb des Hangs aufgetaucht war. Lin schien die Männer nicht zu registrieren. Er hob Anyas Schultern an und drückte ihre leblose Wange einen Moment lang an sein Gesicht. Die Wunde blutete jetzt. Lins Blick fiel auf den grünen Stein in Anyas schlaffen Fingern, und er umschloß beides mit der eigenen Hand. Dann schien ihm der Atem zu stocken, und er brach zusammen, vergrub den Kopf an ihrer Schulter und stieß ein langgezogenes, markerschütterndes Schluchzen aus.

Niemand regte sich. Niemand sprach. Langsam und mühselig richtete Lin sich zu voller Größe auf und trug das tote Mädchen mit versteinerter Miene zu seinen Männern.

Kapitel Achtzehn

Wer wird sprechen, wenn der Singvogel weg ist? Wer wird sprechen? Die Worte des Orakels hallten durch Shans vom Schmerz betäubten Verstand, bis ihm klar wurde, daß Nyma sie laut aussprach.

»Hat sie es gewußt?« fragte Nyma wieder und wieder, packte Shan dann am Arm und brach in Tränen aus. »Heiliger Buddha, sie hat es gewußt. Unsere kleine Anya wußte, daß dies geschehen würde.«

Sie wollte den zertrümmerten Schrein auf keinen Fall verlassen. Nyma setzte sich mitten zwischen die Blumen, auf denen Anya gelegen hatte, wischte sich die Tränen weg und stimmte ein Mantra an. Sie schien gar nicht zu bemerken, daß die Soldaten sich um sie versammelten und die Stelle anstarrten, wo das Blut des Mädchens die Blüten befleckt hatte.

Shan war noch immer starr vor Kummer und sah, daß die Männer die Trümmer absuchten, als hielten sie nach weiteren Opfern Ausschau. Mehrere zögerten, blickten auf die gepeinigte Frau oder den Hang hinunter zu ihrem Oberst, der das tote Mädchen, dessen Blut mittlerweile über seine Arme und Beine lief, nicht aus den Händen geben wollte. Ein Soldat erkannte anscheinend Shan wieder und blieb in seiner Nähe, als warte er nur auf den Befehl, ihn zu den Lastwagen zu zerren.

Wer wird sprechen, wenn der Singvogel weg ist? hörte Shan erneut.

Dann ertönte ein schriller Pfiff, und die Soldaten verschwanden einfach, liefen den Hang hinunter, während erst der Panzer und dann die Transporter sich in einer Staubwolke zurückzogen.

»Es ist hier womöglich nicht sicher«, sagte Shan flehentlich zu Nyma. »Ich kann dich wenigstens zu einer der Höhlen bringen.« Doch sie ließ durch nichts erkennen, ob sie ihn gehört hatte. Ihr rannen wieder Tränen über die Wangen, und ihre Anrufung des Mitfühlenden Buddhas wurde lauter.

»Es spielt keine Rolle«, sagte sie schließlich mit zitternder Stimme. »Begreifst du es denn nicht? Den Tibetern bleibt keine Hoffnung mehr. Das hier geschieht mit denen, die es trotzdem wagen. Wir sind ganz allein.«

»Ich muß nach Yapchi gehen«, sagte Shan. Er wiederholte es, und als Nyma abermals nicht reagierte, wandte er sich ab und machte sich auf den Weg ins Tal. Auch er fühlte sich nun furchtbar allein und bedauerte auf einmal zutiefst, daß er Lokesh zurückgelassen hatte. Tenzin und Winslow waren geflohen. Vielleicht würden sie sich zu Lokesh durchschlagen und ihn beschützen. Er redete es sich immer wieder ein, bis er schließlich stehenblieb und sich mit wackligen Knien auf einen Felsen sinken ließ. Niemand war hier in Sicherheit. Die Armee durchstreifte die Berge und schoß auf Tibeter. Die herzensgute Anya, die mit den Lämmern sprach, war tot, weil sie nach einem Schutzzauber für den Anführer jener Männer gesucht hatte, durch deren Hände sie ums Leben kam.

Shan überquerte den Berggrat an einer Stelle zwischen Bohrturm und Dorf. Er stieß auf einen Wildpfad und stieg ins Tal hinab. Fünf Minuten später hörte er eine laute Stimme und verbarg sich hinter einem Felsen.

Gyalo sprach mit Jampa, während er auf einem Pfad zügig ins Tal wanderte. Hinter ihm folgte ein Trupp grimmiger Tibeter. Beinahe wie Soldaten, dachte Shan erschrocken, dann bemerkte er allerdings, daß sie keine Gewehre, sondern Schaufeln, Äxte und Spitzhacken auf den Schultern trugen. Es waren mindestens vierzig Männer und Frauen, von denen er manche noch am Vorabend als Flüchtlinge in der Höhle gesehen hatte. Einige sangen Lieder, und vereinzelt sah Shan grüne Schutzhelme, als sei es Gyalo gelungen, Arbeiter des Projekts zur Flucht zu bewegen. Allerdings kehrten sie nun ins Tal zurück.

Unter Umständen handelte es sich doch in gewisser Weise um Soldaten, erkannte Shan traurig. Er kam aus seinem Versteck zum Vorschein, und der Mönch begrüßte ihn mit einem herzlichen Lächeln. »Da unten ist immer noch die Armee«, warnte Shan.

Gyalo lächelte einfach weiter. Er blieb mit Jampa bei Shan stehen und bedeutete den anderen Tibetern, sie sollten weitergehen.

»Bitte«, flehte Shan, »es hat genug Leid gegeben.« Er schilderte, was Anya zugestoßen war.

Der geächtete Mönch schloß kurz die Augen, sah dann Shan an und nickte ernst. »Das Orakel hat davon gesprochen.« Der große Yak, der Shan eindringlich gemustert hatte, stieß ein lautes Seufzen aus und schaute in die Ferne. Gyalo befingerte die leuchtenden Perlen an einem der Fellzöpfe, die Anya in Norbu geflochten hatte.

»Selbst wenn es möglich wäre, den Bohrturm zu untergraben«, sagte Shan, weil er vermutete, daß darin der Plan der Gruppe bestand, »wird man euch niemals nahe genug heranlassen.«

Gyalo ging zu einem Vorsprung, von dem aus man den südlichen Ausgang des Tals überschauen konnte, und streckte den Arm aus. Shan schirmte mit einer Hand seine Augen ab und sah zu der bezeichneten Stelle, die sich etwa sechzig Meter von dem Ort entfernt befand, an dem der bemalte Felsen gelegen hatte. Er holte sein Fernglas hervor. Im Schatten unter den Bäumen schien sich etwas zu bewegen.

»Wir müssen die gefangene Gottheit befreien«, erklärte Gyalo feierlich und sah Shan strahlend an. »Es heißt, du seist derjenige, der es herausgefunden und das Rätsel gelöst hat.« Ohne ein weiteres Wort machte er sich wieder auf den Weg und wies Jampa nach einigen Schritten auf einen Vogel hin.

Shan starrte den beiden verwirrt hinterher. Er hatte überhaupt nichts gelöst, doch es blieb ihm keine Zeit, sich Gedanken über diese seltsame Behauptung zu machen. Wenigstens würden die Leute einigermaßen in Sicherheit sein, sofern sie auf den oberen Hängen blieben. Den Soldaten war es hoffentlich egal, daß die entwurzelten Tibeter ihre Zeit damit verbringen wollten, irgendwelche Felsbrocken auszugraben.

In den Ruinen des Dorfes war kaum etwas los, abgesehen

von einem kleinen Arbeitstrupp, der die verkohlten Balken der Häuser auseinanderriß und zu einem großen Haufen aufstapelte. Die Schafe, die gemeinsam mit Shan vom Lamtso hergekommen waren, standen in einem kleinen Pferch und beäugten einen ihrer Artgenossen, der gehäutet und ausgeweidet kopfüber an einem Holzgerüst hing. Sie dienten den Ölarbeitern als Schlachtvieh.

Während Shan dem Pfad zum Bohrturm folgte, erklang erneut eine Stimme in seinem Kopf. Du und die Yapchi-Gottheit werden das Land für uns wieder erneuern, du wirst dafür sorgen, daß die Chinesen weggehen, hatte Nyma am Lamtso zu ihm gesagt. Das Gefühl, das in Shan aufbrandete, war dermaßen stark, daß er abermals innehalten mußte. Ihm stockte der Atem, und er setzte sich. Anya war tot, das Dorf Yapchi zerstört. Lokesh war gefoltert worden und brach verkrüppelt nach Peking auf. Der alte Lama saß in Haft. Drakte hatte sterben müssen. Lin, der allein die Macht besaß, die Soldaten abzuziehen, hatte sich nicht geändert, sondern war lediglich ausgehöhlt worden, so daß von ihm nur die verbitterte Hülle blieb. Die Tibeter wollten immer noch Widerstand leisten und würden unterliegen, was weitere Tote oder Gefangene bedeutete. Soldaten waren ums Leben gekommen. Das Tal wurde langsam zerstört. Trotz allem würde Öl fließen. Keinen Moment lang hatten sie auch nur das geringste daran ändern können. Es hatte nie einen Zweifel gegeben, daß die Ölfirma gewinnen und die Gottheit auf ewig blind bleiben würde.

Als Shan an dem Bohrturm vorbeikam, ertrug er es nicht, ihn anzusehen. Das Ding war wie ein kaltes Metallungeheuer, das drohend neben ihm aufragte. Arbeiter krochen darauf herum. Das Schwirren, Hämmern und Ächzen war so laut, als würde die Maschine tatsächlich gegen die Erde kämpfen.

Kurz vor dem Lager hatte man aus den Baumstämmen des Hangs eine Plattform errichtet, an der ein frisch gemaltes Banner hing, das in leuchtendroten Buchstaben *Klarheit und Wohlstand* verkündete. Hinter dem Podest stellten einige Arbeiter mit roten Farbtöpfen soeben ein weiteres Banner fertig, dessen Oberkante an einem langen Seil befestigt war. *Ein Sieg für das*

Tal von Lujun, las Shan. Unter den Schriftzeichen hatte man kleine Bohrtürme aufgemalt, die an die religiösen Symbole erinnerten, von denen manche *thangkas* gesäumt wurden. Auf der Plattform waren Stühle und Bänke für ungefähr zwanzig Personen aufgestellt worden, und auf den Stufen stand Jenkins und leitete die Arbeiter an. Als ein Geländewagen und zwei schwarze Limousinen ins Lager einbogen, verstummte der Manager. Die Ehrengäste waren eingetroffen. Shan schaute verwirrt zu den nördlichen Hängen und fragte sich aufs neue, weshalb Melissa Larkin ihre Leute dorthin mitgenommen hatte und nicht etwa zur Straße, um die Fahrzeuge durch einen Felsrutsch aufzuhalten, oder zu den wütenden Tibetern, die sich auf dem Berg versammelten und darauf warteten, daß der Lama sie anführen würde.

Von Winslow oder Somo war keine Spur zu entdecken. Vielleicht saß der Amerikaner mal wieder in Jenkins' Büro, um irgendeine Frage zu erörtern. Alles sah normal aus. Im hinteren Teil des Lagers standen weiterhin die Armeezelte, bei denen mittlerweile reger Betrieb herrschte. Überall liefen Soldaten ein und aus und riefen wild durcheinander. Ihr vermißter Oberst war wieder da. Sogar Professor Ma setzte seine Grabungen fort und arbeitete mit inzwischen weitaus mehr Helfern gegen den Ablauf der Frist an, wenngleich ein finsterer Posten mit einem langen Stab die Leute überwachte.

Doch als Shan die Grabungsstelle in einiger Entfernung passieren wollte, blieb er jäh stehen. Die Gestalt bei Professor Ma war kein Soldat, sondern der *dobdob*. Shan nahm ein weiteres Mal die Armeezelte in Augenschein. Niemand schien Dzopa bemerkt zu haben. Zögernd näherte Shan sich der Ausgrabung und erkannte unterdessen die einzelnen Arbeiter. Lhandro war dort, desgleichen sein Vater und Jokar, alle auf Knien und ernsthaft damit beschäftigt, das Quadrat aus Erde umzugraben, das sich deutlich vergrößert hatte. Dzopa stand kerzengerade da und hielt den Stab. Zu seinen Füßen lag ein Haufen Decken, und ein kurzes Stück hinter ihm sah Shan seinen Rucksack und Jokars Stab.

Professor Ma und seine Assistentin saßen beide mit Erdsieben am Rand der Fläche und verhielten sich, als habe nichts die

Routine gestört. Die anderen brachten abwechselnd die vollen Eimer; auf einer Bank lagen zahlreiche Fundstücke. Wieso konnte Jokar sich derart frei bewegen? fragte Shan sich und erkannte dann entsetzt, daß vor dem *dobdob* keine Decken lagen, sondern ein regloser Soldat. Von Dzopa aus waren es höchstens fünfzehn Meter bis zu einem großen Felsvorsprung am unteren Ende des Hangs. Er mußte den Vorsprung umgangen und sich dem Posten von hinten genähert haben. Anscheinend hatte der *dobdob* einfach die Funktion des Wächters übernommen, denn weder er noch Jokar schienen fliehen zu wollen. Es war kaum zu glauben, aber bei all der Hektik im Lager hatte offenbar niemand Dzopa bemerkt oder den Soldaten vermißt.

Shan nahm eine der Kellen, die am Rand der Grabungsstelle lagen, und gesellte sich zu Lepka, um gemeinsam mit ihm den Eimer zu füllen. Der alte Mann begrüßte ihn mit einem beiläufigen Nicken, als habe er ihn erwartet, und arbeitete weiter. Shan musterte Lepkas Gesicht und sah dort keine Angst oder Erschöpfung, sondern einen tiefen seelischen Schmerz.

Als Shan den Eimer in das Sieb des Professors ausschüttete, warf der alte Han ihm einen beunruhigten Blick zu. Hinter ihm auf der Bank lagen neue Artefakte. »Sie sollten doch eigentlich gar nicht mehr hier sein«, stellte Shan fest.

Der Professor wirkte erstaunt. »Ich war dabei, meine Sachen zu packen, als dieser alte Lama kam und zu graben anfing. Ich habe ihn nicht davon abgehalten, und nach einer Stunde hat er mich zu sich gewinkt. Er sagte, ich solle mich nicht so beeilen, denn meine Seele sei im Ungleichgewicht, und ich müsse auf meinen Herzwind achtgeben.« Ma lächelte verwirrt. »Also habe ich aufgehört zu packen.«

Shan brachte den leeren Eimer zurück und hockte sich vor die Bank. Dort lagen eine kleine Bronzeschale zum Verbrennen von Weihrauchkegeln, metallene Pfeilspitzen und die Fragmente einer Jadestatue. Bei einem davon schien es sich seltsamerweise um das Bein eines Huftiers zu handeln, und zwar nicht das eines Pferdes, denn der Huf war gespalten. Vielleicht ein Yak oder eine Kuh.

Shan schaute zurück zu dem alten Lama und hörte Dzopa aufstöhnen. Jokars heiteres Gesicht schien abermals jeglichen Ausdruck zu verlieren, so wie während jener schrecklichen Stunde in der Einsiedelei, und seine Schultern sackten herunter. Der *dobdob* ging zu ihm, nahm langsam und ehrfürchtig eine Hand des Lama, legte sie sich vor den Mund und blies kräftig hinein. Jokars Lider öffneten sich zitternd, sein Blick suchte kurz nach einem Halt, und dann war der Lama wieder bei Bewußtsein. »Diese Reise war ziemlich anstrengend, nicht wahr, mein alter Freund? Ich werde bald sehr lange schlafen«, sagte er mit entschuldigendem Lächeln zu Dzopa und setzte die Arbeit fort.

Wenig später hielt der Lama inne und starrte seine Hand an. Dann tat er etwas, das Shan aus irgendeinem Grund einen Schauer über den Rücken jagte: Er berührte seine Finger mit der anderen Hand und strich überrascht darüber, als habe er noch nie eine Hand gesehen. Einen lebenden Buddha hatte Nyma ihn genannt, einen Bodhisattva. Mitten in Chaos und Angst nahm er sich die Zeit, um … was? Das Wunder des menschlichen Körpers zu bestaunen?

Als der *dobdob* zum Rand der Grabungsstelle zurückkehrte, sah Shan eine neue Gestalt neben der Bank stehen. Winslow. Der Amerikaner wirkte nervös und hielt ein Stück Papier in der Hand. Als Shan auf ihn zukam, ließ Winslow das Blatt sinken, als wolle er es am liebsten verstecken. Shan nahm es ihm mit sanfter Gewalt ab.

»Dieser Arzt hat meine Karte gefunden. Sie ist mir neulich in Norbu tatsächlich aus der Hemdtasche gefallen«, flüsterte Winslow langsam und sah dabei den Lama an. »Ich schätze, er fühlte sich durch mich in seiner Würde verletzt.«

Der Zettel war ein Fax der amerikanischen Botschaft in Peking an die Manager sämtlicher Lager des Ölprojekts. Es enthielt eine Personenbeschreibung Winslows und die Bitte, sofort seinen Aufenthaltsort zu melden. Winslow habe den Kontakt zur Botschaft abgebrochen, die chinesische Regierung beschuldige ihn krimineller Verhaltensweisen, und sein Status als Diplomat sei aufgehoben worden. Er solle unbedingt die

Botschaft benachrichtigen, sich danach der Öffentlichen Sicherheit stellen und ihnen seinen Paß aushändigen.

Shan las das Schreiben zweimal. Die Botschaft schien nichts mehr mit Winslow zu tun haben zu wollen. Ohne den Schutz seiner diplomatischen Immunität würden die Kriecher ihn vor Gericht stellen können. Shan hob den Kopf und wollte Winslow das Fax zurückgeben, doch der Amerikaner hatte anscheinend das Interesse daran verloren, denn er kniete nun neben Jokar und hielt den Eimer des Lama.

Noch immer konnte Shan nicht begreifen, was vor sich ging. Alle hier schienen Dinge zu sehen, die ihm verborgen blieben, alle außer Lhandro, der immer wieder verharrte und die anderen mit der gleichen Verwirrung musterte, die auch Shan empfand.

Es ergab keinen Sinn. War Jokar in dieses Tal gekommen, um zu graben? Hatte er sich deswegen freiwillig den Soldaten ausgeliefert? Er war nach Yapchi zurückgekehrt, um das Gleichgewicht wiederherzustellen. Jokar und Lepka waren gemeinsam hergekommen, um das Tal zu heilen, unmittelbar bevor der Bohrturm auf Öl stoßen sollte. Soeben waren die Funktionäre eingetroffen, um der Feier beizuwohnen, die das Ende des Tals besiegeln würde.

Shan ging erneut zu Professor Ma. »Wo ist denn plötzlich Ihre Assistentin geblieben?«

»Sie ist im Büro und schließt den Bericht ab«, sagte Ma und nickte in Richtung der Wohnanhänger. Als ob das, was der Lama hier tat oder fand, nicht in den Bericht gehörte, dachte Shan.

»Demnach haben Sie nichts entdeckt, das wichtig genug wäre, um das Projekt aufzuhalten?« fragte er zaghaft.

Ma sah ihn an, als habe er sich einen Scherz erlaubt. »Sie meinen, ob ich das Missing link zur Erklärung der Evolution gefunden habe? Oder das Grab eines chinesischen Kaisers?« Er lachte auf. »Nein.« Sein Blick richtete sich auf die Grabungsstelle. »Hier gibt es nichts wirklich Altes.« Er schaute zu der kleinen Kiste, in der er die Bronzescherbe mit den chinesischen und tibetischen Schriftzeichen verwahrte.

Aus einem Lautsprecher im Lager erschallte eine martialische Hymne: *Der Osten ist rot.* Eine Fahrzeugkolonne fuhr ins Lager hinab.

Lhandro gab unvermittelt einen Laut von sich und rief nach dem Professor. Ma schien zu zögern und sah statt dessen seltsam flehentlich Shan an. Lhandro rief noch einmal. Er schob mit der bloßen Hand etwas Erde beiseite und legte einen zylindrischen Gegenstand von etwa dreißig Zentimetern Länge frei.

»Ein Stück Wasserleitung«, mutmaßte Lhandro. »Manchmal wurde dafür Bambus benutzt.«

Es war tatsächlich Bambus, erkannte Shan, als er sich neben den *rongpa* kniete, ein robustes Stück von mehr als fünf Zentimetern Durchmesser. Shan wollte einen Finger hineinstecken, zog die Hand jedoch unvermittelt zurück und sah zu Ma, der den Blick ruhig erwiderte. Lhandro hob den Fund an. Es war kein Rohrstück, sondern an beiden Seiten geschlossen, und als er es schüttelte, ertönte ein Rasseln. Shan schaute von Ma zu Jokar, der ernst nickte, als wolle er Shans Verdacht bestätigen. Lhandro entgingen die Blicke der beiden nicht. Fragend sah er von einem zum anderen und wandte sich schließlich zu seinem Vater um.

»Er ist ein guter Mann, dieser Professor«, sagte Lepka. »Wir haben ihm einiges von dem erzählt, was dir und Shan passiert ist.«

Erwartungsvoll brachte Lhandro den Zylinder zu Ma, doch der Professor legte den Gegenstand einfach nur kommentarlos zu den anderen Fundstücken auf die Bank. Shan stand auf, ging zu der Holzkiste hinter dem Professor und öffnete sie. Darin lag neben dem Filz, in den die Bronzescherbe gewickelt war, ein weiteres Stück Tuch. Shan hob es an. Es bedeckte einen menschlichen Schädel, in dessen Schläfe ein gezacktes Loch gähnte.

»Das verstehe ich nicht«, sagte Winslow hinter ihm. Shan hob den Kopf und folgte dem Blick des Amerikaners zu Lhandros Vater, der sich erhob, am Rand der Grabungsstelle Platz nahm und sich langsam vor und zurück wiegte. Winslow nahm den Bambusbehälter und schüttelte ihn, während Shan ein weiteres Mal das Stück Bronze betrachtete und mit den Fingern über die chinesischen Schriftzeichen strich.

Dann nahm er aus den Händen des Amerikaners den Zylinder entgegen. Er besaß selbst eine solche Dose, die vermutlich noch älter als diese hier war und einst seinem Urgroßvater gehört hatte. Gegenwärtig lag sie bei den Lamas von Lhadrung in sicherer Verwahrung.

Shan drehte am Ende des Zylinders. Es lockerte sich und ließ sich abnehmen. Er schüttete den Inhalt auf der Bank aus. Es waren lackierte Schafgarbenstengel, die sich im Laufe der Jahre gelblich verfärbt hatten.

»Vierundsechzig«, sagte er angespannt. »Es sind vierundsechzig Stengel.« Er hob den Kopf und bemerkte die verwirrten Mienen um sich herum. »Man wirft sie, um das Tao zu befragen.« Er sah wieder Lepka an. Stengelmänner. Lepka hatte Alpträume über Stengelmänner gehabt. Shan wandte sich an Winslow und erklärte ihm schnell, wie man mit Hilfe der Stengel eine Kapitelnummer ermittelte: Man warf sie, teilte sie in Dreiergruppen und las danach aus der Anordnung eine durchgehende oder durchbrochene Linie ab. Nach vier Durchläufen ergab sich daraus ein Tetragramm, dessen Bedeutung jeder Schüler des Tao anhand der entsprechenden Tabellen auswendig lernte und das auf einen bestimmten Abschnitt des Tao-te-king verwies. So wie das Tetragramm, das Lepka völlig unerwartet am Mischsims gezeichnet hatte. »Als ich noch klein war, haben mein Vater und ich stundenlang solche Stengel geworfen und abwechselnd aus dem Tao zitiert«, sagte Shan leise.

Er betastete noch einmal die Scherbe. Nachdem er nun wußte, worauf er achten mußte, war sie einfach zu entziffern. »Es ist auf tibetisch und chinesisch das Kapitel siebzig, und zwar die letzten Worte«, erklärte er, deutete auf die Schriftzeichen und sah Lepka an.

»Der Erleuchtete trägt ein grobes Gewand, aber wertvolle Jade im Herzen«, rezitierte der alte Tibeter und starrte dabei die Stengel an. Jade. Das Jadefragment gehörte zu einem Ochsen. Die Statue hatte Lao-tse, den Weisen des Tao, und seinen Ochsen dargestellt.

Shan ließ Lepka nicht aus den Augen. »Als damals die Lujun-Truppen kamen, haben nicht nur Tibeter in diesem Tal gelebt«, sagte er.

Der alte Mann schüttelte den Kopf. »Mein Vater hat mir das Geheimnis kurz vor seinem Tod anvertraut.« Er sah Lhandro entschuldigend an. »Zwanzig oder dreißig Jahre vor den Soldaten sind andere Chinesen gekommen, um hier einen kleinen taoistischen Tempel zu errichten. Es waren Gelehrte, die wie Einsiedler lebten und sich bemühten, die Gemeinsamkeiten der Lehren des Tao und der Lehren des Buddha zu erforschen, weil sie die Kluft zwischen unseren Völkern überbrücken wollten. Manchmal kamen Mönche aus Rapjung zu Besuch, und dann diskutierten sie miteinander oder warfen die Stengel und erklärten uns die Verse. Das ganze Dorf kam und hörte zu.«

Er sah Jokar an, der aufmunternd nickte.

»Es gab mit ihnen keine Probleme, sie waren friedlich und legten Gärten für die Kräuter der Rapjung-Mönche an. Sie sprachen davon, wie wunderbar es wäre, wenn Chinesen und Tibeter gemeinsam die Mysterien der Heilung ergründen könnten, und sie haben sogar Unterricht bei den Lamas genommen.« Lepka schaute kurz zu den Armeezelten und richtete den Blick dann wieder auf den frisch umgegrabenen Boden. »Mein Vater diente in der tibetischen Armee und war nicht hier, als es geschah. Er sagte, diese Mönche hätten vermutlich versucht, die chinesischen Soldaten aufzuhalten und das Blutvergießen zu verhindern. Aber nach dem Abzug der Soldaten war niemand aus Yapchi mehr am Leben, um die chinesischen Mönche zu verteidigen. Als die Leute aus den umliegenden Dörfern kamen und all die Leichen fanden, sind sie durchgedreht.«

Er sah nun nur noch Shan an, als lege er ein Geständnis ab und als müsse er diese Geschichte unbedingt einem Han erzählen. »Mein Vater sagte, die chinesischen Mönche hätten wahrscheinlich ihre Hilfe bei der Bestattung der Toten angeboten, aber die Menschen waren zu wütend.«

Zu wütend auf Chinesen, meinte er. Die Leute kamen, wurden rasend vor Zorn und wollten sich rächen. Keine Soldaten, sondern Bauern und Hirten. Shan blickte zu dem Schädel in der offenen Kiste. Diesen Mönch hatte man mit einer Hacke erschlagen.

»Hinterher konnten sie niemandem davon erzählen«, sagte Lepka verzweifelt und rang die Hände. Seine Frau stand hinter ihm und hielt seine Schulter. »Falls die Tat sich herumgesprochen hätte, wäre die chinesische Armee zurückgekehrt. Also haben unsere Familien den taoistischen Tempel niedergebrannt und unter einem Gerstenfeld verborgen.« Dem alten Mann liefen Tränen über die Wangen. »Später erfuhren die Mönche von Rapjung von der Tat. Sie kamen und beteten für alle, die gestorben waren, auch für die Chinesen. Dann ließen sie die Leute das Grab öffnen, das für die Dörfler angelegt worden war, und alle noch auffindbaren Überreste der Mönche ebenfalls dort bestatten. Alle Familien, die an den Morden beteiligt gewesen waren, mußten versprechen, ihre Erstgeborenen ins *gompa* zu schicken, damit sie dort zu *dobdobs* ausgebildet würden und so etwas nie wieder passieren könnte.« Er schaute zu dem furchteinflößenden Dzopa. Verteidiger der Tugenden hatte Chemi die Mönchspolizisten genannt. »Mein Bruder war einer von ihnen«, sagte Lepka, »aber er ist in Rapjung gestorben, als Maos Kinder kamen.«

Auf einmal ertönten an der Plattform laute Stimmen, und jemand forderte die Arbeiter auf, sich von dort zurückzuziehen, damit die Ehrengäste Platz nehmen könnten. Die Stühle und Bänke füllten sich schnell mit Chinesen und Tibetern in Anzügen. Oben an der Treppe stand Jenkins' Sekretärin, begrüßte die Gäste, überreichte ihnen einen Zettel mit dem Programm der Veranstaltung und schaute häufig zu einem der Armeezelte, vor dem sich eine große Traube Soldaten gebildet hatte. Dort mußte Lin mit Anya sein. Andere Soldaten patrouillierten bewaffnet auf dem Gelände.

Professor Ma hatte aus Dzopas Rucksack eine Decke genommen und über dem bewußtlosen Posten ausgebreitet, doch es war nur eine Frage der Zeit, bis der Mann wieder zu sich kommen und es neuen Ärger geben würde. Von der Plattform stieg einer von Lins Offizieren auf ein Podium und ging zu einem dort aufgestellten Mikrofon. Dann hob er einen hölzernen Zeigestock, deutete auf die Ruinen des Dorfes, die kahlen Hänge und sogar auf den verkohlten Fleck, an dem der bemalte Felsen gelegen hatte, erzählte unterdessen vom heldenhaften Beitrag der Volksbefreiungsarmee zur Erschließung des Tals und wies auf die Soldaten hin, die das Lager weiträumig abgesichert hatten.

Shan blickte noch einmal zu der Decke. Sie war weiß, zwar ziemlich verdreckt, aber weiß und mit Rußspuren. Dzopas Decke. Dzopa, der mit Jokar aus Indien hergekommen war. Shans Sicht schien kurz zu verschwimmen, und er sah noch etwas vor sich, diesmal vor dem inneren Auge. Er sah Jokar nachts dasitzen, eingewickelt in Dzopas Decke. Und er sah Drakte wegrennen, panisch, mit großen Schmerzen, auf der Flucht vor Tuans Weißhemden, die ihn verfolgten, ihn fangen wollten und ihm womöglich auflauern würden. Shan sah Drakte stehenbleiben, weil vor ihm plötzlich eine weiße Gestalt auftauchte, sah Drakte einen Stein in die Schleuder legen und einen Schuß auf Jokar abgeben. Das Schaudern, das ihn überkam, verriet Shan aus irgendeinem Grund, daß er die Wahrheit gesehen hatte.

Jemand erklomm zielstrebig die Stufen der Plattform und zog die erwartungsvollen Blicke der Sitzenden auf sich. Es war Jenkins, der mittlerweile ein sauberes blaues Hemd und eine rote Krawatte trug. Ihm folgten ein halbes Dutzend Männer, die ähnlich gekleidet waren, darunter zwei Westler. Als Jenkins beiseite trat und die Leute heranwinkte, entdeckte Shan eine weitere Gruppe, die sich in der Nähe versammelte. Oder versammelt wurde. Die Soldaten trieben mehr als fünfzig Tibeter Richtung Plattform. Wahrscheinlich die zwangsverpflichteten Arbeiter, denn mehrere von ihnen nickten Lhandro unauffällig zu.

Schließlich kamen Direktor Zhu und eine ältere Frau in dunkelgrauem Kostüm, die zum Schutz vor der Sonne einen Strohhut aufgesetzt hatte, und nahmen auf den letzten beiden Stühlen in der ersten Reihe Platz. Zhu kniff die Augen zusammen und schaute zu der Grabungsstelle, zu Shan, Jokar und

Tenzin. Sogar aus dieser Entfernung konnte Shan seine plötzliche Erregtheit erkennen und beobachtete, wie Zhu einen der Soldaten der Kriecher zur Plattform beorderte und in ihre Richtung deutete. Der Kriecher machte einige Schritte und blieb dann stehen, weil ein Armeeoffizier etwas rief. Der Mann rannte die Treppe zur Plattform hinauf, sah zum anderen Ende des Tals und sprach dabei hektisch in ein Funkgerät. Gleich darauf lief er zu Jenkins und deutete mit siegreichem Lächeln nach Süden.

Shan konnte nicht hören, was gesagt wurde, aber nach der Aufregung des Offiziers zu urteilen, hatten die Soldaten irgendeinen weiteren Erfolg erzielt. Die Männer in den blauen Hemden applaudierten Jenkins, ein Armeelaster raste vorbei, und am fernen südlichen Ende des Tals bemerkte Shan eine Patrouille.

»Es geht ihr gut, Winslow«, sagte auf einmal eine tiefe Stimme. Jenkins war zur Grabungsstelle gelaufen und sah Winslow entschuldigend an. »Ich dachte, es würde Sie interessieren. Die Soldaten sagen, Larkin sei mit einem Haufen Tibetern da oben unter den Bäumen und grabe nach irgendwas. Man bringt sie jetzt her.« Der Manager musterte Winslow, schüttelte den Kopf und seufzte. »Das mit dem Fax tut mir leid. Falls es hilft, lege ich gern ein gutes Wort für Sie ein. Sie wollten nur helfen, das weiß ich.« Winslow reagierte nicht, sondern starrte nur zum anderen Ende des Tals. Jenkins zuckte die Achseln und schritt zur Plattform zurück.

In einem entlegenen Winkel von Shans Verstand meldete sich eine spöttische Stimme. Zehn Monate Freiheit. Vier Jahre im Gulag und dann zehn Monate in Freiheit. Viele *purbas* lebten so und konnten zwischen ihren langen *lao-gai*-Strafen immer nur kurz für ihre Sache arbeiten.

Doch es gab noch eine zweite Stimme, die aus ebenso großer Ferne durch einen langen dunklen Korridor zu erklingen schien. Der Götterfelsen. Eine noch so kleine Ablenkung würde einigen der Tibeter vielleicht die Flucht ermöglichen. Falls Jokar und Tenzin davonkamen, würde Shan jedes künftige Leid ertragen können. Langsam und unauffällig näherte er sich den Arbeitern, die das Banner fertigstellten. Zunächst war ihm gar nicht bewußt, was er tat, und so fand er sich unversehens neben den roten Farbeimern wieder, bückte sich und nahm einen. Als er den Kopf hob, stand Somo nur anderthalb Meter von ihm entfernt und schaute verzweifelt zu der Kolonne der Gefangenen, die soeben die Ruinen des Dorfs erreichte. Shan trat zu ihr und reichte ihr den Farbtopf. Verwirrt nahm Somo ihn entgegen. Sie sahen einander kurz an – auf jene traurige, stolze Weise, wie es Soldaten tun mochten, denen ein Himmelfahrtskommando bevorstand.

Shan lächelte matt. »Können Sie laufen?« fragte er.

Somo stutzte, doch dann schienen ihre Augen aufzuleuchten. Sie sah den Farbeimer an und lächelte zurück. Leise erläuterte Shan ihr seinen Plan, und kurz darauf verschwand sie in der Menge, während er zur Grabungsstelle zurückkehrte.

Im selben Moment plärrte erneut die Hymne aus den Lautsprechern, und die Ehrengäste erhoben sich, um unter vereinzeltem Beifall die letzte Besuchergruppe willkommen zu heißen, die vom Lager zur Plattform marschierte. Shans Kehle schnürte sich zusammen, denn er sah Khodrak, Padme und Tuan in Begleitung eines Trupps Weißhemden. Die drei Männer schüttelten zahlreiche Hände. Dies war ihr Tag. Khodrak schritt mit seinem Bettelmönchstab gemessen einher, und Padme, der einen Schritt hinter ihm folgte, trug die schwarze Ledertasche, die Shan im Besprechungszimmer von Norbu gesehen hatte.

Professor Ma ging auf die Delegation zu, begrüßte sie freundlich, sprach zuerst mit Padme und dann mit Khodrak, der fröhlich auf den älteren Han einzugehen schien.

Lhandro erwachte als erster aus der allgemeinen Starre. »Es ist gefährlich für den Professor«, raunte er Shan zu. »Er weiß nicht, was für eine Art Mönch dieser Khodrak ist.«

»Er vermutet hier etwas von Bedeutung«, sagte eine sanfte besorgte Stimme an Shans Schulter. Es war Mas Assistentin, die junge Studentin, die den Bericht offenbar abgeschlossen hatte, denn sie hielt einen großen braunen Umschlag in der Hand. »Er muß gehen. Ich versuche schon die ganze Zeit, ihn zum Aufbruch zu überreden. Wissen Sie, er sollte mal Rektor der gesamten Universität werden und war bei seinen Studenten so beliebt, daß sie ihn gebeten haben, abends inoffizielle Zusatzseminare abzuhalten.« Sie sprach schnell, als habe sie schon länger vorgehabt, Shan und seinen Freunden davon zu erzählen. »Vor fünf Jahren stand seine Ernennung zum Rektor kurz bevor, aber dann hat jemand aus Peking seinen Unterricht besucht und festgestellt, daß er sich nicht an die verordnete Geschichtsschreibung hielt.« Sie verstummte und schaute zu einer Gruppe Offiziere, die das Zeltlager verließ, darunter auch Lin in einer sauberen Uniform. »Der Professor hat gelacht und gesagt, daß die Geschichte ein schillernder Wandteppich sei und das Geschichtsbuch der Partei sie wie einen alten grauen Fetzen aussehen lasse. Seine Studenten haben auch gelacht und applaudiert. Der Besucher hat nicht gelacht. Ein anderer Professor wurde Rektor, und Professor Ma darf seitdem nicht mehr unterrichten, sondern muß sich auf die Forschung beschränken.«

Shan musterte den alten Han, der etwas an Khodrak entdeckt zu haben schien, das er nun genauer untersuchen wollte. Was machte der Professor da? Lepka hatte gesagt, er sei ein guter Mann. In einem anderen Leben hatte er als chinesischer Mönch womöglich auf sanfte Art versucht, die Kluft zwischen den Völkern zu überbrücken.

Shan befand sich nicht in Hörweite, aber Ma und der Vorsitzende von Norbu gompa schienen sehr leutselig miteinander umzugehen. Dabei nahm der Professor Khodrak von Kopf bis Fuß in Augenschein, betrachtete die elegante Robe, die vortrefflich gearbeiteten Ledersandalen und die echten Perlen der Gebetskette, die an seinem Gürtel hing. Nach einem Moment deutete er auf den Bettelmönchstab, den Khodrak ihm daraufhin zögernd hinhielt. Der Professor strich über das kunstvoll verzierte Metallende, und dann geschah etwas Merkwürdiges: Die Männer schienen beide an dem Stab zu zerren, bis Khodrak ihn Ma mit einem Ruck entriß und verärgert weiterging. Der Professor blickte ihm seltsam enttäuscht nach. Eine der Kriecherwachen lief zu Khodrak und flüsterte ihm etwas ins

Ohr. Der Vorsitzende sah zu der Grabungsstelle, und seine Augen begannen zu funkeln. Er hatte Jokar entdeckt.

Die Musik verklang. Jenkins trat an das Mikrofon, als wolle er eine Rede halten, doch sein Blick war auf die sonderbaren Vorgänge an der Grabungsstelle gerichtet. Die Menge schien es ebenfalls zu bemerken und wurde allmählich leiser.

Ma eilte plötzlich an Khodrak vorbei und stellte sich wie zum Schutz vor Jokar. Lepka gesellte sich hinzu, als würden Jokar, Ma und er – die drei ältesten Männer vor Ort – sich plötzlich verpflichtet fühlen, dem Vorsitzenden von Norbu Widerstand zu leisten. Khodrak runzelte die Stirn und warf dann Oberst Lin, der ein paar Meter entfernt stand, einen durchdringenden Blick zu, als fordere er ihn zum Eingreifen auf. Lin machte nur einen einzigen Schritt auf den Professor zu, so daß Khodrak allein blieb und kurzzeitig verblüfft wirkte. Er schien seine Weißhemden herbeiwinken zu wollen, doch Ma kam ihm zuvor.

»Vor hundert Jahren haben Tibeter hier eine schreckliche Untat verübt«, sagte der Professor laut und wies mit ausholender Geste auf die Grabungsstelle.

»Nicht die Tibeter«, warf Lin gereizt ein und wollte anscheinend noch mehr sagen, doch die Worte blieben ihm im Hals stecken. Hilfesuchend schaute er zu Shan. Khodrak kam wieder näher. Er schien seine Wut nicht im Zaum halten zu können, nicht einmal im Angesicht derer, die gekommen waren, um ihn zu feiern. Oder es gab eine andere Erklärung, dachte Shan. Vielleicht hielt Khodrak sich bereits für dermaßen sicher und unangreifbar, daß er den Ehrengästen seine neue Macht eindrucksvoll demonstrieren wollte.

»Dieser alte Tibeter ist ein Verbrecher!« rief der Vorsitzende von Norbu gompa dem Oberst zu. Er deutete anklagend auf Jokar und wiederholte die Worte in Richtung der Funktionäre, die auf der Plattform saßen.

Shan stellte sich neben Lepka und Ma vor Jokar, was Khodrak mit einem Hohnlächeln quittierte. »Ein leitender Verbrecher des Dalai-Kults«, fuhr er mit lauter Stimme fort, »umgeben von seinen Handlangern! Sie schüren den Rückschritt!«

Ungeduldig sah er zu Lin und dessen Männern sowie kurz zu den Funktionären. Dann richtete er sich kerzengerade auf, strich seine Robe glatt und wandte sich mit dem Stab in der Hand zur Plattform um.

»Man wird noch lange vom heutigen Tag sprechen«, rief er, »denn heute wird das neue China mit der Macht des wirtschaftlichen Fortschritts und Wohlstands die letzten üblen Subjekte dieser Region aus ihren Löchern jagen!« Der Vorsitzende von Norbu hatte offenbar eine Rede einstudiert und beschlossen, dies sei der geeignete Zeitpunkt, sie zu halten. Er hatte nicht damit gerechnet, daß Jokar frei herumlaufen würde, und wollte nun sicherstellen, daß alle Welt seinen Anspruch auf den alten Lama zur Kenntnis nahm. Wenn es nach Khodrak ging, würde der Tag sich nicht um die Ölquelle, sondern um seine persönlichen Triumphe drehen.

»Für das Tal und den Bezirk ist der Tag der Abrechnung gekommen, für Norbu und das Büro für Religiöse Angelegenheiten ein Tag von geschichtlicher Bedeutung.« Er wies auf die lange Kolonne, die mit vorgehaltenen Waffen durch das Tal herangeführt wurde, dann auf Jokar. »Heute löschen wir die kriminellen Elemente aus, die in diesem Bezirk am Feudalismus festgehalten haben. Heute beginnt ein neues Leben! Ein neues Zeitalter! Man wird bis nach Peking davon hören!« Sehnsüchtig schaute er zu dem Mikrofon auf dem Podium. Einer der Weißhemden sprang hinauf, nahm es aus der Halterung und brachte es Khodrak, der abermals auf den Lama-Heiler wies.

Jokar schien keine Notiz davon zu nehmen. Sein Blick war auf den schneebedeckten Gipfel des Bergs Yapchi gerichtet, als könne er dort etwas sehen, das allen anderen verborgen blieb. Auf seinem Gesicht lag ein müdes, aber heiteres und gelassenes Lächeln.

»Das ist ein führendes Mitglied einer der feudalistischsten Institutionen von ganz Tibet, die als gefährliches Instrument der Unterdrückung dient!« Khodraks Stimme hallte nun durch das ganze Tal, und der Vorsitzende reckte seinen Bettelmönchstab in die Luft, als wolle er die Ausführungen dadurch noch unterstreichen. »Ein Verschwörer aus dem engsten Umkreis des Dalai-Verbrechers persönlich! Ein Agent, der aus Indien hergeschickt wurde, um die neue Ordnung zu untergraben!«

Jemand huschte an Shan vorbei und hielt auf Khodrak zu. Es war Dzopa, und er hatte den Stab ebenfalls erhoben. Khodrak lächelte verächtlich, senkte den Stab und umklammerte ihn mit beiden Händen, so daß das Metallende wie eine Speerspitze auf den *dobdob* zielte.

Ein Schuß peitschte auf.

Dzopa wurde umgerissen und stürzte ächzend zu Boden. Die Soldaten hinter Lin wirbelten mit erhobenen Waffen herum. Im selben Moment lief Padme an Khodraks Seite, und Winslow verschwand zwischen den tibetischen Arbeitern. Einer der Schreihälse hielt die rauchende Pistole noch immer ausgestreckt. Wütend zeigte Lin auf den Mann, woraufhin der nächstbeste Soldat vorsprang, dem Schreihals die Waffe mit dem Gewehrkolben aus der Hand schlug und seinen Stiefel darauf stellte.

Dzopa hielt sich stöhnend die blutende linke Wade. Lhandro eilte zu ihm und drückte einen Schal auf die Wunde. Jokar ging zwei Schritte auf den *dobdob* zu und wurde dann von Lepka zurückgehalten, der ihm eine Hand auf die Schulter legte. Tenzin trat vor und kniete sich neben Lhandro und Dzopa. Khodrak verfolgte es mit triumphierendem Lächeln.

Shan sah mehrmals von Lin zu Dzopa. Dann fiel sein Blick auf den Bettelmönchstab in Khodraks Händen.

»Verhaftet sie!« rief Khodrak den Wachen zu. »Ihr habt gesehen, was der Mann mit dem Stab getan hat. Jetzt zeigt sich auch sein Begleiter, der Kerl mit der *chig*! Und der Han, der mit ihnen unter einer Decke steckt!« Er deutete auf Shan. »Verhaftet sie alle! Es sind Verräter! Mörder!«

Chig. Shan war verwirrt. *Chig* hieß Eins. Er schaute zu Lhandro, der immer noch neben Tenzin kniete. Die einfachste und älteste Art, in tibetischer Schrift die Ziffer Eins darzustellen, war ein umgedrehtes, leicht nach rechts geneigtes U. So wie das Muttermal auf Lhandros Hals. Shan sah von Khodrak zu Lhandro. Der Kerl mit der *chig*.

Er bemerkte, daß Tenzin etwas mit dem Finger auf den Boden zeichnete. Eine gerundete Form, die der arabischen Zahl Drei glich, aber ein Stück nach links gekippt, und der untere Strich lief wie ein Schwanzende nach hinten aus. Shan kannte diese Form gut, denn sie entsprach der doppelt geschwungenen Narbe auf Draktes Stirn. Auf tibetisch hieß dieses Symbol *nyasha*. Fisch. Der Vorsitzende hatte einst nach einem Mann mit einem Fisch gesucht.

Als Khodrak die Zeichnung im Staub sah, verschwand sein Lächeln, und er kehrte Tenzin und Dzopa den Rücken zu. »Mörder!« rief er erneut. »Ergreift sie!«

»Mörder?« fragte jemand laut hinter Khodrak. Mehrere der Funktionäre waren bis zum Rand der Plattform vorgetreten. Einer von ihnen, ein schlanker älterer Mann mit grauer Uniform, musterte den Vorsitzenden von Norbu gompa verwirrt. »Sie ordnen eine Verhaftung an?«

»Für den Mord an einem Mitarbeiter des Büros für Religiöse Angelegenheiten in Amdo.« Die Erklärung kam Khodrak nur zögernd über die Lippen. »Es wird geschrieben stehen, daß er ein Held war, der für unsere aufrechte Sache gestorben ist. Er hat sein Leben für die Klarheitskampagne geopfert und stand beispielhaft für die Art, wie Norbu die neue Ordnung durchsetzt.«

Es wird geschrieben stehen. Khodrak hatte Lügen zu Papier gebracht, um seine neue Machtposition zu erlangen. Drakte hatte die Wahrheit niedergeschrieben, um ihn aufzuhalten, und war dafür gestorben. Shan spürte, daß er sich vorwärts bewegte, und auf einmal stand er zwischen Khodrak und der Plattform. Khodrak funkelte ihn wütend an und drohte mit dem Stab in seine Richtung. Shan starrte die Spitze des Stabs an.

»Ich kenne den Helden, der sein Leben für die Wahrheit gegeben hat«, behauptete er.

Der Lastwagen, der Larkin und die Tibeter eskortierte, hupte plötzlich laut wie zur Feier des Siegs, und die Leute auf der Plattform wandten ihre Aufmerksamkeit der Kolonne der Gefangenen zu. Nur Khodrak und Shan sahen einander unbeirrt in die Augen, bis Khodrak jäh den Stab senkte und ausholte. Shan spürte schon das kalte Metall auf dem Bauch, als eine Hand vorschoß, das Ende des Stabs packte und es wegstieß. Professor Ma hatte in letzter Sekunde eingegriffen. Das Hupen hörte auf, Khodrak zog den Stab mit zufriedener Miene zurück und ging um Shan und Ma herum.

Seltsam ungerührt schauten sie dem Mann hinterher. Als Shan sich dann zur Seite wandte, sah er, daß Ma die Hand anstarrte, mit der er den Stab gepackt hatte. Die Handfläche des Professors war aufgeschlitzt worden, und von seinen Fingerspitzen tropfte Blut zu Boden.

Die alten Tibeter erzählten, daß Augenblicke der Erleuchtung von Geräuschen begleitet seien, nicht von menschlichen Worten, sondern von Lauten, die der Geist unwillkürlich von sich gab, sobald er mit den Göttern in Kontakt trat. Der Ton, der in diesem Moment aus Shans Mund drang, war vielleicht ein solcher Widerhall der Erkenntnis, eine merkwürdige Mischung aus Stöhnen, überraschtem Keuchen und Schmerzensschrei.

Der Professor schien die eigene Verletzung zu vergessen und sah ihn besorgt an. »Sind Sie krank?« fragte er.

Ja, wollte Shan erwidern. Ich leide an der Wahrheit, an dem erdrückenden Wissen, was Pekings Besatzungsjahre aus uns allen gemacht haben.

Doch statt dessen erklang eine laute, ruhige Stimme. »Einen Yak«, sagte sie ernst. »Nur einen Yak. Lamtso Gar hat einen Yak.« Shan wollte sich schon suchend umschauen, doch dann wurde ihm klar, daß es seine eigene Stimme war. »Achtzehn Schafe. Fünf Ziegen«, sagte er und mußte daran denken, wie die Frau am See stolz auf den entsprechenden Eintrag gezeigt hatte. »Und zwei Hunde.«

Khodrak blieb stehen. Sein Gesicht wechselte die Farbe, wurde erst blaß, dann zornesrot. Der Vorsitzende von Norbu stand plötzlich wieder vor Shan, schwang den Stab und hieb ihm diesmal das untere Ende in den Leib. Shan sackte auf die Knie, hielt sich den Bauch und rang nach Luft, doch sein Blick war auch weiterhin auf die Plattform gerichtet und schwenkte dann von den Ehrengästen über die Tibeter zu den Soldaten, als würde er alle gleichzeitig ansprechen wollen.

»Letztes Jahr«, rief Shan keuchend den Funktionären zu, »ist dort ein kleines Kind verhungert.«

»Feigling!« knurrte Khodrak. »Wir sind die Vorreiter der neuen Ordnung. Wir sind hergekommen, um gefeiert zu werden.« Er drehte sich um. »Tuan!« rief er, und der Direktor tauchte auf, gefolgt von vier Weißhemden, die sich offenbar mit Freuden auf Shan stürzen wollten. Doch dann zog Shan ein Stück Papier aus der Tasche und faltete es auseinander: das Foto von dem Landhaus am See, das er aus Tuans Büro mitgenommen hatte. Er streckte es wie eine Waffe aus. Tuan blieb drei Meter vor ihm stehen und erbleichte.

Lin stieß einen barschen Befehl aus, woraufhin Soldaten sich neben die Weißhemden stellten und ihnen den Weg versperrten. Der Oberst ging damit kein persönliches Risiko ein, dachte Shan. Er gestattete Shan lediglich, sich vor den hohen Funktionären selbst ans Messer zu liefern.

Im Gegensatz zu Khodrak wußte Shan genau, an wen er sich wenden wollte. Er rappelte sich auf und trat dichter vor die Plattform, während Khodraks wütender Blick erst ihn und dann Lin durchbohrte. »Die Bevölkerung des Bezirks hat eigene Wirtschaftsdaten gesammelt. Daten, die auf der Wahrheit basieren. Das Volk muß auch eine Stimme besitzen. Als man versucht hat, diesen Bericht dem stellvertretenden Direktor Chao in Amdo zu übergeben, hat Khodrak erst Chao und dann den tibetischen Boten ermordet.«

Es mochte unglaublich scheinen, aber Shan wußte, daß er nur vor diesem Publikum die nötige Aufmerksamkeit erhalten würde, einem Publikum, das aus Soldaten bestand, die den Kriechern mißtrauten, Schreihälsen, die den Kriechern mißtrauten, und Kriechern, die allen mißtrauten; einem Publikum, in dem die, die nicht aus Lhasa stammten oder zum Ministerium gehörten, genau diese Leute fürchteten, und die seine Ausführungen zulassen würden, weil sie die Sprache der Bezichtigungen gewohnt waren und gelernt hatten, daß Mißtrauen, Angst und Vorwürfe die Fundamente der Macht darstellten.

»Die Tatwaffe war der Stab, den er bei sich trägt. Messen Sie die Spitze nach, und Sie werden feststellen, daß sie zu der tödlichen Wunde des stellvertretenden Direktors Chao paßt.« Inzwischen war Shan sich sicher, daß sie auch noch zu einer anderen Verletzung paßte, zu dem klaffenden Schnitt in Draktes Unterleib, den der *purba* mit grobem Garn und einer Zeltnadel selbst zu nähen versucht hatte. Drakte war es gelungen, aus Amdo zu fliehen, doch die von Khodrak beigebrachte Wunde hatte ihn am Ende in der Einsiedelei getötet. Und das heilige Mandala zerstört.

Die Gefangenen vom anderen Ende des Tals kamen immer näher und würden das Lager in fünf Minuten erreichen. Melissa Larkin zählte zu ihnen und würde sich Auge in Auge mit Zhu wiederfinden.

Hinter Shan regte sich jemand. Professor Ma stellte sich neben ihn; zwei Chinesen gegen den tibetischen Vorsitzenden von Norbu gompa. Der Professor sagte nichts, sondern hob den Arm und drehte die Handfläche nach außen, so daß die Funktionäre aus Lhasa, die in der ersten Reihe saßen, deutlich das Blut sehen konnten, das von seinen Fingern tropfte. Die streng wirkende Frau in dem grauen Kostüm keuchte auf und flüsterte dem Mann neben ihr etwas ins Ohr.

»Lügen!« rief Khodrak. »Es gibt dafür keinerlei Beweise!« Unsicher schaute er zu seinen Wachen, die weiterhin von den Soldaten in Schach gehalten wurden, und dann zu Tuan, der immer noch wie betäubt dastand. Es schien, als habe der Direktor schlagartig resigniert, doch Shan wußte, daß dies bereits vor langer Zeit geschehen war. Keinen Moment lang hatte er Khodraks Eifer oder Ziele geteilt. Der Besuch in Tuans Büro hatte eine Tür in Shans Gedächtnis geöffnet, ganz am Ende des dunklen, fernen Korridors, der für seine Pekinger Inkarnation stand. Für den auf Korruptionsermittlungen spezialisierten Inspektor Shan war die Beweislage eindeutig. Verglichen mit Khodrak nahmen Tuans Ambitionen sich wesentlich bescheidener aus. Der Direktor hatte nichts anderes gewollt, als in Ruhestand zu gehen, bevor seine Krankheit ihn umbrachte. Und finanziert werden sollte sein kleines Häuschen am See von den

Gehältern der fünf erfundenen Soldaten, die er auf die Lohnliste gesetzt hatte.

»Sie sind in Amdo gewesen, um zu verhindern, daß das Büro für Religiöse Angelegenheiten die korrekten Daten erhalten würde«, fuhr Shan fort, »denn der stellvertretende Direktor Chao hätte sie nach Lhasa weitergeleitet. Dann aber erkannten Sie den Tibeter, der den Bericht überbrachte. Sie hatten ihn in Lhasa mit dem Abt von Sangchi gesehen, und zwar an dem Abend, an dem er verschwand. Ihnen wurde klar, daß dies vermutlich bedeutete, daß der Abt sich nicht an der indischen Grenze aufhielt. Allerdings haben Sie niemanden in Lhasa davon unterrichtet, sondern die Suche im Süden weiterlaufen lassen, weil Sie eigene Pläne hatten: Sie wollten den Abt selbst aufspüren, damit er den Erfolg Ihrer Kampagne verkünden würde. Nicht die Klarheitskampagne. *Ihre* Kampagne. Nicht Lhasas Kampagne, nicht Pekings Kampagne. Eine neue Kampagne mit dem Ziel, die Gewalt in den *gompas* zu übernehmen. Statt der Öffentlichen Sicherheit sollte in Zukunft eine neue Truppe dafür zuständig sein, gebildet aus den Reihen des Büros für Religiöse Angelegenheiten. Ähnlich wie die Truppe, die Sie gemeinsam mit Direktor Tuan gegründet haben, ohne von Lhasa dazu ermächtigt worden zu sein.« Die Morde wären den hohen Funktionären letzten Endes gleichgültig gewesen, doch Khodrak hatte ein weitaus schlimmeres Verbrechen begangen. Er hatte sich insgeheim gegen eine offizielle Parteikampagne verschworen. Er war nicht loyal gewesen.

»Lügen!« zischte Khodrak erneut. »Sie werden schon sehen«, sagte er in Richtung der Plattform. »Ich habe noch etwas für Sie.« Er drehte sich um, suchte die Gesichter der Menge ab und rief nach Padme. »Einen schlagenden Beweis für den Verrat dieser Leute!« Der junge Mönch drängte sich nach hinten durch die Menge und kehrte mit der schwarzen Ledertasche zurück. Khodrak öffnete sie hastig, nahm ein großes, in Stoff gewickeltes Bündel heraus und reichte es triumphierend der Frau im grauen Kostüm am vorderen Rand der Plattform.

Sie nahm es entgegen und wickelte es aus. Zwei der anderen Würdenträger schauten ihr dabei über die Schulter. Als der Stoff beiseite fiel, keuchte Khodrak auf und schien mit dem

Stab nach Padme schlagen zu wollen, doch auch der junge Mönch starrte ungläubig auf den Inhalt des Päckchens. Es war Draktes zerfleddertes Geschäftsbuch, das Shan zuletzt am Vorabend in der Höhle gesehen hatte. Die Frau überflog ein paar Seiten und hob dann empört den Kopf.

Sie schien vor Wut regelrecht zu zittern. Dann nahm sie den Strohhut ab. »Soldaten der Öffentlichen Sicherheit«, rief sie. »Gebt euch innerhalb der nächsten sechzig Sekunden zu erkennen, und ihr werdet nicht bestraft. Das ist ein Befehl eurer Generalin!«

Die Schreihälse benötigten keine weitere Aufforderung und keine Diskussion. Manche von ihnen fluchten, andere stöhnten, aber alle zogen schnell die weißen Hemden aus und liefen in Richtung Lager davon. Zwei Männer in der regulären grauen Uniform der Öffentlichen Sicherheit gingen auf Khodrak und Padme zu. Khodrak starrte die Frau an. Er war leichenblaß, hielt den Stab mit beiden Händen umklammert und mußte sich darauf stützen. Ein anderer Kriecher kam zu Shan und streckte die Hand aus. Shan gab ihm das Foto des Landhauses, das gefaltete Fax mit den erfundenen Namen, die man zu Tuan zurückverfolgen würde, und schließlich den gelben Zettel, den Drakte am Abend vor seinem Tod von Chao erhalten hatte. Der Kriecher musterte ihn zögernd und wandte sich dann zu der Frau auf der Plattform um, die ihre Hand bereits nach den Papieren ausstreckte.

Auf einmal wies Padme in Richtung des Hangs, auf dem Larkin und die Tibeter gearbeitet hatten. »Diese Heiden!« rief er mit einer seltsamen Mischung aus Ärger und Hoffnung und rannte zwischen den Soldaten hindurch.

Somo hatte die Stelle erreicht, erkannte Shan. Einer der Felsbrocken dort war nun mit leuchtendroter Farbe gestrichen. Die Gottheit hatte sich abermals offenbart.

Lin schüttelte verdrossen den Kopf und sagte etwas zu einem der Offiziere, der daraufhin zu den Zelten lief. Die meisten der Funktionäre auf der Plattform verfolgten immer noch aufmerksam sämtliche Geschehnisse, als gehöre dies alles zu der geplanten Feier.

Mit metallischem Klirren kam der Kampfpanzer aus dem Schatten des Lagers zum Vorschein; der Offizier stand in der offenen Turmluke. Hundert Meter vor dem Lager blieb der Panzer stehen. Das Geschütz richtete sich auf den fernen Hang und schoß dann in schneller Folge drei Granaten ab.

Der Boden am südlichen Ausgang des Tals explodierte sofort, genau wie beim Angriff auf den ersten Götterfelsen. Trümmer regneten herab, und eine Staubwolke stieg auf. Die dritte Granate führte zu einer wesentlich stärkeren Detonation als die ersten beiden Treffer. Larkin und ihre Leute hatten dort nicht nur gegraben, sondern außerdem die Sprengsätze deponiert. Der Panzerkommandant wirkte ziemlich verwirrt, während er den Feuerball und die hochgeschleuderten Gesteinsmassen durch ein Fernglas betrachtete. Er sah zu Lin und zuckte die Achseln. Mehrere der Funktionäre applaudierten. Anscheinend gefiel es ihnen, daß die Armee die Feier durch ein kleines Feuerwerk auflockerte.

Lin starrte erst auf den Hang, wo der Staub sich schnell wieder legte, und dann zu Shan. Plötzlich klappte sein Unterkiefer herunter, und die Menge raunte erstaunt, weil eine riesige Kreatur am Rand der Grabungsstelle aufgetaucht war. Jampa stand dort und schnüffelte an der frisch aufgewühlten Erde. Der Yak ging langsam zu der Kiste, in der Ma die Artefakte verwahrte, roch daran und berührte sie mit der Schnauze. Alle beobachteten schweigend, wie das Tier gemächlich zwischen Shan und Khodrak und danach an Lin vorbeiging, stehenblieb und zur gegenüberliegenden Seite des Tals schaute. Es neigte den wuchtigen Kopf, reckte die Nase hoch in die Luft und stieß ein langgezogenes, überaus lautes Brummen aus. Jedermann schien nur Augen für das Tier zu haben, manche belustigt, andere ernst und ehrfürchtig, als spürten sie, daß der Yak versuchte, mit ihnen oder mit etwas in den Bergen zu sprechen. Wie zur Antwort ertönte von dem fernen Hang ein gedämpfter Donner. Nicht wirklich ein Donner, sondern eher ein Grollen aus dem Bauch der Erde.

»Ein Beben!« rief einer der Ölarbeiter.

Noch immer rührte sich niemand. Alle Blicke folgten denen

des mächtigen Yaks zum Hang, wo das Grollen zuzunehmen schien, als staue sich immer mehr Druck auf. Irgend etwas gab nach, und ein merkwürdiges Rauschen war zu hören, gefolgt von einer undeutlichen Bewegung am Hang.

Das gespannte Schweigen hielt an und wurde schließlich von Jenkins durchbrochen, der von seinem Platz auf der Plattform aufstand und beunruhigt zur anderen Seite des Tals starrte.

»Veeer-flucht!« schrie der amerikanische Manager verzweifelt. Er sprang von der Plattform, lief auf den nächstgelegenen Lastwagen zu und erteilte lautstark die Anweisung, die Bulldozer sollten ihm folgen. An der Tür des Lasters hielt er inne. »Gottverdammte dämliche Scheißarmee!« brüllte er und feuerte jede einzelne Silbe wie einen Kanonenschuß ab. Dann sah er zu den verblüfften Arbeitern und deutete auf den Hang. »Schnell! Schnell! Schnell!« rief er und stieg in das Führerhaus.

Lin nahm ein Fernglas und schaute verwundert hindurch. Als er es sinken ließ, lag ein ehrfürchtiger Ausdruck auf seinem Gesicht. Er sah Shan an, wirkte für einen Moment sehr traurig, fing sich wieder und sprach hastig mit dem Offizier an seiner Seite. Der Mann hob ein Funksprechgerät und rief schroffe Befehle hinein. Soldaten rannten auf den Bohrturm zu. Lin beugte sich erneut zu dem Offizier. Der Mann zögerte kurz und war sichtlich enttäuscht. Dann sprach er in das Funkgerät. Die Soldaten, die Larkin und die Tibeter bewachten und nur noch hundert Meter entfernt waren, setzten sich von der Kolonne ab. Ihre Gefangenen schienen es gar nicht zu bemerken, denn sie scharten sich jubelnd um Larkin und wiesen zum Hang. Einige von ihnen schwenkten *khatas*.

Lin blickte auf das Fernglas in seiner Hand, ging zu Shan und streckte es ihm langsam entgegen.

Doch Shan benutzte den Feldstecher nicht, um den Ort der Explosion zu betrachten, sondern hielt auf dem Hang verzweifelt nach Somo Ausschau. Falls sie bei dem Felsen geblieben war, würde sie nicht mehr am Leben sein. Er konnte keine Spur von ihr entdecken.

»Das verstehe ich nicht«, sagte Professor Ma hinter ihm.

»Die Gottheit hat gesprochen«, sagte Lhandro. Er stand ein Stück neben ihnen und stützte seinen Vater, der mit breitem Lächeln den Hang anstarrte, während Tränen über seine Wangen rannen. Jokar kniete an der Seite des verletzten *dobdob*, hatte ihm eine Hand auf den Kopf gelegt und sprach leise. Es war merkwürdig, aber Dzopa deutete auf den Yak.

»Wasser«, sagte Shan von Staunen erfüllt. »Es gab einen unterirdischen Fluß, und nun wurde er freigelegt.« Die Worte schienen so einfach, die Tatsachen so unglaublich. Melissa Larkin war es zu keinem Zeitpunkt um den Beifall der geologischen Fachwelt gegangen. Sie und die *purbas* hatten nach dem verborgenen Fluß gesucht, weil sie hofften, ihn gegen das Ölprojekt einsetzen zu können.

Lastwagen rasten das Tal hinunter, manche voller Arbeiter, anderen beladen mit Schaufeln, Spitzhacken und Eimern. Wiederum andere holten die Arbeiter ab, die bei der Plattform standen. Die Funktionäre liefen verwirrt umher und erkundigten sich, wann die Feier denn fortgesetzt werden würde. Ganz anders die ehemaligen Weißhemden; sie standen eng beieinander und lauschten erschrocken der Frau auf der Plattform, die mit ausgestrecktem Finger auf Khodrak zeigte und drohend etwas sagte. Als sie fertig war, eilten mehrere seiner einstigen Wachen auf Khodrak zu. Sie schienen dienstbeflissen ihre Reue demonstrieren zu wollen, entwanden ihm den Stab und zerrten ihn zu einem der weißen Geländewagen des Büros.

»Das Wasser wird genau zum Bohrturm fließen, zum tiefstgelegenen Punkt«, sagte Shan und sah, daß erst Jampa und dann Gyalo zu Jokar kamen. Der *dobdob* hielt kurz Jokars Arm umklammert und ließ ihn wieder los. Es klang, als würde er schluchzen. Dann stieg der alte Lama mit der Hilfe des Mönchs langsam auf den breiten Rücken des Yaks. Lin schritt zum Rand der Grabungsstelle und tat so, als würde er Lepka und die anderen, die dort saßen, gar nicht bemerken. Shan schaute erneut zu Gyalo und mußte an dessen seltsame Behauptung denken, er, Shan, habe das Rätsel gelöst. Dabei hatte er Lhandro lediglich von dem unerklärlichen Rauschen erzählt, das ihm in der Nähe des ersten Götterfelsens aufgefallen war.

Gyalo führte Jampa und Jokar den Bergkamm hinauf, was in dem allgemeinen Durcheinander niemandem auffiel.

Shan wandte sich zur Grabungsstelle um. Tenzin war zwischen den Bäumen verschwunden.

»Wird ein bißchen Wasser denn etwas Grundlegendes ändern?« fragte Ma.

Shan blickte zu dem fernen schneebedeckten Gipfel empor. »Nein, es bedeutet bloß eine Verzögerung. Aber es bleibt vielleicht nicht bei ein bißchen Wasser. Das hängt vom Berg ab«, sagte er und erkannte, daß es klang, als würde er von einer Gottheit sprechen.

Jenkins unterschätzte die Gefahr gewiß nicht. Durch das Fernglas konnte Shan sehen, daß der Amerikaner inzwischen in der Nähe der Dorfruinen auf der Ladefläche eines Lasters stand und Anweisungen brüllte, während die Bulldozer zum Ende des Tals krochen. Der Manager wollte einen Damm errichten, um das Wasser vom Bohrturm fernzuhalten, doch es strömte bereits ein schmaler Flußlauf den Hang hinunter, und ein Dutzend kleiner Nebenarme verteilte sich über die Gerstenfelder.

Als Shan sich umdrehte, war Nyma auf einmal da und kümmerte sich um die verletzte Hand des Professors, während seine Assistentin Wasser darüber ausgoß. Lepka starrte unverändert auf den Fluß, der in die Felder lief. »Der Wille der Götter ist schwer vorauszuahnen«, sagte der alte Mann.

Plötzlich hielt jemand Shan eine rotbefleckte Hand vor das Gesicht, und er sah in Somos funkelnde Augen. »Ich habe Winslow getroffen«, sagte sie. »Er meint, unser Drakte könne nun weiterziehen, und das sei allein Ihr Verdienst.«

Winslow. »Wo ist er?« fragte Shan.

»Unterwegs nach oben.« Somo deutete auf den Bergkamm. Gyalo und Jokar befanden sich auf halber Strecke, und in diesem Moment gesellte sich unverkennbar der Amerikaner zu ihnen. Winslow ging fort, trat endlich die Flucht an.

»Ich wollte mich bei ihm bedanken«, sagte Shan. »Weil er Draktes Buch in Padmes Tasche gesteckt hat.« Er hatte das Buch zuletzt in Larkins Höhle gesehen, doch er wußte noch, wie der Amerikaner mit seinem Rucksack in der Menge verschwunden war, als Padme die Tasche auf dem Boden abgestellt hatte. Shan beobachtete, wie Winslow den Hang hinaufstieg und registrierte dann noch viele weitere Gestalten dort oben. Die Tibeter aus Larkins Gruppe.

»Wohin werden sie gehen?« fragte er Somo.

»Zum Treffpunkt«, sagte sie. »Wo die anderen auf Jokar warten.«

Erschrocken starrte Shan den Leuten hinterher. Somo meinte den Stuhl des Siddhi, des rebellischen Mönchs. Nach allem, was heute im Tal passiert war, würden die Tibeter mehr als je zuvor gewillt sein, gegen die Regierung aufzubegehren. »Jokar würde Gewalt niemals gutheißen«, sagte er bekümmert und wandte den Kopf, aber Somo war nicht mehr da.

Erfüllt von neuerlicher Angst ging er einen Schritt auf den Bergkamm zu. Nichts hatte sich wirklich verändert. Die Behörden würden nicht nur Jokar, sondern mit ihm auch viele Tibeter ergreifen. Shan atmete tief durch und lief los. Dann setzte das Trommeln ein.

Er machte kehrte und steuerte den anderen Hang an. Lhandro war unversehens neben ihm und lief ebenfalls auf das Geräusch zu, bei dem Shan den Götterstein vermutete. Doch als sie in etwa dreißig Metern Höhe einen kleinen Felsvorsprung erreichten, von dem aus man das Tal überblicken konnte, wurde der *rongpa* langsamer. Das Wasser war bis zum Bohrturm vorgedrungen und bildete dort einen kleinen schlammigen Tümpel. Die Arbeiter hatten innegehalten und starrten hinab. Einer von ihnen sprang hinunter und rannte quer durch die Felder dem Ursprung der Fluten entgegen. Dann blieb er stehen, sank auf die Knie und reckte mitten im Matsch die geballten Fäuste gen Himmel.

Lhandro zögerte und schaute gequält auf sein kostbares Tal hinab, das im Chaos versank. Shan legte ihm eine Hand auf die Schulter. »Das Wasser wird aufhören«, versicherte er dem *rongpa*. »Es verschafft Jokar und den anderen lediglich eine weitere Chance, das ist alles«, sagte er, als habe die Gottheit dies von vornherein geplant. Verwirrt durch die eigenen Worte drehte er sich um und lief weiter, während Lhandro auf die Ruinen seines Dorfes zuhielt. Das Trommeln, die jeweils zwei kurzen Herzschläge, schien nun ganz in der Nähe zu erklingen, fast genau über der Mitte des Tals, unweit der Stelle, an der Shan an seinem ersten Tag die Verfolgung der fortgewehten *khata* aufgenommen hatte. Shan lief zunächst in Richtung des Wasserdurchbruchs. Dann, nach ein paar hundert Metern, näherte er sich immer mehr der Waldgrenze, verschwand im Schatten der Bäume und eilte in Gegenrichtung diagonal den Hang hinauf.

Er stieg bis über den Ursprungsort des Geräusches auf und tastete sich nach unten vor. Von hier aus klang es gedämpft, weil der Trommler sich abermals vor einigen großen flachen Felsen plaziert hatte, so gedämpft, daß Shan mehrere hohe Stimmen vernahm, die zu lachen schienen. Plötzlich rutschte er auf losem Geröll aus, geriet blindlings ins Stolpern und fiel in ein niedriges Dickicht. Er fand sich auf Knien wieder, unmittelbar vor zwei spielenden Kindern, einem Jungen und einem Mädchen in nahezu gleichem Alter. Sie kamen ihm irgendwie vertraut vor, und im ersten Moment glaubte er, sie in Yapchi gesehen zu haben, doch dann keuchten sie erschrocken auf, weil sie ihn ebenfalls erkannten, und sahen zu einer Gestalt, die in drei Metern Entfernung zwischen den Felsen hockte und ins Tal starrte. Der Junge lief zu dem Mann, der sich umwandte und Shan aus großen überraschten Augen ansah. Dann fiel sein Blick auf den flachen Stein, neben dem die Kinder gespielt hatten. Auf dem Stein lag das Auge von Yapchi.

Der Mann erhob sich. Es war Gang, der chinesische Bewahrer von Rapjung. Er wirkte zerlumpt und erschöpft, und seine verbrannten Hände waren immer noch bandagiert, aber er blieb diesmal friedlich und sagte nichts, als Shan an ihm vorbeiging und zu den unterhalb gelegenen Felsen sah.

Dort saß ein Mann, schlug mit zwei lederumwickelten Schlegeln die große Trommel und beobachtete mit wild funkelndem Blick das Tal. Shan stieg hinunter und setzte sich neben ihn. Das Trommeln stockte und verklang.

»Es ist Shan«, sagte Dremu, als sei noch jemand dort, und schaute mit offenem Mund zu den Felsen über ihnen.

»Du hast sie gefunden«, stellte Shan fest. »Die Trommel und das Auge.«

Dremu nickte ernst. »Das hätten wir gebraucht, als ich mit meinem Vater vor vielen Jahren in den Bergen war.«

»Ich glaube, es stimmt nicht, daß die Leute von der Ölfirma dich geschnappt haben«, sagte Shan. »Diese zwei *goloks* wollten uns überfallen.«

Dremu schien ein Stück kleiner zu werden. Er zog den Kopf zwischen die Schultern und schlang beide Arme um die Trommel, als müsse er sich festhalten. »Das war davor«, murmelte er.

»Vor was?«

Der *golok* hielt einfach nur die Trommel und sah zu Boden. »Das sind nicht meine Freunde. Sie sind wild, wie Leoparden. Anfangs dachte ich, wir könnten zusammen genug Geld für den nächsten Winter auftreiben. Solange wir nur die Ölfirma bestohlen haben, war alles in Ordnung, aber als sie herkamen und sagten, sie würden sich nun die Bauern vorknöpfen, wollte ich sie aufhalten. Sie haben mich zusammengeschlagen und mir alles abgenommen, was ich besaß, sogar mein Pferd.«

Shan griff in die Tasche, holte den Lederbeutel, den Lapislazuli-Armreif und das Messer mit dem Löffel heraus und legte die Gegenstände nacheinander vor Dremu auf den Felsen. Der *golok* starrte sie an und nahm dann mit ehrfürchtiger Miene den Beutel. »Ich hatte nur noch, was ich am Leib trage. Das war bevor ...«

Bevor was? hätte Shan beinahe erneut gefragt, aber aus irgendeinem Grund kannte er die Antwort bereits. Dremu meinte, bevor die Gottheit durch die Trommel zu ihm gesprochen hatte.

Hinter den hohen Felsen regte sich etwas, und dann kam Gang zu ihnen, gestützt auf seinen Sohn. Er hielt Shan den *chenyi*-Stein entgegen.

»Dieser Mann war fast tot«, sagte Dremu. »Zuerst bin ich auf seine Familie gestoßen, die weinend nach ihm suchte und befürchtete, ihn für immer verloren zu haben. Sie dachten, er sei ausgezogen, um dich zu töten. Dann haben wir ihn und die

Trommel gefunden. Er schien nicht mehr bei Sinnen zu sein und sagte kein Wort. Es war, als würde die Trommel *ihn* beherrschen, und nicht umgekehrt.« Dremu sah Shan müde an. »Ich konnte nicht ... wollte nicht ...«

»Das hast du gut gemacht«, sagte Shan. »Du hast die Gottheit bewahrt.«

Gang stieß seinen Sohn weg und taumelte weiter. Er streckte den Stein mit beiden Händen aus und flehte Shan aus matten glasigen Augen an. Dann brach er schluchzend in Tränen aus und schaffte es gerade noch, das letzte Stück vorzutreten und den *chenyi*-Stein in Shans Hände fallen zu lassen.

Shan musterte den Stein und ließ den Blick über das Durcheinander im Tal schweifen. Er fühlte sich leer und ausgelaugt, wußte nicht, wohin er gehen sollte oder was er noch tun konnte. Schließlich griff er nach Gangs Hand und gab ihm den Stein zurück. Dann nahm er die beiden Trommelschlegel, tauschte einen feierlichen Blick mit Dremu aus und fing an, die Göttertrommel zu schlagen.

Kapitel Neunzehn

Dremu starrte Shan ungläubig an und legte den Kopf schräg, als würde er seinen Augen nicht trauen. Dann breitete sich auf seinem müden Antlitz allmählich ein Lächeln aus, und er zeigte Shan, wie man den schnellen Doppelschlag hinbekam, den Herzton. Sie hörten die Kinder lachen und sahen trommelnd dabei zu, wie immer mehr Arbeiter vom Bohrturm sprangen und das Wasser der riesigen Lache aufspritzen ließen, die sich unter ihnen gebildet hatte. Shan hatte den Eindruck, seine Hände gehörten jemand anders und würden ganz wie von selbst arbeiten. Er glitt an einen Ort, der ihm fremd war. Aus Erzählungen wußte er, daß die Mönche im alten Tibet solche Geräusche nicht nur bei Ritualen, sondern auch zur Meditation genutzt hatten. Das Hämmern der Trommel wurde zum Schlag seines eigenen Herzens, und das Echo, das an seine Ohren drang, schien nicht von der gegenüberliegenden Seite des Tals zurückgeworfen zu werden, sondern von einem anderen, fernen Refugium, wo etwas Gewaltiges auf den Klang reagierte und sich regte, als würde es erwachen. So wie bisweilen ein Berg sich regte.

Es war, als würde im Tal einer von Lokeshs Karmastürmen toben, als würde alles geschehen, was geschehen konnte, viel zu schnell, um begriffen zu werden, zu plötzlich, um die Schmerzen dabei wirklich zu spüren. Shan konnte nicht aufhören, die Trommel zu schlagen. Die Trommel schlug ihn.

Sein Zeitgefühl ging verloren, doch irgendwann merkte er, daß Gang dicht neben ihm stand, den Kopf geneigt hatte und ihn ansah, nicht streng oder wütend, nur matt und flehentlich. Shan reichte die Schlegel an ihn weiter und trat beiseite. Es war mindestens eine Stunde vergangen. Die Plattform unter ihnen war leer, und die hohen Funktionäre saßen an den Tischen und speisten, als wäre ihnen nicht bewußt, daß soeben ihr Bohrturm geflutet wurde. Vermutlich machten sie sich keine Sorgen, weil sie wußten, daß das Wasser bald zurückweichen und die Arbeit weitergehen würde.

Der Bohrturm war menschenleer, und der schmutzige Tümpel rund um seinen Sockel maß ungefähr neunzig Meter im Durchmesser, doch es schien kein Wasser mehr nachzufließen. Jenkins' Bulldozer hatten die Erde der Gerstenfelder am Ende des Tals zu einem provisorischen Damm zusammengeschoben, und hinter dieser langgestreckten niedrigen Barriere war ein neuer Teich entstanden.

Shan betrachtete Gang, der sich inzwischen an demselben Ort zu befinden schien, an den die Trommel jeden von ihnen mitgenommen hatte. Der Blick des Mannes ging ins Leere. Ungeachtet der noch nicht verheilten Brandwunden hielten seine Hände die Schlegel fest umklammert – als ginge es nicht um eine Trommel, sondern um sein Leben. Shan wußte nun, daß der verbitterte Han ihn in jener Nacht überfallen und das Auge an sich genommen hatte.

Aber warum? Weil er meinte, Shan habe kein Anrecht darauf, das Auge zurückzubringen? Weil er einfach nicht glauben konnte, daß außer ihm noch ein rechtschaffener Chinese existierte? Höchstwahrscheinlich deshalb, weil er die meiste Zeit seines Lebens darauf verwandt hatte, Buße zu tun und sich den Tibetern zu beweisen, nur um das sichtbarste Zeugnis seiner Reue, die wiederaufgebauten Schreine, in Flammen aufgehen zu sehen.

Shan stieg ins Tal hinab und mischte sich unter die Arbeiter, die immer noch mit Schaufeln und Hacken umherrannten. Ein Lastwagen voller Baumstämme raste vorbei. Soldaten in schlammverkrusteten Uniformen liefen ihm entgegen und stiegen jenseits des Bohrturms eilig in zwei wartende Truppentransporter ein. Shan beobachtete, wie der erste der Lastwagen mit hoher Geschwindigkeit davonfuhr, das Lager durchquerte und das Tal verließ.

»Zu spät, um die Kriecher noch einzuholen«, hörte Shan jemanden belustigt feststellen. Ein Stück hinter ihm stand ein breitschultriger Tibeter in einem schmutzigen Overall.

Shan kam näher. »Die Kriecher sind schon weg?« fragte er.

»Denen geht's nicht um die Ölquelle«, sagte der Mann. »Für die sind hundert Widerständler wesentlich verlockender.«

Shan schloß die Augen und mußte gegen eine Woge der Angst ankämpfen. Irgendwo gab es eine Lichtung, eine kleine hohe Lichtung, wo die Tibeter auf Jokar warteten und sich machtvolle Unterstützung bei der Auflehnung gegen Peking versprachen. Sie hofften auf einen Anführer, den man wie keinen anderen respektieren und der ein neues Idol werden würde, ein moderner Siddhi. Somo und viele der *purbas* mußten in diesem Moment dorthin unterwegs sein, ebenso Gyalo und Jokar. Manche der *purbas* waren bewaffnet.

Sobald er die Bäume auf der anderen Seite des Tals erreichte, fing Shan an zu laufen. Er wußte nicht, wo diese Lichtung lag, sondern konnte nur in östlicher Richtung die höchsten Grate des riesigen Bergs ansteuern und inständig hoffen, daß er Spuren fand oder Tibetern begegnete, die ihn zu Jokar führen würden. Er lief, bis er kaum noch Luft bekam und an das Ufer eines Baches torkelte.

Während er im Wasser kniete, schaute er sich keuchend um. Das ferne Trommeln aus Yapchi klang nun hohl und nicht länger wie ein Zeichen der Hoffnung, sondern eines der Enttäuschung. Kein Gott war gekommen, kein Erbarmen gewährt worden. Shan spritzte sich das eisige Wasser ins Gesicht. Wenn die Soldaten oder Kriecher Jokar bei einer geheimen Verschwörung gegen Peking überraschten, würden sie keine Gnade zeigen.

»Lokesh!« hörte er jemanden wieder und wieder rufen, bis ihm klar wurde, daß er selbst es war. Ganz gleich, wie dringend er Jokar finden wollte, ein Teil von ihm dachte immer noch verzweifelt an Lokesh, der bald in Richtung Peking loshumpeln würde, wo ihm Tod oder Gefangenschaft bevorstanden.

Shan kämpfte sich auf die Beine, folgte den Ziegenpfaden und hielt dabei stets nach Wegen Ausschau, die weiter nach oben führten. Eine Stunde verging, dann noch eine, und langsam kam die Gegend ihm bekannt vor. Er hatte weit unterhalb von Larkins Wasserhöhle einen Bogen beschrieben und stieg nun wieder aufwärts, ganz in der Nähe jener Stelle, an der Chemi sie über den Berg nach Qinghai gebracht hatte. Er lief um einen Felsvorsprung herum und erstarrte. Dreißig Meter vor ihm stand ein mächtiger schwarzer *drong* und blickte ihm mißtrauisch entgegen. Dann jedoch trat Shan einen Schritt vor und sah die roten Bänder im Nackenfell, die er selbst und Anya dort eingeflochten hatten.

»Jampa«, rief er sanft und ging zu dem Tier. Warum war der Yak hier und zudem allein?

Erschrocken sah Shan die Krater vor dem *drong*. Jampas große schwarze Augen schienen sie genau zu studieren, und einen furchtbaren Moment lang glaubte Shan, Gyalo und Jokar seien angegriffen worden. Dann erkannte er alles wieder. Es waren drei Krater in gleichmäßigem Abstand und auf einer geraden Linie. Direkt darüber erhob sich der schneebedeckte Gipfel des Bergs Yapchi. Hier waren sie zum erstenmal Zhu begegnet, und die seismischen Sprengladungen hatten einen Vogelschwarm getötet.

Shan streichelte den Nacken des Yaks und ließ den Blick über die Landschaft wandern. Die hohe Lichtung, auf der die Tibeter Jokar erwarteten, mußte sich irgendwo in der Nähe befinden. Bestimmt hatte Jampa ihn dort abgeliefert und sich dann ein Stück entfernt. Doch nichts regte sich, kein Geräusch ertönte, keine Rufe der Soldaten, kein Schuß. Nichts als der Wind. Und hoch über dem Grat flogen zwei Gänse nach Süden über den gewaltigen Ausläufer des Berges auf den heiligen Salzsee zu. Shan schaute ihnen hinterher, bis sie verschwunden waren, und ging dann am Rand des Geröllfelds entlang. Am Nordende erhob sich eine spitz zulaufende Felssäule von etwa sechs Metern Höhe, auf deren Sockel man die Umrisse des *mani*-Mantras erkennen konnte, die letzten Reste einer Schrift, die vor vielen Jahrzehnten dort aufgemalt worden war. Wie ein Wegweiser oder ein Gruß. Als er die alten Buchstaben berührte, mußte Shan an die Lamas von Rapjung denken. Sie waren über den Berg nach Yapchi gekommen, um Kräuter zu sammeln und mit den chinesischen Mönchen zu diskutieren. Das Tal von Yapchi war von Süden schwer zu erreichen, vom

Norden aber praktisch vollständig abgeschnitten und daher zu einem Teil von Rapjungs Gemeinde geworden, eine Art Kräutergarten für die Lamas. Und zur Begrüßung der Mönche, die zu ihnen hinabstiegen, hatten die Tibeter hier ein Mantra angebracht. All das war vor hundert Jahren an einem einzigen schrecklichen Tag zu Ende gegangen.

Shan schritt um die vom Wind abgeschliffene Säule. Es war kaum zu glauben, doch an ihrer schmalen Spitze hing ein rotes Stück Stoff, der letzte Fetzen einer Gebetsfahne. Er lief zurück, hielt immer noch suchend Ausschau und stieg den Hang hinauf, um die Spitze der Säule besser in Augenschein nehmen zu können. Als die Spitze in Sicht kam, konnte er es kaum fassen. Das war keine Gebetsfahne.

»Gyalo!« rief er. Der Mönch saß im Lotussitz auf der Felssäule und schaute schwermütig zum Himmel empor. Shan lief zurück auf das Geröllfeld und rief noch mehrmals, doch Gyalo ließ durch nichts erkennen, ob er ihn gehört hatte. Jampa schien sich um den Mönch keine Sorgen zu machen, aber irgend etwas ging in ihm vor. Der Yak sah irgendwie bekümmert aus. Shan ging hin, streichelte ihn erneut und versuchte, sich einen Reim auf die Situation zu machen.

Gyalo und Jampa waren bis hierhin und nicht weiter gekommen. Ihr ursprüngliches Ziel war die hohe versteckte Lichtung gewesen, wo die Tibeter an dem Felsen warteten, der Stuhl des Siddhi genannt wurde. Jokar und vielleicht auch Winslow hatten sie begleitet, waren aber nicht mehr da. Der Mönch und der Yak wirkten nicht aufgeregt oder beunruhigt, nur traurig und verwirrt. Jampas große feuchte Augen richteten sich erwartungsvoll auf Shan, dann auf den hohen Berggrat. Der Yak stieß ein Geräusch aus, kein Brummen oder Schnauben, sondern ein lautes Wehklagen, das abrupt mit einem tiefen Atemzug endete, ähnlich wie ein Schluchzen.

Shan musterte das Tier und den einsamen Mönch auf der Felssäule. Dann lief er den tückischen Ziegenpfad hinauf.

Die Sonne hing tief am westlichen Himmel und überzog die riesige Felswand mit einem schwachen rosafarbenen Schimmer, als Shan den schmalen Spalt erreichte, in dem sie sich auf ihrem

Weg über den Berg Yapchi vor dem Helikopter versteckt hatten. Die Stille im Innern glich der eines uralten Tempels. Kein Wind wehte. Kein Vogel rief. Allein das trübe Licht war ein Hinweis auf die Außenwelt.

Er folgte der Wand zu seiner Linken in die dunklen Schatten, vorbei an dem niedrigen Felssockel und den staubbedeckten Gebetsfahnen, bis er plötzlich ein rasselndes Geräusch vernahm. Er hielt inne und starrte in die Dunkelheit. Schließlich erkannte er vor sich auf dem Pfad zwei ausgestreckte Beine. Es war Winslow.

Der Amerikaner war so schwach, daß es ihm kaum gelang, den Kopf zu heben. »Verdammt, Shan, Sie müssen ... sich abgewöhnen ...« Winslows Worte wurden durch abgehacktes Röcheln unterbrochen. Es klang, als würde er ersticken. »... überall herumzuschnüffeln.«

Shan tastete an Winslows Bein nach der Tasche, in der die Lampe des Amerikaners steckte. Als er sie einschaltete, erschrak er. Aus Winslows Mund drang rötlicher Schaum und tropfte ihm aufs Hemd. Shan sah ihn an. Es blieb keine Zeit für irgendwelche Erklärungen. Hektisch durchsuchte er die anderen Hosentaschen, bis er die Tablettenflasche fand. Sie war leer.

»Ich hab ... die letzte vor vier Stunden geschluckt«, keuchte Winslow. »Er mußte herkommen, und ich konnte ihn nicht allein gehen lassen. Die ersten zwei Kilometer hab ich ihn getragen. Fast hätte ich's nicht geschafft. Der alte Jokar ...« Winslow wollte sich offenbar ein Lächeln abringen, doch es kam nur eine Grimasse dabei heraus. »Er mußte mir ein paarmal helfen und mir seinen Stab als Stütze leihen. Ich habe ihm geholfen und er mir. Ohne den anderen hätte es keiner von uns geschafft.« Der Amerikaner stöhnte auf und wollte sich an den Kopf greifen, konnte die Hand aber nicht weit genug heben. »Mein Schädel ... ich hätte nie gedacht, daß es solche Schmerzen gibt ...« Seine Lider schlossen und öffneten sich mehrere Male.

Shan wischte ihm das Gesicht ab. Der Schaum und die Kopfschmerzen bedeuteten, daß Winslow an Lungen- und Hirnödemen litt. In seinen Organen sammelte sich immer mehr Flüssigkeit an.

»Wir müssen Sie nach unten schaffen«, stieß Shan verzweifelt hervor. Man konnte für Winslow nichts anderes tun, als ihn den Berg herunterzutragen, und zwar auf einem schmalen trügerischen Wildpfad, mitten im Dunkeln.

Winslow schien die Augen nur mühsam offenhalten zu können. »Gehen Sie ... kümmern Sie sich um Jokar.«

Shan schaute in den dunkelsten Teil des Schattens, wo der Eingang zur Höhle lag. »Jokar würde wollen, daß Sie ins Tal steigen.«

Etwas berührte Shans Hand. Winslow griff mit den Fingern nach ihm, so schwach wie ein kleines Kind. Der angestrengt rasselnde Atem des Amerikaners war das einzige Geräusch in der Stille.

Winslows Finger zitterten. »Was ist das?« keuchte er. »Es klingt wie Wind.«

Doch da war nichts außer seinem eigenen Atem. Abermals rann ihm Schaum über das Kinn. »Langsam verstehe ich es«, flüsterte Winslow. »Dieses ganze Vergänglichkeitsding. Es ist ein Geschenk, genau wie die alten Lamas gesagt haben.«

Die Worte hingen wie ein Gebet in der Luft.

»Ich bringe Sie nach unten«, beharrte Shan und unterdrückte das Gefühl der Hilflosigkeit.

»Keine Chance«, stellte Winslow seltsam gelassen fest. »Nicht auf diesem Pfad. Wir würden alle beide ums Leben kommen. Zum Teufel, ich kann nicht mal aufstehen, geschweige denn laufen. Falls Sie versuchen, mich zu tragen, stürzen wir ab.«

Shan folgte Winslows Blick zur Spitze des Berges, die man oben durch den mächtigen Spalt sehen konnte. Sie wurde von der untergehenden Sonne in strahlendgoldenes Licht getaucht, als befänden sie sich in einem Tunnel, der geradewegs in den Himmel führte.

»Jokar wußte es vorher«, keuchte Winslow. »Ich meine, bevor wir heute hergekommen sind. Er wußte es schon an dem Tag, an dem er mich berührt hat.«

Shan erinnerte sich, wie bekümmert Jokar bei der Untersuchung des Amerikaners gewirkt hatte.

»Jetzt begreife ich«, murmelte Winslow. »Es ging immer nur darum, alles zurückzulassen, nicht wahr?«

Shan erhob sich und zog an Winslows Arm, um ihm aufzuhelfen. Der Amerikaner wog viel mehr als er und regte sich kaum. Shan starrte ihn an. Winslow hatte seine Arbeit aufgegeben, seinen Paß, seine Besitztümer, die Trauer um seine Frau, einfach alles, was vorher gewesen war, die Überbleibsel seines bisherigen Lebens. Es stimmte. Seit dem ersten Tag ihres Zusammentreffens, als der Amerikaner todesmutig auf dem Yak geritten war, hatte er nach und nach alles zurückgelassen.

»Ich schätze, Sie ... sollten mal nach Jokar sehen. Nehmen Sie die Lampe mit. Danach machen wir uns auf den Rückweg, ja?«

Zögernd stieg Shan über die Beine des Amerikaners. »Wir gehen auf dem Pfad nach unten. Wir kriechen einfach immer ein Stück weiter, und dann wird es Ihnen bald bessergehen.«

»Mir wird's bessergehen. Sie haben gewonnen«, flüsterte Winslow, und seine Finger zuckten ein wenig, als wolle er auf die Höhle deuten.

Im Innern hing ein schaler Weihrauchgeruch in der Luft, der beim ersten Mal noch nicht vorgeherrscht hatte, aber die Kammer war leer, und es brannte nirgendwo Weihrauch. Shan ging zu den Heiler-*thangkas*, nahm jedes kurz in Augenschein und versuchte sich zu beruhigen. Als er das besonders lange Stoffgemälde erreichte, fiel sein Blick auf die *dorje*-Sammlung. Neben der Sandelholz-*dorje* lag ein neues Exemplar, eines aus Bronze, das durch jahrzehntelange Benutzung blankgerieben worden war. In der Nähe lehnte noch etwas anderes an der Wand. Ein langer hölzerner Stab, ebenso abgenutzt und verwittert wie die *dorje*. Neben den *dorjes* lagen auf dem schmalen Sims zwei kleine verstaubte Gegenstände, die Shan beim vorigen Besuch nicht aufgefallen waren. Er nahm einen und wischte den Staub ab. Es handelte sich um einen schmalen, perfekt geformten Knochen. Shan säuberte das zweite Teil. Es schien ein Stein zu sein, aber dann merkte er, wie leicht es war. Er musterte die beiden Gegenstände erneut und entdeckte, daß er sich geirrt hatte. Der Stein war ein kunstvoll geschnitztes

Stück Knochen, und der Knochen war ein erstklassig bearbeiteter Stein.

Shan zog das *thangka* beiseite. Sofort nahm der Weihrauchgeruch zu. Hinter dem alten Gemälde lag ein Tunnel, genau wie Shan erwartet hatte. Er folgte dem Gang steil nach unten, bevor er eine niedrige breite Kammer erreichte. An einer der Wände hing ein weiteres großes *thangka*, das aber diesmal keinen Heilenden Buddha, sondern einen grimmigen Schutzdämon zeigte: Rahula, eine zornige Gottheit mit mehreren Köpfen und einem Schlangenkörper anstelle von Beinen.

Shan umklammerte das *gau*, das um seinen Hals hing, und schlug auch dieses *thangka* zur Seite. Der schmale Raum dahinter war etwa zwölf Meter lang. An seiner rechten Wand verlief ein breiter, knapp einen Meter hoher Vorsprung, so gerade und rechtwinklig wie eine Bank. Vor der Mitte der linken Wand stand ein kleiner verzierter Altar aus poliertem Holz, darauf ein vierzig Zentimeter hoher goldener Buddha hinter den sieben traditionellen Opferschalen. Langsam näherte Shan sich dem Altar. Die drei dem Wasser vorbehaltenen Schalen waren trocken und verstaubt. Daneben brannten auf einer flachen Steinplatte ein einzelnes Weihrauchstäbchen und ein Kerzenstummel. Zu beiden Seiten des Altars standen einige große Tongefäße von bis zu einem halben Meter Höhe, die getrocknete Kräuter enthielten.

Mit dem *gau* in der Hand verharrte Shan einen Moment vor dem Buddha und wandte sich dann zu den Lamas um. Er zählte fünfzehn von ihnen, die hier auf dem langen Felsvorsprung saßen, und ging dann ans hintere Ende, wo die Reihe mit einem Mann in grobem Sackleinen begann. Neben ihm stand eine Steinschale zum Mischen von Kräutern, und in den ordentlich verschränkten Händen auf seinem Schoß hielt er eine *mala* mit Perlen aus Koralle. Seine Haut glich verdorrtem Pergament, und sein nach hinten geneigter Kopf, nun kaum mehr als ein eingeschrumpfter Totenschädel, schien ein wenig zu grinsen. Er mußte einer der ersten Lama-Heiler gewesen sein und hatte wahrscheinlich vor ungefähr dreihundert Jahren in diesem Berg Platz genommen. Langsam schritt Shan die Versammlung weiser alter Männer ab. Einige von ihnen trugen Brokatroben und hatten Goldschalen neben sich stehen, aber die meisten waren wie einfache Mönche gekleidet. Zu Füßen eines der Toten lagen hölzerne Druckstöcke für Lehrschriften.

In der Nähe des Eingangs endete die Reihe, und Shan sah in Jokars Gesicht. Der alte Lama wehrte sich nicht mehr. Er war heimgekehrt. Er hatte erreicht, weswegen er aus Indien aufgebrochen war. Nur darum war es ihm gegangen. Shan empfand auf einmal Trauer und Zuneigung zugleich. Es hatte keine Verschwörung gegeben. Jokar hatte nie vorgehabt, den Widerstand der Tibeter anzuführen. Sein einziger Grund für die Rückkehr war der Wunsch gewesen, ein langes ereignisreiches Leben zum Abschluß zu bringen und seine Gebeine in ehrwürdiger Gesellschaft zu wissen, tief in dem Berg, den sie alle so sehr geliebt hatten.

Auf Jokars Antlitz lag ein heiteres und dermaßen friedliches Lächeln, als würde er nur schlafen. Shan berührte die Hand des Lama, in der die Gebetskette lag. Sie war noch nicht erkaltet, aber die Wärme des Lebens war von ihr gewichen. Die andere Hand ruhte auf dem Bein des Toten neben Jokar, eines Mannes mit kurzem weißem Haar und einer kleinen hölzernen Mischschale auf dem Schoß. Jokar hatte ihn gekannt, genau wie Lokesh. Die Sandelholz-*dorje* im Vorraum war Shans altem Freund sogleich vertraut vorgekommen. Sie hatte tatsächlich seinem einstigen Lehrer Chigu gehört.

Shan ließ den Blick erneut durch die Grabkammer schweifen. Es war vermutlich erst eine Stunde her, daß Jokar die Kerze auf den Altar gestellt und das Weihrauchstäbchen entzündet hatte. Dann hatte der Lama auf der langen Steinbank neben seinen Gefährten Platz genommen, die *mala* fest umklammert, mit vertrauter Geste seinen alten Freund begrüßt und war zur letzten Reise aufgebrochen. Im Berg Yapchi lägen Schätze verborgen, hatte Dremu erzählt.

Ehrfürchtig füllte Shan mit dem Rest seines Wasservorrats die Opferschalen auf dem Altar, bis ihm plötzlich der Amerikaner wieder einfiel. Er hielt noch einmal kurz bei Jokar inne, ging einige Schritte rückwärts bis zu dem *thangka*, stieg nach oben in die Vorkammer und trat ins Halbdunkel hinaus. Winslow war nirgendwo zu sehen.

Hektisch suchte er alles mit der Taschenlampe ab, erst den tiefen Spalt hinter dem Steinsockel, dann draußen den Pfad. Von dem Amerikaner war kein Lebenszeichen zu entdecken. Er mußte sich fortgeschleppt haben, um zu verhindern, daß Shan bei dem Versuch, ihn zu retten, das eigene Leben riskieren würde. Der Pfad war leer, lag aber noch nicht völlig im Dunkeln, so daß man in beide Richtungen etwa hundert Meter weit sehen konnte. Shan ging ein paar Schritte und spähte dann mit der Lampe über den Rand. Dort lag nichts als Schwärze; bis zum Grund des Tals waren es fast dreihundert Meter.

Shan kehrte zu dem Spalt zurück, löschte das Licht und schaute zum Himmel. Über und unter ihm blinkten die ersten Sterne. Ein Wind wehte, und er bemerkte, daß seine Wange plötzlich kalt und feucht wurde. Er wischte sich eine Träne weg, trat in den Spalt und durchsuchte noch einmal jeden Winkel und jede Nische im Fels.

Wenig später erblickte er über seinem Kopf eine Stiefelspitze. Sie ragte aus einer langen hohen Kluft, die knapp zwei Meter über dem Boden endete. Es gab dort einen flachen Fels, ähnlich wie ein Sims, von dem aus man den Höhleneingang im Blick hatte. Shan zog sich ein Stück hoch und leuchtete den Hohlraum aus. Winslow saß auf dem kleinen Vorsprung.

»Wir müssen jetzt los«, drängte Shan, doch der Amerikaner musterte die Schatten hinter ihm und schien ihn nicht zu hören. Shan kletterte nach oben und streckte die Hand aus, um Winslow abermals das Gesicht abzuwischen. Dann zuckte er jedoch erschrocken zurück. Der Schaum auf Winslows Lippen war kalt, und die offenen Augen des Amerikaners starrten ins Leere.

Shan sank vor dem Toten zu Boden. Ein langgezogenes Schluchzen ließ ihn am ganzen Körper erbeben. So viele Male hatte Shan sich gewünscht, daß der Amerikaner zu seiner Botschaft zurückkehren würde, so viele Gelegenheiten waren ungenutzt verstrichen. Nur ein einziger Anruf, ein Wort in der Operationszentrale in Golmud, eine Bitte an Jenkins im Öllager und Winslow wäre in Sicherheit gewesen. Doch jedesmal aufs neue hatte er sich entschieden zu bleiben.

Nach einer Weile erkannte Shan, daß auf Winslows Beinen ein Bündel lag, eingewickelt in schwarzen Stoff. Und auf dem Stoff steckte zwischen den Fingern des Amerikaners ein Zettel. Vorsichtig zog Shan das Papier aus der leblosen Hand. Die auf englisch verfaßte Nachricht war kaum zu lesen. Offenbar hatte Winslow sie unmittelbar vor seinem Tod geschrieben, mit zitternden Fingern und im Dunkeln. Shan benötigte mehrere Minuten, bis er sie vollständig entziffert hatte.

Bei allem, was heilig ist, lassen Sie mich hier, damit ich über die Lamas wachen kann. Erzählen Sie es niemandem außer Melissa. Sollen die anderen sich ruhig wundern, es ist der letzte kleine Streich, den ich der Welt spiele. Es ist gar nicht so schlimm, Shan. Ich glaube, ich kapiere allmählich, wie dieses Vergänglichkeitsding läuft. Diesmal gehöre ich hierher. Jeder Lama braucht einen Cowboy.

Shan saß lange da und rang mit der finsteren Leere in seinem Innern. Der Tod war ein alter Bekannter. Er machte ihm keine Angst, aber er schüchterte ihn ein, ließ ihn sich so unvorbereitet und mangelhaft fühlen, als würde er das, was seine tibetischen Freunde als kostbare menschliche Inkarnation bezeichneten, einfach verschwenden.

Schließlich löste sich die eisige Klammer um sein Herz, und er konnte es ertragen, Winslow in die Augen zu schauen, als wären sie lediglich zwei Freunde, die schweigend den Einbruch der Nacht beobachteten. Er sah den Amerikaner ein letztes Mal an, las erneut die Nachricht und wußte, daß Winslows Suche in gewisser Weise erfolgreich gewesen war.

Dann stand er auf, nahm das Bündel von Winslows Schoß, verschränkte die Hände des Amerikaners über den reglosen Beinen und schloß ihm die Lider. Er zögerte kurz, durchsuchte die Taschen des Toten und fand den winzigen Salzbeutel, den Jokar angefertigt hatte. Er schob das Säckchen in Winslows Hand, legte dessen Finger um die wahre Erde und stieg nach unten.

Der Amerikaner hatte begriffen, was hinter dem langen

thangka lag und wohin Jokar ging. Er wollte über die Alten wachen. Er wollte hierbleiben, bei allem, was heilig war.

Shan wanderte zurück in den Berg und nahm das schwarze Bündel mit, das Winslow im Tod umklammert hatte, das Bündel aus Padmes Aktentasche, durch dessen Austausch es ihm gelungen war, Khodraks Lügen zu beweisen. Shan fühlte sich, als würde jemand ihn führen, und tappte wie ein Blinder auf die Grabkammer zu, um das Bündel abzuliefern. Es sei Winslows Geist, der Shan bat, ihm den Weg zu den Lamas zu zeigen, damit er ein letztes Opfer darbringen könne, hätte Lokesh gesagt. Und Shan hätte ihm in diesem Moment nicht widersprochen.

Die Kerze auf dem Altar flackerte immer noch, aber der Docht war fast niedergebrannt. Shan legte das Buch vor der Steinbank ab und betrachtete ein weiteres Mal die Lamas. Das zuckende Licht schien die Gesichter der alten Männer mit Leben zu erfüllen.

»Er hat beschlossen, dich nicht zu verlassen, Jokar«, flüsterte Shan. Ihm fiel wieder ein, was der Lama beim Mischsims zu Winslow gesagt hatte. »Dieser Amerikaner ist tatsächlich von weither gekommen.« Danach hatte Winslow ihm zutiefst ergriffen von dem Traum erzählt, in dem er Hand in Hand mit Jokar durch die Luft geflogen war. Vielleicht befanden die beiden sich jetzt genau dort, schwebten über dem Berg und lachten über die Überraschung, die sie allen da unten bereitet hatten. Shan mußte an die zwei Gänse denken, die ihm ein paar Stunden zuvor aufgefallen waren.

»Es ist ein so perfekter Ort für den Abschluß«, stellte eine tiefe körperlose Stimme auf einmal fest.

Shan zuckte zurück, als habe ihn ein Schlag getroffen. Sein Herz raste, und er starrte mit offenem Mund Jokar an.

Dann trat eine hochgewachsene hagere Gestalt durch den Eingang, deren Gesicht so müde, die Augen so groß und die Züge so gefühlsbeladen waren, daß Shan einen Moment benötigte, bis er Tenzin erkannte.

Der Abt von Sangchi zog eine Kerze aus der Tasche, ging wortlos zu dem Altar und entzündete sie an dem verglimmenden Wachsrest. Dann stellte er sie dort ab, drehte sich um und musterte die Toten auf der Bank. »Du hast den Stuhl gefunden«, flüsterte er ehrfürchtig, schritt langsam die Reihe ab und verharrte bei jedem der Lamas zum stummen Gebet, bis er das hintere Ende erreichte, den ältesten der Alten, den mit dem grinsenden Schädel und dem Gewand aus Sackleinen.

»Wie meinst du das?« fragte Shan, während Tenzin den toten Lama betrachtete.

»Siddhi war der erste«, erwiderte Tenzin, »der erste Lehrmeister in Rapjung. Lepka hat mir am Mischsims davon erzählt, nachdem die *purbas* behauptet hatten, Jokar solle ihre Rebellion anführen. Er sagte, die *purbas* würden sich irren, denn Siddhi sei ein Lehrer und Anhänger des Heilenden Buddhas gewesen. Er habe die Leute nicht zum Kampf gegen die Mongolen aufgerufen, sondern Gruppen aus Missionaren gebildet, die bei den Mongolen die Botschaft der Nächstenliebe verbreiten sollten.« Er sah zu Shan. »Jokar hätte nie zugelassen, daß in seinem Namen Gewalt ausgeübt wird. Als er sagte, er würde den Stuhl des Siddhi einnehmen, hat er das hier gemeint.«

Der Stuhl des Siddhi – des Siddhi und seiner Nachfolger. Sie standen direkt davor. Es war ein Ort jener sanften alten Männer, die ihr ganzes Leben der Aufgabe gewidmet hatten, die Verbindung zwischen den Menschen und der Erde in ihrem Innern aufrechtzuerhalten.

Tenzin fiel auf die Knie und beugte sich demütig herab, so daß sein Mund beim Gebet nur wenige Zentimeter über dem Boden schwebte. Nach ein paar Momenten richtete er sich auf und küßte sanft den Saum des uralten schlichten Gewands. Dann wiederholte er die Prozedur bei jedem einzelnen Toten, bis er gemeinsam mit Shan vor Jokar stand.

»Die *purbas* sagten, wir würden einfach nach Norden gehen«, berichtete Tenzin leise und starrte dabei Jokars verschlissene schwarze Leinenschuhe an. »Alles sei geplant, hieß es. Ich sollte über Rußland nach Amerika fliehen, wo die Leute mir ein Haus zur Verfügung stellen und mich bitten würden, manchmal Reden zu halten.« Er schien sich vor sich selbst zu ekeln. Eine einzelne Träne lief ihm über das Gesicht. »Das Steinauge war meine Tarnung. Ein Trupp *purbas*, der sich insgeheim nach Norden stahl, um mich zu eskortieren, wäre irgendwann aufgefallen, aber das Auge und diese ganz gewöhnlichen Tibeter ...« Tenzin warf ihm einen Blick zu. »... Der Tiger sagte, ich könne auf diese Weise nach Norden reisen, ohne daß jemand Verdacht schöpfen würde. Es war nie meine Absicht, Lin die Akte zu stehlen. Drakte hatte mich dorthin gebracht. Er war während der Konferenz die ganze Zeit bei mir, trug ein Mönchsgewand, hielt mir die Schreihälse vom Leib und achtete darauf, daß ich nicht versehentlich unseren Plan verraten würde. Immer wieder kam dieser Khodrak zu mir und behauptete, er sei der glühendste Anhänger der Klarheitskampagne und würde sie für einen Geniestreich halten. Er muß gewußt haben, daß ich mich in diesem Bezirk aufhielt, denn er hat an jenem Abend Drakte und Chao zusammen gesehen.« Tenzin verstummte kurz und sah die Lamas an. »Als Drakte und ich das Auge holen wollten, lag dieser Bericht auf Lins Schreibtisch, und ich habe angefangen, darin zu lesen. Einen Monat zuvor hatte das Büro für Religiöse Angelegenheiten mir eine Rede gegeben, die ich vor einem Jugendkongreß in Lhasa verlesen sollte. Ich habe diesen Jugendlichen versichert, daß kein Tibeter Zwangsarbeit leisten müsse und der Dalai-Kult sich solche Geschichten ausdenke, um den Verstand der Tibeter zu vergiften. Dann lag da plötzlich diese Akte in Lins Büro und bewies das Gegenteil. Ich konnte einfach nicht aufhören zu lesen. Das Auge lag längst im Wischeimer, wir mußten fliehen, und Drakte zerrte an meinem Arm. Damit ich endlich mitkommen würde, sagte er, ich solle die Seiten einstecken. Was ich denn erwartet hätte, hat er gefragt. Schließlich würden die *purbas* mir die ganze Zeit nichts anderes erzählen.«

Tenzin sah Shan durchdringend an. »Die haben mich die Kinder anlügen lassen. Ich hatte diese Geschichten über Arbeitslager nie geglaubt, über alte Lamas, die noch immer in Haft saßen, oder Mönche, die lebendig in ihren *gompas* begraben wurden. Als man mir sagte, ich solle für das Religionsbüro die Leitung von ganz Tibet übernehmen, wußte ich, daß ich gehen mußte, denn man würde nie wieder zulassen, daß ich Abt oder Mönch wurde. Doch sogar dann, als ich den Entschluß schon getroffen hatte, wäre mir nie in den Sinn gekommen, daß tatsächlich dermaßen viele entsetzliche Dinge ...« Seine Stimme erstarb. Tenzin richtete den Blick auf Jokar und schien um Verzeihung zu bitten.

»In dieser Einsiedelei haben wir mit Gendun und Shopo über vieles gesprochen, und es kamen noch weitere *purbas*. Drakte zeigte mir, daß es sich bei all den Zahlen auf der Rückseite von Lins Bericht um Kennummern handelte, einmal für die Soldaten, einmal für die Häftlinge, hauptsächlich alte Mönche, die seit zwanzig Jahren oder länger gefangen waren. Sie hatten diesen Berg ausgehöhlt und wußten, daß sie darin sterben würden.« Tenzin schaute die Reihe der Lamas entlang und senkte beschämt den Kopf.

Letzten Endes, so wußte Shan, ging es nicht nur darum, daß der Abt von Sangchi gegenüber den chinesischen Greueltaten blind gewesen war. Viel schwerer wog, daß ihm der stille, aber unerschütterliche Glaube und Mut von Männern wie Lokesh, Gendun und Jokar gefehlt hatte, die das Innere eines Berges wegmeißeln würden, obwohl sie von vornherein wußten, daß es ihren Tod bedeutete.

»Als Drakte mir von dem Lotusbuch erzählte, habe ich gefragt, ob es möglich wäre, die Namen dieser mutigen Tibeter aus dem Berg zu erfahren. Eine Woche später hatte er sie herausgefunden.« Tenzin seufzte laut. »Ich habe ihn gebeten, mir eines der Lotusbücher zu besorgen, damit ich die Namen dieser Leute dort eintragen und mit meiner Unterschrift bezeugen könnte.« Er starrte auf seine Hände. »Ich wollte mir etwas beweisen, wollte der Welt verkünden, daß ich mit all jenen, die andere versklavten, endgültig fertig sei. Es ging nur um meinen Stolz. Ich bin schuld an Draktes Tod. Seit jener Nacht in der Einsiedelei sehe ich ihn in meinen Alpträumen. Manchmal, wenn ich meditiere, erscheint mir sein Gesicht. Ich war sein Leben niemals wert.«

»Drakte ist nicht für dich gestorben, sondern für die Wahrheit.«

»Das Streben nach Wahrheit sollte eine Angelegenheit des

Geistes, nicht des Fleisches sein«, sagte Tenzin mit schwerer Stimme.

Die Worte schienen in der Höhle widerzuhallen. Im trüben Flackerlicht kam es Shan so vor, als würden einige der längst toten Lamas aufseufzen.

»Ich kann mich noch an Draktes letzte Worte erinnern. Er tötet, wofür er steht, hat er über den Mörder gesagt. Dieser Mönch, der sich selbst einen Vorsitzenden nennt«, sagte Tenzin, als wolle er Khodraks Namen nicht aussprechen und als könne er immer noch nicht begreifen, was in Amdo geschehen war, »hat alles zerstört, was ein Abt eigentlich sein sollte. Und dann hat er an diesem Abend die beiden Männer ermordet. Wegen Draktes Aufzeichnungen.«

»Ich glaube nicht, daß Drakte nur hingegangen ist, um Chao seine Aufzeichnungen zu geben. Ich weiß noch, was Gendun mal zu ihm gesagt hat: Wenn du die Schreihälse wirklich ändern willst, lies ihnen einfach aus dem Lotusbuch vor. Ich schätze, er wollte den Vorschlag in die Tat umsetzen und erst danach das Buch zu dir bringen. Ich bin überzeugt, er wollte lernen, die Waffen niederzulegen und die Hand nach der inneren Gottheit auszustrecken.«

»Wie meinst du das?«

»Somo hat mir von Gendun eine Nachricht über Drakte mitgebracht. Sie hielt sie für unerheblich, ganz im Gegensatz zu Gendun, und ich weiß nun, daß er recht hatte. Er schrieb, Drakte habe die Gottheit in einer Decke getragen und gelernt, sie auszuwickeln. Somo dachte, es würde sich auf das Steinauge beziehen, aber in Wahrheit meinte Gendun, daß Drakte sich bemühte, dem Weg des Mitgefühls zu folgen. Er öffnete sich seinem inneren Gott und beschloß, mit Chao auf eine Weise umzugehen, die typisch für jemanden wie Gendun, aber nicht typisch für einen *purba* war.«

Die Stille in dem Höhlengrab gemahnte an die Tiefe des Nachthimmels.

Ein Bild stieg vor Shans innerem Auge auf: Drakte saß nachts mit dem Beamten des Religionsbüros zusammen, erzählte vom Leid der Tibeter und versuchte, den anderen zur

Nächstenliebe zu bekehren. Wie die Missionare, die Siddhi einst gegen den Feind ausgesandt hatte. Doch die Szene machte sich selbständig und zeigte Shan, was er lieber gemieden hätte, denn im Herzen wußte er inzwischen, was in der Garage geschehen war. Khodrak tauchte auf. Nehmt euch einen Augenblick Zeit, sagte er und ermutigte Chao und Drakte, sich zum Gebet auf dem Boden niederzulassen. Die beiden Tibeter hätten einem Abt niemals den Gehorsam verweigert. Dann ging er um sie herum und schlitzte Chao mit seinem Bettelmönchstab den Rücken auf. Er tötet Gebete, hatte Drakte gesagt.

»Was würdet ihr glauben, wenn ihr sehen könntet, was wir aus der Welt gemacht haben?« fragte Tenzin nach langem Schweigen mit zutiefst verzweifelter Stimme. Er sprach zu den toten Lamas.

Danach brach die Stille erneut wie eine physische Macht über sie ein und hielt sie fest. Shans Verstand klärte sich, und als er vorsichtig zu meditieren versuchte, gelang es ihm zum erstenmal seit den Nächten bei dem Mandala. Zeit verging. Plötzlich stieg Shan beißender Ingwergeruch in die Nase, und er sah seinen Vater neben sich. Dann sprach sein Vater mit Jokar, und die beiden Männer standen wie zwei alte Freunde am anderen Ende der Kammer. Sie winkten Shan zu und traten in die Schwärze, die dahinter lag.

Als Shan sich seiner Umgebung wieder bewußt wurde, hielt Tenzin ein Blatt Papier in der Hand. Es war eine lange Namenliste.

Irgend etwas ließ Shan zu dem Stoffbündel gehen, es aufheben und Tenzin entgegenstrecken. »Du hast Drakte darum gebeten, ihre Namen eintragen zu dürfen«, sagte er und wickelte das Bündel aus. Es war ein schweres, in Leder gebundenes Buch, dessen Umschlag jemand mit dem Bild einer Lotusblume versehen hatte.

Tenzin starrte erst das Buch an, dann Shan. Schließlich nahm er den Band feierlich entgegen. »Winslow hat es aus Padmes Tasche gezogen«, erklärte Shan. »Er hat es gegen Draktes Aufzeichnungen ausgetauscht. Es ist das Buch, das Drakte dir mitbringen wollte. Khodrak hat es in jener Nacht an sich genommen.«

Tenzin wog das Buch in beiden Händen und nahm es ein weiteres Mal in Augenschein, bevor er es aufschlug. Langsam blätterte er bis zur ersten leeren Seite vor, die sich ziemlich weit hinten befand. Dann zog er einen Bleistift aus der Tasche und fing an zu schreiben. Er arbeitete fast eine Stunde lang. Zuerst las Shan ihm die Namen der toten Gefangenen vor, damit er sie eintragen konnte; danach schrieb er allein weiter. Hin und wieder blickte er auf und betrachtete die Lamas. Als er fertig war, erhob er sich, legte das Buch auf den Altar und vertiefte sich in den Anblick des kleinen goldenen Buddhas. Am Ende sah er erwartungsvoll Shan an. »Nun steht es geschrieben«, stellte er leise fest.

»Es wäre dumm, sich nachts auf diesen Pfad zu wagen«, sagte Shan langsam und schaute zu dem Buch. Tenzin musterte ihn prüfend, zog drei weitere Kerzen aus der Tasche, legte sie auf den Altar und nahm den Band wieder an sich.

Die beiden Männer ließen sich nebeneinander unter der Kerze und im Angesicht der Lamas nieder, und Tenzin reichte das Buch an Shan weiter.

Das Lotusbuch war von vielen Händen und in mehreren Sprachen verfaßt, mit Bleistift, Tinte und sogar mit Wasserfarben. Shan schlug den ersten der vielen hundert Einträge auf, blickte kurz zu Jokar und räusperte sich.

»Das erste Datum liegt diesen Monat fünfzehn Jahre zurück«, sagte Shan sanft und fing an zu lesen. »Ich war nicht immer eine gebrechliche alte Frau ohne Familie, ohne Haus, ohne Mönch, mit dem ich beten könnte, ohne Kinder, mit denen ich lachen könnte, sogar ohne Hund, der mir wenigstens die Hand lecken würde«, lautete der erste Satz. »Aber dies ist die Geschichte, wie ich dazu wurde, beginnend mit dem Tag, an dem die Chinesen unsere Schafe getötet haben …«

Und so lasen sie, Stunde um Stunde, mit zitternden Stimmen und manchmal unter Tränen, reichten das Buch von einem zum anderen und entzündeten eine neue Kerze, sobald die vorhergehende niedergebrannt war. Klöster wurden von den Roten

Garden dem Erdboden gleichgemacht. Mönche starben unter der Folter. Die Einwohner uralter Bergdörfer wurden in dichte Wälder transportiert, um dort Schneisen für den chinesischen Tagebau zu schlagen. Fünfhundert Jahre alte Buddhas wurden für die Armee zu Gewehrkugeln eingeschmolzen. Eltern wurden vor den Augen ihrer Kinder hingerichtet, und Tibeter landeten im Gefängnis, weil sie den Geburtstag des Dalai Lama gefeiert hatten.

Shan verlor jegliches Zeitgefühl. Er mußte das Buch an Tenzin übergeben, als Einträge über die 404. Baubrigade des Volkes – seine *lao-gai*-Einheit – kamen, und die Namen der vielen Tibeter, die dort ihr Leben gelassen hatten. Es war kaum zu glauben, aber schließlich erreichten sie die letzten Seiten, und Shan erkannte Tenzins Handschrift.

»Auch nach fünf Jahrzehnten hält die Versklavung unseres Landes und Volkes unvermindert an«, lauteten die einleitenden Worte des Eintrags. Es folgte eine Beschreibung der Bergfestung und des Plans zu ihrer Zerstörung, abgeschlossen durch die Namenliste all der Zwangsarbeiter, die dabei ihr Leben geopfert hatten. Die Worte waren stark und leidenschaftlich, wenngleich der letzte Eintrag des Buches sie an Kraft noch übertraf.

»Vor dreißig Jahren ging ein junger Tibeter als Jahrgangsbester von der einzigen Schule seines Bezirks ab, in der gemischte Klassen aus tibetischen und chinesischen Kindern unterrichtet werden durften. Da seine Eltern der Kommunistischen Partei beigetreten waren, beherrschte er die chinesische Sprache und wurde auf eine Universität in China geschickt. Für die Zeit nach seiner Rückkehr versprach man ihm sogar eine lukrative Anstellung beim Büro für Religiöse Angelegenheiten. Eines Tages brachte man ihm ein Mönchsgewand und teilte ihm mit, er würde der Politoffizier eines bedeutenden *gompa* werden. Vieles an diesem *gompa* gefiel ihm, und als man ihn nach fünf Jahren in ein anderes Kloster versetzen wollte, bat er darum, seine Mönchsausbildung an ursprünglicher Stelle fortsetzen zu dürfen.

Dieser Mönch war ich. Ich unterschied mich mittlerweile

deutlich von dem Politoffizier, der einst in jenes *gompa* gekommen war, blieb aber dennoch ein Günstling der Regierung, die dafür sorgte, daß ich so jung zum Abt ernannt wurde wie noch nie jemand zuvor in Tibet. Ich machte aus diesem Kloster ein Paradebeispiel des gleichgeschalteten Buddhismus und führte dem Land vor, wie der Sozialismus sich förderlich auf den Buddhismus auswirken konnte. Ich bemühte mich, Buddha zu umarmen, aber zunächst habe ich viele Jahre lang die chinesische Regierung als meinen Gönner umarmt. Als man mich bat, gegen den Widerstand zu predigen, tat ich es aus Leibeskräften, denn die Regierung war der größte Wohltäter Tibets. Als man eine Kampagne starten wollte, um Glaubensangelegenheiten einen wirtschaftlichen Schwerpunkt zu verleihen, schlug ich vor, man solle sie Klarheitskampagne nennen, und hielt in meinem *gompa* die offizielle Eröffnungsrede.

Dann sah ich eines Tages einen alten Mann, der die Wand einer Kapelle anstreichen sollte, und kritisierte ihn, weil er so langsam arbeitete. Er lächelte und sagte, er würde bereits sein Bestes geben. Dann hat er mir seine Hände gezeigt; sie waren ohne Daumen. Früher sei er ein Lama gewesen, erzählte er, doch die chinesischen Soldaten hätten ihm mit einer Baumschere die Daumen abgeschnitten, um ihn am Beten seiner Rosenkränze zu hindern. An jenem Tag haben wir uns mehrere Stunden unterhalten, und am nächsten Tag brachte er eine junge Frau mit, die mir von ihrem Bruder erzählte, der ins Gefängnis gesteckt worden sei, weil er ein Foto des Dalai Lama besessen habe. Am folgenden Tag brachte die Frau einen Mann zu mir, den sie als *purba* bezeichnete.«

Der Bericht ging noch mehrere Seiten weiter und enthielt zahlreiche Erinnerungen und Bekenntnisse: Tenzin war dafür verantwortlich, daß ehrwürdige Lehrer zur politischen Umerziehung nach Peking geschickt wurden, weil sie sich positiv über die Exilregierung geäußert hatten. Er hatte den Behörden geholfen, neue Landkarten anzufertigen, in denen sämtliche Verweise auf Pilgerstätten fehlten. Dann schilderte er sogar, wie zwei alte Lamas namens Gendun und Shopo ihn gelehrt hatten, daß Mitgefühl aus Sand geformt werden konnte, und wie sie ihm einen Neuanfang ermöglichten, indem sie ihm beibrachten, Yakdung schätzen zu lernen.

»Ich habe mich gegen mein Volk und meine Seele versündigt«, setzte der letzte Absatz ein. »Meine Regierung hat mich belogen, und ich habe meine innere Gottheit belogen. Ich habe einen großen Teil meiner menschlichen Inkarnation darauf verwandt, andere ins Unglück zu stürzen. Wenn ihr von den Feinden Tibets sprecht, sprecht über den Abt von Sangchi. Wenn ihr von niederen Kreaturen sprecht, die versuchen, sich durch die Dunkelheit zum Licht vorzugraben, sprecht über einen Pilger namens Tenzin.«

Shan starrte noch lange auf diese letzten Worte, bevor er den Band zuklappte. Als er schließlich aufstand, legte er das Buch neben dem Buddha ab, so daß alle Lamas von Rapjung es sehen konnten. »Ich glaube, der Tag ist angebrochen«, sagte er leise.

Tenzin, der wieder ausgemergelt und leer wirkte, folgte ihm die Reihe der alten Männer entlang und bezeugte jedem von ihnen durch ein Gebet seine Ehrerbietung. Dann verließen Shan und Tenzin die Kammer, und Jokar blieb in seinem geliebten Berg zurück, endlich zur Ruhe gebettet auf dem Stuhl des Siddhi.

Kapitel Zwanzig

Als Shan und Tenzin drei Stunden nach Sonnenaufgang den Berggrat oberhalb des Tals von Yapchi erreichten, blieben sie überrascht stehen. Das Tal hatte sich verwandelt. Von Jenkins' Damm war nichts mehr zu sehen, und über den langen steilen Hang floß immer noch Wasser nach. Es hatte dort den Erdboden bis hinunter zum Fels weggespült und sich ein neues Flußbett geschaffen. Der kleine Tümpel rund um den Bohrturm war zu einem riesigen See von etwa anderthalb Kilometern Länge geworden.

Shan beugte sich vor und stützte sich dabei auf den Stab in seiner Hand, Jokars Stab. Er hatte nicht vorgehabt, ihn aus der Grabhöhle zu entfernen, doch als er von dem großen *thangka* zurückgewichen war, hatte seine Hand sich wie von selbst um den Stab gelegt, als besäße dieser einen eigenen Willen. Shan hatte innegehalten und den verwitterten Stab, der dem Lama-Heiler jahrzehntelang gute Dienste geleistet hatte, verunsichert gemustert. Dann hatte er ihn mitgenommen. Jokar und Shan kannten jemanden, der einen Stab gut gebrauchen konnte.

»Das Tal wird neu geschaffen«, stellte Tenzin zögernd und verblüfft fest.

Shan setzte sich auf einen Felsen. Das alles kam ihm so unwirklich vor. Keinen Augenblick lang hatte er daran gezweifelt, daß die Armee und die Firma das Wasser aufhalten und das Loch in der Bergflanke wieder verschließen würden. Doch die Schlacht war geschlagen, und der Berg hatte gesiegt. Arbeiter schleppten sich auf das Lager zu und zogen wie unterlegene Krieger ihre Werkzeuge hinter sich her. Unterhalb des Hangs lag ein Bulldozer auf der Seite und ragte halb aus den Fluten. Dort mußte der Damm gebrochen sein. Der Bohrturm stand genau in der Mitte des Sees und neigte sich um fast dreißig Grad, weil das Wasser ihn unterspült hatte.

Nur noch im Lager schien gearbeitet zu werden. Auf dem eigentlich für die Feier vorgesehenen Feld herrschte ein großes Durcheinander. Die Befestigung des Banners hatte sich an einer Seite gelöst, so daß der Slogan der Klarheitskampagne wie ein Papierdrachen am Himmel flatterte. Seile, Fässer, Eimer und Werkzeuge wurden hektisch auf die Ladeflächen der Lastwagen geworfen. Die Hälfte der Wohnanhänger war nicht mehr da. Shan beobachtete, wie ein großer Schlepper den Motor anwarf und einen der Anhänger vorsichtig auf den Hang zog, der aus dem Tal hinausführte. Die Firma trat den Rückzug an.

»Sie wollten ein Wunder vollbringen«, flüsterte Tenzin ehrfürchtig. »Genau das hat Lokesh in der Höhle gesagt.«

Shan betrachtete das Tal. Es wurde tatsächlich neu geschaffen. Sobald der See das Nordende des Lagers erreichte, würde die Straße zu seiner Abflußrinne werden und sich in einen Fluß verwandeln, so daß kein Lastwagen, Panzer oder sonstiges Fahrzeug mehr hierhin vordringen konnte. Am Südende würde das Wasser bis auf wenige hundert Meter an die Dorfruinen heranreichen. Der Grabhügel war bereits zu einer kleinen Insel geworden. Wenn der Pegel weiterhin so schnell stieg, würde er den Hügel in wenigen Stunden bedecken und die Grabungsstelle erreichen, an der einst der taoistische Tempel gestanden hatte. Die seit hundert Jahren offene Wunde würde endlich geschlossen. *Verbindet sie, ihr müßt es waschen, um sie zu verbinden*, hatte das Orakel durch den Mund ihrer geliebten Anya gesagt.

Shan bemerkte, daß Tenzin sich gesetzt hatte und mit geneigtem Kopf, halboffenem Mund und verwundertem Blick dasaß.

Weiter unten am Hang waren auf einem Felsvorsprung, von dem aus man das Öllager überblicken konnte, andere Leute versammelt, denen es ebenso zu ergehen schien. Shan erkannte Jenkins, außerdem Larkin und ein paar Männer, die wie Manager des Projekts aussahen, darunter zwei Anzugträger aus der

Besuchergruppe. Auch einige Tibeter traten langsam auf den Vorsprung und starrten alle mit dem gleichen verwirrten Gesichtsausdruck zum Lager.

Als Melissa Larkin ihn sah, stand sie auf und kam mit unsicheren Schritten auf ihn zu. Shan setzte sich und wartete auf sie.

»Es heißt, Sie hätten nach Winslow und Jokar gesucht«, sagte Larkin. »Ich habe mir Sorgen gemacht. Cowboy hatte vorgestern abend so einen merkwürdigen Schimmer in den Augen. Als würde etwas ihn auseinanderreißen oder fortziehen.«

»Ich habe ihn gefunden«, sagte Shan leise. »Die Tabletten sind ihm ausgegangen. Er wird nicht zurückkommen. Es gab einen Ort, an den er Jokar begleiten mußte.«

Aus irgendeinem Grund begriff Larkin sofort, was er meinte. Kraftlos ließ sie sich neben Shan zu Boden sinken. Dann hob sie die Faust an den Mund und biß sich auf den Knöchel. Ihr standen Tränen in den Augen. Sie vergrub das Gesicht in der Armbeuge und stützte den Kopf auf die Knie.

»Er wollte, daß Sie es erfahren, nur Sie allein«, sagte Shan, als sie schließlich wieder aufblickte.

Larkin lächelte unter Tränen. »Als ich das erstemal von ihm hörte, dachte ich, er sei bloß irgendein bescheuerter Bürokrat. Als wir uns dann trafen, war es ...« Ihre Stimme erstarb, und sie schaute auf den See hinaus. »Es gab eine Verbindung zwischen uns. Neulich auf dem Mischsims sagte er, wir würden uns vielleicht von einer früheren Inkarnation her kennen. Ich dachte, er wolle einen Scherz machen. Aber neuerdings weiß ich nicht mehr, was ein Scherz ist und was ...« Sie sah kurz weg und wischte sich die Tränen mit dem Ärmel ab. »Er hat mir von seiner Frau erzählt und ich ihm von meinem Verlobten, der durch eine Lawine getötet wurde. Ich habe ihn gewarnt, daß ich wohl niemals wieder ...« Die Tränen liefen ihr in Strömen über die Wangen. Jenkins, der etwa zehn Meter entfernt saß, warf ihr einen Blick zu. »Er kam, um meine Leiche einzusammeln, aber am Ende ist er selbst ... wegen mir ...«, schluchzte sie.

»Nein«, widersprach Shan. »Er war genau dort, wo er sein

sollte.« Er erzählte ihr von Winslows letztem Brief. Diesmal gehöre ich hierher, hatte der Amerikaner geschrieben. »Er wäre gekommen, um mit Ihnen an dem heiligen See zu zelten«, schloß er sanft.

Larkin nickte und lächelte gequält. »Nichts ist so geschehen, wie ich es erwartet habe. Nicht mal das hier«, sagte sie und wies in Richtung See. »Wir haben nie mit so viel Wasser gerechnet.«

»Als ich noch klein war, hatte ich einen Lehrer«, sagte eine zittrige Stimme. Sie drehten sich um und sahen, daß Lepka dicht hinter ihnen stand und sie aus traurigen feuchten Augen betrachtete.

»Er sagte, es gäbe Orte auf Erden, an denen Seelen größer werden, Reifeplätze nannte er sie, weil die Seelen dort schneller reifen. Wenn viele Menschen an einem solchen Ort zusammenkommen, gewinnt er dadurch an Macht, so daß große und weitreichende Dinge geschehen können. Mein Lehrer sagte, dies sei ein solcher Ort, und aus diesem Grund hätten die Lamas ihn auch nie Berg Yapchi genannt, sondern ihm einen eigenen Namen gegeben, einen alten Namen, den heute keiner mehr kennt. Seit vielen Jahren hat niemand ihn mehr benutzt.«

Lepka wandte sich zu dem schneebedeckten Gipfel um, ging dann neben ihnen in die Hocke und senkte die Stimme. »Aber mein Vater hat ihn gekannt. Es war ein langer Name in einem alten Lama-Dialekt, und er bedeutete ›Ort, an dem das Rückgrat der Erde hervortritt‹. Mein Vater hat ihn nur Knochenberg genannt«, flüsterte er. »Wenn alte Lamas zur völligen Reife gelangt waren, legten sie sich dort manchmal zur Ruhe.«

Shan erwiderte Lepkas bekümmertes Lächeln und lud ihn ein, sich zu ihnen zu setzen und die fortschreitende Veränderung des Tals zu verfolgen. Lepka sah die Amerikanerin an. »Ich glaube, daß Winslow und Jokar Rinpoche in diesem Moment in irgendeinem *bayal* sitzen und gemeinsam lachen«, sagte er. Larkin nahm die Hand des alten Mannes und drückte sie fest.

»Was werden Sie nun tun?« fragte Shan.

Larkin schaute weit über das Wasser. »Ursprünglich wollte ich versuchen, zu Cowboy zurückzukehren. Ich schätze, jetzt werde ich einfach nach Hause fahren. Zhu will mich nicht unbedingt ermorden; es reicht, wenn ich aus Tibet verschwinde.« Sie drehte sich um, sah lange zur Bergspitze empor und hielt die ganze Zeit Lepkas Hand umklammert.

»Ich würde es nicht glauben, hätte ich's nicht mit eigenen Augen gesehen«, sagte nach einigen Minuten eine tiefe Stimme. Jenkins hatte sich zu ihnen gesellt und musterte den wertlosen Bohrturm. »Es ist vorbei. Als der Damm brach, ist fast das gesamte schwere Gerät verlorengegangen. Zum Glück konnten wir wenigstens die Anhänger noch rechtzeitig retten.« Er hatte offenbar beschlossen, daß er Shan einen Bericht schuldig war. »Aus den Staaten kam ein wütender Anruf; man wollte wissen, was passiert ist.« Er sah Shan an, als wolle er ihm die gleiche Frage stellen, zuckte dann aber die Achseln. »Ich habe gesagt, das Terrain sei geologisch instabil.«

»Nein«, warf eine andere Stimme ein. Somo war aufgetaucht. Ihre Schuhe und Hosenbeine waren schlammverkrustet, doch sie lächelte heiter. »Ich glaube, es ist das genaue Gegenteil.«

Seltsamerweise schienen alle es zu verstehen. Jenkins stieß ein leises Schnauben aus und verzog das Gesicht. Somo deutete an, alles sei folgerichtig verlaufen und man müsse damit rechnen, daß ein Berg sich so verhalten würde, sobald er begriffen hatte, was die Menschen ihm antun wollten.

»Es ist ein totaler Reinfall, das gesamte verfluchte Projekt«, sagte Jenkins. »All dieser Schlamm, all das Wasser. Zum Teufel, wir waren noch nicht mal auf Öl gestoßen. Niemand würde hier jetzt noch ein Projekt finanzieren wollen.« Sein fragender Blick richtete sich auf Larkin. »Mein Gott«, fügte er hinzu und starrte auf die Trümmer seiner Arbeit. »Mein Gott.« Er sah wieder Shan an. »Die Tibeter aus diesem Dorf behaupten, ihre Gottheit habe gesprochen. Sie sagen, es tue ihnen zwar leid, daß wir nun solche Unannehmlichkeiten hätten, aber da könne man eben nichts machen.« Jenkins schüttelte den Kopf. »Es gehört nicht zu meinem Job, Gespräche mit Göttern zu führen. Im Innern höre ich immer noch diese Trommel. Ich habe keine Lust mehr, in der Erde herumzuwühlen. Ich gehe nach Hause. Aber vorher muß ich einen Bericht abliefern.« Er seufzte. »Ich werde schreiben, es sei höhere Gewalt gewesen.«

»Da hat jemand nach Ihnen gesucht, Shan«, erinnerte Larkin sich plötzlich. »Ich glaube, all die Tibeter, die schon die Flucht angetreten oder sich oben auf dieser Lichtung versammelt hatten, sind wieder zurückgekommen, als die Nachricht sich herumsprach.« Sie deutete auf den gegenüberliegenden Hang, wo ein provisorisches Zeltlager entstanden war.

Shan stand langsam auf und lief hinunter. Er fand Lokesh am Ufer des ansteigenden Sees. Der alte Tibeter wusch Steine. »Berühr mal das Wasser«, sagte er aufgeregt. »Es ist ganz anders.« Es waren seine *tonde*. Lokesh wusch die Talismane.

Shan bückte sich, schöpfte mit beiden Händen Wasser und wusch sein Gesicht. Die Flüssigkeit prickelte auf der Haut. Vielleicht nahm das Wasser bei seiner Reise durch den tiefen Fels Kohlensäure auf. »Schon jetzt behaupten die Leute, dieser See habe große Macht«, fügte Lokesh hinzu.

Shan reichte seinem Freund den Stab, den er aus der Höhle mitgebracht hatte. Der alte Tibeter sah ihn fragend an und legte dann langsam die Fingerspitzen auf das Holz, als würde er einen Puls ertasten. »Ich hoffe, es ist ihnen genug Zeit geblieben, sich darauf vorzubereiten«, flüsterte er, und Shan sah die plötzliche Trauer in seinem Blick.

»Ja, sie waren vorbereitet«, sagte Shan und fragte sich, wie viele der Tibeter wohl Bescheid wußten. Lepka und Lokesh schienen beide verstanden zu haben, wohin Jokar und Winslow gegangen waren, als sei es ihnen möglich gewesen, den beiden Männern etwas anzusehen, das Shan verborgen geblieben war.

Einer der beiden verbliebenen Armeelaster verließ das Lager und folgte der schweren Zugmaschine, die den letzten der Wohnanhänger wegschleppte. Der zweite Armeetransporter setzte sich in Bewegung, bog dann aber unversehens zur Mitte des Tals ab und fuhr am Wasser entlang. Ungefähr dreißig Meter von Shan entfernt blieb das Fahrzeug stehen, und die beiden Soldaten im Führerhaus schienen sich über etwas zu streiten. Dann ging der Motor aus, und vier Soldaten stiegen von der Ladefläche. Sie bewegten sich nur langsam, nicht auf die sonst so aggressive Art, und auch ihre Blicke waren nicht feindselig. Gemeinsam hoben sie etwas heraus und wichen abrupt auf die andere Seite des Lasters zurück. Hinter ihnen kam Lin zum Vorschein, und auf seinen Armen lag ein langes Bündel, das in ein leuchtendweißes Tuch gehüllt war. Der Oberst musterte die Tibeter am Seeufer. Sie hielten inne und sahen ihn schweigend an. Als Lin auf Shan zuging, setzten auch Lhandro und Nyma sich in Bewegung, verließen das zerstörte Feld, in dem sie gestanden hatten, und kamen mißtrauisch näher. Lokesh zog sich an dem Stab hoch.

Als Lin sich bückte, um die verhüllte Gestalt vor Shan auf den Boden zu legen, trat Lhandro mit ausgestreckten Armen vor und nahm Anyas Leiche entgegen. Lin überreichte sie ihm stumm und strich der Toten über den Kopf. »Sie sollte bei ihrem Volk sein«, flüsterte er. »Aber überlaßt sie nicht den Vögeln«, sagte er zu Lhandro. »Bitte, ich könnte den Gedanken nicht ertragen, daß die Vögel sie bekommen haben.«

Eine Weile sprach niemand. Das Wasser plätscherte ans Ufer.

»Das Tal hat Platz genug für unsere Anya«, sagte ein alter Mann, und Lin wandte sich nickend um, als Lepka ihren kleinen Kreis betrat. »Außerdem gibt es noch die Überreste der Chinesen aus diesem Tempel.« Lepka hielt etwas empor. Eine Schaufel. »Ich brauche deine Hilfe«, sagte er zu Lin.

Der Oberst starrte ihn an und kniff die Augen zusammen, als könne er kaum erkennen, was Lepka bei sich trug.

»Ich brauche deine Hilfe, Xiao Lin«, sagte Lepka sanft und deutete auf eine Stelle am unteren Teil des Hangs, die von mehreren hohen Bäumen beschattet wurde. Dann ging der alte Mann mit seiner Schaufel voran, und der Oberst folgte ihm mit kleinen Schritten und gesenktem Blick wie ein verwirrter Junge.

Xiao Lin hatte Lepka ihn genannt. Kleiner Lin. Shan warf einen Blick auf die Soldaten. Sie beobachteten reglos, was vor sich ging, manche verängstigt, andere wütend, wiederum andere erstaunt.

Während die beiden Männer schweigend gruben, schlug Nyma das Tuch von Anyas Gesicht zurück, so daß der Wind mit den schwarzen Haaren des Mädchens spielte. Dann sang Nyma ein leises Lied, so wie Anya immer ihre Götterlieder gesungen hatte, und flocht die langen Strähnen zu einem Zopf. Immer mehr Dorfbewohner kamen hinzu, allerdings keiner mit einer Schaufel. Sie verharrten als Zuschauer nur wenige Schritte entfernt, bis auf einmal Professor Ma am Grab stand. Er hatte den Kasten mit den Relikten bei sich.

Die Tibeter zögerten kurz und traten dann vor, um ihm zu helfen. Der alte Han stellte die Kiste auf den Boden und holte nacheinander die Knochenstücke heraus, die er bei dem taoistischen Tempel gefunden hatte. Die Dörfler nahmen die Fragmente entgegen und wickelten jedes in ein Stück Stoff, in *khatas* oder die Kopftücher der Frauen. Dann setzte jeder Dorfbewohner sich mit einem der eingewickelten Knochen nieder und betete ein *mani*-Mantra, während der Professor zu Lepka ging und von ihm die Schaufel erhielt. Unter den Augen von Lin und Lepka grub er ein paar Minuten und reichte das Werkzeug danach an Shan weiter. Als dieser eine Weile wortlos am Grab gearbeitet hatte und die Schaufel an Lhandro übergeben wollte, stellte er fest, daß mittlerweile eine lange Warteschlange am Grab stand. Es waren Dorfbewohner dabei, junge Männer, die zu der Arbeitsmannschaft gehört haben mußten, Gyalo und Chemi und ganz am Ende die Amerikaner Larkin und Jenkins.

Sie gruben mehr als eine Stunde. Lin übernahm noch einige Male die Schaufel und stand ansonsten mit bitterer, trostloser Miene da und bewegte ständig eine Hand. Shan sah etwas Grünes zwischen den Fingern aufblitzen. Es war der Stein, den Anya für ihn bei dem *chorten* gefunden hatte, das *tonde* für Onkel Lin. Gerade als Shan dachte, das Grab sei nun fertig, winkte Lin seine Männer heran. Die Soldaten hatten die ganze Zeit bei dem Lastwagen ausgeharrt und zugesehen, aber als sie an der Grube eintrafen, war kein weiteres Wort nötig. Ein junger chinesischer Soldat streckte ernst die Hand nach der Schaufel aus und arbeitete zehn Minuten lang. Als er fertig war, liefen ihm Tränen über die Wangen. Eine der Tibeterinnen zog ihn an sich, und er weinte an ihrer Schulter.

Jeder der Soldaten grub, und als sie fertig waren, stiegen zwei in das Loch, nahmen aus den Händen der Tibeter die Knochenfragmente entgegen und reihten sie ehrfürchtig entlang der Innenwand auf. Danach hielt einer der Männer kurz inne, schrieb vier Namen auf einen Zettel und legte ihn unter einen der Knochen. Die Namen seiner vier toten Kameraden, erklärte er flüsternd. Nyma küßte Anyas Kopf und verhüllte ihn wieder. Lepka und Lhandro reichten die Leiche zu den Soldaten herunter.

Auch beim Füllen des Grabes wurde die Schaufel reihum weitergegeben und der kleine Hügel danach mit Steinen bedeckt. Man würde später einen ganzen Steinhaufen darüber auftürmen, wußte Shan, und vielleicht eines Tages einen *chorten* errichten. Schweigend standen sie um das Grab herum, und vereinzelt sprach jemand ein kurzes Gebet oder ein paar Worte im Gedenken der Toten.

Lin sagte nichts, sondern wandte sich mit leerer entrückter Miene ab und ging weg, nicht ohne zuvor Lhandro wortlos die Papiere zurückzugeben, die er ihm vor einiger Zeit abgenommen hatte. Als Shan sich jedoch umdrehte, sah er den Oberst beim Lastwagen stehen und erwartungsvoll in seine Richtung schauen.

»Ich habe die ganze letzte Nacht bei Anya in meinem Zelt gesessen«, sagte er, als Shan und Lhandro zu ihm traten. Dann entfaltete er auf der Motorhaube des Transporters ernst eine Militärkarte und wies auf das Tal von Yapchi. Sie sahen die Grenzregion der Provinz vor sich. Ein großer Abschnitt war rot schraffiert worden. »Heute morgen ist ein neuer Befehl ergangen«, sagte Lin müde. »Das Gebiet von hier« – er deutete auf die Kette niedriger Berggrate gleich oberhalb von Norbu – »bis zur nördlichen Provinzgrenze wurde zur toxischen Sperrzone erklärt. Niemand darf es betreten. Nicht die Armee, nicht die Öffentliche Sicherheit. Auf keinen Fall. Nicht mal das Büro für Religiöse Angelegenheiten«, sagte er spöttisch. Seine Stimme gewann an Kraft. Er bemerkte die fragenden Gesichter. »Ich habe dem Oberkommando berichtet, es sei aufgrund des von mir persönlich festgestellten Sachverhalts leider unumgänglich.« Er klang nun sehr sachlich, als befänden sie sich bei einer militärischen Lagebesprechung. »Ich werde Verbotsschilder aufstellen lassen.«

Shan und Lhandro starrten ihn ungläubig an. Die rote Schraffur bedeckte ein Gebiet von mindestens zweihundertfünfzig Quadratkilometern, darunter auch die gesamte Ebene der Blumen. Das entsprach der Größe eines Verwaltungsbezirks.

»Ach ja, die Männer aus Norbu. Tuan wurde von der Öffentlichen Sicherheit weggebracht. Ein solcher Korruptionsfall bei einem leitenden Beamten ...« Lin schüttelte den Kopf. »Er ist erledigt. Diesen Khodrak wird man in ein besonderes Kriecherinstitut stecken.« Er meinte eine medizinische Anstalt der Kriecher, in der widerspenstige Funktionäre – zumeist für ein paar Jahre – untergebracht wurden, damit Regierungsärzte durch Anwendung von Drogen versuchen konnten, sie von ihren gesellschaftsfeindlichen Neigungen zu kurieren. »Er wird nicht zurückkehren.«

Lin faltete die Karte zusammen, gab sie Shan und musterte ihn einen Moment lang. Shan nickte zögernd. Der Oberst zog einen Umschlag aus der Tasche, reichte ihn ebenfalls weiter und ging dann wortlos zur Beifahrertür des Transporters.

»Das verstehe ich nicht«, sagte Nyma an Shans Schulter.

»Rapjung gompa und die Ebene der Blumen sind nun frei«, sagte Lhandro verblüfft und sah die Soldaten auf die Ladefläche steigen. »Wegen Anya.«

Shan schaute zum Laster zurück. Lin stand vor der Tür und starrte jemanden an, der auf dem Trittbrett saß. Es war Dremu, und er hielt dem Blick unschlüssig, aber in gewisser Weise auch hartnäckig stand.

»Dieser Mann behauptet, wir hätten seinen Großvater getötet«, sagte Lin müde, als Shan zu ihm kam.

»Nicht Sie persönlich.« Shan sah, daß Dremu nervös an dem kleinen Lederbeutel herumfingerte, der um seinen Hals hing. »Es ist nur so, daß ... Es ist nur so, daß ein Clan der *goloks* die Annahme einer Tributzahlung verweigert.«

Lin wirkte ziemlich verwirrt, aber Dremu schien über diese

Worte sorgfältig nachzudenken. Er nickte ernst, griff in den Beutel und holte eine einzelne schwere Goldmünze daraus hervor. Dann stand er auf, reckte die Münze hoch in Richtung Nordosten empor, als wolle er sie jemandem in der Ferne zeigen, und überreichte sie wie eine rituelle Opfergabe mit beiden Händen dem Oberst.

Danach ging Dremu einfach weg, und sein Gesichtsausdruck ließ eine ungewohnte Regung erkennen. Es war nicht direkt heitere Gelassenheit, aber es kam dem vermutlich näher als jemals zuvor.

»Er bezahlt uns?« fragte Lin.

»Er gibt das Geld zurück. Es hat den Lujuns gehört.«

»Was soll ich damit anfangen?« seufzte der Oberst.

Shan mußte daran denken, zu welchem Zweck Lin das Steinauge benutzt hatte. »Sie brauchen einen neuen Briefbeschwerer«, schlug er vor.

Lin zog eine Augenbraue hoch und blickte zu dem Grab. Gleich darauf erwachte dröhnend der Motor zum Leben. Ohne ein weiteres Wort stieg der Oberst ein, und der Lastwagen fuhr in hohem Tempo davon. Lin schaute aus dem offenen Fenster immer noch zu dem Grab zurück.

Shan öffnete den Umschlag, den der Oberst ihm gegeben hatte, und las die einzelne Seite, die sich darin befand.

»Was ist das?« fragte Nyma.

Er las es noch einmal und wußte nicht so recht, was er antworten sollte. »Jemand ist gestorben«, sagte er und beobachtete, wie der Transporter das Tal verließ.

Während die letzten der Projektmitarbeiter sich aus dem Tal zurückzogen, hielt die stille andächtige Stimmung der Tibeter noch den ganzen Tag an. Einige betrachteten das Wasser, das in der Nähe des neuen Grabes ans Ufer plätscherte. Andere halfen, in den Ruinen des Dorfs Yapchi Kochfeuer zu entzünden und Essen zuzubereiten.

Nach der Abendmahlzeit kehrten alle zum See zurück und saßen dort, bis die Sonne unterging. Es trafen weitere Tibeter ein, die letzten derjenigen, die dem Mißverständnis aufgesessen waren und auf den oberen Hängen den alten Lama erwartet hatten. Sie tauchten die Hände ins Wasser und sprachen aufgeregt miteinander. Einige tranken davon, andere füllten kleine Schalen und schütteten sie über ihren Köpfen aus.

Shan saß mit Lokesh an der Glut eines der Feuer, als Schweigen sich über das Lager senkte. Ein Hund bellte, und als Shan den Kopf hob, sah er einen *purba*, einen der hartgesottenen jungen Krieger, die er bei Norbu kennengelernt hatte. Der *purba* nickte erst Shan, dann Tenzin zu und trat beiseite. Im Schatten hinter ihm stand der Mann mit den Striemen im Gesicht, der Tiger.

»Es ist soweit«, teilte der *purba*-General Tenzin schroff mit. »Auf der anderen Seite der Hügel wartet ein Lastwagen, um dich nach Norden zu bringen.«

Tenzin musterte die strenge Miene des Mannes. »Ich bin weit genug gekommen«, sagte er ruhig. Shan folgte seinem Blick in die Schatten. Fünf oder sechs weitere Männer der Eskorte warteten in der Nacht.

Das zerfurchte Narbengewebe des Tigers bewegte sich auf und ab, weil der Mann mehrfach die Zähne zusammenbiß und dabei vorwurfsvoll Shan ansah. »Das Volk braucht den Abt von Sangchi im Ausland. Wir haben Pläne.«

»Der Abt von Sangchi existiert nicht mehr«, verkündete Tenzin und ließ den Blick dann langsam über die zerlumpten Gefährten schweifen. Nyma, die seit der Beerdigung nicht aufgehört hatte zu weinen. Gyalo, der stumm Jampas Kopf streichelte. Dremu, der im Halbdunkel saß und verunsichert ins Feuer starrte. Dzopa, der große *dobdob*, der mit abgewandtem Gesicht auf einer Decke lag und um Jokar trauerte. »Die Menschen brauchen mich hier«, sagte Tenzin. »Wir …« – er schloß dabei mit ausholender Geste alle im Umkreis ein – »wir werden ein *gompa* wiederaufbauen. Wir werden einen Ort errichten, an dem Tibeter lernen können, wie man heilt.« Er sah kurz zu Shan und dann wieder zu dem *purba*. »Ich habe vor einigen alten Männern im Berg ein feierliches Versprechen abgelegt.«

»Rapjung?« fragte der Tiger zweifelnd und ungeduldig. »Dieser alte Ort kann niemals …«

»Falls es ein neues Tibet geben soll«, unterbrach Tenzin ihn, »muß es auf dem alten Tibet aufbauen.«

»Aber die Armee wird kommen«, protestierte der Tiger. »Und auch die Schreihälse. Jeder, der versucht, ein *gompa* zu bauen, wird im Gefängnis landen.«

»Nein«, sagte Lokesh fröhlich. »Dieser Oberst hat aus Rapjung ein verborgenes Land gemacht.«

Tenzin grinste den alten Tibeter an. »Mit starken Armen und starken Herzen können wir alles bauen«, sagte er. Jampa trat wie zur Bestätigung einen Schritt vor und schnaubte. »Rapjung gompa wurde niemals zerstört, nur die Gebäude. Das hat Jokar Rinpoche uns gelehrt. Es war lediglich ein Schatz, der neu entdeckt werden mußte.«

»Die Regierung wird trotzdem nach dir suchen. Die Armee. Die Schreihälse, sie hassen dich. Sie werden dich jetzt als politischen Feind verfolgen.«

»Nein«, warf Shan ein. »Das werden sie nicht.« Er zog Lins Umschlag aus der Tasche. »Anyas chinesischer Onkel hat eine Meldung geschrieben.« Shan las sie laut vor. Die Mitteilung trug das Datum des Vortags, als er und Tenzin sich in der Höhle der Lamas aufgehalten hatten. Oberst Lin schrieb, er habe in den Bergen nach Reaktionären gefahndet und dabei den Abt von Sangchi nicht nur gesehen, sondern sogar ergriffen und eindeutig identifiziert. Leider habe der Abt zu fliehen versucht, und in dem nachfolgenden Handgemenge sei er dann unmittelbar vor Lins Augen vom Rand einer hohen Klippe in eine Schlucht gestürzt. Oberst Lin gab hiermit den Tod des Abtes zu Protokoll.

»Dieser Zhu hat einen ganz ähnlichen Bericht über Melissa Larkin verfaßt«, stellte der *purba*-Führer fest. »Man weiß, daß er gelogen hat.«

»Aber hier handelt es sich um einen Offizier der Armee«, sagte Shan, »den hochdekorierten Oberst einer Eliteeinheit.«

Der Tiger seufzte und nickte. Er mußte einräumen, daß wahrscheinlich niemand Lins Behauptung anzweifeln würde. Dann musterte er die Tibeter neben Shan. »All unsere Pläne«, sagte er betrübt. »All die Opfer«, fügte er mit Blick auf Somo hinzu. »Drakte.«

»Drakte«, entgegnete Somo langsam und stellte sich neben Tenzin, »hätte gesagt, er und ich sollten ein *gompa* bauen.«

Der *purba*-Führer nahm schweigend alle nacheinander in Augenschein und nickte Shan ein letztes Mal zu. »*Lha gyal lo*«, sagte er leise und tauchte wieder in die Schatten ein.

Einer seiner Gefolgsleute verweilte hingegen noch einen Moment und trat zum Feuer vor. Es war Melissa Larkin, die inzwischen eine Fellmütze und eine Hirtenweste trug. »Ich bleibe«, sagte sie zu Shan mit neuem Funkeln in den Augen. »Es gibt noch so viel mehr darüber zu lernen, wie in Tibet die Erde funktioniert.« Sie wollte sich schon umdrehen, hielt dann aber inne. »Eines Tages wird Peking entdecken, daß der Jangtse einen neuen Quellfluß hat«, fügte sie hinzu und folgte dem Tiger in die Nacht.

Shan blieb noch einige Minuten bei den anderen und schlenderte dann selbst in die Dunkelheit am Wasser hinaus, um die Sterne zu beobachten. Plötzlich fiel ihm ein Lichtpunkt auf halber Höhe des Hangs auf. Ein kleines Lagerfeuer. Er vergewisserte sich, daß niemand ihm folgte, und hielt dann eilig darauf zu.

Als Shan im Morgengrauen aufwachte, sah er ein Dutzend Tibeter am Rand der Dorfruinen stehen und das Tal hinunterblicken. Dremu lief auf und ab und schien sich genau wie die anderen davor zu fürchten, dem Wasser zu nahe zu kommen. Shan gesellte sich hinzu und versuchte, aus Nymas und Lhandros Mienen klug zu werden. Die beiden standen ganz vorn. Dann seufzte Nyma auf, und er folgte ihrem Blick zum Wasser. Im heller werdenden Tageslicht begriff er endlich. Die Entstehung des Sees war abgeschlossen. Im Laufe der Nacht hatte das ansteigende Wasser die Lücke am Ende des Tals erreicht und floß nun über den Bergsattel hinaus. Damit stand der natürliche Pegel fest, und der unterirdische Fluß strömte weiterhin aus der Flanke des Berges. Der Bohrturm war umgestürzt und unter der Wasseroberfläche verschwunden. Auch der Grabhügel war nicht mehr zu sehen, desgleichen die Reste des Lagers. Der See lag still und funkelte wie ein blauer Kristall.

Seltsamerweise fielen Shan die Worte Melissa Larkins wieder

ein. Sie hatte sich mit Winslow am heiligen See treffen wollen, vermeintlich am Lamtso. Doch niemand kannte das Wasser, die Felsen und die Beschaffenheit des Landes so gut wie sie. Sie hatte gewußt, daß dieser See wie ein blauer Stern inmitten der Berge funkeln würde, auf genau die Art und Weise, die den Tibetern als heilig galt.

Sie versammelten sich um das Kochfeuer, sprachen über die Bedeutung des Geschehens und sahen dann feierlich dabei zu, wie Shan einen kleinen, in Filz gewickelten Gegenstand zu ihnen brachte. Mit wissendem Blick streckte Lokesh beide Handflächen aus. Shan legte den Gegenstand darauf ab und öffnete das Bündel.

»Den Göttern der Sieg«, murmelte Nyma.

Lepka und Lokesh nickten lächelnd, als hätten sie nie daran gezweifelt, daß Shan das Auge am Ende zurückbringen würde.

»Wer war es?« fragte Lhandro. »Wer hat dich überfallen?«

»Das Auge ist wieder da«, lautete Shans einzige Erwiderung darauf. »Es wacht schon seit vielen Tagen über das Tal.«

»Ja«, flüsterte einer der Dorfbewohner. »Wir haben es gehört.«

Die Tibeter kamen näher, um den *chenyi*-Stein vorsichtig zu berühren und ihre Gebete darzubringen.

Dann löste Nyma sich aus der Gruppe und starrte Shan an. »Aber was jetzt?« fragte sie mit großen runden Augen. »Die wichtigste Frage wurde noch nicht beantwortet.«

All verstummten und sahen Shan an. Er mußte unwillkürlich lächeln. Etwas an Nymas Worten kam ihm ganz wunderbar vor. Trotz der Morde, der Lügen und der Zerstörung war für Nyma immer noch am wichtigsten, welchen Platz die Gottheit einnehmen sollte.

»Ich kenne die Antwort mittlerweile«, verkündete Shan. »Der Berg hat einen Ort geschaffen, an dem Götter gern leben«, sagte er und fragte Lhandro, ob man hier irgendwo Pappelschößlinge schneiden könne.

Zwei Stunden später zog eine kleine Prozession zum Ufer, wo nun ein rundes Boot aus hastig geflochtenen Pappeltrieben und Häuten lag, dazu zwei schmale Paddel, ursprünglich Bretter in einem der Häuser. Shan wickelte das Auge zum letzten Mal aus dem Filz und hielt den gezackten Stein hoch über den Kopf. Die Tibeter raunten aufgeregt.

»Der tugendhafte Chinese«, sagte jemand voller Bewunderung. Die Worte ließen Shan kurz innehalten und an die Ereignisse der vergangenen Tage denken. Womöglich war letzten Endes Oberst Lin jener rechtschaffene Chinese gewesen, dem das Tal die Rettung verdankte. Oder der besagte Chinese setzte sich aus Teilen von Lin, Gang, Ma und Shan zusammen.

Als Shan sich bückte, um eines der Paddel zu nehmen, verstummte die Menge. Verwirrt musterte er die erwartungsvollen Gesichter und verstand dann, daß er nicht allein aufbrechen sollte. Er reichte das erste Paddel an Tenzin weiter und nahm das andere Exemplar, ließ den Blick über die Menge schweifen und ging zu einem ausgemergelten Mann, der mit seiner Frau und zwei Kindern geduckt ein Stück abseits stand. Shan hatte sie letzte Nacht am Hang gefunden, wo sie mit der Trommel und dem Stein kauerten, und sie davon überzeugt, daß es nun an der Zeit war, ihr Versteckspiel zu beenden.

Gang nahm wortlos das Paddel, und dann stiegen sie zu dritt in das Boot; die anderen verharrten in feierlichem Schweigen.

»Es ist wie ein kostbares Juwel«, sagte Tenzin über das wunderschöne Wasser.

Gang wiederholte die Worte.

Sie paddelten in die Mitte des Sees zu einer Stelle zwischen dem Bohrturm und dem Grabhügel, die nun mehrere Meter unter Wasser stand. Dann winkte Shan Gang zu sich. Die grämliche Miene des Mannes leuchtete auf, und er nahm voller Freude das Auge entgegen. Er streckte es in Richtung der Leute am Ufer, senkte den *chenyi*-Stein ins Wasser und ließ ihn los. Shan schaute dem Auge hinterher, wie es in das funkelnde kristallklare Wasser hinabsank, sich im gefilterten Licht blau färbte und verschwand. *Tief ist das Auge*, hatte das Orakel gesagt, *das strahlendblaue Auge, die* nagas *werden es behüten*.

Als sie zum Ufer zurückkehrten, hielten Lepka und Lhandro Schalen mit Tee bereit. Sie gingen an einem kleinen Kreis aus Männern und Frauen vorbei, die ein Mantra rezitierten, und ließen sich in einem der Gerstenfelder auf einer Decke nieder. Tenzin stellte Gang Fragen über die Aufbauarbeiten in Rapjung. Shan lehnte sich in der warmen Morgensonne zurück und schlief bald darauf ein.

Mehr als zwei Stunden später erwachte er und hörte vom Ufer geschäftiges Treiben, dazu das Lachen von Kindern. Er setzte sich auf, rieb sich die Augen und war dermaßen überrascht, daß es einen Moment dauerte, bis er begriffen hatte. In der Nähe des Sees hingen nun Seile voller Gebetsfahnen, aufgespannt zwischen Stangen und Steinhaufen. Vom Holzvorrat des früheren Öllagers wanderten Baumstämme über den Grund des Tals, ein jeder getragen von drei oder vier Tibetern, Männern wie Frauen. Viele neue Gesichter hatten sich eingefunden. Shan sah, wie eine weitere kleine Gruppe den Bergkamm überquerte und zum See hinunterlief. Alle Träger der Baumstämme steuerten mit ihrer Last eine bestimmte Stelle am Ufer an, wo eine Frau, eine unbekannte Nonne, eine Schale ins Wasser tauchte und jeden der Stämme damit benetzte, als wolle sie ihn taufen oder segnen.

Shan kam vorsichtig näher, blieb aber in zehn Metern Entfernung stehen. Nyma hatte ein Gewand gefunden, sich die langen Zöpfe abgeschnitten und das Haar kurzgeschoren, wie es in einem Kloster üblich gewesen wäre. Als sie Shan sah, blitzten ihre Augen auf. Demnach war sie am Ende doch zu der Einsicht gelangt, daß sie eine echte Nonne sein konnte. Er winkte ihr verhalten zu, und sie deutete lächelnd zum Südende des Tals.

Die Stämme wurden nicht zu den Ruinen des Dorfs Yapchi transportiert, wie er vermutet hatte, sondern weiter zu dem Pfad, der auf den Berg führte. Ein Kind lachte. Shan drehte sich um und sah Gangs Tochter, die rittlings auf einem der Stämme saß, den drei kräftige Tibeter freudig auf den Schultern trugen. Die Bäume, die das Ölprojekt gefällt hatte, wurden alle nach Rapjung geschafft. Man brachte sie über den Berg, um dort das neue *gompa* zu errichten.

»Wir haben den letzten Gebetskreis abgehalten«, erzählte Nyma aufgeregt, als Shan zu ihr ging. »Der Gebetskreis, der damals in der Schlucht angefangen hat. Die Leute haben nie damit aufgehört, sagen sie. Sie sind in eine Höhle hoch über dem Tal gegangen und haben weitergemacht, rund um die Uhr. Nach der Rückkehr des Auges wußten sie, daß sie nun endlich aufhören konnten. Ich habe mich am Ufer zu ihnen gesellt, und als sie fertig waren, habe ich sie gebeten, mir die Haare abzuschneiden«, verkündete sie heiter.

Unterhalb des Sees, in der Nähe des Dorfes, fand Shan seinen alten Freund und Lhandro wieder. Lokesh saß auf einem Felsen und deutete auf die Felder, während der *rongpa* ihm aufmerksam zuhörte.

»Keine Gerste mehr«, rief Lhandro, als er Shan sah. »Es wird nun wieder wie früher, nichts als Heilkräuter für Rapjung. Und Lokesh hat uns alles aufgezeichnet, so daß man die Kräutergärten beim *gompa* ebenfalls an den alten Stellen wiederaufbauen kann. Die Menschen werden in Körben fruchtbare Erde aus den Tälern heranschaffen. Wir werden von hier auch welche schicken.«

»Die Zeichnungen sind bestimmt hilfreich«, sagte Shan zögernd, »aber noch besser wäre es, jemanden dabeizuhaben, der das alte *gompa* gekannt hat.«

Lokesh sah ihn ruhig an. »Und genau dort wirst du mich finden. In ungefähr einem Jahr. Vielleicht schon etwas früher.«

»Wir haben nur wenig Geld, aber wir haben angeboten, es ihm zu überlassen, damit er per Bus reisen kann und schnell wieder hier ist«, sagte Lhandro. »Doch er hat sich geweigert. Er sagt, er müsse als Pilger nach Peking ziehen. Wenn er Hunger bekommt, will er betteln. Er sagt, die Mönche hätten früher auch gebettelt, und es sei nichts Ehrenrühriges daran.«

Shan wandte sich zum See um und versuchte sich zu beruhigen. In all den Jahren, die er den sanften alten Mann nun schon kannte, war dies die erste gravierende Meinungsverschiedenheit zwischen ihnen. Aber ein Streit war von vornherein zwecklos, denn Lokesh hatte die Stimme seines inneren Gottes vernommen. »Mit dem schlimmen Fuß wird es schwierig werden«, sagte Shan leise.

»Ich habe Jokars Stab.« Lokesh wies auf das verwitterte Stück Holz an seiner Seite.

»Die Straße nach Golmud ist tückisch«, tastete Shan sich vor. »Laß mich dich wenigstens bis dorthin begleiten, alter Freund.« Er verspürte eine merkwürdige Angst – die Angst, daß Lokesh nein sagen würde. »Danach mache ich mich auf die Suche nach Gendun. Ich muß ihm ein Paar neue Stiefel besorgen.«

Der alte Tibeter lächelte. »Natürlich. Unterwegs kannst du mir helfen, mein Chinesisch aufzufrischen. Ich werde die Sprache besser beherrschen müssen, wenn ich die Hauptstadt erreiche. Morgen früh brechen wir auf.«

»So bald? Du mußt doch gewiß noch viele Pläne für Gang und Lhandro zeichnen.«

»Was der Grund dafür war, daß ich nicht schon *heute* morgen aufgebrochen bin«, sagte Lokesh störrisch.

Shan erkannte den Trotz im Blick des alten Mannes. »Morgen früh«, stimmte er zu.

Mehr und mehr Tibeter trafen ein, Hirten und Bauern, die das Wunder mit eigenen Augen sehen wollten. Zelte wurden errichtet, und vor einem davon saß Lokesh mit Lhandro und fertigte aus dem Gedächtnis Zeichnungen an, Zeichnungen von Gärten, von Häusern und den aus Holz zusammengesteckten Dachtraufen, sogar von den Einzelheiten der Türschnitzerei des Druckraums, an die er sich noch erinnern konnte. Nyma brachte ein langes Bündel und wickelte es auf einer Decke aus. Es war das *peche* aus dem Geheimraum von Norbu.

Lokesh hielt inne und berührte mit zitternder Hand das oberste Blatt, während er die Worte las. »Die Geschichte von Rapjung«, sagte er mit bebender Stimme und drückte Nymas Hand, als sie ihm Seiten mit Karten und Gebäudeplänen zeigte.

Bei all der hektischen Aktivität verlor Shan Tenzin aus den Augen. Er fand ihn schließlich in der kleinen Schlucht hinter den Dorfruinen wieder, wo der ehemalige Abt zwischen Gang und Dzopa, dessen Bein bandagiert war, mit vielen Tibetern in einem großen Kreis saß. Dremu hockte wie ein Wachposten auf einem Felsen über ihnen. Davor stand Somo und starrte auf zwei Gegenstände in ihren Händen: ein Taschenmesser mit Löffel und ein Silberarmreif mit Lapislazuli. Dremu hatte zurückgegeben, was ihm in der Einsiedelei als Lohn gezahlt worden war.

Die Tibeter in der Schlucht sprachen über Arbeitsgruppen und Vorräte. Shan nahm auf einem Stein hinter Tenzin Platz und ließ den Blick über die Anwesenden schweifen. Sie waren alle älter, die meisten zählten sechzig Jahre oder mehr. Ein Mann sagte, er sei Steinmetz gewesen, ein anderer *thangka*-Maler, ein dritter Weihrauchmacher. Drei waren Zimmerleute, zwei Metallarbeiter, die früher den ganzen Tag lang Gebetsmühlen hergestellt hatten.

»Ihr könnt gern wieder den ganzen Tag arbeiten«, sagte Tenzin zögernd. »Aber wir haben kein Geld, um euch zu bezahlen.«

»Geld?« witzelte ein alter Mann. »Wir haben von diesem Bericht der Schreihälse gehört. Demnach sind wir alle schon sehr wohlhabend.« Alle brachen in lautes Gelächter aus und verstummten schlagartig, als ein Fremder am Rand des Kreises auftauchte, ein hochgewachsener schlanker Chinese mit langem weißen Haar. Mehrere der Tibeter warfen Shan vorwurfsvolle Blicke zu.

»Ich verstehe mich nicht besonders gut auf die Holzbearbeitung«, sagte der Han angespannt auf tibetisch. »Und als ich einmal eine Mauer errichtet habe, wurde sie ziemlich schief. Aber ich kann Bücher machen. Dieses *gompa* hat früher auch Bücher hergestellt, wichtige Bücher.« Es war Professor Ma, und er sah sehr müde aus. »Ich habe das Tal auf einem der Lastwagen verlassen«, sagte er mit Blick zu Tenzin und Shan, »aber nach zehn Kilometern bin ich wieder ausgestiegen. Jokar hat gesagt, ich müsse auf meinen Herzwind achtgeben.« Diese Worte ließen alle dort aufmerken.

»Ich möchte gern bei euch bleiben, falls ich darf«, sagte Ma nach einem Moment. »In China habe ich kein Zuhause mehr.« Eine ältere Tibeterin rückte im Kreis zur Seite und machte dadurch einen Platz für ihn frei. »Wenn ich dann die Bücher mache«, sagte er, als er sich niederließ, »würde ich sie gern sowohl auf tibetisch als auch auf chinesisch drucken. Und hin und wieder«, fügte er hinzu und zog einen vertrauten Bambusbehälter aus der Tasche, »würde ich gern über das Tao sprechen.«

Lokesh und Shan machten sich vor Tagesanbruch auf den Weg, während die anderen noch schliefen. Als sie das Tal verließen, funkelten die letzten Sterne der Nacht auf der Oberfläche des Sees, und die erste Morgenröte ließ das Wasser erglühen. Im trüben Licht entdeckte Shan zwei Gestalten, die ihnen vom anderen Seeufer hinterherschauten. Sogar aus dieser Entfernung wußte er, daß es Tenzin und Lhandro waren. Der ehemalige Abt von Sangchi, der Tod und Wiedergeburt erfahren hatte, und der Bauer, dem das Tal genommen und zurückgegeben worden war. Die beiden Männer winkten zum Abschied und hoben wie als letzten Gruß eine lange Stange, an der eine Gebetsfahne hing.

Als Shan sich am Vorabend in seine Decke gewickelt hatte, war Tenzin zu ihm gekommen, hatte sich hingekniet und ihn so lange schweigend angestarrt, bis Shan ihn fragte, ob er abermals die Sprache verloren habe.

»Ich weiß nicht, ob ich jemals wieder eine solche Reise antreten werde wie die, die hinter uns liegt«, hatte Tenzin am Ende gesagt, Shans Hand genommen und sie fest gedrückt. »Aber falls es dazu kommt, bete ich, daß du bei mir sein wirst.«

Als sie auf einem flachen Felsvorsprung eine Pause einlegten, um im Schein der Morgensonne kalten *tsampa* zu essen, erzählte Lokesh fröhlich, wie Rapjung wohl aussehen mochte, wenn er in einem Jahr zurückkehrte, und sprach dann von einem Nudelgeschäft in Peking, das Somo ihm empfohlen habe, weil er dort etwas zu essen bekommen würde.

»Es gibt da einen Ort, an dem ich früher häufig gewesen bin«, sagte Shan zögernd. »Einen taoistischen Tempel. Wenn du kein Geld hast, geben dir die Mönche Nahrung und ein Nachtlager. Vielleicht erinnern sie sich noch an mich.«

Lokesh sah ihn argwöhnisch an.

Shan seufzte. »Ich werde dir den Weg aufzeichnen.«

Lokesh lachte, und das Geräusch hallte von den Felsen wider. Shan spürte, daß die Wand, die zwischen ihnen emporgewachsen war, dahinschmolz. Angeregt unterhielten sie sich über Shans frühere Wohngegend und die Gefahren einer Stadt, in der so viele Autos unterwegs waren.

Schließlich packten sie alles zusammen, und Lokesh zog sich an dem Stab hoch. »Ich gehe nach Peking!« rief er, offenbar aus keinem besonderen Grund. Aber als er den ersten Schritt machen wollte, rührte der Stab sich nicht vom Fleck. Er zog daran, erst vorsichtig, dann kräftig, aber ohne Erfolg. Der Stab klemmte in einem Felsspalt.

Lokesh sah Shan aus großen Augen an und rieb sich den weißen Stoppelbart. »War dieser Riß im Felsen schon vorher da?« fragte er flüsternd. »Er ist mir nicht aufgefallen.«

»Keine Ahnung, vermutlich ja«, sagte Shan verwirrt.

Lokesh zog erneut, wiederum vergeblich, und ließ es dann Shan versuchen. Der Stab steckte fest. Lokesh drehte ihn, drückte dagegen, zerrte aufs neue. Immer noch nichts.

Die Miene des alten Tibeters umwölkte sich auf seltsame Weise. Er setzte sich auf einen nahen Felsen und musterte den Stab – Jokars Stab –, der beinahe senkrecht aus dem Boden ragte.

»Ich könnte Wasser holen und in den Spalt gießen«, bot Shan an.

»Das ist es nicht«, versicherte Lokesh und stimmte ein Mantra an. Nach fünf Minuten versuchte er sich wieder an dem Stab, aber immer noch mit dem gleichen Ergebnis. Er legte beide Hände um das Ende der Stange und schaute zum Gipfel des Bergs Yapchi. »Viele Menschen in Peking müssen geheilt werden«, rief er. »Sie leiden an Herzwind, es gibt dort eine regelrechte Epidemie.« Der Stab rührte sich nicht.

»Ich werde dir einen anderen Stab suchen«, sagte Shan. »Vorerst kannst du dich auf meine Schulter stützen.«

Lokesh sah ihn nicht an, sondern schüttelte nur heftig den Kopf. Er sagte noch ein Mantra auf und ließ den Gipfel dabei nicht aus den Augen, als würde er ein Zwiegespräch führen. Nahezu eine Viertelstunde verging, dann startete er den nächsten Versuch und konnte den Stab noch immer nicht lösen. Schließlich legte er den Kopf auf die Arme, die weiterhin den

Stab hielten, und seufzte. Müde wandte er sich zu Shan um. »Damit hätte ich nie gerechnet«, sagte er, ließ los und setzte sich wieder auf den Felsen. Fast fünf Minuten starrte er auf seine Hände, dann kehrte er zu dem Stab zurück und fixierte entschlossen den Berg. »Ich werde nicht nach Peking gehen, um diesen Vorsitzenden zu besuchen«, rief er. Er drehte den Stab und bekam ihn sofort frei.

»Also gut«, sagte der alte Tibeter zu Shan, nachdem er den Stab lange Zeit betrachtet hatte. »Wir machen es auf deine Art.«

Shan neigte fragend den Kopf.

»Du weißt schon«, seufzte Lokesh. »Wir werden auch weiterhin immer nur einen Gott auf einmal erneuern.«

Shan sagte nichts, sondern nahm ihr Gepäck und folgte Lokesh, der den Pfad hinunterhumpelte. Sein alter Freund schaute immer wieder zum Berg Yapchi, pflückte dann eine violette Blume und beäugte sie schweigend.

Nach einem knappen Kilometer blieb Lokesh stehen. »Falls wir nach Rapjung gehen«, rief er, »müssen wir den einfacheren Pfad um den Berg herum nehmen. Wegen meinem Fuß. Es tut mir leid.«

Sie gingen am Wasserlauf entlang, bis sie einen kleinen Hügel erreichten. Lokesh hob die Hand, damit Shan stehenbleiben würde, setzte sich auf einen breiten Felsen, griff in die Tasche und zog das Schreiben an den Vorsitzenden daraus hervor. Verblüfft sah Shan ihm dabei zu, wie er den Brief entfaltete und zu lesen schien. Dann strich Lokesh den Zettel auf dem Felsen glatt und fing an, ihn neu zu falten. Er arbeitete mehrere Minuten an dem Papier, hinkte danach auf die Hügelkuppe und drehte dem Wind den Rücken zu. Shan ging hinterher, und als sein alter Freund den Arm ausstreckte, wurde ihm alles klar. Lokesh hatte aus dem Blatt eines seiner Geisterpferde gefaltet. Er wartete, bis Shan neben ihm stand, hob das Pferd über den Kopf und ließ es los. Im ersten Moment schwebte es träge in der Brise, aber dann riß eine plötzliche Bö es hoch empor und auf den nordöstlichen Horizont zu, in Richtung Peking.

»Dieser Vorsitzende aus der Hauptstadt fährt vielleicht eines

Tages durch die Berge«, sagte Lokesh mit zittriger Stimme. »Seine Limousine könnte eine Panne haben und er mitten in der Wildnis festsitzen. Wenn er dann mein Papier findet, wird es einen Zauber wirken, damit er auf einem guten tibetischen Pferd weiterreisen kann.«

Sie blickten dem Zettel hinterher, bis er nur noch ein winziger Punkt am Himmel war und verschwand. Lokesh wandte sich zu der alten überfluteten Straße um und ging wortlos weg. Shan beobachtete eine Weile, wie sein alter Freund durch das zerklüftete Terrain davonhumpelte, und folgte ihm dann schweigend.

Eine Stunde später blieb Lokesh am Ufer des rauschenden Baches aus dem Tal stehen, legte beide Hände um den Stab und musterte die Felsformationen eines niedrigen Grats auf der anderen Seite, ungefähr einen Kilometer entfernt.

Shan bemerkte den Gesichtsausdruck seines Freundes und stellte die Taschen ab.

»Dieser Felsen da«, sagte Lokesh langsam, kniff die Augen zusammen und rieb sich das stoppelige Kinn. »Er sieht fast so aus wie ein Stein, den meine Mutter mir mal beschrieben hat. Sie sagte, es habe sich in Wahrheit um einen Schildkrötengott gehandelt, der nur so tat, als sei er ein Felsblock, und der nachts über den Bergen flog.« Er sah Shan entschuldigend an. »Und sie sagte, er habe die Worte Buddhas gesprochen.«

Shan betrachtete den schnellen flachen Wasserlauf, der sie von dem Gebirgsgrat und der weiten offenen Landschaft dahinter trennte. »Wir werden ziemlich lange brauchen, um nach Rapjung zu kommen, nicht wahr?« fragte er seinen Freund.

Lokesh zuckte die Achseln. »Ich könnte unterwegs Kräuter sammeln«, schlug er vor, streckte Shan den Stab entgegen und balancierte auf dem gesunden Bein. »Und du solltest unbedingt lernen, wie man nach *tonde* sucht.«

Shan mußte unwillkürlich lächeln. Durch den Stab des Lama fest mit der Erde verbunden, beugte er sich vor, ließ Lokesh auf seinen Rücken steigen, watete ins Wasser und trat die Suche nach dem Schildkrötenbuddha an.

Anmerkung des Verfassers

Dieses Buch erzählt eine erfundene Geschichte, aber das Ringen des tibetischen Volkes um die Bewahrung seiner spirituellen und kulturellen Identität ist nur allzu real. Es gibt tatsächlich ein Büro für Religiöse Angelegenheiten, dessen kleine Armee von Bürokraten gegen religiöse und zeremonielle Aspekte des Alltagslebens vorgeht und Mönchen gemäß deren politischer Überzeugung Lizenzen erteilt, ungeachtet eventueller Glaubensfragen.

Der Grund und Boden Tibets hat ebensosehr gelitten wie die Bevölkerung. Es ist kein Zufall, daß Tibet auf Pekings Landkarten Xizang heißt, das Westliche Schatzhaus. Heilige Berge wurden entwaldet und wegen ihrer Mineralvorkommen dem Erdboden gleichgemacht. Unzählige Tausende von chinesischen Grubenarbeitern haben die traditionellen Bauern und Hirten verdrängt, und mehr als nur ein paar Tibeter wurden ins Gefängnis gesteckt, weil sie die Bulldozer davon abhalten wollten, den heiligen Boden zu berauben.

Mehr als tausend Jahre lang hat die tibetische Medizin sich einer umfassenden Mischung aus Kräutern und buddhistischen Lehren bedient, um auf einzigartige Weise die seelischen und körperlichen Elemente der Heilung zu vereinigen. Hochentwickelte Schulen lehrten non-invasive Diagnosetechniken und Behandlungsmethoden, die im Westen unbekannt waren. Dieses reiche Erbe wurde durch die chinesische Besatzungsmacht weitgehend vernichtet, und viele der wertvollen Texte und Lehren sind für immer verloren. Allerdings ist einer Handvoll der Lama-Heiler die Flucht nach Indien gelungen, wo sie nun im stillen daran arbeiten, die Reste jener wichtigen Traditionen wieder zusammenzufügen.

Wer mehr über den Existenzkampf des tibetischen Volkes

erfahren möchte, dem seien für einen umfassenden Überblick die folgenden Quellen empfohlen:

Tsering Shakya. *The Dragon in the Land of Snows*. Compass Books.

John Avedon. *In Exile from the Land of Snows*. Harper Perennial.

In den letzten Jahren sind zahlreiche, teils autobiographische Berichte über tibetische Überlebende erschienen, darunter auch die folgenden:

Adhe Tapontsang & Joy Blakeslee. *Ama Adhe: The Voice that Remembers*. Rudra Press. (Deutsch als: *Doch mein Herz lebt in Tibet*. Herder Verlag, Freiburg.)

Sumner Carnahan. *In the Presence of my Enemies*. Clear Light Publishers.

David Patt. *A Strange Liberation: Tibetan Lives in Chinese Hands*. Snow Lion Publications.

Namgyal Lhamo Taklha. *Born in Lhasa*. Snow Lion Publications. (Deutsch als: *Geboren in Lhasa*. Nymphenburger Verlag, München.)

Palden Gyatso & Tsering Shakya. *The Autobiography of a Tibetan Monk*. Grove Press. (Deutsch als: *Ich, Palden Gyatso, Mönch aus Tibet*. Gustav Lübbe Verlag, Bergisch Gladbach.)

Die Zerstörung von Tibets Natur wird erschöpfend beschrieben in:

Tibet 2000: Environment and Development Issues. International Campaign for Tibet (www.savetibet.org).

Die folgenden beiden Werke stellen jeweils eine Einführung in die bemerkenswerte tibetische Heiltradition dar:

Terry Clifford. *Tibetan Buddhist Medicine and Psychiatry*. Samuel Weiser Inc.

Dr. Yeshi Donden. *Healing from the Source*. Snow Lion Publications.

Wer gern genauer erfahren möchte, auf welche Weise tibetische Buddhisten Sand und Gottheiten miteinander verschmelzen, wird hier einen lohnenden ersten Einblick erhalten:

Daniel Cozort. *The Sand Mandala of Vajrabhairava*. Snow Lion Publications.

Glossar der fremdsprachigen Begriffe

Begriffe, die nur einmal auftauchen und deren Bedeutung sich aus der jeweiligen Textstelle erschließt, wurden nicht in dieses Glossar aufgenommen.

Amdo. Tibetisch. Eine der traditionellen Provinzen Tibets, die den nordöstlichen Teil des ursprünglichen Staatsgebiets einnimmt (gleichzeitig der Name der Provinzhauptstadt); wurde von der Volksrepublik China in Provinz Qinghai umbenannt.

Bardo. Tibetisch. Kurzform für die Bardo-Todesriten; bezieht sich speziell auf die Übergangsphase zwischen Tod und Wiedergeburt.

Bayal. Tibetisch. Traditionell ein »verborgenes Land«; ein Ort, an dem Gottheiten und andere heilige Wesen wohnen.

Bharal. Tibetisch. Ein »blaues« Schaf, beheimatet im Hochgebirge Tibets. Mittlerweile nahezu ausgestorben.

Chakpa. Tibetisch. Ein Bronzetrichter, mit dessen Hilfe aus Sand Gemälde hergestellt werden.

Chang. Tibetisch. Tibetisches Bier, zumeist aus Gerste gebraut.

Changtang. Tibetisch. Die gewaltige Hochebene, die das nördliche Zentraltibet dominiert.

Chenyi. Tibetisch. Wörtlich »rechtes Auge«.

Chorten. Tibetisch. Eine Stupa, ein traditioneller buddhistischer Schrein mit Kuppel und Spitze, zumeist als Reliquienschrein genutzt.

Chuba. Tibetisch. Ein schwerer, einem Umhang ähnelnder Mantel aus Schaffell oder dickem Wollstoff.

Dhakang. Tibetisch. Die Versammlungshalle eines Klosters.

Dobdob. Tibetisch. Traditionell ein Mönchspolizist, der in großen Klöstern für die Einhaltung der Disziplin sorgt.

Dongma. Tibetisch. Ein hölzernes Butterfaß, in dem auf traditionelle Weise Buttertee hergestellt wird.

Doja. Tibetisch. Eine rote Creme, die aus Molke gewonnen wird. Die Nomaden tragen sie auf die Haut auf, um sich vor den Strahlen der Hochgebirgssonne zu schützen.

Dorje. Tibetisch. Abgeleitet aus dem sanskritischen »vajre«; ein Ritualgegenstand in der Form eines Zepters, der die Macht des Mitleids symbolisiert. Es heißt, eine *dorje* sei »unzerbrechlich wie Diamant« und »mächtig wie ein Donnerkeil«.

Drong. Tibetisch. Ein wildlebender Yak.

Dropka. Tibetisch. Ein Nomade der Changtang; wörtlich ein »Bewohner des schwarzen Zeltes«.

Dungchen. Tibetisch. Ein langes Zeremonienhorn.

Durtro. Tibetisch. Ein Totenplatz, auf dem tibetische Leichen zerteilt und danach an Geier verfüttert werden.

Gau. Tibetisch. Ein »tragbarer Schrein«; zumeist ein kleines Metallmedaillon mit Klappdeckel, das an einem Riemen um den Hals getragen und in dem ein aufgeschriebenes Gebet verstaut wird.

Golok. Tibetisch. Ein tibetisches Stammesvolk, das traditionell im Gebiet der Amnye Machen Bergkette ansässig war, gelegen in der Mitte und im Süden der Provinz Amdo.

Gompa. Tibetisch. Ein Kloster; wörtlich ein »Ort der Meditation«.

Gonkang. Tibetisch. Der Schrein einer Schutzgottheit; kommt häufig in Klöstern vor.

Goserpa. Tibetisch. Wörtlich »Gelbkopf«; einer der Begriffe, mit denen Ausländer bezeichnet werden.

Khata. Tibetisch. Ein Gebetsschal.

Kora. Tibetisch. Ein Pilgerpfad rund um eine heilige Stätte.

Lama. Tibetisch. Die Übersetzung des sanskritischen Begriffs »Guru«; traditionell ein vollständig geweihter Mönch höheren Ranges, der als leitender Lehrmeister tätig ist.

Lao gai. Mandarin. Wörtlich »Besserung durch Arbeit«; ein Zwangsarbeitslager.

Lha gyal lo. Tibetisch. Ein traditioneller tibetischer Ausruf der Feststimmung oder Freude; wörtlich »den Göttern der Sieg«.

Lhakang. Tibetisch. Eine buddhistische Kapelle oder ein Tempel.

Mai xiao nu. Mandarin. Wörtlich »Frauen, die ein Lächeln verkaufen«; ein umgangssprachlicher Begriff für Prostituierte.

Mala. Tibetisch. Eine buddhistische Gebetskette, die charakteristischerweise aus 108 Perlen besteht.

Mandala. Sanskrit. Wörtlich »Kreis«; die runde Abbildung der Welt einer meditativen Gottheit, traditionell aus vielfarbigem Sand hergestellt. (Tibetisch: *kyilkhor*)

Mani-Mauer. Tibetisch. Eine aus *mani*-Steinen aufgeschichtete Mauer. Der Tradition folgend, fügen Pilger beim Besuch eines Schreins einer solchen Mauer einen *mani*-Stein hinzu, um sich Verdienste zu erwerben.

Mani-Stein. Tibetisch. Ein Stein mit einem aufgemalten oder eingeritzten buddhistischen Gebet; häufig das Mantra *Om mani padme hum*.

Mudra. Tibetisch. Eine symbolische Geste, bei der die Hände und Finger vorgeschriebene Haltungen einnehmen, um ein bestimmtes Gebet, eine Opfergabe oder einen Geisteszustand auszudrücken.

Naga. Tibetisch. Eine Gottheit, von der man glaubt, daß sie im Wasser wohnt.

Nei lou. Mandarin. Staatsgeheimnis; wörtlich »nur für die Regierung«.

Peche. Tibetisch. Ein traditionelles tibetisches Buch, das für gewöhnlich aus langen, schmalen losen Seiten besteht, die in Stoff gewickelt und oft zwischen zwei mit Schnitzereien verzierten Holzdeckeln verwahrt werden.

Purba. Tibetisch. Wörtlich »Nagel« oder »Dorn«; ein kleiner Dolch mit dreieckiger Klinge, der bei buddhistischen Zeremonien benutzt wird.

Renminbi. Mandarin. Eine chinesische Währungseinheit.

Rinpoche. Tibetisch. Die respektvolle Anrede für einen verehrten Lehrmeister; wörtlich »Gesegneter« oder »Juwel«.

Rongpa. Tibetisch. Ein Bauer.

Samkang. Tibetisch. Eine Kohlenpfanne, in der Dufthölzer verbrannt werden; kommt häufig in Klöstern vor.

Tamzing. Mandarin. Eine »Streitsitzung« oder »Kritiksitzung«; zumeist die öffentliche Kritik an einem Individuum, in deren Verlauf Erniedrigungen, Beschimpfungen sowie physische Mißhandlungen eingesetzt werden, um eine politische Umerziehung zu bewirken.

Tangzhou. Mandarin. Genosse.

Tara. Tibetisch. Eine weibliche meditative Gottheit, die für ihr Mitgefühl verehrt wird und als besondere Beschützerin des tibetischen Volkes gilt.

Thangka. Tibetisch. Ein Stoffgemälde, zumeist religiöser Natur, das häufig als heilig gilt.

Tsampa. Tibetisch. Geröstetes Gerstenmehl, eine alltägliche tibetische Speise.

Tonde. Tibetisch. Kleine Relikte, die aus dem Boden ausgegraben werden und von denen man annimmt, daß sie besondere Kräfte besitzen oder segensreich wirken.